KB265219

코제트

환상의 시대

Cosette ou le temps des illusions
by François CÉRÉSA

코제트 환상의 시대

펴 낸 날 | 2010년 7월 12일 초판 1쇄

지 은 이 | 프랑수아 세레자
옮 긴 이 | 이원복
펴 낸 이 | 이태권
펴 낸 곳 | (주)태일소담
　　　　　서울시 성북구 성북동 178-2 (우)136-020
　　　　　전화 | 745-8566~7　팩스 | 747-3238
　　　　　e-mail | sodam@dreamsodam.co.kr
　　　　　등록번호 | 제2-42호(1979년 11월 14일)
　　　　　홈페이지 | www.dreamsodam.co.kr

ISBN 978-89-7381-585-2　03860

• 책 가격은 뒤표지에 있습니다.
• 잘못된 책은 구입하신 곳에서 교환해드립니다.

코제트
환상의 시대

코제트·마리우스 1

Cosette
ou le temps des illusions

프랑수아 세레자 지음 | 이원복 옮김

소담출판사

루이 누세라에게 바칩니다.

차례

제1부 사교계

제2부 도형장

제1부 사고계

1

플뤼메가

1832년 파리 폭동(1832년 6월 5~6일 공화주의자들과 노동자들이 루이 필리프 국왕의 정부를 타도하기 위해 일으킨 반란—옮긴이)이 실패로 끝난 후 프랑스는 완전히 입헌군주제로 바뀌었다. 일요일과 월요일의 파리 거리는 환희에 찬 부르주아들로 가득했다. 오후가 되면 수많은 마차들이 바스티유 광장에서 출발해서 생토노레가(街)를 따라 마들렌 성당까지 행진하다가 방돔 광장을 돌아서 샹젤리제 대로까지 나아갔다. 사교계 여인들은 사륜마차를 타고 이탈리아 대로(파리 상류층의 중심지—옮긴이)로 몰려갔다. 여인들은 엘더가 모퉁이를 지나면서 무기상 드비슴의 상점 위층에 있는 미래의 자키클럽(1833년에 조직된 프랑스 특권층의 사교클럽으로, 승마와 경마의 유행을 좌우지했다—옮긴이) 회원들을 경탄의 눈길로 바라보았다. 이 회원들은 발코니에 팔을 기대고 시가를 피우면서 '노란 장갑'에 걸맞게 차가운 경멸의 시선으로 군중을 내려다보았다. '노란 장갑'은 세련된 멋쟁이들의 상징이었다. 회원들은 저명인사들과 상류층의 멋쟁이들이었다. 아무튼 별난 부류였다. 조금 멀리 떨어진 카페 드 파리의 창가에서 아마추어 기수(騎手)들이 요란하게 사냥 나팔을 불어댔다. 그것은 사냥이 끝났음을 알리는 소리였다. 우아하게 차려입은 부인들과 천박하고 바람기 많은 젊은 여공들은 얌전히 서 있기만 하면 되었다. 이 행사에도 대수롭지 않은 모종의 의미가 있었다.

마리우스 퐁메르시는 삶의 의미를 잃었다. 그는 어떻게 해야 젊은 아내 코제트를 즐겁게 해줄 수 있는지 몰랐다. 사실 무기력증에 빠진 것은 오히려 마리우스 자신이었다.

1833년 9월. 장 발장이 죽은 지 두 달이 지났지만 코제트는 좀처럼 슬픔에서 벗어나지 못했다. 공교롭게도 이 부부에게 새로운 불행이 닥쳤다. 마리우스의 외할아버지 뤽에스프리 질노르망이 아흔두 살의 나이로 죽었고, 설상가상으로 사촌 테오뒬마저 알제리에서 사망한 것이다. 마리우스는 충격을 받은 기색이 역력했다. 마리우스는 외할아버지의 장례식장에서 혁명 시절의 친구를 만났다. 의대생이자 기자로 활동하는 프레데릭 리볼리에였다. 마리우스는 장례식이 끝나자 더 이상 이모와 함께 사는 게 불가능하다는 사실을 깨달았다. 코제트가 몹시 힘들어 했기 때문이다. 독실하고 까다로운 이 할망구와 피유뒤칼베르가의 한 지붕 밑에서 살 수 없었다.

사교계를 보아왔던 마리우스는 문득 자신도 행복과 호사를 누릴 권리가 있다고 생각했다. 때마침 외할아버지로부터 20만 프랑을 유산으로 받지 않았는가. 장 발장이 남긴 60만 프랑까지 합하면 마리우스는 상당한 재산가인 셈이었다.

멋진 생각이 떠올랐다. 그는 삯마차를 불러 타고 앵발리드로 갔다. 그리고 바빌론가로 접어든 다음 우회하여 플뤼메가까지 갔다. 그는 두근거리는 가슴을 억누르며 아담한 이층집 앞에 멈추었다. 감미로운 추억이 밀물처럼 밀려왔다. 코제트가 장 발장과 함께 이곳에 살고 있을 때 그녀를 처음 만났다. 코제트와 마리우스는 이 집의 작은 정원에서 영원한 사랑을 서약했다. 이곳에는 단지 로미오가 올라갔던, 줄리엣 방의 발코니가 없었을 뿐이다.

철문에는 '매매 또는 임대'라는 푯말이 걸려 있었다. 앙리 드 라 로슈드라공에게 연락해야 했다. 그의 주소는 같은 거리에서 조금 떨어진 곳이었다.

앙리 드 라 로슈드라공은 대혁명 후 장 라프 장군의 집이었던 몽모랭 저택에 살고 있었다. 장 라프는 아우스터리츠 전투에서 러시아 황제의 친위대를 물리친 뛰어난 장군이었다. 앙리 드 라 로슈드라공은 경박한 넥타이를 맨 약간 건방진 젊은이였다.

"임대하실 건가요? 아니면 구매하실 건가요?"

"살 겁니다."

"누구 이름으로요?"

"마리우스 퐁메르시 남작. 제 이름입니다."

마리우스는 거드름을 피웠다. 사교계 인사들이 주로 거주하는 생제르맹 구역에서는 아무에게나 집을 팔지 않았다.

"집을 둘러보시겠어요?"

"좋습니다."

앙리 드 라 로슈드라공은 곧바로 마리우스와 함께 플뤼메가의 집에 가서 대문을 열었다.

"그럼 천천히 둘러보세요, 남작. 앞으로 친구가 되었으면 합니다."

마리우스는 기쁨으로 몸을 떨었다. 꼭대기가 아라베스크 문양의 박공으로 장식된 두 개의 비틀린 기둥에 단단하게 고정시킨 웅장한 철문은 예전 그대로였다. 창살을 휘감은 덩굴 사이로 가시덤불과 잡초로 뒤덮인 정원이 보였다. 정원 끄트머리에서 심해의 조개처럼 반짝거리는 베이지색의 작은 정자가 보였다. 정자는 담쟁이덩굴과 개머루로 둘러싸여 있었다. 아무것도 변하지 않았다. 두 그루의 칠엽수는 충성스러운 근위병처럼 차렷 자세로 서 있었고, 햇살은 공중의 먼지를 뿌옇게 비추면서 나뭇가지 사이로 스며들었다. 루이 필리프(오를레앙가 출신으로 1830년 7월 혁명으로 왕위에 추대되어 1848년 2월 혁명이 일어날 때까지 프랑스를 통치했다─옮긴이)의 삼색기가 프랑스 왕가의 백합 문장을 위협하고 있는 이 구역, 왕당파(부르봉 왕가가 프랑스의 왕을 계승해야 한다고 주장했던 정통왕조파─옮긴이)의 음모와 불법적인 방탕이 난무하는 이 구역에서 미의 여신이 거처를 정한 듯했다. 이 집은 중국의 고급관리가 만든 사원 안에 자리 잡은 신세계 혹은 하느님이 도시에 만드신 에덴동산이었다.

집 구경은 이만하면 되었다. 마리우스는 이 집을 사기로 결심했다. 그는 장 발장을 추모하고 코제트에게 감미로운 추억만 떠올리게 하는 선물을 해주고 싶었다. 이 선물은 분명 코제트를 행복한 미래로 이끌어줄 것이다. 이 집은 곧 그들의 소유가 되어 빛의 안식처가 될 것이다.

* * *

마리우스는 코제트에게도 말하지 않고 플뤼메가의 집을 사서 수리를 시작했다. 앙리 드 라 로슈드라공의 충고대로 유명한 건축업자 레스피나스와 상글라르에게 공사를 맡겼다. 레스피나스는 조경에, 상글라르는 전통식 석조 건축에 뛰어났다. 공사는 2주 만에 끝났다. 집과 정원은 깔끔하게 새단장을 했고 운치가 되살아났다. 작은 돌 벤치는 다시 연마해서 광택이 났고 벽의 격자에 새로 못질을 했다. 프시케와 큐피드를 형상화한 두 개의 동상은 여전히 작은 돌 벤치를 굽어보고 있었다. 마리우스와 코제트는 바로 이 벤치에서 서로에게 사랑을 고백했었다. 마리우스는 우의(愚意)를 별로 좋아하지 않았는데도 이 신화의 암시에는 매료되었다.

벽과 철문 그리고 정원의 주요 부분이 새롭게 단장되었다. 샤를 페로(『잠자는 숲 속의 미녀』, 『장화 신은 고양이』, 『신데렐라』 등을 쓴 동화 작가-옮긴이)의 영감의 세계에 등장함직한 요정들과 장난꾸러기 요정들이 사는 이 정원에 다시 생기를 불어넣어주는 데는 회반죽, 쇠수세미, 페인트, 낫, 절단기, 괭이만으로 충분했다. 마리우스는 집 내부에는 손가락 하나 대지 않았다. 코제트에게 맡기고 싶었던 것이다.

공사가 끝나자 마리우스는 아내를 플뤼메가로 데려갔다.

코제트가 물었다.

"어디 가는 거야?"

"깜짝 선물이야."

마리우스는 삯마차에 타기 전에 코제트의 눈을 가렸다. 그녀는 웃음을 터뜨렸다. 이 배려는 코제트의 심각한 변덕, 차가운 분노, 갑작스러운 우울을 진정시켜주었다. 어째서 마리우스는 별안간 아내에게 신경을 쓰는 걸까? 그것은 두 달 전부터 두 사람의 사이가 소원해졌기 때문이다.

거리에서 가죽 냄새와 라일락 향기가 났다. 지나던 사람들이 퐁메르시 남작 부부가 탄 마차를 바라보았다. 코제트는 젊고 생기발랄했다. 길게 땋아서 바구니처럼 둥글게 말아 올린 금발, 장밋빛 소매가 달린 맨드라미 빛깔의 케이프, 에나멜 무도화……. 귀부인들은 모두 에르보 씨나 투슈 양의 의상실에서 옷을 맞춰 입었지만 코제트는 손수 옷을 지어 입었다. 그녀는 딱 한 번 남편이 팔레루아얄 극장에 데려가서 가슴과 어깨를 드러내고 주름 없는 레이스 장식깃이 달린 감색 비단 야회복을 사준 것을 허락했을 뿐이다. 그녀는 그 옷이 너무 맘에 들어서 남편과 함께 극장에 갈 때마다 입었다.

아무튼 코제트는 얇은 망사와 호박단으로 손수 지은 소박한 옷만으로도 『천일야화』에 나오는 어느 축제에 참가하는 팔라틴 공주 같아 보였다. 모슬린 헝겊 모자의 끈은 마치 만질 수 없는 후광처럼 얼굴 주위를 맴돌며 나부꼈다. 그녀의 자태는 매혹적이었다.

마침내 마차는 목적지에 도착했다. 마리우스는 코제트가 마차에서 내리는 것을 도와주고 눈가리개를 풀어주었다. 코제트는 철문과 정원을 보고는 말을 잇지 못했다.

"아, 여기는……."

"그래, 당신 집이야."

마리우스는 아내의 등을 떠밀었다.

코제트는 머뭇거리는 손으로 대문을 열었다. 후추와 라벤더 향기가 솔솔 나는 정원은 마치 한 무리의 무희들과 갈색 나무껍질을 가진 다정한 나무 요정들이 흩어져 있는 연극의 한 장면처럼 반짝반짝 빛났다. 코제트는 오페라 극장과 뱅쉬누아 극장에서 볼 수 있는 우아하고 경쾌한 발레리나처럼 조심스럽게 작은 벤치를 향해 걸어갔다. 마리우스는 그녀를 따라갔다. 코제트는 손가락으로 두 동상을 가리키며 물었다.

"당신이야?"

마리우스는 약간 무뚝뚝하게 대꾸했다.

"아니, 우리야."

프시케와 큐피드가 미켈란젤로의 「천지창조」에 나오는 하느님과 아담처럼 손가락을 가볍게 맞대고 있었다.

코제트가 말했다.

"당신 손이 언제까지나 내 손 안에 있으면 좋겠어. 그게 바로 우리의 천지창조야."

마리우스는 코제트를 얼싸안고 목덜미와 삐져나온 머리카락에 입을 맞추었다. 그녀에게서 녹차 향과 깨끗한 옷 냄새가 났다.

별안간 코제트가 쓰러질 듯이 보였다. 마리우스는 그녀가 주저앉기 직전에 붙잡으면서 물었다.

"무슨 일이야?"

"모르겠어……. 구토가 날 것 같고 현기증도 있어……."

마리우스는 약간 짜증을 내며 말했다.

"당신은 꼭 끝에 한마디씩 하더라."

마리우스는 코제트를 기쁘게 해주려 애썼지만 코제트는 짜증만 냈다. 그것도 언제나 애교를 부리면서. 그녀의 이름처럼. 그녀는 두 달 전부터 코제트라는 이름을 버리고 외프라지(Euphrasie)라는 이름을 쓰기로 했다. 실제로 호적에는 '외프라지 포슈르방'이라고 올라있었다. 마리우스는 왠지 그 이름이 우스꽝스럽게 들렸다. 코제트는 왜 이 집 앞에서 그런 반응을 보였을까? 마리우스는 흔히 오만과 겸손은 같은 뿌리에서 나오는 것이라고 생각하면서 이 집에 약소하나마 자신의 마음을 담았다고 느꼈다. 그녀는 내 마음을 조금이라도 알까? 이 정도면 멋진 선물이 아닐까? 주변 환경도 이 정도면 훌륭하지 않을까?

전시회가 성공하려면 그림만 있으면 되는 것이 아닌 것처럼 집만으로는 충분치 않았다. 모든 문제는 바로 여기에 있었다.

마리우스는 코제트의 손을 잡고 집 안으로 데려갔다. 코제트는 남편이 하는 대로 내버려두었다. 남편이 내게 돌아온 걸까? 왜 저렇게 호들갑을 떨지? 왜 눈에 보이는 것에만 집착하는 걸까? 집이 환멸로 생긴 공허감을 채워줄 수 있을까?

　분명 권태기였다. 마리우스는 재계와 문단에 들락거렸고 어느덧 그 세계를 좋아하게 되었다. 그는 이제 단 한 가지밖에 갈망하지 않았다. 재계와 문단으로부터 인정받는 것.

* * *

　마리우스의 눈에는 코제트가 단지 습관에 따라 일상을 보내는 것처럼 보였다. 분명히 그녀는 한 남자의 아내였고 그는 한 여인의 남편이었다. 마리우스는 너무도 확고하게 정립된 이 가정에 권태를 느꼈다. 지금까지 수없이 육체관계를 맺어왔던 것처럼 정부(情婦)를 하나 두고 방종한 생활을 하며 그럭저럭 인생을 즐길까? 거드름, 무지, 특혜 따위에 만족하고, 여차하면 어리숙한 사람을 이용하는 투기꾼들의 소굴에 지나지 않는 정부에 비굴하게 아첨하는 비열한 사람이 될까?

　마리우스는 이 집을 사들이는 것으로 권태로움에서 벗어나고 싶었다. 그렇게 해서 자신을 사로잡고 있던 회의(懷疑)의 가장 근본적인 원인을 제거하고 나무랄 데 없는 사람이 되었다고 여겼다. 그렇게 생각하자 안심이 되었다. 하지만 그의 생각과 행동은 일치하지 않았다. 이런 불일치에서 느끼는 불안감은 마치 오늘 해야 할 일을 내일로 미루었을 때 느끼는 감정과 비슷했다. 그는 코제트에게서 나무랄 점을 조금도 찾을 수 없었다. 차라리 추상 개념을 대할 때 느끼는 현기증의 원인, 스스로에게 위안이 되는 변명이나 희생양을 찾는 게 더 쉬웠다.

　하지만 코제트에 대한 사랑을 재점검할 만한 이유는 전혀 없었다. 코제트는 여전히 그의 불꽃이자 사랑스러운 여인이었다. 장 발장이 너무

애지중지한 나머지 코제트가 철없는 여인이 된 것처럼 보일지라도 마리
우스는 그녀를 위해 변호사직을 포기하지 않았는가. 그는 「르나시오날」
(1830년 티에르, 미네, 카렐 등이 창간한 자유주의적 정치신문-옮긴이)에 연극비
평을 싣지 않았는가. 또 7월 왕정(7월 혁명 결과 성립한 루이 필리프의 왕정-
옮긴이)에 충성하는 「주르날 데 데바」와 왕당파의 입장을 대변하는 「르르
브낭」을 공격하던 한 잡지사를 위해 지지서명을 하지 않았는가. 그는 명
성을 얻기 시작하지 않았는가. 그리고 자유주의 투사인 아르망 카렐의
집에서 라파예트 장군과 키가 매우 작으면서도 언변이 뛰어나 '작은 미
라보'라고 불리는 루이 아돌프 티에르(프랑스 제3공화정의 초대 대통령-옮긴
이)를 만나지 않았는가.

마리우스는 다른 모습을 보여주고 싶었다. 번쩍거리는 사교계에서 딱
할 정도로 비굴한 인간들은 구두에 광택을 내는 구둣솔만큼의 가치도 없
었다. 그는 사교계에 대해 할 말이 아주 많았다. 코제트에게도 할 말 많
았지만 털어놓지 않았다. 틀림없이 이 망할 놈의 우유부단한 성격 탓이
다. 왜 코제트는 이 점을 알아주지 못하는 걸까?

코제트는 남편의 마음을 간파하기는커녕 그저 참기만 했고 마리우스
는 자신이 연민의 대상이라는 생각이 들자 화가 나서 코제트를 냉대했다.
고통을 겪고 있거나 그렇게 느끼는 사람들은 타인이 보여주는 동정에 때
때로 짜증을 낸다. 그러면 코제트는 쓸쓸한 미소를 짓고는 이렇게 생각했
다. '아, 우울증은 때때로 열정을 필요로 하는 걸까?' 코제트를 격앙시키
기만 하는 마리우스의 열정은 어쩌면 일시적인 불안의 징후에 지나지 않
을 것이다. 그게 얼마 동안이나 지속될까?

코제트는 마리우스를 멀리할 수도 있었다. 그녀는 아직 젊고 매력적이
었다. 하지만 이별 얘기가 나오자 그녀는 즉각 반대하고 나섰다. 굼떠 보

이는 그녀가 그처럼 신속하게 나오는 것은 뜻밖이었다. 코제트는 아름다운 자질을 타고났다. 삶의 조화를 추구하는 그녀는 결코 이혼과 감정의 혼란에 동의하지 않았다. 우리는 이 자질을 그저 인생에 대한 사랑이라고 부른다. 그녀가 사람들을 바라보는 시선에는 모든 것을 뚫고 들어갈 수 있는 빛의 힘이 있었다. 그녀는 잊었거나 감춰놓은 지난날의 고통과 무기력 속에 하느님이 숨겨두셨던 힘을 끌어냈다. 또한 장 발장이 그녀의 마음속에 새겨놓은 힘도 끌어냈다.

코제트는 마리우스가 점점 도망치고 있음을 분명히 느꼈다. 스물세 살의 부르주아 마리우스는 고정수입이 보장되는 투자를 통해 공상만 하던 소심함에서 벗어나 민첩한 사람으로 바뀌었다. 그는 재산의 일부는 투자하고 일부는 투기하고 또 일부는 현금으로 갖고 있었다. 매달 받는 연금이 75프랑이나 되었다.

코제트가 빈정거리듯 지적했다.

"당신은 부르주아야."

마리우스는 화를 냈다. 그리고 부끄러워지자 자신이 관대한 사람임을 내세웠다. 일주일에 한 번 프레데릭 리볼리에를 저녁식사에 초대하지 않았는가. 적어도 일주일에 두 번 코제트와 함께 극장에 가지 않았는가. 또한 일주일에 두 번, 그러니까 한 번은 베푸르 레스토랑에, 또 한 번은 트루아프레르프로방소 레스토랑에 아내를 데려가지 않았는가.

코제트는 반박하기는커녕 남편을 달래주었다. 마리우스가 언론계에 투신하자 그녀는 남편을 격려했다. 그는 가끔 자신의 연극 비평을 교정해주는 아르망 카렐과 이 만남을 주선해주었던 프레데릭 리볼리에에게 많은 신세를 졌다.

코제트가 마리우스에게 말했다.

"당신은 운이 좋은 거야. 프레데릭은 믿을 수 있는 친구야."

코제트는 실내장식과 가구 배치를 하며 10월의 대부분을 보냈다. 그녀는 짧은 기간에 1층의 두 개의 방과 2층의 두 개의 침실에 우아한 분위기와 생기를 불어넣었다. 그녀는 마들렌이라는 듬직한 하녀를 고용해 일을 거들게 했다.

마리우스는 경탄을 감출 수 없었다. 코제트가 얼마나 세심하게 실내장식을 했던지! 그녀는 침실용 커튼으로 호사스럽고 요란한 장식을 배제하고 돋을무늬가 있는 검붉은 천을 선택했다. 그리고 소박한 닫집 침대를 설치하고 군데군데 라벤더 꽃다발을 배치했다. 거실 벽난로 위에 아버지가 물려준 은촛대를 놓았고, 너도밤나무의 따뜻한 느낌을 주는 벌꿀 색조가 되살아날 수 있도록 두 방에 있는 중앙 기둥의 표면을 갈아냈으며, 안방의 연초록색 바닥을 하늘색 전기석(電氣石)으로 바꾸었다.

멋진 실내장식이었다. 장 발장의 시절처럼 화장대는 일본제 자기였다. 코제트는 코로만델산(産) 옻칠 서랍장을 찾아내 침실의 두 창문 사이에 배치했다. 가슴 높이로 내벽을 둘렀고, 생트안산 대리석을 얹은 원탁은 서랍장 옆에 배치했다. 이 원탁 위에 회전목마의 원반처럼 진열된 해바라기와 보릿대국화가 투르네산의 목이 길쭉하고 손잡이가 달린 도자기에 꽂혀 있었다. 이처럼 여인들은 대수롭지 않은 것을 가지고도 전체에 매력과 재치를 불어넣을 줄 안다. 마지막으로 탕플가에서 구입한 오뷔송산의 아름다운 주홍빛 장식 융단 네 개는 울긋불긋한 꽃다발 및 리본 매듭과 더불어 거실과 부부용 침실에 붉은 색조를 띠게 했다. 민간신앙에 따르면 붉은색은 나쁜 기운을 쫓아낸다.

실내장식이 끝나자 코제트는 마리우스에게 감상을 물었다.

매사 자기중심으로 생각하는 버릇이 있는 남편이 대답했다.

"나라면 이보다 더 멋지게 꾸밀 수 없었을 거야."

곧이어 색조에 대해 칭찬했다.

"당신의 파란 눈처럼 이 모든 파란색이 잘 어울려. 당신이 슬퍼할 때를 위해 청옥이 있고, 당신이 즐거워할 때를 위해 전기석이 있네. 아무튼 이 것들은 보석이야."

코제트는 얼굴이 빨개지면서 시선을 내려뜨렸다. 마리우스는 큰마음을 먹고 특별히 칭찬했던 것이다. 가끔 그녀는 의심하지 않고 이렇게 생각했다. 이 세상에 내 남편보다 아내를 더 사랑하는 사람이 있을까?

새 집에 들어간 후 마리우스는 가구를 더 들여놓고 싶은 욕망을 뿌리칠 수 없었다. 정열적이고 고상하며 너그럽고 자존심이 강하며 딱딱할 정도로 품위 있는 마리우스, 하지만 기이하고 냉정하며 변덕스럽고 지나칠 정도로 낭만적이기도 한 마리우스는 결코 만족할 줄 모르는 부류에 속했다. 경매로 사들인 물건이 그의 부족감을 채워주는 듯했다. 또한 두 개의 문짝이 달린 마호가니 장롱, 루이 15세풍의 의자들, 자단 서랍장, 15분 간격으로 종을 치는 17세기식 괘종시계가 들어 있는 바이올린 모양의 루이 15세풍 장식용 가구를 사들였다.

코제트는 이 모든 가구가 생탕투안 구역에서 배달되자 남편에게 물었다.

"이게 정말로 필요한 가구야?"

마리우스는 불만과 모욕감이 깃든 떨리는 목소리로 반박했다.

"모두 우리의 행복을 위해 필요한 거야. 사치품은 필수품보다 훨씬 더 중요해."

코제트는 이런 사치를 걱정했다. 하지만 마리우스에게 그것은 부의 수준을 나타내는 것이었다. 마리우스는 정신적 혼란을 감출 수 있는 살림살이가 부족할까 봐 걱정했다.

코제트는 계산적이지 않았다. 분별 있는 직관과 양식을 가진 그녀는 쓸데없는 공론(空論)을 경계했다. 그녀는 위대한 양아버지 장 발장 덕분에 부족한 게 전혀 없었지만 서민과 교제함으로써 균형 감각을 익혔다.

마리우스는 아내를 비난했다.

"그래서 당신은 가끔 시시하게 행동하지. 그래, 시시하게. 당신은 오락이나 환상에는 관심이 없어?"

아마 그럴 것이다. 하지만 코제트는 소유의 악덕인 질투와 질투의 악덕인 탐욕을 무시했다. 이 소박한 마음은 관대한 영혼에서 비롯되었다. 마리우스와는 반대로 그녀는 화려한 것을 좋아하지 않았다. 그녀는 특히 남편이 신경 쓰지 않는 일을 맡아야 했다. 살림살이, 각종 서류 업무, 물질적인 걱정……

어느 날 코제트는 자신을 너무 세상물정 모르는 소시민으로 취급하는 마리우스에게 물었다.

"왜 내가 인생을 즐기지 못할 거라고 생각해?"

"생각해보라고! 내가 없으면 당신은 끝장이야!"

코제트가 넌지시 말했다.

"아마 당신은 놀라게 될 거야."

"프레데릭과 함께 말이야? 그거야?"

코제트는 대답하지 않았다. 우발적인 상황에서 그저 도망치거나 벗어나려 하는 것은 해결책이 아니었다. 자신의 심상과 야심의 기준으로 어떤 세상을 판단하는 것보다 해로운 것은 없어 보였다. 그녀는 프레데릭에게 빌린 파스칼, 뱅자맹 콩스탕, 장자크 루소의 몇몇 작품을 읽으면서 그 점을 깨달았다. 신경이 날카로운 20대의 낭만주의자가 40대의 파렴치한 부자와 다른 모습을 보여줄 수밖에 없다는 사실을 깨닫기 위해 늙을 때까지 기다릴 필요는 없다. 이런 의미에서 그녀는 마리우스에 대해 최악의 경우를 두려워했다. 그녀는 틀리지 않았다. 이제 입주했으니 앞으로 어떤 일이 일어날 것인가?

* * *

그날 저녁 코메디 프랑세즈는 만원사례였다. 앙리 드 라 로슈드라공은 마리우스와 코제트를 극장에 데려갔다. 1827년에 초연된 「세 구역(Les Trois Quartiers)」을 공연하고 있었다. 주제는 시사성 있는 것처럼 보였다. 민중의 봉기 수준은 아니었지만 어쨌든 그것과 흡사한 투쟁을 그린 연극이었다. 지금의 루이 필리프 시대와 마찬가지로 부르봉 왕가의 왕정복고 시대(1815~1830)에도 귀족, 부르주아, 서민 간의 갈등은 심각했다. 작가는 계층 간의 끝없는 이해관계와 자존심의 대립에서 희곡의 주제를 찾을 수밖에 없었다. 마리우스는 이 작품의 줄거리가 억지스럽다고 주장했다. 결혼을 통해 한몫 잡아보려는 형편없는 인물이 서민 구역인 생드니가부터 금융 구역인 쇼세당탱가와 귀족 구역인 생제르맹가를 돌아다니면서 상황에 따라 청혼 조건을 높인다는 구상 자체가 별로라는 것이었다.

마리우스는 처음 보는 괴짜 배우를 가리키며 금방이라도 얼굴을 때릴 기세로 코제트에게 털어놓았다.

"너무나 단순하고 유치한 주제야."

피카르 씨와 마제르 씨가 만든 이 작품의 주인공이 재미있는 식객이자 친절한 집사이며 한가한 멋쟁이에게 끊임없이 끌려 다녔기 때문에 이 이야기는 더욱 암시적인 것처럼 보였을 것이다. 이 멋쟁이의 말투는 상대의 신분에 따라 변했다. 그는 서민, 귀족, 부르주아를 동시에 우롱하는 파렴치한 인간이었다.

공연 도중에 여러 가지 사소한 사건이 일어났다. 1장의 1막과 2막이 공연되는 동안 관객들이 두 작가에게 야유를 보냈다. 3막 중에 귀빈석에서 누군가가 삿대질을 해댔다.

코제트가 앙리 드 라 로슈드라공에게 물었다.

"저 무례한 사람은 대체 누군가요?"

젊은 귀족은 코제트 쪽으로 머리를 숙였다. 그는 난감해하면서도 짓궂은 미소를 짓고 귓속말로 대답했다.

"남작부인, 제가 자랑스럽게 여기는 친구인데 매력적인 선동가입니다. 그에게 흰색이라고 말하면 그는 검은색이라고 대답할 것이고 검은색이라고 말하면 흰색이라고 대답할 겁니다. 말하자면 반론의 귀재지요. 그는 대중적인 열광이 시시한 사람들의 표시라면서 아주 싫어합니다."

마리우스는 앙리 드 라 로슈드라공의 칭찬에 귀를 기울였다. 마리우스는 왠지 그의 표현이 마음에 들었다.

1층 뒷좌석의 손님이 마침내 짜증을 내며 소리쳤다.

"차라리 나가시오!"

앙리 드 라 로슈드라공의 친구가 대꾸했다.

"두 작가에게 50만 프랑을 주시오!"

웃음소리, 아우성, 휘파람 소리. 그는 자신의 제안을 힘차게 반복했다.

열성팬의 변덕이라고 믿고 있는 박수부대는 연극이 순조롭게 상연되기를 바라면서 외쳤다.

"이유가 뭡니까?"

한껏 모양을 내고 거드름 피우는 사람과 함께 있던 앙리의 친구는 여전히 일어서서 삿대질을 하고 있었다. 그는 우렁찬 목소리로 대꾸했다.

"피카르 씨와 마제르 씨가 50만 프랑을 갖게 되면 더 이상 이처럼 형편없는 작품을 쓰지 않아도 될 테니까!"

공연이 끝나자 마리우스는 해학적인 이 유쾌한 웅변가를 꼭 만나고 싶어했다.

앙리 드 라 로슈드라공은 팔레루아얄 극장의 아케이드를 가리키면서 말했다.

"그럼 저기서 그 사람을 기다립시다. 잠시 후에 올 겁니다. 저는 그 사람을 잘 압니다. 그는 삯마차를 타고 이달리 카바레로 갈 겁니다."

마리우스의 팔을 붙든 코제트는 허리띠 위까지 V자로 깊게 파인 목선을 돋보이게 하는 야회복을 과시했다. 그녀는 모자 대신 까만 벨벳 터번을 쓰고 늘어진 깃털을 꽂았다. 터번은 파란 소매 달린 케이프와 잘 어울렸다. 코제트는 눈부시게 아름다웠다.

앙리의 친구는 한껏 모양을 낸 사람과 함께 도착하자마자 코제트의 아름다움을 칭찬했다. 그의 눈동자는 반짝반짝 빛났다. 보통 그는 상대가 맘에 들지 않으면 무표정한 얼굴로 갸우뚱거리거나 가슴을 내밀고 으스대면서 오래 기다리게 하여 여자들을 노골적으로 무시했다. 하지만 지금 그는 금발에서 레몬과 녹차 향이 나는 스무 살도 채 안 된 이 젊은 여인의 손에 기꺼이 입을 맞추었다.

그는 거만하게 내뱉었다.

"아메데 디그랑드 후작입니다."

그의 동행인도 자신을 소개했다.

"루이 드 베르뉴 백작입니다."

앙리 드 라 로슈드라공은 거드름을 피우며 마리우스 부부를 소개했다.

“퐁메르시 남작과 그의 부인이네.”

마리우스와 아메데 디그랑드는 악수를 나누었다. 다른 상황이었다면 격에 맞지 않은 인사였다. 사교계에서는 머리를 살짝 숙이는 것만으로 충분하다. 하지만 후작은 공연 중에 떠들어댈 정도로 격식을 따지지 않는 사람이라 악수를 나눌 수 있었다.

후작은 장갑으로 부채질을 하며 건성으로 물었다.

“두 분은 앙리 드 라 로슈드라공 씨의 절친한 친굽니까?”

연극에 대해 서둘러 대화를 나누고 싶은 마리우스가 대답했다.

“그렇습니다.”

후작은 전혀 관심이 없으면서도 마리우스의 이야기에 귀를 기울이는 척했다. 그리고 코제트를 훔쳐보았다. 이 매혹적인 여인은 대체 어디에서 갑자기 솟아난 걸까? 밝고 맑은 파란색의 커다란 눈동자와 멋진 활꼴의 눈썹은 틀림없이 남자들을 황홀하게 만들 것이다. 퐁메르시 남작부인이라고? 처음 듣는 이름이었다.

후작은 무례하게도 모자를 벗지 않았다. 머리가 헝클어질까 봐 걱정했기 때문이다. 머리에 포마드를 바르고 겉멋을 잔뜩 부린 그는 상당히 자신만만한 태도를 보였다. 또한 거만하고 우스꽝스러워 보였다. 번쩍번쩍 빛나는 구두에 비치는 넥타이의 두툼한 매듭만 보아도 알 수 있었다. 다른 사람을 당황하게 하는 것이 그의 장기인 듯했다. 그는 허리를 약간 흔들었다. 그의 두 눈에는 상대방의 기를 꺾게 하는 뭔가가 있었다. 이 난폭하고 욕심 있어 보이는 훤칠한 금발 남자는 왠지 꺼림칙한 느낌을 발산하고 있었다.

후작은 코제트와 시선이 마주치자 거드름을 피우면서 말했다.

“우아하면서 올바르고 올바르면서 우아해지기 위해서는 ‘거시기’만 있으면 충분합니다.”

후작의 매력에 사로잡힌 마리우스의 귀에 ‘거시기’란 단어가 슬깃하게 울렸다. 그는 아메데 후작이 말하는 것이면 아무리 하찮은 말에도 해학과 의미를 부여하면서 비굴할 정도로 공손하게 동의했다.

앙리 드 라 로슈드라공이 말을 받았다.

“퐁메르시 남작 역시 ‘거시기’를 갖고 있네. 그는 얼마 전에 생제르맹 구역에 있는 아담한 집을 구입했네.”

후작의 눈이 휘둥그레졌다.

“아, 정말이에요?”

그러면서 즉각 제안했다.

“그럼 우리와 함께 카바레에 가지 않겠습니까? 카바레는 이 구역에 널려 있습니다.”

마리우스는 코제트에게 의견을 묻지도 않고 기다렸다는 듯이 후작의 제안을 받아들였다. 마침내 사교계에 발을 들여놓을 기회가 아닌가. 앙리 드 라 로슈드라공은 다음 날 아침에 짚수세미로 말을 문질러줘야 한다는 핑계로 초대를 사양했다.

“내 마구간에 말이 다섯 필 있습니다. 그중에는 흰 털과 붉은 털이 섞인 아름다운 암말과 다리에 흰 반점이 난 멋진 영국산 말도 있지요. 내가 직접 관리해야 합니다. 혹시 남작님이 말을 구입하신다면 내가 잘 관리해드리죠.”

“고맙습니다.”

코제트, 마리우스, 아메데 디그랑트 그리고 루이 드 베르뉴는 오페라 극장의 샛길에 있는 ‘이달리’라는 지하 카바레에 갔다. 평판이 나쁜 이 소굴은 럼주와 음흉한 눈초리를 가진 자들이 경박한 풍속을 조장하고 있었다. 손님들은 난잡한 춤을 추었다. 늦은 밤에는 벨빌의 불량배들이 와서 한바탕 놀았다. 손님들은 쾌락을 즐겼다. 루이 드 베르뉴는 춤을 추지 않았다. 작고 연약한 몸, 재치와 격언으로 가득한 말, 실제보다 훨씬 나이 들어 보이는 포동포동한 얼굴, 벗겨지기 시작하는 헝클어진 머리카락. 그는 즉각 코제트에게 몸집이 비대한 마르스 양과 두 식탁 떨어진 곳에 앉아 있는, '얼간이'라는 별명을 가진 건방진 영국인 허버트 경을 비난하기 시작했다. 험담은 루이 드 베르뉴의 취미였다. 코제트가 남편이 「르나시오날」에서 기사를 쓰고 있다고 말하자 루이 드 베르뉴는 손가락을 활짝 펴 꽃다발처럼 만들고 말했다.

"아르망 카렐의 신문사 말인가요? 참으로 멋진 일입니다. 내 친구 스탕달은 치비타베키아의 영사로 임명되고 안코나에 상륙한 프랑스 군대의 재정 업무를 맡기 전에 그 신문사와 일했어요."

이 보잘것없는 인물은 타인들의 존재를 통해서만 존재하는 것 같았다. 루이 드 베르뉴는 감정을 드러내지 않고 인사하는 가식적인 사람들에게 예민한 반응을 보였다. 그는 인간을 '우주의 축소판'이라고 정의하는 빅토르 쿠쟁(프랑스 철학자. 7월 왕정시절 귀족원의원과 문교장관 역임—옮긴이)과 이곳에 나타난 몇몇 사교계 인사, 가령 '외국 여자들의 돈 후안'으로 알려진 알프레드 드 모시옹과 '성숙한 여인들의 카사노바'로 알려진 샤를 드 모르네에 대해 떠들어댔다.

"남작부인, 흥미로운 이야기라고 생각하지 않으세요?"

"네, 그럼요……."

루이 드 베르뉴의 험담에 코제트는 흥미를 느끼지 못했다. 코제트는 그의 이야기를 건성으로 들었다. 그녀는 마리우스와 후작에게 주의를 집중했다. 새까만 머리카락을 가진 여인이 아메데의 무릎에서 뒹굴면서 가끔 폭소를 터뜨리며 마리우스의 뺨을 쓰다듬었다. 후작은 탐욕스러운 손으로 여인의 가슴을 애무했다. 그는 코제트의 비난하는 눈초리를 보면서 더욱 과장해서 이렇게 주장했다.

"간통? 나는 그것이 필요하다고 생각해요. 타협? 그건 유익한 것이죠. 자선? 그건 누추한 것을 가리는 겉옷과 같아요. 미덕? 그건 가장 해로운 악덕이죠. 관대함? 세상이 다 아는 이기주의에서 비롯된 것이죠. 용기? 무식을 가장한 어리석음이에요. 귀족? 그런 건 이제 존재하지 않아요. 공화주의자? 그들은 더 이상 존재하지 않는 어떤 지위를 차지하려고 하죠. 민중? 사회는 그들이 굶어 죽게 내버려두죠. 하지만 민중이 깨어나는 날에는 조심해야 해요. 우리의 왕? 가련한 폐하죠. 국민 만세!"

아메데는 폭소를 터뜨리고 주먹으로 탁자를 쾅 치더니 정신을 혼미하게 하는 방탕한 여자를 난폭하게 밀어냈다. 그는 마리우스의 눈동자가 자신의 행동에 어떻게 반응하는지를 살피면서 말을 이었다.

"남작님, 보세요. 이성(理性)은 이성적이지 않아요. 내 말이 거슬리나요? 그렇더라도 어쩔 수 없죠. 나 역시 관용과 유화를 내세우며 위대한 혁명 사상을 만든 루소와 바뵈프의 신봉자죠. 그 모든 게 무엇을 위한 거죠? 인간은 휘파람을 불면 자기가 토한 것을 먹으려고 돌아오는 개와 다름없어요. 그런 개는 엉덩이를 걷어차야 해요. 바로 이게 진리죠. 우리는 아무것도 믿지 않고 모든 것을 이용하죠. 쾌락의 공화국 만세!"

아메데의 독설은 마리우스에게 불쾌감을 주기는커녕 그가 부르주아, 귀족, 정부와 권력자에게 치욕을 안겨주었던 시절을 떠올리게 했다. 검은 옷을 입은 권력자들은 종교 행사와 대사(大赦, 고백 성사를 통해 죄가 사면된 후에 남아 있는 벌을 교황이나 주교가 면제해주는 일─옮긴이)를 이용해서 프랑스를 독점했다. 이제는 끝났다. 그는 개의치 않았다. 그는 형제의 말에 귀

기울이듯이 아메데의 말을 경청했다. 아메데는 그의 즉각적인 쾌락의 분신이자 인생의 귀감처럼 보였다.

코제트가 초조해하자 마리우스는 술값을 계산했다. 음악이 귀를 째는 듯 시끄럽게 울리는 동안 야회복 차림의 한 젊은이가 후작에게 다가왔다. 젊은이의 눈에서 불꽃이 튀었다.

"당신 마음대로 모든 것을 할 수는 없죠. 당신은 무례한 사람이오. 당신은 희곡 작가들에게 무례한 행동을 하는 것에 그치지 않고 나한테는 소중한 여배우를 모욕했소."

루이 드 베르뉴가 마리우스의 귀에 대고 속삭였다.

"그 여배우는 후작의 침실을 거쳐 갔을 거예요. 오늘 저녁 우리를 공연에 초대한 사람도 바로 그 여배우예요."

젊은이는 아메데의 따귀를 갈겼다.

아메데는 술에 취했음에도 불구하고 안락의자에서 벌떡 일어났다. 그는 코제트 앞에서 따귀를 맞아 자존심이 몹시 상했는지 입에 거품을 물고 호통을 쳤다.

"당신은 이 소행으로 나와 결투를 해야 할 것이오. 내일 아침 8시 클리시 외곽 지대에서 만납시다!"

젊은이가 빈정거리며 대답했다.

"나리의 분부대로 하지요. 그런데 존함이?"

"아메데 디그랑드 후작이오. 당신에게는 쓸데없는 말이겠지만 부르몽 백작이 지휘한 알제리 부대에서 장군의 보좌관이었소."

"무기는?"

"검."

"당신 증인은?"

아메데는 마리우스와 루이 드 베르뉴를 바라보았다.

"남작님, 당신을 믿어도 될까요?"

"후작님, 물론입니다."

마리우스는 속으로 젊은이를 경멸했다. 이 뻔뻔한 젊은이가 신분을 밝혔을 때는 더욱 화가 났다. 녀석은 테오도르 비가라라는 자로서 샤를 10세의 옹호자이자 베리 공작부인의 열렬한 지지자였던 것이다. 아메데 후작이 자신의 군 경력과 증인을 언급하자 젊은이는 자부심, 알쏭달쏭한 거드름, 도전적인 경멸이 뒤섞인 태도로 고개를 끄덕이며 찬성했다.

"좋습니다. 그럼 내일 봅시다."

지하 카바레에 마냥 죽치고 있을 수는 없었다. 코제트가 돌아가자고 재촉하자 마리우스는 새로 사귄 친구들과 작별 인사를 나누었다. 그들은 내일 결투가 있다는 것도 아랑곳하지 않고 자리를 뜨지 않았다.

거리로 나오자마자 코제트가 말했다.

"나는 아메데가 싫어."

마리우스가 반박했다.

"내가 보기엔 훌륭한 사람이야."

한편 지하 카바레에서 후작은 루이 드 베르뉴에게 말했다.

"마리우스는 우리에게 쓸모 있을 거야. 그에게 클레망스를 소개해줘야겠어. 이제 매혹적인 남작부인은 내 품에 안길 일만 남았어."

* * *

다음 날 아침, 마리우스는 코제트의 잔소리에도 불구하고 결투 장소로 갔다. 젊은 비가라는 벌써 두 명의 증인과 한 명의 의사를 대동한 채 기다리고 있었다. 마리우스는 그들에게 인사했다. 잠시 후 아메데 디그랑드 후작이 루이 드 베르뉘와 낯선 사람을 데리고 도착했다. 후작이 자신의 집사라고 소개한 낯선 사람은 교활해 보이는 꼽추였다. 후작은 얼굴이 창백하고 침울해 보였다.

후작은 프록코트와 모자를 집사에게 맡기면서 말했다.

"결국 이렇게 되었군."

입회자들이 결투장을 살펴보았다. 땅이 축축하고 미끄러웠기에 이웃한 다른 지역으로 옮겼다. 그곳은 생투앙 섬 쪽에 있는 어느 공장 뒤였다.

두 적수는 마주 보고 섰다. 두 사람은 서너 차례 발을 내디디며 찌르기를 시도하다가 동시에 한 다리를 내밀고 공격했다. 후작의 검이 젊은 비가라의 서혜부를 찔렀다.

비가라의 증인들이 외치면서 결투를 중지시켰다.

"부상자가 한 명 있습니다!"

아메데는 자기 아래팔에 난 붉은 줄무늬를 보여주면서 빈정댔다.

"두 명!"

의사가 달려와서 비가라의 상처를 확인했다. 상당히 심각한 부상이었다. 마리우스는 아메데에게 손수건을 건넸다. 후작은 의심의 눈초리로 손수건을 검사하더니 마리우스에게 돌려주면서 말했다.

"고맙네, 친구. 하지만 내 피는 비단이나 품질이 좋은 삼베만을 견딜 수 있다네."

부상자의 증인들이 비가라를 짐수레 위에 눕히고 공장으로 옮겼다. 그는 피를 많이 흘렸다. 그를 마차에 태워 파리까지 가는 것은 무리였다. 과다 출혈이 우려됐던 것이다. 당장 수술을 해야 했다. 공장 노동자들이 매트리스에 부상자를 눕혔다. 그들은 이미 두 시간 전부터 일하고 있었다.

하루 열네 시간 노동하고 월급은 겨우 2프랑을 받았다. 노동계는 또 다른 세계였다.

후작은 누더기를 입은 수척한 노동자들에게 경멸의 시선을 던지면서 내뱉었다.

"이곳에 있고 싶지 않아."

그리고 마리우스에게 말했다.

"당신 손수건을 저 무례한 놈에게 주시오. 그의 피는 면 손수건을 잘 견뎌낼 것이네."

비가라의 증인들이 분개하며 항의했다.

"이보시오! 우리 친구는 검을 잡아본 적이 한 번도 없어요!"

아메데 디그랑드는 유감스럽지만 어쩔 수 없다는 표정으로 입을 삐쭉거리며 말했다.

"정말 유감스러운 일이오. 하지만 나는 약속은 꼭 지키는 사람이오!"

그날부터 아메데와 마리우스는 늘 붙어 다녔다. 주사위는 던져졌다. 파리의 모든 쾌락이 두 사람에게 팔을 벌릴 것이다.

* * *

그렇게 한 달이 흘렀다. 마리우스와 아메데는 카페 드 파리, 토르토니 카페, 시모어 경 검술 도장, 말(馬) 시장, 팔레루아얄 극장과 오스망 대로 주변의 고급 의상실에 들락거렸다. 아메데는 마리우스의 옷장을 새것으로 바꾸었고 검술 도장에서 검술을 가르쳐주었다. 두 사람은 검은 캐시미어, 벨벳, 자수로 치장하고 하루 종일 거드름을 피우면서 유명한 곳이면 어디든지 찾아다녔다. 마리우스는 넓고 네모난 두개골, 강인하고 동시에 순수해 보이는 얼굴, 숱이 적은 속눈썹, 푸른 왕방울 눈을 가진 이 친구에게 탄복했다. 아메데는 불안정하고 흥분을 잘하며 씀씀이가 큰 마리우스를 속으로 경멸했다. 마리우스의 정열적이고 반짝이는 까만 눈은 까마귀날개의 광택을 지닌 곱슬머리와 잘 어울렸다. 남작과 후작은 잘 어울리는 한 쌍이었다. 흑발 신과 금발 악마.

아메데는 가끔 이렇게 물었다.

"부인은 어떻게 지내시죠?"

그러면 마리우스는 아메데의 말투를 흉내 내면서 대답했다.

"그녀는 정원을 가꾸죠."

"외프라지가 루소의 신봉자란 말인가요? 정말로 매력적인 일이군요."

아메데는 허세를 부리는 버릇이 있었다. 말을 할 때마다, 심지어 의미가 부정적일 때도 '정말로'라는 부사를 붙였다.

"외프라지? 후작님, 장난으로 하는 말이겠죠? 제 아내의 진짜 이름은 코제트입니다. 그녀는 바느질을 좋아하죠."

"그럼 주부란 말인가요?"

"안타깝지만 그렇습니다."

"정말로 아쉽군요!"

두 남자는 웃음을 터뜨렸다. 저속한 감정이 절정에 이르면 그들은 타인의 기분을 상하게 하는 데 탁월한 재주를 발휘했다. 그들은 타인을 무시하거나 무관심하게 대하려고 했고 열광, 경탄, 그리고 그들에게서 풍기는 냉혹함과 어울리지 않는 모든 감정은 금지되었다.

아메데가 충고했다.

"쩔쩔매는 모습을 보여서는 안 됩니다."

마리우스는 후작이 사랑에 대해 경멸적인 태도를 보이는 것을 의아스럽게 여기고 물었다.

"사랑에 대해서 어떻게 생각하세요?"

마치 돌풍이 생각의 흐름을 바꾸어놓은 듯 아메데는 이상한 눈길로 마리우스를 바라보았다.

"남작님, 사랑은 끈적끈적한 겁니다. 남자들이 사랑하는 것은 조각상 같은 여자이고 잠자리를 함께하는 것은 창녀지요. 그래서 나는 조각상보다는 창녀의 옷을 벗기는 게 낫다는 결론을 내렸지요."

마리우스는 깜짝 놀랐다. 아메데는 일에 대해서도 똑같은 견해를 갖고 있었다. 하지만 마리우스는 「르나시오날」에서 일하는 것을 포기하지 않았다. 게다가 그는 저녁에는 외출하지 않았다.

아메데가 빈정댔다.

"부인의 기분을 상하게 할까 봐 두려워서요?"

갑자기 난처해진 마리우스는 변명하려 애썼다.

"결혼 사상이란 게……."

후작은 고개를 끄덕이며 말했다.

"당신네 공화주의 사상처럼 말입니까? 완벽한 것은 하나도 없어요. 하지만 중요한 것은 공화주의자, 왕당파 혹은 나폴레옹 지지파가 되는 게 아니라 사상을 갖는 것입니다."

* * *

마리우스와 아메데는 날마다 시모어 경의 검술 도장에 갔다. 검술 도장은 테부가와 오스망 대로의 모퉁이에 위치한 특별한 건물로, 카페 드 파리 바로 위층에 있었다. 세 개의 대형 연습실이 마련되어 있었고 화장실과 잘 훈련된 직원들이 있었다. 입구에는 살아 있는 듯 정교하게 은으로 세공한 두 마리 백조가 장식되어 있었다. 하얀 천을 안에 댄 연한 푸른색 새틴 커튼이 걸려 있는 기둥들이 연습실을 둘러싸고 있었다. 흰색은 부르봉 왕가를, 푸른색은 귀족을 상징하는 색이었다.

아메데는 자주 이렇게 빈정댔다.

"당신도 언젠가는 이길 날이 올 것이네."

마리우스는 격분했다. 그는 항상 졌다. 온통 검은 옷을 입은 아메데의 집사가 항상 두 사람을 따라다녔다. 집사의 이름은 루이데지레였다. 후작은 그런 집사에게 달갑지 않은 불청객이라고 말하곤 했다. 그러면 집사는 어색한 웃음을 지었다. 그는 언제나 주인에게 아첨했다.

그날도 마리우스와 아메데는 의례적인 시합에 몰두했다. 연말이라 사람들은 축제 분위기에 들떠 있었다.

두 사람은 먼저 인사를 나누었다. 아메데는 인사하기 위해 요란스럽게 몸을 흔들더니 어깨를 뒤로 빼는 동시에 목을 앞으로 내밀었다. 마리우스는 서투르게 그를 따라했다. 루이데지레가 점수를 계산하기로 했다.

"앙 가르드(준비 자세)를 취하세요, 후작님."

"알겠네, 남작."

검이 서로 부딪히면서 쨍그랑 하는 소리가 났다. 두 사람 모두 일격을 가하지 못했다. 손목의 탄력을 이용해서 제3자세에서 제6자세로 바꾸는 손의 움직임은 마리오네트를 떠올리게 했다. 갑자기 아메데가 잽싸게 발을 내디디며 두 차례 찌르기를 하고 팔을 뻗어서 검을 옮긴 다음 공격을 가했다. 마리우스는 물러서지 않았다. 그는 검을 내밀기만 했다. 두 사람은 동시에 상대의 검을 쳤다.

아메데가 선임자로서 평가했다.

"잘했네. 루셀과 베르트랑의 수업이 결실을 맺은 것 같군. 기량이 조금씩 나아지고 있네."

마리우스의 얼굴이 시무룩해졌다. 비록 그는 후작에게 경탄하고 있었지만 지금처럼 스승이나 된 양 굴 때는 짜증이 났다.

후작은 검의 날로 집사의 곱사등을 가볍게 건드리면서 말했다.

"루이데지레, 상대를 이길 방법을 찾지 못한 아킬레우스와 헥토르처럼 용감한 두 전사를 위해 펀치 한 병을 갖다주게."

루이데지레는 즉각 심부름을 했다. 털 없는 밀랍색 얼굴은 데스마스크를 떠올렸다.

잠시 후 루이데지레는 은 손잡이가 달린 술병 하나와 수정 잔 두 개를 가지고 돌아왔다. 검술 도장의 주인은 인심이 후했다.

아메데는 잔을 들면서 말했다.

"친구들을 맞이하기 위해 이 검술 도장을 연 시모어 경을 위해 건배합시다."

마리우스는 후작을 따라했다. 땀에 흠뻑 젖은 그는 검을 옆구리에 낀 채 오페라 극장과 팔레루아얄 극장의 살롱에서 선풍적인 인기를 끌고 있는 이 음료수를 단숨에 마셨다.

이윽고 두 사람은 다시 앙 가르드를 취했다. 두 사람은 마스크와 가슴받이는 착용하지 않았다. 그것이 상대방을 자극할까 우려해서였다.

이번 대결은 거칠었다.

마리우스는 시합을 중단하면서 외쳤다.

"당신 몸을 찔렀어요!"

"아니오. 내가 당신 몸을 찔렀소. 루이데지레, 자네 의견은?"

집사는 대답하지 않았다.

마리우스는 흥분하며 말했다.

"다시 합시다!"

"원하신다면. 하지만 당신보다는 내가 더 날렵하네."

시합은 다시 격렬해졌다. 발뒤꿈치가 마룻바닥을 밟는 소리와 두 날이 부딪치는 소리가 요란했다. 두 검객은 승부욕에 불탔다. 갑자기 아메데가 제자리에서 빙 돌면서 지나치게 검을 돌리더니 마치 상대방을 모욕하려는 듯 천천히 한쪽 다리를 앞으로 쭉 내밀었다. 후작의 검의 끝이 마리우스의 심장 언저리에서 멈췄다. 피할 수 없는 일격이었다.

후작은 임무를 완수했다는 표정을 짓고 내뱉었다.

"당신은 죽었소."

후작은 앙 가르드 선으로 돌아와 루이데지레에게 검을 건네고 장갑을 벗었다.

마리우스가 패배를 인정했다.

"당신은 나한테는 너무 강한 상대요. 하지만 언젠가는 내가 이길 겁니다."

두 사람은 탈의실로 들어갔다. 아메데는 옷을 갈아입으면서 마리우스에게 물었다.

"쓸쓸한 연말 축제인데 오늘 저녁 우리와 함께하지 않겠소? 우리는 네 호텔에서 지루한 사교모임을 가진 다음 무도회장과 카바레를 돌아다닐 것이네. 루이데지레가 모든 것을 준비했네."

집사는 두 사람에게 정중하게 미소를 보냈다.

마리우스는 난처했다. 코제트를 어찌한담?

마침내 마리우스는 결심했다.

"기꺼이 초대를 받아들이겠습니다."

아메데가 약속 장소를 정했다.

"그럼 8시 30분에 네 호텔에서 만나세."

그리고 부담을 주는 눈빛으로 물었다.

"매력적인 부인도 함께 오시겠죠?"

마리우스는 침울해지며 무뚝뚝하게 대답했다.

"코제트가 거절할까 봐 걱정이에요. 아내는 그런 걸 좋아하지 않아요."

아메데는 짐짓 쾌활한 표정을 지었다. 그것은 아쉬움을 숨기는 그의 방식이었다. 그는 참을성이 있었다. 후작은 조만간에 매혹적이고 아름다운 퐁메르시 남작부인을 만나기 위한 치밀한 계획을 세워놓았던 것이다. 그는 지금까지 누구에게도 느끼지 못했던 은밀한 감정을 코제트에게 품고 있었다.

* * *

마리우스는 아메데의 초대를 고민하면서 3시 무렵 카페 드 파리에서 나왔다. 그는 방금 멋쟁이임을 보증하는 이 우아한 카페에서 비숍, 즉 레몬과 설탕을 가미한 따뜻한 포도주를 마셨다. 그리고 아메데와 그의 집사가 떠난 후 아라고, 뒤마, 로크플랑, 뮈세가 격론을 벌이는 모습을 보았다. 낭만주의는 지나가고 조금씩 공화주의의 시대가 오고 있었다. 시대의 흐름을 잘 따라야 했다.

오스망 대로는 새로 만든 인도, 대형 분리대, 두 줄의 커다란 가로수와 함께 모든 게 빨갛게 번쩍거렸다. 마리우스는 단호한 발걸음으로 포장된 길을 걷기 시작했다. 공기는 상쾌했다. 시원한 겨울바람이 오렌지와 달콤한 아몬드 향기를 실어다주었다. 그는 지팡이를 쥐고 오페라해트를 비스듬히 쓰고 영국 카페, 리치 카페, 토르토니 카페 앞을 지나갔다. 전설적인 명소가 된 이들 카페의 세 개의 계단은 핏빛 옷을 걸친 젊은이들이 점령하고 있었다.

얼굴에 분을 바른 명랑한 젊은이들은 마빌에발랑티노 무도장에서 보낼 파티에 관해 얘기하고 있었다. 마리우스는 아이스크림 장수 주위에 자리 잡은 화려한 손님들을 쏘아보았다. 만일 누군가가 자신을 알아보기라도 한다면! 분명 그의 옷차림에 문제가 있을 것이다. 그에게는 말, 박차, 그리고 오스망 대로의 단골이라면 누구나 갖고 있는 부드러운 파란색 모직 옷이 없었다. 최대한 빨리 갖춰야 할 것이다. 지팡이를 꽉 쥐고 길을 재촉했다. 그는 자신을 향해 두 팔을 벌리고 있는 이 세계에서 어떻게 처신해야 할지 알 수 없었다. 소심하면 야심가가 될 수 없고 야심가는 소심한 사람이 될 수 없는 법이다. 그는 자신이 누구이며 어디로 가야 할지 알수 없었다. 그는 쓰라린 고통을 목걸이처럼 달고 다녔다. 또 자신에게 분노를 느꼈다. 요컨대 마리우스는 실의에 빠졌다.

무엇에 대해 실망했을까? 모든 것에 대해. 이 명백한 사실이 그를 괴롭혔다. 그는 이를 악물고 어깨를 구부린 채 장인의 죽음을 생각하면서 걸었다. 자신이 끊임없이 추락하고 있다는 느낌이 들었다. 설령 인정하고 싶지 않더라도 관대한 사상을 지닌 이 젊은 공화주의자는 많이 변했다. 그는 자신이 참여했던 역사적 사건들의 여파를 정면으로 겪었고, 이 시련은 끊임없이 그를 괴롭혔다. 추억이 떠올랐다. 앙졸라, 그랑테르, 에포닌, 가브로슈의 죽음. 그리고 자베르의 자살. 또 장 발장과 외할아버지의 죽음. 이 모든 것은 명백하게 확인된 사실이었다. 그는 모든 권위와 규정을 거부하고 자기 멋대로 살고 싶었다. 그는 종교, 인류, 신, 무한을 언급할 때마다 자신의 마음에 대해 얘기했다. 그가 마음속에 담고 싶은 것은 카오스였다. 그래서 아메데를 만난 것은 신의 계시처럼 느껴졌다. 그는 귀감을 발견한 것이다. 아무것도 원하지 않고 만사에 무관심한 사람. 삶의 의미를 상실하고 절대 자유주의를 추구하는 귀족. 공모자.

마리우스는 오스망 대로를 벗어나 오페라 극장으로 향했다. 사람들은 시간을 죽이고 싶을 때 걷는다. 아니면 자살한다. 아무것도 생각하지 않기 위해 자살한다. 하지만 마리우스는 생각을 많이 했다. 아니 너무 많이 했다. 그리고 잘못 생각하기도 했다. 예를 들면 빈둥거리면서도 생탕투안이나 생드니 구역은 조심스럽게 피할 것이다. 특히 낮에는 가지 않을 것이다. 회상조차 하지 않을 것이다. 가족과 친구들. 뮈쟁 카페와 1832년 6월 파리 폭동. 전투에서 죽거나 군대에게 무참히 총살당한 친구들의 환영. 비참한 생활. 침울한 작업장, 수상쩍은 상품, 불법 거래, 노동력 착취. 이 비참한 구역을 찾아가면 서민들은 묘한 표정으로 우리를 바라볼 것이다. 이들은 비난의 손가락질조차 하지 않을 것이다. 쓸데없는 짓이니까. 우리를 사로잡는 것은 냄새다. 탄생, 단말마 등 모든 일은 언제나 냄새 속에서 일어나지 않는가. 이 냄새는 오랫동안 우리 마음속에 남게 될 것이다. 끈질기게. 바로 이런 일이 마리우스에게 일어났다. 비참한 생활의 흔적. 죄의식의 흔적.

마리우스는 걸음을 재촉했다. 그는 생각이 너무 많았다. 하지만 끊임없이 생각하지 않고 걷는 사람은 진정한 산책자가 아니다. 진정한 산책자라면 주위를 살피고 탐색하고 응시하고 생각하고 명상한다. 또 산책자는 느긋하게 걷는 구경꾼이다. 산책자는 둥근 포석(鋪石), 말의 걸음걸이, 갑자기 울음을 터뜨리는 회색빛의 새들, 태양과 숨바꼭질하는 구름, 박공에 쓰여 있는 건축물의 내력, 거리의 가수들, 클라브생을 연주하는 맹인, 물장수들, 종이상자 판매인들, 별봄맞이꽃 상인들, 구리 그릇을 닦는 사람들, 행상인과 넝마주이들, 예수회 수도사들과 우산을 쓴 사람들을 좋아한다. 산책자는 자신의 고독, 모순되는 무수한 생각들, 소용돌이치는 무궁무진한 심상, 용병 대장의 자부심을 좋아한다.

하지만 산책이 모든 것을 지울 수는 없다. 그가 경멸하는 낭만주의자들처럼 마리우스는 자신이 사람들로부터 고립되고 진가를 인정받지 못한 이방인처럼 느껴졌다. 또 자신이 박해와 저주를 받은 사람, 음산한 신비의 장본인처럼 느껴졌다. 예전에는 자연스럽게 정치에 참여했지만 이미 지나간 일이었다. 그런데 지금은? 술트 내각의 프랑스는? 정국은 배신과 이권 다툼이 난무했다. 술트는 나폴레옹 1세와 루이 18세를 배신했고, 옛 동료들을 박해했다.

마리우스는 구토증을 느꼈다. 워털루 전투의 영웅인 아버지 퐁메르시 대령은 야심가이자 기회주의자이며 회개할 줄 모르는 약탈자에 지나지 않은 술트를 비롯한 여러 불충한 원수(元帥)들의 잘못으로 죽었다.

마리우스는 지팡이를 가지고 재주를 부리다가 콩코르드 다리의 난간을 내리쳤다. 아우스터리츠와 바그람의 독수리 나폴레옹은 대체 어디로 사라졌단 말인가? 티에르가 내무부를, 기조가 교육부를 맡은 프랑스는 무능한 정치가들과 투기꾼들의 나라가 아닌가!

마리우스는 숨을 가다듬었다. 이런 분노는 그를 기진맥진하게 했다.

건너편에서 센 강 좌안의 강둑이 보였다. 그는 튈르리 궁 쪽으로 돌아가서 퐁뇌프 다리를 건넌 다음 라탱 지구로 갈 참이었다. 파리 좌안, 생제르맹 구역…… 그는 미소를 지으면서 머리를 흔들었다. 환멸의 소용돌이 속에서 느끼는 한 가지 만족감. 그는 피유뒤칼베르가에서 플뤼메가로 이사했던 것이다.

마리우스는 빨간 바지를 입은 최전선 보병부대의 장교들이 센 강을 따라 행진하는 동안 루이 필리프 왕이 으스대며 걸었던 튈르리 궁을 지난 후 퐁뇌프 다리가 보이는 곳에 도착했다. 엄청난 군중이 다리에 몰려 있었다. 그 위용에도 불구하고 사람들의 시선을 끌지 못하는 앙리 4세의 기마상은 시테 섬으로 가고 있던 챙 달린 모자에 작업복을 입은 노동자들의 웃음거리가 된 것처럼 보였다.

마리우스는 다리를 건넌 다음 최초로 가로등이 설치되었던 도핀가로 들어섰다. 랑뷔토 도지사 시절에 파리 전체에 가스 가로등이 설치되었다. 랑뷔토는 또한 하수도망, 이정표형의 분수전(噴水栓), 포장도로, 도로보다 높이 올린 인도, 남자 화장실을 만들었다.

마리우스는 앙시엔코메디가에 도착하기 전에 안뜰과 철공소가 있는 고택을 조심스럽게 들여다보았다. 프레데릭 리볼리에에 따르면 이 집은 바르베스와 블랑키 같은 인권단체의 주동자들이 왕정을 전복하기 위해 음모를 꾸몄던 곳이다.

마리우스는 씁쓸한 미소를 지었다. 격동의 시대가 그를 냉정한 사람으로 만들었다. 1832년 6월 파리 폭동이 실패로 끝나고 친구들이 죽자 그는 정치와 사회를 완전히 외면해버렸다. 그는 영혼의 가장 깊숙한 밑바닥까지 상처를 입었던 것이다. 기조와 그의 패거리가 알랑거리는 부르주아들이 공화파와 왕당파 간의 한심한 싸움에서 언제나 승자가 될 터인데 어떤 사회적 신분에서 투쟁을 한들 무슨 소용이 있겠는가.

마리우스는 앙시엔코메디가를 거슬러 올라간 후 에콜드메드신 광장에 있는 타베른 카페에서 냉커피를 마시기로 했다. 자신의 우유부단함에 울화가 치밀었기 때문이다. 그는 자신이 무엇을 하고 싶은지도 몰랐다. 어떤 때는 모든 것을 하고 싶었고, 또 어떤 때는 아무것도 하고 싶지 않았다. 다른 사람들의 성공을 부러워하면서도 지금은 아무것도 하고 싶지 않았다.

마리우스는 오데옹 사거리에서 오데옹 광장으로 가는 삯마차 한 대를 발견했다. 피가 얼어붙는 듯했다. 코제트가 마차에 타고 있지 않은가. 아내 옆에는 절친한 친구 프레데릭 리볼리에가 있었다.

그 순간 마리우스는 너무도 놀란 나머지 강직 경련이 일어나면서 망연자실했다. 그는 두 눈을 비비고 콩데가까지 달렸다. 너무 늦었다. 마차는 사라지고 없었다.

놀라움이 분노로 바뀌었다. 정확히 봤을까? 코제트가 프레데릭과 바람을 피운단 말인가?

타베른 카페에 앉은 그는 분개해서 노발대발했다. 하지만 곧 후회했다. 그는 세련된 멋쟁이가 아닌가. 만사를 경멸하고 초탈하지 않았는가. 그는 커피를 주문하고 아메데의 초대에 응한 게 다행이라고 생각했다. 의과대학으로 시선을 옮겼다. 학생들은 노래를 부르며 혁명을 찬양했다. 그들은 부르주아들에게 시위와 폭동이 난무하는 뜨거운 맛을 보게 될 거라고 경고했다.

마리우스는 학생들을 노려보았다. 프레데릭은 그들처럼 의대생이었다. 마리우스는 다시 침울해졌다. 그는 그 나쁜 배신자이자 주정뱅이인 혁명주의자를 먹여 살렸단 말인가? 그리고 코제트는? 두 눈에 눈물이 글썽거렸다. 그녀는 어떻게 그럴 수가 있을까? 아! 그녀는 기다린다고 해서 손해 볼 게 없는데……. 어디 한번 두고 보자!

마리우스는 다시 분노를 억눌렀다. 코제트의 배신을 되새기는 대신 아메데와 함께할 유흥을 생각하기로 했다. 그는 지금까지 한 번도 보지 못한 것을 발견하게 될 것이다. 그는 자신의 인생에 한 가지 의미를 부여하고 싶었다. 아니, 여러 가지 의미를 부여할 것이다! 우울한 생각에 사로잡힌 사람은 자신을 돌이켜보게 되는 법이다. 마리우스는 코제트를 생각하면서 회한을 느꼈을까? 아마 그렇지는 않았을 것이다. 그 역시 광란의 축제를 즐길 것이다. 환호성을 내지르고 작은 뿔나팔을 불어대는 요란한 차림의 군중으로 가득한 양쪽 인도 사이에서 긴 의자를 갖춘 랑도 사륜마차, 니스를 칠한 2인승 이륜마차와 삯마차 등 온갖 종류의 마차가 흥청망청 놀기 좋아하는 인파를 쏟아내고 있었다. 그에게는 방탕하고 타락한 여인들처럼 보였다! 그는 바리에테 극장, 프랑코니 곡마장, 보드빌 극장, 이달리 카바레, 앙비귀 극장, 올림피크 곡마장, 생마르탱 시문 무도회, 탕플 대로와 생라자르가의 무도회를 돌아다닐 것이다! 누구와? 아메데, 루이드 베르뉴, 앙리 드 라 로슈드라공과 함께! 황홀하고 지옥 같은 생활, 아니지옥보다 훨씬 더 황홀한 생활. 그는 돈을 마구 뿌릴 것이다. 진짜 세련된 멋쟁이처럼. 경쾌한 마음, 무거운 시선. 하지만 후회는 하지 않을 것이다.

마리우스는 커피를 마시고 계산했다. 그는 일어나면서 프레데릭을 발견했다. 마리우스의 시선이 흐려졌다. 그는 사시나무처럼 떨었다. 제기랄, 프레데릭이 그를 알아보고 다가오는 게 아닌가.

"마리우스? 여기서 뭐해?"

"자네를 기다리고 있었지……."

마리우스의 두 손이 부들부들 떨렸다.

프레데릭은 의자를 잡고 마리우스 옆에 앉았다. 그리고 억지로 미소를 지으며 말했다.

"마침 잘됐네. 자네를 꼭 만나고 싶었거든."

"무슨 일로?"

"자네 부인의 문제로."

마리우스는 단도에 찔린 느낌이 들었다. 하지만 아메데를 생각하고는 빈정거림이 깃든 관대한 어조로 물었다.

"우연히 지나가는 길이야?"

"어떤 점에서는 그렇지."

"그럼 다른 이유도 있어?"

프레데릭은 탁자에 팔꿈치를 괴고 레몬수와 함께 포도주 한 단지를 주문했다. 그리고 슬픈 표정으로 마리우스를 바라보며 물었다.

"마리우스, 무슨 일 있어?"

마리우스는 프레데릭을 머리부터 발끝까지 훑어보았다. 목까지 단추가 달린 파란 외투, 하얀 조끼, 매듭이 약간 풀린 빨간 넥타이. 그의 단호한 태도는 화려한 옷차림과 어울렸다. 「라트리뷘」의 공격적인 기자이자 미래의 의사인 프레데릭은 마리우스보다 몇 살 위였다. 스물여섯 살인 그는 당당하고 자부심이 강했다. 고불거리는 적갈색 머리는 벗겨진 넓은 이마를 더욱 돋보이게 했다. 마리우스는 1832년 6월 폭동 때 이 공화주의자의 아들을 알게 되었다. 물론 프레데릭도 공화주의자였다. 군대가 포위했을 때 프레데릭은 샹브르리가의 바리케이드에서 빠졌나왔다. 그의 시선은 부드러움과 위엄으로 가득했다. 매력과 섬세함이 넘치는 미소를 짓자 콧수염의 색깔 덕분에 하얀 치아가 더욱 눈부셨다. 붉은색에 가까운 밤색 구레나룻은 보조개가 있는 턱까지 내려왔다. 지금까지 그는 극히 세심한 친구였다. 코제트는 미소를 지으면서 "단지 결점이라면 술꾼이라는 점이야."라고 말했다. 그는 플뤼메가의 집으로부터 저녁식사 초대를 받을 때마다 샹베르탱 포도주를 가져왔다.

프레데릭은 자신이 혁명사상에 충실하다는 사실을 내세우며 외쳤다.

"나폴레옹 황제께서 좋아하는 포도주야!"

프레데릭은 마리우스에게 죄의식을 부추겨 자기편으로 끌어들이기 위

해 그러는 걸까? 아니면 단지 마리우스를 무기력한 상태에서 벗어나게
해주기 위해서? 아무튼 마리우스는 예전 같지 않았고 쓸쓸하고 방황하는
것처럼 보였다. 두 사람은 어떻게 다시 만났던가. 마리우스의 외할아버
지 장례식장에서 세상에서 가장 격식 없이 친한 모습으로 만났었다. 프레
데릭은 왕당파 신문인 「라코티디엔」을 싫어하면서도 날마다 읽고 있었
는데, 부고란에서 질노르망의 이름을 보았던 것이다. 이 이름은 다른 이
름, 즉 자유주의 사상에 심취한 '마리우스 퐁메르시'라는 혈기왕성한 젊
은이의 이름을 떠올리게 했다. 리옹 견직물 공장 노동자들의 폭동 때 루
이 오귀스트 블랑키(7월 혁명, 2월 혁명, 파리 코뮌 등에서 혁명 운동을 이끌었던
사회주의자―옮긴이)가 노동자 편을 들고 무산계급의 옹호를 역설하는 것을
보고 감동한 프레데릭은 인권협회에 가입했다. 그는 도핀가에서 몽소가
까지 모든 집회에 참석했고 왕에 맞선 선동적인 글을 써서 정부와 왕당파
의 분노를 샀다. 그는 국민공회(왕정이 무너진 뒤 새 헌법을 만들기 위해 선출되
어 1792년 9월 20일부터 1795년 10월 26일까지 프랑스를 통치했던 의회―옮긴이)의
산악파 지도자들을 지지했고 보통선거, 단체 결성권, 경제 위기의 직격탄
을 맞은 노동계를 위한 개혁을 주장했다.

　프레데릭은 생각에 잠긴 마리우스를 보고 다시 물었다.

　"무슨 일 있어?"

　"아무것도 아니야. 누구에게나 일어날 수 있는 일이 내게 일어났을 뿐
이야. 나는 살고 싶고, 내가 지금까지 전혀 활용하지 않았던 것을 이용하
고 싶고, 경영자도 피착취자도, 부르주아도 노동자도, 귀족도 평민도 허
상의 하인에 지나지 않는 그런 세상에서 조롱의 주인이 되고 싶어. 나는
회의주의자, 빈정대는 사람, 무례한 사람이 되고 싶고, 내 인생을 예술품
으로 만들고 싶어. 나는 거만한 태도로 부르주아의 야비한 짓을 폭로하고

싶어. 나는 모든 사람들이 '예'라고 말하는 것에 확고하게 '아니다'라고 말하고 싶어. 모든 사람들이 초라하게 입고 먹으며 갈증을 풀기에 급급할 때 나는 버킹엄 궁에서처럼 먹고 마시고 입고 싶어."

프레데릭은 단숨에 잔을 비우고 두 번째 잔을 들이켰다. 그는 질겁한 눈으로 친구를 응시했다.

"굉장한 계획이군. 하지만 마리우스, 자네는 잘못 생각하고 있어."

"그럼 순수하다고 자부하는 당신네들은 잘못 생각하는 게 아닌가? 순수한 것은 모두 속이는 거고, 속이는 것은 모두 파괴하는 거지. 당신네들은 순수성의 이름으로 자기 입맛에 맞지 않는 사람들을 제거하지. 그게 당신네들의 특성이야."

프레데릭은 황당하다는 듯 두 손을 벌렸다.

"우리의 특성이라고? 그럼 자네의 특성은 뭐지? 자네는 테오필 고티에, 알프레드 드 뮈세, 외젠 쉬처럼 도발적인 경멸로써 서민의 고통을 모르는 체하는 상류층 인사들을 흉내 내잖아."

프레데릭은 다시 한 잔을 마시고 탁자 위에 손을 펴서 놓았다.

"아무튼 나는 정치에 대해 얘기하지 않았어. 나는 자네 인생에 대해 얘기한 거야. 자네는 집에 순수한 보물을 갖고 있어. 그 보물의 이름은 코제트야."

"그래서 어쩌란 말이야?"

"자네의 심한 변덕 탓에 코제트는 당혹해하고, 자네의 잦은 외출 탓에 불행에 빠졌어."

마리우스는 경멸의 표정을 짓고 목을 쭉 늘였다. 대체 나의 평범한 일상이 프레데릭과 무슨 상관이 있단 말인가.

마리우스는 약간 화를 내며 내뱉었다.

"자네는 아는 것도 많군."

"그게 아니야. 짐작일 뿐이야. 나는 자네의 충실한 친구가 되고 싶지만 자네 사생활에 끼어들 생각은 없어. 하지만 코제트가 시들고 있어. 그녀의 안색과 시선을 보면 알 수 있어. 그녀는 말은 안 하지만 혼자 괴로워하고 있어."

지금 그는 의사로서 말하는 것일까, 정부로서 말하는 것일까? 마리우스는 화를 낼 뻔했다. 어떻게 코제트는 이 사람의 충고에 쉽게 빠져들 수 있단 말인가.

마리우스는 아메데의 말투를 흉내 냈다.

"모든 여자들이 고통스러워하지. 여자들은 독창성, 상상력 그리고 특히 독립성이 부족하기 때문에 고통을 겪는 거야."

"자네는 아내한테 무관심한 것 같아."

마리우스는 의기양양하게 물었다.

"조금 전 코제트가 그렇게 고백하던가? 거짓말하지 마. 두 사람이 마차에 타고 있는 걸 보았어."

프레데릭의 얼굴에는 당황한 기색이 역력했다. 그는 분명 코제트와 함께 있었다. 하지만 마리우스가 넌지시 언급한 이유로 만난 것은 아니었다.

프레데릭은 포도주 단지와 레몬수를 마저 마신 다음 말했다.

"아메데 디그랑드가 역겨운 수법으로 자네를 가지고 놀고 있어."

마리우스는 이번에는 벌컥 화를 냈다.

"역겨운 수법이라고? 자네가 감히 그렇게 말할 수 있어? 시시한 혁명가들과 함께 어울리며 술이나 마시고 모호한 이야기를 주고받으며 대부분의 시간을 보내는 자네가? 몰래 코제트를 만나는 자네가? 그런데도 나더러 한심한 놈이라고?"

마리우스는 목소리를 가다듬고 말을 이었다.

"인생에서 친구는 선택하는 거야. 나는 아메데 디그랑드를 선택했어!"

프레데릭은 신경질적인 웃음을 터뜨렸다.

"그는 자네에게 나쁜 친구야. 게다가 그는 겉으로 보이는 것만큼 신사적이지 않아."

"무슨 뜻이야?"

"아메데가 자네 마누라에게 눈독을 들이고 있는데 자네는 어리석게도 그에게 매료된 나머지 눈치 채지 못한 거야."

마리우스는 벌떡 일어나 탁자를 쾅 내리쳤다.

"너무하는군! 프레데릭, 조심해!"

마리우스는 망연자실해하는 가엾은 친구에게 눈길 한 번 주지 않고 타베른 카페를 떠났다. 프레데릭은 분명 당황한 것 이상으로 안타까워했을 것이다.

* * *

마리우스는 걸어가면서 아메데의 말을 떠올렸다. "매력적인 부인께서도 함께 오시겠지요?" 그는 침울해졌다. 프레데릭은 대체 아메데에 대해 뭐라고 꾸며대려 했을까? 정말로 그가 꾸며낸 걸까? 마리우스는 기분이 상했다. 두 가지 감정이 요동쳤다. 프레데릭에 대한 급작스러운 혐오감과 아메데에 대한 돌연한 혼란스러움.

마리우스가 플뤼메가의 철문을 밀었을 때 코제트는 등을 돌리고 있었다. 그녀는 온실 과수장(果樹牆)의 장미나무를 다듬고 있었다. 그녀는 하나에서 열까지 손수 정원을 가꾸었다. 마들렌만이 그녀를 도와주었을 뿐이다.

마리우스는 코제트가 매우 아름답다고 생각했다. 또 여자는 뭔가 숨기는 게 있으면 남편에게는 더 이상 매력적으로 보이지 않는 법이라고 생각했다. 그는 천천히 다가가서 장미 한 송이를 꺾어 코제트의 머리에 꽂았다. 아내는 깜짝 놀라며 돌아섰다. 얼굴이 창백했다. 그녀는 전지가위를 들고 있었다.

"당신이야?"

코제트는 두 팔을 벌리고 키스를 퍼부었다. 하지만 마리우스는 아내를 밀어냈다. 양심의 가책 때문에 아양을 부리는 것일까?

마리우스는 이를 갈면서 말했다.

"오늘 저녁 나는 네 호텔에서 디그랑드 후작과 약속이 있어. 그래서 저녁식사는 집에서 할 수 없어. 그건 그렇고 이 터무니없는 연말 축제를 달력에서 없애버리면 좋겠어."

"어떤 축제 말이야?"

"성탄절과 우리를 다음 해로 떨어뜨리는 망할 놈의 새해 첫날 말이지."

코제트는 전지가위를 내려놓으면서 중얼거렸다.

"오늘 저녁은 우리 둘이 함께 보낼 거라고 생각했는데……."

그러자 마리우스가 거짓말했다.

"오늘 파티는 내 미래가 걸려 있는 중대한 거야. 다음에 단둘이 오붓하게 보내자고."

코제트는 한참 동안 남편의 얼굴을 바라보았다.

"나는 다음번엔 없을지도 몰라."

2
사교계의 유혹

그날 오후 강풍이 생드니 구역의 골목길에 몰아쳤다. 어슴푸레한 가로 등 불빛이 울퉁불퉁한 포장도로 한가운데에 생긴 피 웅덩이를 비추고 있었다. 고양이 가죽 모자를 쓴 남자가 등을 구부린 채 걷고 있었다. 60대는 되어 보였다. 독수리의 목, 울퉁불퉁하고 깊게 파이고 주름진 이마, 잿빛 콧수염, 어설프게 다듬은 목걸이, 부리처럼 뾰족한 코. 노인은 양 떼 곁을 지나가면서 코를 틀어쥐었다. 이곳은 양을 도살하는 곳이었다. 도살된 동물의 피가 배수구로 흘러 들어갔다. 온갖 부위의 잔해를 가득 실은 트 럭들이 어디론가 떠났다. 가장 끔찍한 것은 지독한 냄새였다. 에코르슈리 가와 트리프리가의 시절처럼 온종일 양을 잔인하게 도살했다. 도로에는 피가 줄줄 흘러내렸다. 행인들의 신발에 피가 엉겨 붙었다.

고양이 가죽 모자를 쓴 노인이 불평했다.

"제기랄, 황제께서 파리의 다섯 곳, 그러니까 몽마르트르, 메닐몽탕, 빌 쥐이프, 그르넬, 룰에 도살장을 설치해서 이런 악취를 선사하다니!"

다브 데 그레프는 악착스러운 노동력 착취와 치밀한 사기 근성으로 유 명했다. 그는 부자들에게는 상냥하게, 가난한 사람들에게는 모질게 굴었다. 이익을 얻기 위해서는 어떤 비리도 주저하지 않았다. 또 처벌을 받지 않을 거라고 장담할 정도로 오만과 위선으로 가득했다.

다브 데 그레프는 오래된 돼지가죽 조각을 차지하려고 싸우는 고양이들을 보면서 중얼거렸다.

"음, 내 귀여운 녀석들!"

그는 돈을 벌기 위해서라면 추악한 장사도 마다하지 않았다. 밤이 되면 동물의 허파와 쥐오줌풀로 고양이들을 유혹했다. 고양이를 사로잡으면 가늘고 뾰족한 비수로 목을 찔러 죽였다. 이 사업을 혼자 시작했지만 이제는 한 무리가 그를 돕고 있었다. 고기는 싸구려 식당의 주인에게 10수에, 가죽은 무두장이에게 15수에 팔았다. 여섯 달도 채 안 돼서 상당한 재산을 모았다. 사업이 번창하자 생메리 성당에서 멀지 않은 오브리르부셰 가에 위치한 건물의 1층을 사들였다. 양털을 빗질하는 공장이었다. 일곱 살에서 열다섯 살 되는 아이들이 그곳에서 일했다. 대부분이 다브 데 그레프가 퐁토상주 교 근처에서 찾아낸 고아들이었다. 그는 아이들의 환심을 사기 위해 장밋빛 장래를 약속했다. 도둑질과 아동 인신매매라는 끔찍한 직업을 가진 한 공범이 그에게 몇몇 아이들—모두 사내아이들—을 공급했다.

이 인신매매범이 다브 데 그레프에게 말했다.

"이 녀석들을 일급 살인청부업자로 만들 수 있네. 먼저 일하는 법, 복종하는 법, 가난을 견디는 법을 가르치게. 이어서 거짓말하는 법, 훔치는 법, 죽이는 법을 알려주게."

그래서 아이들 중에서도 대담한 녀석들은 각종 끈과 미끼를 가지고 고양이를 사냥해서 즉석에서 내장을 꺼내고 소모공장에서 가죽을 벗겼다. 연약한 아이들은 공장에서 일했다. 각자 자기 전공을 가지고 있었다.

고양이 장수 다브 데 그레프는 생드니가를 거슬러 올라가고 있었다. 그는 건물 근처에서 걸음을 멈추고 주위를 살피면서 가난한 사람들을 관찰하곤 했다. 모피를 덧댄 깃이 달린 검은 외투에 고양이 가죽 모자를 쓴 그의 모습은 주민들의 두려움을 자아냈다. 몇 달 전 그가 이 동네로 이사 오던 날, 주민들은 그가 라스네르라는 이름을 가진 위험해 보이는 이와 함께 있는 모습을 여러 차례 목격했다. 두 사람은 위조화폐 사건에 연루되어 있었다. 라스네르는 비세트르 감옥에서 몇 달간 형을 치른 후 라포르스 감옥으로 이감된 적이 있었다. 그의 죄목은 어느 식당에서 은 식기를 훔친 것이었다.

라스네르는 13개월 동안 투옥되기 전 이 노련한 사기꾼에게 무슨 일이든 잘하는 알렉상드르 틱시에라는 친구를 추천했다. 과연 '예수'라는 별명을 가진 틱시에는 다브 데 그레프의 일당, 즉 자객, 포주, 도둑, 도형수 출신으로 이루어진 패거리를 욕되게 하지 않았다.

다브 데 그레프는 그르네타가의 좁은 골목길로 접어들었다. 충동적인 이 노인은 몇몇 건물과 평소에 불쌍한 아이들이 뛰노는 방치된 작은 안뜰을 둘러보았다. 노인은 울타리 안에서 허약한 기형아들에게 둘러싸였다. 창백하고 흙투성이 얼굴에 불결하고 악취를 풍기는 아이들이 한 푼만 달라고 애걸했다.

"꺼져, 이 천민들아! 꺼져버려. 그렇지 않으면 네놈들의 가죽을 벗길 테야!"

기겁한 아이들은 각자의 은신처로 달아났다. 부서진 건물, 헛간, 사용하지 않는 벽난로 안이 아이들의 은신처였다. 잠자리는 마른 감자 잎사귀와 밀짚을 모아 만들었다.

다브 데 그레프는 악랄한 미소를 지었다. 그리고 지팡이를 휘두르며 다시 소리쳤다.

"또 그따위 짓을 해봐라! 네놈들이 실컷 먹고 진짜 침대에서 자고 싶다면 몰라도!"

그러고는 꼬드기는 목소리로 말을 이었다.

"애들아, 나와 함께 있으면 비참한 생활은 끝이야. 내 주소 알지? 자, 그럼 또 보자고."

민중의 궁핍과 박탈감은 화려하고 여유로운 상류사회의 광적인 낭비와 극명한 대조를 이루었기에 더욱 끔찍해 보였다. 상류층의 수입과 재산은 화려한 옷치장, 사교계 행사, 왕성한 식욕으로 인해 사라졌다. 민중이 반란을 일으킬 만도 했다. 다브 데 그레프는 서민이 아니었다. 굶주린 아이들의 모습은 그에게는 곧 기쁨이요, 아이들의 비참한 생활은 즐거움이었다. 그 아이들이야말로 그의 생계수단이었기 때문이다.

* * *

다브 데 그레프는 뒤를 한 번 슬쩍 돌아본 다음 구리로 만든 두 개의 방패꼴 문장이 붙어 있는 커다란 대문을 밀었다. 나무가 하늘을 덮은 통로는 토끼장으로 사용하는 세탁장과 연결되어 있었다.

다브 데 그레프는 이렇게 말하곤 했다.

"무슨 일이 일어날지 아무도 모르지. 만일의 경우를 대비해서 나는 페스트를 경계하듯 밀고자들을 조심하지. 경찰이 들이닥치면 토끼를 보여주면 돼. 그러면 물건을 속여 팔았다고 나를 고소할 수 없잖아."

건물은 포도주 가게가 입주한 1층, 토끼장, 창고 그리고 세 개 층으로 이루어졌다. 곧장 앞으로 가면 바람과 빛이 없는 작은 안뜰이 나오는데,

그곳에 온갖 쓰레기가 쌓여 있었다. 다브 데 그레프는 이 안뜰과 1층 창고가 잘 보이는 4층에 있는 두 개의 방을 사용하고 있었다. 진짜 감옥 같은 집이었다.

다브 데 그레프는 열쇠꾸러미를 꺼내 창고 문을 열었다. 그리고 만족스럽다는 듯 길게 숨을 내쉬었다. 참혹한 광경은 그의 마음을 편하게 해주었다. 칸막이 벽에서 벌레 먹은 가느다란 각재가 드러났고, 지붕의 경사진 부분에 널찍한 천창이 나 있었으며, 양초가 기름 얼룩이 묻은 작업대에 누런빛을 비추고 있었다. 마룻바닥에는 썩은 밀짚 더미, 더러운 넝마, 갉아먹은 뼈다귀, 양털 부스러기, 양의 몸에서 분비된 기름기, 둥그스름한 큰 빵, 폭신폭신한 양털 뭉치, 피가 섞인 가죽, 고양이 머리통이 가득 담긴 상자 따위가 널려 있었다. 창자는 밖에 내다놓았는데도 지독한 냄새가 풍기는 것을 막을 도리가 없었다. 오줌 냄새, 생식기 냄새, 온갖 배설물 냄새가 뒤범벅이었다. 지면에서 2미터쯤 떨어진 천창 왼쪽 위에 틀어지고 기울어진 중이층(中二層) 다락이 하나 있었다. 사다리를 통해서만 올라갈 수 있었다. 그곳에서는 서 있을 수 없었다. 다락의 가장자리에 고정된 칸막이 벽 가운데 둥근 창이 하나 달려 있었다. 아이들은 잠을 자기 위해 이 둥근 창을 통해 다락으로 들어갔다.

다브 데 그레프가 한마디 툭 던졌다.

"작업량은 끝냈나?"

아무도 고개를 들지 않았다. 10여 명의 아이들이 작업하고 있었다. 구석에서 한 노인이 흔들의자에 앉아 작업장을 감시하고 있었다. 이 노인은 움직이지도 말하지도 듣지도 못하는 장애인이었다. 단지 보기만 했다. 그것이 노인의 임무이기도 했다. 더 정확히 말하자면 감시하는 것이었다. 사람들은 이 노인을 푸앵퇴르(손가락으로 가리키는 사람)라고 불렀다. 그의 유일한 움직임은 게으름을 피우는 아이를 발견하는 즉시 손가락질을 하는 것이었다.

다브 데 그레프가 도착했을 때 푸앵퇴르는 마침 엄청 길고 까만 손톱에 쭈글쭈글하고 구부러진 집게손가락으로 졸고 있던 한 꼬마를 가리키고 있었다.

그때 쉰 목소리가 끔찍하게 울렸다.

"또 이 녀석이군! 기다려. 내가 직접 매질을 해주마!"

적갈색 머리에 뚱뚱한 청년이 어둠 속에서 불쑥 나타났다. 네모지고 평평한 얼굴, 납작코, 돼지 눈, 짧은 다리, 불룩한 배. 땅딸막하고 곰처럼 털이 많은 작업반장이었다. 사람들은 그를 루제('붉은')라고 불렀다. 그가 소모(梳毛) 직공이 되기 전에 주로 구리제품을 수집하는 고철 장수를 했고, 뇌졸중 환자 같은 안색이 주근깨에 가려져 있었기 때문이다. 이 불카누스(로마 신화에서 불과 대장장이의 신─옮긴이)의 흙빛 얼굴은 분노에 사로잡힐 때면 빨갛게 변했다. 양쪽 볼은 마치 흡인력이 강한 목구멍이 속으로 사라진 듯이 깊게 파였다. 최근에 전혀 면도하지 않아 지저분하고 벌그스름한 얼굴이었다.

루제는 다브 데 그레프에게 인사도 하지 않고 어린 소모 직공에게 달려들었다. 다브 데 그레프는 이 아이가 고양이 사냥에 서툴렀기 때문에 이 공장에 배치했다. 아이는 겨우 일곱 살이었다. 새벽 4시부터 밤 10시까지 얼레빗과 긁개를 가지고 일을 했지만 하루에 2프랑도 벌지 못했다. 아이는 일을 잘하려 했지만 잠이 부족한 탓에 작업 중에 졸기 일쑤였다. 그때마다 푸앵퇴르는 집게손가락을 들었고, 루제는 손등으로 아이의 코를 때렸다. 그러면 아이의 얼굴은 하얗게 질리곤 했다.

아이는 용서를 빌며 말했다.

"루제 씨, 죄송해요. 정말로 몹시 졸려요……."

파리에는 이처럼 가엾은 아이들이 널려 있었다. 이 아이들의 운명은 아주 비참했다. 파리에서만 해마다 90명의 영아들이 살해되었다. 둘 중 한 명은 빈민가에서 죽었다. 죽지 않고 살아난 아이들은 버리거나 도둑질을 시켰다. 1841년이 되어서야 여덟 살이 안 된 아이의 고용과 열세 살 미만 아이의 야근이 법적으로 금지되었다.

루제는 어린 소모 직공 앞에 버티고 섰다.

"이봐 말썽꾸러기, 또 서서 잤냐? 너는 푸앵퇴르에게 고마워해야 해. 그는 네 급여를 깎지는 않잖아!"

손찌검으론 부족하다는 듯 루제는 굵은 채찍을 들고 게으름을 피우는 아이들에게 휘두르기 시작했다.

"자, 맛 좀 봐라!"

채찍질이 어찌나 난폭했던지 한 아이가 쓰러지고 말았다.

그러자 다브 데 그레프가 혀를 차며 말했다.

"이봐, 루제, 살살 해! 네가 작살내고 있는 건 내 생계수단이야!"

적갈색 머리는 성난 시선으로 내뱉었다.

"이 녀석은 쫓아내야 합니다."

늙은 다브 데 그레프는 살짝 손을 내저으며 말했다.

"루제, 이 문제는 나중에 얘기하자. 지금은 다른 문제로 왔다고."

하지만 적갈색 머리는 단념하지 않았다.

"이 말 안 듣는 라파엘과, 주걱턱에 건방지고 불량한 게일에게 응당한 조치를 취해야 합니다!"

늙은 다브 데 그레프는 고양이 가죽 모자를 고쳐 쓰고 단호하게 말했다.

"루제, 그런 건 내가 결정하는 거야. 게일은 고양이 가죽을 벗기는 일에는 선수야. 라파엘은 빗질하는 법을 배우게 될 테고.”

다브 데 그레프가 그렇게 말하는 사이 게일은 작업을 멈추고 라파엘에게 달려갔다. 그는 라파엘을 일으켜 세운 후 루제와 다브 데 그레프를 노려보았다.

게일은 마르고 숯처럼 까만 얼굴, 야생적인 기백과 엄청난 체력을 엿볼 수 있는 커다란 턱과 불처럼 이글거리는 눈동자를 가진 열네 살의 소년이었다. 게일은 일단 고양이를 붙잡으면 즉석에서 목을 부러뜨리고 마치 넙치의 껍질을 벗기듯 단 세 번의 동작으로 순식간에 가죽을 벗겼다. 그는 대다수의 노동자들처럼 회색 작업복 위에 갈색의 긴 털이 있는 고양이 가죽조끼를 입고 있었다.

게일이 라파엘의 어깨를 감싸며 물었다.

“얘, 괜찮니?”

어린 라파엘은 작은 소리로 울었다. 얼굴이 크게 부어올랐다.

게일이 루제에게 말했다.

“루제, 나를 때리고 싶으면 어디 한번 해보시지. 하지만 경고하건대 다브 데 그레프는 너를 원망할 거야. 그리고 너와 네 아비를 센 강에 처박아 버릴 거야.”

루제는 욕설을 참았다. 루제의 아버지 푸앵퇴르는 게일의 모욕에 격분했다. 루제는 게일을 향해 채찍을 휘둘렀다. 게일은 머리를 낮추면서 뒤로 물러났다. 그는 자신이 이 적갈색 머리에게 맞설 만큼 힘이 세지 않다는 사실을 알고 있었다.

그때 입구에서 누군가가 외쳤다.

“죽고 싶지 않으면 채찍을 내려놔!”

우쭐대는 갈색 머리 젊은이였다. 모두 예수의 성질을 잘 알고 있었다.

하지만 루제는 몹시 흥분해 있었다.

루제가 채찍을 휘두르면서 으르렁거렸다.

"아, 그래 잘난 네놈이구나! 자, 어서 덤벼. 네 뼈를 발라주지!"

모든 아이들이 작업을 중단했다. 푸앵퇴르는 더 이상 누구를 가리켜야 할지 몰랐다. 예수는 몽둥이를 들고 있었다. 부드럽고 연한 갈색 피부, 건장한 체격, 관자놀이 위쪽으로 가르마를 한 까만 머리, 왼쪽 눈 아래 난 모반. 그는 약손가락에 에메랄드빛 눈을 가진 뱀이 새겨진 금반지를 끼고 있었다. 이 반지는 아이들의 경탄을 자아냈다. 수달 모피 모자에 푸른 작업복을 입은 예수는 이 음산한 공장 안을 둘러보았다. 고양이 가죽, 작업대, 양모 외에도 화덕, 함지, 이 빠진 잔 그리고 물병이 보였다. 그는 천천히 앞으로 걸어갔다. 어슴푸레한 촛불이 파르르 떨면서 그의 얼굴을 비추었다. 그의 아랫입술이 바르르 떨렸다.

루제는 예수를 충동질하기 위해 다시 소리쳤다.

"자, 덤벼!"

루제는 공격하기에 좋은 순간이라고 생각하고 돌진했다. 아이들은 숨을 멈추고 지켜보았고, 다브 데 그레프는 가늘고 뾰족한 얼굴에 기이한 표정을 짓고서 사나운 눈초리로 싸움을 바라보았다.

갑자기 루제는 예수 앞에서 멈추었다. 그는 예수를 노려보더니 웃음보를 터뜨렸다.

"어쭈, 아기 예수가 나를 겁주네!"

루제는 씩씩거리면서 예수에게 채찍을 휘둘렀다. 예수는 순식간에 몸을 뒤로 젖히면서 채찍을 피하더니 몽둥이로 루제의 팔을 내리쳤다. 루제가 비명을 지르자 모두 공포에 떨었다.

게일이 외쳤다.

“작살내버려!”

예수는 루제의 목덜미를 붙잡고 공장에서 단 하나뿐인 창문으로 거칠게 밀어붙인 다음 몽둥이를 내려놓았다. 뿔 손잡이와 날카로운 날이 있는 칼이 그의 손에서 번쩍거렸다.

“어디 다시 한 번 나를 위협해봐. 네 아비조차 알아보지 못하게 네놈의 낯짝을 바꿔주마.”

마침내 다브 데 그레프는 침묵을 깨고 나섰다.

“얘들아, 나는 이처럼 솔직한 분위기를 좋아한다. 루제, 보았지? 예수는 의리있는 사람이야. 사소한 분쟁이 일어나도 네게 맞설 준비가 되어 있지. 라스네르 말이 맞았어. 예수는 우리에게 쓸모가 있을 거야.”

루제는 다브 데 그레프를 슬며시 바라보며 말했다.

“예수가 내 팔을 부러뜨렸어요…….”

다브 데 그레프는 루제의 하소연을 비웃었다.

“루제, 나머지 팔이 있잖아! 부실한 팔이 있을 때는 까불지 않아야지. 예수, 그렇지 않아?”

예수는 조용히 고개를 끄덕이고는 칼을 작업복 안에 넣었다. 예수라는 별명은 라스네르가 붙인 것이었다. 협박꾼이었던 라스네르는 감옥에 가기 전에 프랑수아 비용의 시와 라블레의 작품을 좋아하는 이 갈색 피부의 젊은이와 우정을 맺었다. 라스네르는 자연에 반하는 성적 취향이 폭로될까 봐 걱정하는 몇몇 부르주아들을 악용했다. 그는 이 목적을 위해 젊은이들을 훈련시키고 ‘예수’라는 별명을 붙여주었다. 이 젊은이들은 헌병과 경찰의 가짜 배지를 달고 ‘현행범’들을 적발해서 라스네르에게 알려주었다. 비열한 직업이지만 때때로 큰돈이 굴러 들어왔다.

다브 데 그레프는 눈길을 피하며 난처한 표정을 짓고는 장난은 그것으로 충분하다는 듯이 지팡이를 내저으며 말했다.

"루제, 네가 해줄 일이 있어. 오늘 저녁 대여섯 명의 아가씨가 필요해."

적갈색 머리는 아픈 팔을 만지면서 눈을 동그랗게 뜨고 물었다.

"예쁜 아가씨들로요?"

"그래. 클랑 데스탱 술집으로 10시 30분까지 보내."

"알았어요."

그러자 예수가 물었다.

"나는 뭐해요?"

"너는 이 아이들을 잘 감시해. 1834년 신년회는 시끌벅적한 잔치가 될 거야."

* * *

클랑 데스탱은 소모공장에서 위쪽으로 조금 떨어진 오브리르부셰가에 있었다. 1832년 6월 5일과 6일 폭동 때 이 거리에는 기괴한 바리케이드가 설치되었다. 어둡고 허름한 거리였다. 클랑 데스탱(Clandestin[은밀한, 불법 적인]을 띄어 쓴 단어로 수상쩍은 술집을 암시한다―옮긴이)은 파리의 온갖 '쓰레 기들'이 꼬이는 곳이었다. 경찰은 이 거리에 들어가려 하지 않았다. 이곳 에서는 저녁이든 밤이든 3수만 주면 잠을 잘 수 있기 때문에 온갖 부류의 불한당들이 꼬였다. 가짜 열쇠로 문을 열고 침입하는 곁쇠질 도둑들, 지 갑, 시계, 수건을 훔치는 날치기들, 왕의 초상화가 새겨진 동전을 훔치기 위해 환전소에 가는 사기꾼들, 공범이 도둑질을 하는 동안 끈으로 희생자 의 목을 조르는 강도들, 밤에 줄사다리를 타고 창문을 통해 도둑질하는 작자들…….

클랑 데스탱은 주로 악당들이 들락거리는 뒷골목 술집이었다. 요컨대 술을 마시고 식사를 하며 난잡한 춤을 출 수 있는 대중 카페, 창녀들과 기둥서방들이 소란을 피우는 몹시 혼란스러운 술집이었다. 지배인은 사르다나팔로스 왕(사치스럽고 방탕한 생활로 유명한 아시리아의 마지막 왕-옮긴이)의 축제처럼 방탕한 유흥거리를 만들기 위해 눈코 뜰 새 없이 바쁘게 움직였다. 데누아에 카페나 프랑코니 카페와 분위기가 다소 닮았으나 좀 더 불결했다.

클랑 데스탱은 한 건물의 1층에 있었다. 50년 전 이곳에 채소 장수들의 마차협회인 생피아크르 조합이 입주했었다. 하지만 시대가 바뀌었다. 채소 장수들은 여전히 삯마차를 이용했지만 적재량은 완전히 달랐다.

대문 위에 걸린 초롱 하나가 흔들거렸다. 다브 데 그레프는 이 넓은 술집에 들어서면서 오염된 공기를 깊이 들이마셨다. 캥케 씨가 만든 이중 통풍 장치와 상부 기름통이 있는 석유램프가 희끄무레한 회색 들보가 얹어져 있는 천장을 비추었다. 그는 부엌에서 분주히 일하는 뚱뚱한 여인을 보고 소리쳤다.

"베키유, 스튜는 준비됐소?"

"물론이죠, 다브 데 그레프! 당신이 좋아하는 토끼 스튜예요!"

뚱뚱한 여인은 여우 울음소리를 닮은 신경질적인 웃음으로 몸을 떨면서 커다란 주걱으로 김이 모락모락 나는 고양이 머리를 뒤집었다. 그녀는 쉰 목소리, 붉은빛의 육중한 팔뚝을 갖고 있었고 턱수염이 나 있었다. 뚱뚱한 검은 고양이 한 마리가 그녀의 발치에서 웅크리고 앉아 있었다.

"장난꾸러기야, 너는 나를 사랑하지? 너는 분명 외톨이야. 자, 저리 가거라."

다브 데 그레프는 부엌으로 가며 물었다.

"내 스튜에 독을 타지는 않았겠지?"

베키유는 그를 노려보더니 주걱을 내려놓았다. 화덕의 열기와 적포도주를 과음한 탓에 피부가 발갛게 달아오른 그녀는 밤색 헝겊 모자를 쓰고 가슴에서 교차되는 숄을 두르고 있었다. 그녀는 요리를 하다 말고 다브 데 그레프 쪽으로 몇 걸음 옮겼다. 그는 어떤 제안이라도 받아들일 준비가 되어 있었다. 사람들이 그녀를 베키유('목발'을 뜻하는 프랑스어─옮긴이)라고 부르는 것은 그녀가 심하게 다리를 절었기 때문이다.

베키유는 황록색 모직 치마에 손의 물기를 닦으면서 물었다. 가장자리가 닳아 없어진 옷자락 사이로 무사마귀가 난 까만 발이 드러났다. 그 발로 목탄이 배어든 흙바닥을 이력이 날 만큼 밟았을 것이다.

"독을 탔냐고요? 새해를 축하하기 위해? 봤어요? 구두쇠 영감, 내가 어떻게 요리했는지 봤어요?"

다브 데 그레프는 튼튼한 쇠다리를 벽에 고정시킨 찬장에 짓눌려 매우 낮게 보이는 안쪽 홀을 둘러보았다. 준비된 열 개의 식탁(왼쪽 다섯 개, 오른쪽 다섯 개)과 계량용 주석 용기들이 있었고 찬장에 말린 꽃다발 하나가 걸려 있었다. 연기로 검게 그을린 카운터 옆에 나무 계단이 보였다. 계단 밑에 밀짚이 한 아름 놓여 있었다. 임시로 마련한 이 짚단을 밟고 쉽게 공동 침실로 올라갈 수 있었다. 이 은밀한 유혹의 의미는 뻔했다.

다브 데 그레프는 흡족한 표정을 짓고 말했다.

"훌륭해. 노란 장갑들(상류층의 세련된 멋쟁이)을 홀딱 벗겨먹자고."

그리고 음흉한 표정에 빈정거리는 미소를 지으며 물었다.

"미욜뢰즈는 어떻게 되었소?"

베키유는 허리에 두 손을 얹고 말했다.

"그 매춘부는 뱀보다 더 게을러요. 여느 때처럼 늦게 도착할 거예요."

베키유는 화덕으로 돌아갔다. 미욜뢰즈는 베키유 남편의 정부였다. 세 사람의 동거는 베키유를 제외하고 모든 사람들을 즐겁게 했다. 베키유는 허드렛일만 하게 되어 원통해했다.

여섯 명의 남자들이 어슴푸레한 빛 속에서 조용히 잔을 부딪치고 있었다. 다브 데 그레프는 이야기를 하면서도 그들을 염탐했다. 그들은 뭔가를 꾸미고 있는 듯했다. 살인청부업자가 아니라 노동자처럼 보였다. 챙 달린 모자와 지저분한 작업복만 봐도 알 수 있었다. 게다가 그들은 말없이 적대적인 눈초리로 마주 보고 있었다. 피로로 손발이 저리고 기진맥진한 듯 묵묵히 술을 마시면서 파이프 담배를 피웠다. 무겁고 부자연스러운 손짓이었다. 그들은 대체 온종일 무슨 일을 했을까? 구리를 잘랐을까? 솜을 말렸을까? 청동제품을 새틴처럼 윤을 냈을까? 쇠를 두드려서 얇게 만들었을까? 목재를 다듬었을까? 강철을 만들었을까? 수정제품을 꽃줄로 장식했을까? 마구를 만들고 장식 줄을 엮었을까? 그들은 불행, 궁핍, 화주, 마른 빵으로 폭동을 용케 견뎌냈음에도 다시 덧없는 폭동 음모를 꾸미고 있을까? 반항 정신은 굶주림의 냄새가 배어나오는 집, 불결한 카바레, 인적 없는 거리에서 심장이 고동치는 모든 사람들 사이에서 전염되고 있지 않은가? 억눌린 탄식이 도처에서 울리고 있었다. 노동자들에게는 이미 지긋지긋한 습관이 되어버린 비참한 노동은 변화나 개선의 희망이 보이지 않았기에 치유될 수 없는 고통처럼 느껴졌다. 사람들의 시선에는 생기가 없었다. 이 상태는 더 지속될 수 없었다.

다브 데 그레프는 짜증스럽다는 듯 지팡이 끝으로 바닥을 두드렸다. 누더기를 걸친 이 일꾼들은 대체 언제쯤 밖으로 나갈 것인가?

그때 갑자기 들려온 목소리가 그의 생각을 흩뜨렸다.

"아, 벌써 왔네요!"

베키유의 남편이었다. 사람들은 그를 파르페타무르(완전한 사랑)라고 불렀는데, 혼합 음료수의 이름에서 딴 것이다. 훤칠한 키, 건장한 체격, 북프랑스의 음유시인처럼 고불거리는 머리, 긴 눈썹, 짧은 구레나룻. 그는 때와 진흙이 덕지덕지 붙어 있어 미묘한 색깔을 띤 짧은 외투를 입고 있었다. 예전에 그는 생탕투안 구역에서 소목장이 노릇을 했다. 특히 나선 계단을 잘 만드는 소목장이로 이름을 날렸다.

베키유의 남편은 툭 하면 이렇게 말했다.

"계단 공사는 내 전공이지."

파르페타무르는 예전에 장인(匠人) 지구인 알리그르 광장에 자그마한 작업실을 갖고 있었다. 큰 대패, 가느다란 홈을 파는 개탕대패 혹은 일반 대패로 떡갈나무를 다듬는 일은 때때로 삶의 역경을 달래주었다. 그를 모르는 사람이 없었다. 납작코, 그칠 줄 모르는 수다, 왕성한 정력을 지닌 이 중년 남자는 식당 경영주와 엽색가라는 두 개의 직업을 갖고 있었다. 그는 물론 첫 번째보다 두 번째 직업을 더 좋아했다. 색욕의 악마가 생각을 흐리게 할 때면 그는 계산이나 경영에 대해 깡그리 잊어버렸다. 하지만 얼마 전부터 파르페타무르는 오직 미욜뢰즈에게만 열정을 쏟았다.

방년 스물의 아름다운 미욜뢰즈는 슬픔을 호소하는 듯한 눈빛과 관능적인 몸짓―기막힌 조화―으로 파르페타무르의 환심을 샀다. 하지만 그녀에게는 야심이 있다고 파르페타무르는 혼자 중얼거렸다. 그것도 엄청난 야심이. 그녀는 이미 베키유의 자리를 차지했다고 생각했다. 불같은 성격에 노골적인 몸짓은 차치하더라도 그녀는 이미 경제권과 경영권을 쥐었다. 10월 어느 날 저녁, 파르페타무르 앞에서 싸움이 벌어졌을 때 그녀는 베키유를 완전히 때려눕히지 않았는가. 그는 짜릿한 관능의 시선을 가진 이 악독한 여자의 동물적인 혈기에 매료된 채 한쪽 구석에서 숨을 죽이고 망연자실한 표정으로 지켜보기만 했다.

언뜻 보기에 미욜뢰즈가 그처럼 폭력적인 기질을 가질 만한 이유는 하나도 없는 것 같았다. 그녀는 분명 천사 같은 용모와 수수한 몸매를 가진 야생적인 미녀였다. 튀어나온 이마와 새까만 머리, 조금이라도 흥분하면 콧구멍이 벌름거리는 반듯하고 짧은 코, 하얀 치아를 온통 드러내는 방정맞은 입, 가느다란 팔, 날씬한 몸매, 풍만한 유방. 속속들이 우아하고 섬세했다. 이 완벽한 초상화를 해치는 치명적인 결점이 하나 있었다. 그녀는 심각한 내사시(内斜視)였다. 흑단 구슬을 닮은 짙은 검은색의 아름다운 두 눈동자는 사방으로 움직였다. 눈동자가 어디로 향할지 아무도 알 수 없었다.

베키유가 남편에게 지적했다.

"사람들이 모르는 게 있어. 저 심술궂은 여자는 당신을 결코 안정시킬 수 없다는 사실이지. 진짜 바닷가재 같은 여자야."

그래도 미욜뢰즈는 클로틸드 르프티라는 자신의 감미로운 이름에 어울리게 욕망을 불러일으킬 줄 알았다. 옷차림부터 외설스러웠다. 그녀는 거의 날마다 보란 듯이 넓적다리가 드러나는 펄럭이는 빨간 치마를 입고 다녔다. 또 영국 기병대 장교의 흰색, 검은색, 빨간색의 옷과 흡사한 남자 저고리를 입었다. 하얀 레이스 달린 셔츠의 단추는 채우지 않고 배꼽까지 풀어놓는 바람에 포동포동한 목과 불쑥 나온 가슴이 더욱 돋보였다.

파르페타무르는 그녀의 손을 붙잡고 선언했다.

"우리 예쁜이가 서빙을 할 거야."

여섯 명의 노동자들이 자리에서 일어나는 동안 검은 옷을 입은 사내가 술집 안으로 들어왔다. 다브 데 그레프는 즉각 그에게 다가갔다. 두 남자는 악수를 나누었다.

다브 데 그레프가 말했다.

"아, 자네를 기다리고 있었네. 몇 가지 해결해야 할 문제가 있어."

검은 옷을 입은 사내는 사복형사처럼 보였다. 그는 실크해트를 벗지 않고 퉁명스럽게 대답했다.

"푸념은 집어치우게. 당신 친구들은 시급으로 보상을 받을 거야. 선금을 받지 않았소?"

"물론 받았지. 하지만 그들은 안전을 보장받고 싶어해. 왜냐하면……."

상대가 노인의 말을 끊었다.

"이유가 뭐지? 타르디에, 당신은 내게 빚지고 있다는 사실을 잊지 말게. 당신의 새로운 신분증, 당신의 입지 등등."

타르디에는 다브 데 그레프의 본명이었다. 그는 비스듬히 몸을 숙이면서 말했다.

"내가 잊을 리가 있겠소?"

그러고는 지팡이 끝으로 카운터를 가리키면서 물었다.

"뭐 좀 들겠소?"

"시간이 없네. 나는 단지 모든 게 준비되었는지, 그리고 예수라는 젊은이가 오늘 저녁 그곳에 올 건지 확인하고 싶을 뿐이네."

"녀석은 올 거야. 암, 오고말고."

"그렇다면 우리가 더 나눌 얘기는 없네."

* * *

릴가에 있는 미셸 네 원수의 옛 저택인 루르 저택에서 열리는 파티는 더없이 화려할 것으로 예상되었다. 마리우스는 그것을 의심하지 않았다. 송년회는 멋지게 보내야 하는 법이다. 이 저택에서는 아직도 알프레드 도르세 백작의 흔적을 느낄 수 있었다. 수년간 이곳의 주인이었던 백작은 몰락한 후 안개 낀 런던의 시모어 광장에 살면서 세인트제임스 스퀘어 근처에서 호랑이 가죽으로 덮인 밝은 베이지색 말이 끄는 용 모양의 눈썰매를 타며 향수를 달랬다. 어리석고 경직된 꼭두각시 같은 조지 브라이언 브러멀(19세기 초 유행했던 댄디즘의 선구자─옮긴이)─알프레드 드 비니의 표현을 빌리면 밀랍인형 같은─과는 달리 알프레드 도르세 백작(댄디즘을 추구했던 부르주아─옮긴이)은 완벽한 신사로 밝혀졌다. 그는 명석하고 상냥하며 명랑하고 재치 있으며 매력적이고 따뜻한 사람이었다. '영광의 3일(1830년 7월 27~29일에 일어난 7월 혁명을 일컫는다─옮긴이)'은 명예 대신에 돈을 선택했다. 부르봉 왕가를 상징하는 독수리와 백합은 사라졌다. 프랑 이외에는 아무것도 남지 않았다.

루르 저택─18년 전 로버트 윌슨이 엘싱겐 공작부인에게 '용감한 자 중의 용감한 자'로 불렸던 미셸 네 원수의 처형(미셸 네는 부르봉 왕가에 반역했다는 죄로 백색 테러단에게 살해됐다─옮긴이) 소식을 알리러 왔던 곳─은 손님들을 깜짝 놀라게 할 만한 점이 있었다. 파티는 화려했고 장식은 호화로웠다. 건물은 당당해 보이는 주랑을 통해 거리 쪽으로 나 있었다. 관리인 숙소는 측면에 있었다. 정면에는 횃불이 걸린 가로수 길과 강둑까지 펼쳐진 정원이 있었다. 많은 손님들이 실편백이 양쪽에 심어진 오솔길을 산책하면서 영어가 섞인 경박하고 조소적인 암시를 사용하여 은밀한 생각을 나누었다. 저택의 주인인 릴리에르 후작은 오렐리앙 말라르틱 뒤파르텔 기사라는 긴 칭호를 가진 투기꾼에게 자신의 저택을 빌려주고 자신은 이곳에 없었다. 이 기사는 스페인 군대와 알제리 군대에게 군수물자를 조달하여 재산을 모은 것으로 알려졌다.

유연하고 느리며 피부가 매끄럽고 표정이 온화한 뒤파르텔 기사는 파티에 참석해서 손님들을 접대했다. 흑단처럼 까만 구레나룻과 공들여 고불고불하게 다듬은 수염으로 둘러싸인, 부르봉 왕가의 얼굴을 가진 이 뚱보는 진부한 표현으로는 '샌님', 속어로는 '바보'라고 불리는 유형이었다.

아메데가 마리우스에게 말했다.

"뒤파르텔 기사는 아주 인색하고 오쟁이 진 남편이라네. 그것은 그가 기조의 신임을 받고 있는 것과 무관하지 않지. 하지만 어쩌겠는가? 받는 것이 있으면 주는 것도 있어야지. 이 구두쇠는 기조가 부와 두려움을 이용해서 야비하게 경멸하는 것을 참아낼 줄 알지. 우리끼리 하는 말인데 나는 당신에게 그의 마누라를 추천하겠네."

마리우스는 아메데가 손가락으로 가리키는 생기발랄한 눈동자를 가진 아담한 여인을 찾아내고는 유쾌하게 웃었다. 그녀는 신호기처럼 두 팔을 흔들고 있었다. 높은 억양에 키가 작은 그녀는 온갖 경박한 요소를 가진 것처럼 보였다.

아메데가 말했다.

"먼저 일어나겠네. 이 진귀한 '곤충들'을 관찰하는 것은 당신 같은 세심한 곤충학자한테는 무척 즐거운 일이 될 걸세."

마리우스는 아메데의 충고에 따랐다. 그는 우연히 좋은 가문에서 태어나 아무 할 일도 없는 이 사람들을 자세히 관찰하려고 애썼다. 그는 이 송년회에서 자신이 예감했던 사실, 즉 일부 사교계가 다른 계층과 뒤섞이는 것을 더 이상 피하지 않는다는 사실에 주목했다.

2년 전만 해도 생제르맹 구역의 사교계와 생토노레 구역의 사교계, 다시 말해서 구귀족과 제정귀족(나폴레옹 1세로부터 귀족 칭호를 받은 귀족-옮긴이)은 서로 쉽게 어울렸지만 사업으로 부자가 된 쇼세당탱 구역의 사교계와는 어울리려 하지 않았다.

하지만 시간이 지나면서 이런 단절은 사라졌다. 상류사회와 재계는 같은 지역을 출입했다. 딸이 원할 경우 왕족과의 혼인을 반대할 백만장자는 없었다. 계층 간의 반감은 점점 사라지고 있었다. 공작부인들과 후작부인들은 그랑불바르(마들렌에서 바스티유에 이르는 큰 거리로 상가, 은행가의 중심지-옮긴이)의 세련된 여자들과 똑같은 옷단장, 똑같은 태도, 똑같은 몸짓을 했다. 남자들은 귀족이든 아니든 더 이상 부르주아들의 왕인 루이 필리프의 돈으로 즐기지 않았다. 왕은 부르주아처럼 팔짱을 긴 왕비와 함께 직접 우산을 쓰고 걸었다.

남자들은 영국인을 흉내 내어 넥타이 매듭부터 구두끈까지 유행품을 과시하고 다녔다. 조지 브라이언 브러멜이 이들의 모델이었다. 수놓은 내의류, 얼룩덜룩한 새틴, 금줄, 헝클어진 머리카락, 다듬은 눈썹이 유행했다. 가짜가 진짜를 흉내 내는 시대였다. 실제로도 진짜와 가짜를 분간할 수 없었다. 누가 후작이고 누가 평민인가? 아무도 알지 못했다. 축제에 참석한 손님들은 젊은 마부, 영국 장화 제조인 게이, 2인승 이륜마차, 골프클럽, 스포츠, 인도 찻집, 영국 권투에 대한 의견을 교환했다. 이러한 영국에 대한 동경은 분명 세상에서 가장 우스꽝스러운 짓이었다.

아메데 디그랑드는 1827년 국왕의 배에서 외과의사의 조수 노릇을 했던 경험을 얘기하는 외젠 쉬(대중소설가. 상류사회의 부패와 하급 계층의 가난한 생활을 폭로했다. 그의 작품 『파리의 비밀』은 『레미제라블』에 영향을 주었다-옮긴이) 옆에서 샴페인 잔을 홀짝거리고 있었다. 옆에 있던 마리 다구 백작부인(남편과 세 명의 자식을 버리고 프란츠 리스트와 제네바로 사랑의 도피를 떠난

스캔들로 유명하다–옮긴이)이 탐욕스럽게 아메데를 바라보고 있었다. 보석 단추가 달린 예복, 하얀 넥타이, 은빛 장식 술이 달린 검은 벨벳 모자를 구비한 아메데 후작은 꽉 끼는 경마 선수의 옷차림을 한 외젠 쉬와 대조되어 보였다. 잠옷으로 쓸 수도 있을 만큼 낙낙한 하얀색과 진홍색의 비단 넥타이 속에 파묻힌 듯이 보이는 목은 박제된 그레이하운드를 떠올리게 했다. 하지만 미남인 외젠 쉬는 또한 넓은 어깨, 빛나는 파란 눈동자, 멋진 구레나룻을 지녔다.

아메데가 털어놓았다.

"나는 6개월밖에 복무하지 않았어요. 군인 체질이 아니었죠. 복종할 줄 모르니 어쩌겠어요."

외젠 쉬가 짓궂게 고개를 끄덕이며 말했다.

"친애하는 후작님, 군대는 사람을 죽이고 슬프게 하는 곳이죠. 알프레드 드 비니에게 의견을 물어보세요(드 비니는 군인 생활이 적성에 맞지 않아 문학으로 진로를 바꿨다–옮긴이). 하지만 군대가 없다면 어떻게 될까요?"

"워털루에서 부르몽 백작이 그랬던 것처럼 알프레드 드 비니는 슬그머니 도망쳤지요."

앙리 드 라 로슈드라공과 로베르 당드루아지와 함께 있던 루이 드 베르뉴가 가늘고 높은 목소리로 말하자 모두 폭소를 터뜨렸다.

지칠 줄 모르는 수다쟁이 외젠 쉬는 사람들의 반응이 시큰둥하자 루이 드 베르뉴를 살짝 떼밀고는 샹젤리제 대로에서 어떻게 4인승 무개마차를 탔는지 보여주었다. 훌륭한 기병이었던 그는 오늘 저녁 아무도 박차를 지니지 않은 것을 보고 깜짝 놀라며 말에 대한 얘기를 늘어놓았다.

낙심한 아메데 디그랑드는 시선을 내리깔고 경멸하는 표정을 지었다. 그는 타인에게서 자신의 결점을 발견하고는 화가 났던 것이다.

아메데는 아무 말 없이 자리에서 일어나 인접한 홀로 향했다. 그곳에서는 왈츠와 갤럽을 추고 있었다. 춤추는 쌍들은 샤세 동작(도약하여 한 발로 다른 발을 앞뒤 또는 옆으로 차내는 동작—옮긴이)을 취하고 있었다. 그는 가는 도중에 다시 샴페인 잔을 들었다. 이 기회를 잘 이용해야 했다. 대체로 사람들은 생제르맹 구역의 무도회에서는 돈을 많이 써야 한다고 생각하지 않았다. 하지만 오늘 밤 여주인 엘레오노르 뒤파르텔은 손님들을 후하게 대접했다. 아메데는 1년 전 그녀를 유혹했다가 6개월 전 퇴짜를 놓았다. 샴페인은 넘쳐흘렀고, 식탁은 아이스크림, 테린, 케이크로 가득했으며, 모르티메산 은그릇과 세브르산 도자기가 손에서 손으로 건네지고 있었다.

아메데 디그랑드는 막대기처럼 반듯하게 서서 발목 위의 브러멜풍 바지의 단추를 점검했다. 그는 흡족한 듯 살짝 입을 삐죽거렸다. 사실 그는 마음이 초조했다. 집사가 클랑 데스탱에서 모든 게 준비되었다고 알려주자 아메데는 눈길로 마리우스를 찾았다. 여느 때처럼 그는 돈에 인색하지 않은 관대한 기부자가 필요했던 것이다. 퐁메르시 남작은 이에 제격이었다. 그를 타락시키고 용연향이 나고 아양을 떠는 여인들에게 빠지게 해서 낭만적인 연회의 쾌락 속으로 빠뜨리기만 하면 되었다. 그건 그렇고 클레망스는 마리우스를 유혹하기로 결심했을까?

아메데는 까치발을 하고 홀을 둘러보았다. 클레망스는 보이지 않았다. 그는 짜증이 났는지 입술을 깨물었다. 클레망스는 그의 계획에 꼭 필요한 존재였다. 한 여자가 마리우스를 맡는 동안 그는 다른 여자를 유혹할 것이다. 외프라지로 불러주기를 바라는 귀여운 코제트를 말이다. 아메데는 그녀에게 편지를 보내기도 했다. 물론 아주 정중하게. 그는 남편과 우정을 맺음으로써 코제트의 호의를 얻으려 했다. 언제나 그런 식으로 일을 꾸몄다. 그의 파렴치는 끝이 없었다.

아메데는 자신의 손목시계를 봤다. 어느 때 같으면 한바탕 질펀하게 놀기 위해 파티에 도착할 시간이었다. 카드리유(네 사람이 짝을 이루어 추는 춤―옮긴이)는 아침까지 계속될 터였다. 오늘 이곳에서 특별한 일은 없을 것이다. 오늘 밤 파티는 다른 곳에서 즐길 예정이었다. 그는 현관 앞 낮은 층계에서 멀지 않은 곳에서 요란스럽게 치장한 영국 여자와 이야기를 나누고 있던 루이 드 베르뉴를 불렀다.

"우리의 친구 퐁메르시 남작을 못 보았소?"

루이 드 베르뉴는 아메데의 어깨에 묻은 먼지를 털면서 대답했다.

"내가 도착한 이후로 보지 못했는데."

루이 드 베르뉴는 난처한 표정을 지었다.

"사실 자네한테 얘기하지 않았는데, 외젠 쉬는 무슨 일이 있어도 우리와 함께 가고 싶대. 그는 뒷골목 술집에 가본 적이 없다는 거야."

아메데는 잠시 생각에 잠겼다.

"재치 있는 젊은이들로부터 '황산키니네'(sulfate de quinine는 비슷한 발음인 Sue le fat de quinine['건방진 쉬'라는 뜻]를 이용해서 만든 별명―옮긴이)라고 불리는 건방진 외젠 쉬가? 좋아. 친애하는 친구 루이여, 그대의 어리석은 실수가 다시 한 번 사고를 쳤구려! 외젠 쉬는 마리 다구와 함께 올 텐데. 그 낭만적인 여인은 로시니와 샤토브리앙을 자기 집으로 유혹했다고 자랑하는 바보야. 사람들이 말하는 것처럼 그녀는 정말로 20피에의 용암과 6푸스의 눈(뜨거운 열정과 냉정을 지닌, 남성 편력이 심한 기질을 비유한 것이다―옮긴이)으로 이루어져 있을까?"

"친구여, 자네에겐 아무것도 숨길 수 없지. 마이넬 저택의 파티의 대사제(마리 다구 백작부인―옮긴이)는 점점 더 프란츠 리스트에게 끌리고 있긴 하지만 분명히 올 거야.”

“여기서도 세레나데를 들을 수 있겠군. 좋아. 그럼 열다섯 명쯤 되겠네. 잘됐지 뭐. 바보들이 말하는 것처럼 미치면 미칠수록 더 많이 웃는 법이지. 마리우스는 틀림없이 기분 전환을 할 수 있을 거야.”

아메데는 친구의 볼을 다정하게 톡톡 치고는 외젠 쉬와 마리 다구 백작 부인을 맡아달라고 부탁하면서 말했다.

“남작은 자네가 소개해준 그 귀여운 영국 여인과 클레망스와 함께 내 2인승 이륜마차에 탈 것이네.”

“하지만…….”

아메데가 그의 말을 중단시켰다.

“영국 여인은 받아들일 거야. 나는 자네의 타고난 재간을 믿네. 자, 서두르게!”

* * *

네모지게 다듬은 작은 회양목 숲 한복판. 말뚝에 고정된 횃불이 환하게 비추고 있는 산책로에서 젊은이들이 날카로운 소리를 내면서 술래잡기를 하고 있었다. 그들로부터 멀지 않은 곳에서 나부끼는 횃불이 절정에 달한 댄디즘의 시절에 파리에서는 상당히 보기 드문 한 젊은이, 진정한 젊은이를 비추고 있었다. 그는 청춘이라고 명명된 정열과 대담이라는 멋진 외투를 위풍당당하게 걸치고 있었다. 그는 뒷짐을 진 채 천천히 걸었다.

마리우스는 걱정스러운 표정이었다. 그는 코제트를 홀대한 것을 후회했다. 하지만 어떤 이상한 힘이 그가 한 짓을 후회하지도 말고 후회를 비굴하게 고백하지도 말라고 명령했다. 그는 너무 오만하고 너무 자존심이 강했다. 이들 부부는 각방을 쓰고 있었다. 마리우스는 부부 침실에서 가까운 작은 방을 차지했다. 이렇게 관계가 소원해진 것에 마리우스는 화가 났지만 다른 한편으로는 코제트를 걱정했다. 코제트는 언제나 상냥하고 정직했다. 마리우스는 그녀의 너무나 조심스러운 태도에 화가 났다. 또 자신이 죄의식을 느낀다는 사실에 화가 났다. 아내에게 고통을 주면서 스스로 고통을 느낀다는 사실에 격분했다. 자신을 정당화하기 위해 그는 코제트와 자신에게 거짓말을 할까 생각했다. 비극을 피하고 아내가 더욱 쾌활하고 더욱 아름답게 살 수 있도록 세상물정을 일깨워준다는 숭고하고도 희생적인 목적에서였다. 죽음—스물세 살의 젊은이에게는 생명을 가지고 장난을 치는 음험한 방식에 지나지 않는—의 생각에 사로잡힌 그는 모든 것이 무한(無限) 속에서 끝날 수밖에 없다고 여겼다. 이것은 그가 코제트에게 이미 설명했던 것이다. 그러자 코제트가 물었다.

"무한이라고? 어떤 무한? 나를 저버리기 위해서?"

코제트가 그에게 뭔가를 내밀었다.

"이건 천연 수정이야. 일종의 부적이지. 이 수정에는 온갖 빛이 들어 있어. 하지만 내 관심을 끄는 것은 단 하나의 빛밖에 없어. 그건 바로 당신이야. 그 빛이 꺼지지 않았으면 좋겠어."

마리우스는 대답하지 않고 수정을 받은 다음 문을 쾅 닫고 떠났다.

마리우스는 혼란스러운 생각이 너무 많아 괴로웠다. 그는 프록코트의 주머니를 뒤져 수정을 꺼내 자세히 관찰했다. 이것이 정말로 마법을 부릴까? 문득 그는 오늘 저녁에 대해 생각했다. 어디로 갈까? 언젠가는 기쁨 없는 삶 때문에 겪고 있는 고통에 대한 보상을 얻을 수 있을까? 아메데가 권하는 것처럼 유쾌한 회의주의자가 되어야 할까? 아니면 오늘 파티의 꼭두각시들처럼 냉소적인 낙천주의자가 되어야 할까?

마리우스는 하늘을 바라보면서 중얼거렸다.

"내가 코제트에게 너무 무심했나."

마리우스는 엄지손가락으로 수정을 만진 다음 다시 호주머니에 넣었다. 입술이 파르르 떨렸다. 플뤼메가로 돌아가서 코제트를 포용하면서 미안하다고 연거푸 사과하고 자신이 얼마나 아내를 사랑하는지 아냐고 말한다면 어떨까?

마리우스는 고개를 숙이고 단호하게 발걸음을 돌렸다. 바로 그때 어떤 젊은 여인과 마주쳤다.

마리우스가 스치면서 사과했다.

"미안합니다."

마녀처럼 어슴푸레한 곳에서 갑자기 나타난 젊은 여인은 마리우스 앞에서 멈추더니 고개를 갸우뚱하면서 말했다.

"당신은 무척 우울해 보여요. 저는 파티 중에 당신을 한참 동안 지켜보았어요. 당신은 샴페인을 마시지도 않고 왈츠를 추지도 않았죠. 지금은 괴로워하는 사람처럼 방황하고 있군요. 당신을 괴롭히는 게 무엇인지 물어봐도 될까요?"

마리우스는 잠자코 있었다. 온통 까맣게 차려입은 이 여인은 그를 매혹시켰다. 갑자기 마리우스의 시선이 타오르면서 얼굴에 나타난 비정한 눈빛은 이 정체불명의 여인을 오싹하게 했다.

"미안해요. 그럼 이만 물러갈게요."

마리우스는 여인에게 손을 내밀면서 말했다.

"잠깐만요……."

이렇게 말하면서 그의 기분은 불만족에서 즐거움으로 바뀌었다. 마리우스는 자신의 태도에 놀랐다.

젊은 여인의 얼굴은 매혹적인 미소로 환하게 빛났다. 너울거리는 횃불 아래서 초록색 눈동자가 깜박거렸고 오렌지색 입술이 반짝거렸다.

마리우스가 단숨에 말했다.

"당신은 아름답군요."

여인이 조용히 웃으면서 말했다.

"고백할 게 있어요. 당신이 조금 무서워요, 퐁메르시 남작님."

"내 이름을 알고 있어요?"

"아메데가 말해주었어요. 나는 클레망스 드 라블리라고 해요."

마리우스는 머리를 살짝 숙였다. 촘촘한 나뭇잎에서 비늘 같은 것들이 반짝거렸다. 젊은 여인이 눈을 뜨자 마리우스는 에메랄드빛 눈동자 속에서 즐거움이 서린 놀라움을 읽을 수 있었다.

클레망스가 말했다.

"오늘 저녁은 유난히 날씨가 감미롭네요. 나는 감미로운 삶과 감정을 좋아해요. 당신은요?"

"나는 특히 감미로운 감정이 좋아요."

클레망스는 조용히 고개를 끄덕였다.

마리우스가 그녀에게 다가갔다. 그는 친구의 친구는 곧 자신의 친구라는 듯이 그녀의 손을 잡고 입을 맞추었다.

"퐁메르시 남작님, 당신은 무척 열정적인 분 같아요."

클레망스는 내밀었던 손을 거두면서 강렬한 시선으로 남작을 바라보았다. 사랑의 슬픔을 호소하는 듯한 깊은 눈동자는 저항할 수 없을 만큼 매혹적이었다. 눈동자는 한편으로는 순진함을, 다른 한편으로는 남자의 마음을 흔들어놓는 활기를 섬세하게 나타내고 있었다.

클레망스는 반듯하고 딱딱한 콧날, 관능적이고 이기적인 듯이 보이는 활 모양의 입술, 무거워 보이는 턱뼈에도 불구하고 좁은 턱을 부드럽게 해주고 얼굴의 나머지를 교묘하게 배합된 조화로움으로 감싸주는 미소를 지으며 말했다.

"오늘 남은 파티를 함께 보내면 어떨까요?"

그리고 곧장 이렇게 덧붙였다.

"나는 오래전부터 당신 같은 사람을 찾고 있었어요."

마리우스는 경쾌함에 도취되는 것을 느꼈다.

"나 같은 사람이라고요?"

클레망스는 웃음을 터뜨렸다.

"좀 걷겠어요?"

클레망스는 마리우스의 손을 잡더니 재빨리 빼고는 제자리에서 빙 돌았다. 그녀는 다시 웃었다. 그리고 두 사람은 저택을 향해 나란히 걸었다.

마리우스는 클레망스의 향기를 감미롭게 음미하면서 발걸음을 재촉하지 않기로 했다. 백합과 인동 넝쿨을 교묘하게 혼합한 향수 같았다.

클레망스는 마리우스의 보폭에 맞추면서 말했다.

"우리의 친구 아메데가 우리를 위해 깜짝 선물을 준비했을 거예요."

그리고 마리우스의 팔뚝을 부드럽게 만지면서 말했다.

"봐요. 저기 아메데가 우리를 기다리고 있잖아요."

후작은 움직이지 않고 팔짱을 끼고 있었다. 그는 두 사람이 도착할 때까지 기다렸다가 도발적인 어조로 물었다.

"내가 등을 돌리고 있는 틈을 잘 이용했소?"

마리우스는 어두운 곳에서 우연히 만났다고 더듬더듬 변명했다. 클레망스는 그에게 돌아서서 웃음을 터뜨렸다.

"우리를 만나게 해준 것은 정말로 어둠이에요. 우리를 헤어지게 만드는 것도 어둠일 거예요."

아메데는 한 손은 허리에 올려놓고 다른 손으로 짓궂게 삿대질을 하면서 말했다.

"참 잘났구려, 남작. 나는 당신에게 훌륭한 사람들을 소개해주기 위해 한 시간 전부터 당신을 찾고 있었는데……."

마리우스의 섬세한 눈썹 선이 흐트러졌다.

"당혹스럽네요, 후작님. 대체 뭐가 뭔지 모르겠어요. 나는……."

아메데가 그의 말을 끊었다.

"좋소이다. 마리우스, 농담이오. 당신은 감수성이 예민한 젊은이인 모양이오! 클레망스, 당신이 이 젊은이의 보호자가 되어 세상을 알게 해주게. 당신을 믿겠소. 나는 이 임무를 포기하겠소. 두 달간 노력했지만 참담하게 실패했어."

클레망스는 의미 있는 미소를 짓고 대답했다.

"후작님, 저를 믿으세요."

그들은 옷과 소지품을 회수하기 위해 저택의 현관 앞 낮은 층계까지 걸어갔다. 하지만 클레망스와 마리우스가 살롱으로 가려는 순간 아메데는 단호한 손짓으로 그들을 멈추게 했다.

"그쪽이 아니오. 상투적인 친절한 설명은 지긋지긋하니 생략하겠소. 나의 2인승 이륜마차가 대기하고 있고, 매혹적인 영국 여인도 마차에서 나를 기다리고 있소. 더구나 외젠 쉬와 로베르는 나에게 경주를 하자고 제안했소. 생제르맹 구역에 가장 먼저 도착하는 사람이 이기는 거요!"

마리우스는 지팡이와 모자를 쥔 채 놀라며 물었다.

"여주인에게 인사도 않고 떠나자고요?"

클레망스가 젊은이의 어깨에 머리를 기대면서 말했다.

"남작님이 귀여워 죽겠어요."

아메데가 하늘을 쳐다보고 말했다.

"클레망스, 내가 말한 대로 이 친구는 구제 불능이야."

그리고 마리우스에게 말했다.

"친애하는 남작, 누구한테 인사한다는 거죠? 머리에 기름을 바르고 한껏 멋을 부린 그 바보 같은 여자와 인색한 남편에게? 진짜 신사는 인사 없이 슬그머니 가는 법이라오."

마리우스는 그 점을 기억해두기로 했다. 그는 클레망스와 아메데를 따라갔다. 세 사람은 아메데의 2인승 이륜마차를 타기 위해 정원을 가로질렀다. 누비천으로 만든 두건 달린 외투 속에 반쯤 가린 적갈색 머리의 젊은 여인이 맥없이 기다리고 있었다. 아메데는 그녀에게 한 마디도 건네지 않았다. 그는 그녀의 볼을 꼬집어주고 채찍을 들고서 마리우스에게 공모의 눈짓을 보냈다. 그가 말의 엉덩이를 때리자 마차가 움직이기 시작했다.

* * *

아메데는 경주에 졌지만 승부의 결과에 연연해하지 않았다. 미리 친구들에게 가장 빠른 길을 알려주었다. 그는 세 번째로 도착했다. 외젠 쉬와 로베르 당드루아지가 제일 먼저 왔고 다음으로 루이 드 베르뉴와 앙리 드 라 로슈드라공이 도착했다. 그들은 후작을 기다리지 않고 곧장 클랑 데스탱 술집으로 들어갔다. 한편 후작의 마차가 속도를 늦추고 있는데 날카로운 비명소리가 들렸다.

아메데와 마리우스는 동시에 마차에서 뛰어내렸다. 두 소년이 바닥에 나동그라져 있었다. 한 소년은 커다란 주걱턱에 수염이 텁수룩한 청년에 가까웠고, 다른 소년은 맨발에 누더기를 걸친 어린아이였다. 아이가 더 많이 다친 것 같았다.

아이가 웅크린 채 다리를 문지르면서 울먹였다.

"아파요. 아프고 추워요……."

생드니가와 생마르탱가 사이에서 짓눌린 듯이 보이는 이 어두운 골목 길에 매서운 북풍이 불었다. 마차는 이 불쌍한 두 소년을 살짝 스쳤을 뿐이지만 두 사람은 뒤로 튕겨서 포도 위에 떨어졌다.

마리우스는 몸을 숙이고 아이를 살펴보았다. 작고 둥근 얼굴에 덕지덕지 붙은 딱지와 때로 지저분하긴 해도 황금색 머리카락을 갖고 있었다. 마리우스는 소매 없는 망토 자락을 벌리고 무릎을 꿇었다.

"좀 보여다오."

주걱턱을 가진 청년은 벌써 일어나 있었다. 청년이 격렬하게 항의했다.

"아이를 내버려두세요! 우리가 알아서 할 거예요. 당신들 도움은 필요 없어요! 부자들은 언제나 속임수를 쓰잖아요!"

아메데가 끼어들었다.

"속임수라니?"

"우리를 더욱 괴롭히기 위한 당신네들의 비열한 수법 말이에요!"

아메데가 말했다.

"어이쿠! 이 역겨운 조무래기보다 더 심술궂은 녀석은 본 적이 없어. 틀림없이 이 녀석은 나쁜 짓을 태연히 하고도 남을 놈이야."

그리고 클레망스와 영국 여인을 보고 말했다.

"들으셨나요? 이게 바로 민중이죠."

그러는 사이 마리우스는 금발 아이를 자세히 살펴보았다. 아이는 무릎에 찰과상을 입었을 뿐이지만 여전히 충격에서 헤어나지 못한 듯 얼떨떨한 모습이었다. 녀석은 추워서 덜덜 떨고 있었다.

"얘, 너 추워서 떠는 거니?"

마리우스는 재빨리 외투를 벗었다. 그의 동작이 너무 빨라서 아이는 주먹이 날아오는 줄 알고 손으로 얼굴을 가렸다.

마리우스는 아이의 가엾은 모습에 당황하며 더듬더듬 말했다.

"아니야. 두려워하지 마……. 이름이 뭐지?"

아이는 여전히 두려워하면서도 두 팔을 내리고 일어나 앉았다.

"라파엘이에요."

"멋진 이름이구나, 라파엘. 자, 이 외투를 가져라. 네게 주마. 그리고 이것도 가지렴. 이거면 신발을 살 수 있을 거야."

마리우스는 아이의 손에 5수를 쥐여주고 외투를 입혀주었다.

아메데 디그랑드는 마리우스에게 손가락질을 하며 말했다.

"남작, 자네는 끊임없이 나를 놀라게 하는구려. 이 천민은 우리가 밟고 있는 흙만큼도 가치가 없네. 볼일이 끝나는 대로 클랑 데스탱에서 다시 만나세. 조금만 더 가면 오브리르부셰가의 오른쪽에 있네."

후작의 말은 마리우스에게 청천벽력 같은 충격이었다. 무릎을 꿇고 있던 그는 균형을 잃고 라파엘 위로 쓰러질 뻔했다. 2년 전 이곳에서 멀지 않은 샹브르리가의 바리케이드 앞에서 한 아이가 죽었다. 그의 이름은 가브로슈였다. 실제로 거의 같은 곳의 포석 위에 쓰러진 이 아이는 마리우스가 만났던 가난한 아이들과 닮아 있었다.

마리우스는 웃음소리와 포석을 탁탁 치는 발자국 소리를 들으면서 말했다.

"곧 따라가겠어요."

이윽고 마리우스는 고개를 돌리고 어두운 골목길에서 춤을 추고 있는 그림자들을 지켜보았다. 그는 벌떡 일어났다. 주걱턱을 가진 청년이 아무 말 없이 그를 응시하고 있었다. 어린 라파엘은 눈을 들고 예수를 떠올리게 하는 용감하고 관대한 아저씨의 얼굴을 바라보았다. 이 아저씨는 방금 돈과 외투를 주었다. 아이는 결코 그를 잊지 않을 것이다. 누군가가 이런 친절과 관심을 베풀어준 것은 난생처음이었다. 아이는 추워서 빨개진 두 손을 마리우스에게 내밀었다. 마리우스는 두 팔로 아이를 안고 들어 올린 후 가슴에 꼭 안아주었다. 이윽고 아이를 다시 내려놓은 뒤 다시 호주머니를 뒤졌다.

"자, 라파엘, 이 2프랑도 가지렴. 웃옷 하나와 바지 몇 개를 사렴."

라파엘은 호주머니 속에 돈을 넣고는 청년에게 달려갔다.

"게일, 봤지? 저분이 또 돈을 주셨어. 저분은 예수님 같아."

마리우스가 말했다.

"예수님이라고? 그렇게 말해주니 기분이 좋구나."

게일이 살짝 미소를 지었다. 녀석은 모자를 쓰더니 마리우스를 노려보면서 물었다.

"클랑 데스탱에 가시는 길인가요?"

"그렇단다."

"혹시 루제의 친구인가요?"

"아니, 나는 루제가 누군지 몰라."

"잘됐어요. 거짓말하시는 건 아니겠죠? 루제는 세상에서 가장 야비한 놈이에요."

게일은 발길을 돌리며 어린 라파엘과 함께 마리우스가 준 외투를 뒤집어썼다. 그리고 아이의 손을 잡고 다시 돌아서더니 굵고 낮은 목소리로 말했다.

"아저씨, 고마워요!"

마리우스는 작별 인사 대신에 지팡이를 흔들었다. 그리고 제자리에서 빙 돈 다음 지팡이를 어깨에 걸치고 네거리까지 걸었다. 오브리르부셰 거리가 시작되는 곳에 이르자 빗방울이 떨어지기 시작했다. 가늘고 끈적끈적한 비였다. 어린 라파엘이 생각났다. 어떻게 그처럼 어린 아이가 이 늦은 시간까지 돌아다닐 수 있는지 의아스러웠다. 그는 어느 대문 옆을 지나면서 일을 끝내고 돌아가는 한 무리의 아이들과 마주쳤다. 거기에는 여자들도 있었다. 대문에는 솜 공장이 안뜰 구석에 있다는 어설픈 푯말이 세워져 있었다. 여자들과 아이들은 그에게 신경 쓰지 않았다. 얼굴이 수척하고 지저분한 여자들이 진흙탕 길을 맨발로 걷고 있었다. 우산이 없어서 앞치마나 치마를 뒤집어썼다. 여자들의 팔에서 빈 광주리가 규칙적으로 흔들거렸다. 마찬가지로 얼굴이 지저분하고 해쓱한 아이들은 동그라미를 그리면서 여자들을 따라갔다. 아이들은 작업하는 동안 위에서 떨어진 방적기의 기름으로 방수복이 된 옷 덕분에 여자들보다 비를 덜 맞았다. 아이들은 작업 시간 내내 아껴두었던 빵 조각을 흔들어대며 외쳤다.

"빵은 비를 맞으면 부드러워져! 열다섯 시간 일한 후에 먹는 빵 맛은 기막히지!"

마리우스는 멈췄다. 그는 친구 프레데릭 리볼리에와 그의 관대한 사상을 다시 생각했다. 빗방울이 얼굴에 튀었지만 개의치 않았다. 그의 얼굴에는 반항이나 분노의 감정이 조금도 드러나지 않았다. 마치 공포 자체가 굳어버린 것 같았다. 그는 죄의식이란 남이 가진 것을 빼앗는 행위에서 비롯된다는 생각을 하면서 술집까지 걸어갔다.

마리우스는 우울한 표정으로 중얼거렸다.

'눈을 뜨는 게 끔찍한 일이군.'

마리우스가 클랑 데스탱의 문을 열자마자 웃음소리가 터져 나왔다. 이 날카로운 웃음소리는 경멸스럽고 씁쓸한, 시대의 온갖 몰상식을 압축한 것처럼 그의 귓가에 울렸다. 그래, 오히려 잘된 일이야. 마리우스는 방금 보았던 것을 지워버리기 위해 초연한 자세로 무분별하지만 즐거운 분위기에 맞추려 애쓸 것이다. 그는 자신이 중요하게 여기던 가치관을 더 이상 과대평가하지 않을 것이다. 방탕이 그에게 두 팔을 활짝 벌렸다. 방탕이 그의 불확실한 태도를 억눌러줄 것이다.

* * *

마리우스는 싫증이 날 때까지 술을 마셨다. 생메리 성당에서 자정을 알리는 종이 열두 번 울렸다. 프록코트를 벗은 마리우스는 소리를 지르고 발을 굴리면서 춤추는 사람들과 어울렸다. 이 싸구려 술집은 초만원이었다. 마리우스는 불시에 클레망스를 포옹했고, 앙리 드 라 로슈드라공과 로베르 당드루아지는 루제가 데려온 두 탕녀를 식탁 위에 넘어뜨렸으며, 외젠 쉬는 마리 다구의 손에 키스를 했고, 아메데는 귀여운 영국 여인을 가슴에 안았으며, 루이 드 베르뉴는 조용히 박수 치면서 아메데를 바라보았다. 다른 사람들도 마찬가지였다. 아메데의 일행, 소(小)귀족들, 세 명의 창녀를 데리고 즐기고 있는 아를캥(울긋불긋한 옷을 입고 목검을 찬 익살광대—옮긴이)으로 변장한 두 쌍둥이, 변두리의 건달들, 메두사의 머리를 가진 무녀들, 불량배처럼 거드름을 피우는 낯선 젊은이들. 노동자로 변장한 이들 대부분이 상스럽게 욕을 해댔다. 한가한 사람들이 한숨을 달고 살듯

노동자들은 욕설을 입에 담고 살지 않는가. 욕설은 기분을 좋게 해주고 게다가 공짜가 아닌가. 사람들은 게걸스럽게 입을 맞추었다. 점잖지 못한 태도와 입김은 더 이상 불쾌하게 느껴지지 않았다. 물론 토끼 스튜는 차가웠고 적포도주는 미적지근했다. 하지만 그건 별로 중요하지 않았다. 무섭게 생긴 손님들이 즐기고 있는, 연기로 검게 그을린 이 술집에서 귀에 거슬리는 이상한 소리는 사람들의 목소리와 뒤섞이면서 퇴폐적인 장소에 야릇한 분위기를 조성했다. 게다가 입술을 야하게 칠하고 빨간 코트만 걸친 갈색 머리의 이상한 무녀(巫女)는 원하는 사람에게는 누구에게나 배와 엉덩이를 보여주었다.

후작의 일행과 아무 관계도 없는 흥분한 손님들이 아우성을 쳤다.

"미욜뢰즈, 엉덩이를 흔들어봐!"

파르페타무르는 카운터에 팔꿈치를 댄 채 노기등등한 시선으로 홀을 바라보고 있었다. 일부 손님들은 다른 손님들의 음란한 짓을 보고 흥분해서 한술 더 떴다. 지배인은 자신이 단순한 구경꾼으로 전락해버린 듯한 느낌이 들었다.

카운터 앞에 관현악단이 있었다. 뇌쇄적인 세 미녀와 석상 같이 생긴 난쟁이 한 사람이 각각 플루트, 바이올린, 오르페옹, 클라리넷을 연주하고 있었다. 중풍에 걸린 젊은 여자는 안락의자에 달라붙어서 때때로 음란하게 몸을 비꼬면서 저음 악기로 반주하고 있었다. 차마 들을 수 없는 연주였다. 베키유는 창녀처럼 몸을 굴리면서 가슴을 드러낸 채 손님들에게 찰싹 붙어 있는 두 탕녀의 도움을 받으며 서빙을 하고 있었다. 두 탕녀는 손님들을 웃기기 위해 새끼손가락으로 젖꼭지를 만지작거리면서 유방을 향해 입김을 내뿜었다.

홀 구석에 있는 찬장과 계단 옆에서 세 명의 남자가 그 장면을 흥미롭게 구경하고 있었다. 다브 데 그레프, 칼을 가지고 장난을 치는 예수 그리고 붕대로 팔을 감아 어깨에 매고 있는 루제였다. 다브 데 그레프는 마리우스에게서 눈을 떼지 않았다. 마리우스가 도착하자 그는 의자에서 일어날 뻔했다.

예수가 의자의 등받이를 붙잡고 물었다.

"왜 그러세요?"

"아무것도 아냐. 아는 사람인 것 같아서."

그리고 냉소적인 표정을 짓고는 마치 자신에게 말하듯 여유 있게 말을 이었다.

"여전히 청춘의 매력을 지닌 지인 말이야. 이제는 알겠어."

루제가 물었다.

"뭘 알겠다는 거죠?"

"설명하자면 너무 길어. 하지만 차라리 저 '노란 장갑들'을 보게나. 그들은 고양이 고기를 게걸스럽게 먹고도 무엇을 먹었는지 조금도 눈치 채지 못했지. 그리고 지금은 미친 듯이 날뛰고 있잖아!"

그러고는 카운터 옆의 희미한 불빛 아래 앉아 있던 검은 옷을 입은 사내에게 음흉한 눈길을 보냈다. 검은 옷을 입은 사내는 마구간 냄새, 튀김 냄새, 사타구니 냄새가 마구 뒤섞인 이 술집의 음탕한 광경에 충격을 받은 척하면서도 공모자의 눈짓에 응답하는 일을 잊지 않았다.

몇 분 전, 루제와 예수가 잠시 자리를 비운 틈을 이용해서 검은 옷을 입은 사내는 다브 데 그레프에게 가서 귀에 대고 속삭였다.

"그래, 봤는가?"

"응, 봤네."

"그를 다시 만나서 기쁜가?"

“아주.”

검은 옷을 입은 사내는 제자리로 돌아갔다.

늙은 다브 데 그레프는 곰곰이 생각했다. 마리우스와 예수는 깜짝 놀랄 만큼 닮지 않았는가. 당당한 풍채, 슬픔 탓에 누그러지긴 했지만 강렬하고 당돌한 시선. 물론 쏙 빼닮은 것은 아니었다. 전체적인 외모가 비슷했다.

다브 데 그레프는 검은 옷을 입은 사내가 무슨 꿍꿍이를 품고 있는지 궁금했다.

루제가 물었다.

“저 사람을 어디서 알았어요? 처음 보는 얼굴인데요.”

“이야기하자면 길어. 내가 생말로에 하선했을 때 저 사람이 내 새 출발을 도와주었지.”

루제는 깜짝 놀랐다. 다브 데 그레프는 과거를 털어놓을 사람이 아니었다.

“생말로?”

“나처럼 미국에 운명을 걸었던 사람이지. 나는 생말로를 떠나야 했어. 그리고 미국에서 사기를 당하고 말았지.”

갑자기 루제가 웃음을 터뜨렸다.

“두 다리가 없는 앉은뱅이에게 장화를 팔 당신이요?”

“루제, 너는 나를 잘 몰라. 나는 신앙도 법도 없는 매춘부의 기둥서방들과 불량배들의 세계에서 방황하는 순진한 사람이야. 예전에 나는 전투에 참가했지. 워털루 전투에서 훈장을 받은 하사였다고. 식당 겸 여인숙을 운영하기도 했고.”

루제가 빈정댔다.

"눈물겹네요, 다브 데 그레프. 하지만 어떻게 해서 저 검은 옷을 입은 사내와 동업하게 되었는지는 아직 말하지 않았어요."

"루제, 너는 너무 호기심이 많아. 게다가 분명 내 자리가 탐나겠지? 아마 그렇게 될 거야. 불가능한 건 아냐. 다만 아직 너는 능력이 부족하지. 힘을 말하는 게 아냐. 너는 힘이 넘쳐나지. 너는 저항할 수 없는 어린아이들에게 힘을 쓰고 있어. 네게 부족한 것은 두뇌야. 저 친구는 그걸 갖고 있지. 그는 나와 똑같은 기질을 갖고 있어. 생말로의 카바레에서 처음 만나자마자 우리는 곧 죽이 맞았지. 그는 자질구레한 심부름을 해주는 대가로 내게 돈을 빌려주었어. 우리는 항상 교환 조건으로 거래를 하지. 그래서 거래는 안정적이야. 너 같지 않아. 너는 속을 알 수 없는 사람이야. 또 너는 항상 불안정해."

다브 데 그레프는 잠시 멈추더니 자신 있게 말을 이었다.

"봐라, 저 못된 후작과 그의 친구들은 쾌락을 열렬히 추구하지. 온갖 쾌락을. 그게 부자들이야. 힘이 없으면 동물적인 감각이 필요해. 그래야 살아 있고 생각할 수 있지. 루제, 너는 힘없는 가난뱅이야. 따라서 네가 생존하기 위해서는 나 같은 대장이 필요해. 부자들에게 동물적인 감각을 제공할 줄 아는 대장 말이야. 그 증거가 뭐냐고?"

다브 데 그레프는 술과 춤의 쾌락에 빠져 있는 손님들에게 오만한 손을 뻗었다. 이들은 더욱 자극적이고 은밀한 쾌락을 기대하고 있었다. 다브 데 그레프는 평소와는 달리 퉁명스럽게 말했다.

"루제, 한 가지 더 있어. 참고로 말하는데, 네가 미워하는 어린 라파엘은 친구가 내게 맡겼던 녀석이야. 녀석을 일급 살인청부업자로 만들라고 했지. 석 달 전 어린 루이처럼 만일 녀석이 과로로 죽는다면 좋은 소리를 듣지 못할 거야. 우리의 거래는 끝장이 날 거라고. 내 친구는 네게 비싼 대가를 치르게 할 거야. 사고는 순식간에 일어날 수 있어……. 무슨 말인지 알겠지?"

루제는 복종의 뜻으로 시선을 떨어뜨렸다. 주인이 바뀌지 않았는데 사업 방향이 달라질 리 없었다.

그러는 사이 마리우스는 돌아와 자리에 앉았다. 외젠 쉬는 수첩에 뭔가를 끼적이고 있었다. 옆에 앉아 있던 마리 다구는 외젠 쉬를 탐욕스럽게 쳐다보았다. 그녀는 속내 이야기를 하듯 마리우스에게 말했다.

"외젠 쉬는 뭔가를 적고 있어요. 그는 모든 것을 기록해요. 당신도 글을 쓰세요?"

"부인, 내게는 그런 결점이 없어요. 나의 타락이 너무 심해서 내 악덕을 감추는 것은 아무 의미가 없어요."

마리 다구는 뾰로통한 표정을 지었다. 외젠 쉬는 글쓰기를 멈추고 마리우스를 바라보았다. 마리우스는 존경과 짓궂은 장난이 뒤섞인 눈길로 그를 쳐다보았다.

이윽고 외젠 쉬는 다시 글을 쓰기 시작했다.

조롱의 효과에 상당히 만족한 마리우스는 클레망스에게 돌아서서 도도하게 번뇌하는 표정을 짓고는 싸구려 술집의 구석을 바라보았다.

마리우스가 딸꾹질하면서 말했다.

"당신이 마음에 들어요."

클레망스가 속삭였다.

"나도 당신이 마음에 들어요."

클레망스의 입술이 마리우스의 입술에 찰싹 달라붙었다. 키스는 영원히 지속될 것처럼 보였다. 마리우스는 평소와는 다른 격정에 사로잡혔다. 그는 양심의 권고에도 불구하고 주먹을 쥐고 발뒤꿈치로 바닥을 비볐다. 술기운이 그를 부추겼다.

"클레망스, 당신은 아름다워요. 당신은 매혹적이에요……."

단어들이 그의 입안에서 서로 부딪치더니 대혼란 속으로 빨려들었다. 클레망스는 눈으로 이야기하고 섬세한 손으로 마리우스의 상체를 애무하여 그의 격정에 화답했다. 모두가 사랑놀음를 하면서 서로를 자극하는 이 몽환적인 분위기 속에서 클레망스는 아무 말이나 지껄였다.

"마리우스, 나는 당신을 원해요. 당신, 나를 책임질 거죠? 나를 많이 사랑해줄 거죠?"

카운터 옆에서, 연주자들 앞에서, 식탁 사이에서 끊임없이 서로 맞장구치는 고성이 울려 퍼졌다. 손님들은 병째로 술을 마셨고, 자기 몸에 적포도주를 뿌렸으며, 음란한 신음소리를 내면서 서로 얼싸안았다. 난쟁이는 흉측하게 생긴 성기를 중풍에 걸린 여자에게 흔들어대느라 정신이 없었고 그의 샴페인 잔이 마구 흔들거렸다. 여자는 망설임 없이 남성을 입에 물었다. 몇몇 불량배들은 익살스러운 색욕에 사로잡혀 박수갈채를 보냈다. 이들 가운데 두 명은 난쟁이의 모습과, 화살 세례를 받은 성 세바스찬의 머리 모양을 한 로베르 당드루아지가 어떤 뻔뻔한 여자의 속치마 속에서 손을 휘젓는 광경을 보며 음흉한 짓에 몰두하기 시작했다.

클레망스 옆에 앉아 있던 마리우스는 이 광경을 보고 흥분했다. 그는 단숨에 새로운 세계에 눈을 떴다. 그는 혼자 중얼거렸다.

'정말 못 봐주겠군! 얼마나 미친 짓인가!'

마리우스는 벌떡 일어나 펄쩍펄쩍 뛰더니 손을 치켜들고 외쳤다.

"신들의 양식을 대령하라! 이 기괴한 추억의 식탁을 영원히 돌리겠노라!"

이제 마리우스는 혼란에 사로잡힌 저주받은 '유령들'을 제대로 구분하지 못했다. 천장이 오르락내리락했다. 아메데는 귀여운 영국 여인을 데리고 계단을 급히 내려갔고, 난쟁이가 중풍에 걸린 여자에게 달려들었으며, 살인청부업자들이 구석에서 서로 싸우고 있었고, 어떤 타락한 왕비가 자신에게 두 팔을 내밀었으며, 익살 광대들이 시중드는 여인들의 포동포동한 가슴에 매달리는 것처럼 보였다.

마리우스가 호언했다.

"내가 계산하겠소."

예의 따위에 개의치 않는 아메데가 멀리서 외쳤다.

"좋은 생각이오!"

마리우스는 프록코트를 집고 비틀거리면서 카운터 쪽으로 가다가 파르페타무르와 마주쳤다.

"안녕하시오. 전부 얼마죠?"

파르페타무르는 탐욕스러운 혀로 입술을 적시면서 대답했다.

"정확히 계산했다면 300프랑입니다."

마리우스는 천 프랑짜리 지폐 한 장을 꺼내 술집 주인에게 건네며 말했다.

"전부 가지세요."

마리우스는 위태로울 정도로 몸을 비틀거렸다.

망을 보고 있던 베키유는 남편의 손에서 지폐를 가로채며 외쳤다.

"힘들게 일한 사람들에게 줘야 해요!"

다브 데 그레프는 움직이지 않았다. 그는 카운터에서 돈 때문에 옥신각신하고 있다는 사실을 금방 알아챘다. 하지만 그는 참을성이 있었다. 이익 분배는 나중에 할 것이다. 그는 베키유에게 지폐를 잘 간수하라고 특별히 부탁해둔 터였다.

다브 데 그레프는 베키유에게 구체적으로 설명해주었다.

"부드럽게 해야 해. 당신 남편은 미욜뢰즈와 함께 있으면 제정신이 아니거든."

다브 데 그레프는 마리우스를 이용해서 등쳐먹을 계획을 가지고 있었다. 어쩌면 복수도 할 것이다. 사람들은 다브 데 그레프를 신뢰했다. 그는 모든 일을 노련하게 해결할 것이다.

마리우스는 홀의 건너편 끝에서 음모가 꾸며지는 것도 모르고 손가락으로 미욜뢰즈를 가리키며 말했다.

"나는 저 귀여운 여인을 갖고 싶소."

마리우스는 자극적인 몸짓을 하며 분주히 돌아다니는 미욜뢰즈에게 달려들었다. 그는 그녀를 껴안고 회전시켰다.

카운터에 등을 대고 있던 아메데는 파르페타무르의 얼굴이 빨개지는 것을 보고 말했다.

"아! 곤란한 일이 생기지나 않을지 모르겠네."

파르페타무르는 두 사람에게 달려들어 거칠게 떼어놓았다. 구석에 있던 베키유는 미소를 지으면서 고양이를 쓰다듬었다. 그녀는 이미 천 프랑을 회수했을 뿐만 아니라 곧 남편도 회수할 참이었다. 일석이조였다.

파르페타무르가 호통을 쳤다.

"이곳은 당신이 생각하는 것처럼 뭐든지 가질 수 있는 곳이 아니오!"

아메데는 마리우스와 술집 주인 사이에 끼어들면서 말했다.

"좋은 생각이 있소. 이 문제는 싸움으로 해결해야 합니다."

파르페타무르는 소매를 말아 올리면서 말했다.

"당신 말이 옳습니다. 우리 서민들은 결투 같은 건 하지 않아요. 그건 부자들이나 하는 것이죠."

자기 때문에 일이 이렇게 된 것에 매우 흡족한 미욜뢰즈는 두 팔을 들고 어깨를 흔들면서 다브 데 그레프의 식탁을 향해 멀어져갔다.

헤라클레스처럼 힘이 센 술집 주인은 두 팔로 마리우스의 목을 죄었다. 마리우스는 발버둥조차 치지 못했다. 그는 곰의 발로 춤을 추는 듯했다.

아메데는 자신의 집사에게 토로했다.

"우리 친구는 격투기와 영국식 권투 훈련이 더 필요해. 궁지에 몰린 마리우스를 구하려면 우리가 개입해야겠군. 그의 매력적인 부인을 꾀려면 칭찬받을 짓을 하는 게 가장 좋은 방법이 아니겠어?"

루이데지레는 공손한 태도를 취하고 그의 말에 동의했다.

"후작님, 퐁메르시 남작부인에게 약점이 있다고 생각합니다."

"정말로 그렇게 생각해?"

"그렇게 생각하는 게 아니라 확신합니다. 파란만장한 인생을 경험한 사람을 속일 수는 없는 법입니다. 감히 말씀드린다면 퐁메르시 남작부인은 마리우스 같은 남자와 함께 있으면 틀림없이 지루해할 겁니다. 지루해하는 여인은 이미 정복된 여자나 마찬가집니다."

아메데 디그랑드는 오만하게 프록코트를 벗었다. 흥분과 자만이 뒤섞인 미소는 그의 입술을 수축시켰다. 두 다리가 휘청거리는 것 같았다. 집사는 주인의 가슴이 얼마나 요란하게 고동치고 있는지 알 것이다. 왜 그처럼 도량이 넓은 주인이 별 볼일 없는 코제트에게 반했을까?

루이 드 베르뉴는 아메데에게 이렇게 말하곤 했다.

"자네가 언제나 친구들의 부인에게 빠진다는 사실을 잘 알고있지? 내 마누라는 꿈도 꾸지 말게."

아메데는 마리우스를 바라보았다. 마리우스는 게슴츠레 눈을 뜬 채 조금도 저항하지 못했다. 아메데는 국민방위대(공화파가 조직한 무장단체—옮긴이)의 총사령관처럼 우렁찬 목소리로 말했다.

"주인장, 그만해! 당신에게 돈을 지불한 사람을 질식시킬 셈인가? 당장 놓아주라고! 명령이야!"

마리우스를 도우러 왔던 예수는 갑자기 멈췄다. 그는 눈짓으로 다브 데 그레프와 의사를 교환한 후 제자리로 돌아갔다.

파르페타무르는 손을 풀어 마리우스를 놓아주었다. 클레망스와 베키 유가 마리우스를 부축해 카운터까지 데려갔다.

후작은 술집 주인의 주위를 돌면서 소리쳤다.

"만일 나한테 도전하고 싶다면 기꺼이 응해주마!"

파르페타무르는 놀란 눈으로 후작을 주시하며 대꾸했다.

"좋아. 자, 덤벼. 어디 한번 나를 죽여보시지!"

손님들이 거칠게 떼밀며 몰려드는 바람에 몇 사람은 넘어졌다. 외젠 쉬는 적함에 오른 해적처럼 후원자인 백작부인을 데리고 맨 앞줄에 자리를 잡았고, 그 옆에 루이 드 베르뉴, 앙리 드 라 로슈드라공, 로베르 당드루아지 그리고 귀여운 영국 여인이 있었다. 호기심에 가득 찬 손님들은 귀족이 칼을 갖고 있지 않을 때 어떻게 싸우는지 보고 싶었던 것이다.

파르페타무르는 마리우스에게 했던 것처럼 상대를 두 팔로 감싸서 꼼짝 못하게 한 다음 바닥에 쓰러뜨리려 했다. 하지만 아메데는 술집 주인의 공격을 피하고 발로 상대의 허리를 찼다. 술집 주인은 타격을 받은 모습이 역력했다. 아메데는 여세를 몰아 번개처럼 잽싸게 술집 주인에게 몸을 날려 목을 잡고 카운터로 밀어붙였다. 무쇠같이 억센 손이 멱살을 붙잡고 흔들자 파르페타무르는 비틀거렸다. 하지만 그는 곧 자세를 가다듬었다.

"제기랄!"

격분한 술집 주인이 아메데에게 돌진했다. 하지만 민첩하지 못한 공격이었다.

아메데는 술집 주인을 비웃으며 소리쳤다.

"쉬쉬!"

아메데는 물러나면서 파르페타무르의 공격을 피했다. 그리고 솜씨 좋게 다리를 뻗어 한 방 먹였다. 상대는 식탁 위로 넘어졌다. 구경꾼들의 도움으로 다시 일어난 술집 주인은 짐승처럼 포효하면서 다시 공격을 시도했다.

아메데는 이번에는 시모어 경의 검술 도장—권투 장갑은 월계수와 바닐라 향이 나는 떡갈나무 상자 속에 정리되어 있는 여송연 옆에 있었다—에서처럼 주먹을 사용했다. 팔꿈치로 턱 끝을 한 방 먹인 다음 명치에 한 대, 관자놀이에 한 대를 후려치자 술집 주인은 주먹을 허공에 날리기만 했다. 어둠의 장막이 그의 시야를 어둡게 했다. 그는 제자리에서 빙 돌더니 털썩 주저앉았다.

"후작 만세! 밀로드 아르수유보다 훨씬 잘했습니다!"

박수갈채와 더불어 환호성이 터졌다. 아메데는 얼굴을 닦고 친구들을 향해 두 팔을 들어올렸다. 그는 프록코트를 되찾은 후 그늘 속에 웅크리고 앉아 있던 집사에게 물었다.

"왜 숨어 있소?"

"창피해서 그렇습니다, 후작님."

아메데는 넥타이를 다시 맸다.

"루이데지레, 자네는 나를 웃음거리로 만들었어! 다음부터는 좀 더 편히 쉴 수 있는 곳을 소개하게."

"저는 후작님이 이곳을 마음에 들어하실 거라고 생각했습니다."

"맞네. 곰곰이 생각해보니 이곳에 다시 와야겠네. 하지만 남작에게 신경을 써야지. 남작은 어떤가?"

아메데는 마리우스의 상황을 보러 갔다. 여전히 클레망스와 베키유의 부축을 받고 있는 남작은 두 눈이 뒤집히고 아랫입술에서 침을 흘린 채 횡설수설하고 있었다. 그는 혼수상태에서도 아메데가 궁지에 빠진 자신을 구해주었다는 사실을 기억하고 있었다.

마리우스가 더듬더듬 말했다.

"나는…… 나는…… 당신에게 큰 은혜를 입었습니다."

후작은 평소처럼 인사말을 건넨 다음 겸손하면서도 걱정스러운 표정을 지었다. 그리고 클레망스에게 말했다.

"우리가 남작을 데려갈 거야."

그러자 클레망스가 명랑한 말투로 제안했다.

"내가 집으로 데려가면 안 될까요? 남작한테는 세심한 간호가 필요해요."

"역시 당신밖에 없소."

후작은 모자를 쓰고 소매 없는 외투를 걸친 후 출구로 향했다.

마리우스는 신선한 바람에 술에서 깨어났다. 아메데의 마차를 탄 그는 호주머니를 뒤졌지만 코제트가 주었던 수정을 찾을 수 없었다.

클레망스가 보석을 흔들면서 물었다.

"이걸 찾고 있나요? (그리고 가슴을 불룩 내밀며 소리쳤다.) 이것을 되찾고 싶다면 이쪽으로 와야 할 거예요!"

그녀는 수정을 블라우스 속으로 집어넣었다.

마리우스는 클레망스의 욕망에 맞설 의지도 힘도 없었다. 트랑스농냉가(오늘날의 보부르가—옮긴이)에 있는 그녀의 집에 도착한 그는 여자가 자신을 어린애처럼 다루게 내버려두었다. 클레망스는 그를 침실로 데려가 2인용 안락의자에 앉혔다.

클레망스가 짧은 외투와 모자를 벗으면서 말했다.

"나도 보석을 좋아해요. 나의 귀여운 남작님, 나를 기쁘게 해주시지 않겠어요?"

클레망스는 그렇게 말하며 마리우스 앞에서 선정적으로 엉덩이를 흔들면서 완전히 벗었다. 이제 그녀에게는 무도화밖에 남지 않았다.

클레망스는 마리우스의 손에 수정을 놓으면서 말했다.

"자, 이 보석을 돌려주겠어요. 그 대신 키스와 많은 선물을 받고 싶어요."

마리우스는 그녀의 아름다운 몸매에 탄복했다. 반짝거리는 촛불이 움직이는 그림자에 생명력을 불어넣어주었다. 배(梨) 모양의 봉긋한 가슴, 단단하고 가느다란 넓적다리, 항아리 모양의 엉덩이. 마리우스는 천천히 옷을 벗었다. 그에게 셔츠만이 남았을 때 클레망스는 강렬한 욕망에 사로잡혀 두 손으로 마리우스의 셔츠를 찢으면서 벗겨냈다. 그리고 그를 침대로 데려가 속삭였다.

"마리우스 퐁메르시, 당신은 내 거야. 당신은 완전히 내 거야."

3

슬픈 사랑

마리우스는 몇 주 동안 평판이 좋은 곳이든 나쁜 곳이든 술집이란 술집은 죄다 출입했다. 그는 타락한 만큼 얻은 게 있다고 주장했다. 그것이 틀린 말은 아니었다.

어느 날 저녁 루이 드 베르뉴가 그에게 말했다.

"정신은 간혹 자신의 파멸을 자랑스럽게 여기죠."

마리우스는 비웃었다. 그는 루이 드 베르뉴가 거만한 사람이라고 생각했다.

신년 첫날 아침, 마리우스가 클레망스 드 라블리의 집에서 돌아왔을 때 플뤼메가의 집 식탁에는 음식이 차려져 있었다. 샴페인 잔과 포도주 잔 사이에 코제트가 서명한 작은 카드가 놓여 있었다. 카드에는 "내 생명의 빛이여, 새해 복 많이 받으세요."라고 쓰여 있었다. 마리우스는 코제트를 찾으러 갈 용기가 나지 않았다. 그는 자신의 방으로 들어가서 조용히 흐느껴 울었다. 그의 빛은 암흑과 닮았다. 루이 드 베르뉴가 한 말이 틀린 것도 아니었다.

마리우스는 아메데의 충고대로 권투에 입문하고 검술 실력을 다듬었다. 그는 겉보기와는 달리 현실적이지 않았다. 클루에(르네상스 시대의 초상화가—옮긴이)가 그린 초상화처럼 아름다운 클레망스는 일부러 꾸민 애정이 드러나는 부드러운 미소로 그를 감싸면서 도처에 데리고 다녔다. 마리우스는 그녀에게 진주목걸이, 캐시미어 케이프, 가장자리가 휘어진 펠트 모자 그리고 비단 장식품을 선물했다. 그녀는 기뻐서 어쩔 줄 몰랐다.

클레망스는 필요한 것을 전부 갖게 되자 연인의 권리도 갖고 싶어 마리우스에게 이렇게 말하곤 했다.

"나는 당신을 무척 사랑해요."

욕망을 자제하기는커녕 더욱 부채질하는 클레망스는 언제나 솔직하게 얘기하는 것을 자랑스럽게 여겼다. 그렇게 하여 쓸데없는 거짓말은 좀처럼 하지 않는다는 사실을 강조했다. 그녀는 화려한 것만을 좋아했다. 나머지는 모두 거짓이었다.

마리우스가 자신이 벼락부자일 뿐이라고 털어놓자 그녀는 중요한 것은 '부자'라는 단어라고 응수했다. 그리고 진지함이 조금도 담기지 않은 미소를 지었다. 그녀는 경험을 통해 남자들이 욕망을 충족하고 나면 싫증을 낸다는 사실을 알고 있었다. 마리우스에게 클레망스를 만났다는 행복한 추억은 함께 있을 때 느끼는 행복보다 더 소중한 것이었다. 그는 현재에서 벗어나 오직 과거 속에서만 진정으로 살고 있었기 때문이다.

어느 날 저녁 마리우스는 카페 드 파리에서 클레망스에게 물었다.

"우리가 서로 사랑하는지 어떻게 알 수 있죠? 우리가 행복하니까요?"

마리우스의 예상은 틀리지 않았다. 그는 그녀의 말에 귀를 기울이지 않았고 그녀는 그를 거의 이해하지 못했다. 그 점을 제외하면 두 사람은 놀랄 만큼 뜻이 잘 맞았다.

어느 날 아침, 뒤메릴가와 오피탈 대로 사이에 있는 말 시장에서 마리우스는 이마에 눈처럼 하얀 점이 박혀 있고 머리가 꼿꼿하며 성마른 앞다리를 가진 밤색 말 한 필을 샀다. 그는 오퇴유, 모르트마르의 원형 광장 혹은 샹드마르스 공원에서 볼 수 있는 고상한 척하는 사람들을 모방하려 했다. 그가 어찌나 경박한 사람이 되었는지 그의 진지한 태도에 클레망스가 당황할 정도였다.

클레망스가 말했다.

"당신의 거짓말을 더 이상 듣고 싶지 않아요."

마리우스가 깜짝 놀란 표정으로 대답했다.

"당신한테 거짓말하지 않아요. 나는 단지 끊임없이 모순되는 여러 가지 솔직함을 갖고 있을 뿐이에요. 그걸 뭐라고 하죠?"

"마리우스, 그걸 이중인격이라고 해요. 나는 당신이 나를 진정으로 사랑해주기를 원해요."

"나는 당신을 사랑해요."

"마리우스, 당신 말을 믿지 못하겠어요. 당신은 너무 서둘러요."

"내가 서두르는 것은 인생이 일을 질질 끄는 짧은 순간의 연속이기 때문이에요. 나는 과정을 촉진시킬 뿐이에요."

클레망스가 흥분했다.

"내가 당신을 비난하는 것은 바로 그 점이에요. 당신은 나를 한심한 여자로 보고 있고, 형편없는 여자인 나는 당신의 온갖 변덕에 맞춰야 한다는 느낌이 들어요. 우리가 처음 만났을 때 당신이 보여주었던 솔직함과 섬세함을 더 이상 찾아볼 수 없어요."

마리우스는 말 상인에게 400프랑―영국식 마구가 포함된 가격―을 지불했다. 그리고 클레망스를 흘겨보면서 미소를 지었다.

"새해 첫날에 당신 집에서 함께 보낸 그 첫날밤 말인가요?"

클레망스는 그를 노려보며 말했다.

"남작님, 당신의 귀감이자 친구인 아메데만큼이나 불쾌감을 주는 사람이 되었군요. 하지만 당신은 아메데보다 위엄이 없어요."

마리우스는 대수롭지 않다는 듯 자신의 이마를 치면서 대답하는 것으로 그쳤다.

"다음에는 더 잘할 수 있을 거예요."

마리우스는 클레망스의 매력에 빠지지 않을 수 없었지만, 클레망스는 그에게 사랑을 조금도 느끼지 못했고 단지 모성애 같은 감정을 느꼈을 뿐이다. 거짓으로 열정적인 척하고 거짓으로 명랑한 척하는 그녀는 헌신하기보다는 적당히 응해줄 줄 아는 그런 나이였다.

클레망스는 마침내 이렇게 내뱉고 말았다.

"당신은 아이 같아요. 친구들을 흉내 낸다고 해서 어른이 될 수는 없어요. 30대 여인의 말을 믿으세요."

두 사람은 삯마차에 올라탔고, 싸움은 그렇게 끝났다.

*　*　*

마리우스는 오전에는 쓰라린 마음을 달래주는 클레망스와 함께 지냈고 오후에는 시모어 경의 검술 도장에서 보냈다. 그의 옷차림은 나무랄 데 없었다. 외투 속에 가느다란 발목과 활력이 넘치는 다리를 드러내는 검은 바지를 입었다. 고운 발에는 비단 양말과 굽이 없는 니스를 칠한 무도화를 신었다. 하얀 누비 조끼의 끝이 검은 연미복 밖으로 삐져나왔다. 목은 새틴 넥타이 속에서 편안해 보였고 머리에는 오페라해트를 쓰고 있었으며 머리카락은 자연스럽게 나부꼈다. 발목 위까지 단추가 달린 바지,

편물로 짠 수영복 같은 타이츠, 세련되게 재단되었고 옷자락이 우아하게 늘어진 연미복, 끌로 조각한 금단추가 달린 영국식 누비 조끼 등은 강 대로의 유명한 양복점에서 맞춘 것이다. 정말 멋진 옷차림이었다.

마리우스는 밤색 말, 박차, 빨간 벨벳 마의(馬衣), 끝이 구부러진 지팡이를 자랑스럽게 여겼으며 대로에서 단총을 멘 기병처럼 꼿꼿한 자세로 말을 타고 뽐내는 것을 더욱 멋진 일이라고 생각했다. 또 영국식 승마가 훨씬 멋져 보였기 때문에 복잡한 프랑스식 승마와 고급 마술(馬術)을 포기했다. 마리우스는 영국식 마술을 배우기 위해 혹은 흉내 내기 위해 몸을 둘로 접고 말안장의 양쪽 앞으로 두 다리를 넓게 벌렸다. 정말로 우스꽝스러운 모습이었다. 나중에는 대단한 도락가인 저명한 베롱 의사가 참여한 「종마 사육장 신문」을 구독했고, 경마장을 드나들며 아메데, 루이 드 베르뉴, 외젠 쉬 그리고 다른 경마 애호가들을 만나곤 했다. 200프랑에서 500프랑까지 엄청난 돈을 내기에 걸었고 마리우스는 매번 졌다.

프랑스 종마개량협회에 이어서 자키클럽이 탄생했다. 시모어 경과 외젠 쉬의 이름이 등장했다. 1월 말, 마리우스는 자키클럽에 가입할 계획을 세웠다. 첫해에 400프랑, 2년차부터는 300프랑을 지불하기만 하면 되었다.

시간이 지남에 따라 미래를 걱정하지 않고 돈을 물 쓰듯 하는 마리우스가 호언했다.

"가소로운 금액이죠. 그렇지 않습니까?"

외젠 쉬는 클럽 분위기가 아주 명랑하고 회원들이 자진해서 온갖 엉뚱한 짓과 속임수에 빠진다는 말을 하면서 맞장구쳤다.

"그렇고말고요."

이 모든 것이 우스꽝스러워 보였다. 마리우스는 초조해했다. 어느 날

카페 드 파리에서 외젠 쉬는 벨지오조소 왕자와 달통세 백작의 후원에도 불구하고 자키클럽이 알프레드 드 뮈세의 입회 신청을 거절했다는 소식을 전해주었다.

외젠 쉬는 아메데를 흉내 내면서 말했다.

"정말로 우스운 일이죠."

외젠 쉬는 사생활이 문란한 조르주 상드(자유분방한 연애로도 유명한 프랑스의 소설가—옮긴이)와 성관계를 맺고 있던 병약한 낭만주의자 뮈세가 겪고 있는 불행을 비웃었다. 그는 뮈세를 번지르르한 감언으로 가득한 낭만주의의 추종자로 간주했다.

외젠 쉬는 망설이면서 덧붙였다.

"로미외와 나는 자키클럽이 필요로 하는 유일한 문인이네."

마리우스의 얼굴에서 미소가 사라졌다. 그도 자신을 문인이라고 생각했기 때문이다.

"그게 무슨 뜻이죠?"

"자네는 무모하게 덤벼들다 결국 실패할 것이네. 아무리 패기넘치게 시도한다 해도 자키클럽의 회원들에게는 통하지 않을 것이네."

마리우스는 오기가 발동했다. 그러니까 돈이 모든 것을 해결할 수 없단 말인가? 그는 이 문제를 떠벌리고 존경과 열광의 상징인 자키클럽을 공개적으로 비난하기로 다짐했다.

자키클럽의 가입을 거절당한 아메데 역시 맞장구쳤다.

"나도 자네 의견에 동의하네. 이 시시한 인간들을 박살내고 그들의 안일한 자세를 비난합시다."

아메데와 그의 친구들은 온갖 수단을 동원했다. 그들은 사방팔방으로 뛰어다녔다. 익살맞은 늙은이들과 입이 건 천박한 여자들이 매표소 앞에서 줄을 서고 있는 버라이어티 무도회장과 마리우스가 「르나시오날」에서 짓궂게 혹평했던 좌안의 극장들을 돌아다녔다. 어느 날 저녁, 오데옹 극장에서 아메데는 알몸에 모피 목도리와 장갑만을 착용한 젊은 여인을 소개함으로써 추문을 일으켰다. 마리우스는 이 미심쩍은 소극의 흥을 무덤덤하게 음미했다. 젊은 여인은 다름 아닌 클레망스였던 것이다.

그날 저녁 클레망스는 자기 집에서 오만함이 엿보이는 건방진 태도로 그를 힐끔 쳐다보면서 물었다.

"내 옷차림이 어땠어요?"

마리우스는 화를 내지 않으려고 애쓰면서 대답했다.

"끝내주었어요. 덕분에 나는 당신의 다리가 2연발 소총 속에서도 족욕을 할 수 있을 만큼 날씬하다는 걸 알았어요. 그건 나이 때문이요? 아니면 단순히 다이어트의 기적인가요?"

그날 저녁 마리우스는 앙리 드 라 로슈드라공의 마구간에 말을 맡기고 서둘러 플뤼메가의 집으로 돌아갔다. 이번 사건은 그에게 몹시 불쾌한 일이었다.

*　*　*

마리우스는 코제트를 돌보지 않았고 정치에 관심을 끊었다. 또 친구 프레데릭을 일부러 피했다. 그는 가끔 「르나시오날」 본사의 복도에서 아르망 카렐과 마주쳤다. 마리우스는 그에게 다소 불쾌한 과장조로 공화당에서 멋진 장래가 보장될 거라고 장담했다. 절대 자유주의자 아르망 카렐이 어깨를 으쓱했다. 그는 이 젊은이가 변했다고 생각했다.

2월 초, 마리우스와 그의 친구들은 파리의 명소들을 휩쓸고 다녔으며 언제나 이달리 카바레나 오페라 극장의 무도회장에서 파티를 끝냈다. 르멘 외곽지대에서 한창 유행하는 야외에서 먹고 마시면서 춤도 출 수 있는 술집과 200명의 손님을 수용할 수 있는 홀, 정원, 신나는 카드릴을 연주하는 관현악단으로 유명한 톤늘리에 무도장에 잠깐 머무른 후 벨빌 대로의 소극장에 들렀다.

온순하고 성실한 루이 드 베르뉴, 로베르 당드루아지, 앙리 드 라 로슈드라공 그리고 마리우스는 아메데를 따라다녔다. 이 타고난 안내자는 어디서나 쉽게 파티를 조직할 줄 알았다.

어느 날 저녁 리슈 카페에서 마리우스는 루이 드 베르뉴에게 털어놓았다.

"아메데는 내가 원하는 모든 것을 갖고 있어요. 자유에 대한 열정, 관습으로부터의 해방, 거침없는 입담……."

하지만 루이는 마리우스의 열광에 찬물을 끼얹었다.

"마리우스, 경계하세요. 나는 아메데를 잘 알아요. 그는 변덕쟁이죠. 그 나이에 염세주의자가 된 것은 아메데가 전에 사람들을 너무 믿었기 때문이에요. 지금 그는 사람들을 별로 좋아하지 않아요."

"질투하는 건 아닌가요, 루이?"

마리우스의 노골적인 질문에 루이는 불만을 표시하지 않았다.

"친애하는 마리우스, 사랑은 젊은이들이나 여유로운 사람들에게만 존재하는 거예요. 젊은이들은 잃을 게 전혀 없고, 여유로운 사람들은 벌어야 할 이유가 전혀 없기 때문이죠. 하지만 나는 우리의 친구 아메데가 어떤 사람인지 잘 모르겠어요."

"아메데를 좋아하나요?"

"그게 내 약점이에요. 이상하게도 나는 그를 믿을 수 없는데 그는 나를 신뢰해요."

마리우스가 맞장구쳤다.

"정말 이상한 일이네요. 루이, 나는 그가 실망이나 회한처럼 쓰라린 감정 탓에 방황하고 있다고 생각해요."

그날 저녁 아메데는 포주들과 창녀들이 술을 마시러 오는 오페라 극장의 싸구려 지하 카바레인 이달리로 친구들을 초대했다. 아메데는 방탕한 친구들을 초대할 때는 자신이 비용을 지불했다. 한 번에 그치지 않고 관례처럼 지속했다.

외젠 쉬는 채찍처럼 곧게 뻗은 검은 머리에 거무스름한 피부를 가진 젊은 여인을 데리고 왔다. 얼굴 윤곽과 강렬한 시선으로 보아 동양 태생의 여자였다.

외젠 쉬가 즉각 아메데에게 말했다.

"이 여인의 이름은 월터 스콧의 소설에 나오는 주인공처럼 레베카예요. 그녀는 아름다운 우리말이 아직 생소해요."

후작은 펀치를 주문하고 불쾌한 어조로 말했다.

"당신은 그런 식으로 상투적인 서두를 피하는구려."

체격이 좋은 외젠 쉬가 고개를 설레설레 흔들었다. 그는 무례한 말장난을 지적할 정도로 제법 총명했고 도전에 개의치 않고 버릇없는 말을 즐길 정도로 사교적인 인물이었다.

"친애하는 후작님, 즐거워 보이시는군요. 하지만 저기 샤를 드 라 바퉈 씨가 오고 있어요. 그에게 후작님의 대단한 입담을 보여주시죠."

유행을 추종하는 한 무리의 젊은이들을 대동한 채 방금 이 싸구려 술집으로 들어온 남자는 얼른 눈에 띄었다. 그는 쉰 목소리로 외쳤다.

"안녕하세요, 신사 여러분."

샤를 드 라 바튀는 금빛 도는 적갈색 머리채에 드러낸 귀까지 모자를 푹 눌러쓰고 화려한 옷차림에 불량스러운 태도를 지닌 호탕한 인물이었다. 그는 탁자 하나를 끌어당겨 아메데 일행의 탁자에 밀어붙이더니 외젠 쉬에게 인사를 하고 소란스럽게 앉았다. 아메데가 빈정대는 표정으로 머리부터 발끝까지 그를 훑어보는 동안 샤를 드 라 바튀는 감정적인 목소리로 마르디그라 축제(사순절 전날에 열리는 축제. 사육제의 마지막 날에 해당한다. 실컷 먹고 놀며, 가면과 분장, 기괴한 옷차림을 하고 거리를 행진한다─옮긴이)에 대해 떠벌리면서 외젠 쉬를 괴롭혔다.

마리우스가 조심스럽게 루이 드 베르뉴에게 몸을 기울이고 물었다.

"이 괴짜는 누구죠?"

루이 드 베르뉴는 입을 손을 대고 대답했다.

"사육제의 왕, 방탕한 사교의 왕자, 서민과 살인청부업자의 우상이죠."

"이름이 뭐죠?"

"샤를 드 라 바튀. 밀로드 아르수유(망나니 각하)라고도 하죠."

마리우스는 그 괴짜를 좀 더 자세히 관찰했다. 샤를 드 라 바튀는 두 엄지손가락으로 얼룩덜룩한 조끼를 붙잡은 채 마치 오래전부터 아는 사람이라도 되는 듯 티에르와 기조에 대해 장광설을 늘어놓았다. 그는 엄지손가락과 집게손가락으로 붉은 턱수염을 매끈하게 다듬거나, 물병 마개처럼 커다란 핀이 달린 장밋빛 넥타이, 큼직한 체크무늬가 있는 짧은 프록코트 그리고 검은 벨벳으로 만든 푸른 하늘색 줄무늬 바지를 만지작거리면서 조만간에 혁명이 일어날 거라고 말했다. 그의 얼굴에서 일어나는 경련은 그렇다고 치더라도 진짜 꼭두각시 같았다.

샤를 드 라 바튀는 정치 얘기를 늘어놓은 다음 힘찬 목소리로 물었다.

"누가 내 강철 팔에 도전하겠소?"

외젠 쉬는 자신의 동양 여인에게 눈짓을 보내더니 주먹으로 식탁을 치고 대답했다.

"내가 도전하겠소!"

아메데도 나섰다.

"나도 하겠소."

어리둥절한 표정, 고함 소리, 브라보 소리, 박수갈채가 일어났다. 잡다한 손님들은 오페라 극장의 무도회장에 밀려드는 어색한 옷차림의 들뜬 군중과 흡사했다.

루이 드 베르뉴가 마리우스에게 털어놓았다.

"부랑아들은 하나같이 수도의 온갖 카바레에서 샤를 드 라 바튀를 수없이 만났으며 그가 사육제를 칭찬하는 것을 들은 적이 있다고 주장했어요. 문제는 사람들이 그를 시모어 경과 혼동하는 것이죠."

마리우스는 다시 샤를 드 라 바튀를 바라보았다. 언제나 모자를 쓰고 있고 여송연을 입에 문 이 적갈색 머리는 프록코트를 벗더니 단숨에 펀치 잔을 비웠다. 그러고는 잔이 산산조각 날 때까지 물어뜯었다.

샤를 드 라 바튀가 외젠 쉬에게 말했다.

"팔씨름을 하세!"

샤를 드 라 바튀는 다시 다른 잔을 집어 물어뜯었다. 그리고 유리 파편을 손등으로 모아 두 무더기를 만들었다. 한 무더기는 외젠 쉬의 오른팔 왼쪽에, 다른 무더기는 자신의 오른팔 왼쪽에 흩어놓았다.

"준비됐소?"

외젠 쉬는 레베카의 걱정스러운 시선을 받으며 대답했다.

"그렇소."

두 사람이 자세를 취하자 구경꾼은 일제히 함성을 질렀다. 외젠 쉬는 대장간 화덕처럼 씩씩거렸다. 그는 사력을 다해 밀고 힘을 주었지만 좀처럼 이길 수 없었다.

구경꾼들의 박자를 맞춘 응원 열기가 더욱 뜨거워졌다. 드럼통이 굴러가는 소리 같았다. 갑자기 샤를 드 라 바튀가 짐승처럼 포효를 내질렀다. 그는 몸통을 움직이지 않고 반듯하게 앉아서 왼손을 탁자에 납작하게 놓은 채 외젠의 팔을 단숨에 깨진 유리 더미 위로 쓰러뜨렸다. 외젠은 고통의 비명을 지르며 뒤로 벌렁 나자빠졌다. 그리고 빨간 줄이 그어진 아래팔을 멍하니 쳐다보았다.

숨을 죽이고 있던 구경꾼들이 외쳤다.

"브라보! 브라보!"

도전에 진 외젠 쉬는 분하긴 하지만 샤를 드 라 바튀를 축하하고 레베카에게 팔을 내밀었다. 그녀는 황급히 얇은 천으로 그의 팔을 붕대로 감았다.

샤를 드 라 바튀의 얼굴이 새빨개졌다. 이번에는 아메데가 이 빨간 얼굴의 황소 앞에 앉아 팔씨름을 준비했다. 응원이 다시 시작되었다. 후작은 좀 더 오랫동안 버텼지만 결국 지고 말았다. 다시 브라보, 그리고 포효. 샤를 드 라 바튀는 자신의 패거리에게 인사하고 어깨를 돌리면서 술을 주문했다. 하지만 그는 관절에 경직이 일어난 듯 이두근 높이에서 팔을 문질렀다.

마리우스는 샤를 드 라 바튀의 약점을 간파하고 제안했다.

"나도 한번 해보고 싶소."

샤를 드 라 바튀의 친구들이 공모의 눈빛을 교환했다. 그들은 이렇게 속삭이는 것 같았다. '이 가엾은 남작은 이미 클랑 데스탱에서 술집 주인에게 그렇게 혼쭐이 나고도 아직 정신을 못차렸군.'

112

두 사람은 자리를 잡았다. 마리우스는 팔을 내밀기 전에 미소를 지으면서 상대방을 관찰했다. 허리가 약간 굽은 땅딸막한 몸통, 의자 등받이를 부술 듯이 기대는 등, 육중한 어깨, 교살자의 손, 고약한 성직자의 얼굴. 그는 심호흡을 했고 이마에 땀이 맺혀 있었다. 마리우스는 샤를 드 라 바튀가 중요한 순간에 반듯한 자세—경련을 일으키기에 좋은 너무 반듯한 자세—를 취하고, 특히 상대를 테스트하고 지치게 하기 위해 결코 먼저 공격하지 않는다는 사실을 파악했다. 따라서 마리우스는 사력을 다해 공격할 것이다. 그에게는 야윈 팔, 대담한 공격력, 탄력적인 근육이 있었다.

승부는 눈 깜짝할 사이에 판가름 났다. 샤를 드 라 바튀는 그렇게 번개처럼 빠른 공격을 예상하지 못했던 것이다. 그는 어깨에 격렬한 통증을 느끼면서 손을 놓아버렸다. 팔이 유리 파편에 닿아 상처가 났을 때 그는 어떤 소리도 내지 않았다. 구경꾼들은 숨을 죽였다. 침묵이 홀을 감쌌다.

샤를 드 라 바튀는 자신의 팔을 살펴보더니 집게손가락 끝으로 피를 적셔 황홀한 듯 핥았다.

"나는 확실히 럼주가 좋아!"

그의 엉뚱한 호언에 구경꾼들은 폭소로 화답했다.

놀기 좋아하고 험담을 즐기는 마리우스의 친구들이 이 팔씨름에 열광하는 것을 본 샤를 드 라 바튀는 의혹이 섞인 경탄의 눈길로 승리자를 훔쳐보았다. 그는 소음 속에서 마리우스에게 물었다.

"그래, 호라티우스 가문이 쿠라티어스 가문을 이겼단 말이오?"

"뭐라고요?"

"아니요, 농담이오. 하지만 한마디 해야겠소. 당신은 저자들과 한패가 될 수 있는 사람이 아니오."

그러고는 곧장 아메데의 일행에게 말했다.

"신사 여러분, 나는 여러분에게 팔레루아얄에 가서 도박을 즐기시라고 제안하는 바입니다! 행운이 우리를 기다리고 있습니다!"

얼큰히 취한 그들은 보렐 카페 위에 있는 발루아 회랑의 도박실로 몰려 갔다. 몇 년 전 블뤼허라는 독일 용병이 하룻밤 사이에 150만 프랑을 잃 었던 곳이었다. 화려한 분위기에 도취된 마리우스는 여섯 대의 룰렛판을 돌아다녔다. 그는 숫자 맞히기 놀이에서 200프랑을 벌었고, 샤를 드 라 바튀는 '트랑트에카랑트(30과 40. 빨강과 검정 무늬의 탁자에서 하는 카드놀이ㅡ 옮긴이)'에서 같은 금액을 땄다.

이윽고 아메데, 샤를 드 라 바튀 그리고 다른 사람들은 끝나지 않는 이 밤이 두려웠던지 이상야릇한 '맹인들의 카페'에 갔다. 생기 없는 얼굴의 시골 사람들이 다섯 명의 맹인 악사 앞에서 흥분한 손으로 서로의 몸을 더듬고 있었다.

새벽 2시 무렵, 샤를 드 라 바튀는 작대기처럼 꼿꼿하게 일어나더니 그 만 가보겠다고 했다. 그러면서 다소 정중한 자세로 일주일 후 '쿠르티유 사육제 가장행렬'에서 만나자고 제안했다. 그는 딱히 누구에게랄 것 없 이 말했다.

"마르디그라 축제에 여러분을 초대합니다. 밀로드 아르수유의 손님이 되면 그의 호화로운 사륜 포장마차에 탈 수 있습니다. 여러분을 믿겠습니 다!"

그러고는 은밀히 마리우스에게 말했다.

"다시 강조하지만 당신은 저들과 같은 부류가 아니오. 당신을 알게 되 어 기뻐요. 사육제 때 다시 만나고 싶소."

마리우스는 난처한 표정을 짓고 그가 멀어지는 모습을 바라보았다. 이 방탕한 예언자는 대체 무슨 말을 하는 것일까? 샤를 드 라 바튀의 아랫입술은 그 말이 끝나자마자 움푹 들어갔다.

마리우스는 화가 난 상태에서 야릇한 쾌감을 느끼고 양다리를 꼬았다가 풀었다. 얼마 전부터 온갖 정신적 사변(思辨)으로 위축된 자신의 본능을 생각하면 안심되기도 하고 동시에 화가 나기도 했다. 회피하고 싶지만 끊임없이 떠오르는 의문이 있었다.

'그러니까 이런 생활이 이 사람들을 그토록 흥분시킨단 말인가? 사회가 만들어낸 지상에서 가장 비열하고 천박한 온갖 것을 경험함으로써 금지된 쾌락을 맛보는 것이? 이들의 수준에 맞추기 위해 이들의 의례, 관습, 습관을 모방해야 할까? 이들의 세계에 속한다는 일시적인 느낌을 갖기 위해, 악취가 풍기는 이 퇴폐적인 세계의 온갖 가르침을 잊지 않기 위해 이들의 언어를 모방하고 함께 도취해야 할까?'

아메데가 그에게 물었다.

"뭘 그리 생각하오? 우울한 일이라도 있소? 클레망스의 사랑이 그립소?"

마리우스는 뭔가 대단한 말이라도 하려는 것처럼 코를 벌름거렸다.

"나는 사랑보다 정열을 더 믿습니다. 하지만 정열보다는 우정을 더 믿죠."

아메데는 만족스럽다는 듯 살짝 입을 삐쭉거렸다. 그는 마리우스의 손을 잡고 물었다.

"가엾은 클레망스를 어떻게 했소? 그녀가 당신을 사랑한다는 사실을 알고 있소?"

안락한 생활과 사치를 추구하고 있는 아메데는 마리우스와 클레망스의 관계가 견고할수록 자신의 생활수준이 보장된다고 생각했다. 그는 이 관계가 사라지지 않기를 바랐다.

마리우스는 자신을 지키려는 듯 항의했다.

"코제트 역시 나를 사랑합니다."

아메데는 깜짝 놀란 표정을 짓고 손뼉을 치며 말했다.

"친구여, 어느 한쪽이 다른 쪽을 방해하지는 않네! 문제가 단지 그것뿐이라면 내가 매혹적인 부인을 찾아가서 자네의 깊은 사랑을 전해주겠네."

아메데는 몸을 뒤로 젖힌 채 입술 끝으로 말했다. 마리우스는 아메데의 시선과 차마 마주칠 수 없었다. 프레데릭 리볼리에가 했던 말이 떠올랐다.

* * *

1834년 1월은 쌀쌀했다. 낮이 점점 더 밤을 닮아가는 기나긴 겨울 동안 코제트는 애써 고독을 견뎌냈다. 그녀는 가끔 마주치는 마리우스에 대한 걱정을 애정 어린 간청으로 바꾸려 애썼다. 그녀는 남편을 배려하고 스스로 보호할 수 있도록 마리우스와 충돌하지 않았고 거칠게 대하지 않았으며 비난하지도 않았다. 마리우스가 일부러 매몰차게 대하면 그녀는 남편의 방황이 일시적인 것이라고 믿으려 했다. 그녀는 결코 파멸을 원치 않았고 악감정을 만들고 싶지 않았다. 역설적이게도 그녀는 마리우스의 약점을 발견하면서 자신의 결점을 발견했다. 가끔 비참했던 유년시절이 단편적으로 떠올랐다. 또한 아버지가 집에 가둬 키운 바람에 외롭게 보내야만 했던 끔찍한 청소년 시절도 떠올랐다. 아버지는 그녀를 보호하고 싶었던 것이다. 남자들의 자만심, 가혹한 잔인성, 바람기, 이기주의, 시기심으로부터 딸을 보호하려고 했다.

그 덕분에 코제트는 여전히 순진했다. 다른 여자 같았으면 정부를 구했을 것이다. 하지만 코제트는 그런 여자가 아니었다. 그녀는 원한을 품을까 봐 두려워하면서 마음을 다잡았다. 이 스무 살의 아름다운 여인은 꿈이 조금씩 깨지는 것이 슬펐지만 폭풍 속에서도 잘 견뎌냈다. 추억은 그녀에게 포기하지 말라고 말했다. 정의로운 사람들 중에서 가장 정의로운 아버지—그녀는 한때 잠시 아버지를 돌보지 않은 잘못을 저질렀다—에 대한 추억. 사랑의 성화상(聖畵像) 같은 남편, 자존심이 강하고 오만한 다프니스(그리스 신화에 나오는 시칠리아 목동. 사랑을 맹세했으나 술에 취해 다른 여자를 취한 죄로 장님이 되었다—옮긴이) 같은 남편, 어쩌면 다프니스보다 더 자존심이 강하고 더 오만한 남편, 그녀가 끊임없이 이상화하고 우상화하는 멋진 남편에 대한 추억. 그녀는 아버지와 남편을 추억하며 필사적으로 노력했다. 연약하지만 의지와 원기가 넘치는 젊은 여인이 할 수 있는 모든 방법을 동원해서, 그리고 때때로 신의 논리인 우연의 도움으로. 그녀는 아버지가 물려준 더없이 귀중한 유산을 간직할 것이다. 그렇다, 그녀는 정직, 성실, 정의를 지킬 것이다. 경멸받는 사람이 되는 것은 아주 쉬운 일이다.

코제트는 종교와 책에서 은신처를 찾았다. 자신보다 더 어려운 사람들이 많이 있지 않은가. 그녀는 매일 생쉴피스 성당의 저녁 미사에 참석했다. 본당 주임사제인 리예 신부는 훌륭한 분이었다. 1832년 콜레라가 유행했을 때 그는 수많은 생명을 구했다. 그는 자살하려는 불행한 사람들을 도와주기 위해 손수레를 끌고 센 강의 제방을 누볐다고 했다. 경찰청장 지스케 씨는 신부에게 존경을 표시했다. 그는 동료들에게 이렇게 말했다.

"대단한 인물입니다. 나는 그를 위해서라면 밤이든 낮이든 몇 시가 되었든 언제든지 시간을 낼 겁니다."

이 비범한 인물은 코제트를 매료시켰다. 때때로 그녀는 수녀원에 은둔하고 싶다는 뜻을 알렸다. 그녀가 그처럼 약해질 때마다 리예 신부는 그녀를 격려했다.

어느 날 코제트는 고해실에서 리예 신부라고 믿고 말했다.

"신부님, 저는 코제트 퐁메르시 남작부인입니다. 신부님의 충고를 듣고 싶습니다. 그런데 저는……."

코제트는 말을 맺지 못했다. 그녀는 무뚝뚝하면서도 흥분이 섞인 상대방의 목소리를 듣고 리예 신부가 아님을 깨달았다.

코제트는 고해실에서 나왔다. 그녀는 성당의 포석 위에 드리워진 그림자를 보았다. 육중하고 위협적인 검은 그림자였다. 챙이 넓은 모자, 프록코트의 늘어진 옷자락, 기다란 지팡이. 그녀는 눈을 들었다. 근엄한 얼굴의 남자가 앞에 서 있었다. 그녀는 그를 치한으로 취급할 뻔했다.

"대체 당신은 누구시죠?"

남자는 리예 신부가 성큼성큼 다가오는 것을 보고 입을 다물고 가만히 있었다. 신부는 솔직하고 우아한 완곡어법으로 그를 소개했다.

"베르자 씨는 고해실에 떨어진 사제복을 주우러 갔을 뿐입니다. 당신도 알다시피 저는 털털한 사람이에요. 그리고 베르자 씨는 아주 꼼꼼하고 세심한 분이죠."

코제트는 희끗희끗한 수염에 갈색 프록코트를 입은 남자와 악수했다.

신부가 말을 이었다.

"베르자 씨는 저의 소중한 협력자입니다. 그는 우리의 젊은 학생들에

118

게 형법을 강의하고 있고 본당의 행정까지 맡고 있어요. 아주 순박한 분이죠. 하느님이 증인이십니다. 저는 저분의 도움 없이는 아무것도 할 수 없어요."

잠시 후 베르자가 사라지자 리예 신부는 제의실에서 코제트에게 소상히 얘기해주었다. 베르자는 혹독한 불행을 겪었고 그 후 합리적인 직관에 따라 과거의 행실을 버리고 새로운 인생을 살기로 결심했다고 했다. 그는 예전에 앙브루아즈 파레(왕실 외과의, 해부학자—옮긴이)가 살았던 가랑시에르가 10번지에 살고 있었다. 현재의 주인 빅토르 발타르는 건축대상을 수상한 후 집의 일부를 베르자에게 빌려주고 자신은 이탈리아에 머물고 있었다.

"전에 베르자 씨는 제 충고에 따라 부르고뉴 지방 브리오네 지역에 있는 파레르모니알이라는 빛의 마을에서 수도자로 생활했어요. 그는 묵상을 통해 하느님의 길에 가까워졌고 베네딕트 수도회의 관습에 익숙해졌어요. 저는 때때로 장난삼아 그는 성직자 같은 밀정도, 또 밀정 같은 성직자도 될 수 있을 거라고 말했죠."

코제트는 깜짝 놀란 모습으로 물었다.

"그럼 베르자 씨는 성직자가 아니란 말인가요?"

"네, 아닙니다. 하지만 성직자가 될 수도 있어요. 그는 예전에 사법기관의 고위직에 있었어요. 말하자면 성 바오로가 다마스쿠스에서 그랬듯이 그도 개종한 셈이죠. 감시하고 감독하는 일에 인생의 대부분을 보낸 그는 이제 오직 명상하고 묵상하는 것만을 원해요. 그의 인생관은 때때로 지나치긴 하지만 관심을 끌지 않을 수 없어요. 솔직히 그의 겸손함에 저는 끊임없이 놀라곤 해요. 저는 그에게 여러 차례 회고록을 집필하라고 권했지만 그는 마치 더 이상 사람들과 아무것도 나누고 싶지 않다는 듯 항상 거절했어요. 제가 알기론 그는 부인도 자식도 친구도 없어요. 이름도 가명이죠. 하지만 좋은 사람이에요.”

코제트는 아버지를 생각했다. 운명이 언제나 뜻밖의 선물을 마련해두기라도 한 듯 신부와 면담한 후 그녀는 성당 출구에서 베르자와 마주쳤다. 두 사람은 부르고뉴 지방, 아가서(雅歌書), 인생을 바꾼 사람들에 대해서 얘기했다. 평소에 사람들에게 차갑고 퉁명스럽게 대하는 베르자는 유창한 말솜씨와 상냥한 태도를 보여주었다. 코제트와 그는 성당과 성 쉴피스회(會)의 신학교 사이를 몇 걸음 걸었다. 베르자는 잠시 구멍가게에 들러 오렌지 하나와 대맥당(보리 끓인 물에 설탕을 넣어 졸인 과자—옮긴이) 하나를 코제트에게 선물했다. 그녀의 크고 푸른 눈동자는 베르자의 마음을 혼란에 빠뜨렸다.

오후 끝 무렵, 두 사람은 다음 날 다시 만나기로 약속하고 작별 인사를 나누었다. 헤어지기 직전 베르자는 인상적인 근엄한 얼굴로 말했다.

“남작부인, 한 가지 고백할 게 있습니다.”

예리하고 깊고 까만 눈동자가 그녀를 송곳으로 찌르는 것 같았다.

“성당에서 부인의 이름을 들었을 때 저는 엄청난 혼란을 느꼈습니다. 이미 지나갔다고 생각한 과거가 떠올랐으니까요. 퐁메르시는 저에게 낯선 성이 아닙니다.”

“어떻게 아시죠?”

“나중에 말씀드리겠습니다.”

그 다음부터 베르자는 코제트에게 이에 관해 말하지 않았다. 코제트와 그는 뤽상부르 공원에 갔다. 코제트는 아버지에 대해 얘기했다. 베르자의 시선은 옛 이야기를 떠올릴 때마다 더욱 강렬해졌다. 그는 다른 산책자들과 마주치기라도 하면 코제트의 질문에 대답하지 않고 고개를 숙였다. 보지라르가 쪽에 있는 오데옹 극장의 출구 근처에서 그는 노점상에서 오렌지 두 개를 사서 하나를 코제트에게 주었다. 물론 꼼꼼하게 껍질을 벗겨서 주었다. 그는 뿔 손잡이가 달린 접는 칼로 지그재그로 그어 오렌지 껍질을 단번에 벗겼다. 한번은 코제트가 의무감이 강한 사람들에 대해 언급하자 베르자는 자신의 엄지손가락을 깊게 베고 화를 냈다.

"성실, 확신 또는 의무감을 내세우는 사람보다 더 나쁜 사람은 없습니다. 남작부인, 절대적 순수의 추구는 위험합니다. 까다로운 권력자들은 순수성을 들먹이면서 광신적인 사명을 성취합니다. 그래서 지나친 순수성의 추구는 온갖 극단주의를 낳습니다. 생쥐스트(공포정치를 열렬히 옹호한 혁명가로 단두대의 이슬로 사라졌다―옮긴이), 토르케마다(스페인의 초대 종교재판소장으로 10,220명을 화형하고 유대인을 박해했다―옮긴이), 푸키에탱빌(프랑스 혁명 때 공안 검사로 활약했다―옮긴이)이 바로 그러했지요."

코제트가 반박했다.

"그래도 충직함이 있잖아요."

베르자는 오렌지 껍질을 다 벗기고 웃음을 터뜨렸다.

"남작부인, 그자들에게는 충직함이 없습니다. 자신의 사상을 위해서라면 부모조차 죽일 놈들이죠. 한 일화를 알려드리지요. 생쉴피스 성당을 아시죠? 카미유(당통 계열의 온건주의 혁명가―옮긴이)와 뤼실 데물랭이 그들의 친구인 막시밀리앵 로베스피에르를 증인으로 삼고 결혼했던 성당이지요. 몇 년 후인 1794년 로베스피에르는 카미유를 단두대로 보냈어요. 로베스피에르는 국민에게 주권이 있는데, 카미유는 당통(로베스피에르, 마라와 함께 프랑스 혁명의 3거두로 불렸으나 공포정치에 반대하다 처형되었다―옮긴이)과 너무 친하고 관대하여 이 원칙에 충실하지 않다고 생각했지요. 그것은 충직을 강조하는 사람들이 저지른 비극이죠."

얼굴이 몹시 창백해진 베르자는 코제트에게 오렌지를 내밀고 말을 이었다.

"어떤 사람들은 빵 한 덩어리를 훔쳤다는 이유로 30년 도형(徒刑)에 처해지고, 또 어떤 사람들은 3천만 명의 프랑스 사람들을 훔쳐 온갖 권력을 차지했습니다. 제가 무슨 얘기를 하는지 아시겠죠?"

죄를 징벌하는 운명의 사자 같은 목소리에 깊은 인상을 받은 코제트는 기다림과 화해의 자세로 조용히 오렌지 조각을 먹었다. 그녀의 매혹적인 얼굴에는 두려움과 경악이 드러나 있었다. 문득 그녀는 동작을 멈추고 베르자를 바라보며 물었다.

"왜 당신은 과거의 경험을 암시하기만 하고 자세히 설명하지 않나요? 베르자 씨, 당신은 현재와 과거를 혼동하는 게 아닌가요?"

베르자는 뒷짐을 지고 태연하게 대답했다.

"남작부인, 착한 사람들은 나쁜 사람들이 한 짓을 동경하는 법입니다. 어쩌겠습니까? 우리는 모두 이중적입니다. 이중성은 예술가에겐 특권이고 일반인들에게는 저주입니다. 있는 그대로 받아들일 줄 알아야 합니다."

코제트는 가만히 있지 않았다.

"베르자 씨, 왜 당신은 가끔 질문의 핵심을 회피한 채 대답하시죠?"

베르자는 뒷짐을 풀고 조심스럽게 코제트의 팔을 붙잡았다. 그는 실망하는 시선과 미소를 보지 않기 위해 정원 출구 쪽으로 코제트를 데려갔다. 그리고 온화한 어조로 물었다.

"부인께서 알고 싶은 게 뭔가요? 진실을 아는 것은 끔찍한 일입니다. 일상생활 속에서 우리는 생각 없이 말하고 경솔하게 행동하는데, 이 모든 것이 결국에는 습관이 되고 말지요. 운명은 신들의 기분 전환 거리이고,

오늘 저는 과거를 교묘히 피함으로써 기분을 전환합니다. 친애하는 코제트, 우리는 불가사의한 운명의 손아귀에 놓여 있지 않습니까?"

베르자는 처음으로 남작부인을 코제트라고 불렀다. 코제트는 그 사실에 만족하고 자신의 질문에 얼렁뚱땅 대답하는 그를 더 난처하게 만들지 않기로 결심했다. 그래도 이렇게 지적했다.

"참 이상해요. 여전히 저는 당신이 무슨 말씀을 하시는지 잘 모르겠어요."

베르자는 젊은 여인의 떨리는 진홍빛 입술 사이로 두 줄의 축축한 이가 드러나는 것을 훔쳐보았다. 코제트의 끈질긴 태도가 마음에 들었다. 결국 그는 미소를 짓고 말았다.

* * *

코제트는 베르자와 이야기를 나누는 동안 활력을 되찾고 기분이 나아졌다. 그녀는 사랑의 증거처럼 해석될 수 있고 마리우스를 감동시킬 수 있는 것을 집 안 여기저기에 배치했다. 하트 모양의 꽃다발, 양복걸이에 걸어놓고 다정하게 네 개의 소매를 묶은 두 벌의 긴 잠옷, 새해 첫날 저녁 식탁 위에 둔 메모. 그리고 수정. 언젠가 그녀는 마리우스의 주머니에서 수정을 꺼내 박엽지로 포장한 다음 제자리에 놓았다. 그녀는 수정과 박엽지 사이에 작은 메모지를 넣었다.

"마리우스, 내 마음의 일부가 이 수정 안에 들어 있어. 당신이 간직해. 이 수정은 마법의 힘을 갖고 있어."

마리우스는 아무런 반응도 보이지 않았다. 하지만 코제트는 그가 바지나 조끼 주머니에 수정을 간직하고 있다는 것을 알았다. 그의 침묵이 두려웠지만 그녀는 사랑의 영원성을 믿었다.

일주일에 두 차례 방문—주로 아침이 끝날 무렵—하는 프레데릭 리볼리에는 남편을 너무 봐주지 말라고 충고했다.

"코제트, 대처해야 해요. 절제는 젊은 여인에게는 어울리지 않아요. 기다림과 다를 게 없는 태도지요. 그러다 보면 단조로운 생활이 점점 고착되고 그냥 흘러가는 대로 살게 됩니다."

그날 아침 코제트는 자존심이 상했다.

"프레데릭, 걱정하지 마세요. 당신도 잘 알다시피 내 절제는 안정적이고 일시적인 거예요."

코제트는 프레데릭과 순수한 우정의 관계를 유지했다. 그녀는 지나칠 정도로 낙천적인 프레데릭의 솔직함, 생명력, 활력을 높이 평가했다. 그녀는 과음하고 너무 열렬히 혁명운동을 한다며 프레데릭을 점잖게 꾸짖기도 했다. 그녀가 자신을 방탕아이자 자코뱅 당원으로 간주하자 프레데릭은 폭소를 터뜨렸다.

늦가을 어느 날, 프레데릭은 집 옆에 온실을 만들라고 제안했다. 코제트는 멋진 제안이라고 생각했다. 그녀는 늙은 정원사와 하녀 마들렌의 도움으로 작업에 착수했다.

코제트가 프레데릭에게 털어놓았다.

"내가 바보천치도 빈둥거리는 사람도 아니라는 사실을 마리우스에게 입증하고 싶어요. 한번은 마리우스가 나를 어린애라고 놀려댔어요."

"코제트, 절대로 그렇지 않아요. 당신을 이렇게 만든 건 마리우스에요."

코제트는 엄한 눈길로 프레데릭을 쏘아보았다.

"프레데릭, 마리우스를 나쁘게 말하지 말아요. 당신의 친구잖아요. 어쩌면 그이가 완전히 틀린 건 아닐 거예요. 그이는 나를 버릇없고 부르주아적이며 상상력 없는 어린애처럼 취급해요. 내가 그런 모습을 너무 많이 보여주었거든요. 나는 분명 그이를 깜짝 놀라게 할 수는 없을 거예요. 나를 코제트라고 부르지 말고 내 진짜 이름인 외프라지로 불러달라고 부탁하자 그이는 심술궂게 나를 비웃었어요. 그이는 나를 거드름 피우는 바보로 취급했어요."

프레데릭은 하늘을 쳐다보며 말했다.

"이번만은 나도 마리우스와 생각이 같아요. 코제트는 예쁜 이름이에요. 왜 요염한 여자나 음모자의 냄새가 나는 그 이름으로 바꾸려 하는지 이해할 수 없어요."

프레데릭은 더욱 진지한 모습으로 말을 이었다.

"마리우스는 당신을 너무 이상화하고 있어요. 당신은 그를 질투하게 만들어야 해요."

코제트는 몸을 약간 옆으로 기울이고 한 손은 허리에, 다른 손은 머리에 얹은 채 장난기 섞인 미소를 지으며 말했다.

"나도 그런 생각을 해봤어요."

프레데릭은 웃음을 터뜨렸다.

코제트가 말을 이었다.

"농담은 그만해요. 남자들은 무척 순진하고 허영심이 많아요. 나중에 디그랑드 후작이 나에게 보낸 편지를 보여줄게요. 내가 처음으로 후작을 만났던 저녁, 그는 내가 그에게 의도적으로 미소를 보냈다고 믿었대요. 얼마나 잘난 체하던지!"

그러자 프레데릭이 화를 내며 말했다.

"아, 그 사람 얘기는 꺼내지도 말아요. 마리우스가 그 사람 손에서 우스꽝스러운 꼭두각시처럼 놀아나는 것을 생각만 해도 화가 나요!"

코제트는 빙 돌더니 정원 구석에 있는 참으아리로 뒤덮인 정자를 가리켰다.

"디그랑드 후작은 덩굴손을 가진 저 비열한 식물을 닮았어요. 그는 마리우스의 우정을 이용하는 간사한 위선자에요."

프레데릭은 구두 뒤축으로 바닥을 치며 말했다.

"디그랑드 후작이 그랬어요? 빌어먹을! 이 후작이 대체 어디에서 굴러왔는지 모두 의아해하고 있어요! 내 말을 믿어요. 혹시 기회가 생긴다면 그 '노란 장갑'에게 코를 풀어버릴 거예요!"

* * *

어느 날 아침 프레데릭은 진달래 화분을 들고 플뤼메가에 왔다. 그는 온실 입구에서 멈추고 주위를 둘러보았다. 온실은 푸른 네모꼴과 마름모꼴 격자, 유리 칸막이와 함께 울창한 녹색 아치 모양이었다. 코제트는 이 온실을 자랑스럽게 생각했다. 이 멋진 작품을 보고 누가 퐁메르시 남작부인이 열 손가락으로 할 줄 아는 게 하나도 없는 어린애라고 말할 수 있겠는가.

온실 바깥에는 수많은 덩굴식물―주로 송악과 장미나무―이 격자를 따라 구불구불 뻗어 있었다. 온실 내부는 프레데릭이 선물한 대나무와 레몬나무의 말뚝, 그리고 하얀 꽃과 주홍빛 꽃이 만발한 한 줄의 동백꽃을 통해 두 부분으로 나누어져 있었다. 반짝이는 푸른 잎사귀를 가진 무화과나무 아래에 버들가지로 만든 안락의자 하나가 놓여 있었다.

프레데릭은 멀리서 코제트와 마들렌에게 인사한 다음 온실 안으로 들어섰다. 그는 흙이 묻은 코제트의 앞치마와 손가락을 보고는 아연실색한 모습으로 팔을 걷어올렸다.

프레데릭이 농담조로 말했다.

"당신의 손은 곧 토목인부의 손처럼 될 거예요."

코제트는 진달래를 보면서 물었다.

"나를 위해 가져왔나요?"

"당신 정원을 위해."

코제트는 프레데릭의 목을 끌어안고 두 볼에 뽀뽀해주었다.

프레데릭은 밀어내는 척하면서 소리쳤다.

"제발 몸을 아끼세요. 누가 당신 고집을 꺾겠어요?"

그리고 더욱 진지한 어조로 말했다.

"오늘 우리는 가야 할 데가 있어요. 잊지 않았죠?"

코제트는 진달래를 커다란 화분에 옮겨 심었다.

"프레데릭, 잊지 않았어요. 하지만 어쩌겠어요? 나는 볼테르의 가르침을 따를 뿐이에요. '나는 나만의 정원을 가꾸리라.' 볼테르의 작품을 권한 사람은 바로 당신이에요."

"분명히 그랬죠. 그래도 그렇지."

그리고 나지막하게 말했다.

"적어도 두 달 전부터는 안심하고 있죠?"

"콜레라에 걸리지 않아서? 아니면 임신하지 않아서요?"

코제트는 대수롭지 않은 어조로 똑같은 질문을 했었다. 하지만 고열, 경련, 멀미, 구토 등 콜레라의 초기 증상이 나타나자 몹시 걱정했다. 프레데릭은 그녀를 안심시켰다. 콜레라에 걸릴 경우 열두 시간에서 서른여섯 시간 사이에 죽는다고.

"1832년에 파리에서만 2만 명이 죽었고, 프랑스 전체에서 10만 명 이상이 사망했어요. 카지미르 페리에와 라마르크 장군이 가장 먼저 희생되었어요. 사람들은 창문을 열어 방을 환기시켰고 크레졸로 집을 소독했어요."

코제트는 그래도 농담할 여유는 있었다.

"당신은 나를 안심시키는 특별한 방법을 알고 있군요!"

사실 문제는 콜레라가 아니라 임신이었던 것이다. 그녀의 몸이 몹시 쇠약해졌기 때문에 프레데릭은 서둘러 그가 잘 아는 오데옹 극장 근처의 의사에게 데려갔다. 마리우스가 두 사람이 삯마차에 타고 있는 것을 목격한 바로 그날이었다.

프레데릭이 솔직히 말했다.

"마리우스는 터무니없는 상상을 하고 있어요."

코제트가 설명해주었다.

"나는 남편에게 아무 말도 하지 않았어요. 또 멀미가 나요."

프레데릭은 튈르리의 궁인들을 흉내 내면서 제자리에서 빙 돌았다.

"똑같은 이유가 아닐 거예요."

코제트가 물었다.

"무슨 뜻이죠?"

프레데릭은 한 걸음 다가와서 레몬나무의 윤기 나는 잎을 어루만지더니 이윽고 대답했다.

"우리는 다음 주에 타뷔랭 의사와 약속이 있어요. 테부가에 살고 있는 세심하고 정직하며 훌륭한 의사예요."

그리고 손목시계를 보더니 무릎을 치며 말했다.

"코제트, 나는 이만 가야 해요."

“벌써요?”

“도편가에서 모임이 있어요.”

“또 음모를 꾸미는 건가요?”

프레데릭은 적당히 미소를 짓고 대답했다.

“코제트, 우리는 모사꾼들이 아니에요. 프랑스의 미래가 걸린 문제죠. 불평등은 이제 사라져야 해요.”

“물론이죠. 하지만 조심해요.”

프레데릭은 코제트가 내민 손에 키스를 하고 노란 꽃받침이 달린 베고니아 주위에서 바쁘게 일하던 마들렌에게 작별 인사를 했다. 그리고 놀리듯이 외쳤다.

“공화국 만세!”

코제트는 프레데릭이 철문 뒤로 사라지는 것을 보면서 가죽 장갑을 끼고 측은한 표정으로 고개를 저으며 마들렌에게 말했다.

“프레데릭이 걱정이에요. 그는 자신의 인격과 사상을 확고하게 믿고 있어요.”

마들렌은 전지가위를 땅에 꽂고 체크무늬 앞치마에 두 손을 닦으면서 말했다.

“마님, 리볼리에 씨는 신중한 사람이에요. 여느 젊은이들과 같아요. 그는 대의를 위해 몸을 불사를 준비가 되어 있어요. 하지만 ‘영광의 3일’ 때부터 사람들은 혁명이 대단한 일이 아니라는 사실을 알게 되었어요. 아무 일도 일어나지 않을 거예요.”

“마들렌, 하느님이 듣고 있어요. 걱정스런 소문이 떠돌고 있어요. 또 폭력 사건이 많이 일어났어요. 카르보나리 당원이자 「르포퓔레르」의 창간자이며 사회주의 이론을 옹호하는 딜롱이라는 좌파 의원이 뷔조 장군과 결투를 하다가 머리 한복판에 총을 맞고 죽은 사실을 알죠?"

마들렌이 어깨를 으쓱하며 말했다.

"뷔조는 이익을 얻기 위해서는 수단과 방법을 안 가리는 작자예요. 다른 사람들과 다를 게 없어요. 어제는 나폴레옹파였고 오늘은 왕당파가 되었죠. 내일은 어떻게 될까요? 마님, 정치는 나쁜 거예요. 나쁜 기름에 튀긴 감자튀김처럼 정치가들은 파렴치한 자들을 이용하잖아요. 각자가 맡은 바 소임을 다하면 만사가 잘될 텐데……."

맞는 말이었다. 마들렌이 옳았다.

코제트는 꼼꼼하게 일과를 짰다. 마들렌과 그녀는 아침나절에 식물을 심고 물을 뿌리며 잡초를 뽑고 삽질을 하며 김을 매고 꺾꽂이를 하며 지지대를 세웠다. 가는 가죽끈 달린 장화를 신은 두 사람은 물뿌리개와 전지가위를 들고 반짝반짝 빛나는 눈과 경쾌한 걸음으로 통로를 오가면서 히스 부식토 상자 안에 심어진 열대식물과 화단 가장자리에 활짝 핀 꽃들을 돌보았다. 튤립, 수선화, 크리스마스로즈, 아마릴리스, 미모사, 히아신스, 시클라멘 등이 갖가지 빛깔의 꽃을 피우고 있었다.

온실을 만들기 시작했을 때 마리우스는 빈정거렸다. 그는 비웃는 모습으로 코제트에게 말했다.

"여자들은 트집 잡는 거 외엔 아무것도 할 수 없지."

마리우스는 일종의 연민을 가지고 아내의 작업을 바라보는 것 같았다. 마치 이 집에서 모든 일의 시작과 끝은 그가 결정하는 것처럼.

어느 날 작업이 끝난 것을 보고 놀란 마리우스는 온실 입구에 종려나무가 심어진 붉은 점토 화분을 놓았다. 그는 한 마디도 꺼내지 않았다. 코제트가 화가 나는 것은 바로 그런 점이었다. 그녀는 약간 퉁명스럽게 물었다.

"당신 할 얘기가 그렇게 없어?"

마리우스는 귀에 거슬리는 소리로 대꾸했다.

"사람들은 말을 너무 많이 하지. 글로만 의사소통을 했으면 좋겠어."

그래서 코제트는 글로 써서 마리우스와 의사소통을 하려고 했다. 하지만 그는 답장하지 않았다. 더 이상 어쩌란 말인가? 그녀는 이렇게 생각했다.

'나는 결국 지치고 말 거야. 그러면……'

* * *

코제트가 외출 준비를 하고 있는데 철문의 작은 종이 울렸다. 마들렌은 나무 선반에 곡괭이와 호미를 놓으면서 물었다.

"누굴까요?"

코제트는 마들렌에게 문을 여는 대신에 외투를 솔질해달라고 부탁했다. 애덕회의 수녀들과 함께 자선사업을 하고 있는 뒤박가에 갈 시간이 되었기 때문이다.

"마들렌, 내가 나가볼게요."

코제트는 어깨에 숄을 걸치고 정원의 대문으로 향했다. 그녀는 디그랑드 후작이 찾아온 것을 보고는 깜짝 놀랐다. 그는 정원 철책에 밤색 말의 고삐를 매고 있었다.

코제트는 침착하게 물었다.

"무슨 바람이 불었기에 이렇게 오셨나요? 내 남편과 함께 있지 않나요?"

"부군은 검술에서 무적이 되었습니다. 남작은 매일 훈련하고 이제는 권투에 취미를 붙인 듯합니다. 영국에서 들어온 권투는 더할 나위 없이 용감한 스포츠입니다. 남작은 건장하고 배짱 있는 분이 될 겁니다."

코제트는 여전히 대문을 열지 않은 채 철책으로 다가갔다. 아메데는 그녀를 기다리고 있는 듯했다. 후작은 머리를 흔들 때마다 재갈이 달랑거리는 말의 앞머리를 쓰다듬고 있었다. 그는 코제트를 바라보면서 미소를 짓고는 우아하게 오페라해트를 고쳐 쓴 다음 머리카락을 정리했다. 그리고 겨드랑이에 지팡이를 끼고 철책의 두 살 사이에 머리를 갖다댄 채 뻔뻔한 시선으로 코제트를 응시했다.

"저는 이렇게 생각하고 왔습니다. '친애하는 아메데, 그대의 가장 친한 친구의 부인께 인사하러 가지 않는 것은 당치 않은 일이야.' 제가 귀찮게 한 건 아니겠죠?"

코제트는 자신이 방금 무슨 일을 하던 중이었는지 보여주려는 듯 말없이 장갑 낀 손을 내밀었다.

아메데는 경솔한 행동이라고는 전혀 생각하지 못하고 물었다.

"그 끔찍한 작업용 장갑을 벗은 매혹적인 손을 볼 수 없을까요?"

코제트는 장갑을 벗고 철책의 두 살 사이로 손을 내밀었다. 가죽 냄새가 나는 하얀 손이 후작의 마음을 흔들어놓았다. 그는 무례하게도 향긋한 비단 손수건으로 그녀의 손을 닦고 존경하는 마음으로 키스를 했다. 그리고 흰 삼베 손수건을 꺼내 이마를 문질렀다.

코제트가 선웃음을 치며 물었다.

"내 손이 더럽나요?"

후작은 난처한 표정으로 목을 길게 내밀었다.

"죄송합니다. 하지만 이 말이 어찌나 원기왕성한지 가끔 제가 식은땀을 흘릴 정도입니다. 정말로 분통이 터지는 일이죠."

그러고는 나뭇가지 사이로 온실을 보기 위해 까치발을 하고 고개를 좌우로 돌렸다. 그는 격찬하는 어조로 말했다.

"그러니까 저게 마리우스가 그토록 자랑했던 온실인가요? 정말로 아름답군요. 좀 더 가까이에서 볼 수 있을까요?"

"좋을 대로 하세요, 후작님."

코제트는 아메데를 들여보내고 온실까지 안내했다. 두 사람은 식물로 가득한 온실 안으로 들어갔다. 코제트는 솔을 걸친 후 곧장 버들가지로 만든 안락의자에 앉더니 퉁명스럽게 말했다.

"자, 마음껏 감상해보시죠. 당신은 여자들도 뭔가를 할 수 있고 남자만큼 잘 마무리할 수 있다고 생각하게 될 거예요. 설마 여자들이 하는 일에 대해 편견을 갖고 있진 않겠죠?"

아메데는 약이 올랐지만 온실의 푸른 초목에 경탄하는 척하면서 변명했다. 사실 그는 이 온실의 초목이 채소밭의 야채보다 더 중요하다고 생각하지는 않았다.

"오! 하지만 저는 결코 그렇게 주장한 적이 없습니다. 부군께서는 제 속내 이야기를 문자 그대로 이해합니다. 제가 부군께 별로 이롭지 않은 영향을 끼친다고 생각하신다면 앞으로 절대 부군을 만나지 않겠다고 맹세하겠습니다."

코제트는 안락의자의 등에 손을 뻗으며 말했다.

"후작님, 그럴듯한 말이나 맹세 같은 것은 필요 없어요. 나는 어떤 경우에도 남편 생활에 관여하지 않을 거예요. 물론 남편이 어울리지 않는 사람들과 일에 너무 많은 시간을 할애한다고 생각하지만요. 나는 마리우스를 잘 알아요. 그는 결국에는 그런 생활이 공허한 것임을 깨닫게 될 거예요. 그런 의미에서 오히려 내가 당신에게 감사드려야 하겠죠."

아메데는 가벼운 경련을 일으켰다. 그리고 조심스레 주위를 살핀 후 코 제트에게 다가갔다. 온실 안이 따뜻하고 습한 탓에 옷을 가볍게 입어야 했다. 그래서 코제트는 검은 무늬가 그려진 진홍빛 긴 치마와 끝이 뾰족한 넓은 칼라가 달린 하얀 블라우스를 입었다.

코제트는 비꼬아서 설명했다.

"정원을 가꾸는 데 유행을 따를 필요는 없죠."

코제트의 다소 소박한 옷차림조차 무례하기로 소문난 아메데를 매혹시킨 듯했다. 안락의자에서 두 걸음 떨어진 곳에서 멈춘 아메데는 한 다리를 다른 다리에 포개고 한 팔을 의자 등에 걸친 다음 반쯤 드러누운 채 방심한 모습으로 목에 매달린 잿빛 진주목걸이를 만지작거리는 젊은 여인을 응시했다. 풍만한 왕관 같은 금빛 머리채를 가진 그녀는 더할 나위 없이 아름다웠다.

아메데는 너무 감탄한 나머지 침묵을 지켰다. 그는 경탄의 눈길로 코제트의 입술을 바라보았다. 수줍은 미소는 그녀의 얼굴 전체에 우수를 새겨 놓은 듯했다. 스무 살의 그녀는 자신이 백 살 먹은 여자처럼 느껴졌다. 하지만 완벽한 달걀형 얼굴, 윤기 나는 머리, 활짝 피어오른 가슴을 보고 사람들은 그녀를 몇 살이라고 생각할까?

아메데를 도취시킨 것은 혹이 벗겨진 셔츠의 두 번째 단추가 있는 부분이었다. 한쪽 가슴의 둥근 윤곽이 봉긋 솟아 있었다. 얼마나 매혹적인 가슴인가! 아메데는 그처럼 매혹적이고 조화로운 가슴을 본 적이 없었다. 사상과 교양을 겨루는 현학자들을 경멸하는 그는 앵그르의 「목욕하는 여인」과 들라크루아의 「민중을 이끄는 자유의 여신」을 떠올렸다.

가슴 주위에서 이슬 진주를 닮은 땀방울이 굴러 떨어지는 것을 보았을 때 아메데는 숨이 멎을 정도로 매혹되었다. 나무딸기의 향이 나는 젖꼭지는 보이지 않았다.

아메데는 떨리는 목소리로 말했다.

"부인, 당신의 눈부신 아름다움이 보잘것없는 이곳을 얼마나 빛나게 하는지 표현할 수 있도록 알프레드 드 뮈세의 재능을 갖고 싶군요."

코제트는 후다닥 단추를 잠갔다. 그녀의 뺨이 붉게 물들었다. 하지만 그녀는 기분이 나쁘지는 않았고, 자신에게 성적 매력이 있다고 느꼈다. 짧은 순간 그녀는 자신과 마리우스, 그리고 자신이 지켜왔던 모든 것을 의심했다. 남편이 더 이상 쳐다보지도 않는데 아메데의 유혹에 넘어가면 안 될 이유가 있을까? 프레데릭은 왜 그처럼 알쏭달쏭한 말로 아메데를 조심하라고 충고했을까? 남자는 여자와는 반대로 처음에는 사랑 자체를 사랑하다가 결국에는 한 여자를 사랑하게 된다고 사람들이 말하지 않았던가. 하지만 그녀는 마리우스를 배신할 수 없었다. 그녀는 그런 위험한 놀이를 싫어했다. 마리우스는 그녀를 방치했고 아메데는 그녀에게 치근 거렸다. 그녀는 아메데가 꾸미고 있는 짓을 남편이 모르고 있다고 예감했다. 마리우스는 중요한 일이 있다는 핑계를 대고 집을 비웠지만 언제나 돌아왔다. 그래서 코제트의 마음은 여전히 남편에게 있었던 것이다. 자신의 매력을 과신할 뿐 아니라 성공을 위해서라면 친구들을 배신하고 끝없이 음모를 꾸미는 교활한 아메데에게 관심이 갈 리 없었다.

아메데가 말을 이었다.

"그렇습니다, 부인. 저는 뻔뻔한 인간입니다. 저는 당신을 위해 시 한 편을 썼습니다."

코제트는 팔짱을 끼고 두 무릎을 모아 반듯하게 앉았다. 그리고 넌지시 물었다.

"그러니까 당신이 보내던 편지처럼?"

후작은 이번만은 검객답지 않게 긴 두 다리를 떨고 당혹감으로 얼굴을 붉힌 채 코제트의 시선을 피하고 지팡이를 들어올려 둥그스름한 끝을 주시했다.

"부인, 저는 미쳤습니다. 결코 해서는 안되는 짓이었는데……. 당신 발치에 몸을 던지고 용서를 빌어야 할까요?"

코제트는 날카로운 웃음을 터뜨렸다.

"더 우스운 꼴을 당하고 싶어요? 호색한으로서의 명성이 훼손된다고 생각하지 않나요?"

기분이 상한 아메데는 시선을 돌리고 지팡이로 땅을 탁탁 쳤다. 왜 그는 귀부인 행세를 하고 새침을 떠는 이 귀여운 여인의 조롱에 반박하지 못하는 걸까? 평소에 그는 둥근 등받이가 달린 긴 의자에서 빈둥거리고 구경꾼들 앞에서 박차를 짤랑거리면서 무례하고 빈정대는 말을 퍼부으면서 오만방자하게 굴지 않았는가. 하지만 지금은 전혀 그렇지 않았다. 그는 마치 꾸지람을 듣고 있는 어린아이가 된 듯했다.

아메데는 짐짓 기분이 좋은 척하면서 말했다.

"당신 말이 옳습니다. 그 편지는 우스꽝스러웠습니다. 사실 이 모든 게 우스꽝스럽지요."

그러고는 두 손을 잡고 발뒤꿈치로 돌아섰다.

코제트는 그 편지의 주인, 중언부언, 필체의 굵은 부분과 가는 부분을 떠올리면서 의자에서 일어나 살짝 친절한 미소를 지었다.

"나는 이제 가봐야겠어요."

모욕적인 연민의 말투가 후작을 더욱 화나게 했다. 그는 온실에서 지팡이 끝으로 잎이 두툼한 식물을 건드리고 신경질적으로 동백꽃의 꽃잎을 벌리면서 몇 걸음을 떼었다. 그리고 코제트에게 보냈던 편지를 다시 생각했다. 그는 편지 내용을 외우고 있었다.

언제쯤에나 그대의 얼굴을 다시 보는 특별한 행복을 갖게 될까요? 그대에게 버릇없이 굴었다는 비난은 받고 싶지 않습니다만, 공손하게 고백하건대 저는 그대를 다시 만날 수 있다는 엉뚱한 희망을 품고 있습니다. 이것은 순간적인 배신에 지나지 않습니다. 그대는 저의 고결한 변덕에 대해 언제까지나 화를 낼 겁니다. 저는 그대가 이 지상에서 길 잃은 천사라고 생각합니다. 하지만 저는 제가 미쳤다는 것 말고는 다른 변명거리가 없습니다. 위에서 쓴 것처럼 제 편지는 틀림없이 그대에게 너무 솔직해서 몹시 무례하게, 그리고 그대의 진실한 마음을 고려하지 않았기 때문에 너무 이기적인 것처럼 보일 겁니다. 오늘날 우리가 마주치는 여인들은 지조가 없고 변덕스러우며 끔찍한 무기와 터무니없는 감정을 갖고 있습니다. 사실 저는 속물입니다. 하지만 그대의 아름다움이 흔들어놓은 이 불쌍한 악마의 애원하는 모자 속에 너그러운 마음으로 몇 푼 던져주시지 않겠습니까?

그대의 충실한 친구이자 하인인 아메데 디그랑드 드림

솔직히 이 편지는 완벽했다. 뺄 것도 더할 것도 없었다. 아메데는 그렇게 확신했다. 그는 유리문 옆에서 멈추고 코제트를 기다렸다. 그는 코제트가 지나가게 내버려두고 목례를 했다. 그리고 날카로운 목소리로 말했다.

"하늘의 천사들이 항상 날개를 갖고 있는 건 아닙니다. 하지만 지옥의 천사들은 때때로 악의와 냉혹한 마음을 갖고 있지요."

코제트는 어처구니없다는 표정으로 대답했다.

"후작님, 이 참으아리를 보세요. 조금 전 나와 어떤 친구는 이 참으아리를 보면서 당신을 생각했어요."

아메데의 얼굴이 환해졌다.

"저를요?"

"이 식물은 생명력이 아주 강하고 무엇에든 잘 달라붙거든요."

아메데는 욕설이 나오는 것을 겨우 참았다. 너무 지나친 비유였다. 그런데 그녀가 말한 친구란 대체 누구일까?

"마부의 말투를 쓰는 적갈색 머리의 남자 말인가요?"

집을 향해 걷던 코제트는 멈춰 서서 그의 얼굴을 마주 보고 말했다.

"마리우스의 친구예요. 진정한 친구죠."

"당신이 몰래 만나는 마리우스의 친구?"

"함부로 말하지 마세요, 후작님. 당신의 가장 아름다운 자질은 관용(clémence)이 되어야 해요. 인생과 인류에 대한 한없는 관용 말이에요."

아메데는 '클레망스'라는 여자를 알고 있다고 대꾸할 뻔했다. 또 클레망스는 다름 아닌 코제트의 어리석은 남편과 행복한 시간을 보내고 있다고 말할 뻔했다. 이 버릇없는 코제트가 그 사실을 알게 되면 충격을 받을 것이다. 하지만 아메데는 참았다. 그는 아무 말도 하지 않았다. 코제트는 그를 화나게 했다. 지금 아메데는 그녀를 있는 그대로 보았다. 쾌활하면서 우울하고, 정숙하면서 정열적이고, 얌전하면서 요염한 코제트. 바보 같으면서도 곤란한 상황에서 벗어나는 데 능숙한 여자. 그녀는 단지 그의 메마르고 옹졸한 가슴에 꺼지지 않는 불을 붙였을 뿐이었다. 그런 이유로, 그리고 오직 그 이유만으로도 언젠가는 그녀를 꼭 갖겠다고 다짐했다. 아직은 방법을 모른다. 하지만 그녀를 갖게 될 것이다.

코제트는 살짝 손을 들고 경쾌하게 말했다.

"아듀, 후작 나리!"

아메데는 대답 대신 코제트를 향해 지팡이를 들어올렸다. 그는 속으로 발을 구르면서 중얼거렸다.

'나의 천사여, 아듀라고? 하지만 우리는 그대가 생각하는 것보다는 빨리 만나게 될 거야.'

그러고는 빠른 걸음으로 정문까지 가서는 안장에 올라타고 센 강 우안으로 떠났다.

* * *

평소처럼 코제트는 외출 준비를 한 다음 마들렌에게 막대 빵을 사서 맑은 수프와 삼계탕으로 저녁식사를 준비하라고 부탁했다.

"마님, 2인분인가요?"

"네, 2인분."

마리우스가 저녁식사를 하지 않을 때에도 코제트는 근심을 떨치려는 듯 남편의 식사를 준비하게 했다. 마리우스가 집에서 저녁식사를 하는 경우는 거의 없었다.

코제트는 뒤박가와 생쉴피스가에 갈 때는 소박하게 옷을 입었다. 오르세 강변도로를 따라 달타냥이 살았던 집 앞을 지나가거나 우울한 마음으로 산책을 하던 뤽상부르 공원을 가로지르는 때도 있었다.

코제트는 길을 걸으면서 아메데 디그랑드 같은 경박한 멋쟁이가 아니라 프레데릭 리볼리에를 생각했다. 그녀는 마리우스가 근무했던 「르나시오날」을 가끔 읽기 때문에 정치 현황을 잘 알고 있었다. 그녀는 또 인권협회가 그때까지만 해도 정치에 무관심했던 동업조합 및 노동단체와 협력하고 있다는 기사를 읽었다. 인권협회의 회장인 고드프루아 카베냐크는 격렬하게 정부를 비난했다. 그는 파리 전체에 뿌린 성명서를 통해 노동계에 공화주의 사상을 주입시키고 혁명을 위해 병사를 모집하겠다고 선언했다. 그는 폭동, 파업, 시위를 주도했다. 코제트는 그 성명서의 발췌본을 읽고 전율을 느꼈다. 성명서에는 프랑스 인구 3,200만 명 가운데 사치를 즐기는 나태한 사람이 50만 명, 노예가 100만 명, 노예처럼 비참하게 사는 사람이 3,050만 명에 이른다고 적혀 있었다. 또한 군주제는 불행과 고통을 낳을 뿐이며, 오직 공화제만이 불행의 뿌리를 근절해서 개개인에게 행복과 기쁨을 돌려줄 수 있다고 주장했다. 하지만 코제트는 의아스러웠다. 왜 프레데릭은 혼란과 폭력의 세계―루이 블랑, 바르베스, 블랑키, 푸리에 등의 이름이 자주 거론되는―속에 뛰어드는 걸까?

코제트는 1830년까지 성 뱅상 드 폴의 유해가 간직되어 있고 카트린 라부레가 동정녀로 살았던 샤티용 저택에 들러 애덕회 수녀들에게 옷가지를 전해주고 생쉴피스 성당으로 향했다.

코제트는 저녁 미사에 참석한 후 베르자에게 닥쳐올 불길한 사건에 대해 이야기했다. 그는 선량하고 사려 깊은 사람이었다. 타인을 깊이 존중하는 그의 자세는 장 발장을 떠올리게 했다.

코제트는 언젠가 그에게 물었다.

"파업을 일으키고 노동신문을 창간하며 노동시간의 단축과 봉급 인상을 위해 싸우는 저런 열정적인 사람들은 도대체 어떤 사람들인가요?"

베르자는 나름대로 대답했다.

"남작부인, 그들은 모두 죽음의 위기를 겪어본 적이 없습니다. 하지만 나는 경험했지요. 나는 비록 살고 있으나 더 이상 살 수 없는 부활한 사람, 오직 명상하는 인생을 추구하며 죽음을 살고 있는 망자예요."

때때로 베르자는 자신이 '변함없는 인생의 부침'이라고 부르는 것을 알쏭달쏭한 말을 섞어가며 설명했다. 그러면 코제트는 당혹한 모습으로 한참 동안 가만히 있었다. 그날은 그래도 명쾌하게 말해주었다.

"간단히 말해서 당신이 말한 선동자들은 예전에 내가 자주 만났던 구식 방적기의 직공들입니다. 안심하세요. 그들은 불한당들과 아무 관계도 없습니다. 그들은 선량한 사람들이에요. 우리 아름다운 프랑스의 주역인 목수, 석공, 식자공, 열쇠업자들이죠. 그리고 공장의 '중보병들'은 과로에 지쳤습니다. 파리의 수많은 금은세공사, 기계공, 제빵사, 장갑 제조인, 직조공, 건설 노동자들이 공화주의 성향을 띠고 있습니다. 하지만 진짜 선동자들은 기자, 문인 그리고 정계의 자유주의자들이죠. 그들은 더러운 일은 가난한 사람들에게 맡깁니다. 항상 그렇습니다. 퐁메르시 부인, 무력함이란 그런 겁니다. 나는 이 사회를 조금 압니다."

쉰 살에서 쉰다섯 살쯤 되어 보이는 베르자는 키가 상당히 컸고 체격도 꽤나 건장했다. 갈색 프록코트와 눈 위까지 푹 눌러쓴 챙이 넓은 까만 펠트 모자는 그의 특징이었다. 그는 지팡이 대신 순례자용 막대기를 사용했다. 그가 지나가는 길에는 언제나 오렌지와 낡은 미사경본의 독특한 냄새가 남아 있었다. 그는 생쉴피스 신학교의 신학생들에게 민법과 영성 강의—성 아우구스티누스의 독백과 나폴레옹 법전을 혼합한 이상한 강의—를 하였는데, 이 신학생들은 그에게 '최후의 의인'이라는 별명을 붙여주었다. 그는 그 사실을 알고 있었지만 절대 오만해지지 않았다. 그는 순수하고 고독한 사람이었다.

베르자는 약간 상냥해 보이는 외모를 가졌지만 어떤 생각에 몰입하게 되면 그의 표정은 어두워지곤 했다. 관자놀이 위에 윤기 나는 회색 머리한가운데 가르마가 있었고, 금욕적이고 권위있어 보이는 표정을 부드럽게 해주는 긴 턱수염, 약간 굽은 등, 굵고 평평한 손가락, 큼직한 손을 갖고 있었다. 사람들은 베르자의 냉정한 태도를 두려워하면서도 존경했다. 베르자는 허풍쟁이가 아니었다. 그에게 모든 것은 어떤 의미가 있었고, 특히 인간이 지상에서 행하는 모든 일은 부조리하게 보일지라도 의미가 있었다.

* * *

　저녁 미사 후 코제트는 평소보다 약간 늦게 약속 장소에 도착했다. 항상 시간을 지키는 베르자가 초조하게 기다리고 있었다. 그는 모자를 비스듬히 쓰고 지팡이를 든 채 오렌지를 사과처럼 씹고 있었다. 믿을 수 없을 만큼 게걸스럽게 먹었다. 마치 시간이 부족한 듯 숨도 쉬지 않고 음미하지도 않고서. 그는 지금까지 누구에게도 밝히지 않은 것을 코제트에게 털어놓고 싶어 안달이 나 있었다. 장 발장의 딸을 만난 이후로 그는 행복—설령 그것이 슬픔과 연결되어 있을지라도—이 존재한다고 믿기에 이르렀다.

　베르자는 젊은 여인이 경쾌한 걸음으로 성당 광장에 도착하는 모습을 보면서 모자를 고쳐 쓰고는 반짝이는 아름다운 머리카락의 매듭을 풀어 놓은 코제트의 양어깨를 경탄의 눈길로 바라보았다. 코제트가 늦어서 미안하다고 사과하자 그는 입술을 삐죽거리는 것으로 대신했다. 두 사람은 뤽상부르 공원을 향해 걸었다.

　코제트는 더 이상 지체하지 않고 서서히 윤곽이 드러나고 있는 변화에 대한 걱정과 불길한 예감을 알렸다. 베르자는 여느 때처럼 에둘러 말하면서도 자신에 대해 얘기하거나 한 가지 사상을 길게 늘어놓는 것은 적절하지 않으며, 다른 분야와 마찬가지로 정치에서도 발전에는 고통이 따른다고 설명했다.

베르자는 약간 의문스러운 말을 덧붙였다.

"우리는 우리에게 금지된 것과 허락된 것을 책임져야합니다."

코제트는 '댄디'라고 부르는 유행을 추종하는 젊은이들에 대해 얘기했다. 이들은 정치 이외의 분야에서 도발적이고 무례한 언행을 통해 반항과 자유를 표명하고 있었다.

코제트가 속내 이야기를 꺼냈다.

"저는 남편에게 나쁜 영향을 끼치는 매우 특이하고 해로운 사람을 알고 있어요."

베르자는 살짝 눈살을 찌푸렸다. 코제트가 마리우스에 대해 얘기한 것은 이번이 처음이었다. 그는 계속 걸으면서 엄지와 검지를 이용해서 마치 무중력상태에서처럼 지팡이를 쉽게 돌렸다.

"코제트, 댄디들은 위험 인물이 아닙니다. 경박한 행동은 그들 자신만을 해칠 뿐입니다."

"베르자 씨, 댄디들은 위험한 사람들이에요. 그들은 종교적 무관심을 핑계로 보이는 것마다 파괴해요. 마리우스는 공화주의에 대한 열정과 이상이 넘치고 자존심이 강하고 관대한 사람이었어요. 제가 무슨 말을 하는지 아시겠어요? 마리우스는 1832년 6월 봉기 때 중상을 입었어요. 그는 제 아버지의 도움 덕분에 살아남았어요. 아버지는 그를 어깨에 둘러메고 미로 같은 파리 지하도로 피해 다니며 그의 목숨을 구했어요. 이 경험은 틀림없이 마리우스를 강한 사람으로 만들었을 거예요. 그런데 마리우스는 그런 사람이 되기는커녕 의지가 약하고 의심이 많은 사람이 되어 우리

두 사람이 가졌던 꿈을 파괴하고 망가뜨리고 있어요.”

베르자는 여전히 지팡이를 가지고 놀았다. 하지만 자신의 두 다리가 후들거리는 것을 느꼈다. 그는 마침내 입을 열었다.

“당신 아버님은 어떻게 되셨죠?”

“제가 결혼한 직후에 돌아가셨어요. 베르자 씨, 마리우스와 저는 고아예요. 그 때문에 남편이 아버지 같은 사람이 아니라 좀 전에 말한 자 같은 사람에게서 영향을 받는다고 생각하면 몸이 떨려요.”

베르자는 소스라치게 놀랐다. 그는 계단에서 비틀거렸고 지팡이에 의지해서 간신히 몸을 지탱했다.

“베르자 씨, 괜찮아요?”

“아무것도 아니에요, 코제트. 타인을 괴롭게 하는 사람은 결국에는 자신이 상처를 입게 마련입니다.”

“왜 그런 말씀을 하시죠?”

“우리에게 일어나는 모든 일은 일시적인 것에 지나지 않아요. 경계하는 법을 배우려면 실수도 필요합니다.”

코제트는 화가 난 소녀처럼 인상을 찌푸렸다.

“베르자 씨, 당신은 디그랑드 후작을 모르시는 것 같군요. 마리우스는 「르나시오날」에서 근무했는데 요즘은 이 후작과 어울리면서 일도 하지 않고 있어요.”

베르자는 꼼짝하지 않고 두 손으로 머리를 감쌌다.

“이그랑드(d’ Iguerande에서 de[d’])는 귀족의 표시로 성 앞에 붙이는 소사―옮긴이)라고요? 그거 참 이상한 일이네요. 나는 부르고뉴 지방에 있는 이그랑드 마을을 알고 있어요. 파레르모니알에서 멀지 않은 루아르 강가에 있는 작은 마을이죠.”

베르자가 길을 계속 가자 코제트가 그의 팔에 매달렸다.

"부군의 문제는 걱정하지 마세요. 그는 분명 하나에 깊이 빠질 뿐인 영특하고 안정된 사람일 겁니다. 습관에 집착하는 사람에게는 어떤 계기가 필요합니다. 뜻밖의 계기는 그들의 습관을 변하게 해주기 때문이죠. 그는 돌아올 겁니다."

코제트는 가볍게 한숨을 내쉬고 뛰는 심장을 억누르기 위해 손으로 가슴을 눌렀다.

"베르자 씨, 하느님이 당신 소원을 들어주시면 좋겠네요. 다만 마리우스가 제 아버지를 본받을 수 있다면 얼마나 좋을까요? 아버지는 정의롭고 착한 분이었어요."

베르자는 다시 멈추고 코제트를 마주 보더니 큼직한 두 손으로 젊은 여인의 어깨를 붙잡고 말했다.

"코제트, 나도 알아요. 당신 아버지를 아주 잘 알고 있는 친구가 한 명 있어요."

* * *

아메데가 불시에 코제트를 찾아간 동안 마리우스는 여느 때처럼 검술과 권투 연습을 한 후 트랑스농냉가에 있는 클레망스 드 라블리에게 갔다. 그는 자신의 밤색 말에 올라탔다. 아르타방(라 카르프르네드의 소설 『클레오파트라』의 주인공으로, 자부심이 강하고 으스대기를 좋아한다―옮긴이)처럼 자부심이 강한 그는 말의 머리를 조정한 다음 가죽 채찍으로 속도를 조절하고 고삐로 보폭을 조정했다. 그는 말을 잘 다룬다고 자부했다. 조금 전 외젠 쉬에게 날렵하고 단정하며 목덜미가 완전히 안쪽으로 휘고 어깨와 엉덩이가 유연한 말을 좋아한다고 표명했다. 그는 자신이 매우 폐쇄적인 기사계(騎士界)의 일원이라고 생각했다. 또 자신을 말의 체력, 혈기, 질주, 미친 듯한 르바드(뒷무릎을 굽히고 몸을 일으켜서 앞다리를 끌어안는 말의 동작—옮긴이)를 좋아하는 끈기 있고 의젓하며 방탕하고 고독한 사람이라고 생각했다. 그는 침묵 속에서 달가닥거리는 소리와 재갈 사슬의 찰랑거리는 소리에 맞춰 경쾌한 마음으로 파리를 가로질렀다. 그에게는 지금 말 한 필, 높은 사회적 신분, 정부(情婦)가 있었다. 무엇을 더 바라겠는가.

클레망스는 항상 그랬듯이 속옷차림으로 마리우스를 기다리고 있었다. 그는 박차로 땅을 세게 치면서 그녀를 얼싸안았다. 클레망스는 웃으면서 머리를 뒤로 젖히고 그를 침실로 데려갔다. 마리우스는 그녀를 침대 위로 밀어붙이고 속삭였다.

"당신이 나를 안을 때는 나는 더 이상 내가 아니에요."

그러자 클레망스는 능란한 솜씨로 애무를 하면서 횡설수설하기 시작했다. 그녀는 연인의 눈동자에서 욕망을 읽고서 기뻐했다. 하지만 그녀는 자제력을 잃지 않을 정도로 계산적이었다.

잠시 후 침대에 드러누운 클레망스는 기지개를 켜고 방금 몸을 내맡긴 여인처럼 짐짓 부끄러운 척했다. 그녀는 뭔가를 요구하려는 요부의 모습으로 몸을 가렸다.

"마리우스, 나는 온통 순금으로 된 반지와 산호를 두른 작은 다이아몬드를 보고 너무도 감탄한 나머지 그 자리에 우뚝 멈춰 서고 말았어요. 정말로 멋진 반지였어요."

"어디에서요?"

"생드니가에 있는 보석상이죠."

"좋아요, 당신에게 사주겠어요."

클레망스는 다시 베일을 벗고 마리우스를 껴안았다.

"귀여운 남작님, 내가 얼마나 당신을 사랑하는지!"

마리우스는 클레망스의 이마에 키스를 하고 일어나 옷을 입은 다음 바로 그 보석상에 가겠다고 말했다. 하지만 정부의 얼굴에서 싸늘한 승리의 모습을 보고는 몹시 당황했다. 그는 처음부터 속았던 것이다. 클레망스는 무서운 무기를 갖고 있었다. 까만 눈썹 아래 사랑을 호소하는 듯한 반짝이는 초록색 왕방울 눈동자는 쾌락을 가장할 수 있었다. 하트 모양의 붉고 촉촉한 입술은 뜨거운 사랑을 고백할 수 있었다. 차가운 가슴은 아예 뛰지도 않았다. 마리우스는 그녀의 타고난 매력—그게 정말로 꾸밈없는 것일까?—이 탐욕과 함께 모래시계를 이루어서 둘 중 하나가 다른 것을 채우기 위해 비워지고 있음을 깨달았다.

마리우스는 보부르가의 어느 여관의 마구간에 말을 맡기고 무거운 발걸음으로 생드니가로 향했다. 그는 다시 한 번 후회했다. 끔찍한 죄의식을 느끼며 코제트를 생각했다. 클레망스는 결코 그 반지를 얻지 못할 것이다.

마리우스는 보석상 앞을 지나면서 보석 상자 안에 들어 있는 그 반지를 보았으나 걸음을 멈추지 않았다. 그는 엉뚱하게도 어린 라파엘을 보러 가기로 작정했다. 갑자기 떠오른 생각이었다.

거리에서 가난에 찌든 창백하고 해쓱하며 괴상한 얼굴들이 마리우스를 격분시킨 동시에 관심을 끌었다. 상인들은 고함치고 아이들은 울부짖었으며 저잣거리의 여자들은 불쑥불쑥 말을 걸었다. 모자를 쓰지 않거나 챙이 넓은 털모자를 쓴 살인청부업자들이 얼룩덜룩한 조끼나 버찌색 깃이 달린 벨벳 웃옷을 과시하고 다리를 질질 끌면서 배회하고 있었다. 그들은 커다란 이각모를 쓰고 순찰하는 경찰들을 보고 빈정거렸다.

날이 상당히 어둡고 추웠기 때문에 마리우스는 외투로 온몸을 감싸고 모자를 눈 위까지 눌러쓴 채 뒤뚱거리며 걸었다. 여기저기서 귀에 익숙하지 않은 소리, 기이한 아우성, 의미를 알 수 없는 단어들이 들려왔다.

마리우스는 발걸음을 재촉했다. 진흙탕 인도 위에 앉아 있거나 드러누운 불쌍한 사람들—대부분 몸이 흉측하게 뒤틀리고 기생충에게 시달리는 애꾸눈이와 불구자들—은 뼈다귀나 채소 쪼가리를 씹고 있었다. 조금 더 운이 좋은 사람들은 음식 찌꺼기, 즉 작은 카페나 부르주아 가정에서 버린 고기, 생선, 빵 따위를 먹을 수 있었다. 가끔 그들은 격렬하게 싸웠지만, 잠시 후 모든 것이 평상시로 돌아왔다. 그러면 불쌍한 사람들은 곁눈질을 하고 아랫입술에 침을 흘리면서 찌그러진 사발 속에 들어 있는 불결하고 형편없는 음식을 혀로 핥고 빨아먹었다. 몇몇 나쁜 놈들이 그들에게 다가와서 옆구리를 걷어찼다. 그들은 이런 증오스럽고 처벌 받아 마땅한 짓에서 기쁨을 누리는지 행패를 멈추지 않았다. 당하는 사람들은 억지로라도 살짝 웃어야 했다.

장독(瘴毒)과 광석 찌꺼기를 내뿜는 거대한 냄비와 흡사한 이 거리, 증오와 빈곤의 씨를 뿌리는 교활한 변덕쟁이와 고리대금업자가 넘치는 지옥, 이와 요충이 들끓는 추락한 천사들, 불구자들과 냉소하는 사람들, 고약한 인생의 모순에 옭매인 사람들……. 아! 이곳은 아름답게 단장된 생제르맹, 오페라, 쇼세당탱의 거리가 아니었다! 마리우스는 1832년 라베르리가의 쿠르페락 집에서 경험했던 빈곤을 다시 보았다. 끔찍한 재회. 이 비참한 광경이 그를 절망시켰다. 그는 눈앞에 펼쳐진 비참한 광경을 똑똑히 보았다. 이 거리에는 사람들이 절망이라고 부르는 치유할 수 없는 극단적 불행이 드리워져 있었다.

라베르리가에서 멀지 않고 게일과 어린 라파엘이 아메데의 마차에 치여 넘어졌던 장소와 가까운 곳에서 마리우스는 손을 내밀고 있던 한 거지와 부딪칠 뻔했다.

"나리, 적선을 베풀어주십시오."

마리우스는 걸음을 멈추고 호주머니를 뒤져 지갑을 꺼냈다. 그가 거지에게 2수를 건네려는 순간 세찬 돌풍이 불었다. 그 바람에 노후한 굴뚝이 옆으로 기울어지더니 폭삭 주저앉으면서 엄청난 굉음과 함께 산산조각이 났다. 마리우스는 반사적으로 피했지만 지갑과 모자를 놓치고 말았다. 그는 두 팔을 좌우로 벌린 채 벽에 기댔다. 그의 외투는 찢어졌다. 아무도 다치지 않았다. 바로 그때 거지가 지갑을 주워 줄행랑쳤다.

마리우스는 정신을 차리고 외쳤다.

"도둑이야!"

아무 소용 없었다. 공황과 혼란. 어두운 거리에서 희미한 보랏빛이 뚜렷이 드러났다. 폭풍우는 더욱 거세지는 것 같았다. 비명을 들은 사람들이 무너진 굴뚝 주위로 몰려왔다. 그들은 지붕을 올려다보더니 모자가 날아가지 않게 붙잡은 채 곧 무너질 듯한 다른 굴뚝들을 가리켰다. 사람들이 사방에서 달려왔다. 문지기, 세탁부, 직공, 누더기를 입은 사람들. 적어도 50명쯤 되었다. 그리고 오브리르부세가에서 두 사람이 불쑥 나타났다. 바보스럽지만 동시에 잔인해 보이는 적갈색 머리의 건장한 사내와 털모자를 쓴 노인이었다. 두 사람은 무리와 약간 거리를 두고 서 있었다.

노인이 적갈색 머리에게 말했다.

"제기랄, 저자를 우리에게 보낸 건 운명의 신이야."

"다브 데 그레프, 왜죠?"

"예수는 공장에 있나?"

"네, 확실해요."

"저 사람 알아?"

루제는 마리우스를 바라보았다. 그리고 어두운 두 눈이 이글거리는 다브 데 그레프의 흉측한 얼굴을 바라보았다.

"맹세코 모릅니다."

"상관없어. 너도 보다시피 저 사람은 지금 충격을 받았어. 저 사람이 마음을 진정시킬 수 있도록 공장을 한 바퀴 둘러보라고 제안해라."

루제가 깜짝 놀라며 말했다.

"그런 거라면 다른 곳도 있는데……."

다브 데 그레프가 퉁명스럽게 말을 끊었다.

"토 달지 마. 그를 저 아래로 데려가면서 심술궂은 공장주가 어린아이들을 학대하고 있다고 얘기해."

"하지만 누구를 사장이라고 소개해요?"

"이 바보야. 그건 예수지. 반드시 예수여야 해. 알겠어? 조금 과장해서 말해야 해. 먼저 사장이 아이들에게 채찍질을 한다고 얘기해. 그리고 그에게 다락에 있는 공동 침실을 보여줘. 물론 예수는 아무것도 몰라야 해. 내가 원하는 건 그 두 사람이 거리로 내려가서 결투를 하는 거야. 이제 알겠어?"

"아, 무슨 말인지 알겠어요, 다브 데 그레프. 그거 좋은 생각인데요. 예수가 저 사람을 제압해야 할 텐데."

노인이 정정했다.

"그 정도까지 해서는 안 돼. 너를 포함해서 많은 사람들이 보는 앞에서 돈을 뜯어내기만 하면 돼. 다 된 밥에 재를 뿌리면 안 돼. 알겠어?"

"다브 데 그레프, 저를 믿으세요. 저를 신뢰하시는 거 알아요."

루제는 마리우스에게 다가가서 모자를 주워 친절하게 건넸다. 그리고 노인이 시킨 대로 말했다. 마리우스는 아무 의심 없이 적갈색 머리를 따라갔다.

비가 억수같이 쏟아지고 있었다. 루제는 도중에 다브 데 그레프가 해주었던 말을 마리우스에게 전해주었다. 공장주에게 화가 난 마리우스는 공장 정문에 도착하자마자 당장에 싸우려 했다.

마리우스는 열쇠꾸러미를 가지고 문에 매달리고 있던 루제에게 말했다.

"전적으로 불공정한 처사입니다."

루제는 이해하지 못하고 동문서답했다.

"네, 당신 말처럼 정말로 악독한 놈입니다."

폭우가 내리는 거리에서 수상쩍은 실루엣이 두 사람을 뒤쫓고 있었다. 그는 두 사람이 공장 안으로 들어가는 것을 보고 정문에서 몸을 웅크리고 앉았다. 이윽고 그는 이웃 건물 문지기의 아들을 불러 카리뇰 헌병 반장을 찾아오라고 지시했다.

"왜 경찰을 불러요?"

"서둘러. 싸움이 일어날 거야. 자, 이 돈을 받아라."

아이는 동전을 호주머니 속에 넣고 달려 나갔다.

* * *

마리우스는 공장에 들어서면서 구토증을 느꼈다. 이상야릇한 냄새가 코를 찔렀다. 그는 공장을 둘러보면서 방적기 앞에서 일하던 아이들, 짚을 넣은 매트리스가 놓여 있는 다락의 침실 문으로 쓰이는 생긴 구멍, 쓰레기, 뼈다귀, 털실 매듭으로 가득한 상자들을 보았다.

마리우스는 의자에 앉아 있는 노인을 발견했다. 노인은 졸고 있는 것처럼 보였지만 매서운 눈초리로 아이들을 감시하고 있었다. 턱이 무릎에 닿은 듯이 보였다. 노인은 체크무늬 이불을 뒤집어쓴 채 가볍게 떨고 있었다. 딱지투성이의 여윈 장딴지가 이불에서 비쭉 나와 있었다. 노인은 루제를 알아보고 즉각 일하다 잠든 아이를 향해 집게손가락을 뻗었다.

루제는 아버지가 보낸 신호를 못 본 척하면서 마리우스에게 말했다.

"저 늙은이는 푸앵퇴르입니다. 감시자 노릇을 하는 비열한 늙은이죠."

그러더니 창틀에 놓인 물병을 집어들고 고통스러운 표정으로 창살을 쓰다듬은 후 흡족한 미소를 짓고 말했다.

"여기, 좋은 빗물입니다."

루제는 미심쩍은 사발에 물을 가득 채운 다음 마리우스에게 건넸다.

"자, 마시세요."

마리우스는 시원한 물을 벌컥벌컥 들이켰다. 그리고 루제에게 사발을 돌려주었다. 그는 작은 오븐과 지저분한 냄비 주위에서 분주히 움직이는 여자를 주시했다. 그녀는 밋밋한 드레스와 가장자리가 풀어진 낡은 스웨터를 입고 있었다.

"저 여자에게 관심을 갖지 마세요. 푸이예 아줌마예요. 그녀는 우리의 어린 노동자들을 위해 변변찮은 음식을 만들어요. 그녀는 귀머거리예요."

그때 갑자기 누군가가 불렀다.

"아저씨! 아저씨!"

마리우스는 고개를 돌려 방적기에 앉아 있는 금발 소년을 보았다. 가슴이 몹시 두근거렸다. 라파엘이 아닌가!

라파엘은 한 젊은이에게 소리쳤다.

"요전 날 저녁에 만났던 아저씨예요! 나한테 외투를 주셨던 분 말예요!"

한 청년이 일어나더니 허리를 흔들고 커다란 턱을 내밀며 빈정댔다.

자신의 역할을 속이기 힘들었던 루제가 얼떨결에 소리쳤다.

"일이나 해!"

마리우스는 라파엘에게 다가갔다. 그는 라파엘의 턱을 들어올려 몹시 창백한 얼굴을 응시했다. 그의 경악하는 표정에는 분노가 서려 있었다. 아이의 풍성한 금발은 창백한 얼굴과 극명한 대조를 이루었다. 핏기 없는 입술, 광채를 잃은 눈동자, 야윈 얼굴.

마리우스가 루제를 돌아보면서 말했다.

"이 아이는 추워서 떨고 있습니다."

다브 데 그레프의 지시에 따라 루제는 공장에서 몰래 빠져나갔다. 루제의 자리에는 침울한 시선을 가진 젊은이가 서 있었다. 그 젊은이는 팔짱을 낀 채 마리우스를 지켜보고 있었다. 아이들은 두 사람의 닮은꼴에 깜짝 놀랐다. 얼굴 자체보다는 태도가 많이 닮았다.

두 사람은 싸우기 직전의 적처럼 서로의 얼굴을 빤히 쳐다보았다.

마리우스가 대뜸 물었다.

"당신이 예수요?"

"사람들이 그렇게 부르죠."

"어울리지 않는 이름이군요."

예수는 팔짱을 풀고 반항적인 표정으로 말했다.

"이름을 정하는 건 내 자유죠."

마리우스는 적의를 품은 시선으로 쏘아보았다.

"당신은 이름을 바꿔야겠소."

“당신이야말로 그 말투를 바꿔야 할 것이오. 그리고 빨리 물러가는 게 좋겠소. 당신은 이곳에서 할 일이 없소.”

예수는 다브 데 그레프로부터 어떤 지시도 받지 않았다. 그는 상대에게 약간 호감을 느꼈다. 클랑 데스탱에서 파르페타무르와 싸웠던 이 젊은이는 그에게 어떤 반감도 불러일으키지 않았던 것이다. 그런데 이 젊은이는 여기서 뭐하는 걸까? 그리고 멍청한 루제는 어디로 사라졌을까?

예수는 사뭇 부드러운 말투로 반복했다.

“자, 이곳에서 나가주시죠.”

마리우스는 다시 예수를 노려보았다.

“당신은 괴물이야.”

그리고 얼굴을 때릴 듯이 주먹을 들고 예수에게 달려들었다.

예수는 번개처럼 잽싸게 공격을 피하면서 마리우스의 팔을 비틀었다.

그때 라파엘의 목소리가 들려왔다.

“안 돼요, 예수. 그는 우리에게 친절했던 분이에요!”

게일이 거들었다.

“정말이에요!”

예수는 팔을 놓지 않고 투덜거렸다.

“나중에 두고 보자.”

예수는 여전히 팔을 비튼 채 마리우스를 앞세우고 복도로 내몰았다. 그리고 난폭하게 마리우스를 밀어 밖으로 내쫓았다.

“꺼져버려! 다신 이곳에 발을 들여놓지 마!”

마리우스는 가까스로 추락을 면하고 포도에서 미끄러졌다. 예수 뒤쪽으로 아이들이 몰려와 애석해하는 표정을 짓고 있었다. 어린 라파엘은 눈물을 글썽거렸다.

마리우스는 빗속에서 두리번거리며 모자를 찾기 시작했다. 모자는 포
도에서 굴러다녔다. 그가 크게 소리치는 바람에 구경꾼들이 몰려들었다.

"너를 죽이고 말 테다! 무례하게 군 대가를 치르게 될 거야! 권총도 좋고
검도 좋아! 마리우스 퐁메르시 남작이 어떤 사람인지 알게 될 거야!"

창문으로 머리를 내미는 사람들, 우산을 들고 모여든 사람들. 그런데
이상한 점은 헌병 반장이 그 싸움을 지켜보고 있었다는 사실이다. 그의
이름은 카리뇰이었다. 헌병 반장은 용기 있는 사람이 아니었다. 우유부
단하게 보이는 이 훤칠한 멍청이는 뇌물을 받고 다브 데 그레프의 암거래
를 눈감아주고 있었다. 다브 데 그레프는 이 헌병 반장이 내막을 잘 알고
있기 때문에 부탁했던 것이다.

공권력을 대변하는 이 창백한 사내는 이렇게 말하는 것으로 그쳤다.

"물러가시오. 구경할 게 전혀 없습니다."

아무도 헌병 반장의 말을 듣지 않았다. 마침 무슨 일이 일어날 것 같았
기 때문이다. 사람들은 결투를 기대하면서 두 사람의 이름까지 거론했다.

마침내 예수는 구경거리가 된 것을 후회하고 응수했다.

"좋아. 기다리지."

그리고 아이들을 향해 소리쳤다.

"너희들은 들어가!"

다브 데 그레프는 몇 걸음 떨어진 정문 아래서 우유를 마시고 있었다.
모든 게 제대로 되었다. 그는 기대 이상의 소득을 얻었다. 옆에 있던 루제
는 두 사람이 치고받지 않아서 실망한 듯했다.

마리우스는 모자를 쓴 다음 외쳤다.

"두고 보자! 이 간악한 예수야, 너를 죽이고 말 테다!"

4
광란의 사육제

클랑 데스탱의 낮은 밤에 비해 매력이 떨어졌다. 주위 건물들은 이미 속살을 드러내기 시작했다. 집집마다 노후한 창틀의 유리 없는 창문은 구멍이 숭숭 뚫려 있었고, 북풍에 요란하게 흔들리는 가로등은 교수대를 연상시켰으며, 어두운 오솔길은 바람과 빛이 없는 작은 안뜰과 연결되어 있었다. 또 안뜰은 낡은 계단과 연결되어 있었다. 미끌미끌한 계단에서 넘어지지 않으려면 난간을 단단히 움켜쥐어야 했다. 추위에도 불구하고 맨발에 누더기를 걸친 아이들은 쓰레기 속에서 뛰놀다가 오브리르부셰가의 한복판까지 서로 뒤쫓고 있었다. 썩은 나무와 갖가지 배설물 냄새, 차가운 습기를 머금은 한 줄기 바람에 아이들은 발길을 돌렸다. 1834년 2월의 날씨는 온화하지 않았다. 혹한에 가까웠다. 그래서 클랑 데스탱은 불결하고 부실한 시설에도 불구하고 피난처 구실을 했다. 대장간처럼 불그스름하게 빛나는 화덕은 축축했다. 진흙과 짚으로 다져진 바닥은 습기에 무방비로 노출되었다.

베키유 아줌마는 귀까지 헝겊 모자를 푹 눌러쓰고 기운 낡은 숄을 등에 걸친 채 부엌에서 부지런히 일하면서 줄곧 흥얼댔다.

"어휴, 추워. 몸이 얼어붙겠군."

그 시각 두 사람만이 이 초라한 술집에 앉아 있었다. 소의 위를 불에 올려놓은 베키유는 뜨거운 잿더미 속에 발보온기를 묻어두었다가 나막신 밑에 넣을 참이었다. 그녀는 구실이 있을 때마다 모든 사람들과 모든 일을 통렬히 비난했다. 몇 분 전에 멋을 부리고 향수를 뿌린 미욜뢰즈가 들렀다. 그녀는 싸구려 술집을 좀 더 잘 운영하고 옷에도 신경을 쓰라는 둥 베키유에게 설교를 해댔다.

미욜뢰즈의 오만불손에 열불이 난 베키유는 부엌으로 들어가 노란 눈동자를 가진 검은 고양이를 안았다. 이 고양이는 그녀 곁을 떠나지 않았다.

"데봉(악마), 너는 적어도 나를 귀찮게 하지 않지."

베키유는 이 고양이를 무척 좋아했다. 그녀에게 애정을 보이는 유일한 존재였다. 미욜뢰즈는 고개도 들지 않는 두 남자에게 경멸의 시선을 던지고는 인사조차 없이 떠났다. 두 남자는 모자를 쓰고 외투 속에 몸을 웅크린 채 브랜디를 마시고 있었다. 이 부드러운 술의 용도는 싸구려 독주로부터 술꾼의 뱃속을 달래는 것이었다.

다브 데 그레프는 손등으로 식탁을 닦으면서 단호하게 말했다.

"질산은 사람을 죽일 수 있네."

검은 옷을 입은 사내가 한숨을 내쉬며 말했다.

"황산도 마찬가지야."

갑자기 다브 데 그레프의 무기력하고 희끄무레한 얼굴이 진지해지면서 경련을 일으켰다.

"황산? 누구한테 쓰려고?"

"정말 모르겠는가?"

"아니, 몰라. 알고 싶지도 않네."

"생각해봐. 저 미욜뢰즈가 방해가 된다고 생각하지 않소?"

"미욜뢰즈? 실패할 위험이 있네."

"실패하지 않을 거야. 자네가 기막힌 수법으로 퐁메르시 남작과 예수의 사이를 틀어지게 했으니 이번에는 클랑 데스탱을 가로챌 수 있도록 도와주겠네. 신중하게 처리해야 할 거야. 내가 군대에 있었을 때 알게 된 의사가 있네. 그는 루시퍼(타락하기 전 사탄의 이름—옮긴이)에게 영혼을 팔았지. 지금은 유흥가에서 지배인 노릇을 하고 있네. 그한테 부탁하면 황산을 얻을 수 있을 거야. 구입하는 대로 자네에게 주겠네. 그럼 자네는 그것을 베키유 아줌마에게 주면 되고."

검은 옷을 입은 사내는 말을 멈췄다. 그의 검은 눈이 잔인한 탐욕과 희열로 번득였다.

그는 속삭이듯 말했다.

"자네는 고양이 가죽을 벗긴 다음 황산 플라스크를 베키유에게 주게. 그것을 미욜뢰즈의 등에 쏟으라고 말하게. 자네가 황산을 주면 베키유는 기다렸다는 듯이 그 약병을 낚아챌 거야."

"그럼 파르페타무르는?"

검은 옷을 입은 사내는 머리를 흔들었다. 그리고 은밀히 속삭였다.

"파르페타무르는 자신의 귀여운 요정이 끔찍한 모습이 된 걸 보면 고통으로 미칠 것이네. 베키유의 목숨 따위는 상관 없어."

다브 데 그레프는 자신의 정체를 드러내지 않고 다른 사람을 관찰할 수 있는 초록색 안경을 쓰면서 감탄했다.

"정말 기발한 생각이네! 그럼 남작은?"

검은 옷을 입은 사내는 흐뭇한 표정으로 말했다.

"남작은 친절한 사람이네. 그는 아무도 의심하지 않는 너그러운 사람이지."

검은 옷을 입은 사내는 사소한 일에도 자신을 내세우고 싶었는지 인간의 심리에 대해서 떠벌렸다. 그는 이렇게 덧붙였다.

"마리우스 씨는 명예를 사랑하네. 예수 역시 명예를 존중하는 것 같아. 정반대라도 상관없지만."

"왜 상관없다는 거지? 그건 그렇고 후작도 이 일을 알고 있소?"

"미련한 후작이 모든 것을 알 필요는 없네. 후작은 남작부인에게 추파를 던지고 있네. 매혹적인 코제트도 거부하지 못할 거야."

검은 옷을 입은 사내는 자신의 술잔을 비웠다. 그리고 일어나 공모자와 함께 밖으로 나갔다.

검은 옷의 사내는 생마르탱가에 다다르자 우산을 쓴 채 다브 데 그레프에게 거칠게 말했다.

"모든 일이 끝나면 자네의 진짜 이름을 되찾게!"

다브 데 그레프는 주위를 살피더니 곧 비굴한 모습으로 머리를 숙였다. 상대는 그에게 우산을 함께 쓰자고 권하지도 않았다.

노인은 비를 맞으면서 지나치게 몸을 숙이면서 물었다.

"테나르 말인가?"

"생말로에서 처음 자네를 만났을 때 자네는 테나르라는 이름을 사용했지. 하지만 그 이름을 말하는 게 아니네. 자네의 진짜 이름, 테나르디에 말이네."

"좀 이른 감이 있는데……."

"그래, 언제나 너무 이르지. 나는 자네에게 이렇게 경고하고 싶네. 자네가 실명을 밝히기에 너무 이른 것처럼 자네가 내 사업에 지나치게 관여하기에는 너무 이르지."

그리고는 우산 한쪽을 내주면서 은밀히 말했다.

"타르디에, 자신을 보호할 줄 아는 사람이 있고 그렇지 못한 사람이 있지. 나는 우리가 서로 이해했다고 생각하네."

* * *

코제트는 걱정에 휩싸여 있었다. 최초의 실패가 그녀의 머리에서 떠나지 않았다. 예비 진단은 결국 사실로 밝혀질까? 그녀는 프레데릭 리볼리에의 권유에 따라 테부가에 있는 병원에 가기 전에 베르자를 만나러 생설피스 성당에 갔다. 그녀는 며칠 전부터 그를 보지 못했다. 리에 신부는 코제트의 심부름꾼 노릇을 자청했다.

코제트는 빨간색과 흰색 동백꽃이 새겨진 녹옥색의 크레이프 원피스와 잘 어울리는 짧은 케이프, 물결무늬가 있는 잿빛 비단 모자에 하얀 베일을 걸쳤다. 그녀를 처음 보는 사람들은 그녀의 아름다움이 반듯한 이목구비보다는 형언할 수 없을 만큼 매력적인 몸매에서 비롯된다고 생각했다. 베르자는 그녀를 만날 때마다 탄복했다. 그녀가 성당 앞에 도착하면 그의 가슴은 요란하게 두방망이질치기 시작했다.

코제트는 베일을 올리지 않고 대뜸 말했다.

"저는 당신을 원망해요, 베르자 씨."

베르자는 두 눈을 깜박거리고 얼굴을 살짝 붉혔다. 이 엄격하고 대담한 사람도 코제트 앞에서는 문자 그대로 녹아버렸다. 그는 챙이 넓은 모자를 벗고 젊은 여인에게 인사한 후 말없이 모자를 다시 썼다. 그리고 프록코트를 뒤지더니 작은 꾸러미를 꺼내 코제트에게 내밀었다.

"별것 아니에요. 파레르모니알에서 가져온 사탕과자예요."

코제트는 박엽지를 열어젖히면서 깜짝 놀랐다.

"그곳에 가셨어요?"

코제트는 빨간 초콜릿 사탕이 박혀 있는 금빛 빵을 발견했다. 그것은 브리오네산의 브리오슈였다. 그녀는 빵에 코를 대고 냄새를 맡으면서 경탄했다.

"베르자 씨, 이렇게 안 하셔도 되는데……. 버터와 설탕 냄새가 정말 달콤해요!"

베르자는 진지한 표정으로 말했다.

"이건 브리오네의 특산품이에요. 더 맛있게 드시려면 오븐에 넣고 5분 동안 데워야 해요."

그러면서 그는 연민의 눈길로 그녀의 얼굴을 관찰했다. 흠이 조금도 없었다.

코제트는 브리오슈를 맛보고 베르자에게 한 조각을 권했다. 그는 손을 내저으며 사양했다.

"파레르모니알에서 뭐하셨어요?"

베르자는 잠시 침묵을 지키더니 약간 달라진 목소리로 대답했다.

"나는 정기적으로 그곳에 가야 해요. 코제트, 내 인생은 그곳에서 바뀌었어요. 내가 무슨 얘기를 하는지 알겠어요?"

코제트는 미소를 참을 수 없었다.

"또 그 얘기죠! 베르자 씨, 당신은 정말 수수께끼 같은 분이에요. 왜 항상 그런 식으로 말씀하시는 거죠?"

베르자는 그녀의 팔을 붙잡더니 투르농가를 지나 뤽상부르 공원 쪽으로 걸어가면서 오렌지와 대맥당 상인을 가리켰다. 그의 얼굴이 찡그려졌다. 그는 오렌지 하나를 사서 걸으면서 껍질을 벗겼다. 그는 상원의회가 있는 뤽상부르 궁 앞에서 이렇게 대답했다.

"내가 그렇게 말한 것은 나라는 사람은 엄격함과 동정의 껍질 속에 부도덕을 숨기고 있기 때문이에요."

코제트는 어깨를 으쓱하면서 웃음을 터뜨렸다.

"베르자 씨, 저는 당신 말을 믿지 않아요. 당신은 '숨을 쉬듯' 거짓말을 하잖아요."

"코제트, 당신이 틀렸어요. 나는 숨을 쉬듯 거짓말을 하는 게 아니라 숨을 쉬기 위해 거짓말을 하는 거예요."

"좋아요, 거짓말쟁이 씨. 마음대로 말하세요. 하지만 저는 당신 말을 믿지 않아요. 다시 말씀드리지만 당신은 정의롭고 공정하며 관대했던 제 아버지처럼 선량한 분이에요. 어떤 판단의 착오 탓인지는 모르겠지만 당신은 자신을 폄하하고 심술궂은 사람이라고 자처하고 있어요."

코제트는 여세를 몰아 말을 이었다.

"더구나 지난번에 만났을 때 당신은 친구들 가운데 한 분이 제 아버지를 잘 안다고 언급하셨어요. 그분에 대해 말씀해주시지 않겠어요?"

"코제트, 그건 오래전의 일이에요. 당시에 나는 지금과는 완전히 다른 사람이었어요. 나는 가장 정직한 사람들을 만날 때도 감춰진 저의를 찾아내려고 애썼어요. 이제는 나에게 남아 있는 시간을 잘 쓰고 싶어요. 내가 속한 이 사회는 열정적인 일꾼을 요구하고 있으니까요. 이 사회는 순수한 즐거움을 빼앗은 대신 가장 헛된 방탕으로 이끄는 어리석은 오락과 격렬한 욕망을 부채질하고 있어요."

"매우 신랄한 말투군요!"

"나는 그저 사람은 잘못할 수도 있고 새로운 기회를 가질 권리도 있다는 걸 말하고 싶을 뿐이에요."

베르자는 창백해진 얼굴 탓에 감정을 제대로 숨기지 못했다. 그는 오렌지 조각을 씹지도 않고 삼킨 다음 어느 테라스의 난간에 팔꿈치를 기대었다. 날씨는 흐렸고 비가 내렸다. 코제트가 그에게 다가갔다. 두 사람은 분수대가 마주 보이는 파리 천문대 쪽에 있었다. 두 사람은 말없이 그들 앞에 펼쳐진 정원을 응시했다.

베르자가 미소를 짓고 중얼거렸다.

"겨울은 다소 쓸쓸한 법이죠."

베르자는 회색 넥타이를 매고 있었다. 넥타이 끝은 프록코트의 깃까지 늘어져 있었다. 모자를 옆으로 기울여 쓴 그는 회한의 화덕에서 병적인 환희를 느끼며 타고 있는 것 같았다. 반쯤 감은 부운 눈꺼풀은 송장처럼 파리한 얼굴에서 두 개의 크림색 공처럼 보였다.

베르자는 굵고 낮은 목소리로 말했다.

"예전에 나는 이상을 갖고 있었어요. 나무랄 데 없는 사람이 되는 것이었죠. 당신 부친은 그런 분이었어요. 내가 어떤 상황에서 부친을 알게 되었는지 말할게요. 1832년 6월 폭동의 혼란 속에서였어요. 그분이 내 목숨을 구해준 셈이죠. 나는 샹브르리가의 바리케이드 밑에서 죽었어야 했어요."

코제트는 두 손으로 가슴을 감싸고 더 자세히 듣고 싶어했다.

"제 아버지가 어떻게 당신 목숨을 구해주셨죠?"

"나를 총살하려는 젊은 폭도들의 손아귀에서 나를 빼내셨어요."

코제트가 흥분하며 물었다.

"당신을 총살하려 했다고요? 왜죠?"

"그들은 나를 첩자라고 생각했어요."

"당신은 정말로 첩자였나요?"

“어떤 의미에서는 그랬죠.”

코제트는 기억을 더듬는 것 같았다. 그녀는 베일을 올리고 느닷없이 이렇게 말했다.

“당신 얘기를 듣고 있자니 한 경찰이 떠올랐어요. 그의 이름은 잊어버렸지만 제 아버지가 처형하기는커녕 그를 도망치게 방치하여 살려주었다고 마리우스가 말해주었어요.”

베르자는 강렬한 시선으로 코제트를 바라보면서 말했다.

“그런 식으로 사람을 처형해서는 안 돼죠.”

그리고 진지한 말투로 말을 이었다.

“예전에 나는 당국에 헌신하고 반란을 증오했어요. 당신 남편과 그의 친구들에게 나는 악마의 화신이었어요. 나는 사람들이 나를 원하지 않는 곳마다 갔어요. 결국 경찰이란 직업은 나에게 중요한 의미를 부여했어요. 간단히 말해서 나는 금욕적이고 헌신적인 삶을 살았죠. 국가와 의무에 복종하는 공무원들은 모두 마찬가지예요. 내 일과표는 오선지처럼 규칙적이었어요. 나는 20년간 봉직하면서 나에게 주어진 사명을 의심한 적이 없었어요. 당신 부친이 나에게 자유를 돌려주었던 그날까지는 말이에요. 악마는 지옥으로 돌아갔어요. 실은 이 악마는 천국을 전혀 경험하지 못했어요. 나는 즐거움을 거의 맛보지 못했어요. 나는 글을 읽고 날마다 부르고뉴 포도주 두 잔을 마셨어요. 담배는 조금 피웠고요. 그거야 큰 잘못은 아니죠.”

코제트는 베일을 내리고 난간에서 물러났다. 그녀는 살짝 상체를 뒤로 젖히고 물었다.

“그러고는요?”

베르자도 몸을 일으켰다. 그는 무거운 시선으로 코제트를 바라보았다.

그 순간 젊은 여인의 얼굴과 태도가 어찌나 당당해 보였는지! 창백하고 피곤한 얼굴, 푸른 왕방울 눈, 장밋빛 입술, 살짝 들린 코, 기품이 넘치는 유연한 몸매. 베르자의 시선에서 자책감 같은 것이 고집스레 타올랐다. 그는 부끄러운 과거를 털어놓고 더 이상 얼굴을 가리지 않았기 때문이다. 그는 리예 신부, 파레르모니알의 성직자들 그리고 이제 코제트와의 교제를 통해 자주성과 의지를 사랑한다고 자부했다. 과거를 회상하는 일은 마음에 들지 않았지만 과거를 극복해야만 했다…….

베르자가 말을 이었다.

"나는 파리 하수도의 한 출구에서 당신 부친을 다시 만났어요. 부친은 한 젊은이를 어깨에 둘러메고 있었어요. 나는 샹브르리가의 바리케이드에서 그 젊은이와 몇 마디 나눈 적이 있어요. 그 젊은이는 바로 당신 남편이에요. 모든 것이 혼란스러워 정확한 날짜는 기억나지 않지만 나중에 우리는 다시 한 번 마주쳤어요. 그때 파리는 거의 전시 상황이었어요. 당시에 기승을 부리던 콜레라는 차치하고라도 사람들은 아무것도 아닌 일에도 총을 난사했어요. 어쨌든 내가 센 강가에서 실신한 상태에서 강물에 빠진 것은 사실이에요. 어떤 사람들 말로는 내가 수직으로 강물 속에 가라앉았다고 하고, 또 어떤 사람들은 내가 악을 쓰며 발버둥을 쳤다고 해요. 나는 아무것도 기억하지 못해요. 나를 굽어보았던 리예 신부의 얼굴을 제외하곤. 한 소년과 함께 시신들을 싣고서 몸소 손수레를 끌고 그곳을 지나가던 이 경건한 신부님이 나를 강물에서 건져냈던 거예요. 신부님은 내가 아직 살아 있는 것을 보고서 젖은 옷을 벗기고 죽은 자들 가운데 한 명과 옷을 바꿔 입혔어요. 내가 몇 마디 중얼거렸던 것은 나를 구해준 신부에 대해 아무것도 알고 싶지 않다고 말해주기 위해서였어요. 리예 신부님은 내게 아무것도 묻지 않았어요. 신부님은 망자를 강물에 던지고 내 옷가지와 신분증도 버렸죠. 신부님은 성호를 그은 후 검은 강물 속에 가라앉는 그 시신을 위해 종부성사를 거행했어요."

코제트가 진지한 표정으로 물었다.

"그러니까 당신에게 기적이 일어났단 말인가요?"

베르자가 정정했다.

"그보다는 되살아난 거죠. 내가 사물을 다른 각도에서 본다고 가정합시다. 우리가 처음 대화를 나눴을 때 나는 당신에게 순수성에 대한 불신을 털어놓았어요. 거의 2년 동안 나는 내가 믿고 있던 모든 것에 대해 숙고하고 명상하며 처음부터 재검토했죠. 그래서 신념이 사람들에게 공포의 형태로 영향력을 행사한다는 결론을 내렸어요. 특히 신념의 주체가 순수한 사람들일 때 그 영향력은 엄청나죠. 코제트, 나는 순수한 사람, 즉 교조주의자였어요. 나는 순종하는 것을 자랑스럽게 여겼죠."

베르자의 어조는 평소보다 덜 단호했다. 어떤 이의나 반대도 용인하지 않던 그의 딱딱한 목소리는 추억의 실타래를 풀어놓음에 따라 점점 갈라졌다. 그의 얼굴은 딱딱하고 동시에 향수에 젖어 긴장되었고, 두 눈은 슬픔으로 인해 기력이 약해진 탓인지 무채색처럼 엷어 보였다. 그는 코제트가 충격을 받지 않도록 장 발장과의 만남을 미화했다. 코제트는 아버지가 도형장을 탈출한 도형수였다는 사실을 까맣게 모르고 있었다. 또한 지금 그녀에게 말하고 있는 이 남자가 아버지의 가장 잔인한 적이었다는 사실도 모르고 있었다. 베르자는 스스로 시인했듯이 악마였다. 그는 거의 20년 동안 집요하게 장 발장을 추적하면서 그의 인생을 망가뜨리고 그의 명성을 더럽혔으며 친구들로부터 멀어지게 하고 그를 궁지에 몰아넣었던 끈질긴 경찰이었다. 그 모든 악착스러움은 무엇을 위한 것이었던가?

베르자는 아직도 이 물음에 대답할 수 없었다. 때때로 거울에 비친 자신의 얼굴을 보며 혐오감을 느꼈다. 코제트의 어머니 팡틴이 죽었을 때도 그의 얼굴에는 어떤 동정의 빛도 나타나지 않았다. 대리석처럼 차가운 얼굴. 몇 가지 변화에도 불구하고 그는 여전히 어두운 시선, 자신이 항상 옳다고 믿는 듯 꼭 다문 입, 깊은 콧구멍과 들창코를 가지고 있었다. 자신의 얼굴은 흉측하게 보였다. 예전에는 생각하지 못했던 것이다. 그는 법과 정의의 검이었다. 훤칠한 키, 접힌 모자, 큼직한 지팡이는 그를 절대적인 선을 추구하는, 절대 권력을 가진 준엄하고 집요한 악마로 만들었다. 그는 그림자 같은 생활을 체념하고 받아들였다. 오늘날 그가 구원을 알게 되었다고 주장한다면 그것은 과장된 것이다. 그에게 구원과 불멸이라는 무의미한 개념보다 더 생소한 것은 없기 때문이다. 명상은 다만 자기 자신과 거리를 유지하는 데 도움을 줄 뿐이다. 그는 인간적인 사람이 되었다. 그는 결코 과거에서 벗어날 수 없었다. 하지만 코제트에게 감화된 그는 이번을 마지막으로 과거를 밝히고 개과천선할 생각이었다. 따라서 그는 코제트에게 거짓말을 했고 또 거짓말을 할 것이며 거짓말의 결과를 전적으로 책임질 것이다. 1832년 6월 퐁토샹주 교와 퐁뇌프 교 사이에서 세탁하는 여자들을 태운 배 밑에서 한 익사체를 발견했다고 코제트에게 말해줄 필요가 있을까? 또 그 시체가 파리 공안국 형사인 자베르의 옷을 입고 있었고 그의 신분증을 지니고 있었다고 말해줄 필요가 있을까? 그의 익사 소식을 실은 1832년 6월 15일자 「모니퇴르」지를 그녀에게 보여줄 필요가 있을까? 그때 자베르는 죽은 것이다. 철자 순서를 바꾼 그의 새로운 이름은 문제가 될 수도 있었다. 이 전직 경찰은 개의치 않았다. 2년이 지났는데 누가 죽은 자베르와 살아 있는 베르자를 비교하겠는가?

베르자는 극적 상황에서 찾아낸 이 기발한 생각을 자주 떠올렸다. 자신의 이야기 자체가 역설이었다. 어제는 경찰이었지만 오늘은 무슨 일을 하고 있는가.

베르자는 어색한 분위기를 깨려는 듯 명랑한 목소리로 코제트에게 제안했다.

"조금 걸을까요?"

코제트는 얼빠진 듯한 모습으로 물었다.

"베르자 씨, 지금 몇 시죠?"

베르자는 조끼에서 양파 하나를 꺼내면서 대답했다.

"4시입니다."

"저는 이만 가봐야 해요. 의사 선생님과 중요한 약속이 있거든요."

"당신은 나를 놀라게 만드는군요."

코제트는 짧은 케이프를 어깨에 걸치고 애매한 표정을 지었다.

"베르자 씨, 이상한 병이에요. 무슨 말인지 아시겠어요?"

코제트는 손으로 배를 가리키면서 웃음을 터뜨리고는 투르농가로 발걸음을 재촉했다.

베르자는 처음에는 당황했다가 이윽고 뽀로통한 미소와 함께 고개를 끄덕이고는 난간까지 이어진 계단을 급히 내려가는 코제트를 바라보며 말했다.

"언제 다시 올 거예요?"

"조만간요, 베르자 씨!"

베르자는 허리에 두 손을 얹고 덧붙였다.

"코제트, 무슨 일이든 나에게 도움을 요청하세요!"

그러고는 혼자 투덜거렸다.

'언제쯤이면 사람들이 나를 믿을 수 있을까? 내가 못할 일은 하나도 없

어. 자베르는 프랑스에서 가장 뛰어난 경찰이 아니었는가.'

* * *

코제트와 프레데릭 리볼리에가 병원에서 나왔을 때 테부가는 사람들로 가득했다. 시민들은 마르디그라 축제를 준비하고 있었다. 얼굴을 얼얼하게 하는 혹한에도 불구하고 가볍게 옷을 입은 수많은 아를캥(울긋불긋한 옷을 입은 광대의 대명사–옮긴이)들과 콜롱빈(아를캥의 연인–옮긴이)들이 작은 나팔과 탬버린을 든 채 거리를 누비고 다녔다. 이들은 접을 수 있는 두 개의 포장으로 이루어진 랑도 사륜마차를 타고 있는 노란 장갑을 낀 멋쟁이들과 부르주아들에게 불쑥 말을 걸기도 했다. 코제트는 프레데릭의 팔을 붙잡고 이 광경을 바라보았다. 프레데릭은 소리쳐 삯마차를 불렀다. 그는 마부에게 단호한 목소리로 말했다.

"플뤼메가로 가주세요. 나는 오데옹 광장에서 내릴 겁니다."

두 사람이 타자 마차는 흔들리기 시작했다. 길 건너편에서 꼿꼿한 자세로 말을 타고 있던 한 남자가 그 장면을 지켜보고 있었다. 화가 치민 그는 당장에 달려가서 코제트와 함께 있는 남자의 따귀를 때려주고 싶었지만 참았다. 두 사람은 이 남자를 보지 못했다. 그는 검술 훈련을 마치고 나온 참이었다. 그전에 그는 카페 드 파리에서 아메데, 루이 드 베르뉴 그리고 외젠 쉬와 함께 점심식사를 했다. 황무지의 후추 향을 떠올리게 하는 맛을 가진 붉은 자고새와, 멧도요 퓌레로 덮고 쓴 오렌지로 두른 후 페리괴 소스를 바른 토스트 위에 올려놓은, 송로를 넣은 꿩이었다. 한마디로 진수성찬이었다.

마리우스는 적당한 거리를 유지하며 마차를 쫓아갔다. 마차 안에서 코제트는 프레데릭에게 의사의 진단을 알려주었다.

프레데릭이 상냥하게 장담했다.

"잘됐어요. 걱정할 필요 없다고 했잖아요. 마리우스도 분명 이 소식을 듣고 기뻐할 거예요."

"프레데릭, 나도 그렇게 믿고 싶어요. 하지만 지금이 좋은 때일까요? 마리우스가 점점 더 방황하는 것 같아요. 무엇이 그를 괴롭히고 있는지 모르겠어요. 그는 내게 말을 거의 하지 않아요. 우리는 때때로 남처럼 집에서 마주쳐요. 베르자 씨와 당신만이 나의 유일한 지지자예요."

"내가 마리우스에게 말해야겠어요."

"프레데릭, 그와 부딪치지 말아요."

"코제트, 부딪치지 않을 거예요. 약속할게요. 그는 알아야 해요."

코제트는 갑자기 겁에 질린 표정을 짓고 물었다.

"프레데릭, 뭘 알아야 한다는 거죠?"

프레데릭은 그녀에게 고개를 돌리고 다정하게 바라보았다. 그리고 그녀의 손을 잡고 부드럽게 키스했다. 마리우스는 이 광경을 전부 보았다.

프레데릭이 말을 이었다.

"마리우스는 세상에서 가장 매력적인 아내를 두었다는 사실을 알아야 해요."

마차가 멈추고 프레데릭이 내렸다. 그가 손을 흔들어 코제트에게 작별 인사를 하자 그녀는 문 위로 몸을 숙이고 답례했다. 마차는 멀어져갔다.

프레데릭은 도핀가 쪽으로 걸음을 옮겼다. 지스케 경찰청장의 보복 조치에 격분한 블랑키(1805~1881, 프랑스의 혁명적 사회주의자—옮긴이)와 바르베스(1809~1870, 프랑스 혁명가—옮긴이)는 회의를 소집했다. 지스케는 도처에 경찰을 배치하고 첩자를 잠입시키는 등 끊임없이 인권협회를 탄압했다. 1834년 1월에는 포고 사항을 공고하는 관원들에게 시청의 허가 없는 신문이나 유인물의 배포를 금지하는 법이 공포되었다. 리옹에서는 임금 삭감에 맞서기 위해 상호부조주의자들이 이끄는 견직물 공장 노동자들의 산발적인 파업이 일어났다. 정부의 대책은? 여섯 명의 상호부조주의자들은 체포되고 4월 9일 재판에 회부되었다. 식자공, 인쇄 및 출판업 종사자, 목수, 석공을 제외한 모든 노동자들의 임금이 삭감되었다. 일일 노동시간에 대해서는 12~15시간이 거론되었다. 당시에는 18시간이었다. 파리 시민의 4분의 1이 비참한 생활을 하고 있었다. 8구, 9구, 12구에 거주하는 시민의 절반은 가난뱅이였다. 더 이상 참을 수 없는 상황이었다. 내무부장관 티에르, 법무부장관 바르트, 외무부장관 브로글리, 교육부장관 기조는 이익과 투기의 하인이었다. 아우스터리츠 전투의 영웅이자 총리였던 술트 원수는 루이 필리프의 하인이었다. 요컨대 하인들의 춤판이었다.

프레데릭은 특히 아돌프 티에르를 통렬히 비난했다. 그는 이 비열한 기회주의자가 쉽사리 궁지에서 벗어났다고 생각했다. 기자와 반체제인사로서의 활동에 싫증난 티에르는 서둘러 정치판에 뛰어들었다. 정치가들은 언제나 똑같았다. 정직한 인본주의자였던 그들은 권력을 손에 넣자 능변가와 배신자로 돌변했다. 티에르의 탐욕은 야망을 교묘하게 정당화했을 뿐이었다. 그는 대부분의 벼락부자들처럼 소유하고 즐기고 명령하고 싶어 안달했다.

「라트리뷘」의 편집장 아르망 마라는 프레데릭에게 이렇게 말했다.

"티에르는 지참금으로 30만 프랑을 가져온 도슨 양과 결혼하지 않았는가? 아, 그는 베푸르 레스토랑에서 언제든지 생트뵈브와 라마르틴을 데리고 마렝고 닭고기를 포식할 수 있지! 그는 민중의 배고픔에는 안중에도 없지!"

프레데릭은 이 교훈을 잊지 않았다. 티에르는 별 볼일 없는 공화주의자였다. 마르세유 출신의 통찰력이 부족한 반동분자였다. 그는 좌파가 아니었다. 그의 당은 인재들이 모인 정당이 아니라 사당(私黨)이었다. 이 자코뱅 당원의 껍질 속에서 폭군의 심장이 뛰고 있었다. 그는 자신의 의견과 다르면 무조건 불합리하고 몰상식하며 어리석은 것으로 몰아가는 나쁜 습성이 있었다.

프레데릭은 이 사실을 널리 퍼뜨렸다. 그는 공포정치 시대를 그리워했다. 물론 진실을 제대로 알지 못하면 향수에 빠지기 쉬운 법이다. 그것은 특혜를 받았던 사람들의 특성이다. 총애를 받은 자들의 맹신.

마리우스는 우선 프레데릭을 기다렸다. 결투라는 단어가 그의 머릿속에서 맴돌았다. 프레데릭이 다가오자 마리우스는 말에서 뛰어내려 그의 길을 막았다.

프레데릭은 고민을 드러내지 않고 외쳤다.

"아니, 마리우스 아닌가! 이렇게 반가울 수가!"

말은 코를 벌름거리며 울었고 신경질이 난 마리우스는 채찍으로 자신의 장화를 툭툭 내리쳤다.

마리우스가 짜증난 목소리로 물었다.

"반갑다고? 자네, 정말로 그렇게 생각하나?"

"자네처럼 분주하고 부지런한 귀족을 만날 기회는 아주 드물지."

마리우스가 냉소를 터뜨렸다.

"귀족이라는 칭호는 받아들이지, 단두형 집행자 씨. 귀족의 무기는 검이니까 내일 아침 뱅센 숲에서 기다리겠네. 자네가 미천한 상놈인지 여자를 유혹하는 놈인지 알아보고 싶거든. 이 정도면 자네가 결투에 응할 수 있는 충분한 이유가 될 거야!"

마리우스는 프레데릭의 얼굴에 채찍질하려 했다. 프레데릭의 억센 손이 그의 팔목을 붙잡았다.

프레데릭은 마리우스의 눈을 똑바로 노려보면서 말했다.

"가엾은 마리우스, 자네, 미쳤구먼."

그리고 마리우스의 팔을 놓아주면서 덧붙였다.

"자네는 가던 길이나 가고 나를 조용히 내버려두게. 나는 자네와 싸우지 않겠네."

마리우스는 프레데릭이 지나가는 것을 막기 위해 옆으로 한 걸음 옮기면서 고함을 질렀다.

"자네 정도는 한 손으로도 이길 수 있어!"

"다시 말하지만 나는 자네와 싸우지 않겠네."

"자네가 겁쟁이란 걸 인정한다는 거지?"

"마음대로 생각하게."

"프레데릭, 나는 자네를 경멸해. 코제트와 무슨 짓을 했지? 부인하지 마. 나는 테부가에서부터 두 사람을 따라왔어."

프레데릭의 얼굴이 창백해졌다. 그는 뭔가를 말하고 싶은 듯했다. 하지만 목소리는 입술에서 사라졌다. 안색이 점점 더 창백해졌다. 그는 마치 악몽에서 벗어나려는 듯 놀란 모습으로 주위를 둘러보았다.

마리우스가 의기양양하게 말했다.

"이제는 허세를 덜 부리는구먼. 그래도 양심의 가책을 느끼는 모양이지?"

마침내 프레데릭이 중얼거렸다.

"자네는 내 친구야. 내가 자네를 배신했다고 상상하다니!"

"나는 상상하지 않아. 내 두 눈으로 똑똑히 보았거든."

"자네는 아무것도 못 봤어. 자네는 자네가 보고 싶은 것만을 보고 믿는 거야. 새로 사귄 친구들은 자네에게 도움이 되지 않네."

"내가 보고 싶어하는 게 뭐라고 생각하지?"

"자네는 코제트에게 좀 더 신경을 쓰는 게 좋을 거야. 자네는 아내에게 마음의 상처를 줄 권리가 없어. 그러다가 언젠가 떠날 수도 있어."

마리우스는 격분한 나머지 억양을 낮추었다. 그는 일부러 거만하게 말에 몸을 기대더니 어깨를 으쓱해 보이고 두 다리를 구부린 채 고개를 옆으로 기울였다.

"코제트에게 마음의 상처를 줄 권리가 없다고 말했나? 그럼 자네에게는 그 부서진 마음의 조각을 모아서 자네 방식대로 다시 붙일 권리가 있단 말인가?"

"마리우스, 자네 정말 역겹군. 내 친구가 아니었다면 자네가 방금 내뱉은 말을 당장 주워 담게 했을 거야."

"어이쿠! 이제는 막말까지! 프레데릭, 나는 모욕을 당한 사람일 뿐이야. 자네는 내 요구에 따라야 해. 나는 자네처럼 술에 취한 난폭한 군인과 싸우지는 않겠어. 자네 같이 교활한 인간이 결투의 규칙을 알 리 없지."

마리우스의 모욕적인 말에 프레데릭은 두 손으로 마리우스의 멱살을 잡았다. 프레데릭이 퍼부었다.

"내 규칙을 알고 싶어?"

프레데릭은 어리둥절한 표정으로 싸움을 구경하는 행인들은 아랑곳하지 않고 마리우스를 끌고 어느 대문까지 데려갔다.

"불쌍한 이 친구야, 한 가지 말해줄까? 자네는 더 이상 예전의 자네가 아니야. 자네가 쫓아다니는 아메테 디그랑드라는 무례한 놈은 고귀함과 세련됨, 소송과 논쟁, 점잖은 말과 불경한 말을 뒤섞는 재주가 있지. 놈은 해괴한 이야기로 자네를 유혹해서 아내와 진정한 친구들을 버릴 정도로 자네를 함정에 빠뜨린 거야. 비통한 일이지."

프레데릭은 분노와 치욕으로 떨고 있는 마리우스를 놓아주었다. 그는 오열을 터뜨릴 것만 같았다.

"마리우스, 나를 더 자극하지 말게. 만일 자네가 요구할 게 있다면 자네 부인에게 요구하게. 내가 자네라면 마르디그라 축제를 아내와 함께 보낼 거야. 그리고 자네 친구라고 자칭하는 그 노란 장갑들과 절교하겠네."

마리우스는 먼지를 털고 고개를 들이대며 말했다.

"자네의 충고 따위는 필요 없어. 마르디그라 축제는 이미 준비되어 있지. 나는 밀로드 아르수유와 함께 쿠르티유에 갈 거야. 그리고 미안하지만 나는 오브리르부셰가에 있는 클랑 데스탱에서 파티를 즐길 거야. 이번에는 내가 자네에게 경고하지. 만일 또다시 코제트와 함께 있는 꼴을 보면 자네를 죽이고 말 테야."

마리우스는 말이 있는 곳으로 돌아가더니 고삐를 잡고 단번에 안장에 올라탔다.

프레데릭이 속삭였다.

"잘 가게."

마리우스는 우울한 표정으로 머리를 숙이고 거리를 건넌 다음 칙칙한 풍경 속으로 쓸쓸히 사라졌다. 그는 아메데 디그랑드를 찾아가고 싶었다.

* * *

아메데는 클레망스 드 라블리가 빈정대는 시선으로 지켜보는 가운데

방에서 서성거렸다. 디그랑드 후작의 집은 화려하지만 전체적으로 쾌적한 분위기는 아니었다. 후작은 이곳에서 안락한 생활을 즐기고 있다고 주장했다. 후작의 집은 생제르맹 구역이 아니라 생탕투안 구역 스리제가 12번지였다. 바로 옆에는 금융업자 세바스티앙 자메가 살았던 사저(私邸)가 있었다. 계산적이고 욕심 많은 자메는 앙리 3세와 앙리 4세의 절친한 친구가 되기 전에 카트린 드 메디시스(앙리 2세의 왕비―옮긴이)의 허물없는 친구였다. 요컨대 후작의 집은 서민 구역에 위치했고, 아메데 자신도 이를 인식하고 있었다. 어쨌든 후작이 서민 구역의 뜰 안쪽에 위치한 작은 집에 살고 있는 것은 사실이었다. 루이테지레는 초라한 곁채에 거처했다.

후작은 좁은 공간에서 사는 대신에 다른 곳에서 그의 터무니없는 야심을 충족시켰다. 1층에는 식당과 회색빛의 작은 살롱이 있었다. 식당은 계단 곬을 통해 부엌과 나누어졌고, 루이 13세풍의 계단은 노란색과 빨간색 타일과 밀랍을 먹인 떡갈나무로 만들어졌다. 1층은 볕이 잘 들지 않았다.

2층에는 유리와 금박으로 장식한 침실 하나, 욕실 하나, 멋진 에라르 피아노를 들여놓은 작은 서재 하나, 앙드레 샤를 불(바로크 시대의 유명한 공예가―옮긴이)이 만든 까치발 달린 테이블 하나 그리고 고블랭으로 감싼 루이 15세풍 안락의자 두 개가 있었다. 커튼과 장식 끈은 1미터에 40수 하는 다마스쿠스산 녹색 피륙으로 만든 것이었다. 그렇게 자랑할 만한 장식은 아니었다.

아메데 디그랑드는 셔츠 차림으로 침실에서 서성거렸다. 그는 갑자기 걸음을 멈추고 클레망스가 편안히 쉬고 있던 침대를 바라보았다. 그는 난처한 표정으로 말했다.

"당신이 우리의 친구 마리우스와 화해를 했으면 좋겠어. 그가 당신 품에서 벗어나면 내 손아귀에서도 벗어나는 거야."

클레망스는 팔짱을 꼈다. 그녀는 대답하기 전에, 예전에 애인이었고 지금도 가끔 그 역할을 하고 있는 후작을 흘겨보았다. 그녀의 시선은 다정하지 않았다. 아메데의 어색한 태도에서 지배하려는 욕망, 확신, 자만이 결합된 특이한 기운이 풍겨났다. 하지만 이 가엾은 아메데는 아무것도 지배하지 못했고, 그렇기 때문에 클레망스는 그를 더욱 경멸했다.

마침내 클레망스가 날카로운 어조로 말했다.

"내가 원하는 것은 묻지도 않는군요. 며칠 전부터 남작은 낯짝도 보여주지 않는데 나더러 어쩌라고요? 그는 내게 반지를 사주겠다면서 떠났어요. 그리고 나는 남작도 반지도 보지 못했어요. 그게 귀부인에게 할 처신인가요?"

아메데는 자만과 역정이 섞인 눈길로 클레망스를 노려보며 이렇게 비웃었다.

"귀부인이라고?"

클레망스는 격분한 듯 벌떡 일어났다.

"가짜 후작인 당신과 함께 살고 있으니 중간쯤은 되지 않나요? 나는 귀부인은 아니겠지만 당신은 남자도 아니에요!"

아메데가 힘껏 따귀를 때리자 클레망스는 침대에 나부라졌다. 그는 손을 문지르면서 이를 갈았다.

"말 다했어? 내가 침대에서 할 줄 모르는 것을 남작은 잘 해낸다는 거야? 남작의 품에 안기러 가지 않고 뭘 기다리지?"

잠시 후 후작은 타협적인 말투로 다독였다.

"클레망스, 이제 그만 싸우자. 우리는 세상에서 가장 친한 친구잖아? 우리에게는 공통의 과거가 있잖아? 또 공통의 목적도 갖고 있고?"

클레망스의 얼굴이 납빛이 되었다. 그녀는 아메데에게 경칭을 쓰기 시작했다.

"대체 어떤 과거를 말하는 거죠? 내가 기억을 되살려줄까요? 물론 나는 당신에게 그다지 좋은 결혼 상대는 아니었어요. 당신은 자신의 평판이 떨어질까 봐 내게 청혼하지 않았어요. 당신은 나를 유혹한 것으로 만족하지 않고 임신까지 시켰어요. 물론 임신이란 단어는 당신에게 충격을 주죠. 그런데 이제 당신은 퐁메르시 남작부인이라는 바보 같은 여자에게 홀딱 반했어요. 당신은 이상하게도 숫처녀에게는 질겁해요. 난처한 일을 당하지 않으려면 미리 대비해야 하니까요. 당신이 빼앗아간 내 아이는 어떻게 되었나요? 지금쯤 그 아이는 여덟 살이 되었을 텐데……."

아메데는 납작한 딸기색 비단 넥타이를 매고 있었다. 그는 클레망스의 마지막 말을 듣더니 두 손이 떨리고 안색이 송장처럼 파리해졌다.

"당신에게 백번은 얘기했잖아. 당신은 의식을 잃었고 아이는 사산했어. 그때 모든 일을 도맡은 사람은 루이데지레야."

클레망스는 소지품을 챙기고 옷을 입으면서 빈정거렸다.

"당신은 언제나 루이데지레가 했다고 둘러대요. 걸핏하면 루이데지레를 들먹이죠. 너무나 쉬운 일이네요. 루이데지레 뷔르댕에게 책임을 뒤집어씌우면 되니까요!"

아메데는 수놓은 조끼를 입고 그 위에 겉면을 박음질한 잿빛 프록코트를 걸친 다음 거드름을 피웠다.

"클레망스, 꼽추에게 너무 잔인하게 말하는군."

"아메데, 잔인한 사람은 바로 당신이에요. 나는 당신을 사랑했고 여전히 사랑하고 있어요. 당신은 나를 망가뜨렸어요. 당신도 그 점은 잘 알고 있어요. 그러니 우리가 함께했던 과거에 대해 더 이상 얘기하지 말아요.

나는 그 과거를 무거운 짐처럼 짊어지고 있어요. 그리고 당신은 필요할 때마다 그 짐을 내 얼굴에 던지죠."

"클레망스, 과장이 심하구려. 나도 당신을 사랑해. 당신은 나이가 꽤 들었지만 여전히 매력적이고 여성스러워. 그 점을 잘 활용해야 해. 적극적으로 활용하라고."

클레망스는 입술을 깨물었다. 이제는 오열조차 솟구치지 않았다. 비참해하는 모습을 보이기엔 너무 우아하고 도도한 이 여인은 인생을 원망했다. 그 원망은 남자들, 특히 아메데와 마리우스에 대한 경멸로 이어졌다. 비록 후원자도 재산도 없지만 그녀는 천국에 가면 그들이 자신을 농락하지 못하게 할 거라고 다짐했다.

클레망스가 준비를 끝내자 아메데는 대문까지 배웅하면서 말했다.

"마르디그라 축제 때 꼭 올 거지?"

"여느 때처럼 가야죠."

"클레망스, 당신은 천사야. 나는 죽을 때까지 당신을 사랑할 거야."

클레망스가 사라지자마자 아메데의 집사가 나타났다. 주인은 공모자의 표정을 짓고 하인에게 돌아섰다.

"자네, 전부 들었어?"

꼽추는 공손하게 머리를 숙이며 대답했다.

"당치도 않습니다, 후작 나리."

후작은 손뼉을 치면서 웃음을 터뜨렸다. 그리고 말을 이었다.

"체, 라블리 부인은 결국에는 진정될 거야. 우리가 없으면 그녀는 아무것도 아니지. 떠올려보게. 당시 그녀의 애인은 귀머거리였어. 그녀는 새로운 애인인 내가 들을 수 있다는 것은 상상도 못했지. 루이데지레, 정말로 웃기지 않아?"

집사는 동의의 미소를 지었다.

"후작님은 이미 소인에게 은밀히 알려주었습니다. 라블리 부인이 메살리나(로마 황제 클라우디우스의 아내. 타락한 성의 상징이다-옮긴이)의 운명을 타고났다고요. 후작님께서 클라우디우스의 지혜를 지니셨다면 아무 일도 일어나지 않을 겁니다."

그러자 아메데가 걱정스러운 표정을 지었다.

"루이데지레, 그럼 자네는 나르키수스(클라우디우스 황제가 신임했던 노예-옮긴이)의 역할을 맡겠나?"

"어떻게 감히 거절하겠습니까?"

"그럼 나르키수스가 너무도 많은 음모를 꾸민 나머지 결국 사형당한 것을 아는가?"

아메데는 집사의 얼굴이 굳어지는 것을 보았다. 그는 미소를 짓고 물었다.

"라블리 부인에 대한 얘기가 나왔으니 묻는 말인데, 왜 자네는 그때 아이를 내게 보여주지 않았지?"

집사는 비장하면서도 진지한 목소리로 대답했다.

"아이는 죽었습니다. 후작님은 제가 아기를 살해할 수 있다고 생각하십니까?"

"물론 아니지. 비록 최근에 그런 일이 자주 일어나고 있긴 해도……. 하지만 여자들은 자기 눈으로 확인하기 전에는 믿지 못하거든. 여자들은 상상력이 부족해. 또 여자들은 우리가 총애를 얻으려 애쓰면 이상주의자가 되지. 그리고 우리를 손아귀에 넣었다고 생각하면 물질주의자가 되고. 우리 남자들은 정반대야. 사실 여자들은 모두 경박하지. 경박함이 여자들의 속성이고. 솔직히 말해서 여자들은 우리를 당혹하게 해. 그 귀여운 코제트처럼 말이야. 그녀가 내게 얼마나 저항하는지 상상할 수 없을 거야."

"후작님, 그 계획은 연기되었을 뿐입니다. 기막힌 방책입니다."

아메데는 입을 비죽거렸다.

"무슨 뜻이지? 코제트는 홀몸이 아니야. 그녀는 퐁메르시 남작의 부인 이야."

집사는 아버지같이 온화한 표정으로 정정했다.

"후작님이 하고 있는 이 놀이가 기막히게 좋은 방법이란 뜻입니다. 친 구의 아내를 유혹하는 것은 짜릿한 기분 전환 거리가 아닙니까? 특히 그 남편의 재산을 노릴 때는 더욱 그렇죠."

"루이데지레, 너무 앞서가지 마. 내가 퐁메르시 남작부인을 사랑한다 는 사실을 잊지 말게. 나는 여태껏 이처럼 누군가를 사랑해본 적이 없 어."

후작은 모자, 지팡이, 외투를 집으면서 물었다.

"마르디그라 축제 준비는 끝났겠지?"

"그럼요, 후작님."

＊　＊　＊

마르디그라 축제날 저녁, 마리우스는 코제트에게 혼자 외출할 거라고 말했다. 코제트는 남편을 쏘아보았다. 그날 오후 코제트는 베르자에게 자신이 행복한 소식을 기다리고 있다고 말했다. 그녀는 더욱 구체적으로 언급했다.

"9월에요."

지난번 프레데릭 리볼리에와 함께 병원에 갔을 때 코제트는 임신 1개월이라는 소식을 들었다. 가슴을 쓸어내리며 안도의 한숨을 내쉬었다. 콜레라와 유산 후 그녀는 최악의 상황을 걱정했었다.

베르자는 무척 기뻐하며 행복을 기원했다. 그는 행복을 빌면서 자신이 코제트의 어머니를 불행하게 했던 시절을 생각했다. 그는 주위에 수많은 공포와 비탄의 씨앗을 뿌렸다. 예전에 증오하는 힘이 있었다면 이제는 사랑하는 힘이 생겼다. 자발적으로 루소와 디드로의 작품에 몰두한 그는 두 사상가의 상반되는 관점에서 공익과 개인의 행복이 일치하는 즐거움과, 현실과 사회의 구속이 끝없이 충돌하는 고뇌에 대해 생각했다. 그는 반대되는 상황을 고려함으로써 불행해지지 않으려 애썼다.

마리우스는 베르자처럼 지혜롭지 않았다. 그는 언제나 냉소주의를 방패로 삼았다. 코제트는 체념하고 받아들이지 않을 수 없었다. 그녀는 어두운 표정으로 물었다.

"우리가 함께했던 모든 것이 가식과 허위에 불과하단 말이야? 마리우스, 대답해줘. 내가 떠나거나 다른 남자를 찾기를 바라는 거야?"

마리우스는 아무 말도 하지 않았다. 지금까지는 코제트의 수동적인 태도 때문에 화가 났다. 그는 그것을 무관심으로 간주했다. 그런데 이제는 사소한 문제로 시비를 걸고 있지 않은가. 그는 망설였다. 그리고 호주머니 속에서 수정을 쥐고 행복한 시절을 잠시 떠올렸다. 하지만 곧 프레데릭과 코제트가 같이 마차를 타고 가는 모습이 떠올랐다.

마리우스는 떨리는 목소리로 말했다.

"아메테와 함께 보내기로 약속했어."

코제트가 반박했다.

"그럼 나에게는 무엇을 약속할 수 있어?"

마리우스는 부분적으로는 코제트의 신비로움 때문에, 또 부분적으로는 그 신비로움을 이해하기 위해 엄청난 노력을 해야 하기 때문에 어떻게 대답해야 좋을지 몰랐다.

마침내 마리우스는 아메데에게 보낼 편지를 접으면서 말했다.

"앞으로 많은 것이 바뀔 거야."

코제트는 남편을 대문까지 배웅했다. 눈물이 글썽였지만 약한 모습을 보여주고 싶지 않아 눈물을 참았다.

"마리우스, 왜 고집을 부려?"

"나는 고집쟁이니까."

"나도 그래. 그럼 마지막으로 한 마디만 할게. 조심해."

마리우스는 벌을 받는 어린아이처럼 모자를 쓰고 머리를 숙였다. 그는 프레데릭에게 어떤 암시도 어떤 비난도 하지 않았다. 그는 자신이 고집이라고 이름 붙인 고통스러운 침묵을 지켰다. 하지만 그 침묵은 자신의 오만과 자존심에 대해 얘기할 수도 없고 그렇다고 자신의 자존심을 무시할 수도 없는 가소로운 결과에 지나지 않았다. 그는 자신의 정체가 밝혀지는 것이 두려워서, 혹은 과오를 인정하기 싫어 소박한 행복을 깨닫지 못하는 부류였다. 그런 사람은 남을 고통스럽게 하면서 자신도 괴로워한다. 실망은 그들이 특히 좋아하는 길이다.

* * *

마리우스는 오페라 구역의 카퓌신 대로 남쪽에서 무례하고 경박한 짓에 빠져 있던 하찮은 광대들과 뒤섞여 있었다. 아메데는 수다스러웠고 루이 드 베르뉴는 거드름을 피웠다. 외젠 쉬와 로베르 당드루아지는 얼룩덜룩한 말 한 필이 끄는 이륜마차 안에서 으스대었다. 몸집이 엄청난 마부는 장식용 술이 달린 낙낙한 비단 방석에 앉아 말을 몰았다.

갤리선 함대의 사령관처럼 단장한 밀로드 아르수유는 마리우스와 아메데를 자신의 호화로운 사륜 포장마차에 초대했다. 여섯 필의 검은 말이 끄는 이 호화 마차가 지나가면 인도와 창가에 모인 수많은 구경꾼들은 경탄을 했다. 사람들은 번쩍거리는 사육제의 조직위원장인 샤를 드 라 바튀에게 박수갈채를 보냈다. 밀로드 아르수유의 마차 앞에 조마사들이 있었고 기상천외하게 변장한 사람들을 가득 태운 수천 대의 2인승 이륜마차와 랑도 사륜마차가 뒤따르고 있었다.

마리우스와 아메데는 변장하지 않았다. 마리우스는 침울했고 아메데는 밝아 보였다. 두 사람은 꽃과 당과(糖菓)를 던지는 발레화를 신은 경박한 아가씨들에게 관대하게 답례를 해주었다.

밀로드 아르수유가 외쳤다.

"쿠르티유로! 벨빌로 오세요! 축제가 시작됩니다!"

마리우스가 아메데에게 물었다.

"이제 어떤 일이 일어납니까?"

"1832년과 1833년에 일어났던 일."

"그게 뭐죠?"

"파리의 모든 사교계 인사들은 외곽 지대의 사람들과 함께 벨빌로 갈 것이네. 이 마차들이 보이지 않소?"

밀로드 아르수유의 호화로운 마차 뒤에는 삯마차, 1두 이륜마차, 유람마차, 합승마차, 사륜 포장마차의 행렬이 끝없이 늘어서 있었다. 사령관, 터키 사람, 모히칸족의 사람, 어릿광대, 용병, 로마 황제, 뒤 바리 백작부인(루이 15세의 마지막 애첩—옮긴이)으로 변장한 사람들이 술을 마시고 캉캉 춤을 추는 흥분한 군중에게 달걀을 던지면서 고래고래 소리를 질러댔다.

깜짝 놀란 마리우스가 분노가 섞인 목소리로 물었다.

"웬 밀가루와 달걀인가요?"

"안 될 것도 없죠."

"굶어죽는 사람들도 있는데……."

아메데는 경솔하게 대답했다.

"당신 말에 동의할 수밖에 없네. 하지만 우리가 없다고 세상이 바뀔 거라고 생각하는가? 엄청난 자금만이 빈곤이 요구하는 것을 들어줄 수 있네. 우리는 한편으로는 주인들을, 다른 한편으로는 노예들을 요구하는 하인에 지나지 않네. 우리는 주인과 오만의 편을 들어주지 않을 수 없지. 그렇게 생각하지 않소?"

마리우스는 고개를 돌려 마차 뒤에 서 있는 분장한 두 하인을 적의에 찬 시선으로 노려보았다. 마치 그들이 자신을 격분하게 만든 장본인이라는 듯이 잠시 후 그는 투덜거리면서 자세를 바로잡았다.

갑자기 마차가 살짝 옆으로 비껴나자 샤를 드 라 바튀가 좌우로 비틀거렸다.

길쭉한 깃털 달린 투구에 긴 장화를 신은 남자가 술병을 휘두르면서 시비를 걸었다.

"어이, 시모어 경, 자네는 두 발로 서 있지 못하오?"

샤를 드 라 바튀는 대답하는 대신에 마차에서 뛰어내리더니 그 춤꾼에게 주먹으로 일격을 가했다. 춤꾼은 콜로뉴 물을 파는 여인과 부딪치면서 나동그라졌다.

샤를 드 라 바튀는 다시 마차에 오르면서 아메데에게 말했다.

"저놈은 앞으론 나와 시모어 경을 혼동하지 않겠지!"

행렬은 벨빌과 탕플 구역을 향해 나아갔다. 벨빌의 구시가지는 쇼몽 언덕과 보르가르 언덕의 북쪽으로 높은 언덕 꼭대기에 있었다. 사람들이 오트쿠르티유라고도 부르는 벨빌 중앙로의 아래쪽에는 변두리 술집(야외에서 먹고 마시며, 축제일에는 모여서 춤을 추는 대중적인 놀이 장소−옮긴이)이 모여 있었다.

마리우스는 시선을 어디에 두어야 할지 몰랐다. 루이 필리프 체제가 장려하는 것이 바로 이런 사육제란 말인가?

아메데가 그에게 외쳤다.

"쿠르티유를 빼놓고 파리를 보는 것은 교황을 빼놓고 로마를 보는 것과 같네! 자, 변두리 술집 좀 보게. 우리는 도착했네. 저기가 한 사람당 포도주 1리터를 사야만 입장할 수 있는 그랑생마르탱이라네."

마리우스는 거대한 카바레를 보았다. 카운터에는 붉은 얼굴에 코밑수염이 난 뚱뚱한 여주인이 딱 버티고 있었다. 카운터 뒤에는 김이 무럭무럭 나는 지블로트, 마틀로트, 송아지 등심, 마늘을 박아넣은 양의 넓적다리, 샐러드와 강낭콩을 담은 접시가 수북이 쌓여 있었다. 비틀거리는 여자들과 수상쩍은 남자들이 외설적인 후렴구를 외치고 있었다. 도처에서 사람들이 춤을 추면서 서로 부딪치거나 떼밀고 있었다. 뵈프루주, 코크아르디, 에페드부아, 갈랑자르디니에, 카로트필랑드뢰즈, 파파데누아에 같은 싸구려 식당에서 술이 철철 넘쳐흘렀다.

아메데는 마차 안에서 일어선 채, 엉덩이를 드러낸 음탕한 아가씨에게 말을 걸었다.

"아가씨, 당신을 기억해두겠소. 소바주에서 만납시다!"

소바주는 벨빌에 있는 인기 높은 싸구려 식당으로, 세련된 멋쟁이들과 상류층 여인들이 만나는 곳이었다.

그때 유리창이 깨지는 소리가 요란하게 나더니 어떤 방앗간 주인이 샤를 드 라 바튀의 마차에 밀가루 부대를 쏟았다. 마리우스는 이 소동을 보고 웃어넘기지 못하고 방앗간 주인에게 욕을 퍼부었다.

아메데가 그를 진정시켰다.

"축제가 다 그렇지 뭐."

마리우스는 손으로 프록코트를 털면서 노기등등한 모습으로 대답했다.

"아메데, 당신에게는 축제지만 나한테는 아닙니다. 당신 부인이 당신을 배신한다는 사실을 알게 되면 아무리 축제를 보더라도 기분이 침통할 겁니다."

아메데는 당혹감으로 얼굴이 빨개졌다. 다행히도 그의 얼굴은 밀가루로 뒤덮여 있었다.

마리우스가 말을 이었다.

"게다가 내가 가장 친한 친구라고 여겼던 자와 말입니다."

아메데는 더듬거리며 말했다.

"대체 누가……."

"나처럼 기자이고 술고래에다 열렬한 공화주의자이며 부르주아 계급의 피를 빨아먹을 생각만 하는 놈이죠."

"제기랄! 자네가 내게 수없이 말했던 작자……."

가슴을 쓸어내린 아메데는 입과 콧구멍을 열고 공기를 듬뿍 들이켰다. 플뤼메가에서 나오는 것을 보았고 코제트가 대충 말해주었던 그 남자가 즉각 떠올렸다. 당혹감은 억제할 수 없는 분노로 바뀌었다. 아메데도 얼굴과 옷에 묻은 밀가루를 털어냈다. 그는 이 중요한 순간에도 평소처럼 냉소의 날을 갈고 있었다. 꽉 다문 입술은 아내를 지킬 능력이 없는 가엾은 마리우스를 비웃는 듯했다. 그는 마리우스에게 만일 남자가 여자를 잃는다면 그것은 여자를 간직할 능력이 없기 때문이라고 말해주고 싶었다. 하지만 그는 엉큼한 계획을 생각하고 참았다. 아름답고 매혹적인 클레망스는 언제라도 끼어들 각오를 한 채 루이데지레와 함께 근처에서 기다리고 있었다. 그는 만반의 준비가 되어 있었다.

아메데가 무덤덤한 목소리로 말했다.

"왜 당신은 일을 저지르고 곧장 자책하죠? 차분하고 초연한 자세를 견지하려 해보세요. 그리고 당신의 모순을 받아들여요. 만일 우리가 어떤 것에 예속되어야 한다면 그것은 우리의 이기심 때문이 아닌가요?"

마리우스는 아메데에게 돌아서더니 그의 손을 잡고 열렬히 흔들었다.

"아메데, 당신 말이 옳아요. 당신이 언제나 옳아요. 그래서 나는 이 편지를 당신에게 주겠어요. 아무튼 당신에게 주려고 쓴 거요."

마리우스는 프록코트에서 편지를 꺼내 아메데에게 주었다. 아메데는 자신이 코제트에게 보냈던 편지를 생각하고 얼굴이 새빨개졌다. 그는 편지를 읽었다. 아주 짤막한 내용이었다. 마리우스에게 무슨 일이 생길 경우 아메데에게 코제트를 부탁하고 재산 관리를 맡긴다는 내용이었다. 편지 하단에 서명과 날짜가 있었다.

아메데는 난처한 표정을 짓고 말했다.

"당신, 미쳤소? 왜 이런 불길한 상상을 하는 거요?"

마리우스는 아메데의 눈을 똑바로 보며 말했다.

"당신은 내 친구인가요?"

"당신이 나보다 더 잘 알잖소."

"그럼 거절하지 말아요. 당신이 거절한다면 나는 몹시 실망할 거예요. 나는 당신이 이 편지를 간직해주었으면 해요. 아무튼 편지 하단에는 내 공증인인 바로 씨의 서명이 있어요. 당신의 일처럼 이 일을 맡아주겠다고 약속해줘요.”

“마리우스, 약속하겠소.”

아메데는 편지를 조끼 속에 넣으려다가 그답지 않게 세심한 주의를 나타냈다.

“마리우스, 이 편지에 추가 조항을 하나 넣는다면 받아들이겠소.”

“그게 뭐죠?”

“이 편지는 2년 동안 유효하며 그 뒤에는 폐기 처분한다는 조항 말이오.”

마리우스는 초연하고 동시에 체념한 표정을 짓고 대답했다.

“아메데, 당신은 정말 아름답고 고결한 영혼을 가지고 있군요. 당신이 원하는 바이니 편지를 이리 주세요.”

마리우스는 추가 조항을 덧붙인 다음 편지를 아메데에게 돌려주었다. 아메데는 그의 너그러운 처신에 깜짝 놀라면서 편지를 프록코트에 집어넣었다.

“남작, 나는 이제 자네에게 빚을 졌네. 이를 자네에게 합당한 행복으로 갚겠네. 자, 가서 보시게. 깜짝 선물이네.”

아메데는 일어나서 멈춰 서 있는 이륜마차에 탄 사람들에게 크게 손짓했다. 루이 드 베르뇌는 이 신호에 응답하고 그 역시 조금 멀리 떨어진 이륜마차를 향해 크게 손짓을 했다.

그것은 루이데지레가 기다리고 있던 신호였다. 그는 공손하고 차분하게 클레망스 드 라블리가 마차에서 내리는 일을 도와주었다. 그는 가끔 주인의 말투와 태도를 흉내 냈다. 클레망스는 발목까지 덮는 두건 달린 검은 외투를 입었고 얼굴을 가리는 레이스 수염 달린 검은 늑대 가면을 쓰고 있었다.

루이데지레가 클레망스에게 말했다.

"자, 이거 받으세요. 언제든지 사용할 수 있어요."

클레망스는 작은 플라스크의 무게를 가늠하면서 물었다.

"이번에는 어떤 사악한 것을 만들었죠?"

"라블리 부인, 저는 아무것도 만들지 않습니다. 자연의 선물을 이용할 뿐이죠. 전혀 해롭지 않은 혼합물입니다."

루이데지레는 클레망스에게 다가갔다. 그리고 스스로 맡은 이 역할에 대한 분노가 섞인 짐짓 심각한 표정을 짓고 설명했다.

"당신 마음이 선택한 사람에게 온갖 기력을 줄 수 있는 묘약입니다. 당신의 빼어난 미모는 그런 영광을 누릴 자격이 있습니다."

클레망스는 목소리를 바꾸어 속삭였다.

"당신은 이 수법으로 7년 전에 내 아이를 슬쩍 훔쳤나요?"

루이데지레가 펄쩍 뛰었다.

"부인, 그 아이는 죽었습니다! 저는 저의 의무를 다했을 뿐입니다."

"당신의 의무라고요? 당신은 그것을 의무라고 부르나요? 엄마가 보는 앞에서 아이를 빼앗는 것을? 아이가 죽었다고요?"

집사는 엄숙한 어조로 말을 이었다.

"부인, 저는 추호도 후회하지 않습니다. 당신이 쓸데없는 고통을 겪지 않게 하는 것이 좋다고 생각했습니다. 주인님도 제 주장에 반박하지 못할 겁니다."

루이데지레는 클레망스를 밀로드 아르수유의 마차까지 데려가면서 이렇게 덧붙였다.

"이 기회에 강력한 마취제가 들어 있는 플라스크도 드리겠습니다. 제가 드렸던 흥분제를 다량 섭취하면 말 그대로 정신착란에 빠집니다. 그럴 경우 해독제가 필요하지 않겠습니까? 이 약은 당신에게 행운을 가져다줄 겁니다."

클레망스가 놀라는 척했다.

"아, 그래요?"

그리고 집사의 곱사등에 손을 얹고 물었다.

"내게 더 많은 행운이 있을 거라고 생각하지 않나요?"

루이데지레는 몸을 움찔하지 않을 수 없었다. 그리고 눈을 깜박거리면서 말했다.

"물론입니다, 부인. 하지만 너무 남용하지는 마세요. 행운은 맹인의 등에서 새가 날아가는 것과 흡사합니다. 기회가 있을 때 행운을 붙잡을 줄 알아야 합니다. 그렇지 않으면 행운이 부인에게 해를 끼칠 수 있으니까요."

"협박인가요?"

"부인, 협박이라니 당치도 않습니다."

두 사람은 마리우스와 아메데가 기다리고 있는 샤를 드 라 바튀의 마차로 향했다.

* * *

아메데가 말한 깜짝 선물이 그를 기쁘게 했다고는 말할 수 없다. 하지만 마리우스는 클레망스가 늑대 가면을 살짝 내렸다가 고쳐 쓴 다음 마차에 올라탔을 때 어떤 반발도 하지 않았을 정도로 체념한 상태였다.

아메데는 마차에서 내리더니 집사를 데리고 조금 떨어진 곳으로 갔다. 그리고 즉각 마리우스가 자신에게 맡긴 엉뚱한 사명을 털어놓았다. 집사는 득의만만한 미소를 지었다. 그들은 소바주 식당에 도착했다. 샤를 드라 바튀는 이미 측근들과 블라우스에서 가슴이 봉긋 솟은 여러 후작부인들을 데리고 와 있었다.

마차에서 클레망스는 마리우스의 품에 몸을 바싹 붙이고 말했다.

"당신은 나를 더 이상 사랑하지 않죠? 당신은 나쁜 사람이에요."

마리우스가 변명했다.

"나는 바빴어요. 걱정거리가 많았어요……."

"그럼 내 반지는요?"

"그 반지는 당신에게 별로 어울리지 않았어요."

클레망스는 마리우스에게 다가가 입을 맞추고 열정적으로 키스를 퍼부었다.

"마리우스, 나는 당신을 무척 사랑해요. 당신은 다른 사람들과 전혀 달라요. 만일 우리가 함께 산다면 나는 당신을 세상에서 가장 행복한 사람으로 만들 거예요. 당신은 내 사람이 될 거예요."

마리우스는 어깨 외투 속으로 손을 넣어 클레망스를 애무하다가 그녀의 턱을 잡고 얼굴을 떼었다. 그녀는 지성을 제외한 모든 면에서 세련된 여자였다. 그를 행복하게 만들어줄 수 있다는 확신은 명석한 그를 모독하는 것처럼 보였다. 그는 상냥한 척하는 그녀의 겉모습 이면에 불성실한 성격과 메마른 마음을 지녔다는 사실을 모르지 않았다. 가끔 그녀의 술책과 거짓 열정이 드러났다. 하지만 또한 그녀가 불행한 여자이며 그 불행의 원인은 부분적으로 진실한 감정이 부족하기 때문이라고 생각했다. 게다가 그는 그녀가 아메데와 여전히 맺고 있는 관계 등 몇 가지 사실을 제외하면 그녀의 과거에 대해 아는 바가 없었다. 그녀의 과거를 알고 있었다면 상황이 달라졌을까? 어떠한 것도 확실하지 않다. 따지고 보면 여자들은 여러 남자를 만나면서 권태가 끝나지만 이 감정이 분열되면 근심하기 시작한다. 이런 뜨거운 감정이 지속되지 않도록 조심해야 한다. 이 감정은 새로운 위험을 내포하고 있다. 배신? 그것은 사랑하는 것과 바람을 피우는 것이 뒤섞일 때 우리 자신의 다른 부분에게 지불해야 하는 대가다. 하지만 마리우스는 클레망스를 사랑하지 않았고 클레망스도 마리우스를 사랑하지 않았다.

클레망스가 물었다.

"무슨 생각해요?"

긴 속눈썹이 술처럼 드리워진 왕방울 눈은 교활한 아름다움을 지녔다.

마리우스는 거짓말했다.

"당신."

클레망스는 검은 외투의 늘어진 자락을 걷어올리고 처녀처럼 순진한 모습으로 고개를 숙이고 말했다.

"당신을 위해 내가 어떻게 입었는지 봐요."

클레망스는 외투 속에 아무것도 입지 않았다. 리본이 달린 고무 밴드로 고정된 잿빛 스타킹이 눈부시게 하얀 넓적다리와 풍성한 음모를 돋보이게 했다. 마리우스는 욕망이 솟구치는 것을 느꼈다. 클레망스는 외투를 더욱 올리고 상체의 일부를 보여주었다. 젊은이는 주위를 둘러보고는 되찾은 열정으로 클레망스의 목에 키스를 퍼부었다.

갑자기 클레망스는 방금 허락한 특별한 배려에 대해 걱정하듯 물었다.

"누가 우리를 훔쳐보지 않을까요?"

누구도 그들이 타고 있는 마차에 주의를 기울이지 않았고, 마차 안에서 일어나는 일은 보이지도 않았다. 사람들은 술을 마시고 좋은 음식을 즐기고 있었다. 클레망스가 마리우스를 끌어안자 마리우스의 손가락이 부드러운 블라우스 속에서 파닥거렸다. 그는 관능적인 여인의 몸을 탐하느라 정신이 없었다. 색다른 상황이 그를 더욱 흥분시켰다. 욕망에 사로잡힌 그는 클레망스가 하는 대로 내버려두었다.

* * *

아메데의 일행은 자정이 지나자 샤를 드 라 바튀의 일행에게 인사도 없이 슬그머니 일어나 클랑 데스탱으로 자리를 옮겼다. 홀은 만원이었고 검은 옷을 입은 사내도 와 있었다. 그는 아메데 일행과 함께 도착한 듯했다. 갑자기 그는 부엌 쪽으로 갔다. 다브 데 그레프가 그를 기다리고 있었다.

"타르디에, 사람들이 너무 많아. 자네를 완전히 신뢰할 수 없네. 자, 이건 미욜뢰즈의 입을 다물게 하는 데 필요한 거야."

미욜뢰즈는 파르페타무르와 팔짱을 끼고 으스대고 있었다. 파르페타무르는 자신이 몇 주 전 질식시켜 죽일 뻔했던 젊은이를 알아보지 못했다. 마리우스가 그 일화를 상기시키자 파르페타무르는 젊은이에게 손을 내밀고 말했다.

"원한이 남았소?"

"없습니다, 교살자 양반."

물론 예수는 이 파티에 초대받지 못했다. 그는 공장을 감시해야 했다. 검은 옷을 입은 사내는 그 사실에 놀라워했다. 그는 공모자를 거만하게 주시했다. 타르디에는 누군가가 자신에게 기대하는 것을 정확하게 이행한 적이 없었다. 솔직히 말해서 검은 옷을 입은 사내는 마치 음모를 꾸미고 배신하며 고발하기 위해서만 생각하고 살고 있는 것처럼 보이는 이 늙은 밀고자를 좋아하지 않았다. 그래서 그는 마리우스가 후작에게 건넨 편

지에 대해서는 조금도 언급하지 않았다. 앞으로도 꼭 필요한 정보 이외에
는 이 노인에게 전달하지 않을 것이다.

다브 데 그레프가 물었다.

"예수는 어떻게 하죠? 루제와 그의 살인청부업자들이 있으니……."

검은 옷을 입은 사내가 고개를 들고 말했다.

"나는 예수를 믿지 않네. 예수가 나를 아는 걸 원치 않아. 녀석은 어린
라파엘과 함께 어디에서 왔을까?"

다브 데 그레프가 걱정스러운 표정으로 말했다.

"예수가 루제를 때려눕혔네. 내가 말리지 않았더라면 예수는 루제를
때려죽였을 것이네."

검은 옷을 입은 사내의 두 눈이 반짝거렸다.

"루제는 계속 그렇게 까불다가 언젠가는 난처한 일을 당할 거야. 자네
한테 이미 말했지만 라파엘을 진짜 살인청부업자로 만들었으면 하네. 언
젠가는 그 녀석이 필요할 거야."

검은 옷을 입은 사내는 부엌에서 나오다가 미욜뢰즈에게 투덜대는 베
키유와 마주쳤다. 그는 베키유에게 타협적인 어조로 말했다.

"걱정하지 말아요. 모든 일이 잘 해결될 겁니다. 다브 데 그레프가 당
신에게 뭔가를 제안할 겁니다."

검은 옷을 입은 사내는 몇 걸음 걷다가 희미한 곳에 앉았다.

모든 사람들이 난잡한 춤을 추고 있었다. 마리우스만큼 취한 클레망스
는 가끔 검은 외투를 들어올려 그에게 부드러운 넓적다리를 보여주었다.
조금 전 두 사람은 2층에 갔었다. 좁고 가파른 계단 위에서 몇몇 쌍이 서
로를 희롱하고 있었다. 클레망스는 조금 전 마리우스에게 몸을 허락했
다. 그 때문에 마리우스는 부끄러워하고 있었다. 옆에서 아메데는 쿠르

티유에서 데려온 바람둥이 아가씨에게 열렬히 키스를 퍼붓고 있었다. 그녀는 열다섯이나 열여섯 살쯤 되어 보였다. 아메데는 아가씨의 선정적인 가슴을 주무르고 있었다.

마리우스는 고개를 돌려 클레망스를 보았다. 그는 충격을 받은 모습으로 중얼거렸다.

"저 아가씨는 무척 어린데……."

클레망스는 신랄하게 반박했다.

"몸을 더럽힐 때는 언제나 너무 어린 법이죠."

미욜뢰즈는 탁자 사이를 돌아다녔다. 그녀는 주인의 시선으로 모든 것을 주시했다. 이 멋진 사교계가 자신의 계층과 그다지 동떨어져 있지 않다고 생각했다. 그녀는 클랑 데스탱을 모든 파리 사람들의 약속 장소로 만들겠다고 다짐했다.

자신과 잘 어울리는 어둠 속에서 몸을 웅크린 검은 옷을 입은 사내는 미욜뢰즈를 줄곧 지켜보았다. 그의 좁은 입에 미소가 퍼졌다. 이 고약한 여자는 그의 첫 번째 희생자가 될 것이다.

갑자기 가면을 쓴 세 사람이 이 수상쩍은 술집에 들이닥쳤다. 무리의 우두머리인 듯한 사내가 즉각 아메데에게 돌진했다. 바람둥이 아가씨를 정신없이 더듬고 있던 아메데는 공격을 보지 못했다. 강철같이 억센 손이 아메데를 덥석 붙잡았다. 상당히 훤칠하고 건장한 공격자는 터키 벨벳으로 만든 늑대 가면을 쓰고 있었다. 목덜미 위에 적갈색 곱슬머리가 보였다. 공격자는 아메데를 끌어당기더니 탁자 위로 난폭하게 던져버렸다. 반쯤 벌거벗은 아가씨는 의자에서 빠져나와 덫에 걸린 생쥐처럼 비명을 지르며 카운터 쪽으로 도망쳤다. 타르디에는 창틀에 얼굴을 내밀고 루제와 그를 돕고 있던 두 명의 허풍선이에게 협박의 눈짓을 보냈다. 소란 속에서도 관현악단의 연주는 계속되었다. 루제 일행은 자리에서 일어나 침입자들에게 달려갔다. 늑대 가면을 쓴 남자의 일행은 권총을 빼들고 살인 청부업자들의 가슴을 겨누었다.

훤칠한 적갈색 머리는 위협적인 모습으로 말했다.

"한 걸음이라도 움직이면 즉각 사육제의 모든 유령을 만나게 될 거야."

그리고 아무것도 이해할 수 없다는 표정으로 제자리에서 비틀거리는 아메데에게 말했다.

"만지는 것마다 더럽히는, 끈적끈적한 눈깔을 지닌 이 사기꾼을 보시오. 이 자가 얼마나 추하고 가소롭게 생겼는지 보시오!"

그리고 아무 경고 없이 두 걸음 앞으로 다가와서 아메데의 뺨을 힘껏 후려쳤다. 아메데는 피할 겨를도 없었다. 그는 떨리는 목소리로 말했다.

"파렴치한 선생, 검으로 결투를 합시다!"

그 목소리를 들은 마리우스는 아메데와 침입자들 주위에 형성된 둥근 원을 깨뜨리고 다가갔다. 그의 얼굴은 송장처럼 파리했다.

아메데는 프록코트의 깃을 잡아당기면서 반박했다.

"나는 가면을 쓴 사람하고는 싸우지 않소."

그러자 사내는 벨벳 늑대 가면을 벗어 루제 일행에게 던졌다.

"자, 이제 됐소?"

아메데는 아연실색한 마리우스의 얼굴을 보면서 말했다.

"나는 모욕을 당했소. 따라서 나는 권총을 선택하겠소."

"당신 말이 옳소, 후작. 당신 같은 흉악범에겐 권총이 더 잘 어울리지."

아메데는 마리우스와 짧게 시선을 교환했다. 플뢰메가에서 보았던 이 사내는 틀림없이 퐁메르시 남작부인을 유혹하려 했을 것이다. 아메데는 분노를 꾹 참고 다시 사내에게 말했다.

"당신은 내게 욕설을 퍼붓고 폭력을 행사했소. 내일 아침 뱅센 숲에서 해명하시오."

프레데릭 리볼리에는 눈썹 하나 까딱하지 않고 물었다.

"당신 증인들은?"

아메데는 루이 드 베르뉴와 로베르 당드루아지 그리고 마리우스를 가리켰다.

"나는 안 됩니다……."

아메데는 마리우스를 쏘아보았다. 프레데릭이 끼어들었다.

"그럼 마리우스 퐁메르시 남작은 나와 함께 온 이 두 사람과 함께 내 증인이 되어주겠소?"

마리우스는 자신을 대신할 사람을 찾기 위해 고개를 돌렸지만 유령과 흡사하게 생긴, 음산하고 냉소적인 타르디에의 얼굴만 보였다. 더구나 그는 타르디에를 알지도 못했다.

마리우스는 심각한 어조로 말했다.

"생각할 시간을 주시오. 리볼리에 씨와 디그랑드 씨는 둘 다 내 친구요. 그래서 나는……."

아메데가 퉁명스럽게 그의 말을 끊었다.

"그러니까 선택할 수 없단 말이오? 자네는 나를 실망시키는구려."

그러자 프레데릭이 덧붙였다.

"나는 이미 그에게 실망했소이다."

그리고 아메데에게 말했다.

"그럼 내일 봅시다. 뱅센 숲에서 8시에."

세 남자가 뒷걸음질로 나가자 사람들이 한바탕 소리를 질러댔다. 누구도 마리우스에게 다가가지 않았다. 클레망스조차 그가 손을 내밀어도 침묵으로 일관했다. 아메데는 그에게 등을 돌리고 루이 드 베르뉴와 함께 곧장 사라졌다.

미욜뢰즈는 비웃으면서 마리우스에게 말했다.

"당신은 걸어서 귀가하는 게 좋겠네요. 찬 공기만큼 생각을 정리하는 데 좋은 것은 없죠!"

마리우스가 실크해트를 쓰고 클랑 데스탱의 문턱을 넘자 타르디에는 손을 비비며 속삭였다.

"여기서는 항상 무시무시한 일이 일어나는군!"

5
결투와 음모

마리우스는 밤새도록 잠을 이루지 못했다. 새벽에 일어난 그는 덧창을 열고 밖으로 고개를 내밀었다. 그리고 기지개를 켜고 주위를 둘러보았다. 아침 해가 온실 유리에 가느다란 오렌지빛 햇살을 뿜고 있었다. 그는 수선화의 감미로운 향기를 들이마신 다음 방으로 돌아가서 시계를 보았다. 두 시간 후면 친구 중 한 명이 죽을 것이다. 그는 아직도 선택하지 못했다.

새벽 서너 시 무렵, 마리우스는 어떻게 해야 좋을지 몰라 망설이다가 코제트의 방으로 갈 뻔했다. 어떻게 아내에게 이 소식을 알린단 말인가? 그는 어린아이처럼 몸을 떨었다. 어떻게 두 친구 가운데 한 사람을 선택하고 한 친구가 다른 친구를 죽일 거라고 털어놓을 수 있단 말인가? 또 프레데릭에게 클랑 데스탱의 주소와 자신의 저녁 일정을 알려주는 터무니없는 실수를 저질렀다고 말할 수 있겠는가?

마리우스는 흰 셔츠를 입고 풍뎅이 무늬 조끼와 하늘색 프록코트를 걸쳤다. 다시 시계를 보았다. 입이 일그러졌다. 그는 시코르스키 장화를 신고 감색 넥타이를 매고 재빨리 모자를 쓴 다음 살금살금 계단을 내려갔다. 부엌으로 가서 우유 한 잔을 마시고 베이컨 한 조각과 함께 빵 한 조각을 꾸역꾸역 먹었다. 평소에 그는 아침 일찍 일어나지 않았다. 소리를 내지 않기 위해 몹시 조심했음에도 불구하고 코제트를 깨우고 말았다.

"당신, 이렇게 이른 시각에 뭐해?"

마리우스는 아내의 목소리를 듣고 소스라치게 놀랐다.

"보다시피 아침을 먹고 있지……."

"마리우스, 당신 좀 이상해."

"뭐라고? 어떤 모습인데?"

"뭔가 숨기고 있는 사람 같아."

마리우스는 앉은 채 고개를 쳐들고 아내를 바라보았다. 평소엔 다소 창백한 아내의 얼굴에 생기가 넘쳐흘렀다. 흐트러진 머리, 하늘색 비단 리본으로 장식하고 수를 놓고 박음질 장식을 한 긴 면직 잠옷, 낙낙한 녹황색 캐시미어 숄. 그녀는 완벽하게 아름다웠다. 그녀의 커다란 눈은 앞에 앉아 있는 사람, 나날이 자신을 실망시키고 있는 남편의 마음을 꿰뚫고 있는 듯했다.

마리우스가 중얼거렸다.

"나는 신문사에 갔다가 뱅센 숲에 가야 해. 우리의 친구 프레데릭이 결투를 신청했어. 나는 그의 증인이야."

코제트는 이 소식에 절망했는지 털썩 주저앉았다.

"결투라고?"

"프레데릭은 어떤 귀족과 한바탕 싸웠어. 그 귀족이 결투를 신청했어. 흔한 일이야."

"흔한 일이라고? 그걸 말이라고 해?"

코제트는 마리우스 옆에 자리를 잡고는 식탁에 팔꿈치를 대고 두 손으로 머리를 감쌌다. 그는 두 팔로 아내를 감싸면서 자신도 비탄에 빠졌다고 말하려 했다. 그런데 코제트의 낙심한 모습은 마리우스의 질투심과 반감을 더욱 부채질했다.

"그러니까 당신이 이처럼 슬퍼할 정도로 우리의 친구 프레데릭을 사랑한단 말이야?"

코제트는 머리를 쳐들고 이를 악물었다. 그녀는 떨리는 손으로 조심스럽게 눈물을 닦았다. 그리고 감정에 북받쳐 훌쩍거리며 말했다.

"당신은 친구를 별로 중요시하지 않아. 대체 당신에게 어떤 일이 일어나고 있는지 모르겠어."

"나는 배신을 좋아하지 않을 뿐이야."

"누가 배신했는데?"

마리우스는 다시 시계를 보았다. 코제트를 비난하는 일이 부끄러웠는지 그는 서둘러 일어났다.

"나는 가야 해. 결투는 미룰 수 없는 일이야."

코제트는 남편을 붙잡을 생각은 하지 않고 숄로 온몸을 감쌌다. 그녀는 생기 없는 목소리로 말했다.

"당신은 항상 가야 한다고 말하지. 참 이상도 하지. 당신은 나에 대해서는 있지도 않은 일을 멋대로 상상하면서, 나는 당신에 대해 실제로 일어나는 일조차 상상해서는 안 된다는 거야? 아주 불쾌해. 나는 더 이상 당신을 믿을 수 없어."

마리우스는 불안하고 당황하고 상처받고 격분했다. 이들 감정 중에서 어느 것이 그를 가장 괴롭히는지 알 수 없었다. 하지만 한 마디도 반박하지 않고 장갑, 지팡이, 모자를 집었다.

그래도 코제트는 누그러지지 않았다.

"내가 당신 눈에서 누가 프레데릭의 결투 상대인지 읽었다는 사실을 알아둬. 당신은 그가 귀족이라고 했지? 당신에겐 잔인한 일이 되겠지만 언젠가는 당신이 귀족이라고 말하는 그자에 대해 낱낱이 밝혀주겠어. 디 그랑드 씨는 귀족의 호칭을 받을 자격도 없고 신분에 어울리지도 않아."

마리우스가 발끈했다. 그는 문을 열면서 소리쳤다.

"내 친구를 모욕하지 마! 정말 알고 싶어? 근데 어떻게 알아냈지? 그래, 맞아. 아메데는 프레데릭과 결투할 거야. 당신이 나를 의심하는 표정이니 말해주는데, 사실 나는 끔찍한 일이 벌어질까 봐 걱정되어 죽겠어. 하지만 내가 무엇을 할 수 있겠어? 아메데에게 도전한 사람은 프레데릭이야. 당신에게 해결책이 있어? 게다가 당신은 가장 중요한 사실을 모르고 있어. 두 사람 다 내게 증인이 되어달라고 부탁했다고. 당신이라면 어떻게 하겠어? 가겠어? 아님 모르는 척하겠어?"

마리우스는 문턱을 넘고 화를 내며 모자를 푹 눌러썼다. 그리고 공격적이면서도 빈정대는 어조로 덧붙였다.

"그래, 나는 알아. 당신이라면 프레데릭을 선택하겠지. 내 친구라고 뻐기는 프레데릭의 편에 서서 으스대고 싶으면 그의 정당한 명분을 지지할 수밖에 없겠지."

코제트는 쓸쓸하게 고개를 저었다. 지금까지 그녀는 자신의 의무라도 되는 것처럼 무조건 본능적으로 마리우스를 사랑했다. 그녀의 사랑은 마법에 의해 본능적이고 강렬한 충동, 마치 가슴속에서, 오직 그녀의 가슴속에서만 솟구치는 것처럼 보이는 충동과 함께 피어올랐었다. 처음으로 그녀는 이 사랑의 충동이 마리우스의 격정에 달려 있고 또한 그의 격정을 먹고산다는 사실을 깨달았다. 냉정하고 무심하며 가련한 그를 볼 때마다 이제 그를 사랑할 수 없다는 두려움이 그녀를 사로잡았다.

"마리우스, 당신의 이런 추한 모습은 처음이야."

마리우스는 정원부터 정문까지 달렸고 앙리 드 라 로슈드라공의 마구간에 가서 말에 안장을 얹었다. 코제트가 그런 식으로 말한 것은 처음이었다. 절망이 관자놀이에 일격을 가했다.

* * *

결투 얘기는 항상 똑같다. 날씨가 맑든 음산하든 그건 중요하지 않다. 결투를 하는 사람은 검은 옷을 입고 주위는 암흑과 흡사하다. 두려움은 회색이다.

그날 아침, 뱅센 숲은 쾌청했다. 죽기에는 너무 아까울 만큼 화창한 날이었다.

두 당사자는 이미 결투장에 도착해 있었다. 마리우스는 말에서 내려 거대한 두 그루의 칠엽수 옆에 세워진 마차들을 둘러본 다음 아메데와 그의 중인들이 있는 곳으로 뛰어갔다. 조금 멀리 떨어진 곳에서 모자와 저고리를 벗은 프레데릭은 자신의 친구가 아메데를 선택했음을 알았다.

마리우스가 아메데에게 말했다.

"후작, 나는 당신을 응원하겠어요."

후작은 득의만만한 미소를 짓고 말했다.

"나로서는 무척 기쁜 일이네."

마리우스는 머리를 숙여 프레데릭과 시선이 마주치는 것을 피했다. 심판이 내민 마호가니 상자에서 권총을 어루만지고 있는 프레데릭은 친구의 선택에 놀라지 않은 듯했다. 루이 드 베르뉴와 로베르 당드루아지가 와 있었다. 전자는 자신의 감정을 제대로 숨기지 못했고, 후자는 나긋나긋하고 만족스러운 미소를 보였다. 키가 크고 등이 굽은 로베르 당드루아지는 공기의 흐름이나 돌풍을 피하면서 챙 달린 모자처럼 우스꽝스럽게 생긴 머리를 매만지곤 했다. 그는 누구에게도 자신의 생각이 드러나지 않도록 조심했다. 푸른색의 투명한 왕방울 눈, 온몸에 무수한 화살을 맞은 순교자 성 세바스찬의 얼굴처럼 상처투성이의 얼굴. 그는 직접적인 질문에는 상투적으로 대답했다. 그는 자신을 누구도 속이지 않는 쾌활한 낙천가이자 반항가로 정의했다. 비굴하고 소심한 그는 부자들과 권세가들의 이익에는 결코 손을 대지 않았다. 그는 가능성이 없는 영역에 개입하는 것을 좋아하지 않는 온순한 계층과 닮았다. 요컨대 기사의 자태와 강도의 기질을 동시에 지녔다. 그가 타인을 용서해줄 때는 단지 자신에게 너그럽게 대하기 위해서였다. 이 거짓 반항가는 정말로 천박한 인간이었다.

마리우스는 무엇이든 부인하는 데 능숙하고 위선적인 태도에 익숙한 이 귀족을 싫어했다. 마리우스는 로베르의 미소를 보고 아메데 진영을 선택한 것을 후회했다. 그는 약간 공격적으로 물었다.

"왜 그렇게 웃는 거요?"

밤새(夜鳥)인 로베르 당드루아지는 햇볕을 견디지 못했다. 노골적인 공격에는 더욱 견디지 못했다. 그의 미소는 금세 굳어졌다.

"친애하는 남작, 당신의 반감이 나를 슬프게 하군요. 나는 즐거워하고 있는 것이 아니에요. 나를 믿어요. 나는 언제나 진실만을 말해요."

마리우스가 빈정댔다.

"당신의 진실은 당신이 제대로 관리하지 못해서 지저분한 머리카락으로 감추려고 애쓰는 대머리의 초기 증세와 닮았군요. 다시는 그런 식으로 웃지 않았으면 좋겠네요."

루이 드 베르뉴가 나지막하게 말했다.

"남작, 당신이 친해질 수 없는 사람이라는 것을 보여주려는 거요?"

마리우스가 고집을 피웠다.

"맞아요. 나는 그런 사람이오. 나는 당드루아지의 미소가 싫소."

이번에는 아메데가 개입했다.

"친애하는 마리우스, 대체 누가 싸우는 거요? 당신이오, 나요? 제발 품위 좀 지키게. 적 진영이 우릴 대놓고 조롱하는 것이 보이지 않소?"

아메데는 더 이상 덧붙이지 않고 모자와 프록코트를 벗어 그림자처럼 따라다니는 루이데지레에게 맡겼다. 그는 심판이 내민 권총을 집었다. 떨리는 입술, 창백한 얼굴, 당황한 태도는 이 최후의 순간의 끔찍한 감정을 드러내고 있었다.

마리우스는 결국 진정하고 증인들은 교섭했다. 입회자들은 결투 규칙을 재차 상기시키고 두 당사자를 서로 30미터 떨어진 곳에 배치했다. 두 진영은 로베르 당드루아지가 결투 신호를 보내기로 합의했다. 그는 손뼉을 세 번 칠 것이다. 세 번째 손뼉을 치면 아메데와 프레데릭은 방아쇠를 당길 수 있었다.

두 결투자는 총을 든 채 상대를 주시했다. 아메데의 눈에서 증오를, 프레데릭의 눈에서 초연함을 읽을 수 있었다. 댄디는 더 이상 사람들이 생각하는 멋쟁이가 아니라는 생각이 들었다. 아무튼 세 번째 손뼉이 울리자 아메데와 프레데릭은 방아쇠를 당겼다. 프레데릭의 총알은 빗나갔고, 아메데의 총알은 프레데릭의 가슴을 명중시켰다. 프레데릭은 권총을 떨어뜨리고 제자리에서 빙 돌더니 고꾸라지고 말았다.

아메데는 권총의 총신을 잡고 루이데지레에게 던졌다. 그리고 할 일을 다했다는 성취감 이외에 아무 표정도 없이 무기력한 모습으로 물러서서 루이 드 베르뉘의 손에서 소지품을 되찾은 후 마차 쪽으로 걸어갔다. 그는 마리우스의 옆을 지나가면서 무덤덤하게 말했다.

"친애하는 친구여, 이제 자네의 방해꾼은 제거되었네. 내가 아는 당신은 자신을 배신한 자를 돕고 싶어할 사람이야. 그러니 당신을 두고 가겠네. 게다가 내 생각은 당신과 같네. 나는 당드루아지의 미소를 좋아하지 않네."

아메데는 마리우스의 어깨를 톡톡 쳤다. 그리고 다시 프록코트를 입고 모자를 쓰면서 이렇게 속삭였다.

"남작, 당신은 속마음을 알 수 없는 사람이야. 솔직히 말해서 내가 당신에게 반한 이유가 궁금하네. 나는 이번 일에 진지했네. 이 결투는 무척 유감스러운 일이네. 상황이 썩 좋지는 않지만 마음이 있으면 오게. 나는 오늘 오후 검술 도장에 있을 거네."

그러고는 마차로 가버렸다.

아메데를 따라가던 루이 드 베르뉴는 마리우스에게 침통한 시선을 보냈다. 로베르 당드루아지는 권총을 상자에 정리한 후 어깨를 움츠리고 마리우스 곁을 지나갔다. 마리우스가 그의 팔을 낚아채자 그는 비틀거렸다.

"당신, 또 비웃었지."

로베르는 겁에 질린 채 말했다.

"마리우스, 당신은 미쳤어. 이런 짓은 그만해."

마리우스는 그를 놓아주고 투덜거렸다.

"이대로 가만있지 않겠어. 두고 보자고."

마침내 정신을 차린 마리우스는 프레데릭에게 달려갔다. 친구들이 그를 반듯이 눕혔다.

프레데릭처럼 의대생인 젊은이가 말했다.

"상처가 매우 심각합니다. 폐를 관통했어요."

마리우스는 무릎을 끓고 친구의 머리를 두 손으로 감쌌다. 프레데릭이 눈을 뜨고 친구들에게 두 사람만 남겨놓고 물러가라는 눈짓을 했다. 핏줄기가 입아귀를 더럽혔다. 그는 미소를 지으려고 애쓰면서 마리우스에게 말했다.

"자네는 적어도 내 죽음의 증인이 되어주었네."

"프레데릭, 바보 같은 소리 하지 마. 자네를 치료할 거야. 자네는 이겨낼 거야……. 더 이상 말하지 마……."

프레데릭은 체념한 듯한 미소를 지었다.

"나는 알고 있네. 사람들은 이런 상황에서는 언제나 똑같은 얘기를 하지……."

심장이 박동함에 따라 가슴과 상처에서 생명이 빠져나갔다. 피로 옷이 흥건히 젖었고 치명상을 입은 프레데릭은 단말마를 맞이하고 있었다.

프레데릭은 친구의 팔을 움켜잡고 말했다.

"마리우스, 나는 자네를 배신하지 않았어……."

호흡이 점점 어려워지고 짧아졌다. 마리우스는 말을 하지 못하게 했지만 프레데릭은 말을 이었다.

"코제트는 이상한 병으로 고통스러워했어……. 그녀는 콜레라와 똑같은 증세를 보였어……. 그래서 친구가 운영하는 병원에 데려갔다네……. 다행히도 병이라고 생각했던 것이 좋은 일로 밝혀졌지……. 친구여, 이제 알겠나?"

마리우스는 회한에 사로잡혔다. 어떻게 이런 오해를 했단 말인가.

마리우스는 갈라지는 목소리로 말했다.

"프레데릭, 나는 한심한 놈이야. 용서해주게……."

"친구여, 나는 자네를 용서하겠네……."

프레데릭은 피가래를 뱉더니 격렬하게 헐떡거렸다. 마리우스는 좀 더 세게 껴안고 두 친구에게 소리쳤다.

"빨리 의사를 불러주세요!"

프레데릭의 몸은 순식간에 뻣뻣해지더니 고개를 옆으로 떨어뜨렸다. 그는 친구와 운명에 대한 분노 없이 덤덤하고 홀가분한 마음으로 죽었다.

두 친구가 달려왔다. 비탄에 빠진 마리우스는 다시 한 번 회의(懷疑)라는 잔인하고 완강한 '군대'에 시달렸다. 두 친구는 프레데릭의 시신을 마차로 옮겼다. 그들 중 한 사람이 멀리서 마리우스에게 외쳤다.

"프레데릭은 죽을 경우 최대한 빨리 매장해달라고 우리에게 부탁했습니다. 그는 어떤 의식도 원치 않았습니다. 내일 2시 바뉴 공동묘지에 안장될 겁니다. 오시겠습니까?"

마리우스가 대답했다.

"네, 가겠습니다."

* * *

마리우스는 메닐몽탕 시문까지 말을 달렸다. 거기에서 메닐몽탕 쪽으로 방향을 돌렸다. 그는 페르라셰즈 공동묘지에 도착하자 말에서 내려 마구간지기에게 말을 맡겼다. 그는 입구에서 한참 동안 꼼짝 않고 서 있었다. 공동묘지의 장점은 진짜 슬프지 않아도 슬퍼보일 수 있다는 것이다. 하지만 그는 정말로 슬펐다. 이 슬픔은 그에게 온갖 난관을 극복할 힘을 주었다. 그는 헌신적인 노력을 통해 지나친 신중함과 저속하고 과민한 성격을 극복할 수도 있었다.

마리우스는 사리에 어긋나게 행동할 수도 있는 스물네 살이었다. 그는 더 이상 악행을 즐기는 데 시간을 허비하지 않기로 다짐했다. 자신의 인생에 어떤 의미를 부여하는 것부터가 이미 대단한 발전이었다. 그래서 자신의 삶에 진짜 의미를 부여하기로 결심했다. 코제트와 어린 라파엘 그리고 그의 직업에 더욱 관심을 기울일 것이다. 다른 사람들을 깜짝 놀라게 하기 위해 몸부림치는—그러나 아무도 놀라지 않는—가소로운 꼭두각시들과 함께했던 밤 나들이와 연이은 배신은 이제 끝났다. 우유부단과 망설임은 이제 끝났다. 비열하고 무책임한 깡패들과의 거래는 이제 끝났다. 마리우스는 천박한 격정이 젊은이들을 어떤 파멸로 이끄는지 거리를 유지하고 관찰하는 것에 그칠 것이다. 배덕자(背德者) 마리우스는 자신을 위한 도덕을 마련할 것이다. 1년 전부터 너무도 많은 시체가 그의 인생길에 널려 있었다. 사회나 처지를 원망하는 것도 끝났다. 마리우스는 사회를 바꾸기 전에 먼저 자신을 바꿀 것이다. 또 자신의 실수가 프레데릭의 죽음을 초래했다는 사실을 인정했다. 프레데릭은 그에게 순교자였다. 그렇다. 이 단어는 결코 지나치지 않다.

마리우스는 공동묘지에 들어서면서 시골에 온 느낌을 받았다. 망자들로부터 수액을 빨아들이는 느릅나무, 주목, 떡갈나무, 칠엽수, 아까시나무, 무화과나무, 적어도 백 살쯤 된 나무들과 싱싱한 소관목들이 우거져 있었다. 그는 고적대장처럼 지팡이를 높이 치켜들고 짧고 느린 걸음으로 나아갔다. 날렵하고 세심한 그림자 하나가 납골당, 능(陵), 수국을 무너뜨리면서 자신의 뒤를 밟고 있는 것 같았다.

마리우스는 페르라셰즈 공동묘지의 울퉁불퉁하고 푸른 오솔길을 누비고 다녔다. 지금까지 그는 정열, 재능, 선의를 무분별하게 낭비해왔다. 자아의 존중은 타인에 대한 존중을 통해 이루어지는 것이 분명했다. 인생을 춤추게 하기 위해서는 약간의 환상이 필요했다. 그리고 합리적인 광기도 필요했다.

마리우스는 몇몇 무덤 앞을 지나면서 낡은 비문을 읽고 이름이나 조각 상에 경탄하면서 이 공동묘지가 묘한 곳이라고 생각했다. 그는 때때로 지 팡이로 허공을 가르면서 나아갔다. 그림자는 계속 그를 따라왔다. 그는 엘로이즈와 아벨라르를 추모하여 세워진 기념물을 바라보았다. 기념물 의 주인공은 평범한 소방관이었다. 그는 웃음이 터져나오려 했지만 가슴 에서 솟구치는 것은 오열이었다. 그는 즉시 지팡이로 자신의 배를 때리고 큰 소리로 자신을 나무랐다.

“다시는 그렇게 하지 마라!”

마리우스는 머리를 숙이고 뒷짐을 진 채 원한과 쓰라림을 되새기면서 기념물에서 멀어졌다. 몰리에르의 무덤 앞에서 그는 루이 14세의 고해신 부였던 라 쉐즈 신부가 머물렀던 예수회 영지인 이곳을 1804년에 공동묘 지로 정비했다는 사실을 떠올렸다. 그리고 작은 계단을 올라갔다. ‘용(龍) 의 길’에서 묘석에 새겨진 정열적인 이름과 마주쳤다. 그것은 프랑스 원 수였던 미셸 네 장군의 묘석이었다. 마리우스는 이 영웅의 마지막 거처를 한참 동안 응시했다. 네 원수는 지금은 벼락부자가 된 뒤파르텔 기사가 살고 있는 루르 저택의 옛 주인이었다. 마리우스는 한숨을 내쉬었다. 그 리고 거대한 방주처럼 언덕 위에 자리 잡은 이 공동묘지를 바라보면서 ‘용감한 자 중의 용감한 자’의 이름을 불러보았다. 이제는 모든 껍데기를 벗어버린 이름과 인생……. 네 원수는 파리 시내에서 전쟁을 일으키려 했 던 티에르, 기조 혹은 수전노 술트와는 다른 사람이었다.

마리우스는 고베르, 르페브르, 뮈라의 무덤 앞을 지나갔다. 또한 오직 조종(弔鐘)에만 열광했던 사회에서 돌격의 나팔을 울린 저명한 인물들의 이름도 보았다. 이 세계에서 아름다움과 충성이 무슨 소용이 있단 말인가?

마리우스는 또한 대령이었던 아버지가 이 영웅들 옆에서 쉴 자격이 있으며 다른 사람들을 위해 값비싼 대가를 치렀다고 평가했다. 그는 클레망스와 아메데의 패거리를 같은 부류로 취급했다. 아메데에게 준 편지는? 그것은 실수였다. 변덕스럽고 별난 성격 탓에 벌어진 실수였다. 하지만 그는 살아 있었다. 혹시 불길한 일이라도 일어나지 않을까? 어쨌든 그는 대인관계를 완전히 끊지는 않을 것이다. 그는 시모어 경의 검술 도장에서 검술을 단련할 것이다. 그래서 언젠가는 아메데에게 도전해서 톡톡히 갚아줄 것이다. 우선 한 가지는 확실히 할 것이다. 즉 클레망스와의 관계를 끊을 것이다. 그것도 가능하면 빨리.

갑자기 그의 심장이 두방망이질하기 시작했다. 그는 방금 낡은 벽에서 목청껏 노래하는 한 쌍의 꾀꼬리를 발견했다. 피라미드 형태로 다듬은 주목 옆에 비바람을 맞아 검푸르게 변한 비석 하나가 개밀과 이끼에 파묻혀 사라지고 있었다. 비문의 첫 구절만이 보였다. "그가 이곳에 잠들어 있다……."

이곳에 장 발장이 잠들어 있었다. 마리우스가 살아난 것은 코제트의 양아버지인 장 발장 덕분이었다. 코제트는 양아버지의 과거를 모르고 있었다. 교활한 테나르디에는 마리우스의 집에 와서 그의 명성을 더럽히려 했다. 결국 어떤 것도 드러나진 않았다. 코제트는 도형장에 대해, 1832년 6월 7일 자살한 자베르 형사의 집요한 추적에 대해 전혀 몰랐다. 누구도 알려고 하지 않았다. 때로는 모르는 것이 약이었다.

마리우스는 누구와도 비교할 수 없는 존재의 유해가 안치된 이 소박한 석판 앞에서 묵념했다. 장 발장은 의인 중의 의인이었다. 장 발장과 같은 인품을 가진 사람은 더 이상 존재하지 않았다. 마리우스는 자신이 장 발장을 본받는 일에 얼마나 소홀했으며 압제에 신음하고 빈곤에 시달리는 이 세계에서 자신이 얼마나 특혜를 받은 사람인지 헤아려보았다. 만일 하늘나라나 천국이 존재한다면 그것은 의인, 선의를 지닌 사람, 불행한 사람, 소외된 사람, 세상에서 버림받은 사람, 최하층민, 신분이 낮은 사람, 고매한 정신을 가진 사람, 순수한 마음을 가진 사람을 위해 마련된 장소일 것이다. 장 발장은 틀림없이 그곳에서 평온하고 평화롭게 그리고 자유롭게 활보할 것이다. 마리우스는 존재하지만 볼 수 없는 하느님에게 기도했다.

"만일 제가 누군가를 닮을 수 있다면 바로 장 발장을 닮고 싶습니다."

그리고 오른손을 내밀고 알아들을 수 있는 목소리로 속삭였다.

"장 발장, 저는 당신을 기리며, 코제트를 보호하고 다정하게 사랑하며, 너무도 많은 사람들이 비열하고 파렴치한 법 앞에서 벌벌 기며 살고 있는 이 세상에서 꿋꿋하게 살아갈 것을 맹세합니다."

마리우스는 장 발장의 무덤 앞에서 모자를 벗고 경건하게 참배했다. 그리고 두 걸음 물러나면서 누군가와 부딪혔다. 그는 돌아섰다. 코제트였다. 그의 가슴이 뜨거워졌다. 공동묘지에서 그를 쫓아왔던 그림자는 바로 코제트였던 것이다.

"당신이야?"

젊은 여인은 마리우스의 두 눈을 똑바로 응시했다. 그녀는 삯마차에서 내리면서 마리우스가 말을 타고 도착하는 것을 보았던 것이다. 그녀 역시 무엇보다도 아버지의 산소를 찾아보고 싶었다. 이 우연의 일치는 운명의 신호일까? 결국 잃은 것은 하나도 없었다.

두 사람은 한참 동안 말을 하지 않았다. 하지만 그들의 어색해하는 태도 속에는 찬란한 기쁨이 깃들어 있었다. 마리우스는 그동안 헛되이 보낸 시간들을 생각했다. 그리고 2년 전 샹브르리가의 바리케이드 근처에서 그토록 강렬하게 코제트를 연모했던 날을 떠올렸다. 그녀 없이 산다는 것은 불가능했다. 어떻게 이 지경까지 잘못될 수 있단 말인가. 한 가지 명백한 사실이 그의 머릿속에 떠올랐다. 코제트는 그의 빛이었다. 그의 인생의 여인이었다.

마리우스가 움직이면서 말했다.

"프레데릭이 죽었어. 내일 바뉴 공동묘지에서 장례식이 있을 거야."

코제트는 슬프게 고개를 끄덕였다. 조금 전 그녀는 페르라셰즈 공동묘지의 오솔길에서 마리우스를 미행할 때 그의 음울한 얼굴을 보고서 예상했다. 두 사람을 다시 결합시키기 위해 프레데릭의 희생이 필요했던 것이다. 코제트는 두 손을 내밀고 속삭였다.

"내 사랑."

마리우스는 아내를 끌어안았다. 그들은 얼싸안은 채 침묵 속에서 한없이 눈물을 흘렸다. 행복이 안식처를 되찾은 것이다.

* * *

다음 날 「라코티디엔」은 공화주의자와 샤를 10세 추종자가 치명적인 결투를 했으며—이것은 부분적으로 거짓이다—자유주의자들이 여론에 혼란의 씨를 뿌리기 위해 이 불행한 사건을 이용할 것—부분적으로 사실이다—이라고 주장했다. 「르주르날 데 데바」는 프레데릭의 죽음을 짤막하게 언급했고, 반대로 「르나시오날」과 「라트리뷘」은 공격적인 용어를 사용해서 사건을 해설했다. 신랄한 풍자 신문인 「라카리카튀르」—도미에라는 뛰어난 삽화가가 활동하고 있는—는 오를레앙가(家)가 불러일으키는 혐오감을 떠올리면서 폭동을 부추겼다. 모든 것은 여느 때처럼 정치적 양상을 띠었다. 루이 필리프는 개인적으로 표적이 되었다. 루이 블랑(사회주의 이론가−옮긴이)은 거의 대부분이 인권협회에 가입했고 제복을 입은 포고 사항을 공고하는 관원들이 '폭동의 군사(軍使), 순회하는 봉기의 주동자'임을 알고 있었지만 이 관원들의 활동을 제한하는 '1834년 1월의 법'을 지켜볼 수밖에 없었다. 동시에 노동자들이 리옹, 생테티엔, 마르세유에서 봉기하기 직전이며 마치니(이탈리아의 혁명가, 통일운동 지도자−옮긴이)가 혁명군의 선두에 서서 피에몬테를 침략할 거라는 소식이 들렸다. 당혹스러운 소식이었다. 하지만 포고 관원들에 관한 법은 전초전에 지나지 않았다.

아르망 카렐은 프레데릭의 장례식이 끝나자 마리우스에게 이렇게 알렸다.

"친애하는 친구여, 나는 최악의 상황을 걱정하고 있네. 정부는 작심하고 혁명주의 진영에 대한 공세를 더욱 밀어붙일 것이네. 군주제는 왕족만을 이롭게 하고 백성들을 불행에 빠뜨리지. 우리의 힘이 필요할 것이네."

아르망 카렐의 주장은 틀리지 않았다. 며칠 후 새로운 법은 20명 미만의 단체를 금지시켰다. 인권협회가 표적이었다.

공화당은 손가락질을 당했다. 특히 1793년에 산악파가 채택했던 사회복지, 부정부패 척결 등의 개혁 조치를 내세운 자코뱅 당원들은 더욱 조롱거리가 되었다. 공개적인 굴욕. 나머지 법령도 추진될 참이었다. 당국은 더 이상 주저하지 않았다. 흥미진진한 『1830년 혁명사』를 저술했던 하원의원 에티엔 카베는 자신이 운영하는 「르포퓔레르」에서 국왕을 통렬히 비난했다는 이유로 구속 2년에 벌금 4천 프랑을 선고받았다.

3월 말, 상황은 더욱 악화되었다. 공화주의자 기나르와 카베냐크는 공개서한에서 "기조와 다르구(재무부장관, 귀족원 의원−옮긴이)는 만인으로부터 공정하게 멸시당한 두 사람"이라고 언급하고 그들을 '비열한 인간'으로 선언했다. 한편 카렐은 「르나시오날」에서 "국민에게 혐오감을 주는 사람들"이라는 사설을 게재했다. 요컨대 모든 사람들은 지난 3월에 체포된 리옹 상호부조주의자들에 관련된 판결을 기다리고 있었다. 재판은 4월 9일로 예정되어 있었다. 모두의 관심이 집중되어 있었다.

한편 마리우스는 전력을 다해 일하고 있었다. 그는 「르나시오날」을 위해 글을 읽고 기사를 썼으며 말을 했다. 어느 날 오후, 그는 클레망스가 요구했던 반지를 사러 갔다. 그에게는 다른 속셈이 있었다.

코제트는 마리우스를 극장에 데려가곤 했다. 어느 날 저녁, 그들은 코메디 프랑세즈 극장에서 「앙젤」을 감상했다. 그들은 극장을 나오다가 작가와 마주쳤다. 알렉상드르 뒤마는 라스파유와 아라고를 대동하고 연극의 여주인공인 금발 여인 마리 도르발의 팔을 잡고 으스대고 있었다. 코제트는 뒤마가 마리우스에게 인사하고 「앙젤」을 너무 혹평하지 말아달라고 부탁하는 것을 보고 깜짝 놀랐다. 뒤마는 야릇한 미소를 짓고는 마리 도르발을 마차로 데려갔다.

코제트는 깊은 인상을 받은 듯했다.

"당신이 알렉상드르 뒤마를 알아?"

마리우스는 거리낌 없는 태도로 대답했다.

"쳇! 그가 나를 알아보는 거야!"

다음 날 4월 9일, 마리우스는 코제트를 파리의 어느 호화 레스토랑에 데려갔다. 그는 어색한 표정으로 말했다.

"비록 한 달하고 세 주가 늦었지만 우리의 결혼기념일을 축하하려고 초대한 거야. 1833년 2월 16일이었지?"

마리우스가 처음에 생각했던 곳은 베리 레스토랑이었다. 매일 4리터

216

의 커피를 마시는 뚱보 발자크가 오스탕드산 굴, 순무를 곁들인 오리고기, 노르망디의 양서대과의 생선 요리, 자고새 불고기를 포식하러 온다는 곳이었다. 결국 그는 화려한 분위기를 만끽하고 고기를 먹고 싶었기 때문에 아르디 카페를 선택했다.

감동하고 동시에 당황한 코제트가 놀란 표정으로 물었다.

"당신, 우리 결혼기념일을 잊지 않았어?"

"당신도 잘 알다시피 나는 날짜에는 젬병이지. 하지만 눈부시게 아름다운 일은 잊지 않아."

코제트는 콩팥 요리, 송로를 넣은 작은 순대, 유지에 싼 닭다리 따위를 먹을 수 있고, 뷔페에서 불고기를 골라 먹을 수 있는 이 식당이 매우 마음에 들었다. 주방장은 손님이 선택한 불고기를 포크로 찍어서 흰 대리석 벽난로 속에서 구워주었다. 포도주 선택은 코제트에게 맡겼다.

코제트는 생각할 시간을 갖지 않고 즉시 말했다.

"생타무르(신성한 사랑)."

마리우스가 미소를 지으며 지적했다.

"생발랑탱 포도주가 없는 게 유감이군."

코제트는 그의 눈동자를 똑바로 응시하며 말했다.

"밸런타인데이를 암시하는 거야? 마리우스, 이미 지났어. 하지만 이왕 선물할 거라면 영원히 간직할 수 있는 선물이면 좋겠어."

"영원한 선물이라면 바로 이런 거지."

마리우스는 호주머니에서 수정을 꺼내 코제트에게 보여주었다. 그녀의 가슴에 뜨거운 기운이 흘렀다. 코제트가 눈을 감고 있는 동안 마리우스는 아내의 손을 잡고 약손가락에 반지를 끼워주었다. 그녀는 즉각 손가락을 보고 물었다.

“나한테 주는 거야?”

“그럼 누구한테 주는 거겠어?”

마리우스는 아내의 금빛 머리카락과 맑게 빛나는 눈을 바라보았다. 아내에게 아름답다고 말해준다는 걸 너무 자주 잊었다. 또 그녀의 아름다움은 그녀의 영혼에서 비롯된 것이라고 말해준다는 것도 잊었다. 사람은 결점을 쉽게 고칠 수 없는 모양이다. 그는 조금 덜 오만해지고 조금 더 믿음직한 사람이 되며 우연히 동시에 일어난 불행한 일들을 깨끗이 잊기로 다짐했다. 특히 더 이상 절망에 빠지지 않기로 결심했다.

코제트는 오직 마리우스만을 바라보았다. 풍뎅이 무늬 조끼와 완두콩 무늬가 있는 넥타이, 스토 양복점에서 맞춘 하늘색 프록코트를 입은 그는 멋져 보였다. 코제트의 눈에 남편은 이 보잘것없는 사람들 중에서 유일하게 살아 있는 사람이었다.

식사가 끝날 무렵 코제트가 말했다.

“리슈 카페에 대해서 얘기하는 걸 들었어.”

“당신, 아직 충분히 먹지 않았어?”

“너무 많이 먹었어.”

“우리가 지금 있는 이 카페와 당신이 방금 말한 카페에 대해서 캉바세레스(프랑스의 정치가, 제2통령－옮긴이)는 아르디(Hardy) 카페에 가려면 부유(Riche)해야 하고, 리슈(Riche) 카페에 가려면 대담(Hardy)해야 한다고 말했지.”

코제트는 놀란 표정을 지었다.

“마리우스, 당신은 내게는 너무 박식해.”

“그럼 당신은 내게는 너무 참을성이 많지.”

식사를 마치자 두 사람은 탕플 대로에서 터키 카페로 갔다. 일반 정자,

푸른 잎으로 뒤덮인 정자, 소사나무들이 정원에서 높이 솟아 있었다. 친구들과 함께 누렸던 기쁨을 코제트와 함께하기로 결심한 마리우스는 아내와 함께 깜짝 카드리유를 멋지게 추었다. 동작을 멈추는 순간에 마리우스는 몇 차례 은밀하게 키스를 훔쳤다. 그녀는 머리를 뒤로 젖히고 거부하는 척했다. 그녀의 가는 목소리는 문장이 끝날 때마다 갈라졌다.

잠시 후 두 사람은 양파 수프를 먹기 위해 바리에테 카페로 자리를 옮겼다. 그때 한 무리가 떠들썩하게 두 사람 옆을 지나갔다. 훤칠한 금발 사내가 거드름을 피우며 걸음을 멈추었다. 장밋빛 뺨을 가진 두 천박한 여공이 그의 옷자락을 붙잡고 있었다. 그는 모자를 벗고 거들먹거리는 모습으로 말했다.

"친애하는 남작, 나와 우리 친구들은 당신을 볼 수 없어 불평하고 있어요. 화가 나셨나요?"

아메데 디그랑드는 인사하면서도 발뒤축으로 바닥을 탁탁 치고 자신에게 거부했던 것을 다른 사람에게 허락했던 여인에게 유혹적인 시선을 던졌다.

마리우스는 루이 드 베르뉴와 로베르 당드루아지 사이에 서 있는 클레망스를 알아보고 더듬더듬 사과했다.

코제트가 퉁명스레 대답했다.

"친구의 장례식에 갔었어요."

아메데는 지나치게 상체를 뒤로 젖히면서 비탄에 빠진 시선으로 말했다.

"저런, 저는 부인의 고뇌를 생각했습니다. 한창 나이의 친구를 잃는다는 건 무척 슬픈 일이지요."

마리우스가 끼어들었다.

"후작 나리, 당신도 그 사람을 알 텐데요."

"뭐라고요? 그럼 내가 결투에서 죽였던 그 깡패를 말하는 건가요? 정말로 유감입니다. 하지만 결투는 결투지요. 그건 연습이 아니에요. 남자들은 누구나 큰 희생을 치르고 결투를 배우지 않나요?"

마리우스는 의자에서 벌떡 일어날 뻔했다. 코제트가 그를 붙잡아 만류했다.

아메데가 비웃었다.

"여전히 충동적이군요. 당신이 원한다면 언제든 분부대로 하겠소. 물론 검술 도장에서. 하지만 친구끼리 싸운다는 건 무척 참담한 일이 아닐까요?"

그러고는 엄숙한 어조로 덧붙였다.

"내게 친구가 있다면 나는 배신하지 않소."

마리우스는 죽은 친구의 명예를 모욕하고 허세를 부리는 아메데에게 주먹을 날리지 않기 위해 가까스로 참아야 했다. 클레망스는 즐거운 듯 요염한 태도로 아메데의 팔에 매달렸다. 그녀의 눈길이 코제트가 낀 반지에 고정되었다. 쓸쓸한 미소가 그녀의 입을 비틀리게 했다.

"야심가 나리, 당신에게 어떤 감정을 품고 있는 사람들을 무시하는 건가요? 그건 나쁜 짓이에요. 당신에게 한을 품을 위험이 있어요. 농담(blague)이에요. 어쩌면 반지(bague)든가요."

클레망스는 억지로 웃음을 터뜨리고는 마치 키스를 요구하듯 아메데에게 입술을 내밀었다. 그리고 마지막 순간 빙글빙글 도는 동작을 취해 마리우스와 코제트를 당혹하게 했다.

아메데가 말했다.

"그럼 우리는 물러가지요. 즐거움은 기다려 주지 않는 법입니다!"

루이 드 베르뉴는 마리우스에게 다정한 손짓을 보냈고 로베르 당드루아지는 모른 척했으며 두 여공은 시선조차 주지 않고 떠났다.

마리우스의 두 눈이 커다란 이마 밑으로 푹 들어가 꺼진 듯이 보였다. 그는 안도의 한숨을 내쉬고 코제트에게 말했다.

"이제 저 사람들하고는 끝났어."

"마리우스, 나는 당신을 믿고 싶어. 하지만 왜 저 여자는 당신이 내게 준 반지를 보면서 반지에 대해 말하는 거지?"

마리우스는 얼굴을 살짝 붉히면서 대답했다.

"경박한 여자들은 모두 반지에 대해 얘기하잖아. 당신 반지가 탐났던 거야."

파노라마 샛길에서 아메데 디그랑드는 마리우스를 생각하면서 어깨를 으쓱했다. 그는 기분이 상했다. 자신이 그 젊은이에게 얼마나 연연하고 있는지를 깨닫고 더욱 화가 났다.

아메데가 클레망스에게 털어놓았다.

"미련한 남작은 모든 게 끝났다고 생각하는 것 같아."

클레망스는 원통해 하면서도 마리우스를 편들었다.

"당신은 원하는 것을 전부 얻지 않았나요? 왜 그를 조용히 내버려두지 않죠?"

아메데는 옛 정부의 어깨를 팔로 감싸면서 말했다.

"나는 아무것도 얻지 못했어. 내가 그의 마누라를 차지하는 동안 당신은 저 녀석을 붙들고 있어야 해."

클레망스가 아메데의 팔을 풀면서 말했다.

"그러니까 당신은 그토록 저 여자를 사랑한단 말인가요?"

"솔직히 말해서 나도 의문이야. 하지만 나는 그녀를 필요로 해."

"당신은 정말이지 비열해요."

"맞아, 나는 비열하고 집요하지. 하지만 모순되는 이 두 가지는 때때로 서로에게 활기를 불어넣지."

* * *

4월 10일 저녁, 리옹 봉기의 첫 소식이 파리에 전해졌다. 혁명 단체들의 열기는 극에 달했다. 사람들은 리옹 형제들의 모범을 따라야 한다고 입을 모았다. 장자크루소가와 생마르탱가에서 집회가 있었다. 느리고 부정확한 리옹 소식은 정부 각료들을 더욱 불안에 떨게 했다. 한때 장관들은 서로 떨어져 있었다. 기조는 오를레앙 공과 함께 리옹에 있었고, 티에르는 왕과 함께 파리에 있었다. 군대의 조직이 통합되었다. 리옹의 폭도들 중에는 노동자보다 혁명가가 더 많았다. 투쟁은 사회적인 것보다 정치적인 것이었다. 요구 사항은 물가와 봉급에 대한 것이 아니라 공화제에 관한 것이었다. 루이 블랑은 하수인들을 데리고 파리 시내를 돌아다니며 300명 이상을 죽였다. 정부는 사망자가 100명이라고 발표했다. 정부는 대표자들의 입을 통해 폭도들이 각 지방과 나라에서 몰려든 용병들이라고 주장했다. 이 과장이 먹혀들었다. 공식 언론에 따르면 왕당파 지지자들은 이 사건을 자신들에게 유리하게 이용하기 위해 폭동에 가담했다.

7월 왕정 시절에 원수가 된 로보 백작은 4만 명의 군대와 국민군의 선두에서 으스대었다. 내무부장관 티에르는 이번 봉기를 기회로 독재자적 기질을 드러내며 공화파를 무자비하게 탄압했다. 그는 긴급조치를 발동하여 「라트리뷘」을 폐간시키고 약 150명의 인권협회 지도자들을 검거하라고 경찰에 지시했다. 동시에 「르모니퇴르」는 폭동에 가담하려는 무분별한 사람들에게 막강한 공권력이 준비되어 있으며 진압은 단호하고 신속하게 이루어질 거라고 경고했다. 반역자로 체포된 사람은 없었다. 당국은 속셈을 드러내고 있었다.

마리우스 역시 자기 방식대로 행동했다. 그는 검술 도장에서 잠시 쉬는 틈을 이용해 아메데에게 클레망스와의 관계를 끊겠다고 알렸다.

"그녀는 시련을 극복하고 다른 사람들을 잊었던 것처럼 나를 잊을 수 있을 만큼 강한 여자예요."

아메데는 마스크를 벗고 검을 내려놓으며 말했다.

"그녀는 절망할 걸세."

"내 결정은 돌이킬 수 없어요. 나는 클레망스를 사랑하지 않아요."

아메데는 자신의 넓적다리를 치면서 소리쳤다.

"다행이구려! 우리가 유혹하는 여인마다 사랑한다면 어떻게 되겠소? 문제는 사랑하는 게 아니라 사랑하게 만드는 것이오. 미묘한 차이지! 나는 혀가 닳도록 당신에게 말했소. 당신은 하루아침에 우유부단한 사람에서 단호한 사람으로 바뀌었구려."

마리우스는 고집스러운 모습으로 반항하면서 말했다.

"내일 저녁 클레망스에게 가서 내 결심을 알리겠어요. 유감이군요."

격분을 제대로 숨기지 못한 아메데는 검을 휘두르면서 씩씩거렸다.

"당신 마음대로 하구려. 당신이 프레데릭 리볼리에에게 했던 것처럼. 한 걸음 나아갔다가 한 걸음 물러나는 당신은 그대가 원하는 바를 전혀 모르고 있군. 내일은 13일이네. 재수 없는 날이지."

아메데가 가슴받이를 확인한 후 마리우스의 얼굴을 공격하는 척하자 마리우스는 손등으로 막았다.

"남작, 우리는 여전히 친구인가?"

"그럼요."

* * *

검은 옷을 입은 사내와 다브 데 그레프는 종종 그렇듯 생퇴스타슈 성당에서 가까운 주르가에서 만났다. 그곳은 다브 데 그레프가 자주 드나드는, 고양이 고기를 중개하는 세탁업자의 집이었다. 두 사람은 세탁소에서 나와 잠시 걸었다.

검은 옷을 입은 사내가 속삭였다.

"이번에 그들은 우리 손아귀에 달려 있네. 그렇지 않소, 테나르디에?"

노인은 반대의 뜻을 나타내면서도 신중한 눈빛으로 목을 길게 내밀었다.

"나를 그렇게 부르지 말게. 내가 신분을 감추는 일에 얼마나 신경을 쓰는지 잘 알잖아."

상대방은 못 들은 척했다.

"이제 신속하게 처리할 때야. 인정사정없이 후려쳐야 하네. 멍청한 마리우스는 내일 저녁 트랑스농냉가에 있을 거야. 또 내일은 물고기(poisson)도 쉽게 익사시킬 수 있는 봉기의 날이네."

다브 데 그레프가 냉소를 지었다.

"독약(poison)을 말하고 싶은 거겠지요?"

다브 데 그레프는 가상의 군중에게 인사했다. 굽은 등이 인사의 각도를 더욱 돋보이게 했다. 그는 냉소를 띠고 덧붙였다.

"밤에는 고양이들이 모두 회색으로 보이네."

검은 옷을 입은 사내는 손짓으로 그의 말을 중단시켰다.

"잠깐. 고양이 얘기가 나왔으니 하는 말인데, 누가 베키유에게 황산을 전해주지?"

"내가 즉시 그곳으로 가겠소."

"그럼 예수는?"

"그건 내일 문제고. 멍청한 루제는 그 일을 맡게 되어 아주 만족할 것이네."

"내일 새벽 예수를 트랑스농냉가에 사는 부인의 집 아래로 보내게."

"예정대로?"

"물론이지."

"그럼 돈은?"

"기다릴 줄 아는 사람에겐 모든 일이 순조롭게 풀리는 법이지."

* * *

그날 다브 데 그레프는 검은 옷을 입은 사내와 만난 후 공장으로 돌아갔다. 루제가 또 라파엘을 괴롭히고 있었다. 아이는 바닥에서 떼굴떼굴 굴렀다.

노인이 호되게 야단쳤다.

"그만두지 못해! 예수를 만났는데 게일과 라파엘이 오늘 밤 열심히 일했다고 들었다. 그러니 노동력을 아껴라! 루제, 알았나?"

적갈색 머리는 항의하지 않고 감독 자리로 돌아갔다. 하지만 그는 속으로 중얼거렸다. '영감, 누릴 수 있을 때 누리시구려. 내가 당신 자리를 차지하는 날이면 당신은 나한테 길들여질 거야.'

다브 데 그레프는 푸앵퇴르를 쏘아보았다. 푸앵퇴르는 콧물을 흘리고 다리를 덮은 이불 속에 두 손을 넣은 채 안락의자에 무기력하게 앉아 있었다. 다브 데 그레프는 생각했다. '조만간 이 영감탱이를 쫓아내야겠어. 이 거추장스러운 노인네가 공장 분위기를 흐려놓고 점점 더 간섭하고 있어.' 그는 라파엘이 있는 곳으로 몇 발자국을 떼고 지팡이를 내밀었다.

"자, 아가야, 일어나라."

하지만 라파엘이 지팡이를 잡으려는 순간 다브 데 그레프가 지팡이를 잡아당기는 바람에 아이는 다시 넘어질 뻔했다. 요란한 냉소가 노인의 머리부터 발끝까지 흔들었다. 그는 이번에는 게일에게 말했다.

"너, 이쪽으로 와봐."

주걱턱을 가진 젊은이는 느릿느릿 일어나서 몸을 좌우로 흔들면서 노인에게 다가왔다.

다브 데 그레프는 게일을 밖으로 데려가더니 어른에게 하듯 말했다.

"루제가 네게 까다롭게 굴지? 녀석은 네게 힘든 일만 시키지. 걱정하지 마. 녀석은 언젠가는 혼쭐이 날 거야. 녀석 때문에 문제가 생기면 나를 찾아와. 그렇게 문제를 풀어보자고. 녀석이 곡괭이로 뭔가를 팔 경우 내게 얘기해. 그러면 나는 너한테 중요한 임무를 줄 거야. 적어도 내가 너희들을 위해 희생한다는 사실을 알아둬. 저 아이들을 위해 내가 돈을 낸다는 사실도 알아둬. 저 아이들은 나한테 아주 소중해. 하지만 나는 네가 유능한 일꾼이라는 걸 알고 있지. 나는 유능한 일꾼들에게 보상해주는 걸 좋아해."

게일은 한두 개의 주화를 원했다. 그는 다브 데 그레프의 인색한 성질을 잘 알고 있었다.

다브 데 그레프가 말을 이었다.

"그러면 나는 너를 도와 줄 거야. 루제에게 복수하고 싶지? 하지만 공짜는 없어."

게일이 약간 투덜거렸다. 그는 돈을 위해서라면 무엇이든 할 수 있었다. 그는 따귀를 후려치고 싶을 정도로 건방지게 물었다.

"뭘해야 하죠?"

"너, 클랑 데스탱 술집 알아?"

"가본 적은 없어요."

"좋아, 그럼 네게 그곳에 갈 기회를 주지. 루제는 누구도 좋아하지 않고 누구도 그를 좋아하지 않는다는 사실을 알아둬. 녀석은 언제나 클랑 데스탱 술집에서 죽치고 있지. 그 이유를 아나?"

게일은 고개를 흔들었다.

"거기에는 녀석이 좋아하고 상대방도 녀석을 좋아하는 놈이 있기 때문이야. 단념할 테야? 그것은 바로 수고양이야. 고약한 놈이야. 잠을 자거나 남을 성가시게 굴며 시간을 보내는 놈이지. 말하자면 유해동물이야. 하지만 내 말대로만 하면 어렵지 않게 때려죽일 수 있지."

게일의 눈이 휘둥그레졌다. 그는 고양이라면 그냥 두지 않았다.

"자루 속에 넣어야 해요?"

"아니야. 이놈은 삶아 먹을 게 아니야. 미학적으로 해야 해. 몽포콩에서처럼 녀석을 잡아서 머리부터 가죽을 벗기고 내장을 바람에 말리렴."

평소에 짧게 말하는 게일이 장황하게 질문했다.

"할 수 있어요. 하지만 왜 저한테 이 일을 맡기는지 모르겠어요. 당신은 루제와 같이 사업을 하고 있고 그에게 호감을 갖고 있잖아요?"

"호감을 갖고 있다고? 꼭 그렇지는 않아. 나는 녀석의 손버릇을 의심하고 있어. 녀석은 식도락을 즐기는 습관을 갖고 있거든. 내가 호감을 갖는 사람은 순종적인 사람이야. 그뿐이야. 그런데 너는 필요한 것은 갖고 있겠지?"

"호주머니에 있어요."

게일은 호주머니를 뒤지더니 날이 자루 속에 들어 있는 긴 칼을 꺼냈다. 그는 날을 펴면서 덧붙였다.

"도끼처럼 날카로워요."

다브 데 그레프는 전문가답게 날을 살폈다. 그리고 번득이는 눈으로 말했다.

"알았지?"

"네, 알았어요, 다브 데 그레프. 하지만 기분 나쁜 것은 제가 그곳에서 루제의 낯짝을 볼 수 없다는 거예요."

"걱정하지 마. 내가 얘기해주지."

* * *

베키유는 반쯤 가죽이 벗겨진 채 클랑 데스탱의 카운터에 매달려 있는 고양이를 발견하고 털썩 주저앉았다. 그녀는 양손에 들고 있던 양동이의 물을 바닥에 쏟으면서 비명을 질렀다. 가슴에서 솟구치는 날카로운 비명 소리가 온 동네에 울려 퍼졌다. 거친 기침이 목구멍을 찢더니 마침내 발작성 오열로 바뀌었다.

"나의 데몽…… 나의 데몽……."

그 시각에 술집에는 아무도 없었다. 이윽고 베키유는 일어나 두 손으로 머리를 감싸고 두 발이 물에 잠긴 채 카운터 앞에 한참 동안 엎드려 있었다. 대체 누가 이런 짓을 할 수 있을까? 그녀는 두 팔을 늘어뜨린 채 절룩거리면서 부엌까지 걸어갔다. 아무도 없었다. 그녀는 칼을 잡고 가엾은 고양이를 못에서 떼어낸 후 양동이에 담았다. 실내화는 흠뻑 젖어 있었다. 발가락이 얼어붙는 듯했다. 그녀는 발끝으로 실내화를 벽 쪽으로 차 버렸다. 그리고 무의식적으로 삼베를 가지러 부엌으로 갔다. 절망감에 몸을 부르르 떨었다. 생명이 최후의 순간에 도달해 더 이상 견딜 수 없는 사람처럼 천천히 무릎을 꿇었다. 그녀는 때를 벗기기 시작했다. 관자놀이에서 피가 고동쳤다. 그녀는 중심을 잃고 옆으로 쓰러진 채 굳은살이 박인 통통한 손으로 카운터를 붙잡았다. 그녀는 빈곤과 체념 그리고 이 누추한 곳에 출입하는 온갖 비열한 인간들을 겪으면서 꿋꿋하게 버텨왔다. 하지만 난생처음으로 더 이상 버틸 수 없다고 생각했다. 그녀는 죽음을 간청했다. 그녀는 다시 중얼거렸다. 대체 누가 이런 짓을 저질렀단 말인가? 물을수록 더 많은 의혹이 떠올랐다. 모든 것이 뒤죽박죽 뒤섞이고 뒤바뀌었다. 차라리 아무것도 생각하지 않기 위해 억지로 눈을 비볐다.

그때 빈정대는 목소리가 들렸다.

"베키유, 아직도 그런 지저분한 일을 해요?"

베키유는 고개를 돌리고 다브 데 그레프에게 애원하는 듯한 눈길로 말했다.

"누가 내 데몽을 죽였어요……. 내 데몽을……. 올빼미처럼 배를 가르고 매달았어요……."

베키유는 물렁물렁하고 떨리는 손으로 카운터를 가리켰다.

"누군가가 당신 고양이를 죽였다고요?"

노인이 동정하는 척했다. 그는 베키유에게 다가가서 손을 내밀고 일으켜 세웠다.

"그 문제뿐이라면 다른 고양이를 사줄게요. 당신도 알다시피 나는 고양이 장사꾼이에요."

"당신은 친절한 분이에요, 다브 데 그레프……. 하지만 내가 이 고양이를 얼마나 좋아했는데……. 어떤 고양이도 데몽을 대신할 수 없을 거예요……."

노인이 베키유의 손을 만지면서 질겁한 표정으로 외쳤다.

"당신, 이러다 병나겠어요! 화덕으로 가요."

노인은 베키유를 부축하고 비틀거리면서 부엌까지 데려갔다. 그녀가 얼마나 무거웠는지! 그는 베키유를 의자에 앉히고 화주를 찾으러 갔다.

"자, 이 독한 브랜디를 마셔요."

베키유는 그의 손에서 술병을 빼앗고 단숨에 4분의 1을 마셨다.

다브 데 그레프는 말렸다.

"베키유, 천천히 마셔요. 그러다가 취하겠어요!"

"아무도 없잖아요……. 아무도……. 대체 누가 이런 짓을 했을까요……. 나의 데몽은 얌전한 녀석이었는데……. 착한 녀석이었는데……."

다브 데 그레프는 의자를 집어 그녀 앞에 앉았다. 그는 방금 장작 세 개를 화덕 속에 넣었다. 그는 담비처럼 뾰족한 낯짝을 내밀고 태연하게 말했다.

"분명한 사실은 성령께서 이런 비열한 짓을 하실 리가 없다는 거죠."

그러고는 갑자기 생각났다는 듯이 자신의 이마를 탁 쳤다.

"내가 조금 전 공장에서 일하는 아이와 함께 지나갈 때 미욜뢰즈가 이곳으로 들어가는 것을 보았어요. 당신도 틀림없이 그녀를 보았을 텐데. 그녀는 조심성 있는 여자가 아니잖아요."

베키유는 손에 들고 있던 술병을 놓고 사나운 눈초리로 바라보았다.

"미욜뢰즈가 여기에 왔었다고요?"

"그래요."

다브 데 그레프는 시계를 보며 말했다.

"20분쯤 전에요."

베키유는 더욱 단호한 어조로 말했다.

"20분 전에 나는 물을 길러 갔었는데."

노인은 갓 태어난 아이처럼 순진한 표정을 지었다.

"무슨 뜻이죠?"

"다브 데 그레프, 아무것도 아니에요. 그 매춘부가 내 고양이를 죽였어요."

"어머나! 그럴 수가! 죄 없는 애완동물을 죽이다니! 정말 소름 끼치는 일이군요. 베키유, 당신은 내 편이에요. 이 소식을 파르페타무르에게 전하겠어요."

베키유는 벌떡 일어났다. 그리고 술병을 집어 한 모금 마신 다음 이를 갈며 말했다.

"쓸데없는 짓이에요. 그를 내버려두세요. 이번에는 내가 미욜뢰즈를 처리하겠어요."

다브 데 그레프 역시 일어나서 베키유의 어깨에 손을 얹고 말했다.

"베키유, 잘 들어요. 나는 당신을 좋아해요. 미욜뢰즈는 심술궂은 여자지요. 지난번에 그녀는 당신을 심하게 때렸어요. 다시는 그런 불상사가 일어나선 안 되죠. 이 술집이 잘 유지된 것은 당신 덕분이에요. 누가 뭐라고 해도 당신은 스튜 요리의 대가예요. 진심으로 하는 말이에요."

베키유는 살짝 시선을 내리깔았다. 이제 그녀는 고양이를 죽인 범인이 누군지 알아냈다. 얼마나 가증스러운 범죄인가! 그녀의 머릿속에서 복수심이 떠나지 않았다. 그녀는 중얼거렸다.

"그 못된 년을 작살낼 테야."

베키유가 홀로 가려 하자 다브 데 그레프가 그녀의 팔꿈치를 붙잡았다.

"당신의 성공을 위해 나도 조금이나마 도와주고 싶어요."

다브 데 그레프는 불투명한 액체가 들어 있는 플라스크를 건네면서 조심스럽게 다루라고 부탁했다.

베키유가 물었다.

"이게 뭐죠?"

"복수의 묘약이에요. 황산. 얼굴에 뿌려요. 그리고 누구에게도 말해선 안 돼요."

베키유는 플라스크를 받으며 말했다.

"다브 데 그레프, 고마워요."

*　*　*

미욜뢰즈는 클랑 데스탱으로 가고 있었다. 오늘 아침 그녀는 집을 나서면서 파르페타무르에게서 몇 프랑을 뜯어냈다. 얼마 안 되는 돈이지만 생드니가와 프티리옹가에 있는 수예재료 가게와 장식 끈 가게에 가면 클랑 데스탱 술집을 장식할 만한 커튼, 장식 끈과 줄, 리본 등을 구입할 수 있었다. 그녀는 조만간에 바닥과 벽도 새로 단장해야겠다고 생각했다. 생각만 해도 즐거웠다. 유약을 바른 빨간 타일을 붙일 것이다. 가구, 계단, 부엌은 상황을 봐서 결정할 것이다. 각자 나름대로 특색을 갖춰야 할 것이다. 우선 베키유부터. 미욜뢰즈는 이렇게 생각했다. '베키유는 부엌에서만 일해야 해. 손님들 눈에 띄지 않는 게 좋을 테니까.'

미욜뢰즈는 클랑 데스탱의 문턱을 넘을 때까지도 자신에게 무슨 일이 일어날지 전혀 상상하지 못했다. 그녀는 가장 가까운 탁자에 보따리를 놓으면서 물었다.

"아무도 없어요?"

술집에는 아무도 없는 것 같았다. 미욜뢰즈는 머잖아 완전히 바뀔 술집의 모습을 상상하면서 살짝 미소를 지었다. 그녀는 이미 술집의 이름도 생각해두었다. 그녀는 부엌에서 얼굴을 빠끔히 내민 베키유를 알아보고는 말했다.

"아, 거기에 있었네."

"여기 있으면 안 돼?"

"아니야, 거기에 있어야 해. 장사가 잘되려면 당신의 우스꽝스러운 꼴이 보이지 않아야 할 거야."

베키유는 양동이를 들고 부엌에서 나왔다. 화주가 그녀에게 용기를 주었다. 두 눈이 섬뜩하게 이글거렸다. 그녀는 카운터에 편히 앉으면서 응수했다.

"내 꼴이 마음에 안 들어?"

미욜뢰즈는 싸움을 단념한 듯한 표정으로 고개를 저었다.

"어머나! 베키유, 독설을 퍼붓고 싶어 입이 근질거리는 모양인데 당신은 운이 없어. 나는 오늘 기분이 무척 좋거든! 당신도 보다시피 나는 이름에 걸맞게 이 술집을 새로 꾸미기 위해 장을 봤지."

베키유는 한 손은 허리에 얹고 다른 손으로 삿대질을 하며 쏘아붙였다.

"이곳이 네 맘대로 들락거릴 수 있는 술집이야? 가령 오늘처럼?"

"마음이 내키면 오는 거지. 당신이 이해하지 못한 모양인데 이곳은 내 집이야."

"네 집이라고? 웃기고 있네!"

베키유가 어찌나 소름 끼치는 웃음을 터뜨렸던지 미욜뢰즈는 몸이 오싹했다.

베키유는 양동이의 내용물을 미욜뢰즈에게 던지면서 말을 이었다.

"그래, 네 집에 와서 이런 짓을 한 거야?"

미욜뢰즈는 가죽이 반쯤 벗겨진 채 피가 낭자한 고양이를 보고 질겁하여 뒤로 물러났다. 그리고 귀부인처럼 보이게 하는 멋쟁이 모자를 벗고 턱을 내밀고는 결코 해서는 안 될 말을 내뱉었다.

"당신 고양이로 양파와 포도주를 넣은 스튜를 만들지 않고 뭘 꾸물거리는 거야?"

베키유는 악독한 여자처럼 미욜뢰즈에게 달려들었다. 미욜뢰즈가 몸을 피하고 다리를 걸어 넘어뜨리려 했으나 허사였다. 그 대신 그녀는 즉각 베키유와 마주 보고 두 손을 들어 상대방의 얼굴을 할퀼 태세였다.

"지난번처럼 코를 납작하게 해줄까?"

베키유는 시선을 내리깔고 플라스크를 찾기 위해 블라우스의 주머니를 뒤졌다. 미욜뢰즈는 이 틈을 이용해서 베키유의 덥수룩한 머리채를 낚아채더니 팔을 붙잡고 인정사정없이 물었다. 그녀의 이에서 피가 뻘겋게 묻어났다. 그리고 상대의 손길을 피하기 위해 벌떡 뒤로 물러났다.

"체! 이 늙다리야, 너는 안 썩은 데가 없어!"

베키유는 비명 한 번 지르지 않았다. 그녀는 숫양처럼 머리를 숙이고 돌진했다. 미욜뢰즈는 턱을 맞고 균형을 잃으면서 베키유를 붙잡고 넘어졌다. 동시에 심한 말다툼, 짓눌린 신음소리, 난타전이 벌어졌다.

결국 몸이 더 무거운 사람이 이겼다. 베키유는 옆으로 굴러 한 발로 일어나더니 다시 미욜뢰즈에게 달려들어 말을 타듯 걸터앉고 두 다리로 그녀의 넓적다리와 골반을 죄었다. 미욜뢰즈는 두 팔로 후려치면서 가끔 베키유의 물렁물렁한 얼굴을 할퀴었다. 하지만 베키유는 꿋꿋하게 버티었다. 그녀는 빗발치는 공격에도 불구하고 호주머니에서 플라스크를 꺼내 엄지손가락의 손톱으로 마개를 터뜨렸다. 그리고 팔꿈치로 미욜뢰즈의 눈에 일격을 가한 후 플라스크의 약물을 얼굴에 부었다.

그러자 끓는 기름에 물을 부은 것처럼 따닥따닥 하는 소리가 들렸다. 끔찍한 비명소리가 터졌다. 베키유는 부리나케 물러나면서 악랄한 폭소를 터뜨렸다. 그녀는 씩씩거리면서 일어났다. 헝겊 모자는 비틀어져 있었다. 그녀는 미욜뢰즈가 얼굴을 처박고 끔찍하게 요동치는 걸 보고는 플라스크를 바닥에 떨어뜨렸다. 자신의 눈을 믿을 수 없었다. 그녀는 고통스러워하는 미욜뢰즈의 주위를 돌면서 잔인한 미소를 짓고 손가락질을 하면서 입에 거품을 물고 있는 얼굴을 보려 했다.

"그 예쁘장한 얼굴 좀 보여주시지!"

미욜뢰즈가 고통스럽게 헐떡거리면서 얼굴을 돌리자 베키유는 기절할 뻔했다. 그것은 사람의 얼굴이 아니라 콩팥과 수탉의 볏을 넣은 그라탱과 흡사한 질척거리는 분화구였다.

베키유가 중얼거렸다.

"그러니까 내 고양이를 죽여서는 안 되지……."

다브 데 그레프가 주었던 플라스크의 역겨운 효력에 질겁한 베키유는 억누를 수 없는 공포에 사로잡힌 채 몸을 좌우로 흔들면서 카운터까지 뒷걸음질을 쳤다. 그녀는 투덜거리면서 약 이름을 중얼거렸다. 이제 어떻게 할 것인가. 미욜뢰즈는 신음소리를 멈추지 않았다. 베키유는 파르페 타무르를 생각했다. 그가 이 사실을 안다면 자신을 죽일 것이다. 이참에 미욜뢰즈의 숨통을 끊어놓아야겠다는 생각이 떠올랐다. 미욜뢰즈가 신음을 멈출 수 있도록, 그래서 이웃 사람들에게 알리지 못하도록 칼로 죽여버리자. 하지만 베키유는 격한 경련이 일어나 아무것도 할 수 없었다.

이웃 사람들이 어느새 클랑 데스탱 술집 앞에 몰려와 있었다. 이 장면을 처음부터 끝까지 목격한 사람도 있었다. 물론 다브 데 그레프였다. 그는 루제에게 이 소식을 파르페타무르에게 알리라고 지시했고 아무도 술집 안으로 들어가지 못하게 했다.

다브 데 그레프는 달콤한 표정으로 말했다.

"남의 가정사에는 끼어들지 않는 게 좋지. 어떤 일이 일어날지 알 수 없거든."

그때 구경꾼 가운데 누군가가 외쳤다.

"경찰에 신고해야 해! 누군가가 저 안에서 사람을 죽이고 있어!"

다브 데 그레프가 반박했다.

"그래, 경찰을 불러오시지. 경찰은 우리 모두를 감옥에 잡아넣을걸!"

분위기를 진정시켜야 했다. 누군가에게 알려야 한다면 카리놀 헌병 반장이었다. 다브 데 그레프는 보잘것없는 도움을 받는 대가로 그에게 약간의 뇌물을 주고 있었다. 하지만 조금 기다려야 했다.

다브 데 그레프가 단호하게 말했다.

"우선 남편을 불렀습니다. 곧 도착할 겁니다. 그러면 사건이 명백히 밝혀질 겁니다."

다브 데 그레프의 주위에 동네의 모든 최하층민이 몰려들었다. 분뇨 수거인, 문지기, 넝마주이, 온갖 떠돌이들은 물론이고 소매치기, 관음증 환자, 포주, 자신보다 더 비참한 사람들을 가여운 눈길로 바라보는 빈민들. 이들은 타인의 불행한 장면에 결코 싫증내지 않는 사람들이었다. 그들은 서로 떼밀면서 길을 비키라고 재촉했다.

마침내 다브 데 그레프가 입을 열었다.

"그럼 내가 들어가 보겠습니다. 당신들은 이곳에 가만히 있어요."

다브 데 그레프는 걸쇠를 벗기고 조심스럽게 문을 닫은 다음 안으로 들어갔다. 그는 눈앞에 벌어진 광경을 보고 충격을 받은 척했다.

"가엾은 아줌마, 대체 무슨 짓을 한 거야? 당신 미쳤구먼. 무슨 일이 있었던 거야?"

베키유는 두 팔을 늘어뜨리고 머리를 숙인 채 미욜뢰즈를 멍하니 바라보았다.

"이래서는 안 되었는데……. 안 되었는데……."

그녀는 다브 데 그레프의 배신을 알아채지 못한 듯했다.

노인이 격렬하게 소리쳤다.

"물론 이래서는 안 되었지!"

그리고 비탄에 빠진 척하면서 덧붙였다.

"이제 상황이 이해돼? 파르페타무르가 뭐라고 할까?"

다브 데 그레프는 발끝으로 미욜뢰즈의 머리를 살며시 돌려놓았다. 거의 기절해 있던 그녀가 다시 신음소리를 냈다.

"제기랄! 당신은 이 지긋지긋한 계집년을 잘 해치웠어."

갑자기 그는 밖에서 들려오는 웅성대는 소리에 귀를 기울였다. 문이 거칠게 열리더니 파르페타무르가 루제를 데리고 문턱에 나타났다.

파르페타무르가 으르렁거렸다.

"그년, 어디에 있지?"

별안간 다브 데 그레프는 베키유를 향해 돌아서서 비난의 어조로 외쳤다.

"당신이 이 가엾은 미욜뢰즈를 다 죽여놨어! 얼굴이 흉측하게 변했잖아! 당신이 얼마나 끔찍한 짓을 했는지 알아?"

다브 데 그레프는 그러면서도 한쪽 눈으로 파르페타무르를 살폈다. 이미 루제로부터 내막을 들은 파르페타무르는 아내에게 복수의 주먹을 휘두르고 있었다. 그의 커다란 얼굴을 빛나게 했던 대담함과 호탕함은 무시무시한 분노로 바뀌었다. 다브 데 그레프는 결코 이 격렬한 분노를 막지 못할 것이다. 사실 그리고 싶은 마음은 추호도 없었다. 그래서 파르페타무르가 자신의 늙은 아내에게 달려들었을 때 노인은 조금도 말리지 않았다.

다브 데 그레프는 구경꾼들이 들을 수 있도록 일부러 크게 외쳤다.

"안 돼! 안 돼! 파르페타무르, 그러면 안 돼!"

동시에 그는 루제에게 위협적인 손짓을 보냈다.

"큰일 났군. 빨리 카리뇰 헌병 반장에게 알려. 자, 어서!"

사랑하는 젊은 정부의 얼굴을 보고 격분한 파르페타무르는 두 손으로 베키유의 목을 잡고 온힘을 다해 졸랐다. 베키유는 속죄의 뜻에서 죽기로 결심했는지 발버둥치지 않았다. 튀어나온 눈 주위에 진홍빛 반점이 생겼다. 어쩌면 그녀는 고통을 단축시켜주고 궁핍하고 근심스러운 삶을 영원히 끝나게 해준 남편에게 고마워했을지도 모른다. 그녀는 이제 생명의 끝자락에 와 있었다. 아끼는 고양이가 죽었으니 이제 저승에서 고양이와 재회하는 것 이외는 아무것도 바라지 않았다. 그녀는 꽃밭을 보는 듯했다. 봄날의 꽃밭처럼 아름다웠다. 그것은 베키유가 본 마지막 광경이었다.

파르페타무르는 헐떡거리면서 말했다.

"이 심술궂은 할망구야, 이게 네 운명이야!"

베키유의 눈빛이 흐려지고 두 다리가 축 늘어졌다. 다브 데 그레프는 파르페타무르의 두 팔이 바닥에 툭 처지는 것을 보고는 출입구를 향해 소리쳤다.

"사람 살려! 사람 살려!"

* * *

술집 입구에서 발 구르는 소리, 거리에서 웅성대는 소리가 어렴풋이 들렸다. 법의 집행자들이 도착한 것이다. 누군가가 개머리판으로 술집 문을 두드렸다. 어깨에 두른 현장으로 보아 경찰서장이 틀림없는 자가 카리놀 헌병 반장을 데리고 클랑 데스탱 안으로 들어왔다. 뒤따라온 두 명의 헌병이 즉각 파르페타무르를 체포했다.

경찰서장이 다브 데 그레프에게 물었다.

"여기에서 어떤 일이 벌어졌는지 설명해주시겠소?"

노인이 공손히 대답했다.

"서장님, 저는 파르페타무르라는 별명을 가진 이 식당 주인의 명예와 성실에 대해 보증합니다. 하지만 이 사람은 홧김에 자신의 아내를 목 졸라 죽였습니다."

"홧김에 죽였다고요? 그럼 저기 바닥에 쓰러져 있는 여자는 누굽니까?"

경찰서장은 미욜뢰즈에게 다가가면서 근엄하고 준엄한 목소리로 카리놀에게 지시했다.

"반장, 파르페타무르에게 수갑을 채우시오."

몸을 굽혀 미욜뢰즈의 상태를 확인한 서장의 얼굴이 어두워졌다.

"이 가엾은 여인을 신속하게 옮겨야 합니다. 이 여인의 이름이 뭡니까?"

"클로틸드 르프티입니다."

"황산을 끼얹은 겁니까?"

"서장님께는 아무것도 숨길 수 없습니다. 하지만 저 사람이 나보다 더 자세히 상황을 지켜보았습니다. 루제, 그렇지 않나?"

적갈색 머리는 당황하는 것 같았다. 루제는 주인의 눈빛을 읽고는 고개를 끄덕였다. 그는 베키유가 바닥에 쓰러진 젊은 여인의 얼굴에 황산을 부었고 자신은 부리나케 달려서 경찰에 신고했다고 진술했다.

파르페타무르가 외쳤다.

"거짓말이야! 저 녀석은 경찰에 알리기 전에 먼저 나한테 말했어!"

경찰서장이 딱 잘라 말했다.

"당신에게 묻지 않았소!"

그리고 카리뇰에게 물었다.

"죄인 호송 마차는 도착했소?"

"도착했을 겁니다, 서장님. 피의자를 호송 마차에 싣겠습니다."

그때 다브 데 그레프가 끼어들었다.

"서장님, 제가 루제에게 살인자를 신고하라고 시켰습니다. 살인자는 파르페타무르입니다. 저는 이 비극의 장소에 도착하자마자 싸움을 말리려 했습니다. 여기에 모인 사람들이 증언해줄 겁니다. 하지만 저는 아무것도 할 수 없었습니다. 서장님은 제 체격과 자기 아내의 목을 졸랐던 저 남자의 몸집을 보셨겠지요? 그러는 사이 제 요청에 따라 루제가 카리뇰 반장을 부르러 갔던 겁니다. 저는 반장과 좋은 관계를 유지하고 있습니다. 하지만 불행히도 보다시피 너무 늦었습니다."

경찰서장이 말했다.

"음, 모든 것이 불분명해 보입니다. 아무래도 증인이 필요합니다. 그리고 판결을 내리는 것은 재판소의 소관입니다. 내 말을 믿으세요. 이 폭동과 반란의 시기에 바리케이드를 설치하는 소위 국민군 병사들에게 사법기관은 범행 여부를 떠나 관대하지 않을 겁니다. 우선 피의자를 유치장으로 데려가고 이 불쌍한 여인을 신속히 처리하시오."

죄수 호송차 한 대와 무장한 사람들이 도착했다. 헌병들, 형사들, 보병 소대. 물론 생드니 거리에는 100여 명의 흥분한 주민들이 모여 있었다.

헌병들이 파르페타무르를 데리고 나가자 경찰서장은 다브 데 그레프에게 말했다.

"당신은 정직해 보이는군요. 당신의 증언은 이 사건을 밝히는 데 도움이 될 겁니다. 살인범은 징역형에 처해지겠죠. 현행범이라 신속하게 처리될 겁니다."

다브 데 그레프는 모자를 벗고 서장에게 격식을 차려 답례했다.

"서장님께서는 너무 서두르십니다. 파르페타무르는 좋은 사람입니다. 그런데 황산 테러를 당한 젊은 정부를 보고 머리가 돌아버린 겁니다."

"나는 조금도 서두르지 않습니다. 나는 정의의 공정한 집행자에 지나지 않습니다. 성함이 어떻게 됩니까?"

다브 데 그레프는 몸을 움츠리고 겸손하게 대답했다.

"타르디에라고 합니다, 서장님. 저는 이 지역의 식당에 토끼 고기를 공급하기 위해 토끼를 기르는 보잘것없는 상인에 불과합니다. 그리고 루제라고 불리는 저 젊은이의 이름은 트리코입니다."

"좋습니다, 타르디에 씨. 당신과 트리코 씨가 사법당국의 지시에 따를 거라고 믿습니다. 나는 희생자와 범인을 처리해야 합니다. 그것만으로도 작은 일이 아닙니다."

*　*　*

타르디에는 진술할 때 파르페타무르를 옹호하는 척하면서 그를 궁지에 몰아넣었다. 그는 어떤 일에도 주춤거리지 않았다. 타인의 재산을 해치고 가로채는 일은 그에게 음탕한 쾌락과 흡사한 흥분을 일으켰다.

60년 전에 태어난 타르디에는 장자크 루소의 이론을 단호하게 부인했다. 보잘것없는 집안에서 자란 그는 아무것도 먹지 않고 술은 거의 마시지 않았으며 오직 고약한 성벽(性癖)만을 키웠다. 남을 해치고 돈을 모으는 것 말고는 어떤 일에도 관심이 없었다. 한때 가정을 꾸리기도 했지만 망가뜨리고 말았다. 아내, 자식들, 친척, 친구, 간단히 말해서 보통 사람이 일반적으로 누리는 합법적인 모든 것이 그의 생활에는 없었다. 그는 오직 자신을 위해서, 아직 꺼지지 않은 신념만을 위해 살았다. 예전에 그는 워털루 전장에서 시체의 호주머니를 털었다. 지금은 산 자들의 호주머니를 강탈하고 있다. 그는 언제나 음모를 꾸미고 살금살금 실행에 옮겼다.

타르디에는 진술이 끝나자 루제와 다음 단계를 조정하기 위해 공장으로 달려갔다. 도중에 라파엘에게 의미심장한 간사스러운 미소를 보냈다. 그는 공모자인 검은 옷을 입은 사내가 이 아이의 출생과 운명에 대해 뭔가를 감추고 있다고 확신했다. 그가 이 비밀을 간파하는 날이면 또 다른 일이 벌어질 것이다.

타르디에는 게일에게 2수를 주면서 말했다.

"자, 받아라. 일을 잘 처리했어. 하지만 입을 꼭 다물고 조용히 있어야 한다. 알았지? 네가 베키유의 고양이를 죽였다는 사실이 알려지면 사람들이 뭐라고 하겠어?"

이 협박에 질겁한 게일은 아무 말도 하지 못했다. 그는 앞으론 이 늙은 악당을 절대 믿지 않을 것이다.

잠시 후 다브 데 그레프는 주르가의 세탁소에서 검은 옷을 입은 사내를 만났다. 그는 클랑 데스탱 술집에서 일어났던 일을 상세히 전해주고 만반의 준비가 되어 있다고 말했다.

검은 옷을 입은 사내가 설명했다.

"내일이면 모든 게 결정될 것이네."

타르디에와 검은 옷을 입은 사내가 최종적으로 계획을 조정하는 동안 어린 라파엘은 지난 일을 생각했다. 그에게 자신의 외투를 벗어주었고 예수와 싸우려고 했던 그 친절한 아저씨를 다시 만날 수 있을까?

게일이 나지막하게 말했다.

"그걸 말이라고 하니? 너의 멋쟁이 아저씨는 사라졌어. 예수가 그에게 겁을 주었잖아. 외투는 루제가 가로챘고. 비열한 루제는 우리 몸에 말뚝을 박아 죽일 거야. 다브 데 그레프도 마찬가지야. 그 영감은 고양이 사건을 들먹이며 나를 협박했어. 단념해. 이 지저분하고 누추한 일터가 우리의 일상이야. 그리고 이곳은 떠나지 않는 한 우리의 무덤이 될 거야."

이 지저분하고 누추한 일터는 라파엘과 그의 불행한 동료들의 유일한 은신처였다. 감옥이자 동시에 집의 역할을 하는 누옥. 단 하나뿐인 창살 문, 감옥 문과 흡사한 빗장을 지른 문. 모두 똑같은 처지에 있었다. 아침 6시 기상, 언제나 차갑고 비계가 거의 없는 비계 수프, 하루에 빵 한 덩어리, 오후에 화주 한 잔, 밤 10시까지 작업, 또 비계 수프―이번에는 푸이예 아줌마가 주변에서 주워온 찌꺼기 음식을 냄비에 넣고 끓인 것. 이 역겨운 스튜는 배를 부풀게 하고 궤양을 일으켰다. 그리고 밤 11시 취침. 고양이를 사냥하는 아이들은 좀 더 특별한 혜택을 누렸다. 즉 이 아이들은 오전 10시부터 일을 시작했다.

게일이 거듭 말했다.

"조만간에 이곳에서 튀자고."

라파엘이 물었다.

"어디로 갈 건데요?"

"그게 문제야. 우리가 정착할 곳이 없어."

현재 그들의 정착지는 이 공장이었다. 아이들은 떠났다가도 결국 이곳으로 돌아오곤 했다. 이곳에서는 최소한 목숨은 연명할 수 있었다. 아이들은 짚을 넣은 매트리스 위에서 잠을 잤고 겨울밤을 그럭저럭 따뜻하게 보냈다. 아이들은 모두 열 명이었다. 당연히 또래 아이들처럼 빈둥거리며 놀고 싶을 나이였다. 하지만 아이들은 노동에 녹초가 되어 너무 피곤했다. 두려움과 갑작스러운 추위가 아이들을 더욱 고통스럽게 했다. 아이들은 기침을 하고 가래를 뱉으며 몸을 긁었고, 주로 안뜰에서, 가끔은 다락방이나 짚을 넣은 매트리스에서 변을 보았다. 당연히 위생 상태가 엉망이었다. 모두 구멍 뚫린 스카프를 목에 둘러맸다. 또 맨발이다 보니 기관지염과 코감기에 자주 걸렸다. 여름 초에 한 아이가 죽었다. 영양실조 때문이었을까? 아니면 루제의 학대 때문이었을까? 내막을 보면 실제로 프티 루이라는 별명을 가진 늑대 머리와 갈색 피부를 가진 아이가 죽었다. 병에 걸린 이 아이의 몸에는 이가 득실거렸고 악취가 진동했다. 루제는 달이 뜨지 않은 밤에 죽은 아이를 손수레에 싣고 가서 센 강에 던졌다. 가엾은 프티 루이. 그 아이는 라파엘에게 작은 목각인형을 주었다. 라파엘은 인형에 옷 대신 양털 조각을 붙였다. 그리고 이 소박한 인형을 랑티유(렌즈, 렌즈콩을 뜻하는 프랑스어—옮긴이)라고 불렀다. 눈 부위에 두 개의 렌즈콩을 박아넣었기 때문이다. 라파엘은 언제나 랑티유를 갖고 다녔다. 밤에도 인형과 함께 잠을 잤다. 루제가 프티 루이의 시체를 싣고 나갔을 때 게일은 푸앵퇴르 몰래 주철 냄비에 작은 불을 피웠다. 아이들이 임시로 피운 불 주위에 모였다. 라파엘은 소금 한 줌을 불에 던졌다.

게일이 설명했다.

"악마가 프티 루이의 영혼을 빼앗아가지 못하게 하는 거야."

라파엘이 물었다.

"프티 루이가 악마와 함께 갈 리가 없어요. 그 아이는 친절한 친구였어요."

다른 아이들이 고개를 끄덕였다. 잠시 후 게일이 침을 뱉어 불을 껐다.

"바로 그거야. 악마는 친절한 사람을 좋아하거든. 친절한 사람은 더 쉽게 붙잡힐 수 있어. 그들이 가난할 경우 더욱 그렇지."

"그럼 착한 하느님은 뭘하시지?"

"착한 하느님은 부자들만을 챙기셔. 그래서 천국이 그처럼 반짝반짝 빛나는 거야."

라파엘이 결론을 지었다.

"나도 천국에 가고 싶어."

아이들에게도 가끔 신념이란 것이 있다. 라파엘은 조금씩 외출함에 따라 점차 세상에 눈을 뜨기 시작했다. 아이는 지스케 경찰청장이 위험한 기생충처럼 여기는 야채 장수, 과일 장수, 물 장수, 야자열매 장수 등 온갖 행상들을 보았다. 그리고 오렌지와 막대 사탕이 몹시 먹고 싶었다.

"내가 하고 싶은 일은 거리에서 물건을 파는 거예요."

게일이 약속했다.

"언젠가 그렇게 될 거야. 조만간 이곳에서 도망치자고."

"무슨 일을 할 건데요?"

"글쎄, 방금 네가 말한 것을 하지 뭐."

밤 11시쯤 작업이 끝나면 가끔 게일과 라파엘은 사다리와 둥근 창을 통해 괴상하고 악취가 풍기는 공동침실에 올라가서 거리의 폐품으로 생계를 유지하는 여러 부류의 고물장수에 대해 얘기했다.

게일이 어른처럼 말했다.

"마음에 드는 건 행상들은 모든 규제에서 벗어나 있다는 점이야. 자유롭게 돈을 벌 수 있을 거야."

"정말로요?"

"그럼."

"루제가 내 외투를 돌려줄까요?"

"그 멋쟁이 아저씨가 준 외투 말이야? 너무 믿지 마. 빼앗아간 건데 돌려줄 리가 없어."

"루제는 못됐어."

"맞아. 루제와 그의 아버지를 죽여버리자고."

라파엘은 이불을 뒤집어쓰고 랑티유 인형을 꼭 안았다.

게일이 소곤소곤 덧붙였다.

"내일이 될지 한 달 후나 1년 후가 될지는 모르지만 우리의 계획이 성공하려면 먼저 견뎌내야 해."

"견뎌내는 게 무슨 뜻이에요?"

"죽지 말아야 한다는 뜻이야."

이윽고 두 사람은 곧 잠들었다.

* * *

코제트는 조마조마했다. 그녀는 마리우스에게 불안감을 털어놓았다.

"생드니 시문, 레알 지구, 바스티유 광장, 생자크 구역에서 바리케이드가 설치되고 발포를 했다고 들었어. 약속을 연기할 수 없어?"

마리우스는 거짓말했다.

"나는 그 지역에 가지 않아. 게다가 나를 지켜주는 수정이 있잖아."

마리우스는 외투를 입고 말 채찍을 집었다. 그리고 농담조로 덧붙였다.

"내 말이 나를 무사히 진실로 안내할 거야. 약속할게!"

코제트는 남편에게 안겼다.

"재회하자마자 헤어지는 건 어리석은 짓이야."

이 말에 마리우스는 감상적이 되었다. 그는 코제트의 입술에 살짝 키스했다. 그리고 감동에 젖은 목소리로 말했다.

"당신밖에 없어."

"거짓말이면 당신은 영원히 나를 잃게 될 거야."

"거짓말이 아니야. 나는 단지 나 자신과 화해하고 싶을 뿐이야."

마리우스는 다시 아내를 포옹한 다음 정원과 플뤼메가로 나 있는 대문을 밀었다. 그는 몇 걸음 걷다가 멈추었다. 오후가 끝날 무렵의 정원은 형형색색으로 아름답게 빛났다. 바람이 창백한 햇살을 차갑게 했고, 온실은 유리창이 달 모양의 빛을 반사하는 무어풍 돔을 닮았다. 마리우스는 채찍 끝으로 자신의 시코르스키 장화를 가볍게 치고는 코제트에게 머리를 돌렸다. 티치아노의 플로라(꽃의 여신—옮긴이)처럼 문틈에서 허리를 가볍게 흔드는 코제트는 장미와 백합을 보기 위해 궁전에서 내려온 여왕 같았다.

마리우스가 입을 열었다.

"사랑해."

코제트는 자신의 배에 두 손을 얹었다. 그녀는 마리우스에게 깜짝 놀랄 만한 희소식을 알리고 싶어 입이 근질근질했다.

"마리우스?"

"왜?"

"아무것도 아니야……."

　마리우스는 다시 한 번 모자를 흔들면서 인사한 후 단호하게 대문으로 향했다. 그는 걸으면서 위험을 어렴풋이 예감했다. 앙리 드 라 로슈드라 공의 마구간에서 말에 안장을 얹은 후 프레데릭의 죽음과 1832년의 봉기를 생각했다. 말에 오르자 음울한 생각은 곧 사라졌다. 그는 다소 빠른 속도로 달리기 시작했다.

＊　＊　＊

　마리우스는 단숨에 생제르맹 구역, 라탱 지구, 퐁뇌프 다리를 달리면서 도처에 감돌고 있던 축제 분위기에 사로잡혔다. 사교계는 뮈세의 귀환 소식으로 떠들썩했다. 베네치아에서 조르주 상드와 함께 지냈으나 곧 파국을 맞았던 것이다. 소설가 메리메의 예를 따른 몇몇 독설가들은 노앙의 부인(조르주 상드)이 프랑스어로 글을 쓰는 것과 마찬가지로 사랑을 하는 재주가 부족하다고 말했다. 네거리에서 사람들은 보드빌(노래와 춤이 뒤섞인 무대극-옮긴이)을 공연하고 있었다. 젊은이들은 압생트에 취한 뚱뚱한 부르주아들이 보는 앞에서 자랑스럽게 마약을 복용하고 있었다. 사람들은 아무 일도 없었다는 듯 거리를 산책하고 식당을 겸하는 여관과 카바레 입구에서 크게 웃고 있었다. 몇몇 대학생들이 "공화국 만세!"라는 고함 소리를 듣고 거리로 달려갔다. 부슈리생제르맹가(오늘날의 생제르맹 대로-옮긴이) 근처에서 마리우스는 수도사 옷을 입은 한 남자를 보았다. 수도사는 순례용 지팡이를 휘두르면서 푸리에의 이름을 외쳤다.

　"푸리에 만세! 자유 만세!"

　센 강 좌안의 분위기는 달랐다. 모든 상점이 닫혀 있었고 창문에는 그림자 하나 보이지 않았다. 죽음과 같은 정적이 감돌았다. 마리우스는 세 번이나 가던 길을 되돌아오고 여러 번 우회해야 했다. 한쪽에는 군인들이, 다른 쪽에는 바리케이드가 있었다. 우르가와 제오프루아랑주뱅가에서 방어진지를 구축한 폭도들이 그에게 총을 겨누었다.

"스파이가 한 명 나타났다. 친구들이여, 거총!"

마리우스는 돌아보지도 않고 얼른 물러났다. 그는 말에 박차를 가하고 생드니 구역의 어둡고 복잡한 골목 안으로 들어갔다. 그는 생마르탱가에서 페르루주라는 간판을 보고는 걷기로 하고 여관 마구간에 말을 맡겼다.

투박한 마부가 물었다.

"오늘 밤만 맡길 건가요?"

마리우스가 고개를 끄덕였다.

"그렇소. 내일 낮에 찾아가겠소."

마리우스는 마부에게 돈을 건넨 다음 다시 길을 나섰다.

마리우스는 오브리르부셰가에서도 바리케이드를 보았다. 흥분한 폭도들은 티에르와 뷔조를 죽이겠노라고 별렀다. 클랑 데스탱 술집의 간판이 보였다. 그는 다가갔다. 이번에는 그에게 총을 겨누지 않았다. 분위기는 상당히 부드러웠다.

빨간 스카프를 과시하고 권총 두 자루를 휘두르는 국민군 병사가 물었다.

"친구여, 뭐하는가?"

"트랑스농냉가로 가는 중이오."

"그럼 조심하게, 친구. 동지들이 그 거리에 바리케이드를 설치했네. 그 친구들은 지금 신경이 상당히 날카로운 상태라 방아쇠를 당길지도 모르네. 그들은 뷔조가 우리를 진압하기 위해 여단장을 맡았다는 소식을 듣고 움직이는 것이면 무엇이든 총으로 쏘고 있네."

마리우스는 깜짝 놀랐다.

"뷔조는 전쟁 영웅이 아닌가?"

다른 국민군 병사가 더욱 거칠게 권총을 휘둘렀다.

"뷔조는 자네 영웅이지 우리 영웅이 아니네. 그는 베리 공작부인을 보살피기에 바쁜 정부의 하수인이지. 그가 어떻게 하는지 두고 보자고. 자, 자네 길이나 가게, 부르주아 친구. 그리고 시대에 맞게 살게!"

말투는 덜 다정했다. 이제 친구가 아니라 부르주아라고 불렀다. 마리우스는 인사를 건네고 행운을 빌었다.

또 다른 국민군 병사가 공격적인 어조로 응수했다.

"로베스피에르 만세!"

마리우스는 뒤를 돌아보지 않고 도망쳤다. 이 국민군 병사는 자신에게 시대에 맞게 살라고 충고하면서 로베스피에르의 이름을 거론하지 않았는가. 참 별난 녀석이었다. 마리우스는 공포정치를 내세운 이 흥분한 폭도들에 대해 씁쓸하게 말했던 아르망 카렐을 생각했다. 또한 1832년 6월 바리케이드 앞에서 죽은 가브로슈를 생각했다. 그리고 라파엘을 떠올렸다. 그 녀석은 어떻게 되었을까?

역사의 강물은 도도히 흐르고 있었다. 마리우스는 보부르가에 도착하자마자 새로운 바리케이드를 보았다. 트랑스농냉가에도 바리케이드가 설치되어 있었다. 다행히 클레망스가 살고 있는 14번지에는 접근할 수 있었다. 그는 속으로 다짐했다. '언젠가는 라파엘을 찾으러 갈 거야. 예수라는 놈은 틀림없이 너무 잘 지내고 있겠지.' 그는 일단 말을 하면 반드시 실행해야 했다. 당장 하면 안 된다는 법도 없지 않은가.

이 결심으로 기분이 무척 좋아진 마리우스는 계단을 두 개씩 뛰어올라갔다. 그리고 클레망스의 집에 도착하자마자 초인종을 눌렀다. 그녀는 놀란 기색 없이 문을 열어주었다.

클레망스는 비꼬는 어조로 말했다.

"어쩐 일이세요? 어서 들어오세요. 길을 잘 아시네요."

마리우스는 그런 말투를 좋아하지 않았다.

"오래 있지 않을 겁니다, 부인."

"남작님, 도착하자마자 떠남으로써 나를 모욕하기 위해 위험을 무릅쓰고 바리케이드를 넘어왔다고는 말하지 마세요. 어서 모자와 외투를 주세요."

마리우스는 순종하고 클레망스는 보란 듯이 눈을 깜박거렸다. 그녀의 태도는 좋은 징조처럼 보였다.

"이리 와서 앉으세요. 물론 포르투갈산 포도주를 마실 거죠?"

"당신이 이처럼 부탁하니 그렇게 하죠."

마리우스는 등이 타원형으로 된 긴 의자에 앉았다. 언젠가 반쯤 벌거벗은 클레망스는 그를 유혹하기 위해 이 의자에서 선정적이고 자극적인 자세를 취하고 등받이 위로 두 다리를 올리고 허공에서 흔들어댔었다. 그는 이별에 대해 조금도 후회하지 않았다. 하지만 가슴이 보이는 빨간 벨벳 드레스를 입은 클레망스가 오늘 밤처럼 매혹적으로 보인 적이 없었다. 마리우스는 그녀의 광대뼈 부위에 떨어진 속눈썹 하나를 발견하고 클레망스에게 말했다.

"속눈썹이 어디에 있는지 알아맞힌다면 소원은 이루어질 거예요."

클레망스는 무라노산 유리잔에 포르투갈산 포도주를 따랐다. 조금 전 그녀는 이 잔에 루이데지레가 마르디그라 저녁에 주었던 마취제를 조금 부어두었다. 루이데지레는 아메데에게 알리지 않고 오후가 시작될 무렵에 이곳에 들렀다. 클레망스가 자신의 집에 마리우스를 밤새도록 붙잡아

둠으로써 복수하고 싶다고 말하자 루이데지레는 마취제를 주면서 아주
조금만 사용해보라고 권했던 것이다.

"부인, 이 약은 말(馬)도 잠재울 수 있어요. 설마 남작을 살해하려는 건
아니겠지요?"

"아니에요, 집사 나리! 복용량을 지킬 테니 염려 말아요."

루이데지레는 안심이 안 되었는지 신신당부했다.

"문제는 이 약이 새벽까지 잠들게 할 위험이 있어요. 매우 강력한 마취
제예요."

"대체 무슨 말을 하고 싶은 거예요?"

"부인께 곤란한 일이 일어나지 않도록 내 부하들을 보낼게요. 시위가
사태를 더욱 악화시킬 수도 있어요. 내 부하들이 남작을 처리할 거예요.
말하자면 남작을 적절한 곳으로 옮겨 회복시킬 거예요."

"그거 좋은 생각이군요. 그런데 약은 즉각적으로 효과를 발휘할까요?"

"잠시 기다려야 해요, 부인. 약의 효과는 확실해요. 만일 남작이 눈을
뜨면 술을 한 잔 마시게 하세요."

클레망스는 이 지시 사항을 잘 기억해두었다. 하지만 확실한 효과를 보
기 위해 용량을 두 배로 늘렸다. 그녀는 마리우스에게 잔을 내밀면서 태
연한 모습으로 권주가를 흥얼거렸다.

"속눈썹이 있다고 했나요?"

클레망스는 집게손가락으로 오른쪽 뺨을 더듬어 속눈썹을 떼어 한참
동안 바라보다가 입으로 살짝 불어 날려 보냈다. 그리고 마리우스의 맞은
편 안락의자에 앉으면서 말했다.

"내 소원은 이루어졌어요."

클레망스의 차분한 자신감이 마리우스를 약간 불안하게 했다. 그는 잔

을 들고 단숨에 마셨다. 그리고 긴 의자 옆에 있는 작은 원탁 위에 빈 잔을 놓고서 말했다.

"클레망스, 할 얘기가 있어요. 우리 관계는 오늘로 끝났어요. 우리 두 사람을 위해 헤어지는 게 낫다고 생각해요."

클레망스가 어찌나 침착하고 경멸하는 듯한 시선으로 바라보았던지 마리우스는 몹시 당황했다. 그는 이 여인이 금방이라도 울음을 터뜨리고 그의 발아래 엎드릴 거라고 생각했다. 혹은 그녀가 잘하는 온순한 표정을 짓거나. 하지만 전혀 그렇지 않았다. 그녀는 상체를 앞으로 내밀고 잔을 내려놓았다.

"나한테는 잘된 일이라고 생각해요. 당신은 내게 주겠다고 약속한 반지를 당신 부인에게 주었어요. 마리우스, 당신은 옹졸한 사람이에요. 당신이 다른 사람들처럼 비겁하고 회피적이라고 비난하는 게 아니에요. 나는 단지 현재의 모습, 그러니까 어리석고 우유부단하며 고루한 당신의 모습을 비난하는 거예요. 당신은 아메데의 발끝에도 못 미쳐요. 당신은 그의 친구가 되고 싶겠지만 그의 아류에 지나지 않아요. 무엇보다도 당신은 성가신 사람이에요."

마리우스는 조금도 움직이지 않고 흥분의 기색도 보이지 않으면서 눈살을 찌푸리고는 클레망스의 두 눈을 똑바로 쳐다보았다.

"클레망스, 당신은 사랑이 뭔지 몰라요. 당신은 인생을 아름답게 하고 조롱이나 가상(假像)과는 다른 감정들을 품게 하는 내면적인 아름다움이 없어요. 당신은 자신밖에 모르고 고뇌가 뭔지 몰라요. 당신은 완전히 메말랐고 뻣뻣해요. 당신은 겨우 서른 살인데 벌써 늙어버렸어요."

마리우스는 그녀의 아픈 부분을 건드렸다는 사실을 깨닫고는 이렇게 덧붙였다.

“더구나 당신은 인생을 좀처럼 사랑하지 않기 때문에 결코 아이를 낳지 않을 거예요.”

클레망스의 얼굴이 백짓장처럼 창백해졌다. 그녀는 아메데와의 결합으로 얻었으나 낳자마자 빼앗긴 아이를 생각했다. 그 아이를 출산한 이후로 불임이 되었다. 그녀는 오른쪽 다리를 왼쪽 무릎 위에 올려놓고 손으로 자신의 발을 잡았다. 그리고 안락의자의 쿠션을 집어 마리우스의 얼굴을 향해 던졌다.

마리우스는 두 손으로 쿠션을 붙잡으면서 외쳤다.

“왜 그래요?”

마리우스는 쿠션을 방패처럼 사용해서 폭력과 모욕 등 클레망스의 공격에 대비했다. 하지만 클레망스를 보기 위해 쿠션을 한쪽으로 치웠을 때 그녀는 안락의자에서 머리를 무릎 사이에 묻고 오열하고 있지 않은가. 그는 쿠션을 내려놓고 벌떡 일어나 그녀의 발치에 앉았다. 그는 젊은 여인의 갈색 머리를 쓰다듬으면서 말했다.

“미안해요. 당신은 매혹적인 여인이니 당신을 행복하게 해줄 남자를 찾을 수 있을 거예요. 나는 어리석은 말만 하는구려…….”

클레망스가 고개를 들었다. 그녀는 거짓으로 운 게 아니었다. 무시무시한 절망이 그녀의 얼굴을 일그러뜨렸다.

“아니에요, 마리우스. 당신은 어리석은 말을 한 게 아니에요. 나는 실제로 메마르고 차가운 이기주의자예요. 하지만 나한테도 그럴 만한 사정이 있어요. 7년 전 나는 아이를 낳았어요. 그런데 아기를 보지도 못했어요. 내가 아기를 낳자마자 누군가가 데려가버렸어요. 나는 의식을 잃은 상태였는데 나중에야 사산이라고 들었어요. 마리우스, 지금 나는 혼자예요. 나는 남자들이 마음대로 데리고 놀다 버리는 가여운 여자에 불과해요.”

마리우스는 이 새로운 사실을 알고 충격을 받았다. 동시에 머리가 지끈거렸다.

"당신은 결혼하지 않았어요?"

"바로 그게 내 불행이에요."

"그럼 아버지는요?"

"아메데 디그랑드예요."

"아메데라고요? 아니, 어떻게……. 그럼 왜 함께 살지 않았어요?"

"그는 여자에게 어떤 권리도 허락하지 않아요. 그는 자신이 대단한 엽색가라는 것을 과시하기 위해 여자들을 취했을 뿐이죠. 그는 사기꾼이에요."

마리우스는 두 손으로 클레망스의 얼굴을 잡으면서 외쳤다.

"그는 괴물이에요!"

"마리우스, 그는 아무도 사랑하지 않아요. 그는 모든 사람을 이용해요. 그는 나와 자신의 친구들을 이용했듯이 당신을 이용하고 있어요. 그가 관심을 갖고 있는 건 오직 당신 재산이에요."

"나한테는 재산이 없어요."

"그는 또한 당신 아내에게 관심이 있어요."

"뭐라고요?"

마리우스는 클레망스를 놓고 일어나려 했다. 하지만 헛수고였다. 머리는 둔하고 팔다리는 마비되었다.

"좀 누워야겠어요……."

젊은 여인은 그가 긴 의자까지 기어가도록 도와주었다. 그는 이제 두 다리로 의자에 기어오를 힘도 없었다.

마리우스는 머리를 흔들면서 물었다.

"내게 무슨 일이 일어난 거죠?"

모든 일이 머릿속에서 뒤죽박죽이 되었다. 현기증이 일어 그는 바닥에 드러누워버렸다. 책상다리로 앉은 클레망스는 쿠션을 집어 마리우스의 머리 밑에 밀어넣었다. 그리고 그의 얼굴을 쓰다듬었다. 거리에서 함성 소리와 산발적인 총격 소리가 들려왔다. 클레망스는 동요하지 않았다. 그녀는 중얼거렸다.

"잘 자라, 내 아가야. 잘 자라……."

제2부 도형장

1

함정과 재판

마리우스가 클레망스의 집에 도착했을 무렵, 루제는 예수를 데리고 공장을 떠날 준비를 하고 있었다. 루제는 열쇠를 두 번 돌려 문을 잠그고 예수의 어깨에 손을 얹었다. 예수는 이 잔인한 작자의 돌연한 친절을 경계했다. 그는 문 앞에서 꼼짝 않고 선 채로 물었다.

"나를 어디로 데려가는 거야? 무슨 일이야?"

"괜찮은 일이야. 이미 거래를 했고 네 몫도 있을 거야. 우선 수금원을 처리해야 해."

"그런데 왜 나지?"

자신감이 넘치는 루제가 분명히 말했다.

"다브 데 그레프가 지시했어."

예수는 약간 투덜거렸다. 그는 타르디에의 지시에 따라 이미 클랑 데스탱에서 한나절 동안 홀을 정리하고 부엌을 청소했다. 그의 얼굴은 호두술에 담근 것처럼 까맸다.

"네가 말한 것처럼 괜찮은 일이라면 피에르 프랑수아에게 맡기잖아."

예수의 지적에 루제는 더욱 조급해졌다.

"라스네르 말이야? 그는 감방에 들어갔어. 그를 기다리면서 세월을 보낼 순 없잖아?"

"그런데 어디야?"

"여기서 멀지 않아. 트랑스농냉가와 연결된 메르 골목길에 있는 작은 건물이야."

예수는 루제를 따라 출구와 연결된 복도를 지났다. 그는 다브 데 그레프의 토끼장을 경멸의 시선으로 쳐다본 다음 네 발로 속도를 줄이는 말처럼 천천히 걸었다.

게일은 문 건너편에서 전부 엿들었다. 이 두 사람의 급작스러운 공모에는 명쾌한 것이라고는 하나도 없었다. 그는 푸앵퇴르의 탐욕스러운 눈초리를 살피며 재빨리 소모공장으로 돌아갔다. 그리고 음흉한 미소를 짓고는 커다란 양모용 얼레빗을 휘두르면서 중얼거렸다.

"이 늙은 고자질쟁이야, 실컷 해보라고. 네 인생은 이제 얼마 안 남았어."

한편 예수와 루제는 벽에 달라붙어 폭도들과 바리케이드를 피해서 트랑스농냉가로 가고 있었다.

예수가 말했다.

"경찰은 눈을 씻고 봐도 없네."

"걱정 마. 때가 되면 헌병이 아니라 군대가 떼로 몰려올 거야."

"조금 전 내가 클랑 데스탱 술집에서 나왔을 때 오브리르부셰가에 바리케이드가 있었어. 잠시 후 나는 잡혔지. 얼빠진 국민군 병사들이 나를 입대시키려 했어. 거절했지. 그들이 내 목을 졸라 죽일 뻔했어."

그러자 루제가 넌지시 속삭였다.

"너는 어쩌면 입대하는 게 좋았을 텐데."

“왜 그런 말을 하지?”

“그냥······.”

예수는 이런 애매한 말투를 좋아하지 않았다. 그는 호주머니에서 칼을 꽉 쥐고 안심했다. 조금 더 가자 흥분한 무리가 바리케이드를 향해 달리면서 “장관들을 타도하자!”라고 외치면서 무기를 휘둘렀다. 그때 총성이 울렸다. 루제와 예수는 길가로 몸을 날렸다.

벽에 찰싹 달라붙은 루제가 소리쳤다.

“제기랄! 저 국민군 병사들의 목이 모두 잘렸으면 좋겠어! 정말이야. 저 자들은 우리 일거리를 없애고 있잖아!”

보부르가에서 멀지 않은 어느 대문 아래 숨은 두 사람은 기병 분견대가 지나가는 것을 보았다. 군인들은 허공에 검을 휘두르고 말에 박차를 가하면서 도망치는 폭도들에게 겁을 주려고 하는 것 같았다. 아무도 잡히지 않았다. 폭도들은 바리케이드를 방패로 삼았고 기병들은 50보 떨어진 곳에서 멈추었다.

그때 누군가가 외쳤다. 목소리는 땅속에서 솟아나오는 듯했다.

“대령, 거기 멈추시오!”

대령은 대체 누가 소리를 질렀는지 알아보기 위해 말의 목덜미에서 몸을 굽혔다. 그 순간 몇 발의 총성이 울렸다. 장교의 말은 마치 지진이라도 일어난 것처럼 포석에 나자빠졌다. 기병들이 즉각 원통형 군모를 잃은 대령을 일으켜 세웠다. 대령은 말을 일으켜 세우면서 질겁한 눈으로 좌우를 둘러보았다. 그는 부하에게 기병용 단총을 가져오라고 명령했다. 그는 말의 엉덩이를 방패로 삼아 거총하고 겨눈 다음 방아쇠를 당겼다. 바리케이드 위에서 움직이던 선동자가 쓰레기 더미 위로 고꾸라졌다.

대령이 소리쳤다.

"군대에서는 이렇게 사격하는 거야! 이것을 표본으로 삼게!"

그러자 폭도들이 불을 뿜으면서 응수했다.

"죽여라! 죽여라!"

루제는 하늘을 쳐다보았다.

"저자들은 총을 형편없이 쏘아대는군. 저 바보들은 결국 다치고 말 거야. 뷔조가 35연대를 이끌고 나타날 거라는 소문을 들었어."

기병들이 물러나고 광장이 비자 루제는 팔꿈치로 예수를 치며 말했다.

"가자. 거의 도착했어."

두 사람은 뛰어서 트랑스농냉가를 가로지른 다음 루제가 손가락으로 가리킨 작은 건물의 입구로 돌진했다. 그들은 어떤 총격도 받지 않았다.

루제가 말했다.

"들어가. 여기야."

루제는 문을 밀고 예수를 들여보냈다. 예수는 루제에게 돌아섰다. 그는 창백한 얼굴로 손을 호주머니에 넣었다.

"루제, 이런 소란 중에 수금원이 올 리가 없어. 이건 함정이지?"

루제는 예수보다 더 신속하게 작업복 속에 손을 넣었다. 그는 권총으로 예수의 복부를 겨냥했다.

"교활한 녀석, 단도를 꺼낼 생각은 하지 마. 돌아서 기어올라. 3층이야. 엉뚱한 짓을 하면 계단에서 피를 볼 거야!"

3층에 도착하자 두 사람은 멈추었다. 앞에 예수, 뒤에 루제.

루제가 지시했다.

"그 문을 두 번 두드려."

밖에서 다시 총성이 들려왔다. 예수는 귀를 기울였다.

루제는 예수의 허리에 권총을 들이대고 다그쳤다.

"서둘러!"

예수는 마지막 순간이 왔다는 것을 직감하고 저항을 포기했다. 문이 열리자 그는 신중하게 나아가면서도 여차하면 싸울 준비를 했다. 두 사람이 나타났다. 다브 데 그레프와 한패가 된 곁쇠질 도둑 페가스와 브레스트 도형장에서 8년을 복역한 흰둥이 뱅트되었다. 문이 닫히자 세 번째 도둑이 나타났다. 아가씨들에게 벌겋게 달군 쇠로 문신을 새기는 일로 유명한 포주 토르부아요였다. 권총을 든 루제를 제외하더라도 세 명의 대단한 도둑들을 상대해야 한다니! 이 싸움은 너무 불리했다. 게다가 세 명의 살인청부업자들은 몽둥이를 들고 있었다.

예수가 칼을 뽑으면서 외쳤다.

"자, 덤벼라, 이 악당들아! 예수는 더 큰 것을 얻지 않고는 목숨을 내놓지 않을 것이다!"

흰둥이가 몽둥이로 공격을 개시했다. 하지만 예수는 능란하게 다리를 걸어 넘어뜨리고는 칼등으로 목덜미를 쳐서 기절시켰다.

예수가 소리쳤다.

"한 놈은 처치했군!"

문을 막고 있던 루제는 무기를 사용할지 말지 망설였다. 다브 데 그레프의 명령은 분명했다. 총으로 상처를 내지 말 것.

루제는 두 명의 도둑에게 지시했다.

"놈을 혼내줘!"

치열한 싸움이었다. 이길 가능성이 있다고 확신한 예수는 능숙한 칼 솜씨를 발휘했다. 하지만 골격이 튼튼한 두 상대는 격투 경험이 많았다. 페가스는 다리를, 토르부아요는 눈을 맞았다.

두 사람은 깡충깡충 뛰고 노련하게 돌면서 서로 격려했다.

"죽여! 죽여버려!"

그들은 용감한 상대에게 몽둥이를 빗발치듯 휘두른 끝에 예수의 완강한 저항을 꺾었다. 예수는 한쪽 무릎을 꿇었다. 그는 방의 한쪽 구석까지 물러났다. 가장 난폭한 토르부아요―파열된 눈 때문에 흉한 꼴이 된―는 도살당하는 돼지 새끼처럼 울부짖으면서 예수를 공격했다. 예수는 공격을 제대로 피하지 못하고 털썩 고꾸라지고 말았다. 토르부아요는 균형을 잃으면서 번득이는 날에 상처를 입었다. 그는 끽 소리도 내지 못하고 쓰러졌다. 배에 칼이 꽂혔던 것이다.

이제 남은 사람은 루제와 페가스뿐이었다. 예수의 끈질긴 생명력에 두려움을 느낀 두 사람은 공격을 망설였다. 루제는 하수인의 다리에 상처가 난 것을 보고는 토르부아요의 몽둥이를 집어들고 천천히 휘둘렀다. 그는 의기양양하게 비웃었다.

"저놈은 칼을 놓쳤어. 협공해서 궁지로 몰아넣자고."

사람이 살지 않는 이 누추한 집의 어둠 속에서 무시무시한 일이 일어나고 있었다. 집요하게 가하는 몽둥이질 소리와 우지끈하는 기분 나쁜 소리가 들렸다. 몽둥이를 휘두를 때마다 비명 소리와 소름 끼치는 웃음소리가 들렸다. 이윽고 아무 소리도 들리지 않았다.

예수는 간신히 문까지 기어갔다. 루제와 페가스는 숨이 끊어질 듯 헐떡거리면서도 교대로 예수를 두들겼다. 그들은 숨을 가다듬었다.

루제가 헐떡이면서 중얼거렸다.

"끝장을 내야 해. 예수는 아직도 숨이 붙어 있어."

페가스는 잔인한 미소를 지으며 내뱉었다. 그의 엉덩이는 커다란 갈색 얼룩으로 더럽혀져 있었다.

"예수는 십자가에서 죽고 싶지 않았던 모양이야."

갑자기 문이 열렸다. 다브 데 그레프가 고양이 가죽 모자를 눈까지 눌러쓴 채 문턱에 나타났다. 누군가가 그의 장딴지를 움켜쥐었다.

다브 데 그레프는 얼굴이 핏빛의 죽처럼 변한 예수에게 말했다.

"제기랄, 너는 아직도 죽지 않았냐?"

그러고는 루제에게 말했다.

"그거 이리 줘봐, 무능한 자식."

다브 데 그레프는 몽둥이를 낚아채고 머리 위로 치켜들더니 가엾은 예수의 얼굴을 내리쳤다.

뼈가 부서지는 소리가 들렸다. 예수는 움찔하면서 타르디에의 장딴지를 놓았다. 그리고 단말마 속에서 마지막 숨을 거두었다.

다브 데 그레프는 몽둥이를 던지면서 말했다.

"바로 이게 내가 좋아하는 일이지. 다른 두 사람은?"

루제가 대답했다.

"토르부아요는 죽었습니다."

다브 데 그레프가 아쉬워했다.

"거칠고 건장한 놈인데. 그럼 저 녀석은?"

"녹초가 되었을 뿐입니다."

"저 녀석은 일으켜 세우고 토르부아요는 지하실에 매장해. 우린 운이 좋은 거야. 이 건물은 비어 있거든."

그리고 출구로 나가면서 덧붙였다.

"내일 새벽 시간을 엄수해야 해. 두 사람이 뭘해야 할지 알 거야. 그리고 루제는 조금 더 반듯한 차림을 하도록 해봐."

그러고는 총총히 사라졌다.

* * *

클레망스는 자세를 바꾸지도 않고 잠을 잤다. 엄마가 아이를 품듯 마리우스를 품에 안고 잤다. 자신이 미친 짓을 했다는 생각조차 들지 않았다. 이번에는 마리우스를 온전히 소유한 것이다.

아침 6시, 함성과 총소리에 놀라 눈을 떴다. 그녀는 벌떡 일어나 창가로 달려갔다. 끔찍한 광경이 보였다. 바리케이드는 부서졌고 군인들이 손을 들고 있는 폭도들을 포위하고 있었다. 무슨 일이 일어났던 걸까? 어제 저녁 총소리는 생메리 지구에서 들린 것이었다. 소수의 국민군 병사들이 총격을 개시했던 지역에서 티에르와 뷔조 장군이 수행원을 데리고 야간 답사를 하던 중 공격을 받았다. 대위 한 명이 한 건물의 채광 환기창에서 날아온 총을 맞고 죽었다. 국참사원 심의관 역시 피살되었다.

여느 때처럼 전투는 1832년에 피로 물들었던 생메리 지구에 한정되었다. 밤에 중단된 전투는 14일 새벽에 재개되었다.

그날 군인들이 부상당한 중위를 옮기던 중 어느 집에서 나온 사람들에게 습격을 당해 중위가 포로로 잡혔다는 소문이 돌았다. 그럴 리가 없었다. 또 트랑스농냉가의 한 집에서 브레포르라는 사람이 총을 쏘았다는 소문이 돌았다. 그의 아버지는 아들이 이 소요에 참가하지 못하게 방에 가둬두었다는 것이다. 하지만 그럴 리가 없었다. 진영마다 항상 사실과 다른 소문이 떠도는 법이다.

사실은 군인들을 향해 쏜 총알이 중위를 맞혔던 것이다. 사실은 누구도 중위에게 달려가지 않았고 가엾은 브레포르는 소총을 갖고 있지도 않았다. 진실은 훨씬 더 암담했다. 비열한 루제는 사태가 진정되는 것을 보고 트랑스농냉가 12번지의 지붕에서부터 기어서 14번지의 지붕에 도착했다. 그는 임무를 완수하려면 극도의 혼란 속에서 일을 처리하는 것이 도움이 된다는 사실을 잘 알고 있었다. 그렇지 않으면 발각될 터였다. 예수의 시체를 트랑스농넹가 14번지까지 옮기는 것은 그리 쉬운 일이 아니었다. 폭동의 규모에 질겁한 두 공범은 음산한 작은 안뜰 옆에 있는 층계 난간의 반대쪽 복도의 가장 후미진 곳에 있었다. 두 사람은 이 모든 일이 어서 빨리 끝나기를 기도하면서 그럭저럭 시체를 숨기고 있었다.

루제는 건물 옥상까지 올라갔다. 그는 군인들, 창문을 열고 구경하는 사람들, 잔해에서 구출되는 부상자들을 볼 수 있었다. 인접한 건물의 시민들은, 설령 두문불출하는 사람일지라도 거리의 광경을 보고 싶은 병적인 욕망을 꺾을 수 없었다.

루제는 네 발로 기어서 12번지의 지붕에 도착했다. 일단 '횃대'에 도착하자 굴뚝에 몸을 반쯤 가리고 삐져나온 기와를 발로 찼다. 기와는 지붕에서 미끄러져 지면에서 박살났다. 구경꾼들과 군인들이 고개를 쳐들었다. 군인들은 부상당한 중위로부터 물러났다. 그들은 그림자 하나밖에 보지 못했다. 루제는 중위를 표적으로 선택했다. 총알을 장전한 그는 굴뚝에 기대고 방아쇠를 당겼다. 아래쪽에서 임시변통의 들것에 실린 중위가 격렬하게 몸부림치다가 단말마의 헐떡거림을 내쉬었다. 망연자실. 함성……

격분한 한 군인이 창가로 얼굴을 내민 남자를 가리키면서 소리쳤다.

"총알이 저 건물에서 날아왔다!"

말에 탄 장교가 어쩔 수 없이 개입하려 했다. 복수심에 불탄 50여 명의 군인들이 트랑스농넹가 12번지의 부서진 문으로 몰려갔다.

클레망스는 사태의 추이를 살펴보다가 창문을 닫고 겁에 질린 채 뒤로 물러났다. 그녀는 여전히 웅크린 채 잠들어 있는 마리우스를 노려보았다. 클레망스는 두 손으로 머리를 감싸고 흐느껴 울기 시작했다. 만일 군인들이 들이닥친다면? 이미 이웃 건물에 사는 주민들의 비명소리가 들려오지 않았는가. 군인들은 검을 휘두르며 닥치는 대로 죽이고 있었다. 클레망스는 무릎을 꿇고 목숨을 구해달라고 기도했다. 그리고 기어서 마리우스가 있는 곳까지 가서 전력을 다해 마리우스를 흔들었다. 아무 소용이 없었다. 그는 눈조차 뜨지 않았다. 만일 마리우스가 죽었다면? 복용량이 너무 셌던 것일까? 그녀는 마리우스의 맥을 짚거나 심장에 귀를 대고 확인할 생각조차 하지 못했다. 그러기는커녕 그에게 외투를 입히고 장갑을 끼워주고 모자를 씌워주었다. 그리고 허리의 반동으로 간신히 몸을 일으키고 문까지 달려갔다. 미치기 일보 직전인 그녀는 아메데의 집사가 그녀에게 덫을 놓았고 조만간에 군인들이 몰려와 끌어내서 총살시킬 거라고 생각했다. 그녀는 마리우스를 죽인 장본인이 아닌가.

계단에서 발소리가 들리자 그녀는 공포에 질려 얼어붙었다. 문에 기대고 두 무릎에 턱을 댄 채 웅크리고 앉았다. 그녀는 중얼거렸다. '나는 여기에서 움직이지 않을 테야. 나도 죽어야 해.' 그녀는 다시 두 손으로 머리를 감싸고 얼굴을 무릎에 묻었다.

한편 루제는 다시 자코뱅 양식으로 지은 두 채의 집을 지나 트랑스농냉가의 14번지 지붕으로 되돌아왔다. 그는 12번지에 사는 주민들의 통곡, 복수의 저주와 울부짖음을 들으면서 급히 계단을 내려갔다. 클레망스가 들었던 것은 루제의 발소리였다. 그는 누구도 이 건물을 포위할 생각은 하지 않았을 거라고 재차 확신했다. 조심스럽게 마차가 드나들 수 있는 대문을 열자 한 줄기 빛이 스며들었다. 거리는 군인들로 새까맸다. 사방에서 서로 욕설을 하고 있었다.

말을 탄 장교들이 으르렁거렸다.

“멈추시오! 물러나시오! 클레롱, 후퇴를 명하십시오!”

한 부르주아가 탄식했다.

“저놈들이 모두 죽었어.”

루제는 대문을 닫고 페가스와 뱅트되를 만나러 달려갔다. 그는 예수의 시체를 보았다. 입도 코도 알아볼 수 없게 문드러진 얼굴, 터진 뇌와 흩어진 핏덩이와 뒤엉킨 머리카락. 그는 시체를 걷어찼다.

“그래, 너는 너무 설쳤어.”

루제는 횐둥이는 자신과 함께 가고 페가스에게는 이곳에 남아 있으라고 지시했다. 그는 가짜 콧수염을 붙이고 목에 둘렀던 손수건을 고쳐 매고 실크해트를 썼다. 그래도 불안했는지 물었다.

“괜찮아 보여?”

뱅트되가 안심시켜주었다.

“허세 부리는 멋쟁이 같아.”

루제와 횐둥이는 급히 계단을 올라갔다. 클레망스의 집 앞에 도착한 두 사람은 옷차림을 가다듬고 문을 두드렸다.

클레망스는 가슴이 두근거렸다. 그녀는 졸아든 목소리로 대답했다.

“누구세요?”

“라블리 부인?”

“네, 맞아요.”

“우리는 당신 집에 있는 젊은이를 데리러 왔습니다.”

클레망스는 안도의 한숨을 내쉬고 일어나 문을 열었다. 그녀는 이 정체불명의 남자들에게 누가 보내서 왔는지 물을 여유조차 없었다. 그녀는 거실을 가리키면서 말했다.

“서두르세요, 저기에 있어요.”

흰둥이는 마리우스를 어깨에 둘러메고 말없이 떠났다. 루제는 클레망스에게 인사를 한 다음 플라스크를 갖고 있는지 물었다. 그녀는 플라스크를 찾아서 말없이 건네주었다.

클레망스는 마리우스의 지팡이를 건네면서 말했다.

"이것도 잊지 마세요. (그리고 애원하는 어조로 덧붙였다.) 지금 당장 떠나세요."

"부인, 일은 끝난 거나 마찬가집니다."

루제는 문을 닫고 서둘러 공모자들을 만나러 갔다. 그는 1층에 도착하자 이미 예수 옆에 마리우스를 내려놓은 뱅트되에게 시간을 물었다.

"7시."

"더 이상 소리가 안 들리네. 코트를 바꿔 입히자고. 서둘러."

밖에서는 군인들이 2열종대로 지나가고 있었다. 소방관, 헌병, 신부들이 나타났다. 구경꾼들도 몰려들기 시작했다. 12번지의 주민 전원이 학살되었다고 했다. 또 상황이 종료되었고 정부군은 열한 명이 사망했고 열네 명이 부상을 입었다. 폭도들은 열네 명이 죽었고 열두 명 정도가 부상당했다.

루제와 그의 공모자들은 클레망스가 거주하는 건물을 떠나 반대 방향으로 가기 전에 마리우스의 옷을 예수에게, 예수의 옷을 마리우스에게 입혔다. 이 모든 일이 순식간에 이루어졌다. 루제는 범죄의 영웅이 되고 싶은 열망에도 불구하고 무식하고 공격적이며 충실한 부하에 지나지 않았다. 지금 그에게는 한 가지 생각밖에 없었다. 그것은 마리우스의 눈 밑에 잉크로 모반을 새겨 넣고 목탄으로 얼굴을 지저분하게 만드는 것이었다. 완벽하게 변장시켜야 했다. 페가스는 바지, 셔츠, 상의를 바꿔 입히고 마리우스의 장갑을 예수의 손에 끼워주었다. 뱅트되는 예수의 피를 묻힌 다음 마리우스의 두 팔 사이에 몽둥이를 놓았다. 마지막으로 루제는 남아 있던 마취제를 마리우스의 입에 털어 넣었다.

이번 음모는 완벽하게 성공했다. 한 가지를 빼놓고. 루제는 성급히 마리우스의 얼굴을 분장하다가 에메랄드빛 눈을 가진 뱀이 새겨진 예수의 금반지를 깜박하고 말았다.

* * *

두 시간 후 트랑스농냉 거리는 여전히 혼란스러웠다. 이 소식은 신속하게 퍼졌다. 정부는 이미 리옹과 파리에서 승리했다는 소식을 귀족원에 알렸다. 귀족원 의원들과 하원의원들은 국왕에게 축하의 말을 전하기 위해 튈르리 궁전으로 몰려갔다고 했다. 또 가혹한 조처를 강구하고 있다고 했다. 다음 날 장관들은 비슷한 혼란의 발생을 금지하기 위해 두 개의 법안을 제출했다. 하나는 내부 치안을 보장할 수 있는 군대를 조직하기 위해 추가예산을 요구하는 것이었고, 다른 하나는 총기 소지자에 대한 엄격한 처벌이었다. 거리에서는 더 이상 공화주의자들을 볼 수 없었다. 특히 4월 14일 그 침통한 아침에. 그들은 공포를 조장했다는 이유로 미움과 경멸을 받았고 참담하게 실패했다는 이유로 웃음거리가 되어 고개를 숙여야 했다. 당국은 서둘러서 비밀단체를 해체하고 우두머리들을 투옥시킬 참이었다. 프레데릭 리볼리에가 일했던 「라트리뷘」은 머지않아 정간처분을 받게 될 터였다. 쇠뿔은 단김에 빼야 했다. 혁명 사상에 대한 피로감이 생기고 모두가 망연자실해 있는 이 기회를 이용해야 했다.

그날 아침 트랑스농냉가 14번지 1층의 어두운 구석에서 건물 관리인이 두 구의 시체를 발견했다. 작은 안뜰의 건너편 관리인실에 거주하고 있는 그는 총격전이 벌어지는 순간 모습을 몸을 피하는 것이 좋겠다고 판단했다. 그는 신고하기 위해 멀리까지 뛰어갈 필요도 없었다.

헌병 반장이 눈살을 찌푸리면서 투덜댔다.

"또 시체 두 구가 발견되었다고요? 옆 건물에서 죽은 사람들만으로는 부족했나?"

헌병들이 시체를 짐수레에 옮겼을 때 한 시체가 숨을 쉬고 있는 것을 발견했다.

깜짝 놀란 헌병 반장은 턱수염을 쓰다듬으면서 말했다.

"숨을 쉬는 사망자? 숨을 쉰다면 사망자가 아니잖아!"

이 두 혁명주의자는 건물 속으로 피신하려다가 다쳤을 것이다. 한 사람은 상처가 심해 죽었고 다른 사람은 기적적으로 살아남았을 것이다.

한 헌병이 마리우스를 살펴본 후 확인해주었다.

"이 사람은 움직이지 않습니다. 식물인간 같습니다."

구경꾼들이 짐수레와 헌병들 주위에 몰려들었다. 조금 멀리 떨어진 곳에서 이상한 모자—들라크루아가 모로코에서 가져왔던 모자와 비슷한—를 쓴 젊은이가 화판에 기댄 채 종이에 뭔가를 그리고 있었다. 강렬한 눈빛, 가느다란 목, 염소수염.

샤를 10세 지지자처럼 보이는 멋쟁이가 설명했다.

"도미에라고 불리는 떠돌이 화가입니다. 그는 이미 여섯 달 전부터 국왕을 조롱하고 있어요."

트랑스농냉가 14번지 주민들은 창가로 얼굴을 내밀고, 깊은 침묵을 지키고 있던 군인들과 장교들을 노려보았다. 주민들은 보부르가, 우르가, 오브리르부세가, 제오프루아랑주뱅가, 트랑스농냉가의 바리케이드가 무너졌다는 사실을 알고 있었다. 3층에서 한 젊은 부인이 넋이 나간 표정으로 짐수레를 바라보고 있었다. 그녀는 마리우스처럼 보이는 무기력한 몸뚱이—하얀 천으로 얼굴이 덮여 있는—를 보고 정신을 잃을 것만 같았다. 얼이 빠진 그녀는 어떤 손짓도 할 수 없었다.

저 아래 거리에서 적갈색 머리의 뚱뚱한 사내가 이 장면을 지켜보고 있었다. 작업복과 챙 달린 모자를 괴상하게 쓴 그는 군중 속에서 길을 잃은 듯했다. 클레망스를 찾아갔을 때 입었던 옷과 수염을 없앤 그는 부르주아, 장인, 상인, 구경꾼, 문지기들을 헤치며 나아가서 헌병 반장과 짐수레에 다가갔다. 그는 모자를 벗고 짐짓 겸손하게 머리를 숙였다. 그리고 망설이는 목소리로 말했다.

"반장님, 저는 이 사람을 압니다."

3층에서 지켜보고 있던 클레망스는 그 사내가 마리우스를 찾으러 왔던 루제라는 사실을 알지 못했다. 무슨 일이 일어난 걸까? 그녀는 생각하고 싶지 않았다. 신문을 받거나 위협을 받을 거라는 생각에 너무 겁먹은 나머지 제정신이 아니었던 것이다.

헌병 반장이 루제를 발끝부터 머리끝까지 훑어보고 물었다.

"누구시죠?"

"반장님, 저는 보잘것없는 소모 직공입니다. 저는 오브리르부세가에 살고 있는데 저 망나니들이 바리케이드를 설치하는 바람에 어젯밤 숙소로 돌아갈 수 없었습니다."

반장이 말했다.

"좋소. 그러니까 당신은 이 사람들을 알고 있다는 말이죠?"

"기절한 이 사람은 저와 함께 일했습니다. 아주 하찮은 녀석입니다. 그는 술을 퍼마시고 계집질하는 것밖에 관심이 없죠. 보십시오. 아직도 피가 낭자한 몽둥이를 두 손으로 쥐고 있습니다. 이 불쌍한 녀석의 피가 아닐까요?”

루제는 얼굴이 뭉개진 시체를 가리켰다. 그러고는 말을 이었다.

“하지만 중요한 것은 그게 아닙니다. 생각해보십시오. 저는 제 공장에 아이들을 고용하고 있습니다. 예수는 그의 별명이고 본명은 알렉상드르 틱시에입니다. 그는 아이들을 자주 학대했습니다. 어느 날 한 젊은이가 공장을 찾아왔습니다. 저는 아이들의 노동 조건을 개선하기 위해 얼마나 노력하는지를 보여주기 위해 외부인의 방문을 허락하고 있습니다. 예수가 아이를 때리자 젊은이는 그 아이를 감쌌습니다. 두 사람은 결투하기 위해 거리로 나가기조차 했습니다. 증인들이 있습니다. 제 말을 믿어주십시오.”

헌병 반장이 짜증을 내자 루제가 설명을 보충했다.

“반장님, 짐수레에서 죽은 듯이 보이는 저 사람이 바로 그 젊은이입니다.”

“어떻게 알 수 있소?”

“반장님, 그의 옷차림을 보면 알 수 있습니다. 이 젊은이는 아주 훌륭한 신사입니다. 그의 이름도 알고 있습니다.”

“아, 그래요? 어떻게 알았소?”

“예수와 저분이 싸웠던 날, 예수가 그의 이름을 외쳤습니다. 거리의 아이들처럼 두 사람은 싸우려 했습니다. 그의 이름은 마리우스 퐁메르시입니다.”

누군가가 거들었다.

“그의 말은 사실이오.”

헌병 반장과 루제가 고개를 돌렸다. 카리뇰 반장이 두 명의 헌병을 대동한 채 두 다리로 떡 버티고 팔짱을 끼고 있었다. 그의 푸른 눈에는 도도

한 자만심이 깃들어 있었다. 다브 데 그레프가 그에게 현장에 가보라고 부추겼던 것이다.

헌병 반장의 두 눈이 휘둥그레졌다.

"당신이 어떻게 알죠?"

"나는 이 예수와 젊은이가 싸울 뻔했을 때 현장에 있었네."

"아무 일도 하지 않았소?"

"아무 일도 일어나지 않았기에 아무 할 일도 없었지."

헌병 반장은 머리를 긁적였다.

카리뇰 반장이 끼어들었다.

"이 젊은이의 이름은 마리우스 퐁메르시네. 당신 부하들에게 이 젊은이의 호주머니를 뒤지라고 지시하게."

헌병 반장은 부하들에게 돌아서서 사망자의 호주머니를 뒤지라고 지시했다.

로트에가론 지방의 억양을 가진 헌병이 말했다.

"마리우스 퐁메르시라는 이름의 신분증이 있습니다. 명함에도 그렇게 적혀 있습니다."

헌병 반장은 자신의 이각모를 가볍게 만졌다. 그는 마지못해 말했다.

"이것 참! 사건이 복잡하게 꼬였군."

소총과 곤봉으로 무장한 3개 소대의 경찰이 건물 근처에 도착했다. 검은 옷을 입은 사람들이 이미 유명한 학살 장소가 되어버린 건물 앞에서 얘기를 나누고 있었다. 그들 가운데 모자를 쓴 두 사람이 지팡이를 내저으며 헌병들에게 다가갔다. 경찰서장과 형사였다.

경찰서장이 말했다.

"이 사건에 수상쩍은 구석이 있다고 들었소."

두 헌병 반장이 대답했다.

"그렇습니다."

두 헌병 반장이 사건을 설명했다.

경찰서장과 반장은 마리우스를 신문하려 했다. 하지만 헛수고였다. 루제가 마리우스의 입속에 털어 넣은 강력한 마취제 때문에 인위적인 잠에 빠진 희생자는 뺨을 때려도 몸을 흔들어도 아무 반응이 없었다.

형사가 말했다.

"아무것도 알아낼 수 없습니다."

그러자 경찰서장이 루제에게 물었다.

"저 젊은이의 이름이 뭐죠?"

"예수입니다, 서장님. 본명은 알렉상드르 틱시에입니다. 우리끼리 하는 말이지만 약간 모자란 녀석입니다."

카리뇰 반장이 맞장구쳤다.

"맞습니다."

그러자 경찰서장이 흡족한 표정으로 소리쳤다.

"모자란 사람에겐 갤리선을 젓는 형벌만큼 좋은 게 없지!"

그리고 부하들에게 지시했다.

"이 가엾은 퐁메르시 선생의 가족에게 소식을 전할 수 있도록 필요한 조처를 하게."

루제가 물었다.

"소송이 있을까요?"

경찰서장이 지팡이를 꽉 쥐고 대답했다.

"소송이라고요? 방금 일어난 소요사건 때문에 소송은 정치범들에게만 해당됩니다. 이런 사소한 사건은 신속하게 처리될 겁니다. 내게 권한이 있다면……."

경찰서장은 숨을 멈추고 마음에 담고 있는 것을 말하지 않도록 조심했다. 그리고 이렇게 결론지었다.

"알렉상드르 틱시에는 분명 목숨을 보전할 것이오. 지능이 모자란 사람한테는 정상이 참작될 것이오. 그 이유는 모르겠네. 당신은 몽둥이와 잔인하게 훼손된 퐁메르시의 얼굴을 보았네. 이자는 아마도 불시에 습격을 당했을 것이네."

카리뇰 반장이 눈썹을 무겁게 깜박거리면서 동의했다.

"서장님 의견에 동의합니다."

루제는 가짜 예수가 약간 모자란 사람이라고 언급한 것을 후회했다. 그는 애처로운 목소리로 물었다.

"제가 증언해야 할까요?"

경찰서장은 지팡이의 둥그스름한 끝에 턱을 괴고 대답했다.

"당연하지요. 어쨌든 예수라는 사람은 중죄재판소에 회부될 것이네. 하지만 요즘 같은 정치적 혼란기에 알렉상드르 틱시에의 사건에 오랫동안 관심을 갖기는 어려울 것이네. 이런 사소한 사건에 몰두할 리가 없네."

루제는 물러났다. 그는 조금 멀리서 미소를 짓고 있는 고양이 가죽 모자를 쓴 남자를 알아보고 달려갔다.

다브 데 그레프가 물었다.

"어떻게 됐어?"

"경찰은 마리우스를 유치장으로 데려갔어요. 그는 곧 재판을 받게 될 겁니다. 서장 말로는 중죄를 받을 거랍니다."

다브 데 그레프는 두 손을 비볐다.

"단두대?"

"확실치 않아요."

다브 데 그레프가 다시 물었다.

"중형?"

다브 데 그레프는 루제의 환한 얼굴을 보고 마리우스가 도형을 받을 거라고 예상했다. 몇 달 전 타르디에, 테나르 혹은 테나르디에라고 불리는 이 '대자선가'가 마리우스에게 가서 장 발장이 살인자이자 탈옥한 도형수라고 알리자 마리우스는 그를 비열한 인간으로 취급하고 내쫓았었다. 다브 데 그레프는 거기에 앙심을 품고 그 건방진 마리우스를 따끔하게 혼내주고 싶었던 것이다.

"마리우스가 약은 꾀를 부리려 했다고? 녀석은 도형장의 맛을 보게 될 거야. 그의 허약한 꼴을 보아하니 거기에서 죽게 될 거야."

다브 데 그레프는 헌병들의 왕래를 지켜보면서 루제에게 공장으로 돌아가라고 지시했다. 그는 투덜대는 목소리로 설명했다.

"나는 너무 오랫동안 아이들끼리만 있는 걸 좋아하지 않아. 게다가 게일은 틀림없이 밤새도록 고양이 사냥을 했을 거야."

몇 분 후 그는 익숙한 목소리에 소스라치게 놀랐다.

"테나르디에, 구경 잘했소?"

노인은 씩씩대는 고양이 울음소리를 내면서 냉소를 짓고 대답했다.

"엄청 잘했네. 제발 그런 식으로 내 이름을 부르지 말게."

검은 옷을 입은 사내는 집게손가락 끝으로 모자를 벗고 까치발을 했다. 그가 그런 자세를 취하면 곱사등이 보였다. 이번에는 완전히 얼굴을 드러냈다. 이 사내는 다름 아닌 루이데지레 뷔르댕이었다. 아메데 디그랑드의 집사.

다브 데 그레프가 말했다.

"뷔르댕, 일이 끝났다고 생각하네."

두 남자는 함께 웃으면서 악수했다.

그들은 이 사건의 현장을 스케치하고 있는 젊은 소묘화가를 보지 못했다. 그의 연필은 훌륭한 일을 해냈다. 커다란 턱을 가진 열다섯 살의 소년은 소묘화가의 어깨 너머로 이 장면을 하나도 놓치지 않았다.

소묘화가가 소년에게 물었다.

"너는 무엇을 곁눈질하는 거니?"

"선생님의 그림요. 정말 꼭 닮았네요."

소묘화가는 루제가 자리를 뜨는 것을 은밀히 바라보았다. 그는 무슨 일이 일어났는지 아무것도 몰랐다. 헌병들이 지금 짐수레에 싣고 옮기고 있는 누워 있는 사람, 예수로 간주된 그 사람은 왜 반지를 끼고 있지 않을까?

젊은 소묘화가는 자부심을 갖고 말했다.

"내 이름은 도미에란다. 관심이 있다면 「라카리카튀르」(풍자신문)에서 내 작품을 볼 수 있지."

게일이 대답했다.

"고맙습니다, 선생님. 기억해두겠습니다."

게일은 루제가 돌아오기 전에 공장에 도착하기 위해 달렸다.

* * *

법원에서 파견한 의사는 마리우스를 책임을 물을 수 없는 사람으로 진단했다. 머리카락이 이마에 달라붙은 빈혈증에 걸린 이 의사—악취를 풍기는 입내는 내장과 알코올의 혼합물을 떠올리게 했다—는 어떤 수상한 점도 찾지 못했다. 그는 서둘러 일을 처리했다. 그리고 이 젊은이가 살인을 저질렀던 순간에 자신의 행동을 자각하지 못했다고 단정했다. 피의자를 보기만 해도 충분했다. 끔찍하고 고통스러운 내적 싸움에 시달리는 극도로 쇠약한 환자가 아닌가.

졸속 진단이 마리우스의 목숨을 구했다. 탈진 상태와 정신쇠약을 동반한 의식 상실과 더불어 발작적 공격 성향이 있을 뿐만 아니라 이성적 능력을 전혀 발휘할 수 없다는 결론이 내려졌다. 더구나 광기를 정식으로 거론하지 않았기 때문에 정신병원은 피할 수 있었다. 재판은 신속하게 진행되었다.

마리우스를 체포한 경찰서장이 법정에 출두했다. 그는 피의자를 고용하고 있는 듯한 소모 직공과 적극적이지 않은 헌병 반장의 진술을 근거로 한 간단한 수사 내용을 바탕으로 의사의 견해를 보충했을 뿐이다. 시간을 질질 끄는 것은 쓸데없는 짓이었다. 그에게는 더 중요한 일들이 쌓여 있었다.

경찰서장은 확신에 찬 표정으로 진술했다.

"재판관님, 예수라는 별명을 가진 피고인 알렉상드르 틱시에가 모자란 사람이라는 것은 잘 알려진 사실입니다. 하지만 몽둥이로 사람을 때려죽였습니다. 희생자의 얼굴에 가한 타격은 상상을 초월하는 야만성을 입증합니다. 피고인은 틀림없이 가장 수상쩍은 계층과 교제를 했을 것입니다. 따라서 정신착란자였던 이 덜떨어진 자를 마땅히 사회에서 격리해야 합니다."

주요 증인의 자격으로 출두한 루제는 호적에 등록된 본명인 오귀스트 트리코라는 이름으로 진술했다.

"재판장님, 이 두 사람은 이미 싸운 적이 있습니다. 서로 모욕적이고 위협적인 말을 했습니다. 이 언쟁을 목격한 지역 주민들이 이 사실을 확인해줄 수 있습니다. 예수는 이성을 잃었습니다. 저는 사실 이번에 일어난 이 끔찍한 사건도 별로 놀라운 일이 아닙니다."

카리뇰 헌병 반장은 어떤 증인도 부인할 수 없는 루제의 진술을 확인해주었다. 유일한 증인이 될 수 있었던 클레망스 라블리는 보이지 않았다. 그녀의 이름조차 언급되지 않았다.

이때부터 알렉상드르 틱시에로 불리게 된 마리우스는 피고인석에서 죽은 사람처럼 창백한 얼굴을 하고 있었다. 두 헌병이 그를 부축하고 있었다. 피해자의 가족이나 친구들은 재판에 불참하고 손해배상 청구도 하지 않았다. 어설픈 재판이었다. 모든 사람들이 이 사건을 조속히 끝내려고 서둘렀다. 고등법원 검사장의 진지하고 엄격한 얼굴도 마리우스에게 전혀 영향력을 끼치지 못하는 듯했다. 하지만 사람들은 피고인들이 얼마나 공포심을 갖고 냉혹한 검사들을 바라보는지 잘 알고 있다. 그러나 마리우스는 자신이 어디에 있는지 의식하지 못했고 왜 이곳에 있는지도 모르는 채 머리를 살살 흔들고 눈을 감고 있었다. 두 명의 헌병이 심문 중에 잠에 빠지지 않도록 때때로 그를 거칠게 다루었다.

배심원들은 자신에게 일어난 일을 이해하지 못한 채 가끔 신음소리를 내는 이 젊은이에게 연민을 느꼈다. 검사장은 본보기로 삼기 위해 종신 강제노동형을 요청했다. 냉혹한 동시에 설득력 있고 똑 부러지기로 유명한 이 검사장—격렬하게 비난할 때 턱수염이 턱의 움직임에 따라 움직이는—은 그래도 과도한 격정은 드러내지 않았다. 그는 단지 검사장의 임무를 수행했을 뿐이었다. 의사, 판사, 재판장, 변호사와 마찬가지로 그는 이 재판과 그 결과에 무관심해 보였다. 이 사법관들의 유일한 관심은 조만간에 시작될 중대한 재판, 즉 국가를 전화(戰火)와 유혈의 도가니로 몰아넣을 뻔했던 고약한 공화주의자들의 재판에 있었다.

배심원들도 그 점을 알고 있었다. 일반적으로 엄선된 배심원들은 반란이나 공정성의 분야에서는 냉정하기 때문에 검사들의 구형을 승인하는 것으로 그쳤다.

운명의 순간이 다가왔다. 배심원들이 토의했다. 신속하게.

경비원이 심의실 문턱에 나타나서 날카로운 목소리로 외쳤다.

"재판장님이 출정하십니다!"

판사들이 정적 속에서 자리를 잡았고 배심원들도 의자에 앉았다. 모든 일이 일사천리로 진행되었다.

재판장이 지시했다.

"헌병, 피고인을 데려오시오."

재판장의 지시가 떨어지자 방청객의 시선은 마리우스가 들어올 문 쪽으로 쏠렸다. 문이 열리고 피고인이 나타났다. 창백한 얼굴, 비틀거리는 걸음걸이, 뒤집힌 듯한 눈동자, 멍해 보이는 얼굴. 헌병들의 부축을 받은 채 마리우스는 탈모증이 나타나기 시작한 변호사 옆에 섰다. 부지런한 변호사의 흐릿한 얼굴은 뜻을 알 수 없는 애매모호한 변론을 더듬거릴 때만 생기가 돌았다.

재판장은 무뚝뚝한 어조로 검사장이 작성한 기소장을 읽으라고 요청했다. 기소 내용은 짧지만 가혹한 것이었다. 방청객의 시선은 계속 마리우스에게 집중되었다. 그는 때로는 오른쪽 헌병에게, 때로는 왼쪽 헌병에게 머리를 기울이면서 얼빠진 표정으로 사람들을 둘러보았다.

기소장 낭독이 끝나자 재판장은 마리우스에게 성과 이름을 물었다. 물론 마리우스는 혼자 일어날 수도 한마디 말도 내뱉을 수 없었다. 변호사가 대신 대답했다.

재판장은 왕의 이름으로 떨리는 목소리로 판결을 내렸다.

"피고인 알렉상드르 틱시에, 본 법정은 당신에게 20년 강제노동형을 명한다."

어떤 웅성거림도 없었다. 배심원단은 알렉상드르 틱시에에게 조금도 관용을 베풀지 않았다. 그의 죄질이 악랄했기에 재론할 여지가 없었던 것이다. 정신이상 때문에 구금조치가 되었기 때문에 그는 즉각 비세트르 감옥으로 보내질 터였다.

마침내 귀찮은 사건을 해치우게 되어 만족한 재판장은 서류를 정리하면서 말했다.

"신사숙녀 여러분, 폐정을 선언합니다."

알렉상드르 틱시에의 운명에 관심을 가진 사람은 아무도 없었다. 이번이 유일한 경우는 아니었다. 어제도 다른 재판을 날림으로 해치우지 않았던가. 소목장이 출신의 술집 주인이 질투심이 폭발해서 아내의 목을 졸라 죽였다. 타르디에라는 증인이 그에게 불리한 진술을 했다. 격분해서 제정신이 아닌 피고인이 어찌나 소란을 피웠는지 법정에서 쫓겨났을 정도다. 법원 측은 결석재판을 실시했다. 그 남자 역시 20년형을 선고받았다. 우연히 일어난 정치적 사건이 상황을 악화시킨 듯했다. 아무튼 파르페타무르는 판결을 들으면서 그렇게 생각했다.

* * *

루이데지레가 마리우스의 죽음을 알리자 아메데는 소스라치게 놀랐다.

"그게 확실해? 마리우스가 죽었다고? 클레망스가 살고 있는 건물의 출입구에서 미친놈한테 공격을 당했다고?”

집사는 짐짓 놀란 척하며 대답했다.

“후작님, 유감스럽게도 이 끔찍한 소식은 사실입니다. 저도 오늘에야 알았습니다.”

뷔르댕은 재판이 끝날 때까지 기다렸다가 주인에게 퐁메르시 남작의 사망을 알렸던 것이다.

“자, 보십시오, 나리. 저는 아무것도 지어내지 않았습니다. 퐁메르시 남작이 연극평론가로 활동했던 신문에도 나왔습니다.”

아메데는 집사의 손에서 「르나시오날」을 빼앗아 마리우스의 사망 기사를 읽었다.

갑자기 얼굴이 창백해진 아메데는 변색된 목소리로 말했다.

“믿을 수가 없어. 그럼 클레망스는? 대체 무슨 일이 일어난 거야? 이럴 리가 없어!”

“불행하게도 사실입니다, 후작님.”

아메데는 신경질을 냈다.

“나를 조용히 내버려둬!”

끔찍한 충격에 사로잡힌 후작은 루이데지레의 관대하고 동시에 실망이 담긴 시선을 외면했다. 집사는 생각했다. ‘나는 후작을 위해 무슨 일이든 다 하는데, 어떻게 나를 이렇게 박대할 수 있지?’ 그는 말없이 물러나 자신의 방으로 돌아갔다.

후작의 예상치 못한 반응을 제외하고는 모든 일이 잘 돌아갔다. 루이데지레는 만족했다. 오늘 아침 그는 주르가의 세탁소에서 타르디에를 만났다. 두 사람은 트랑스농냉가의 유혈 사태 이후로 만난 적이 없었다. 그들은 별다른 이야기는 나누지 않았다. 고심해서 꾸민 음모가 계획대로 이루어지자 두 사람은 행복한 현기증을 느꼈다. 갑자기 안도감이 불안으로 바뀌었다. 죄인도 때로는 일반인처럼 자신이 저지른 범행의 후유증을 겪는다. 범인은 설명할 수 없는 우수에 사로잡히고 얼빠진 상태가 되기도 한다. 그것은 돌이킬 수 없는 잘못에 대한 회한이다.

마침내 루이데지레가 짓누르는 듯한 침묵을 깼다.

"우리는 당분간 만나서는 안 된다고 생각하네."

타르디에가 대답했다.

"내가 클랑 데스탱의 운명을 손아귀에 넣을 때까지……."

타르디에는 자신이 해야 할 일을 결코 잊지 않았다. 그가 단순한 몽상가였다면 모든 일이 이렇게 순조롭게 돌아가지 않았을 것이다. 얼마나 웃음을 참았던지 그는 낄낄거리고 웃었다.

"루이데지레, 우리는 성공했네!"

루이데지레는 조심스레 고개를 끄덕였다. 타르디에는 표적을 낮게 겨냥했지만 집사는 높이 겨냥했다. 타르디에가 집행자라면 집사는 전략가였다. 타르디에는 음모를 꾸몄고, 집사는 조종했다. 파악할 수 없는 음모에 말려드는 것은 생각할 수 없는 일이었다. 의지, 강렬한 의지는 루이데지레의 원동력이었다. 타인의 열정으로 자신의 열정을, 타인의 탐욕으로 자신의 무기력을, 타인의 야망으로 자신의 배신을 극복하게 하는 의지. 적은 것에 만족한다는 것은 신중한 허영심을 가진 이 남자에게 아무 의미도 없었다.

루이데지레는 마리우스의 편지를 보고는 주인을 부자로 만들 수 있고 자신도 부유해질 수 있는 절호의 기회라고 판단했다. 아메데를 퐁메르시 남작의 상속자로 만들 수 있는 권한이 집사의 손에 맡겨진 것이었다. 마리우스의 공증인이 서명한 그 편지는 아메데의 공증인 상자에 보관되어 있었다. 아메데는 조금만 참고 기다리면 플뤼메가의 집을 얻게 될 터였다. 그는 코제트와 혼인할 것이고 지금 살고 있는 초라한 집을 팔 수 있을 것이다. 그다음에는 수확하는 일만 남았다. 물론 루이데지레 뷔르댕이 이 일에 개입할 것이다. 그는 주인의 태만을 너무도 잘 알고 있었다. 주인에게는 유능한 집사가 필요했다. 그런데 누가 이 임무를 자신보다 잘 이행할 수 있겠는가.

루이데지레는 아메데가 아주 어릴 때부터 그를 보살펴왔다. 아메데의 학업을 도왔고 가정교사에게 사례금을 지불했으며 주인이 군직을 선택할 수 있도록 참모본부의 한 장교에게 청탁했다. 루이데지레는 주인을 위해 희생했다. 그렇다. 검은 옷을 입은 이 사내는 주인을 위해 헌신해왔다. 그는 모든 일을 했다. 따라서 그는 원하는 대로 일이 이루어진다면 행실을 고칠 생각이었다. 성가시게 구는 타르디에와의 우정을 청산할 것이고 부끄러운 짓을 그만둘 것이다. 그는 더 이상 아이들을 팔지 않겠다고 자신에게 약속하고 맹세했다. 분명 그것은 타르디에와 함께 정했던 목적, 즉 아이들에게 도둑질과 강탈을 가르쳐 엄청난 소득을 보장할 수 있는 무적의 범죄 집단을 양성한다는 목적에 어긋나는 것이었다. 어린 라파엘은 후보자들 가운데 한 명이었다. 이 아이는 파리의 제2의 카르투슈(오를레앙 공의 섭정 시절 매력적인 의적, 싸움꾼-옮긴이)가 될 것이다.

갑자기 다브 데 그레프의 얼굴이 일그러지자 집사는 황홀한 몽상에서 깨어났다.

"무슨 일인가?"

"한 가지 말하지 않은 게 있네."

사람들은 다브 데 그레프를 알고 있었다. 설령 그렇지 않더라도 그는 자신의 쾌락을 위해서라면 공모자의 머릿속에 의혹의 씨를 뿌리지 않고는 배기지 못했다.

루이데지레가 어두운 표정으로 물었다.

"대체 뭔가?"

"루제가 어리석은 실수를 저질렀네. 그는 예수의 반지를 빼내지 않았다네. 녀석은 재판이 끝나고 구형을 하는 순간에야 그 사실을 깨달았다네."

루이데지레는 화를 냈다.

"반지라니? 무슨 반지 말인가?"

"뱀이 새겨진 반지네. 자네도 보지 못한 모양이지? 안심하게. 이 실수는 앞으로 일어날 일에 어떤 영향도 미치지 못할 것이네."

"어떤 영향도? 자네, 바보야? 생각이 있소 없소? 만일 가짜 마리우스 퐁메르시의 장례식 때 누군가가 시체의 손가락에서 반지를 알아본다면 무슨 일이 일어날지 모르겠소? 그렇게 되면 마리우스 퐁메르시가 가짜라는 게 밝혀질 테고 다시 수사가 진행될 거야. 자네가 바라는 게 이건가?"

늙은 다브 데 그레프는 침묵을 지켰다.

마침내 그가 입을 열었다.

"그 반지를 반드시 회수하겠소."

"바로 그거야. 미련한 루제 녀석이 실수를 저질렀으니 그 문제를 직접 해결하라고 지시하게. 최대한 빨리!"

다브 데 그레프는 조금 더 머리를 숙이고 동의했다.

"알았네."

두 사람은 냉랭하게 헤어졌다.

루이데지레는 자기 방으로 돌아와서 주인을 다시 생각했다. 그는 후작의 마음이 약해질까 걱정하며 방 안에서 서성댔다. 마루, 간이침대, 광택이 없는 줄무늬가 있는 거칠고 빳빳한 천을 씌운 두 개의 안락의자도 그를 우울하게 했다. 그는 더 이상 참지 못하고 후작을 만나러 갔다. 아메데는 거실에 없었다. 주인은 틀림없이 오락실이라고 과장해서 부르는 2층으로 올라갔을 것이다. 계단을 올라간 루이데지레는 긴 소파에 누워 있는 후작을 발견했다.

"방해하는 건 아닌가요?"

"또 뭔가?"

"후작님이 퐁메르시 남작부인 댁에 가서 슬픈 소식을 전해야 한다고 생각합니다."

"남작부인이 소식을 모른다고 생각하나?"

아메데는 발바리가 짖는 것처럼 거칠게 말했다. 자신의 고상한 습관과 타인의 섬세한 감정을 혼동하는 그는 참담하게 무너지고 말았다. 그는 더 이상 아무것도 혼동하지 않았다. 놀이는 끝난 것이다. 자신의 실수로 한 사람이 죽었다. 마음 약하게도 그가 존중하고 아끼는 사람이 죽었다. 그는 마리우스에게 자신의 마음을 털어놓지도 못했는데……. 우리가 사랑하는 사람은 사랑한다고 고백할 때는 이미 없다. 아메데는 속으로 중얼거렸다. '빌어먹을! 또 나를 추락시키는 나의 타고난 무관심! 제기랄! 내게 무슨 일이 일어난 걸까?' 슬픔과 충격에 빠진 사람들에게 일어나는 일이 그에게도 일어났을 뿐이다. 그는 믿을 수 없다는 듯이 다시 생각했다. '나는 남들과 다르다고 생각했는데! 내가 그를 좋아했단 말인가?'

아메데는 결국 집사의 뜻을 받아들이기로 했다.

"그래, 자네 말이 옳아. 나는 그녀에게 아무것도 알리지 않겠지만 최소한 내가 여태까지 한 적이 없는 행동을 보여줄 거야."

루이데지레는 참회가 느껴지는 주인의 말을 좋아하지 않았다.

"후작님, 부디 마음을 굳게 잡수세요."

"그만두게, 루이데지레. 나는 자네 충고대로 할 뿐이야. 클레망스 집에 들른 다음 퐁메르시 남작부인에게 애도의 뜻을 전할 거야. 오늘 저녁 나는 외출하지 않을 거야. 간소한 식사를 준비하게."

"분부대로 하겠습니다."

루이데지레는 주인의 어정쩡한 태도에 실망하면서 물러났다. 그는 주인이 조만간에 더 큰 실수를 하지 않을까 걱정했다. 이것은 추호도 바라지 않았고 전혀 예상하지 못한 문제였다. 그러니 그가 이 젊은 얼간이에게 베풀었던 모든 교육이 무슨 소용이 있겠는가.

* * *

아메데는 클레망스의 집에 갔다. 잔뜩 겁을 먹은 그녀는 마리우스가 죽은 후 집에서 한 발자국도 움직이지 않았다. 하녀는 그녀가 조금도 불편하지 않도록 시중을 들었다. 하지만 그녀는 차려준 식사에 거의 손대지 않았다. 그녀의 침묵은 보기 딱했다. 소갈증에 걸린 그녀는 시골에 사는 이모 집으로 가고 싶다고 되뇌면서 몇 리터의 차를 마시고 또 마셨다. 단식과 불안에도 불구하고 그녀의 싱싱한 육체는 조금도 시들지 않았다. 아무리 말라도 그녀의 입술은 장미꽃처럼 변함없이 아름다웠다. 방탕한 생활과 비극적인 사건들은 그녀의 시선에 어떤 흔적도 남기지 않았다. 눈동자는 비록 초점을 잃었지만 부드러운 열기를 발산했다. 두 손은 부드럽고 하얗고 투명했다. 4월 14일부터 줄곧 물어뜯은 손톱만이 그녀가 얼마나 불안하고 의기소침해 있는지를 보여주었다.

아메데가 물었다.

“마리우스는 몇 시에 떠났지?”

창가의 안락의자에 앉아 거리에 시선을 고정시킨 클레망스는 아메데를 쳐다보지도 않고 대답했다.

“마리우스가 누구죠? 내 어린아이인가요?”

당황한 아메데는 두 손으로 클레망스의 얼굴을 붙잡고 말했다.

“클레망스, 나를 알아보겠어?”

“물론 알죠.”

“그럼 마리우스가 어떤 상태로 이곳을 떠났는지 말해봐. 술에 취했었어? 몸이 성치 않았었어? 불안해했어? 누군가가 그를 찾으러 왔어?”

클레망스는 어이없는 반문을 되풀이했다.

“마리우스가 누구죠? 내 어린아이인가요?”

“마리우스는 우리의 친구잖아. 우리의 친구이자 당신의 애인. 그는 당신 남편이 될 수도 있었지.”

클레망스는 아메데의 손을 떼어내며 말했다.

“왜 내가 결혼하지 않았는지 알아요? 나는 누군가가 나에게 어떤 영향력을 행사할 수 있다는 사실을 용인하고 싶지 않았기 때문이에요. 만일 내 아이, 내 아들을 지켰다면 상황은 달라졌을 거예요.”

클레망스는 느닷없이 웃음을 터뜨리고 얼굴을 찌푸렸다. 그녀의 모습은 몹시 흉측했다.

겁에 질린 아메데가 펄쩍 뒤로 물러났다. 그는 무기력한 저주의 표시로 두 주먹을 들면서 나무랐다.

“클레망스, 아이라니? 어떤 아이 말이야? 제기랄, 당신은 완전히 미쳤어. 몇 번이나 얘기해야 알겠어? 당신 아이, 아니 우리 아이는 죽었잖아!”

클레망스는 차분한 우아함과 섬뜩한 냉정함이 기묘하게 뒤섞인 모습으로 반박했다.

"아니에요. 누군가가 출산 다음 날 아침 내 아이를 빼앗아갔어요. 사람들이 내 품에 자고 있던 아이를 찾으러 왔었어요."

아메데는 평정을 되찾고 말했다.

"좋아, 그들이 당신 아이를 데리고 갔다고 쳐. 그럼 그들은 누구지? 그들이 어디서 왔지?"

클레망스는 격렬하게 머리를 흔들더니 자신의 손을 피가 날 정도로 물었다.

"그들이 내 아이를 빼앗아갔어요. 그들이 내 아이를 빼앗아갔다고요!"

아메데는 클레망스의 이해할 수 없는 태도에 속수무책인 채 오만이 깃든 슬픈 표정을 짓고 그녀를 바라보았다. 그는 떠나면서 중얼거렸다. 그의 눈동자에는 쓸쓸한 빛이 감돌았다.

"거짓말하는 법을 배운 이후로 나는 아무도 믿지 못하지."

* * *

코제트는 끔찍한 소식을 듣고 한마디도 내뱉을 수 없었다. 실컷 울고 나니 어느 정도 진정은 되었지만, 속이 텅 빈 것 같았다. 어젯밤 경찰서장이 플뤼메가에 와서 퐁메르시 남작의 사망 소식을 전하자 코제트는 믿지 못하고 자기 방으로 올라갔다. 상심하고 절망한 그녀는 그대로 침대에 몸을 던졌다. 충직한 하녀 마들렌은 그녀를 진정시키는 데 아무것도 할 수 없었다. 인생을 바쳐 유일하게 사랑하는 사람을 갑자기 잃고 다시는 얼굴을 볼 수 없는데 어떻게 그녀의 절망을 진정시킬 수 있겠는가?

경찰서장이 설명했다.

"부군의 시신은 시체 공시소에 있습니다. 하지만 보시지 않는 게 좋을 듯합니다. 얼굴이 심하게 훼손되었습니다."

당시에 부수고 다시 건축한 시체 공시소는 생미셸 다리 근처의 마르세뇌프 강변도로 남쪽에 있었다. 마차가 지나갈 수 있는 정문을 지나면 곧장 현관이 보였고, 음산한 방은 유리 칸막이로 나누어져 있었다. 또한 세탁실, 시체 해부실, 시체 임시 안치소, 사무실, 숙소가 있었다. 이 불길한 곳을 담당하는 공무원들은 손에서 항상 창자 냄새를 풍기며 현장에서 일하고 있었다.

경찰서장은 사무적인 딱딱한 어조로 덧붙였다.

"부인, 제 말을 믿으십시오. 정말 유감입니다. 장례 미사는 어디서 거행하시겠습니까?"

코제트는 힘없이 대답했다.

"생쉴피스 성당에서요."

"우리는 시신 운반에 필요한 조치를 취할 겁니다. 비용은 부인께서 부담하셔야 합니다. 자, 받으십시오. 부군의 프록코트 호주머니에 들어 있던 것입니다. 실례를 무릅쓰고 가져왔습니다."

경찰서장은 수정을 건네주었다.

코제트는 수정을 손에 쥔 채 침대에 웅크리고 앉았다. 그녀가 마리우스에게 마법의 돌이라고 말했던 것이었다. 마법은 어디로 사라졌단 말인가?

코제트는 밤새도록 잠을 이루지 못했다. 기름이 떨어져 등불이 꺼졌다. 그녀는 빛을 보지 않았기 때문에 더 이상 어둠을 보지 못했다. 그녀가 모르는 사이에 날이 밝았다. 고통이 그녀의 눈에 마리우스만을 보게 하는 가리개를 씌웠다.

아침, 정신이 혼미해진 그녀는 앞뒤가 맞지 않는 말을 하면서 방 안을 서성거렸다. 그러다가 잠시 마리우스가 머물렀던 방으로 들어갔다. 그녀는 수정을 장롱 맨 위칸에 넣어두었다. 그녀는 작은 거울에서 마리우스의 얼굴을 보았다고 생각했다. 그래서 창가로 달려가 창문을 와락 열었다. 또 두 조각상 사이에 있는 작은 벤치 옆에서 마리우스를 보았다고 생각했다. 온실에서 꽃다발을 들고 있는 마리우스를 보았다고 생각했다. 저주받은 4월 13일 저녁, 그가 즐겁게 집을 나섰던 통로에서도 마리우스가 보였다. 그녀는 여러 번 남편의 이름을 큰 소리로 외쳤다. 그녀는 뛰어내리기 위해 창문에 걸터앉기도 했다.

마침 아래쪽에서 여주인의 고통을 덜어주려면 어찌해야 하는지 몰라 두 손을 잡고 있던 마들렌이 다급하게 외쳤다.

"마님, 안 됩니다!"

코제트는 발걸음을 돌려 마리우스의 장롱과 서랍장을 열었다. 셔츠를 펼쳤다가 다시 접었고 조끼 냄새를 맡았으며 프록코트에 얼굴을 묻었다. 사랑하는 고인의 옷에 매달리는 것보다 더 참담한 것은 없다. 이 신기루는 우리의 멱살을 잡고 즉석에서 쓰러뜨린다. 그러면 우리는 자신이 실패의 총체에 불과하다는 사실을 깨닫는다. 끔찍하지만 분명한 사실이다. 혐오감과 불확실성에 흔들릴 때 우리는 이제 오직 죽음을 갈망하게 된다.

코제트에게 세상은 마리우스와 더불어 시작되고 끝났다. 마리우스 없이 어떻게 살아간단 말인가? 그녀에게 절대적으로 필요한 것은 바로 마리우스 자체였다. 필요한 것은 그의 정신과 영혼이 아니라 그의 육신과 살이었다. 삶은 무엇보다도 육신이다. 나머지는 불확실한 형이상학에 지나지 않는다. 비탄의 절정에 달한 이 여인에게 누가 감히 육신이 일시적인 껍데기에 불과하다고 주장할 수 있겠는가? 누가 감히 신앙, 부활, 기적, 영생에 대해 말할 수 있겠는가?

장롱과 서랍장에는 마리우스의 체취가 배어 있었다. 라벤더 향수. 코제트는 이제 불경한 말밖에 하지 않았다. 분노가 머리끝까지 치솟았다. 부당하고 의심스러운 상황에서 어떻게 참담한 불행을 극복할 수 있겠는가? 실제로 그녀는 오직 죽음만을 생각했다. 그녀는 이렇게 중얼거렸다. '우리를 혼란과 불행 속으로 몰아넣는 이 삶에 종지부를 찍고 빨리 그이와 만나야겠어.' 그녀는 많은 것들을 생각했다. 주변의 혼란들이 그녀를 죽음의 막다른 골목으로 몰아가고 있었다.

코제트의 시선이 벽난로 위에 놓인 아버지의 촛대에 고정되었다. 잊었다고 생각했던 일화들이 다시 떠올랐다. 희미하게 뒤얽힌 수많은 추억. 비참하고 절망적이었던 옛날의 추억.

코제트는 문득 아이에 대한 마음이 사라지고 있다는 사실을 느끼고 속삭였다.

"내 사랑 마리우스⋯⋯."

뱃속의 아이 덕분에 은밀히 누렸던 즐거운 행복도 더 이상 느낄 수 없었다. 그녀는 우울, 부끄러움, 망설임 없이는 사물을 볼 수 없을 것이다. 그녀는 회한 없이는 콧노래를 부르지 않을 것이다. 문득 뱃속의 아이가 생각났다. 그녀는 아이를 증오하다시피 했다. 그리고 의문에 잠겼다. 마리우스는 어디에 있었을까? 왜 그의 물건들은 마리우스와 함께 사라지지 않았을까? 왜 세상은 계속해서 돌아가는 걸까?

코제트는 가구, 커튼, 양탄자를 바라보았다. 이 모든 것이 싫어졌다. 이것들은 울지도 않았고 한탄하지도 않았다. 투르네산 도자기에 꽂혀 있는 해바라기와 보릿대국화가 그녀를 비웃고 있는 것 같아 화병을 집어 벽에 던졌다. 난폭한 분풀이에도 고통은 조금도 줄어들지 않았다. 가슴이 몹시 뜨거웠다. 그녀는 격한 감정에 북받쳐 숨이 막힐 지경이었다.

잠시 후 코제트는 흐트러진 머리와 차가운 손으로 침대에 앉아 있다가 창문을 바라보았다. 하늘은 잿빛이었다. 마리우스는 두꺼운 장막이 태양을 가린 이런 하늘을 좋아하지 않았다. 그녀가 열렬히 사랑하는 마리우스는 그녀의 빛이었다.

코제트는 더듬더듬 말했다.

"당신이 돌아오기만 한다면 모든 것을 용서할 테야……."

코제트는 이미 모든 것을 용서했다. 그의 황급한 출발, 그의 변덕스러운 기질, 그의 오랜 부재……. 그는 사람들을 쉽게 사귈 수 있을 정도로 멋졌을까? 그녀는 남편이 없는 것보다는 비록 혼란스럽고 거칠더라도 함께 사는 것을 택했으리라. 그녀는 남편의 거짓말을 알아챘으면서도 눈감아주지 않았는가. 아, 이제는 아무 일도 일어나지 않을 것이다. 이제 마리우스는 존재하지 않았다. 하지만 그녀는 더 이상 사랑한다고 말할 수 없어서 더욱더 그를 사랑했다.

그날 오후, 코제트는 루이 드 베르뉴와 앙리 드 라 로슈드라공의 방문을 받았다. 마리우스의 이모 질노르망 양은 검은 상복을 입고 손에 십자가와 묵주를 두른 채 플뤼메가에 와서 오열을 터뜨리면서 운명과 구원에 대해 얘기했다. 리에 신부와 베르자 씨도 찾아와서 위로가 되어야 하지만 결코 될 수 없는 표현을 찾으려 애쓰면서 애도의 뜻을 전했다.

베르자가 엄숙하게 말했다.

"살기 위해서는 절망을 극복해야 합니다. 코제트, 나는 당신 뜻대로 하겠습니다. 필요하시면 언제라도 저에게 오세요."

리에 신부가 조용히 말했다.

"매장식은 내일 거행될 겁니다. 장례 미사는 당신이 원한 대로 우리 성당에서 거행될 겁니다. 코제트, 힘내세요."

코제트는 참담한 표정을 짓고 슬프게 위령 기도를 암송하는 이 모든 사람들과 과감히 대면하기 위해 용기를 내야 했다. 그녀는 검은 베일로 얼굴을 가리고 반듯이 서 있었다. 상냥하고 인내심 많은 그녀는 자신의 슬픔을 타인에게 부과한다는 생각에 난처해했다. 그녀는 시체 공시소까지 달려가 그의 사랑하는 육신을 마지막으로 껴안지 않도록 애썼다. 그녀는 마리우스의 멋진 얼굴, 빛나는 미소, 가끔 유치하기도 한 자존심에 대한 추억을 고스란히 간직하고 싶었다. 또 그녀는 하느님이 마음대로 판단하고 단언하는 방식, 이유 없이 양들을 제물로 바치게 하는 것, 애매한 선과 악의 구분을 들먹이며 저주하지 않으려고 노력했다. 하느님은 이 같은 불의가 이루어지도록 내버려두었기에 사람들의 마음으로부터 영원히 사라져야 마땅했다. 프레데릭은 그녀에게 파스칼의 문장을 인용했었다. "우리는 자신의 죄악을 안 후에야 비로소 하느님을 잘 알 수 있다." 그녀는 이 문장에 격분했다. 대체 자신이 어떤 죄를 저질렀기에 이런 벌을 받아야 한단 말인가?

오후가 끝날 무렵 방에서 쉬고 있던 코제트는 아메데 디그랑드를 보고 깜짝 놀라고 불쾌해했다. 마들렌이 그의 방문을 알렸다. 아메데는 그답지 않게 신중한 태도로 대문을 들어서기 전에 코제트의 허락을 기다렸다.

코제트가 지시했다.

"내 방으로 올라오라고 해요."

마들렌이 살짝 화를 냈다.

"방으로요?"

"마들렌, 토 달지 말아요. 그럴 만한 이유가 있어요."

아메데가 손에 모자를 들고 검소한 차림으로 문지방에 나타났을 때 코제트는 침대에 앉아 있었다. 후작의 얼굴에서 자만의 미소는 사라지고 없었다. 그녀는 상류층 부인들이 이런 경우에 보여줘야 하는 태도를 보여주지 않았다. 그녀는 예의범절을 철저히 무시했다. 다른 사람들을 만날 때는 예의범절을 존중했다. 하지만 아메데 디그랑드의 경우는 달랐다. 그는 양심의 가책에 시달리기나 했을까? 그는 자신이 어떤 짓을 했는지 보아야 했다. 초상의 슬픔, 참담한 결과, 대재앙.

"디그랑드 씨, 거기에 그대로 계세요. 그리고 당신의 친구였고 당신이 죽인 사람의 방을 보세요!"

코제트는 그때까지 누구도 본 적이 없는 아메데의 모습을 보았다. 냉소와 무관심은 온데간데없고 몹시 의기소침하며 말이 없고, 무기력하며 눈물을 글썽이는 모습, 가슴을 죄는 고통을 떨쳐버리려고 애쓰는 모습. 하지만 고통은 쉽게 물러가지 않는 법이다. 상처를 입은 사람이 언제나 이기는 법이다.

마침내 아메데는 모자의 가장자리를 만지작거리면서 입을 열었다.

"제발 부탁합니다, 부인. 저의 비탄에 양심의 가책을 덧붙이지 마십시오. 저는 마리우스를 형제처럼 사랑했습니다."

코제트의 얼굴에 가장 처절한 절망과 가장 깊은 증오가 드러났다.

코제트는 굵고 낮은 목소리로 말했다.

"당신이 타락시킨 사람을 형제처럼 사랑했다고요? 게다가 당신은 그의 아내를 탐냈고요?"

아메데는 생애에서 이처럼 진지한 적이 없었기에 어떻게 코제트에게 자신의 진심을 입증해야 하는지 몰랐다. 그는 자신의 돌변에 스스로 놀랐다. 갑옷처럼 두르고 있던 얼음을 깨뜨릴 수 있는, 감정이 없고 모든 일에 무관심한 그의 모습은 어디로 갔단 말인가? 그의 교만한 태도, 허세, 빈정거림은?

여전히 문지방에 서 있던 아메데는 코제트의 말투에 하얗게 질리고 주 저앉을 지경에 이르러 간신히 입을 열었다.

"저는 지금까지 그를 모르는 척했습니다. 하지만 저는 맹세코 마리우 스를 형제처럼 사랑했습니다. 부인, 제가 지금 유일하게 갈망하고 있는 것은 비록 그럴 자격이 없겠지만 바로 당신의 용서입니다."

코제트는 짧고 날카롭게 비웃었다.

"당신은 다시 한 번 당신 특기인 거짓말에 몰두하시는군요. 부끄럽지 도 않아요?"

아메데는 세련된 단어와 형용사, 빛나는 문구, 그리고 궁지에 몰릴 때 마다 유감없이 발휘했던 능변을 찾으려 했다. 하지만 그의 장기였던 빈정 거림이 이제는 그를 괴롭혔고, 이 극심한 혼란이 그를 더욱 고통스럽게 했다. 실수라는 치명적인 궤양의 병원균이 그의 가슴속에서 싹텄다. 그 의 음모에 희생된 마리우스가 창백하고 위협적인 모습으로 역시 창백한 코제트에게 악수를 하는 모습이 보이는 것만 같았다. 아메데는 잠시 망설 였다. 그는 우선 공포에 사로잡혀 물러났다. 그리고 자신이 파괴한 이 집 에서 도망칠 뻔했다. 그는 지금까지 수없이 회피했다. 진실, 책임감, 여자 들을 사랑하거나 만족시킬 수 없다는 사실을 회피했다. 자신을 사랑하지 않는데 어떻게 타인을 사랑할 수 있겠는가. 그는 지금까지 몰랐던 회한이 그의 가슴을 갈기갈기 찢는 것처럼 느꼈다.

아메데는 괴롭다는 듯 한숨을 내쉬며 말했다.

"이만 물러가겠습니다."

아메데는 침대에 앉아 두 손으로 머리를 감싸고 움직이지 않는 이 젊은 여인에게 시선을 고정시킨 채 살금살금 물러나면서 그녀가 우는 소리를 들었다. 그는 잠시 멈추었다. 코제트는 울고 있는 게 아니라 오열하고 있었다. 줄곧 억눌렀다가 마침내 분출한 이 오열은 젊은 여인의 육신을 억제할 수 없는 격렬한 경련으로 손상시키는 끝없는 원망과 비통한 탄식이었다. 그녀는 고통스러웠는지 머리를 흔들고 팔을 비틀었다. 이윽고 그녀는 아메데를 질겁하게 할 정도로 거친 숨을 내뱉으면서 침대에 쓰러졌다.

"코제트, 안 돼요, 제발……."

아메데는 침대 앞에 무릎을 꿇고 코제트의 차가운 두 손을 잡았다. 그녀는 아무것도 느끼지 못했다. 마들렌은 여주인의 오열을 듣고 부랴부랴 올라왔다. 그리고 무릎을 꿇고 있는 후작을 보았다. 다른 상황이라면 이 광경은 매우 무례한 것처럼 보였을 것이다. 하지만 지금은 그렇지 않았다. 후작은 마치 어머니를 위로하러 온 아이 같았다. 초췌한 얼굴이 그 점을 입증했다. 그는 하녀를 보자 일어나 다시 모자를 썼다. 그리고 호주머니를 뒤지더니 명함을 꺼내 마들렌에게 주었다. 그는 비탄을 감추면서 나직이 말했다.

"무슨 일이 있으면 낮이든 밤이든 몇 시든 상관없이 망설이지 말고 내게 연락해요."

그리고 누워 있는 코제트를 마지막으로 보면서 말했다.

"하늘이 그녀를 도와주시길!"

* * *

여차하면 쉽게 배신할 수 있는 자들의 음모에 끼어드는 사람은 바보 중의 바보다. 루제가 바로 그런 부류였다. 몽트뢰이에서 샤론과 뱅센을 걸쳐 베르시까지 파리 시민들은 그의 거짓말, 폭력성, 부주의함, 남의 말을 듣지도 이해하지도 못하는 바보스러움, 고질적인 자만심과 모든 것을 알려는 성향을 잘 알고 있었다. 그가 가는 곳마다 혼란스럽고 무시무시한 소문이 따라다녔다. 하지만 당사자는 자신의 부족한 지혜가 야기한 혼란에 대해 생각조차 해본 적이 없었다. 오히려 그의 자만은 더욱 커졌다. 그는 무서운 게 하나도 없었다.

그날 아침, 공장과 연결된 복도에서 다브 데 그레프가 온갖 폭언을 퍼부었지만 루제는 화를 꾹 참았다. 이 노인을 위해 살인까지 했는데 이렇게 홀대하다니! 그는 복수할 기회를 찾겠다고 다짐했다. 아주 빠른 시일 내에. 우선 그는 자신의 잘못을 인정했다.

다브 데 그레프는 조금도 상냥하지 않은 말투로 엄명을 내렸다.

"서둘러 그 반지를 찾아와. 어떻게 그것을 잊을 수 있었지? 우리 모두를 단두대로 보내고 싶어?"

루제는 즉각 게일에게 시체 공시소에 함께 가자고 제안했다. 그는 예수를 죽인 이후로 생탕투안 구역에 틀어박힌 페가스와 뱅트되에게 연락할 수 없었다.

"게일, 나는 너를 믿어. 나와 함께 마르셰뇌프 강변도로로 가서 장례 인부들의 시선을 돌리는 일을 해줘. 이유는 알겠지? 나는 너를 좋게 생각하니까 말해주지. 마리우스는 예수의 반지를 훔쳤어. 지금도 그 반지를 끼고 있어. 예수가 형기를 마치고 돌아와서 자기 반지를 되찾게 되면 아주 기뻐할 거야. 무슨 말인지 알겠어?"

그러자 게일이 빈정거렸다.

"네가 나를 믿는다고?"

루제는 게일을 째려보았다. 이번 임무를 위해 깨끗하게 차려 입은 루제는 나들이옷을 입은 농부처럼 보였다. 그는 이를 악물고 대답했다.

"싫다는 거야?"

"좀 놀랐을 뿐이야."

"그럼 너무 놀라지 말고 내가 시키는 대로만 해. 나중에 보너스가 있을 거야. 네가 이번 일을 잘해준다면 조리사들에게 고양이를 팔아넘기더라도 눈감아주겠어. 새 셔츠도 줄게."

루제는 시체 공시소에 도착하자 자신을 퐁메르시 남작 살해 사건의 주요 증인으로 소개했다. 그는 사망자 가족의 위임장, 파리 시의 사법기관과 치안당국이 서명한 위임장을 갖고 있다고 호언하면서 시체를 잘 수습했냐고 물었다.

그러자 담당 공무원이 대답했다.

"언제라도 볼 수 있도록 만반의 준비를 해놓았습니다. 시신은 깨끗이 씻었고 옷가지는 세탁했습니다. 얼굴은 붕대로 싸맸습니다. 디그랑드 후작이라는 분이 모든 비용을 지불했습니다."

루제가 말했다.

"좋습니다. 하지만 내가 꼭 확인하고 싶습니다."

담당 공무원은 망설이면서 코안경을 고쳐 썼다. 그는 작은 키에 말쑥하게 차려 입었다. 검은색의 짧은 실내복을 입고 소독제 연기에 둘러싸인 그는 마치 간수처럼 보였다.

"제게는 그럴 권리가 없습니다."

"당신은 그렇게 인정이 없습니까? 그럼 어쩔 수 없이 고인의 가족에게 당신이 입실을 거부했다고 말해야겠군요. 만일 가족이 고인의 모습을 보고 불쾌하게 여길 경우 당신은 전적으로 책임을 져야 할 겁니다. 퐁메르시 남작은 가볍게 볼 사람이 아닙니다."

루제는 마지못해 호주머니를 뒤지더니 몇 푼을 꺼내 공무원에게 주었다.

공무원은 돈을 호주머니에 넣으면서 말했다.

"좋습니다. 하지만 빨리 끝내세요. 원칙적으로는 형사와 함께 와야 합니다."

루제는 거짓말했다.

"나도 알고 있습니다. 하지만 엄청난 불행이 갑자기 닥치게 되면 때때로 깜빡 하기도 합니다. (그는 아무 관계도 없는 서류를 들이대면서 덧붙였다.) 아무튼 나는 공문을 갖고 있습니다."

그러고는 짐짓 상냥한 표정을 지으면서 덧붙였다.

"고통스럽지만 꼭 필요한 이 확인 작업을 하는 동안 내 젊은 동료가 당신과 함께 있을 겁니다. 그런 그렇고 희생자는 여전히 장갑을 끼고 있나요?"

공무원은 불만에 찬 표정으로 대꾸했다.

"선생님, 이곳에서는 모든 게 꼼꼼하게 기록됩니다. 앙리 드 보르니올 장례식 대행사 직원들이 당신에게 확인시켜줄 수 있습니다."

공무원은 대형 유리 옆에 있는 문을 가리켰다. 두 명의 직원이 이동식 수레 위에 누워 있는 벌거벗은 시체 옆에서 부지런히 일하고 있었다. 그는 일부러 꾸며낸 목소리로 외쳤다.

"14번!"

14. 고약한 냄새를 느낀 게일은 이 숫자가 대학살의 날짜와 같다는 사실을 떠올렸다. 그는 유리 너머로 루제의 행동거지를 살폈다. 하지만 그는 공무원을 따라 사무실에 가서 기다려야 했다.

한 직원이 마리우스의 시체를 보여주었을 때 루제는 새삼 놀라지 않을 수 없었다. 붕대를 풀자 예수의 얼굴이 드러났다. '이건 내가 알고 있는 사실이지.' 그는 나중에 다브 데 그레프에게 복수할 때 써먹을 수 있는 압

력수단이라고 생각했다. 그는 시체가 걸치고 있던 프록코트 소매의 먼지를 털고 바지 주름을 확인하며 넥타이를 바로잡았다. 그는 시체를 꺼냈던 두 직원에게 말했다.

"잘 수습한 것 같습니다. 잠시 자리 좀 비켜주겠습니까?"

두 직원은 투덜대면서도 승낙했다. 사실 그들은 어떤 일에도 별로 상관하지 않았다.

두 직원이 등을 돌리자 루제는 잽싸게 예수의 왼손에서 장갑을 벗겨냈다. 반지는 있었다. 하지만 잘 빠지지 않았다. 그는 살며시 주위를 살핀 다음 잠시 유리로 된 뚫린 공간을 응시했다. 그리고 호주머니에서 칼을 꺼냈다. 탁자에 살짝 기댄 그는 황소 꼬리를 자르는 푸주한처럼 손가락의 첫째 마디를 잘랐다. 그리고 잘린 손가락을 호주머니에 넣고 예수의 손에 다시 장갑을 끼워주었다. 그는 물러나면서 살짝 속삭였다.

"지옥 여행, 잘하게."

* * *

어디에서나 가끔 당황스러운 행동을 하는 사람이 있는 법이다. 장례식 날 코제트가 그랬다. 그녀는 관에 못질을 하는 순간 실신했다. 장례식 전날 비가 억수같이 쏟아졌다. 그녀는 예전에는 감히 상상조차 할 수 없었던 일을 그 순간에 감행해야만 했다. 얼굴 없는 시체에 다가간 그녀는 마리우스로 간주된 자의 왼손을 잡았다. 그녀는 장갑 속에 들어 있는 차갑고 뻣뻣한 손을 잡아보고 싶었다. 손가락 끝은 감각이 극히 예민한 부분이다. 코제트는 남편의 왼손에서 결혼반지를 만져보고 싶었지만 솜뭉치처럼 비어 있는 가죽만을 느끼고 소스라치게 놀라 그 손을 놓아버렸다.

여러 가지 혼란스러운 생각이 스쳤다. 그녀는 두려움의 충격으로 비틀거렸으나 이윽고 침착함을 되찾았다. 왜 마리우스의 손가락에 결혼반지가 없는 걸까? 살인범은 남편의 얼굴을 알아볼 수 없게 한 것으로는 모자라 손가락까지 잘라갔단 말인가?

코제트는 베르자의 시선을 찾아보았다. 하지만 여전히 당당한 모습을 되찾지 못한 아메데 디그랑드의 시선만이 보였다. 장례식의 모든 비용을 부담한 그는 얼빠진 모습으로 지면에서 부서지는 비를 바라보고 있었다. 그의 집사는 보이지 않았다.

코제트는 관에서 멀어졌다. 그녀는 베르자의 팔에 기대고는 마리우스에게 일어났던 일을 잊어버렸다. 중요한 것은 그게 아니었다. 마리우스는 죽었다. 더 이상 할 말이 없었다.

생쉴피스 성당의 조종이 조문객들의 머릿속에서 하늘의 경고처럼 울리고 있는 동안 사람들은 페르라셰즈 공동묘지로 갔다. 코제트는 마리우스가 아버지 곁에 묻히기를 바랐다.

코제트가 리예 신부에게 말했다.

"이 두 사람은 제가 세상에서 가장 사랑했던 사람들이에요."

아르망 카렐과 아메데 디그랑드를 비롯해서 외젠 쉬, 루이 드 베르뉴, 베르자는 젊은 과부가 보여준 용기와 헌신에 경탄했다. 설령 그들이 슬퍼하지 않았더라도, 로베르 당드루아지처럼 단지 참석했다는 사실을 보여주기 위해 의식이 요구하는 꾸민 표정으로 장례식에 참석했더라도 코제트의 모습을 보고 깜짝 놀라지 않을 수 없었다. 부조화는 때때로 현실을 부각시킨다. 퐁메르시 남작부인의 빼어난 아름다움은 그녀에게 닥친 비극을 더욱 안타깝게 했다. 하지만 그녀는 눈물을 흘리지 않았다. 그녀의 눈동자에는 장 발장의 시선이 있었다. 힘과 위엄.

리예 신부가 추도사를 읽자 옆에 앉아 있던 베르자는 마치 어린아이의 손을 잡듯 코제트의 오른손을 잡았다가 곧 놓아주었다. 그때 그녀는 울음을 터뜨릴 뻔했다. 베르자의 손이 그녀의 기억을 되살렸던 것이다.

11년 전 코제트가 몽페르메유 어귀에 있는 셸 근처 숲 속의 샘에서 물을 길고 있을 때 한 남자가 그녀에게 손을 내밀었다. 때는 1823년이었다. 추운 겨울밤이었다. 코제트는 맨발로 다녔다. 당시에 그녀는 여덟 살이었다. 그녀가 이 추억을 떠올리지 않았던 것은 이 추억이 그녀의 사회의식과 어긋났고, 혹은 이 추억이 그녀가 사물과 인간에 대한 관점에 대해 다시 숙고하게 만들었기 때문이다. 그때 그녀에게는 테나르디에가 주먹을 휘두르는 바람에 생긴 검은 멍이 있었다. 들통이 무겁게 보이자 남자는 손잡이를 잡고 들통을 기운차게 들어올렸다. 코제트는 그 큼직하고 단단한 손을 잊을 수 없었다. 그런 기억은 잊을 수 없는 법이다. 그녀는 이 추억을 기억의 한구석에 가두어두었던 것을 후회했다. 오늘 베르자는 뜻밖의 손짓을 통해 이 추억을 일깨워주었다. 코제트는 더 이상 움직일 수 없을 정도로 감동했다. 이 남자—단단하고 결연해 보이는 —는 1823년 그날 밤의 낯선 사람을 떠올리게 했다. 어찌 장 발장과 비교하지 않을 수 있겠는가?

태연자약해 보였지만 베르자는 코제트의 당혹감을 느낄 수 있었다. 모든 것이 그의 머릿속에서 뒤죽박죽이 되었다. 죽었다가 살아난 그는 항상 모든 것을 의심했다. 정신의 부정(否定)은 그에게 끝 모를 우울증을 가져다주었지만 결코 절망한 것은 아니었다. 베르자는 무엇보다도 명철한 자세를 견지했다. 그래서 자신만을 위해 사는 사람을 보면 참을 수 없었고 이웃을 위할 줄 아는 사람을 보면 경탄했다. 그는 스무 살도 채 안 된 이 젊은 여인의 침착함과 의연한 용기에 경탄했다. 그녀는 분명 장 발장의 딸이었다.

베르자는 자주 이렇게 생각했다.

'자신의 의심에 대꾸조차 하지 말아야 할 거야.'

하지만 그는 코제트에게는 이런 경멸을 표현하지 않도록 조심했다.

공동묘지에 도착하자 베르자는 우산을 펴서 코제트에게 씌워주면서 침울한 표정으로 말했다.

"코제트, 당신이 분노하는 것은 당연해요. 하지만 분노는 당신이 아직 살아 있다는 증거예요. 결코 포기하지 마세요. 제 말이 무슨 뜻인지 아시겠죠?"

코제트는 가느다란 목소리로 고맙다고 말하고 검은 숄로 포근하게 몸을 감쌌다. 역설적이게도―장소나 상황과 어울리지 않는 표현이기 때문에―그녀의 어두운 옷 색깔은 비탄에 빠져 있는 마돈나의 아름다움을 더욱 돋보이게 했다. 이런 상황을 의식한 베르자는 그녀의 방패막이가 되었다. 그는 다른 사람들의 시선과 저속성으로부터 그녀를 보호했다. 그는 그때부터 중대한 사명을 부여받았다고 느꼈다. 그에게는 갚아야 할 빚이 있었다. 장 발장에 대한 빚, 코제트에 대한 빚.

베르자는 더 이상 죽지 않는 법을 배워야 했다. 범인들의 성격을 알아보거나 정상을 참작하게 할 수 있는 상황을 찾아내는 일은 소홀히 하면서 오로지 범인을 추적하고 법과 국가, 정의 그리고 임무를 위해 모든 것을 희생하며 인생의 대부분을 보냈던 그는 이제 동정과 자비를 보여줄 준비가 되어 있었다. 또한 선입견 없이 영혼의 중요한 일부분을 철저하고 체계적으로 분석할 준비가 되어 있다고 느꼈다. 코제트가 민첩한 지성, 풍부한 호기심, 넘치는 감수성을 갖고 있고 때때로 순진할 정도로 고지식하다는 사실을 깨닫는 데는 오래 걸리지 않았다. 지금은 특히 죽음에 관한 일이었다.

베르자는 수년 동안 쉬지 않고 추격했던 사람의 묘석을 보는 순간 우울한 얼굴이 환하게 빛났다. 그 미소가 광란의 시대에 복종했던 냉혈한의 오만한 확신, 혹은 믿고 따르는 정부기관에 속아 넘어간 경찰의 확신을 드러내는 것이라고 누구도 말할 수 없을 것이다. 하지만 베르자는 자신이 느낀 것이 무엇인지 잘 알고 있었다.

베르자는 중얼거렸다.

"실수야. 분명 실수였어. 모든 사람들이 일찌감치 자신의 실수를 깨닫고 싶다면 적어도 한번쯤은 죽음의 언저리에 가보는 게 좋을 거야."

인부들이 커다랗게 뚫린 구멍 위로 관을 옮겼다. 묘지 바닥에는 끈적끈적한 늪처럼 물과 진흙이 있었다. 마리우스의 마지막 거처. 코제트는 관 위에 던져진 꽃과 무기력하게 울리는 소리를 내며 떨어지는 흙을 보고서 눈물을 참을 수 없었다. 코제트의 인생에는 두 남자가 있었다. 장 발장과 마리우스. 사람들이 아버지를 빼앗아간 지 얼마 되지 않았는데 마리우스마저 죽고 말았다. 그녀는 세상에서 가장 소중했던 두 사람을 잃고 분노했다. 그녀는 인생에 대한 혐오감에 휩싸였다. 하지만 삶을 포기할 수는 없었다. 단숨에 늙어버린 이 젊은 여인의 머릿속에서 산다는 것은 더 이상 문제가 아니었다. 그저 살아갈 뿐이었다. 그런데 언제까지?

* * *

무감각한 마비 상태에 빠지게 하는 마취제를 복용하고 인위적인 수면에 빠진 마리우스는 자신이 죽음에서 간신히 벗어났다는 사실조차 모르고 있었다. 체포부터 재판까지 나흘 동안 그는 혼수상태에 있었다. 루제가 강제로 삼키게 한 마취제는 그에게 치명적일 수도 있었다. 마리우스는 투옥된 다음 날 수년 동안 잠을 잔 듯한 느낌과 함께 깨어났다. 그는 자신이 있는 장소, 엉뚱한 옷차림, 고약한 냄새를 풍기는 회색 죄수복을 보고는 두 눈을 비볐다. 그를 비웃고 있는 이 불쌍한 사람들과 함께 자신은 이 감옥에서 무엇을 하고 있단 말인가?

"당신은 비세트르에 있는 거야."

"비세트르가 뭐죠?"

그러자 물이 흘러내리는 누런 벽에 등을 기댄 채 앉아 있던 남자가 면박을 주었다.

"당신, 지금 나를 놀리는 거야, 뭐야? 당신은 감방에 있어. 우리는 족쇄를 기다리고 있어."

"족쇄? 어떤 족쇄 말이죠?"

"제기랄! 당신, 일부러 그러는 거지? 그럼 잘 들어봐."

감방 구석에서 엄청 시끄러운 소리를 내며 뭔가를 준비하는지 굴리고 삐걱거리는 소음이 들렸다. 이 더럽고 누추한 곳에서 소음은 둔탁하고 불안하게 울렸다. 이유는 간단했다. 넓은 안뜰에서 사람들이 마차에서 쇠사슬을 내려놓고 있었고, 그 불길한 소리가 죄수들의 귀에까지 들려왔던 것이다. 감옥 주위에서 오가는 간수들의 무거운 발소리, 언쟁, 목소리가 들렸다.

마리우스는 문을 두드리면서 물었다.

"왜 나를 가둔 거요?"

조금 전 그에게 대답했던 죄수가 경멸하듯 그를 아래위로 훑어보았다. 회색 머리, 오른쪽 뺨의 상처, 교살자처럼 불안한 표정, 흉터가 많은 육중한 몸, 공포감을 주는 자줏빛의 짤막한 손.

"당신은 갤리선에서 노를 젓는 일이 어울려. 그곳이 당신이 있을 자리야. 이제 의문이 풀렸어?"

마리우스는 즉시 공황에 휩싸였다.

"갤리선이라고? 아니, 그럴 리가! 무엇 때문에? 왜 나를 고소한 거지? 나는 죄를 짓지 않았어! 내 말을 들었소? 나는 결백하다고!"

그의 말에 폭소가 터졌다. 이곳에는 무고하다고 주장하는 사람들이 많았다. 마리우스는 다시 문으로 달려가 더욱 세게 두드렸다. 간수 한 명이 문의 빗장을 풀었다. 간수 뒤에는 무장한 병사들, 부사관 한 명, 그리고 죄수들의 추측에 따르면 감옥 담당 형사가 틀림없는 사복 차림을 한 사람이 있었다.

마리우스가 말했다.

"선생, 나는 죄가 없소."

간수는 곤봉을 휘두르면서 거칠게 말했다.

"물러서!"

마리우스가 온갖 방법을 동원해서 형사를 설득하려 하자 간수는 곤봉으로 그의 허리를 때렸다.

마리우스가 몸을 움츠리면서 울부짖었다.

"나는 죄가 없소!"

형사는 고개를 숙이더니 둥근 안경 너머로 마리우스를 아래쪽부터 훑어보고는 부드러운 목소리로 말했다.

"그래, 알고 있네. 당신들 모두 죄가 없지."

그러고는 다른 죄수들에게 음식 상태와 요구 사항을 물었다. 이구동성으로 음식이 지독히 나쁘고 자유를 원한다고 대답했다. 그러자 형사는 다른 할 말이 없냐고 물었다. 그들은 고개를 저었다. 죄수들이 자유 말고 무엇을 요구하겠는가.

형사는 병사들에게 돌아서서 미소를 짓고 말했다.

"죄수를 만나면 이런 요구를 수없이 듣게 되지. 언제나 똑같은 말이야. 그들은 죄가 없고 제대로 먹지 못하며 자신이 오심(誤審)의 희생자라고 주장하지. 왜 상부는 이런 쓸데없는 순시를 하게 하는지 알다가도 모르겠어."

마리우스는 다시 비틀거리면서 다가갔다.

"형사 나리, 다시 말하지만 나는 죄가 없소."

형사는 장부를 겨드랑이 밑에 끼고 있던 부사관에게 물었다.

"이 괴짜는 누구야?"

"정신병자입니다, 형사님. 수인 번호 24번. 알렉상드르 틱시에. 살인죄로 체포되어 즉결심판을 받고 20년형을 선고받았습니다."

그러자 형사는 마리우스에게 물었다.

"죄가 없다니 무슨 말이오?"

"내 이름은 알렉상드르 틱시에가 아니오."

만일 형사가 예수의 이름을 언급했다면 마리우스는 문제의 실마리를 찾을 수 있었을 것이다. 하지만 예수라는 별명이 보고서에 적혀 있을 리 없었다. 마리우스는 두 손을 모은 채 앞으로 뛰어올랐다.

"정지!"

틱시에가 악의를 품고 형사에게 돌진한다고 생각한 병사들이 즉각 총검으로 막아섰다. 형사는 웃음을 터뜨리고는 비웃는 투로 말했다.

"일단 완전히 미치면 틱시에 씨는 더 이상 고통스럽지 않을 거야. 툴롱 해군 조선소의 분위기는 분명 이자에게 어울릴 거야."

마리우스는 자신이 미친 사람으로 취급되는 것을 보고 한 발 뒤로 물러났다. 왜 자신을 미친 사람으로 생각하는지 알 수 없었다. 클레망스와 그녀의 방, 포르투갈산 포도주가 희미하게 떠올랐다. 그런데 누군가를 살해했다고? 불의에 직면해서 당혹감과 치욕을 느낀 그는 많은 사람들의 시선을 모으고 병사들과 부사관을 깜짝 놀라게 했던 능변으로 형사를 감동시키려 했다.

형사는 마리우스의 연설을 끝까지 들었다. 마리우스는 이렇게 생각했다. '이 형사는 인정미가 넘치고 자신이 수행하는 박애의 임무에 충실한 사람이군.' 하지만 형사는 무감동한 미소를 짓고 간수들에게 말했다.

"여러분, 이 남자는 총검 앞에서 피했어요. 미친 사람이라면 그 어떤 것 앞에서도 피하지 않습니다. 나는 샤랑통에서 이런 부류들을 수없이 봤기 때문에 자신 있게 말할 수 있습니다."

부사관이 물었다.

"정신병원으로 보내는 게 좋지 않을까요?"

형사가 반박했다.

"무슨 이유로?"

그리고 마리우스에게 물었다.

"그러니까 당신이 요구하는 게 뭐요?"

"정의를 원할 뿐이오! 내 이름, 내 옷, 내 권리 말이오! 요컨대 내게 판사를 배정하고 다시 재판을 받게 해주시오!"

형사는 만일을 위해 직접 장부를 확인했다. 이 미친놈은 그렇게 미쳐 보이지 않았다. 그는 알렉상드르 틱시에와 관련된 보고서를 훑어본 다음 죄인의 신체적 특징인 왼쪽 눈 아래에 난 모반을 보고는 한 점의 의혹마저 떨쳐버렸다.

"선생, 당신이 옳소. 나는 이 모든 것을 재검토하겠소."

형사는 동시에 병사들에게 은밀한 눈짓을 보냈다. 그것은 죄수의 주장이 옳다고 인정한 후 내버려두면 결국에는 죄수도 지치고 말 거라는 뜻이었다. 형사는 다시 한 번 마리우스를 안심시킨 다음 나가면서 문을 닫게 하고 상사에게 틱시에라는 죄수를 잘 관찰하라고 충고했다.

"이자는 정신병자요. 위험한 인물이라고 생각되지 않지만 반응은 예측할 수 없네. 보고서에 그렇게 적혀 있고 강조되어 있네."

상사가 외쳤다.

"쇠사슬을 채운 후 다시 얘기하기로 합시다!"

감옥 안뜰에서는 끔찍하고 비통한 작업이 실시되고 있었다. 죄수들은 독방에 감금된 채 감시를 받고 있음에도 불구하고 수시로 문이 요란하게 열리고 닫혔다. 죄수들에게 쇠사슬을 채울 준비를 하고 있었던 것이다. 날씨는 흐렸다. 오전 11시.

푸른 제복을 입은 남자가 말했다.

"그럼 상품들을 봅시다."

그는 해군 대위로 안색이 창백한 중위를 대동하고 있었다. 감옥 문이 다시 열리자 마리우스의 가슴이 뛰기 시작했다. 이자들은 실수를 인정하고 사과를 한 다음 자신을 풀어줄 것인가?

하지만 그게 아니었다. 두 장교는 단지 사회에서 추방된 이 사람들 중에서 아는 얼굴들, 다시 말해서 전과범이나 도망친 도형수가 있는지 확인하러 왔을 뿐이었다.

"나는 마리우스 퐁메르시입니다."

대위는 장부에서 눈을 떼고 송장처럼 파리하고 금방이라도 쓰러질 것 같은 이 젊은이를 째려보았다.

대위가 투덜거렸다.

"그럼 나는 왕이다."

그리고 간수들에게 말했다.

"죄수들을 전부 내려보내시오!"

간수들이 죄수들을 안뜰로 데려갔다. 손을 떠는 사팔뜨기 감옥 의사는 죄수들이 이동하는 동안의 피로를 견딜 수 있는지 확인하기 위해 한 사람씩 간략하게 점검했다.

마리우스는 극도로 쇠약한 상태임에도 불구하고 흥분하기 시작했다. 이 천민들과의 잦은 만남에 그는 분노했다. 내 아내, 친구들, 캐시미어 조끼, 분홍색 바지는 어디에 있단 말인가? 그는 이 악몽이 곧 끝날 거라고 확신했다. 확인하고 서명하거나 부서할 서류들, 지시 사항, 석방 등 과중한 행정 때문에 틀림없이 시간이 걸릴 것이다. 마리우스는 체념하고 복종하기로 했다. 참고 견뎌야만 했다.

누군가가 고함쳤다.

"옷을 벗어라!"

역정, 원한, 과도한 흡연, 나쁜 술이 느껴지는 목소리. 죄수들은 자신의 옷, 그러니까 체포 당시부터 구형 순간까지 입었던 옷을 입기 위해 죄수복을 벗었다. 마리우스는 가져온 옷가지를 손등으로 내저으면서 항의했다.

"내 옷이 아니오."

그러자 한 간수가 다시 내밀며 말했다.

"입 닥치고 시키는 대로 해!"

간수는 기분 나쁜 미소를 짓더니 긴 칼을 꺼내 마리우스의 옷가지를 찢기 시작했다.

"그래도……."

간수가 그의 말을 끊었다.

"뭐야? 누더기 겉옷이라도 걸치면 덜 추울 거야! 자, 빨리 가!"

간수는 마리우스의 턱을 붙잡고 무례하게 그의 얼굴을 빤히 쳐다보고
는 투덜거렸다.

"나는 눈 밑에 모반이 있는 사기꾼들을 좋아하지 않아. 이건 집시의 흔
적이야. 아니, 악마의 흔적이야!"

간수는 거칠게 마리우스를 놓아주었다.

모반이라니? 마리우스는 항의도 할 수 없는 상태에서 재판을 받았다.
분노와 우울증을 번갈아 느끼면서 결국 눈물을 흘리고 말았다. 도대체 그
는 여기서 무엇을 하고 있단 말인가? 어떤 사기꾼이 그의 인생을 암흑 속
에 빠뜨렸단 말인가? 그에게 울부짖고 반항할 힘이 있다면, 이 끔찍한 제
도의 틀에서 벗어날 수 있다면 얼마나 좋을까? 오직 기적만이 이 끔찍한
일을 저지할 수 있을 것이다.

죄수 한 명이 그에게 귀띔했다.

"걱정 마. 이건 대충 하는 예방책이야. 혹시 우리가 도망칠까 봐 대비
해서 하는 거지. 이게 말이나 돼?"

사전 준비가 끝나자 죄수들은 간수들에게 인도되었다. 지저분한 머리
들. 더욱 독살스러운 인간들. 죄수 호송을 맡은 간수들은 대부분 오베르
뉴 출신의 물장수와 석탄 상인들이었다. 때로는 사형 집행인의 모습으로,
때로는 불길한 결정을 알리는 듯한 억양으로 말을 하는 간수들 한가운데
에 쇠사슬이 들어 있는 대형 나무 상자가 하나 있었다. 모루와 망치도 몇
개 있었다.

회색 작업복과 바지를 걸친, 마리우스 옆에 있던 늙은이가 한숨을 지으
며 말했다.

"이자들은 우리를 짐승처럼 다루고 있어."

이 말을 엿들은 간수가 소리쳤다.

"너희가 짐승처럼 행동했으니까 그렇지!"

마리우스는 전율이 온몸을 휘감는 것을 느꼈다. 그러니까 이들은 도형장으로 끌고 가기 위해 족쇄를 채운단 말인가? 짐승처럼?

마리우스가 절망적으로 외쳤다.

"하지만 나는 죄가 없소!"

마리우스는 종교화가 엘 그레코가 그린 「그리스도」처럼 머리를 옆으로 숙이고 넋이 나간 모습으로 하늘을 바라보며 두 손을 모으고 하느님께 애원했다.

마리우스 앞에서 간수들이 작업을 시작했다. 그는 전에 족쇄 채우는 것에 대해 들었지만 실제로는 훨씬 더 끔찍한 작업이었다. 그는 또한 장 발장을 생각했다. 자신도 속죄를 하기 위해 이 고행의 길을 걸어야 한단 말인가? 하지만 무엇을 속죄한단 말인가? 그가 속죄라는 단어를 떠올릴 정도로 죄를 저질렀단 말인가?

마리우스는 절망적으로 머리를 흔들면서 생각했다.

'나는 빵 한 조각도 훔치지 않았는데.'

"이제 네 차례야!"

간수들은 키 순서로 서 있던 죄수들을 다가오게 하더니 약 2미터의 쇠사슬을 이용해서 두 명씩 짝을 지어준 다음 즉각 스물여섯 명의 죄수를 밧줄로 둘러쳤다. 이 불행한 스물여섯 명은 각자 사람들이 넥타이라고 부르는 삼각형 형틀, 즉 연결 단추를 누르면 한쪽이 열리고 달구지 않고 벼린 고정된 못에 걸어 닫는 삼각형 쇠고리를 목에 달고 쇠사슬에 묶여 있었다.

마리우스는 자신의 차례가 되자 무릎을 꿇고 머리를 옆으로 숙였다. 간

수들은 그의 목에 삼각형 목걸이(형틀)를 걸어주었다. 그는 움직이지 않
도록 조심했다. 조금만 움직여도 모루에 부딪치는 정도가 아니라 망치가
두개골을 쪼갤 수 있었다. 그는 일어나면서 분노로 두 주먹을 불끈 쥐고
중얼거렸다.

　'우리가 개란 말인가?'

　간수들은 이 잔인한 작업을 계속했다.

　"다음!"

＊　＊　＊

　족쇄 채우는 작업은 5시까지 계속되었다. 마리우스에게 말을 걸었던
노인이 다시 불쑥 말을 꺼냈다.

　"이젠 밭에서 성큼성큼 돌아다니는 것도 끝장이야. 미나리아재비와 건
초 더미도 끝장이야. 우리는 손목에 쇠사슬을 차고 걸쭉한 죽을 먹으며
비참한 생활을 하게 될 거야. 저 아래 툴롱의 풀밭에서 사람들이 자네 옷
을 훔치면 자네는 벌거숭이가 될 거야. 자네는 죄수복을 입게 될 거야. 그
건 시민권의 박탈을 뜻하는 거야."

　마리우스는 믿을 수 없다는 듯 고개를 저었다. 그는 노인이 시를 지어
말했다는 사실조차 깨닫지 못했다. 그는 지칠 대로 지치고 망연자실한
상태로 낙심하고 절망한 채 무리를 따라갔다. 그리고 어떤 죄수들의 파
렴치한 침묵, 다른 죄수들의 무례한 빈정거림, 모든 죄수들의 일관된 무
관심에 부딪치면서 자신이 어떤 기상천외한 부조리의 세계 속으로 끌려
왔는지 자문했다. 형리들과 죄수들, 하늘을 믿는 사람들과 믿지 않는 사
람들, 몰인정한 사람들과 너그러운 사람들……. 도처에 존재하는 끔찍하

고 경악스러운 인권 유린을 보고 그는 형용할 수 없는 구토증을 느꼈다. 장 발장은 이와 같은 반항심, 똑같은 부당함, 똑같은 강렬한 증오심을 느꼈을까? 잠깐 동안이지만 엄청난 증오심을 느꼈다. 누구에 대한, 무엇에 대한 증오인지는 알 수 없었다. 아무튼 몹시 거대해진 증오심은 다른 증오들을 통해 더욱 부풀어 오르고 결국 언제 어딘가에서 산산조각으로 터지기 위해 다른 고통들을 기다리고 있을 뿐이었다. 이런 증오를 느끼기 위해서는 굴욕을 경험해야 했다. 내핍, 모욕, 치욕, 구타, 비참을 경험해야 했다. 이 잡다하고 역겨운 것들은 느닷없이 '인간성(humanité)'이라고 부르는 비열한 것을 마리우스에게 상기시켰다. 그는 벗어나고 싶었지만 사람들은 그의 의견을 묻지도 않고 그를 다시 비열한 인간성 속으로 빠뜨렸다.

문득 자신의 공부방, 고르보 누옥, 습기 찬 벽에 생긴 이끼, 때, 배설물, 종드레트—일명 테나르디에—의 꼬치꼬치 캐묻기를 좋아하는 아가리, 파리의 콜레라 등이 떠올랐다. 냄새가 질풍처럼 몰려오는 듯했다. 이곳과 똑같은 냄새. 가난한 동네도 멀리서 바라보면 아름다워 보이는 법이다. 빈곤은 단골 화젯거리다. 사람들은 우아한 살롱에서 빈곤에 관한 얼토당토않은 얘기를 주고받는다. 비참한 처지를 측은히 여기기도 한다. 지식인들은 폼(테니스의 전신—옮긴이)에 몰두하고 사회주의자들은 눈물을 흘리면서도 안락하게 지낸다. 추위에 떠는 사람들을 떠올리면서 발을 따뜻하게 하는 것은 아주 기분 좋은 일이다. 우민정책은 거짓 동정의 냄새를 풍긴다. 정치가들은 비열한 연설을 통해 노동자 계급을 진정시키고 속이며 착취한다. 연설이 통하지 않으면 음악의자놀이(음악을 틀어놓고 의자 주위를 빙빙 돌다가 음악이 멈추면 의자에 앉는 놀이. 의자가 사람 수보다 하나씩 적다—옮긴이) 수법을 써먹는다. 이 격동의 시대에도 엄청난 수의 가난한 사람들이 부자가 되었다. 마리우스는 이 세상이 자신의 꼬리를 문 거대한 뱀과 같다고 생각했다. 방탕한 사람보다 훨씬 더 타락한 세상.

간수들은 족쇄를 채운 후 물러갔다. 이제 안뜰에는 친척의 방문을 허락받은 죄수들만이 남았다. 마리우스는 멀리서 이 광경을 지켜보았다. 치욕의 고장으로 떠나는 이 순간, 그는 가벼운 형벌에 처해진 이 불쌍한 사람들이 이전에는 조금도 그리워하지 않았던 가족들을 애정을 담아서 바라보는 것을 보았다. 어떤 사람은 어머니를, 어떤 사람은 아내를, 어떤 사람은 자식을 만났다. 또 겨우 열여덟 살쯤 되었음직한 소년을 보았다. 소년은 이상하게도 무덤덤해 보였기 때문에 사람들은 그를 죄수라고 믿기 어려웠다.

갑자기 마리우스는 미세한 전율을 느끼며 얼굴을 찌푸렸다. 출입구를 바라보았다. 철문 옆에 상복을 입은 가엾은 노파가 불안하고 망설이는 기색으로 떨고 있었다. 마리우스는 자신에게는 이런 기회조차 없다는 사실을 생각했다. 그에게는 어머니가 없었다. 어머니는 그가 다섯 살 때, 다시 말해 워털루 전쟁 직후에 죽었다. 가엾은 노파는 그곳에 있다는 사실이 부끄러운 듯 종종걸음으로 안뜰을 한 바퀴 돌더니 마침내 소년이 있는 곳에서 멈추었다. 노파의 입에서 고함소리가 터져나왔다. 그녀는 두 손으로 가슴을 꽉 쥐더니 소년을 얼싸안았다. 그녀는 자식의 몸을 조르고 있던 쇠사슬과 입고 있던 누더기 옷을 보지 못했다. 어쩌면 보고 싶지 않았을 것이다. 어머니의 눈에는 오직 자식밖에 보이지 않았다. 어머니는 자식에게 입맞춤과 애무 그리고 눈물을 퍼부었다. 방문객이 없는 죄수들 속에 섞인 마리우스는 노파의 고통이 얼마나 무거운지를 깨닫고는 그 여인에게 연민을 느꼈다. 도형장이 무고한 자식을 냉혹한 죄인으로 만들 거라고 짐작한 어머니는 자식에게 자그마한 성모 목걸이를 매달아주었다. 그것은 자신의 유일한 재산이었다. 그녀는 그만큼 가난했다. 다른 어디에서도 찾아볼 수 없을 만큼 비참한 모습이었다.

마리우스는 자신에게 충격을 주었던 이 여인과 소년으로부터 고개를 돌리고 자신이 가질 수도 있었지만 갖지 못한 것을 생각했다. 그는 앞으로 함께 보낼 동료들을 슬쩍 바라보았다. 그들은 안뜰에서 가장 후미진 어두운 구석에서 온갖 외설적인 농담에 빠져 있었다. 자유분방한 그들은 짓궂은 농담을 퍼붓고 가증스러운 몸짓을 보여주면서 동료들로부터 야만적인 웃음을 자아냈다.

마리우스는 시를 읊듯 말하면서 앞에 가고 있던 노인에게 물었다.

"잠은 어떻게 자죠?"

노인이 쉰 목소리로 대답했다.

"침대와 순풍을 기대하는가? 젊은이, 포석에서 자게 될 거야. 자네는 수프를 먹게 될 테고. 내일 아침 6시에 이런 소리를 듣게 될 거야. '툴롱으로 가는 죄수들은 합승마차에 타라!' 호송대는 우리를 합승마차에 몰아넣고 출발할 거야. 비세트르 어귀에서 우리가 떠나는 광경을 구경하려고 몰려든 사람들을 보게 될 거야. 그들은 우리가 떠나는 것을 보고 무척 즐거워할 거야. 30일간 여행하게 될 거야. 나는 이미 해봤지. 자네가 원한다면 걸어갈 수도 있어. 걸어가는 죄수에게는 추가 배급이 있지. 하루분의 증류주와 0.5리터의 포도주를 더 주는 거야. 합승마차를 타면 하루 1킬로그램의 빵과 57그램의 치즈 그리고 0.5리터의 포도주를 주지. 그렇게 오랫동안 여행하다가 마침내 툴롱에 도착하게 되지."

노인은 '라마르세예즈'를 부르는 루제 드 릴 대위처럼 한 손은 가슴에, 다른 손은 머리에 놓고서 과장된 어조로 덧붙였다.

꽃과 암말,
웃음과 비곗덩어리 이전에
도형수와 해군 조선소,
몽둥이질과 독방이 될 것이다!

마리우스의 얼굴에 충격이 역력히 나타났다. 이 기괴하고 쾌활한 시인 때문에 그는 울부짖고 싶었다. 하지만 목구멍이 꽉 막힌 듯 아무 소리도 나오지 않았다.

밤이 되었다. 제정신을 잃은 그는 떠드는 죄인들과 함께 앉아 있었다. 사회가 존중하는 것마다 짓밟는 타락한 죄수들과 뒤섞여 있었다. 분명 누군가가 그를 속이고 배신하고 버렸다. 이제 그의 신분은 쇠사슬의 길이로 대변되었다. 그는 얼굴을 두 손에 묻고 조용히 울었다. 그리고 벌써부터 도망칠 궁리를 했다. 호송관은 그가 20년형을 선고받았다고 말하지 않았던가? 그는 또 복수를 생각했다. 아메데, 클레망스, 예수에게. 그리고 프랑스 전체에게. 아, 코제트, 아름다운 코제트는 어떻게 되었을까? 아내를 잃는다는 생각만 해도 정신이 아찔했다. 별안간 옆에 있던 늙은 시인이 노래를 부르기 시작했다. 그것은 갤리선을 젓는 도형수들의 노래였다. 곧장 모든 죄수들이 후렴구를 합창했다.

쇠사슬이
우리를 속박하네.
하지만 마찬가지라네.
쇠사슬은 우리를 아프게 하진 않네.

노인은 마리우스에게 눈짓을 보내고 다시 노래를 불렀다.

　우리의 옷은 진홍색이라네.
　우리는 모자 대신에 두건을 쓰고
　넥타이 따윈 없다네.
　불평은 금지되어 있다네.
　우리는 불만이 많다네.
　사람들이 우리를 쇠사슬로 묶는 것은
　우리를 잃을까 두려워서라네…….

저녁 내내 비세트르의 죄수들은 이 거친 노래를 반복했다. 이윽고 정적이 찾아들었다. 그들은 짧은 휴식을 통해 다음 날 여행을 시작하는 데 필요한 용기를 얻었다. 여행의 끝은 치욕과 고난의 시작이었다.

마리우스는 잠을 이룰 수 없었다. 그는 도형수 생활을 마친 후 올바르고 관대한 사람이 되었던 장 발장을 줄곧 생각했다. 마리우스에게는 그런 마음이 없었다. 그는 원한, 어지러움, 음모의 소용돌이 속에서 그는 혼란스러웠다. 그가 전혀 기억할 수 없는 그 며칠 동안 대체 어떤 일이 벌어졌단 말인가? 그에게 수면제를 먹인 다음 때려눕히고 음모에 빠뜨린 사람은 누구인가? 클레망스는 그를 함정으로 유인했을까? 아메데는 무엇을 했을까?

마리우스는 언젠가 이 도형장에서 빠져나온다면 냉혹한 모습을 보여주리라 다짐했다.

2

툴롱 도형장

마리우스는 30일간의 여행 동안 자신이 견뎌야 하는 것에 대해 생각했다. 도형장 사회가 얼마나 끔찍하고 무서운 곳인지 알기 위해서는 죄수들과 함께 생활하고 고통을 겪으며 같이 눈물을 흘리며 몽둥이질로 피를 흘리는 모습을 봐야 할 것이다. 마리우스의 눈에는 더 이상 죄인도 희생자도 없었다. 다만 긴 오열의 행렬만이 있었다. 한없이 긴 골고다의 언덕길.

마리우스가 비세트르에서 알게 된 노인은 샬롱에서 쇠약으로 죽었다. 시를 좋아하는 이 미치광이 노인은 추가 배급을 받기 위해 도보여행을 선택했었다.

샬롱에서 또 다른 사건이 발생했다. 죄수들이 손 강을 건너기 위해 네모 돛이 달린 길쭉한 너벅선에 오르고 있었을 때 한 소년의 배를 가르고 풍차 날개에 매달았다는 이유로 도형을 선고받은 완고한 죄수가 '목걸이(형틀)'를 끊고 강물에 뛰어들어 그대로 가라앉았다. 그는 익사한 척했다가 멀리까지 헤엄쳐 나가 목숨을 구할 수 있을까? 아무도 알 수 없는 노릇이었다. 아무튼 이 탈주 사건에 격분한 호송대장이 아무것도 보지 못했다고 말한 죄수들에게 군도를 휘두르며 죽이겠다고 위협했다. 마리우스를 포함해서 너벅선에 탄 죄수들은 몽둥이질만 당했을 뿐 별 탈 없이 끝났다.

죄수 한 명이 마리우스에게 설명했다.

"호송대장을 이해해야 해. 죄수가 한 명 도망칠 때마다 300프랑씩 손해 보거든."

리옹에서 간수들은 죄수들을 샅샅이 조사했다. 시내와 변두리에서 수백 명의 시민들이 죄수 행렬을 구경하기 위해 몰려들었다.

간수들은 빈틈 없이 감독했다. 그들은 수염을 제대로 깎지도 몸을 씻지도 못해 지저분하고 불결했다. 회청색 제복을 입고 빨간 견장과 노란 멜빵을 멘 이 하수인들은 몽둥이를 마구 휘둘렀다. 간수들 중 몇 명은 규칙적으로 채찍질을 해댔다. 몇 명이 죄수 인원을 점검하는 동안 다른 몇 명은 죄수들의 머리, 귀, 입 등 몸을 조사했다. 은밀한 부분까지……. 치욕적인 굴욕. 그것도 공개적으로. 비웃음과 조롱을 받으며. 마리우스는 조금도 항의하지 않고 체념하고 받아들였다. 한낱 살덩어리로 전락한 몸뚱이는 치욕으로 어쩔 줄 몰랐다. 그는 키가 컸지만 몸을 움츠렸다. 살인을 저질렀던 쇠사슬 동료들은 조금도 반항하지 않았다. 단 한 사람을 제외하고. 늙은 어머니와 함께 있던 소년.

"저는 이런 짓을 당해야 할 만큼 죄를 저지르지 않았어요!"

그러자 호송대장이 호통을 쳤다.

"도형장에 가기도 전에 몽둥이 맛을 보고 싶어? 무릎 꿇어! 실시!"

소년이 순종하지 않자 간수들이 그를 엎드리게 했다. 간수 한 명이 그의 목덜미와 허리를 때렸다. 그리고 거칠게 바지를 끌어내리더니 곤봉으로 가장 은밀한 부분을 수색했다.

"이곳에 줄이나 시계 용수철을 숨기지 않았나? 너희들이 온갖 잡동사니를 숨기는 곳이 바로 이 엉덩이 속이지!"

간수는 아무것도 발견하지 못하자 재차 소년의 장딴지를 때렸다.

"운이 좋군!"

간수는 겨드랑이 밑에 곤봉을 끼고 빈정대는 눈초리로 다른 죄수에게 갔다.

소년은 오열하면서 떨리는 한 손으로 바지를 끌어올렸다. 다른 손은 마치 방금 일어난 일을 지우려는 듯 무기력하게 내저었다. 마리우스는 그의 손을 잡아주었다. 소년은 머리를 갸우뚱하고는 이 친절한 남자를 바라보았다.

소년은 다시 일어나면서 중얼거렸다.

"나는 죄가 없어요……."

"나도 마찬가지야."

소년이 중얼거렸다.

"고마워요."

"이름이 뭐지?"

"쥘리앵. 쥘리앵 르루아. 빵 한 조각을 훔쳤다는 이유로 강제노동 5년을 선고받았어요."

마리우스의 얼굴이 어두워졌다. 옛날에 장 발장이 똑같은 좀도둑질로 똑같은 형을 선고받지 않았는가. 38년 전에. 1834년에도 상황은 달라지지 않았다.

"내 이름은 마리우스야. 나는 아무 잘못도 저지르지 않았는데 20년형을 선고받았어."

쥘리앵 르루아는 쇠사슬을 보여주고 고개를 끄덕였다.

"우리 친구가 되었으면 좋겠어요."

“나도 그래.”

각자 제자리로 돌아갔다.

리옹을 지나 타라스콩에 도착했다. 뙤약볕 아래서 이틀간의 휴식. 쇠사슬에 묶인 죄수들의 슬픈 모습, 서로 부딪치면서 내는 지겨운 쇠사슬 소리. 죄수 행렬은 타라스콩을 지난 다음 툴롱에서 1킬로미터쯤 떨어진 작은 마을에 도착했다.

한 상사가 고함쳤다.

“카스티뇨 마을이다!”

마을에 도착하자마자 마을 주민들이 미래의 도형수들을 에워싸고 압박하며 괴롭혔다. 관습에 따라 수백 명의 남자들, 여자들, 아이들이 죄수들에게 케이크, 소시지, 담배를 사라고 권했다. 공짜는 하나도 없었다. 돈이 없는 죄수들은 짧은 외투나 모자와 바꾸었다. 고함소리, 환호, 욕설, 귀머거리도 들을 수 있는 폭언. 누더기 옷을 주고 사과 두 개, 치즈 한 조각 혹은 닭고기 한 조각을 얻은 불쌍한 죄수들 틈에서 마리우스는 순간 누군가를 본 듯했다. 음유시인처럼 곱슬머리를 가졌고, 건장한 체격은 헤라클레스를 떠올리게 했다. 하지만 곧 놓치고 말았다. 사실 이 살인자들 중에서 누구를 알아볼 수 있겠는가?

죄수 한 명이 그에게 물었다.

“자네는 아무것도 사지 않나?”

마리우스는 어깨를 으쓱하면서 대답했다.

“나는 내 옷을 간직하겠어.”

“자네 옷이라고? 툴롱에 가면 간수들이 네 옷을 빼앗고 죄수복을 줄 거야.”

그러자 마리우스는 옷을 벗어 빵 500그램, 파이 한 조각과 바꾸었다.

그는 즉석에서 전부 먹어치웠다. 그리고 명령을 기다렸다.

* * *

　1시 무렵, 죄수들은 '궁전'의 대기실에 도착했다. 도형수들은 도형장 근처에 있는 해군 조선소 옆 건물을 그렇게 불렀다. 죄수들은 이곳에서 세면을 했다.

　한 무리가 죄수들을 보러 왔다. 마리우스는 그들을 관찰했다. 그들 중에는 도형장 경찰서장, 해군 검찰 그리고 몇 명의 고위 공무원이 있었다.

　점호가 실시되었다. 마리우스는 알렉상드르 틱시에가 호명되자 대답했다. 마지못해 대답했을 뿐이었다. 그는 조만간에 그들 가운데 한 명에게 해명을 요구할 것이다. 그리고 어쩌면 보상도.

　점호가 끝나자 간수들이 죄수들의 '목걸이'를 제거했다. 죄수들의 가슴에서 안도의 한숨이 솟구치는 것 같았다. 하지만 기쁨도 잠시였다. 간수들이 즉각 도형수들의 발목에 임시 고리를 묶었기 때문이다. 간수들은 죄수들이 해수욕을 하는 동안 남아 있던 옷가지들을 화로 속에 던져 태웠다.

　이윽고 상사들은 각 죄수가 여전히 쇠사슬을 묶는 둥근 고리를 차고 있는지 확인했다. 다시 점호 실시. 마리우스는 자신의 수염과 몸을 쓰다듬었다. 어떤 꼴을 하고 있을까? 마취제의 효력이 완전히 없어지는 데 보름 이상이 걸렸다. 그는 아직도 어찌 된 영문인지 전혀 알 수 없었다.

　해수욕을 한 후 원기를 회복한 느낌이 들었다. 소금물에 젖은 피부에 내리쬐는 햇볕이 산뜻하게 느껴졌다. 그는 지평선을 바라보면서 이 모든 게 현실인지 자문했다. 이 악몽에서 빠져나올 수 있을까? 누가 그의 말을 들어줄까? 도형장 경찰서장? 해군 장교들?

마리우스는 고개를 저으면서 공기를 깊이 들이마셨다. 이곳에서는 죄수들에게도 감시 의무가 주어진 것처럼 보였다. 어쩌면 상황이 이렇게 다를 수 있을까?

"자, 더 빨리!"

간수들이 죄수들에게 소형 보트에 타라고 명령했다. 승선이 끝나자 간수들은 그들을 도형장으로 데려갔다. 이동은 신속히 이루어졌다. 배가 부두에 닿는 순간 마리우스는 바다 위에 떠 있는 시설을 보았다. 햇살이 금빛을 쏟아내는 것 같았다. 그러니까 이게 도형장이란 말인가? 선원들, 선박들, 부두, 부산하게 움직이는 사람들, 조선소, 길게 늘어선 하얀 건물들, 뽀족한 지붕들, 그리고 멀리 수평선에 옆모습을 드러낸 산이 있는 항구가 바로 도형장이란 말인가? 마리우스는 항구를 본 적이 없었다. 그는 고개를 들었다. 쪽빛 하늘에서 하얀 솜털을 닮은 새들이 날카롭게 울면서 커다란 원을 그리고 있었다. 새들은 울음소리를 웃음소리로 바꾸기 위해 한없이 울어야 한다.

다른 웃음소리가 마리우스의 주의를 끌었다. 이번에는 사람의 웃음소리였다. 그리고 설명이 뒤따랐다.

"이봐, 친구야, 저 안에서 죽도록 일해야 하는 사람이 적어도 4천 명이야. 곧 우리 차례가 될 거야."

마리우스는 방금 말한 사람을 쳐다보지도 않았다. 그는 다시 한 번 낙심했다. 그의 입술은 타액으로 거칠어져 있었다. 그가 해군 조선소의 부두를 바라보고 있는데 나이팅게일 한 마리가 어린 느릅나무 속에서 항복의 나팔을 부르는 것만 같았다. 그는 흥분하기 시작했다. 그리고 파리, 그가 즐겼던 축제들, 생제르맹 구역, 아메데 디그랑드 등을 생각했다. 그는 아메데에게 오늘까지 겪은 일을 백배로 갚아줄 것이다. 그는 생각하기도 싫은 도형 생활을 굳건히 견뎌낼 것이다. 코제트는 어떻게 되었을까? 이 도형장에서 최소한 편지는 쓸 수 있지 않을까?

그때 간수가 외치는 소리가 들렸다.

"하선! 이 게으름뱅이들아. 뛰어!"

죄수들은 해군 조선소 부두에 정렬했다. 간수들은 죄수들의 기형, 상처, 특이점, 말하자면 신체의 여러 부분에 나타날 수 있는 뚜렷한 특징을 확인했다. 마리우스의 왼쪽 눈 밑에서는 모반이 발견되었다. 그는 본능적으로 집게손가락으로 모반을 만지고 약간 돌출된 부분을 감지했다. 그는 체포된 후 거울을 보지 못했기 때문에 자신의 외모가 어떤지 궁금했다. 누가 그에게 이 표시를 만들어주었을까? 클레망스? 아메데? 그는 격분했다. 마르디그라 축제 때 샤를 드 라 바튀의 호화 마차 안에서 자신의 전 재산과 코제트에 대한 권리를 양도하는 편지를 아메데에게 주었던 사실을 떠올리고 더욱 분노를 느꼈다. 프레데릭이 거짓말한 것이 아니란 말인가. 아메데는 아내와 재산을 걸머쥐기 위해 나를 제거했단 말인가.

"당신은 이들과 같은 부류가 아니네."

샤를 드 라 바튀의 말이 불길한 예언처럼 귓가에 울렸다. 증오가 끓어올랐다. 만일 소송에서 이기지 못한다면, 만일 소송을 재검토하지 않는다면 그는 이곳에서 도망칠 것이다. 그렇다, 그 역시 탈옥자, 전과자, 사회에서 추방된 사람이 될 것이다. 예전의 장 발장처럼. 이상하게도 그는 이런 생각을 하는 동안 마음이 평온해졌다.

도형장 측은 인상(人相) 기록 카드를 작성한 다음 각 도형수에게 등급별로 옷을 지급했다. 도형수들은 세 등급으로 분류되었다. 첫 번째는 온순한 죄수들, 두 번째는 일반 죄수들, 세 번째는 재범자와 흉악범들이었다.

마리우스는 세 번째 그룹에 속했다. 간수들은 그의 머리를 짧게 깎고 빨간색 웃옷 하나, 역시 빨간색 헝겊 모자 하나, 노란색 바지 하나, 구두 한 켤레, 셔츠 두 장을 지급했다.

한 경비원이 마리우스에게 개머리판을 들이대면서 외쳤다.

"야, 지켜보고 있으니 제대로 해!"

도형장 경찰서장 레이노는 다시 점호를 실시했다. 죄수가 대답할 때마다 그는 수인 번호가 적힌 양철판을 배급했다. 죄수들은 양철판을 헝겊 모자에 붙이고 항상 달고 다녀야 했다. 마리우스는 9430번을 받았다. 이 번호는 장 발장의 수인 번호였다. 마리우스는 이 우연의 일치를 모르고 있었다.

누군가가 외쳤다.

"족쇄를 채워!"

마리우스가 고리를 다는 곳으로 가고 있을 때 누군가가 그의 이름을 불렀다. 그를 알아보는 사람이 있단 말인가? 희망의 빛이 그의 얼굴을 환하게 했다. 그는 까치발을 하고 동료들의 어깨를 짚었다. 그리고 그는 쥘리앵의 앳된 얼굴을 보고 눈살을 찌푸렸다.

쥘리앵이 물었다.

"당신은 온통 빨간색이네요?"

"보다시피."

"저는 첫 번째 그룹에 속해요. 봐요, 노란 헝겊 모자를 쓰고 있잖아요. 5년 후면 모든 게 끝날 거예요."

"그래, 5년 후면……. 또 보자, 쥘리앵."

그때 허리가 끊어질 듯한 통증을 느꼈다. 고개를 돌리자 그를 위협했던 간수가 있었다.

"줄을 서고 있을 때는 조용히 해. 9430번, 알았나?"

마리우스는 마리우스가 아니었고 알렉상드르 틱시에도 아니었다. 그는 9430번에 지나지 않았다.

마리우스는 땀내와 곰팡내가 나는 어두운 홀로 들어가자마자 기절할 것만 같았다. 악몽은 그것으로 끝나지 않았다. 쇠사슬 소리, 찌푸린 얼굴들, 배설물과 엉긴 물질로 더럽혀진 바닥. 홀 중앙에 약 3미터짜리 긴 통나무가 하나 있었고 그 위에 모루 몇 개가 고정되어 있었다. 마리우스는 배설물이 바닥에 흩어져 있는 이유를 깨달았다. 공포에 질린 죄수들이 참지 못하고 똥을 싸버린 것이었다.

마리우스는 자기 차례가 되자 팔다리가 떨렸다. 방금 다리 하나가 부러진 죄수가 절망적인 비명을 질러댔다.

망치를 손에 들고 있던 도형수가 변명했다.

"놈이 움직였어요. 놈이 움직이는 바람에……."

한 상사가 외쳤다.

"부상자를 병원으로 데려가!"

그리고 마리우스에게 말했다.

"이제 네 차례야! 절대로 움직이지 마. 꾀를 부리던 녀석들이 어떤 꼴을 당했는지 봤지?"

마리우스는 무릎을 꿇고 통나무 위에 배를 깔고 엎드렸다. 그는 다리가 완벽하게 균형을 잡을 수 있도록 공중에 내뻗었다. 철구를 다는 간수가 쇠사슬을 연결하는 둥근 고리를 설치하는 동안 다른 도형수가 그의 다리를 붙잡고 있었다. 침착함을 요구하는 작업이었다. 간수가 힘껏 망치를 내리칠 때 조금이라도 빗나가면 도형수의 다리가 부러질 위험이 있었다.

망치질을 하는 순간 마리우스는 이를 악물었다. 상사가 옆에서 지켜보고 있었다. 제복의 작은 주름 하나, 임무에서 작은 실수 하나도 용납하지 않는 이 사내는 고압적인 자세를 취하고 비열한 미소를 지었다. 고리를 채우는 작업이 완료되자 음흉한 승리감이 상사의 좁은 갈색 얼굴에 퍼졌다. 상사는 두 눈을 깜박거리고 입을 다물었다. 그것은 이 냉혈한이 나타내는 만족감의 표시였다.

상사는 자신이 완전무결한 정의, 빛, 진리를 구현한다는 확고한 태도로 물었다.

"이해했나?"

마리우스는 구슬땀을 흘리며 중얼거렸다.

"이해했소."

그러자 발끈한 도형수가 마리우스의 두 팔을 등 뒤로 비틀면서 윽박질렀다.

"'이해했습니다, 상사님.'이라고 말해!"

마리우스는 순순히 따라했다.

"이해했습니다, 상사님."

상사는 죄수들에게 족쇄를 채우고 있던 간수들에게 신호를 보내면서 다시 외쳤다.

"그대로 있어. 아직 끝나지 않았어!"

간수가 타박상을 방지하기 위해 헝겊으로 둥근 고리와 마리우스의 피부 사이를 채웠다. 그럼에도 불구하고 2,250그램이나 되는 둥근 고리와 쇠사슬의 무게 탓에 족쇄 부착실에서 고통을 느끼지 않고 나가는 죄수는 거의 없었다. 게다가 죄수는 쇠갈고리가 설치된 가죽 허리띠를 차고 있었다. 이 갈고리는 둥근 고리부터 허리까지 다리를 따라 연결된 쇠사슬의 무게를 반쯤 감당했다.

상사가 고함쳤다.

"9430번과 9431번!"

9431번은 마리우스가 카스티뇨 마을에서 얼핏 본 사람이었다. 그의 얼굴은 누군가를 떠올리게 했다. 마리우스는 넓은 어깨에 자신처럼 머리를 짧게 깎고 빨간 상의와 잘 어울리는 헝겊 모자를 썼으며 두 눈에서 섬광을 발하는 이 죄수에게 말을 걸지 않도록, 강한 시선을 던지지 않도록 조심했다. 상사가 다시 소리쳤다.

"입도 뻥긋하지 마!"

마리우스와 9431번은 두 사람의 쇠사슬을 연결하는 고리를 통해 짝패를 이루게 되었다. 둥근 고리는 별 게 아니었지만 쇠사슬은 전혀 달랐다. 다른 도형수와 함께 쇠사슬의 무게를 감당해야 했다. 이 도형수는 어떤 자일까? 살인범? 강간범? 아동 살인범? 차마 고백할 수 없는 취향을 가진 변태 성욕자?

그런 생각을 하자 불안의 전율이 마리우스의 온몸을 휘감았다. 동시에 그는 이 동료에 대해 알고 싶었다. 대체 어디서 이 사람을 보았더라?

* * *

이틀 동안 마리우스의 '쇠사슬 동료'는 그에게 말을 건네지 않았다.

마리우스가 여러 차례 물었다.

"이름이 뭐예요?"

하지만 상대는 대답하지 않았다.

두 사람은 해군병원의 부두에 있는, 도형장의 감방이라고 부르는 건물 1층의 한 감방에 있었다. 바로 옆에 경비원 막사가 있었다. 9431번은 문짝으로 막은 작은 창가에 앉아 파도를 바라보고 있었다. 그는 배급받은 포도주, 수프, 고기를 묵묵히 삼키기만 했다. 결국 마리우스는 그가 벙어리라고 생각하기에 이르렀다.

사흘째 되던 날―형무 행정이 고된 여행의 피로를 회복하도록 죄수들에게 허락한 휴식 마지막 날―레이노 경찰서장은 새로 온 죄수들에게 지침을 전달하기 위해 왔다. 그는 두 명의 해군서기를 대동하고 죄수들에게 지켜야 할 규정을 설명했다. 무뚝뚝한 어조와 날카로운 목소리. 그는 규정을 준수하는 죄수에게는 보상을, 위반하는 죄수에게는 엄벌을 약속했다.

"이상 끝."

경찰서장이 발길을 돌리려는 순간 마리우스가 손을 들었다.

"경찰서장님, 하소연을 해도 되겠습니까?"

경찰서장은 조롱하는, 동시에 흥미로운 표정으로 마리우스를 쳐다보았다. 눈 둘레가 수많은 미세한 주름으로 둘러싸인 경찰서장은 잔인하고 냉혹해 보이는 눈빛을 가졌다. 오른쪽으로 구부러진 입술은 그가 가진 권위 의식, 이성, 확고함을 나타내는 듯했다. 질서를 좋아하는 레이노 경찰서장은 질서를 옹호하기 위해서는 벼락이라도 떨어뜨릴 준비가 되어 있었다. 그가 도형수의 시선에서 패배를 읽을 때 사람들은 그의 시선에서 승리를 읽을 수 있었다. 턱까지 단추를 채운 프록코트를 입은 이 '잔인한 천사장'은 절대에 협력했고, 그의 손에서 절대는 상대적인 모든 것을 없애버리는 '사회와 속죄의 칼'이 되었다.

경찰서장은 헝겊 모자에서 마리우스의 수인 번호를 읽고 물었다.

"9430번, 무슨 문제가 있소?"

"경찰서장님, 저는 당신이 생각하는 그런 사람이 아닙니다. 제 이름은

마리우스 퐁메르시입니다. 저는 왜 사람들이 저에게 알렉상드르 틱시에
라는 이름을 붙여주었는지 모르겠습니다."

레이노 경찰서장의 얼굴이 조롱 섞인 음산한 빛으로 환해졌다.

"당신이 지금의 당신이 아니라 했소? 그러니까 9430번, 당신의 수인번
호가 당신에게 어울리지 않는다는 말이오? 미덕은 단 하나의 악덕을 갖
고 있소. 그건 바로 실수요. 하지만 이곳에서 실수는 당신들이 주장하는
미덕에서 비롯된 악덕이오. 9430번, 다른 질문이 있소?"

마리우스의 얼굴이 백짓장처럼 창백해졌다.

"아닙니다, 경찰서장님."

경찰서장은 한 서기에게 다가오라는 손짓을 하고는 커다란 장부를 달
라고 했다.

"완벽하네."

마리우스에게 이 판결을 듣는 것보다 더 비통한 일은 없었다. 정확한
기록이라는 확신에 차 있는 냉정한 경찰서장은 이곳에서는 선이 악을 낳
을 수 있다는 사실을 보여주었다. 그러니까 어찌해볼 도리가 전혀 없단
말인가? 그가 겨우 사흘 전부터 차고 다닌 족쇄는 이 순간 어느 때보다 무
겁게 느껴졌다.

경찰서장이 장부를 살펴보더니 차갑고 날카로운 시선으로 쏘아보면서
물었다.

"직업을 가진 적이 있소?"

마리우스는 대답하지 않았다. 그때 쇠사슬 동료가 팔꿈치로 치고 귀에
대고 속삭였다.

"소목장이었다고 말하게."

벙어리인 줄 알았던 동료의 목소리를 듣고 깜짝 놀란 마리우스는 어리

둥절한 채 가만히 있었다. 경찰서장이 서기에게 도형장 등록장부의 9430
번 난에 X표를 기입하라고 지시하자 마침내 마리우스는 대답하기로 결
심했다.

"경찰서장님, 소목장이었습니다."

경찰서장은 뾰족한 코를 쳐들고 묘한 표정을 지으며 그를 째려보았다.
그는 이윽고 날카롭고 불쾌한 목소리로 말했다.

"대답이 그다지 빠르지 않군. 9430번 난에 소목장이라고 기입하게."

마리우스는 집요하게 경찰서장을 쳐다보고 있던 동료를 바라보았다.
갑자기 그는 기분이 나아졌다. 그의 얼굴에서 심장의 피를 역류시키고 이
마와 뺨을 창백하게 했던 과도한 흥분의 흔적이 사라졌다.

경찰서장이 물었다.

"9431번, 당신 직업은?"

마리우스의 쇠사슬 동료가 대답했다.

"소목장이입니다."

＊　＊　＊

감방으로 돌아온 9431번은 마리우스에게 손을 내밀고 쉰 목소리로 말
했다.

"내가 누구와 악수하는 거지? 예수의 손이야? 퐁메르시 남작의 손이
야?"

마리우스는 처음에는 어리둥절했으나 곧 상대방을 알아보았다.

"파르페타무르? 클랑 데스탱의 주인?"

"맞네. 자네는?"

파르페타무르가 그렇게 엉뚱한 질문을 했던 것은 마리우스의 손가락에서 반지를 보지 못했기 때문이다. 에메랄드빛 눈을 가진 뱀이 새겨진 반지. 모든 옷가지를 압수당하고 머리를 짧게 깎았으며 똑같은 옷을 입었기 때문에 혼동하는 것도 무리는 아니었다. 게다가 파르페타무르는 예수도 마리우스도 잘 알지 못했다. 주먹다짐을 한 번 했다고 얼굴을 제대로 기억할 수는 없는 노릇이다. 반지도 마찬가지였다.

마리우스가 대답했다.

"마리우스 퐁메르시예요."

"그럴 줄 알았네. 그런데 그 이름은 뭔가? 무슨 일이 있었는가?"

"아무것도 모르겠어요. 어느 날 아침 깨어나 보니 20년형을 선고받고 비세트르 감옥에 있었어요. 기억은 나지 않고 머리는 무거웠어요."

"그럼 재판은?"

"전혀 기억나지 않아요."

"누군가가 자네에게 마취제를 먹인 거야?"

"네. 한 번이 아닌 것 같아요."

파르페타무르는 낙심한 표정을 지었다.

"나도 20년형을 선고받았네. 나는 홧김에 아내를 죽였지. 사람들이 베키유라고 부르는 여자 말이네. 그래도 나는 '고해성사'를 봤지."

"무슨 말이죠?"

"자네는 이곳에서 은어로 말하는 법을 배워야 할 거야. 그것은 내가 범행을 자백함으로써 무기징역을 면했다는 뜻이네. 치정 사건이었기 때문에 배심원들의 관용을 얻을 수 있었지."

마리우스는 파르페타무르와 연결된 쇠사슬을 만지작거리면서 말했다.

"비세트르 감옥에서도 죄수들이 은어를 배우라고 말해주었어요. 법정에선 내가 지능이 모자란 사람이라고 판결을 내렸어요."

"자네는 정말로 재판을 기억하지 못하는가?"

"전혀 생각나지 않아요."

"그들이 재판을 서둘러서 해치웠다는 사실을 알아야 하네. 혁명 사건 때문에 당국은 일반 재판을 날림으로 해치웠지. 그들은 일주일 동안 몇 사람을 도형장으로 보냈다네. 부자들에게는 항상 집행유예를 선고하지. 하지만 백치들에게는 그런 배려는 결코 하지 않지!"

파르페타무르는 마리우스에게 손가락질을 하며 어린아이처럼 웃었다.

"백치가 대체 누구를 죽이고 이곳에 왔지?"

마리우스는 지금까지 입도 뻥끗하지 않았던 작자가 함부로 웃어대어 약간 짜증이 났지만 대답했다.

"나는 자살을 했던 거예요."

"그게 무슨 말인가?"

"트랑스농냉가 12번지에 사는 주민 전원이 군인들에게 학살되던 날, 누군가가 내가 마리우스 퐁메르시를 죽였다고 고소했어요. 왜 재판을 했는지 모르겠어요. 나는 지금 알렉상드르 틱시에라는 이름으로 불리고 있어요."

예수를 잘 모르는 파르페타무르가 대답했다.

"무슨 말인지 모르겠네."

파르페타무르는 관심 없다는 몸짓을 나타냈다. 그는 수평선에 낮게 가라앉은 해를 바라보며 속삭였다.

"저곳은 자유야."

그리고 큰 소리로 말했다.

"자네는 틀림없이 루제와 다브 데 그레프에게 속았을 거야."

마리우스는 놀란 표정을 지었다.

"나는 그들을 본 적이 없어요."

"클랑 데스탱 술집에서도?"

"네."

"자네가 저녁에 두 번 클랑 데스탱에 왔을 때 그들이 있었네. 그들은 자네를 알고 있었을 거야. 증거는 바로 예수가 그들의 친구라는 사실이네. 왜 자네가 이곳에 있다고 생각해? 정말로 루제가 누군지 모르겠어? 사기꾼처럼 생긴 건장한 적갈색 머리의 젊은이 말이네."

마리우스는 곰곰이 생각하면서 대답했다.

"어쩌면. 하지만 예수가 누군지는 확실히 알아요. 나는 그놈과 싸울 뻔했어요. 녀석은 공장에서 일하는 아이들을 심하게 괴롭혔어요."

파르페타무르는 고개를 저었다.

"자네가 틀렸네. 아이들을 때렸던 놈은 루제야. 반대로 예수는 아이들 편을 들었지. 한때 예수는 미욜뢰즈의 꽁무니를 쫓아다녔어. 그놈의 허리를 부러뜨렸어야 했는데. 하지만 정직한 녀석이야. 다브 데 그레프와 그의 꼽추 친구인 검은 옷을 입은 사내가 모든 짓을 계획한 거야. 두 사람은 함께 음모를 꾸몄지."

"꼽추라고요?"

"공증인처럼 옷을 입은 곱사등이 말이네. 고약한 사기꾼이지. 나는 그자의 우스꽝스러운 모습은 알지만 얼굴은 모르네. 그는 항상 얼굴을 가리고 환한 곳에 나타난 적이 없거든."

마리우스는 비틀거리면서 감방 벽에 몸을 기댔다.

파르페타무르가 물었다.

"무슨 일이야?"

“아무것도……”

마리우스의 머릿속에서 모든 게 점점 더 뒤죽박죽이 되었다. 그 이름들, 그 기억들……. 그리고 섬광…… 꼽추……. 그는 생각했다. ‘그 꼽추는 분명 루이데지레야. 내 이름, 내 행복, 내 명예, 내 아내를 훔치기 위해 그의 주인이 음모를 꾸몄던 거야. 못된 루이데지레…….’

엄청난 현기증을 느낀 마리우스는 조심스레 움직였다. 그는 희미한 목소리로 물었다.

“그럼 다브 데 그레프는 어떤 사람이죠?”

“모든 것을 조종하는 노인네지. 장담하건대 그는 이미 클랑 데스탱 술집을 손에 넣었을 거야.”

“그 노인네는 무슨 일을 하죠?”

“나도 정확히는 모르네. 아무튼 놈은 아동 매매와 고양이 고기 거래로 6개월 만에 상당한 재산을 모았지. 자네가 그의 얼굴을 보았더라면 잊지 못했을 거야. 그는 겉으로만 상냥한 척하는 비열한 거짓말쟁이, 아첨꾼인데다가 지독하게 지저분하고 몹시 심술궂은 인간이네. 담비처럼 가늘고 뾰족한 얼굴과 독수리처럼 길고 주름진 목, 심술궂게 생긴 작은 눈, 얼굴 가장자리에만 기른 흉측한 잿빛 수염, 갈고리 모양의 손톱. 이게 그의 더러운 얼굴이야. 그는 부모를 원망할 수 없지. 그에게 손을 내밀었다간 그는 그 손을 돌려주지 않을 인간이야. 루제와 그는 법정에서 나에게 불리한 증언을 했네. 나를 한 번도 바라보지 않고서. 비열한 놈과 수전노. 악질 중의 악질들이네.”

마리우스는 주위를 둘러보다가 야전침대—저녁마다 죄수들은 이 침대에서 빈둥거렸다—, 작은 탁자, 삼 부스러기가 널려 있는 함지 그리고 파르페타무르를 물끄러미 바라보았다. 그는 아무 말이나 퍼부으며 이 끔찍한 감방 벽에 돌진하여 머리를 부딪치고 싶었다. 탈출구가 분명 있지 않을까? 아무 죄도 짓지 않았는데 이 지옥에서 20년을 보낼 수는 없는 노릇이 아닌가!

마리우스가 단호한 어조로 말했다.

"언젠가는 탈옥할 거예요. 이곳에 있고 싶지 않아요."

"나도 마찬가지네. 하지만 일단은 어쩔 수 없이 머물러야 할 거야."

* * *

두 달이 지났다. 마리우스에게는 두 세기처럼 느껴졌다. 파르페타무르와 마리우스는 몇몇 사역을 모면했다. 항구의 준설, 진흙 운반, 예인선에 바닥짐을 싣고 내리는 일, 선박과 돛 건조용 목재 하역 및 적재, 선박 건조용 골조자재 운반. 그들은 몇몇 동료들이 아직 절단하기 전인 껍질 달린 통나무를 다루는 것을 보고 자신들에게 그 일이 떨어지지 않은 것에 대해 하늘에 감사했다.

툴롱은 거대한 선박회사였다. 프랑스에서 가장 큰 조선소였고 수익성도 가장 좋았다. 선박을 예인하고 선박 수리용 도크를 비우고 청소하는 도형수들이 있었다. 국가의 노예들. 물론 다른 일을 하는 도형수들도 있었다. 항구에 근무하는 장교들의 집에서 하인 노릇을 하지 않을 때는 석공, 벽돌공, 벽돌 제조공, 석회 제조공으로 동원되었다. 그들은 아침마다 노래를 부르면서 감옥을 출발했다. 인간 물결. 저녁이 되어 돌아올 때 그들은 서 있을 기력조차 없었다. 파라오의 노예 같은 도형수들은 생망드리에 반도(툴롱 항구의 남쪽 끝에 위치한 작은 섬-옮긴이)에서 창고를 짓고 무리용 늪지를 정화하며 카스티뇨 연안에 제방을 쌓고 보방식 도크를 보강했다. 끝없이 이어지는 작업.

몇몇 도형수들은 이렇게 말했다.

"툴롱과 그 주변에서 건설된 것은 모두 우리 작품이야. 솔직히 말해서 우리는 감옥에 있는 것보다는 강제노동 하는 것을 선호하지. 이곳에서는 적어도 이야기할 수 있고 실컷 웃을 수 있잖아. 일은 물론 힘들지만 사람들도 볼 수 있고. 우리는 거의 자유노동자야."

마리우스와 파르페타무르는 원목을 세로로 켜 목재를 만드는 제재공으로 일했다. 작업장은 낡은 도크의 출입구와 그랑랑 부두 사이에 있었다. 기진맥진하게 하는 작업. 저녁이면 두 사람은 팔의 감각을 잃었고 생각할 힘조차 없었다.

마리우스는 도형장에 도착한 이후로 코제트에게 열 통의 편지를 썼다. 답장은 한 통도 오지 않았다. 그는 이를 어떻게 생각해야 할지 몰랐다. 정오 무렵 휴식 시간이 되면 그는 산까지 이어진 거대한 작업장을 둘러보았다. 날씨는 몹시 더웠다. 때때로 용마루에서, 해군병원 테두리에서, 범선이나 군함의 마룻줄에서 햇빛이 번쩍거렸다. 얇은 열층이 항구 전체를 뒤덮었다. 오후가 끝날 무렵 바람이 불면 지붕에서 달가닥거리는 소리가 났다. 그리고 약간 선선해졌다. 멀리 떨어진 언덕은 색깔을 빨간색과 금갈색을 반죽한 용암처럼 보였다. 울창한 숲에서 살랑대는 소리가 들렸다. 수상쩍은 냄새가 서서히 올라오고 있었다. 이윽고 역겨운 냄새로 변했다.

매일 아침 5시 기상나팔이 울리면 일과가 다시 시작되었다. 중노동. 하루 열두세 시간의 통나무 톱질. 11시 반 휴식, 오후 1시 작업 재개, 저녁 8시 작업 종료. 마리우스는 이 작업 리듬 덕분에 체력을 키울 수 있었다.

파르페타무르가 농담했다.

"자네도 나처럼 건장한 사람이 될 거야!"

가장 힘든 것은 잠자는 일이었다. 마리우스는 감옥 잠자리에 익숙하지 않았다. 파르페타무르와 마리우스가 수감된 감옥은 셴비에유까지 연결된 해군 조선소 부두 쪽에 있지 않았다. 그들은 도형장의 연옥이라고 할 수 있는 온순한 죄수 감옥에도 지옥이나 다름없는 흉악범 감옥에도 있지 않았다. 도형수 경찰서장의 집무실 아래쪽 1층에 위치한 흉악범 감옥에는 도형장에서 가장 길들이기 힘든 도형수들이 수감되어 있었다. 요컨대 출입을 피해야 할 장소였다.

마리우스가 완고하게 말했다.

"적어도 그곳은 습하지 않을 거야."

파르페타무르가 대꾸했다.

"어쩌면. 하지만 몽둥이질이 있을 거야. 자네는 아직도 도망칠 궁리를 하는가?"

"아직도? 나는 오직 그것만 생각하고 있어요."

"그럼 잘 해보게. 감방마다 현관이 있고, 이 현관에서 문살 사이로 침대를 감시할 수 있네. 완전무장한 경비원들이 도처에 깔려 있네. 그들은 조금이라도 혼란이 있으면, 조금이라도 폭동의 조짐이 있으면 발사하라는 명령을 받고 있지. 그 점은 알고 있겠지?"

"알고말고요."

"그럼 자네는 미친 거야."

"시도하지 않는 사람은 아무것도 얻을 수 없다는 격언이 있잖아요. 게다가 나는 해상 도형장 1호가 지긋지긋해요."

마리우스와 파르페타무르는 해상 도형장 1호에 배치되었다. 툴롱에는 4천 명의 도형수가 있었고, 육지에 세 개의 감옥과 해상에 네 개의 도형장이 있었다. 해상 도형장 1호는 끔찍했다. 검게 칠한 측면과 쇠창살을 단 현창은 음산한 분위기를 자아냈다. 또한 온갖 악조건을 갖춘 곳이었다. 잡거생활, 때, 악취……. 800여 명의 도형수들이 이 낡고 기울어진 폐선에서 잠을 잤다. 어떤 도형수들은 토하고 즉석에서 용변을 봤다. 소변 냄새, 썩은 나무 냄새, 끈적끈적한 습기 탓에 곰팡내가 코를 찌르고 결국 구토를 일으켰다. 도형수들은 잠두콩 수프와 양고기 스튜가 도착하면 환호성을 질렀다. 어떤 죄수들은 자기 몫을 헐값으로 되팔았다. 아무것도 삼킬 수가 없었던 것이다. 하지만 자기 몫의 수프, 750그램의 빵과 포도주를 먹지 않으면 결국 굶어 죽게 될 것이다. 배급된 음식을 되팔다가 걸리면 몽둥이질을 당했다.

해상 도형장 1호는 다루기 힘든 흉악범 감옥 옆에 정박되어 있었다. 어느 날 파프티라는 도형수는 한 상사에게 머리를 박살내겠다고 위협했다는 이유로 밧줄로 50대를 맞았다. 40번째 채찍질 때 그의 비명이 들리지 않았다. 그는 피를 엄청 토했고, 급히 병원으로 후송되었다. 배와 폐에 여러 개의 구멍이 뚫려 그날 밤에 죽고 말았다. 부검을 실시한 의사는 목덜미에서 엉덩이까지 몸통의 뒷부분에서 살이 거무스름한 죽처럼 뭉개진 것을 발견했다.

늙은 도형수 한 명이 마리우스와 파르페타무르에게 알려주었다.

"채찍질을 했던 놈은 진짜 망나니야. 놈의 이름은 비퇴인데 포도주를 얻어 마시고 몇 푼을 벌기 위해 그 짓을 하지."

"놈은 도형수인가요?"

"자네들이나 나 같은 도형수야. 하지만 특별대우를 받고 있지. 놈은 피를 좋아해. 자네들은 놈을 시장에서 보았을 거야. 놈은 애꾸눈에 키가 크고 힘이 장사야. 기회가 오면 놈이 누군지 알려주지."

사람들은 뱃고물에 있는 넓은 나무 계단을 통해 해상 도형장을 왕래했다. 마지막 계단에 도착하면 머리를 숙이고 감시 초소가 있는 방으로 들어갔다. 실탄이 장전된 소총이 뱃전 옆의 총가에 정리되어 있었다. 한쪽에는 상사들의 초소, 다른 쪽에는 도형수들의 사물함과 부엌이 있었다.

"저기 사프리스티(제기랄)가 우리를 항상 감시하고 있네."

사프리스티는 마리우스에게 족쇄를 달았던 상사였다. 머리가 둔한 이 50대 남자는 머리에 피부병이 걸렸고 얼굴빛이 몹시 붉었으며 언제나 얼룩진 제복을 입었다.

사프리스티가 마리우스에게 말했다.

"9430번, 너도 언젠가는 큰코다칠 거야. 나는 모자란 인간들을 길들이는 전문가거든. 기분이 좋지 않으면 물에 뛰어들어! 제기랄."

사프리스티는 1834년 중반에 유행한 이 욕설을 듣자마자 버릇처럼 사용했다. 그래서 '제기랄' 이라는 별명을 얻게 되었다. 죄수들뿐만 아니라 간수들도 그를 싫어했다. 하지만 그는 죄수들을 통제할 수 있는 권한을 갖고 있었다. 중요한 것은 그에게 행정적 권한이 있다는 사실이었다.

사프리스티는 도형수들이 주먹다짐을 하면 이렇게 위협했다.

"너희들 옴붙고 싶냐?"

사프리스티가 은어를 자유자재로 구사하면서 그런 말을 내뱉을 때는 그가 소란을 진압할 수 있다고 느꼈기 때문이다.

"그리고 8시에 내가 호각을 불면 시끄럽게 하지 마! 수다를 떨다 처음으로 걸린 사람은 물속으로 뛰어들어야 할 거야!"

도형수들의 감방에는 야전침대가 없었다. 그들은 폐선의 마룻바닥에서 잤다. 진홍색 웃옷 차림을 입고 잠든 그들의 모습은 학살당한 선원들처럼 보였다.

일과는 냉혹한 태양 아래서 단조롭게 반복되었다. 엄청난 파리 떼가 먼지처럼 날아다녔다. 많은 도형수들은 항구의 조선소에서 일하고 있었다. 마리우스와 파르페타무르처럼 어떤 도형수들은 목재를 켰고, 쥘리앵과 그의 쇠사슬 동료처럼 다른 도형수들은 골조용 목재를 어깨에 메고 운반했다. 어느 날 마리우스는 쥘리앵에게 말을 걸었다.

"어떻게 지내니?"

소년은 고개를 숙였다. 얼굴은 땀으로 온통 더러워져 있었고 웃옷은 가시에 찢겨 있었다. 그는 동료―미라처럼 깡마른 얼굴, 코의 격막 일부가 드러나 보이는 매부리코, 대머리, 작달막한 키―의 재촉을 받고는 알았다는 의미로 마리우스에게 고개를 살짝 끄덕였다. 사실 소년은 자신이 더럽혀지고 품위가 떨어졌다고 느끼고 있었다. 왜일까?

며칠 후 마리우스는 쥘리앵이 쇠사슬 동료로부터 폭행을 당했다는 소식을 들었다. 그는 손수레와 짐수레를 수리하는 도형수를 통해 좀 더 자세히 알게 되었다.

"보네는 위험한 놈이야. 그는 고약한 버릇을 갖고 있지. 놈이 네 친구를 두들겨 패지 않을 때는 뭔가 또 요구하지. 놈은 그쪽으로는 일가견이 있어. 게다가 고마움을 표시라며 빵을 빼앗기조차 하지."

"소년의 배급량을?"

"그래."

"더구나 사회에서 어린 소년들을 강간했던 보네는 비퇴와 단짝이야."

"애꾸눈이?"

"그래, 도형장의 채찍질장이. 자네도 알다시피 상당히 상황이 안 좋아."

"고마워, 친구."

마리우스는 이 소식을 파르페타무르에게 전했다.

"뭔가를 해야 해요."

"뭘?"

"쥘리앵은 겨우 열여덟 살이에요. 아직 어려요."

파르페타무르는 난처한 표정을 지었다.

"조심해. 간수들이 우리를 공격할 위험이 있어. 특히 사프리스티를 조심하라고."

마리우스는 다음 날부터 쥘리앵을 보지 못했다. 그는 항구의 풍경에 조금씩 익숙해졌다. 이제 그는 짐을 나르는 짐승처럼 6~8명이 묶인 채 짐을 가득 실은 수레를 끌고 가는 종신형 도형수들을 알아보았다. 그리고 언제나 찰랑거리는 쇠사슬 소리. 그때마다 마리우스의 머릿속에 수많은 생각이 떠올랐다. 그는 굴욕적인 모습인 사람들을 보면서 자신의 처지를 생각하고는 이 죄인들이 아주 훌륭한 사람으로 바뀔 거라는 공상을 했다. 하지만 그는 대체 무슨 죄를 지었기에 이 징벌을 받아야 한단 말인가? 그는 개미처럼, 곤충처럼 무거운 목재를 운반하고 목재를 켜며 작업장을 왕래하고 군함을 들락거리는 이 인간 물결로부터 시선을 돌리고 열심히 일을 하기 시작했다.

그러자 파르페타무르가 감탄하는 표정으로 말했다.

"자네는 지칠 줄 모르는군. 하지만 잊지 마. 우리는 20년 동안 이곳에 있어야 해. 지나치게 열심히 일할 필요는 없어."

"지나치게 열심히 일하는 게 아니에요. 나는 단지 중노동에서 벗어나 일반 작업장으로 가는 게 목적이에요. 당신은 분명 소목장이죠? 전공이 뭐죠?"

"계단이네."

"좋아요. 레이노 경찰서장에게 말해봅시다. 부제독이 계단을 만들어줄 소목장이를 찾는 것 같아요."

"정말인가?"

그날부터 파르페타무르는 지칠 줄 모르고 열심히 일했다. 그는 마리우스에게 계단의 수직 높이의 비율, 반듯하고 일정한 계단옆판, 구부러지고 일정치 않은 층교기에 대해 알려주었다. 그는 이곳에 오기 전에 파리 생탕투안 구역의 작업실에서 여러 개의 난간이 있는 계단을 만들었다.

"루제와 다브 데 그레프 때문에 나는 그 작업을 끝낼 수 없었지. 아무튼 나는 짧은 기간에 자네에게 기술을 전수했어. 일정한 수평 난간은 물론이고 나선형 계단까지. 계단은 아름다운 거야. 마치 하늘로 올라가는 길처럼 느껴질 거야. 자네가 완성한 나선형 계단은 경이로운 작품이 될 거야. 사람의 손은 믿기지 않을 만큼 경이로운 것들을 만들어내지. 손은 온순한 장인이야. 복역이 끝나면 자네에게 보여주지."

"당신은 예순다섯 살이 될 텐데……."

"상관없네. 나는 강한 사람이야. 이 시련을 견뎌내고 출옥하면 많은 일을 할 수 있을 거야. 계획이 있으면 결코 죽지 않아."

"당신은 그러겠지만 나는 아니에요. 나는 이곳에서 썩고 싶지 않아요. 미율뢰즈는 어떻게 할 거예요?"

파르페타무르는 두 손을 모았다.

"그녀가 어떻게 되었는지 나는 몰라……. 경찰이 나를 체포했을 때 그녀의 얼굴은 잼을 만들기 위해 으깬 버찌 같았어……. 지금쯤 죽었을 거야……."

그는 무기력한 모습으로 손을 내저었다. 그의 뺨에서 눈물이 주르륵 흘러내렸다.

"우리처럼 불쌍한 인간에게는 절망 뿐이야. 하찮은 일조차 없으면 우리에겐 뭐가 남겠어?"

저녁이 되면 해상 도형장의 마룻바닥에 드러누운 채로 마리우스는 때때로 여러가지를 생각했다. 그는 감옥에 버려진 죄수들이 겪는 불행의 단계를 전부 거쳤다. 감옥 안에서 하찮은 일은 하나도 없었다. 그는 마침내 자신의 무죄를 의심하기에 이르렀다. 그는 오만을 버리고 희망의 연장선에서 기도에 매달렸다. 하지만 기도는 때때로 단조로운 소리의 결합에 지나지 않는 법이다. 언제나 되돌아오는 것은 고통이었다. 갑자기 그는 하느님께 죄를 용서해달라고 부탁하는 것을 멈추었다. 자신을 괴롭혔던 사람들을 용서할 수 없었기 때문이다. 금욕 생활에 이어 분노가 찾아왔다. 파르페타무르는 불경한 말을 퍼붓는 마리우스를 보고 깜짝 놀랐다. 마리우스는 자신을 이렇게 만든 사람들을 저주했다. 장 발장에 대한 추억도 그를 진정시키지 못했다. 젊고 열정적인 그는 행복에 집착했다. 그런데 그는 주위에서 죽음의 냄새가 감도는 것을 느꼈다. 그는 고요가 죽음이라고 확신한 나머지 자살을 생각했다.

먼저 그는 감옥 측이 제공하는 음식을 거부했다. 하지만 채찍질이 날아왔기 때문에 단념할 수밖에 없었다. 모든 것이 그에게는 혐오스러웠다. 파르페타무르는 그에게 자기 몫의 빵을 나눠주고 억지로 포도주를 마시게 하면서 투옥 초기에 했던 맹세를 상기시켰다.

"마리우스, 자네는 복수하지 않을 건가? 자네가 말했잖아. '언젠간 이곳에서 빠져나갈 테야.'라고."

마리우스는 쇠약해졌음에도 불구하고 한 가지 생각밖에 없었다. 그것은 다름 아닌 자유였다. 자유는 끊임없이 그의 마음을 사로잡고 암 덩어리처럼 그를 괴롭혔다.

툴롱의 4천 명의 도형수들과 마찬가지로 마리우스는 처음에는 두려워하고 복종하며 열심히 임무를 완수했다. 터무니없이 가혹한 감시 때문에 그는 더욱 쇠약해졌다. 법에 맞선 저항은 재빨리 사라졌다. 그는 조금씩 적응하기 시작했다. 비록 밤마다 폐선에서 절망하곤 했지만 낮에는 조금도 내색하지 않았다. 초기에 가졌던 희망은 조금씩 어둡고 무모한 계획으로 바뀌었다. 파르페타무르는 걱정했다. 마리우스의 성격이 완전히 바뀌었다.

어느 날 일과의 종료를 알리는 종이 울린 후, 떡갈나무를 켜고 있던 마리우스와 파르페타무르는 쥘리앵과 보네가 다가오는 것을 보았다. 그들은 다리를 질질 끌면서 한 아름의 판자를 들고 있었다.

마리우스는 작업을 중단하고 속삭였다.

"저 녀석이 왔어요. 파르페타무르, 저쪽으로 좀 갑시다."

"뭐하려는 거야? 어리석은 짓은 안 하겠지?"

"잔소리는 그만두세요. 나는 보네에게 동전을 돌려줄 거예요. 비키세요, 제기랄!"

쇠사슬에 묶여 있어서 이동이 문제였다. 위험, 특히 항구 주위에서 위험은 힘든 사역이 아니라 서툴러서 무거운 짐 밑에 깔리는 것이었다. 또한 경비원의 지시에 따라야 하고 쇠사슬 동료와 보조를 맞춰야 했다.

한 간수가 쥘리앵과 보네의 길을 가로막는 마리우스와 파르페타무르를 보고 호통을 쳤다.

"너희들, 뭐하는 거야?"

마리우스가 무릎을 꿇으면서 말했다.

"다리에 쥐가 났어요."

간수는 더 이상 묻지 않았다. 어깨에 판자를 메고 막 도착한 쥘리앵과 보네가 지나갈 공간이 충분했기 때문이다.

쥘리앵이 마리우스의 곁을 스쳤다.

마리우스가 물었다.

"잘 지내니?"

쥘리앵은 대답하지 않았다. 소년의 모습은 애처로웠다. 꿰맨 얼굴, 비틀린 몸…….

보네가 마리우스 옆을 지나가는 순간, 여전히 무릎을 꿇고 있던 마리우스가 별안간 다리를 내뻗었다. 보네는 비틀거리다가 넘어지면서 가엾은 쥘리앵과 함께 쓰러졌다. 판자가 요란한 소리를 내면서 떨어졌다.

마리우스는 번개처럼 잽싸게 판자 한 장을 집었다. 그는 자신을 구속하는 쇠사슬을 조심스레 잡아당기더니 머리 위에서 판자를 돌려 보네의 얼굴에 내던졌다. 보네는 쓰러졌다가 일어나더니 무릎을 꿇고 끔찍한 비명을 내질렀다. 뼈가 부러지는 소리가 났다.

간수가 외쳤다.

"경비원!"

날카로운 호각 소리에 여섯 명의 병사들이 달려왔다. 그들은 눈 깜짝할 사이에 마리우스를 제압했다.

마리우스는 얼굴에 피가 낭자한 보네에게 고함쳤다.

"다시는 그러지 마. 절대로! 절대로!"

현장에 나타난 사프리스티는 난장판을 확인할 수 있을 뿐이었다. 보네는 코가 깨졌고, 쥘리앵은 넘어지면서 다리가 부러졌다. 사프리스티 상사가 마리우스에게 돌아서서 말했다.

"너를 물속에 처박을 거야!"

* * *

마리우스는 처음으로 형리 노릇을 하는 비퇴를 알게 되었다. 이 형리가 없었더라면 좋았을 것이다. 아무튼 규정 위반자의 처벌은 분명하게 명시되어 있었다.

"탈출하기 위해 족쇄에 줄질을 하거나 변장을 비롯해 여러 수단을 사용한 자, 5프랑 이상 훔친 자, 술에 취한 자, 주사위놀이를 한 자, 항구나 특정 장소에서 담배를 피운 자, 옷을 팔거나 찢는 자, 허가 없이 편지를 쓰는 자, 편지 봉투에 10프랑 이상이 들어 있는 경우, 동료를 구타한 자, 작업을 거부한 자는 누구든지 태형을 받을 것이다."

마리우스는 벌을 받기 전에 도형장 경찰서장에게 끌려갔다. 책상을 방패로 삼은 레이노는 쥐새끼 같은 얼굴로 서류 더미를 살피고 있었다. 마리우스가 도착했지만 그는 머리를 들지 않았다. 귀에 거슬리고 동시에 엄격한 어조로 그가 물었다.

"9430번, 당신이 요구하는 게 뭐요?"

"경찰서장님, 제 이름은 마리우스 퐁메르시입니다."

"알았소, 9430번. 하지만 당신은 내 질문에 대답하지 않았소. 당신이 원하는 게 뭐요?"

"저는 쇠사슬 동료에게 학대를 받은 소년을 도와주었을 뿐입니다. 경찰서장님, 왜 단순한 도둑과 죄질이 나쁜 죄수를 함께 묶어놓습니까? 가벼운 죄를 저지른 사람들을 망가뜨리려는 겁니까?"

레이노는 손짓을 하며 일어났다.

"9430번, 당신은 내 자리를 차지하고 싶소? 아, 미안하오. 내가 잊어버렸소. 마리우스 퐁메르시! 그렇소? 9430번, 당신은 나를 무시하고 있지 않소! 채찍 맛을 봐야 정신을 차리겠소?"

경찰서장은 알렉상드르 틱시에의 서류를 다시 읽은 후 마리우스의 왼쪽 뺨을 가리키면서 물었다.

"당신 얼굴의 모반은 어떻게 되었소?"

"경찰서장님, 저는 원래 모반이 없었습니다."

"9430번, 무슨 소리요?"

"경찰서장님, 사실입니다. 태어날 때부터 왼쪽 눈 밑에 모반이 없었습니다. 그리고 저는 알렉상드르 틱시에가 아닙니다. 다시 말하지만 제 이름은 마리우스 퐁메르시입니다. 저는 오심의 희생자입니다."

레이노는 팔짱을 끼고는 짐짓 고심하는 척했다.

"9430번, 모반이 사라지다니 이상하군. 골치 아프게 생겼군. 왜 단순한 도둑과 죄질이 나쁜 죄수를 함께 묶어놓느냐고 물었소?"

레이노는 마리우스를 에워싼 경비대원들에게 위협적인 신호를 보내고 노골적으로 말했다.

"9430번, 당신은 비퇴 씨를 만나면 이 질문에 대해 다시 생각하게 될 것이오. 도형수는 도형수일 뿐이오. 범죄의 경중은 중요하지 않소. 도형수는 그럴 만한 이유가 있기 때문에 도형장에 있는 것이오. 당신은 채찍 40대를 맞을 것이오."

그리고 사프리스티에게 지시했다.

"보네도 40대를 때리게. 자네가 도형장의 풍기를 위해 열심히 감시하고 있겠지만 부도덕한 범법 행위는 엄중히 다스려야 하네. 보네는 술통 위에 세워놓지 않는 것만 해도 다행으로 여겨야 할 거야. 자네는 정말로 몰랐나?"

언제나 큰 소리로 외치는 버릇이 있는 사프리스티는 경찰서장에게는 더없이 고분고분했다. 공무원이라고 부르는 이 부류는 비굴한 태도, 맹목적인 충성, 어리석은 행동이 단단히 결합된 별종으로 상관의 눈에 들 때만 만족감을 느꼈다.

마리우스는 곧장 1층으로 끌려갔다. 족쇄를 채웠던 방이었다. 악명 높은 비퇴가 허리에 손을 얹고 기다리고 있었다. 커다란 키, 딱 벌어진 어깨, 애꾸눈, 두꺼운 눈썹으로 그늘진 눈동자. 그는 야수의 모습이었다. 이 애꾸눈이에게 남에게 호감을 불러일으키는 것 따위는 필요하지 않았다. 단지 두려움을 불러일으키기만 하면 되었다. 죄수가 끌려오면 그는 죄수의 벌거벗은 몸에 채찍질했다. 그의 폐는 부풀어 오르고 외눈은 이글거리며 얼굴에는 무한한 만족감이 퍼졌다. 형리 직책은 그의 천직이었다. 바로 이 사내가 마리우스를 처벌할 것이다. 비퇴는 조수 노릇을 하는 두 도형수에게 조용히 말했다.

"저자의 옷을 벗겨라. 9430번, 피를 엄청 흘리게 될 거야."

마리우스는 채찍질이 매우 심할 거라고 각오했다. 애꾸눈이가 타르를 칠한 채찍을 보여주었다.

사프리스티의 양쪽에 선 두 경비원이 징벌의 과정을 지켜보았다. 무성한 콧수염, 귀고리, 십자 단추가 달린 푸른 제복, 하얀 멜빵, 소총과 군도.

사프리스티 상사가 말했다.

"그를 엄중히 감시해야 해."

마리우스의 웃옷과 바지가 벗겨졌다. 비퇴는 젊은이의 털 없는 몸통과 가냘픈 근육을 보고서 여러 번 혀를 찼다. 그는 잔인하고 탐욕스러운 미소를 짓고 빈정대듯 입술을 비죽 내밀었다. 발치에는 커다란 통나무가 있었다. 벌을 받는 사람은 그 위에서 무릎을 꿇고 앉아야 했다. 이 자세에는 잔인하게 모욕적인 면이 있었다.

비퇴가 두 조수에게 말했다.

"자, 이 귀여운 녀석을 잘 잡게나. 이 녀석을 조금 망가뜨려보자고."

무엇보다도 우스꽝스러운 정의의 심판자 노릇을 하는 형리가 사실은 침대에 누워 있던 장인을 칼로 스물여섯 번이나 찔러 살해했다는 것이다. 20년 전에. 비퇴는 마치 포식동물처럼 징벌을 즐겼다. 그는 피를 보면 어찌나 흥분하는지 규정이 명시한 한계를 넘어서 체벌하지 않도록 두 명의 간수를 배치해야 했다.

사프리스티 상사는 기뻐서 어쩔 줄 몰랐다.

"이 얼간이에게 따끔한 맛을 보여줘라. 잊지 못할 추억이 될 거야. 자, 시작해!"

비퇴는 밧줄을 들고 때리기 시작했다.

채찍질을 가하는 내내 마리우스의 입에서 어떤 소리도 나오지 않았다. 비퇴는 깜짝 놀랐다. 그는 서른 번째부터는 조금도 자제하지 않고 힘껏 휘둘렀다. 경비원들이 개입했다. 마리우스의 두 팔과 두 다리를 붙잡고 있던 도형수들은 감탄을 숨기기 어려웠다. 마지막 열 번의 채찍질 동안 그들은 경련을 거의 감지하지 못했다.

채찍질이 끝났을 때 마리우스가 이빨로 나무 막대를 뚫었다는 사실이 밝혀졌다.

비퇴가 상사에게 말했다.

"저게 사람이란 말인가?"

사프리스티 상사는 회피하는 눈길로 고개를 끄덕였다. 사실 그는 조금도 개의치 않았다.

간수 하나가 마리우스의 등에 식초를 끼얹었다. 그의 두 어깨는 상처투성이였다. 식초를 바른 다음 소금을 두툼하게 뿌렸다. 그러면 상처는 곪지 않을 것이다. 마리우스는 의식을 잃었다. 이윽고 그는 들것에서 깨어났다. 그리고 해군병원으로 실려 갔다. 병원 안뜰에서 그는 두 손목에 쇠사슬을 차고 코에 붕대를 감은 채 두 경비원의 감시를 받고 있는 보네를 보았다. 이제는 보네가 채찍을 맞을 차례였다.

보네는 마리우스를 보더니 나지막하게 위협했다.

"너는 죽었어."

* * *

보네는 비퇴와의 친분에도 불구하고 채찍을 면할 수 없었다. 그 역시 들 것에 실려 병원에 왔다. 그는 마리우스에게 더욱 집요한 증오를 품었다.

마리우스는 파르페타무르가 다른 곳으로 갔다는 사실을 알게 되었다. 이제 파르페타무르는 소목 작업장에서 일했다. 레이노 경찰서장이 자콥 부제독을 기쁘게 해주기 위해 그렇게 배치했던 것이다. 파르페타무르는 사각형 골방에서 타원형 계단을 만들어야 했다. 부제독은 이 계단을 타고 관측소로 올라갈 것이다. 훌륭한 부제독은 별들을 관찰하는 일을 좋아했다.

해군병원에서 마리우스는 휴식을 취했다. 바로 옆 침대에 다름 아닌 쥘리앵이 있었다. 여전히 마리우스는 쇠사슬로 침대에 묶여 있었지만 말을 하고 휴식을 취하며 좀 더 잘 먹을 수 있었다. 또 편지를 쓸 수 있었다. 그는 코제트에게 스무 번째 편지를 썼다. 여전히 답장이 없었다. 코제트가 답장을 하지 않는 것은 누군가가 그의 편지를 가로챘기 때문이라고 생각했다. 아니, 그렇게 확신했다. 비록 등이 아팠지만 기분은 좋아졌다. 다시 희망이 생겼다.

세 칸으로 나누어진 병원 공동실 끝에는 해군 군종신부가 매일 아침 미사를 거행하는 소성당이 있었다. 그래서 환자들은 펠리시앙이라는 이름을 가진 세심하고 포동포동한 신부로부터 위로가 되는 영적 도움을 받을 수 있었다. 그들은 지고한 용서를 꿈꾸었다. 마리우스와 다른 환자들은 관심의 대상이었다. 일반의들과 외과의들은 그들을 귀여워해주었고 수녀들도 그들에게 친절했다.

수녀들 중에서 가장 상냥한 사람은 아녜스 수녀였다. 그녀는 머리쓰개를 썼음에도 불구하고 세상에서 가장 부러움을 받는 왕비보다 더 아름다운 모습을 제대로 감출 수 없었다. 그녀에게서 사향과 백리향의 향기가 났다. 환자들은 그녀가 태양이 빛나는 천국을 횡단했다고 얘기했다. 일반적으로 훌륭한 수녀들은 저항할 수 없는 타고난 소명에 순종했다. 그녀들은 헌신적이었다. 하지만 이 가엾은 수녀들은 위안을 찾기 위해 자주 제단 아래에서 무릎을 꿇고 기도했다. 수도원과 병원은 인생을 주님께 바친 수녀들을 받아들였다. 아녜스 수녀도 그중 하나였다. 사람들은 그녀의 비밀이 무엇인지 몰랐지만 무언가 비밀이 하나 있다는 사실은 알고 있었다.

어느 날 아녜스 수녀는 마리우스가 채찍질을 당한 이유를 알고 이렇게 말했다.

"당신은 이웃을 괴롭혀서는 안 됩니다."

마리우스는 어린 친구의 침대를 가리키면서 반박했다.

"쥘리앵을 도와주려고 했을 뿐이에요."

아녜스 수녀의 눈동자에는 이유는 알 수 없는 불안감이 깃들어 있었다. 아무튼 쥘리앵을 바라볼 때마다 그녀의 볼은 살짝 붉어졌고 호흡이 가빠졌다. 그녀는 처음에는 창백했다가 점점 빨갛게 달아오른 이마를 한 손으로 어루만졌다.

마리우스는 겸손하고 인내하는 그녀를 보면서 깊은 연민에 사로잡혔다. 그녀는 겸손과 인내 속에 어떤 비밀을 감추고 있을까? 아녜스 수녀는 쥘리앵을 치료한 다음 마리우스를 보살폈다. 그녀는 그의 등에 진정제를 발라주고 딱지를 확인하고 상처가 잘 아물고 있는지 살폈다. 그녀는 자주 꾸물거렸으며 특히 쥘리앵 곁에 있기를 좋아했다.

어느 날 저녁 마리우스가 쥘리앵에게 물었다.

"너, 아녜스 수녀를 좋아하지?"

"마리우스, 그녀는 여신이야. 우리를 구해주는 미의 여신……."

마리우스는 이 어린 친구가 아녜스 수녀에게 연정을 품고 있음을 알았다. 마음을 드높이고 영혼을 정화하는 감정, 지상에서 멀어지고 하느님에게 다가가는 숭고한 흥분. 그것은 사랑이었다. 도형장에서 싹텄기 때문에 더욱더 타오르는 사랑. 하지만 이루어질 수 없는 사랑. 완전히 미친 사랑.

어느 날 무슨 말을 하다가 말문이 막힌 아녜스 수녀는 마리우스에게 속내를 털어놓았다. 그녀는 그의 등에 약을 바르고 있었다.

"당신, 아세요? 툴롱의 사역은 그다지 고통스럽지 않아요. 어떤 이들은 골조를 맡아 자재를 옮기고, 어떤 이들은 장교들의 보트를 운전하고 병기창과 시내의 거리를 청소하죠. 따지고 보면 이런 사역은 별로 고되지 않아요. 따라서 '강제노동'은 적절한 표현이 아니에요. 게다가 죄수들이 감옥에 갇혀 있는 것보다는 도형장에서 일하는 것을 선호한다는 말을 들었어요. 당신에게는 행운이나 마찬가지예요. 조금만 노력하면 누구든지 해낼 수 있어요. 게다가 5년은 그다지 길지 않아요."

5년은 쥘리앵이 선고받은 햇수였다. 마리우스의 입가에 미소가 스쳐지나갔다.

"수녀님, 저는 20년형을 선고받았어요. 저를 위해 그렇게 애쓰지 않아도 돼요. 죄송해요."

아녜스 수녀는 갑자기 마리우스의 등을 문지르는 일을 멈췄다. 그리고 방향성 진통제가 든 플라스크를 떨어뜨렸다. 그녀는 심각한 불안에 휩싸였다. 당황한 마리우스는 플라스크를 줍기 위해 몸을 숙이고 손을 뻗었다.

마리우스는 진통제를 돌려주면서 말했다.

"미안해요. 저는 쥘리앵을 형제처럼 사랑해요. 그리고 저는 쥘리앵에게 관심이 많아요."

아녜스 수녀는 불경을 범하기라도 한 듯 시선을 내리깔았다.

"저도 쥘리앵을 좋아해요."

그리고 고통스러운 어조로 말을 이었다.

"알렉상드르, 당신 상처는 나았어요. 도형장에 복귀하셔도 돼요."

"수녀님, 제 이름은 알렉상드르가 아니에요."

"알고 있어요. 당신은 다른 도형수들과 마찬가지로 거짓말을 하고 있어요. 당신은 이름이 마리우스이고 무고하다고 쥘리앵이 말해주었어요. 하지만 쥘리앵은 정말로 죄가 없어요. 게다가 아직 어려요. 따라서 저는 그를 보호해야 해요."

그녀는 팔짱을 끼고 경직된 얼굴로 마리우스에게 이상한 강의를 했다.

"한 남자가 평범한 생활을 하고 있다고 칩시다. 그에게 아내와 자식들이 있고 일을 하며 월급을 받는다고 가정합시다. 그에게 관심이나 주의를 끌 만한 게 있을까요? 전혀 없어요. 그의 생활은 뻔해요. 그는 살아왔던 것처럼 조용하고 검소하며 어느 배의 순간적인 항적보다 못한 흔적을 남기고 죽을 거예요. 죄인의 경우는 완전히 달라요. 생활 여건이 정반대죠. 죄수에게는 야망이 고통을 주고 정열이 소스라치게 하고 팔딱거리게 하는 영혼, 뭔가를 갈망하고 탐내는 영혼이 있어요. 심장이 고동치고 머리가 뜨겁고 피가 끓어요. 인생이 그에게 여러 가지 약속을 했고, 그는 인생이 그런 약속을 지키기를 원하죠. 만일 인생이 약속을 지키지 못한다면 그는 침몰할 거예요. 그러면 그는 사회와 다른 사람들에게 복수를 하겠죠. 그는 무엇이건 상관없다는 식으로 처신해요. 거짓말하고 속이고 가장해요. 저는 당신처럼 자신이 무고하다고 주장하고 부당한 신뢰를 얻기 위해 기만적인 논거를 활용하는 사람들을 보았어요. 흉악범들을 교화시키고 도덕을 통해 성실과 명예의 감정으로 이끌 수 있다고 주장하는 것은 기만이에요. 그들의 핵심은 범행이에요. 그들의 기쁨은 자신들이 저질렀던 범죄를 더욱 확대하는 것이에요. 그리고 그들의 위안은 다시 죄를 짓는 것이죠.”

마리우스는 고통스러운 표정을 짓고 머리를 저었다. 아네스 수녀는 어떻게 그에 대해 그토록 잘못 생각할 수 있을까? 그는 머리를 돌려 쥘리앵을 바라보았다. 쥘리앵 역시 그의 시선을 피했다. 아네스 수녀는 대체 그에게 무슨 이야기를 했던 걸까?

“그럼 수녀님은 제 앞길에 저주가 널려 있고 타인의 피가 깔려 있다고 생각하세요?”

아네스 수녀는 이상한 표정으로 그를 노려보았다. 마리우스는 그녀의 표정에서 그녀가 쥘리앵과의 연인관계를 의심받고 있어서 부끄러워한다는 사실을 읽을 수 있었다. 그는 그녀에게 자신은 오히려 그 관계를 축복하며 결단코 두 연인의 사랑을 방해할 생각이 없다고 말해주고 싶었다. 특히 그는 해상 도형장 1호로 돌아가고 싶지 않았다. 만일 하늘이 도와주지 않는다면 모든 게 끝난 것이고 그가 하는 노력마다 그를 조금씩 나락의 길로 몰아넣을 것이다. 운명은 그에게 커다랗게 입을 벌린 구렁을 보여주었고, 그 구렁의 밑바닥에는 무(無)가 있었다.

마리우스는 다시 몸을 일으키면서 속삭였다.

"그러니까 수녀님은 동정심도 없단 말인가요?"

아녜스 수녀는 어느새 약상자를 다 정리했다. 그녀는 형언할 수 없는 감동의 시선으로 하늘을 바라보았다.

"제게도 동정심은 있어요. 그것은 종교적인 의무이기도 해요. 저는 당신이 빠져나왔던 그 끔찍한 도형장으로 당신을 돌려보내고 싶지 않아요. 하지만 당신의 처신에 따라 제 결심이 바뀔 수 있어요. 만일 당신에게 보복 조치가 취해진다면 당신 자신을 탓해야 해요."

"수녀님, 감사해요."

"천만에요, 알렉상드르. 쥘리앵에게 나쁜 영향을 주지 마세요."

그날 밤 경비대원들이 졸면서 코 고는 소리가 유리창과 철제 침대를 울리게 하는 동안 마리우스는 잠을 이룰 수 없었다. 그는 해상 도형장 1호에서 죄수들의 발 냄새를 맡기 위해 이불 속으로 들어오는 쥐들의 행동을 관찰하곤 했었다. 그는 양을 세듯 쥐들의 숫자를 세다가 잠들곤 했다.

이곳 해군병원의 대형 공용실에는 쥐 한 마리 없었다. 모든 일에는 시작과 끝이 있는 법. 죽음의 사자가 소리 없이 서성거리고 있었다.

갑자기 이불이 살며시 젖혀지는 소리가 들렸다. 마리우스는 머리를 들어올렸다. 연약한 그림자 하나가 철제 침대들 밑에서 어른거렸다. 그는 베개 속에 얼굴을 묻고 눈을 감은 채 발소리에 귀를 기울였다. 사향과 백리향의 향기가 났다. 그림자의 주인은 아녜스 수녀였다.

누군가가 속삭였다.

"그는 자고 있어."

어둠 속에서는 낮과는 달리 아주 작은 소리도 선명하게 들린다. 마리우스는 쥘리앵과 아녜스 수녀의 대화를 분명하게 들었다.

아녜스 수녀가 말했다.

"내 사랑, 당신은 나를 찾으러 다시 왔어. 이제는 실천에 옮길 때야."

"정말로 그렇게 생각해?"

"우리에게 손을 내민 것은 하느님이야. 모든 일이 순조롭게 진행되고 있어. 당신이 떠나자 나는 수녀가 되었고 당신이 돌아왔으니 이제 수녀복을 벗을 때야. 알퐁스, 아름다움은 우리의 우주야."

아녜스 수녀는 왜 쥘리앵을 '알퐁스'라고 부를까? 마리우스는 조용히 머리를 돌리고 눈을 떴다. 쥘리앵은 아녜스 수녀의 손을 잡고 있었다.

아녜스 수녀가 다시 입을 열었다.

"내 사랑, 언제 떠날 거야?"

쥘리앵은 망설이는 어조로 대답했다.

"내일."

"아니야, 차라리 모레 떠나자. 다른 사람 때문이야."

"좋아."

아녜스 수녀는 쥘리앵의 입술에 키스를 한 다음 종종걸음으로 복도 속으로 사라졌다.

마리우스는 생각했다. 모레라니? 다른 사람이라니? 대체 누굴까?

마리우스는 더 이상 알 수 없었다. 다음 날 그는 해상 도형장으로 끌려갔다.

* * *

마리우스는 빅토르라는 닭 도둑과 쇠사슬 동료가 되었다. 그는 나쁜 냄새를 풍기고 별로 날렵하지 않았기에 도형수들은 그에게 '퀼다유(마늘처럼 생긴 통통한 엉덩이'라는 별명을 붙여주었다. 퀼다유는 감초 탕약처럼 노랗고 물렁물렁하며 늘어진 큰 얼굴을 가졌다.

톱질 작업장에서 퀼다유가 마리우스에게 물었다.

"자네는 무슨 짓을 저질렀지?"

"사람을 하나 죽였지. 솔직히 말하면 다른 사람들도 죽이고 싶어. 나는 야만적인 살인 욕망을 느껴."

퀼다유는 두려움이 깃든 존경심으로 마리우스를 바라보았다.

"어떤 순간에 그런 욕망이 생기지?"

"누군가가 나를 화나게 할 때지."

퀼다유가 보란 듯이 안도의 한숨을 내쉬자 그의 물렁물렁하고 늘어진 얼굴이 떨렸다.

"나와 함께라면 자네는 조용히 있을 수 있어. 나는 다른 사람을 불쾌하게 하지 않아."

"그거 잘됐네."

"나는 좀도둑에 불과해. 겨우 5년형을 선고받았어."

마리우스는 어두운 얼굴로 되풀이했다.

"그거 잘됐네. 자네가 싸움을 걸어오면 기꺼이 상대해주지. 그리고 나를 놀린다면 자네를 찔러 죽일 거야. 알았어?"

퀼다유는 마리우스가 만만치 않은 상대라고 판단하고 대답했다.

"알았네."

퀼다유는 조심하겠다고 다짐했다.

마리우스는 비록 번민에 휩싸였고 절망했지만, 비록 모두가 배신한다는 것을 잘 알지만 쓰라린 상심에 사로잡히지 않도록 애썼다. 그가 무슨 짓이라도 저지를 수 있는 사람으로 보이는 것이 마음에 들었다. 그는 다른 사람들에게 괴롭힘을 당하지 않는 방법을 터득했다. 게다가 보네의 버릇을 고쳤고 채찍질을 이겨냄으로써 새로운 권위를 획득하지 않았는가. 오늘 아침 그가 해상 도형장 1호에 도착하자 시오뇌르, 루블뢰르, 트롱슈앙비에와 같이 까다로운 녀석들이 그의 등을 톡톡 치며 환영했다.

"틱시에, 자네가 넘버원이야. 축하해."

몇몇 사람들은 그에게 박수를 보냈다. 사프리스티의 고백에 따르면 경비원들도 9430번이 가공할 비퇴의 채찍질에도 비명 한 번 지르지 않았다는 사실을 알고 있었다. 아무도 그에게 시비를 걸지 않았다. 그것은 일시적인 호전이었다.

마리우스는 저녁에도 고뇌에 빠졌다. 도형장의 축축한 마룻바닥, 곰팡내, 쥐들이 그를 맞이했다. 그의 정신은 수증기 같아서 하나의 생각에 집중할 수 없었다. 그 역시 맹수가 될 것인가? 특권과 초라한 생활에 집착하는 살인자가 될 것인가?

병원에서 지낸 가짜 휴식이 그의 감각을 혼란에 빠뜨렸다. 바로 이게 낭만파 작가들이 말했던 내식성(耐蝕性) 열정이라는 걸까?

마리우스는 냉소했다. 도형장 전체가 비인간적인 생활 속에서 몸부림치는 것 같았다. 잠든 낙지 같은 도형장이 위독한 병자처럼 꿈틀거리고 있었다. 마리우스는 몸을 돌리고 악취 나는 마룻바닥으로 돌아갔다. 곰팡내가 입, 손, 옷에 배어들었다. 쇠사슬은 죽음의 소리처럼 철렁거렸다. 아, 이 더러운 쇠사슬!

마리우스는 고개를 살짝 들고 폐선의 마룻바닥에 드러누운 몸뚱이들을 바라보았다. 파리로 뒤덮인 푸줏간의 고깃덩어리가 떠올랐다. 그는 자신의 몸과 비슷한 이 모든 몸뚱이들, 오한, 경련, 떨림, 신음으로 흔들리는 수인 번호들을 수치스럽다는 듯 바라보았다. 구토증을 억눌렀다. 그는 더 이상 잠두를 삼킬 수 없었다. 빌어먹을 잠두, 빌어먹을 수프. 그리고 옆에서 나팔수처럼 코를 골아대고 침을 흘리고 중얼거리며 두툼한 아랫입술을 떠는, 뚱뚱한 돼지처럼 생긴 퀼다유가 있었다. 석상 같이 생긴 퀼다유는 일종의 샛서방이자 사생활의 짝이었다. 얼마나 비참한 신세인가! 얼마나 굴욕적인 노릇인가!

문득 파르페타무르가 생각났다. 그는 어떻게 되었을까? 그리고 쥘리앵과 아녜스 수녀를 생각했다.

그때 마리우스는 제자리에서 맴돌고 있다는 사실을 깨달았다. 그것은 도형수들의 저항 의지를 완전히 꺾어버리기 위해 도형장 당국, 레이노 경찰서장과 그의 하수인들이 추구하는 목적이 아닌가?

마리우스는 스스로에게 약속했다. ‘나는 악덕에도 포기에도 빠지지 않을 테야.’ 그는 장 발장을 떠올리며 힘을 내려 했다. 장 발장이 견뎌냈던 그 모든 것을, 그리고 그토록 오랜 기간 동안 이 사자(死者)들의 세계에서도 끌어내었던 모든 활력을 떠올렸다. 19년! 이 지옥에서 19년을 지낼 수 있을까? 장 발장은 어떻게 이 기간을 견뎌냈을까?

어떤 소리가 그의 관심을 끌었다. 아니, 소음이었다. 긴장이 풀린 근육의 신음소리, 속을 비우고 있는 배의 신음소리, 딱딱 마주치는 턱의 신음소리. 끔찍한 합주. 이 소리는 도형장 벽 사이에서 끊임없이 들려왔다. 창자의 미뉴에트처럼. 그는 장 발장이 이 음산한 소리를 소곡(小曲)으로 받아들였을 거라고 생각했다. 비참이 정지된 것처럼 느껴졌다. 그는 비로소 기운을 되찾았다.

*　*　*

다음 날은 여느 때와 다름없었다. 호각 소리와 종소리. 빨간색과 흰색 분광(分光)을 겨냥하고 있는 대포들. 일렬종대로 늘어선 악취 풍기는 도형수들. 세상으로부터 버림 받은 사람들. 그리고 작업, 톱질, 절단, 운반, 쇠사슬 소리, 끝없이 오가는 목재. 쇠사슬에 묶인 채 무거운 짐을 옮기는 불행한 사람들. 툭 하면 위협하는 더럽고 불그스름한 얼굴의 간수들.

오늘 아침 마리우스는 해수욕을 했다. 면도도 할 수 있었다. 도형장에서 면도는 일주일에 두 번, 해수욕은 한 달에 두 번 할 수 있었다. 그러니 냄새가 어떻겠는가. 지하 감옥을 닮은 썩은 선창의 과열된 분위기. 죄수들의 몸에 끊임없이 스며드는 신맛을 띤 주스. 일주일에 한 번 갈아입는 셔츠와 바지는 낡을 대로 낡아 간신히 몸에 붙어 있었다. 열기는 아무런 도움도 되지 못했다. 저 아래 바다와 피레네 산맥 쪽의 언덕이 어찌나 하얗던지 더 이상 수평선이 보이지 않았다. 파노라마를 약간 더럽히는 것은 파리 떼였다. 파리들은 작업 중인 도형수들 주위에서 끊임없이 윙윙거렸다. 둥글고 납작한 빵 주위에서도 마찬가지였다.

퀼다유는 파르페타무르처럼 일을 잘하지 못했다. 이 물렁물렁한 녀석은 결국에는 톱을 미끄러뜨리거나 요동치게 했다.

퀼다유가 입을 열었다.

"힘이 부쳐. 심장 때문이야."

마리우스는 전날에 퀼다유의 허약한 체력을 알아보았다. 그는 톱질 방향을 바로잡거나 톱니를 고치거나 좋은 톱날을 찾아야 했다.

오후 2시 무렵, 퀼다유는 휴식을 취했다. 경비원이 등을 돌리면 그는 파이프 담배를 피웠다.

"마리우스, 알고 있는가?"

"뭘 말인가?"

“쥘리앵과 아녜스 수녀 말이야.”

마리우스의 얼굴이 창백해졌다. 그는 위협적인 시선으로 노려보았다. 퀼다유는 입술을 떨면서 두려움을 드러냈다. 그는 마치 너무 뜨거운 수프를 들이마실 때처럼 입으로 기이한 소리를 내면서 물었다.

“나를 원망하지 않을 테지?”

“어서 말해.”

“글쎄, 쥘리앵과 아녜스 수녀의 시신이 소성당에서 발견되었대. 오늘 아침 신부님이 발견한 모양이야. 신부님은 경찰서장과 상사들에게 두 사람이 고대 영웅들처럼 죽었다고 말했어. 그들은 메스로 정맥을 끊었어. 그리고 나란히 앉아서 손을 맞잡고 죽었대. 자네는 쥘리앵을 알고 있지?”

“조금.”

뚱뚱한 사내가 말을 이었다.

“내가 담배를 구입하는 경비원 말에 따르면 아녜스 수녀와 쥘리앵은 유서를 남겼대. 하지만 잘 이해할 수 없었대. 아녜스 수녀가 5년 전 물에 빠져 죽은 연인을 되찾았다고 썼다는 거야. 몇 사람의 말로는 그건 마법이래. 자네는 마법을 믿어?”

마리우스는 비세트르에서 보았던 쥘리앵과 그의 어머니를 생각했다. 가엾은 노파는 더 이상 자식을 품에 안을 수 없을 것이다. 그녀는 틀림없이 슬픔으로, 노쇠로 혹은 빈곤으로 죽을 것이다. 아무튼 사람들은 이 가엾은 노파와 그의 아들에 대한 기억까지도 잊을 것이다. 빵 한 개 때문에.

마리우스는 퀼다유를 똑바로 쳐다보며 말했다.

“물론 나는 믿지. 나는 악마와 계약을 맺었어. 내가 악마에게 고통을 줄 사람을 많이 넘기면 넘길수록 나는 불멸을 얻을 가능성이 많아지지.”

퀼다유는 가볍게 잔기침을 했다.

"좋아, 다시 일을 시작할까?"

"기다리고 있었어."

일주일이 흐르는 동안 마리우스는 퀼다유나 다른 도형수에게 말을 걸지 않았다. 쥘리앵의 사망 소식을 듣고 그의 머리는 타는 듯이 뜨거웠다. 그는 미친 아녜스 수녀를 저주했다. 아니, 모든 사람들을 저주했다. 동시에 그는 턱걸이, 유연체조, 체력 단련을 실시해서 몸 관리에 신경을 썼다. '나는 내 운명에 끌려가지 않을 테야.'

주말에 퀼다유는 사프리스티 상사에게 무례하게 굴었다.

상사는 그의 얼굴에 손가락질을 하며 지적했다.

"네게서 담배 냄새가 나."

퀼다유가 대꾸했다.

"당신이 상관할 바가 아냐."

사프리스티가 꾸짖었다.

"8일간의 지하 독방! 네놈은 규정을 잊었나? 다시는 담배를 못 피우게 해주마! 제공자가 누구야?"

"만일 누군가가 당신에게 묻는다면 당신도 모른다고 잡아뗄 거야."

마리우스는 경악했다.

그러자 사프리스티는 주먹으로 판자를 내리쳤다.

"8일 추가!"

그리고 경비원들에게 지시했다.

"이 뚱뚱한 미꾸라지의 사슬을 풀어주고 독방으로 데려가! 담배꽁초라도 피우는 놈은 발각되면 혼날 줄 알아. 제기랄!"

경비원들이 두 사람을 떼어놓자 뚱뚱한 퀼다유가 마리우스의 귀에 대고 조용히 말했다.

“봤지? 나도 놈들에게 대들 수 있어.”

그리고 몰래 시계 용수철을 주며 말했다.

“이것만 있으면 자네는 도망칠 수 있을 거야. 나는 이제 끝났어. 심장이 문제야. 나는 그걸 느껴.”

일주일 후 마리우스는 퀼다유가 지하 감옥에서 심장마비로 죽었다는 소식을 들었다. 그의 시체는 쥘리앵처럼 해군병원의 해부실로 옮겨졌다. 시체는 외과의 해부학 연구에 사용될 것이다. 시체조차 뭔가에 쓸모가 있어야만 했던 것이다.

* * *

이 새로운 충격에 이어서 마리우스는 흉악범 감옥으로 옮겨졌다.

사프리스티 상사가 레이노 경찰서장에게 설명했다.

“9430번은 다른 죄수들에게 나쁜 영향을 미칩니다.”

레이노가 말했다.

“그 얼간이가 나를 피곤하게 하는군. 코를 납작하게 해주자고.”

무엇보다 해상 도형장 1호의 악취와 작별하게 되어 마리우스는 오히려 기뻤다.

모로라는 경비원이 그에게 설명했다.

“또한 보네로부터 자네를 보호하기 위해서야. 당국은 살인 사건을 원치 않아. 보네는 자네를 죽이겠다고 떠들고 다녀.”

“해보라지.”

“9430번, 아무튼 조심하게.”

“고맙네, 모로.”

마리우스가 이미 채찍 맛을 보았던 흉악범 감옥은 시장에서 멀지 않은 도형장 안뜰에 있었다. 시장은 유리 칸막이를 통해 빛이 드는 궁륭형 홀이었고, 검증된 죄수들이 일하고 있었다. 도형장의 천국. 이 죄수들은 특혜를 받는 부류였다. 마리우스가 최대한 빨리 이 평화의 안식처에 안착할 계획을 품은 것은 말할 것도 없었다. 이곳 도형수들은 여러 가지 색다른 제품을 만들었다. 알로에 섬유로 만든 슬리퍼, 가방, 바구니, 냅킨을 말아 꽂는 둥근 진주 고리, 작은 상(像)이 새겨진 파이프, 돛이 달린 모형 배, 못이나 못 쓰는 칼 등 임시변통의 도구로 조각한 코코넛 소품들. 그리고 여러 가지 색깔의 밀짚 상자들, 작은 가구들, 다양한 색조의 종이를 말아 붙인 바구니들. 유리 진열창 안에는 방문객들에게 팔 수 있는 물건들이 진열되어 있었다. 단지 몇 명의 도형수만이 보수를 받았다. 세상에서 배척당한 죄수들 가운데 능력 있는 몇몇은 자신의 재주를 표현할 수 있는 재료를 발견한 것이다.

흉악범 감옥의 외부 창은 문짝으로 닫혀 있기 때문에 감방은 어둠 속에 잠겨 있었다. 경비원들은 입구의 쇠창살을 통해 모든 것을 감시할 수 있었다. 마리우스는 다른 죄수들과 마찬가지로 이중 쇠사슬로 야전침대에 묶여 있었다. 그는 쇠사슬의 길이가 허락하는 공간 내에서만 움직일 수 있었다. 게다가 쇠사슬 동료도 없었다. 조금도 말을 해서는 안 되었다. 하지만 마리우스는 불평하지 않았다. '나에게는 적어도 침대가 있지 않은가.'

일요일 아침, 모두 의무적으로 미사에 참석해야 했다. 그날 일요일, 펠리시앵 신부가 거행한 미사에 참석한 후 마리우스는 흉악범 감옥까지 안내하는 상사 옆에서 걷고 있었다. 다리를 약간 저는 이 상사의 이름은 레스트라드였다. 마리우스는 측면에서 자신들을 향해 돌진하는 한 사내를 보았다. 그의 발걸음은 민첩했고 웃옷 소매 속에 넣은 오른손은 뭔가를 숨기고 있는 듯했다. 마리우스는 틀림없이 칼일 거라고 생각했다. 사내는 보네였다.

마리우스는 상사에게 위험을 경고하기 위해 외쳤다.

"조심해요!"

분노로 입에 거품을 문 보네는 상사를 때리려 했다. 마리우스가 개입했다. 쇠사슬에 묶여 있긴 했지만 그는 팔로 공격을 막았다. 마리우스는 보네보다 날렵했기에 순식간에 그를 쓰러뜨렸다.

"이 미친놈에게 수갑을 채워!"

상사의 지시에 경비원들이 곧장 달려왔다. 그들은 보네에게 수갑을 채운 후 지하 독방으로 끌고 갔다.

마리우스의 팔에서 피가 줄줄 흘러내렸다. 팔뚝이 보네의 칼에 찔렸던 것이다. 레스트라드 상사 역시 피를 흘렸다.

상사가 마리우스에게 말했다.

"자네가 내 목숨을 구했네."

그리고 즉각 간수들에게 정성을 다해 치료하라고 지시했다.

마리우스는 의연하게 말했다.

"상사님, 아닙니다. 오히려 제가 감사드립니다."

마리우스는 레스트라드가 어쩌면 마지막 구원의 판자일 거라고 판단하고 그에게 머리를 숙였다. 그는 이렇게 덧붙였다.

"찰과상을 입었을 뿐입니다. 저는 상사님 대신에 공격을 받은 것을 매우 다행이라고 생각합니다."

상사는 마리우스의 어깨를 다정하게 툭 치면서 말했다.

"나는 자네 같은 사내를 좋아하네. 자네는 군인처럼 반격했어. 몇 년 전 나는 트라팔가르 해전에서 패배한 빌뇌브 제독의 휘하에서 복무했지. 자네가 보다시피 이 해전은 내 다리에 기념품을 남겼지. 하지만 알아두게. 나는 군도를 잘 휘둘렀어. 자네가 찬성한다면 몇 수 가르쳐주겠네. 나는 몇 가지 찌르는 비결을 알고 있네. 이곳에서 나가면 유용할 거야. 이건 빚을 갚는 내 방식일세."

그리고 손으로 입을 가리고 말했다.

"하지만 비밀이네. 누구도 알아서는 안 돼."

* * *

보네의 급습 사건은 신속하게 처리되었다. 규정은 분명했다. "직원을 때리는 죄수, 동료를 죽이는 죄수, 반항하는 죄수 혹은 반란을 조장하는 죄수는 사형에 처한다."

특별 법정이 지체 없이 소집되고 구형은 단두대의 날처럼 떨어졌다. 보네는 이틀 후 정오에 처형될 것이다.

처형되는 날 새벽 3시 무렵, 간수들의 호각 소리가 흉악범 감옥에서 울렸다. 단두대를 설치하라는 지시가 떨어졌다. 마리우스도 이 작업에 참가했다.

동료들과 그는 조용히 정렬했다. 이들 가운데 누구도 이 임무에 대해서 혐오감을 드러내지 않았다.

한 시간 후 횃불로 훤한 도형장 안뜰에 정의의 나무가 세워졌다. 몇 걸음 떨어진 곳에서 한 사람이 단두대의 날을 준비하고 있었다. 그것은 비퇴였다. 모든 사람들이 경멸하는 이 별종, 그가 때렸거나 징벌을 받도록 조치한 죄수들에게 증오의 대상이 되었던 비퇴는 웃고 있었다. 그는 불길한 약혼녀 같은 단두대가 세워지고 있는 광경을 보고 있었다. 한 동료가 곧 죽을 터인데 웃고 있다니!

비퇴는 죄수들이 들을 수 있도록 한 상사에게 큰 소리로 자랑했다.

"보네가 고통을 느끼지 않도록 제가 잘 처리하겠습니다."

도형수 하나가 마리우스에게 속삭였다.

"생지옥이야. 조만간에 저놈을 칼로 찔러 죽여야 해."

간수들이 그 도형수에게 달려들어 두 어깨를 흠씬 두들겨 팼다.

비퇴가 그 도형수에게 말했다.

"2048번, 곧 네 차례가 될 거야. 그날이 오면 톱으로 네 머리통을 잘라 주마."

그리고 망치로 마룻바닥에 마지막 못을 박고 있던 마리우스에게 말했다.

"9430번, 너도 이 단두대에서 처형될 거야."

마리우스는 머리를 들고 살생을 즐기는 흉측한 애꾸눈이를 뚫어지게 바라보았다. 그는 비퇴를 죽이고 싶었다.

발판이 준비되자 비퇴는 한참 동안 정성껏 날을 세운 죽음의 칼을 가지러 갔다. 곧 단두대의 날을 맞추고 밀짚 한 단을 가져왔다. 단두대의 성능을 시험해야 했다. 비퇴가 용수철을 누르자 칼이 떨어지면서 짚단을 둘로 잘랐다.

비퇴가 중얼거렸다.

"나는 이 짓이 좋아."

비퇴는 두 차례 머리를 숙이고 손으로 목을 치는 흉내를 냈다. 그러자 박장대소가 터졌다.

날이 밝았다. 간수들은 횃불을 끄고 죄수들을 감방으로 데려갔다. 비퇴만이 거대한 발판 위에 남았다.

10시 무렵, 해군 보병대대가 넓은 안뜰의 한쪽을 차지했다. 포병대는 대포를 끌고 왔다. 단두대는 두 개의 붉은 팔을 들어올리고 있었다. 강철 삼각대는 불길한 섬광을 뿜어댔다. 모든 게 준비되었다.

정오, 도형장의 문이 열리자 도형수들이 야수 떼처럼 안뜰로 몰려들었다. 그들을 위한 자리가 마련되어 있었다. 그들은 이 죄수를 본보기로 삼아야 했다.

툴롱의 주민들도 있었다. 축제가 아닌가?

경비원들의 명령에 따라 도형수들은 모자를 벗고 무릎을 꿇었다. 그들은 한 손으로는 쇠사슬의 고리를 들었고, 다른 손으로는 양모 헝겊 모자를 들었다. 둥둥거리는 북소리. 첫줄에 있던 마리우스는 보네가 사프리스티와 네 명의 병사에 에워싸인 채 도착하는 모습을 보았다. 그들 뒤에는 시내에서 온 속죄자들이 맥주를 들고 있었다. 그들은 회색 두건으로 얼굴을 가렸다. 마리우스는 보네의 침착한 태도를 보고 놀랐다. 보네는 옛 동료들조차 쳐다보지 않았다. 대머리와 뾰족한 귀를 가진 그는 미라처럼 보였다.

보네가 단두대의 첫 계단을 기어 올라가는 순간 형리 조수는 그와 이야기를 하고 싶다는 펠리시앵 신부의 말을 전했다. 보네는 인상을 찌푸렸다. 그래도 펠리시앵 신부는 십자고상(십자가에 못 박힌 예수의 수난을 그린 그림이나 새긴 형상─옮긴이)을 내밀고 나왔다. 보네는 십자고상에 침을 뱉고 성직자를 발로 찼다.

"꺼져버려! 내 용기를 꺾지 마!"

그리고 비퇴에게 달려들어 어깨로 밀었다. 그는 포승줄을 끊기 위해 절망적으로 노력했다. 비퇴와 그의 조수들은 신부를 밀어내고 보네를 붙잡왔다.

보네는 도형수들에게 고함쳤다.

"죽음 만세! 노예 생활을 하느니 차라리 숭고한 죽음을!"

4천 명이 내지르는 함성이 군중들에게서 터져나왔다. 마리우스는 보네에게 경탄하지 않을 수 없었다. 병사들이 황급히 단두대 발치로 달려가고 대포는 도형수들을 겨누었다. 폭동의 첫 징조가 보이자 레이노 경찰서장은 주저 없이 발포 명령을 내렸다.

보네는 자신이 일으킨 혼란을 이용해서 단두대로 돌진했다. 그리고 다시 고함쳤다.

"죽음 만세!"

헐떡거리는 보네는 혼이 나갔고 몽롱한 상태에 빠져 있었다. 그는 처형자를 묶는 판자 옆의 흔들 굴대 위에 무릎을 꿇었다. 그리고 하늘을 바라본 다음 단두대의 날에 시선을 고정시키고 외쳤다.

"여러분도 이곳에 오게 될 것이다. 죽은 사람은 죽이지 못한다!"

그리고 몸을 떨면서 다시 일어나 스스로 흔들 굴대의 판자에 엎드렸다. 혼비백산한 비뢰는 가죽 띠와 끈으로 보네를 묶었다.

이런 소란에 짜증이 난 레이노 경찰서장은 안절부절못했다. 그는 해군 법정이 판결한 사형 선고문을 읽고 집행 명령을 내렸다.

"형리는 임무를 수행하라."

보네는 마지막으로 하늘을 올려다보았다. 판자가 내려오더니 단두대의 칼이 섬광처럼 빠르게 떨어졌다. 모든 게 끝났다.

마리우스는 눈도 깜빡하지 않고 이 장면을 지켜보았다. 그는 처음으로 처형 장면을 목격했다. 어떻게 사람들은 이런 끔찍한 장면을 보고 기쁨을 느낄 수 있단 말인가? 게다가 단두대의 칼이 떨어질 때 그의 얼굴 반쪽에 피가 튀었다. 그는 즉각 토했다. 옆에 있던 두 사람도 그를 따라 토했다. 피, 도처에 피가 튀었다. 간수들이 즉각 몽둥이를 들고 개입했다. 왼쪽에 있던 도형수 한 명이 손을 뻗더니 핏물 속에 담갔다. 그는 그 손을 자기 입에 대고는 쩌렁쩌렁한 목소리로 외쳤다.

"이 피를 마시시오. 이 피가 여러분의 창자를 만들 것이오! 오늘이 성체 축일이오!"

경찰서장과 그의 서기들이 외쳤다.

"신성 모독이야!"

신성 모독자는 즉석에서 체포되어 흠씬 두들겨 맞았다. 네 명의 간수들이 그의 머리와 어깨를 구타했다. 해병 보병들이 다른 도형수들을 맡았다. 일대 소란이 일어났다. 이 죄수들은 기이하게 생긴 거대한 지네 같았다. 병사들은 도형수들의 허리에 총을 들이댔다.

"감방으로 돌아가! 빨리!"

여전히 쇠사슬 소리, 현기증 나는 동요. 마리우스는 피와 토사물로 뒤범벅이 되었다. 그는 무리와 함께 움직였다. 결국 이 세계에서 분노만으로는 소송을 이길 수 없었다. 그는 달리면서 하늘을 바라보았다. 하늘은 색깔을 바꾸지 않았다. 방금 한 사람이 죽었다. 그의 얼굴은 여전히 창백했다. 하느님은 대체 어디에 계실까? 이런 짓은 결코 멈추지 않을 것이다. 마리우스는 보네처럼 하지 않을 것이다. 그는 툴롱에서 20년이나 썩지 않을 것이다. 결단코.

* * *

몇 주가 지났다. 영원한 세월처럼 느껴졌다. 간수가 방적을 준비하기 위한 엄청난 양의 삼 부스러기를 가져왔을 때 한 가지 생각이 떠올랐다.

"9430번, 무료하게 시간을 보낼 거라고는 생각하지 마! 자, 일거리야!"

마리우스는 시간을 허비하지 않았다. 그는 독방에서 발목에 족쇄를 찬 상태에서 야전침대의 가로대를 해체하는 데 성공했다. 그는 이 가로대로 독방의 채광 환기창 옆에 구멍을 뚫었다. 또 벽의 석고를 떨어뜨리고 몇 개의 큼직한 돌을 떼어내는 데 성공했다. 이 작업은 시간과 세심함 그리고 특히 극도의 신중함을 요했다. 반복적으로 벽을 치면 간수들의 의심을 살 수 있었다. 다행히 이 도형장에는 소음이 많았다. 딱딱한 물체가 부딪치는 소리, 삐걱거리는 도르래 소리, 망치질 소리. 부두의 보초들은 아무 것도 들을 수 없었다. 마리우스는 가로대 끝에 웃옷을 묶어서 소음을 줄였다.

마리우스는 침대 밑에 돌과 석고를 쌓아두었다. 웃옷으로 온갖 것을 청소했다. 비록 구멍은 그리 크지 않았지만 순찰이나 식사 때 조심해야 했다. 이번에도 웃옷은 훌륭한 역할을 해냈다.

마리우스는 퀼다유가 준 시계 용수철을 이용해서 열흘 밤낮으로 쇠사슬을 공격했다. 엄청난 작업 규모에 비하면 너무 미세한 쇠줄이었다. 간수들의 눈에 띄지 않도록 쇠사슬 끝까지 자르지는 않았다. 도형장에서 쇠사슬 소리는 일종의 보증이었다.

구멍을 감춰야만 했다. 마리우스는 기발한 방법을 찾아냈다. 뜯어낸 벽에 흠뻑 젖은 삼 부스러기를 붙여 넣었다. 또 빵의 속살을 이용했다. 배가 고파 고통스러웠지만 잘 버텨냈다. 삼 부스러기와 빵의 속살을 감추기 위해 석고 가루를 사용했다. 그는 석고 가루와 자신의 오줌으로 일종의 도료를 만들었다. 이 속임수는 완벽했다.

마리우스는 독방의 어둠을 이용해서 경비원들의 눈을 피해 작업을 진행했다. 경비원들은 언제나 외부에서 왔고, 유일한 창문은 문짝으로 막혀 있었다. 그들은 독방 안으로 들어오면 지하실에 있는 듯한 기분을 느꼈다. 그들은 아무것도 발견할 수 없었다.

벽이 완전히 뚫리자 마리우스는 벽 반대편의 돌을 회수하는 것도 잊지 않았다. 벽토는 조금도 부두에 떨어지지 않았다. 이제 결심할 때였다.

어느 날 저녁 마리우스는 쇠사슬을 마저 잘랐다. 그는 바지를 벗어 가장 큼직한 돌들을 숨겼다. 그리고 독방의 함지—가구라고는 야전침대 하나, 작은 탁자 하나, 함지 하나뿐이었다—위에 웃옷을 놓았다. 그는 웃옷의 양쪽 소매를 석고와 가루로 가득 채우고 간수들이 음식을 넣어주는 양철통 위에 빨간 헝겊 모자를 고정시켰다. 그리고 바지 끝에 두 다리처럼 보이도록 두 개의 돌을 넣었다. 그렇게 하니 등을 돌리고 잠든 사람처럼 보였다. 낡은 수법이 때로는 가장 좋은 효과를 발휘한다.

마리우스는 자신의 작품을 바라보면서 자유를 생각했다. 자유라는 단어가 그를 도취시켰다. 가슴을 졸이며 밤이 되기를 기다렸다. 순찰 시간에 그는 문 왼쪽에 몸을 숨겼다. 경비원들은 아무것도 보지 못했다. 속임수는 통했다. 반바지와 셔츠만 입은 마리우스는 안도의 한숨을 내쉬었다. 다행히 경비원들은 독방 안으로 들어올 생각을 하지 않았다. 그들은 한 번 슬쩍 둘러보는 것으로 만족했다.

마리우스는 삼 부스러기와 빵의 속살로 만든 덩어리를 하나씩 뜯어냈다. 모든 것이 제거되자 구멍을 바라보았다. 자신이 어떻게 이런 일을 할 수 있었는지 자문하면서 두 손으로 더듬었다. 기쁨의 전율이 온몸을 휘감았다. 그는 다가갔다. 진짜 쥐구멍 같았다. 그는 중얼거렸다. '내가 이 구멍을 통과한다면 살갗이 온통 벗겨질 거야.'

마리우스는 까치발을 한 다음 머리를 구멍에 집어넣었다. 힘겨운 노력

끝에 손과 팔뚝이 벽 밖에 닿았다. 구멍은 숨이 막힐 정도로 좁았다. 짭짤한 바람이 콧구멍을 간질였다. 감미롭게 느껴졌다. 그는 조금씩 기어나갔다.

마침내 그는 머리를 밖으로 내밀고 주위를 둘러보았다. 아무도 없었다. 그의 자세는 위험했고 오래 버틸 수 없었다. 돌을 떨어뜨려 경비원의 주의를 끌까 봐 두려웠고, 또 한편으로는 머리를 내밀다가 떨어져 죽을 위험이 있었다. 얼핏 보아 바닥까지는 2.6미터쯤 되어 보였다. 거의 3미터였다. 하지만 이런 상황에서는 더 지체할 수 없었다. 가슴 터질 듯한 희망이 마리우스를 격려했다. 그는 도형장 생활을 끝장내고 싶었다. 자유를 되찾고 싶었다.

마리우스는 탈옥을 치밀하게 준비했다. 그는 이 부두 지역을 샅샅이 알고 있었다. 이미 구석구석 면밀히 살펴보았다. 병원의 외벽에는 35센티미터 간격으로 벽에 고정된 나무 가로장이 있었다. 그곳에서 갑판 닦는 걸레를 말렸다.

온화한 날씨. 상쾌한 기후. 조금 전 경비원들이 순찰을 했을 때 마리우스는 귀를 기울였다. 이 상습적인 술꾼들은 뇌우에 대해 얘기했다. 평온하게 웃고 있는 커다란 공처럼 보이는 달이 부두를 비추고 있었다. 뇌우가 올 것 같지는 않았다. 부두의 빛은 성벽의 색깔과 혼동이 되었다. 그는 다시 주위를 둘러보았다. 아무도 없었다. 그래서 상체를 앞으로 미끄러지게 한 다음, 체조할 때처럼 신속하게 움직여 두 손으로 가로장을 붙잡고 그네를 타듯 매달렸다. 몸이 두세 번 흔들렸으나 곧 균형을 잡았다. 그는 가로장을 놓고 바닥으로 뛰어내렸다.

소리 없는 완벽한 착지. 그것은 신체 조건 덕분이었다. 그는 한참 동안 원숭이처럼 뛸 준비를 한 채 웅크리고 있었다. 초병이 한 명도 없다는 사실을 확인하고 부두까지 기어갔다가 멈추었다. 진흙 냄새가 코를 찔렀다. 내포 건너편의 상점들이 반짝이는 시내를 바라보았다.

마리우스는 여전히 드러누운 채 주위의 소형 보트들을 세심하게 살폈다. 그리고 판자와 들보를 가득 실은 작은 범선의 밧줄을 잡으면서 검은 물속으로 천천히 들어갔다. 물은 시원했다. 중앙의 큰 돛대와 선체 앞쪽의 비스듬한 돛대를 갖춘 작은 선박 근처에 도착한 그는 판자 하나를 슬그머니 밀었다. 그는 마침내 이 끔찍한 악몽에서 해방되어 곧 툴롱에 도착하고 파리로 갈 것이다. 파리……. 그의 시야가 잠시 흐려졌다. 하지만 아직 갈 길이 먼데 너무 낙관해서는 안 되지…….

마리우스는 판자에 걸터앉고 상체를 숙였다. 초라한 판자에 턱을 붙이고 두 손을 노 삼아 저었다. 그는 군사 항구와 상업 항구의 경계를 나타내는 부유책(浮遊冊)을 향해 나아갔다. 그리고 새로운 장애물인 부유책 밑을 통과한 후 마침내 항구 한복판에 도달했다. 그는 낡은 도크의 구석에 정박한 상선을 향해 나아갔다. 이 시간에도 선박과 연락하는 군용 보트에 적발되지 않도록 주의했다. 그는 물 한가운데에 떠 있는 '필'이라고 불리는 작은 건물을 향해 비스듬히 돌아갔다. 이 건물은 선박 관리인의 숙소로 사용되고 있었다.

도항하는 동안 더러운 물이 목구멍으로 들어왔다. 기진맥진한 마리우스는 이 작은 공간에 도착하자마자 바다표범처럼 거칠게 숨을 몰아쉬었다. 그는 기어오르기 시작했다. 관리인이 보였다. 그는 파이프 담배를 피우면서 터벅터벅 걷고 있었다. 마리우스는 즉각 판자 밑으로 잠수했다. 그는 수영을 할 줄 몰랐기 때문에 머리를 물속에 처박고 판자를 움켜쥐었다. 그는 자신이 익사할 거라고 생각했다. 다행히 그는 예전에 질노르망 외할아버지가 가르쳐준 대로 살며시 발을 움직이면서 숨을 쉬었다. 그리고 살려달라고 기도했다.

한없는 시간이 흘렀다. 그사이 그는 아무 소리도 내지 않고 상선 부두까지 표류했다. 체인을 이용해서 부두의 가장자리에 기어올랐을 때 팔다리가 떨렸다. 손바닥은 응고된 우유처럼 주름졌다. 그는 간신히 한 발을 내딛을 수 있었다. 줄만 있으면 나머지 쇠사슬을 벗길 수 있으련만!

부두에서 마리우스는 작은 범선의 돛을 깁는 데 쓰는 시트를 발견했다. 썩은 생선 냄새가 코를 찔렀다. 그는 밧줄을 매는 계주(繫柱)를 이용해서 시트를 찢어 외투처럼 둘둘 감았다. 그것은 성직자들이 입는 수단처럼 보였다. 그리고 밧줄로 허리를 묶었다. 그는 맨발로 벽에 바싹 붙어 모험을 시작했다.

* * *

마리우스는 무작정 시내와 빛을 등지고 한 시간 남짓 걸었다. 자신이 어디로 가는지도 몰랐다. 그는 문득 자신이 탁 트인 들판에 있다는 사실을 깨달았다. 갑자기 피가 얼어붙는 듯했다. 포성 한 발이 울렸기 때문이다. 벌써 그의 도주 사실을 알아챈 것이다. 주위를 살피고 나무에 달라붙었다. 다시 낙심했다. 그는 자신이 라발레트라는 마을 근처에 있다는 것조차 몰랐다. 사실 아는 게 없었다.

마리우스는 나무 밑동에 앉아 잠깐 졸았다. 갈증이 심해서 이끼를 뽑아 입에 댔다. 그리고 게걸스럽게 핥고 일부를 씹다가 심한 기침을 하며 토했다. 배가 몹시 고팠다. 그는 빵의 일부를 탈옥하는 데 사용했기 때문에 최근 보름 동안 제대로 먹지 못했다.

천둥이 쳤다. 간수들은 틀리지 않았다. 폭우가 쏟아질 것이다. 마리우스는 다시 일어났다. 하늘에는 별 하나 없었다. 천둥이 어쩌면 그의 목숨을 구해줄지도 몰랐다. 농부들은 포성과 천둥을 혼동하지 않을까?

그때부터 자신의 목소리밖에 들리지 않았다. 비는 부드러운 모슬린처럼 내리기 시작했다. 마리우스는 목을 축이기 위해 머리를 뒤로 젖히고 입을 벌렸다. 피신처와 옷을 찾아야 했다. 갑자기 장대비가 어찌나 무겁고 세차게 쏟아지던지 땅이 둔중하게 울렸다. 마리우스는 쏜살같이 달리기 시작했다. 자유에 도취된 채 돌과 덤불을 뛰어넘으면서 똑바로 달리기만 했다. 그는 자신을 추적하는 적을 멋지게 따돌렸다고 상상했다.

마리우스는 더욱 세차게 내리는 폭우 속에서 외쳤다.

"나는 자유의 몸이야! 나는 자유로운 몸이야!"

마리우스는 느닷없이 그루터기에 부딪쳐 휘청거리다가 벌렁 자빠지면서 땅에 코를 박았다. 격렬한 뇌우 탓에 땅은 이미 흠뻑 젖어 있었다. 이제는 비가 폭포처럼 쏟아졌다. 미지근하고 끈적끈적한 흙이 얼굴에 잔뜩 묻었다. 쾌감을 느낀 그는 진흙에 찰싹 엎드리고 솜털처럼 느껴지는 이끼와 썩은 나뭇잎에 얼굴을 파묻었다. 이윽고 다시 일어나 웃음을 터뜨렸다. 그리고 은빛 섬광 속에서 장난꾸러기처럼 깡충깡충 뛰고 온갖 몸짓을 하면서 달렸다.

갑자기 희미한 불빛이 보였다. 집 한 채와 그물. 그는 조심스럽게 다가갔다. 천둥의 망치질이 대지의 모루에서 끊임없이 울렸다. 세상 종말의 광경. 마리우스는 우뚝 멈추었다. 편백나무와 단풍나무의 꼭대기에서 선회하는 바람이 미지근한 물로 그의 따귀를 쳤다. 기운이 되살아나는 것 같았다. 그는 다가가서 집 앞에 멈추었다. 그리고 태연자약하게 문을 살며시 두드렸다.

노인 하나가 문지방에 나타났다. 노인은 마리우스를 보고는 두려움을 애써 억눌렀다.

마리우스는 공손하게 말했다.

"길을 잃었습니다. 산적들에게 옷을 빼앗겼고 뇌우를 만났습니다."

노인은 마리우스의 짧게 깎은 머리, 맨발, 진흙과 잔가지로 뒤덮인 얼굴을 보고는 고개를 끄덕였다.

"자, 들어오게."

집은 방이 하나뿐이었고, 벽은 석회가 드러나 있었다. 양초 세 개가 있었고, 벽난로에서는 포도덩굴이 따닥따닥 소리를 내며 타고 있었다. 마른 생선 냄새가 풍겼다.

노인은 벽난로 옆의 안락의자에서 바느질하고 있던 아내에게 말했다. 아내의 발은 바닥에 닿지 않았다.

"할멈, 이 불쌍한 젊은이에게 수프 좀 주구려."

하얀색의 앙증맞은 헝겊 모자를 쓰고 나막신을 신은 할멈은 즉각 수프를 내왔다. 마리우스는 식탁에 앉았다. 그는 앉으면서 외투 속에 두 발을 감추었다. 쇠사슬 고리와 족쇄가 달린 발목이 삐져나왔다.

갑자기 누군가가 소리치자 마리우스는 소스라치게 놀랐다.

"행복해! 행복해!"

그때 마리우스는 방구석의 장작 위에 앉아 있던 장애아를 보았다. 그는 손가락을 비틀고 있었다.

노인은 마리우스에게 신경 쓰지 말라는 손짓을 하면서 말했다.

"내 아들은 자네가 행복한 사람이라고 생각한다네."

그리고 잘 알고 있다는 듯한 눈길로 마리우스의 발목을 들여다보았다. 노인은 예상하고 있었다. 조금 전 포성이 들리지 않았는가. 이 쥐구멍 같은 곳에서 가난하게 50년을 살았기에 포성과 천둥 정도는 쉽게 구별할 수 있었다.

방구석의 장작더미에 앉은 장애아는 불을 응시하면서 여전히 손가락을 비틀고 있었다.

노인이 말했다.

"아들, 이리 오렴."

노인은 아들의 귀에 대고 뭔가를 속삭이더니 뒤통수를 때렸다.

마리우스는 걱정스레 물었다.

"문제라도 생겼나요?"

노인이 그를 안심시켰다.

"비곗덩어리를 가져오라고 곳간에 보냈소. 자네의 장거리 여행을 위해 필요할 것이네. 나는 가난한 어부에 지나지 않지만 고기를 말리고 있소. 그물로 만새기나 날개횟대를 많이 잡으면 가끔 쇠고기나 돼지고기와 맞바꾸기도 한다네. 먹고살아야 하지 않겠는가. 우선 이 수프를 들게. 아주 따끈따끈하네. 자네의 반복되는 식사가 지겹지도 않은가?"

"반복되는 식사라니요?"

"나를 속일 생각은 하지 말게. 나는 자네의 머리와 발목을 보았네. 하지만 조금도 두려워할 필요는 없네. 나는 도형수들을 돕고 있네. 동병상련이지. 자, 먹게나."

마리우스는 거절하지 않았다. 노파가 큼직한 사발에 양파 수프를 담아 가져왔다. 그는 코를 박고 게걸스럽게 먹기 시작했다. 순식간에 사발을 비웠다.

노인은 끊임없이 이야기를 했다. 무성하고 하얀 콧수염, 소금에 부식된 큼직한 손, 선량해 보이는 얼굴. 그는 도망자를 몇 명이나 구했고 어떻게 그들을 도왔는지 이야기했다. 그것은 감동적이고 안심되는 얘기였다.

할멈은 다시 나갔다가 치즈 한 조각과 염소 우유를 가지고 돌아왔다. 마리우스에게는 진수성찬이 따로 없었다. 비가 잠잠해졌다. 갑자기 떠들썩한 소리가 들렸다.

노인이 말했다.

"내 아들이네."

문이 거칠게 열리면서 실크해트를 쓴 사내가 권총을 쥐고 나타났다. 그 뒤에는 단총으로 무장한 헌병 두 명이 있었다. 맨 뒤에는 눈동자를 굴리고 손가락을 비틀며 혀를 내미는 백치 녀석이 있었다. 마리우스의 믿을 수 없다는 듯한 시선이 늙은 어부의 눈과 마주쳤다.

"미안하네, 젊은이. 50프랑은 큰돈이네."

실크해트를 쓴 사내는 라발레트의 경찰서장이었다. 그는 노인에게 축하의 말을 건넸다.

"마리옹 영감, 당신은 또 50프랑을 벌었습니다. 올해만도 다섯 번째죠?"

"여섯 번쨉니다, 서장님."

갑자기 경찰서장이 웃음을 터뜨렸다.

"결국 이 집은 도형장의 마지막 초소입니다! 짧은 머리를 하고 족쇄를 단 채 도망칠 수 있다고 생각하다니! 이놈들은 정말로 바보입니다. 다시 한 번 축하합니다! 감시를 잘하셨습니다."

그리고 마리우스에게 물었다.

"몇 년형을 받았지?"

"20년."

"3년 추가야. 이게 탈옥의 벌이지. 물론 채찍질 50대가 기다리고 있고. 툴롱에서는 도망칠 수 없어."

그리고 두 헌병에게 지시했다.

"이 불량배에게 수갑을 채우고 죄수 호송차로 데려가게."

마리우스는 울부짖고 싶었다. 하지만 어떤 소리도 나오지 않았다. 헌병들은 그의 엄지손가락에 고문 기구를 끼우고 호송차에 실었다. 잠시 후 멀리서 이런 소리가 들렸다.

"행복해! 행복해!"

3

생피아크르가

코제트가 마리우스의 편지를 받을 가능성은 없었다. 루이데지레는 석
달 전부터 매일 아침 하수인을 플뤼메가에 보내 퐁메르시 남작부인의 우
편물을 가로챘다. 하수인은 세심하게 우편물을 선별한 다음 보고할 것만
간추려서 집사에게 가져다주었다. 루이데지레는 아무 잘못도 저지르지
않았지만 중죄를 뒤집어쓰고 도형장에 보내진 마리우스가 즉각 아내에
게 수많은 편지를 쓸 거라고 예상했던 것이다. 또 마리우스가 고집스러운
성격 탓에 결국은 절망에 빠질 거라고 생각했다. 모든 죄수들은 그런 과
정을 밟지 않는가. 모든 사람들에게 버림을 받고 가족들로부터 멀리 떨어
진 곳에 투옥되면 어느 순간 자포자기하게 되기 마련이다. 마리우스는 도
지사와 법무부장관에게 편지를 보냈지만 아무 답장도 받지 못했다. 루이
데지레는 몇몇 도형수들과 가까이 지내봤기 때문에 그들의 심리를 잘 알
고 있었다. 세월은 그에게 유리하게 작용했다. 그래서 그는 주인에게 유
언장을 활용하여 퐁메르시 남작의 재산을 가로채라고 부추겼다.

그날 아침 집사는 평소보다 더 집요하게 부추겼다. 마리우스는 이미
석 달 전에 죽은 것으로 간주되었다. 이제는 행동할 때였다.

아메데가 대답했다.

"자네는 코제트를 어쩔 셈이야? 내가 코제트를 찾아가서 이 유언장을 코에 들이대고 새 주인이라고 뻔뻔하게 주장할 수 있다고 생각해? 자네는 그렇게 인정머리가 없어?"

루이데지레는 주인에게 죄의식을 자극하면서 설득하려 했다.

"후작님, 저에게도 인정은 있습니다. 그렇다면 후작님은 남작부인을 목이 빠지게 기다리게 하고 결국 이보 전진을 위해 일보 후퇴를 하는 게 고결한 행동이라고 생각하십니까? 이 유언장은 분명 후작님의 것입니다. 이것은 막강한 힘을 지녔습니다. 후작님은 남작에게 그의 일을 맡겠다고 맹세하셨습니다. 그러니 남작부인에게 가서 연민을 표하십시오. 아니면 관심이라도 보여주십시오."

"나는 벌써 두 번이나 플뤼메가에 갔지만 남작부인은 두 번 다 거절했어."

"그래도 다시 시도해야 합니다. 꽃을 보내십시오."

"그녀의 정원은 꽃으로 넘쳐흘러."

루이데지레는 격분해서 안절부절못했다.

"후작님의 마음을 도무지 모르겠습니다. 후작님은 적극적인 분이었는데 지금은 지나치게 신중하십니다. 수줍음과 신중함은 좋은 해결책이 아닙니다. 루이 드 베르뉴와 로베르 당드루아지조차 후작님을 볼 수 없다고 투덜대고 있습니다. 후작님의 멋진 초연함은 어떻게 된 겁니까? 후작님은 언제나 사랑하지도 않고 사랑받지도 않을 거라고 주장했습니다. 지금 후작님은 사랑을 하면서도 여전히 사랑을 받지 않으려 하고 있습니다. 그것은 모두에게 폐를 끼치는 모순입니다."

"자네 자신에게 말하고 싶은 거야?"

“후작님께 말씀드리는 겁니다. 제 미래는 상관 없습니다. 저는 주인의 행복만을 생각하는 비천하고 헌신적인 하인에 지나지 않습니다. 나머지 일에는 관심이 없습니다. 후작님께 숨기지 않겠습니다. 저는 후작님의 우유부단한 태도를 보면 몹시 안타깝습니다.”

그러자 후작이 언짢은 표정을 짓고 반박했다.

“나더러 어쩌란 말이야? 내 머리는 뜨겁고 내 가슴은 차가운데…….”

“후작님이 틀리셨습니다. 제가 보기엔 오히려 정반대입니다. 후작님에게 없었던 이런 온도의 변화는 어쩌면 영혼의 감기라고 부를 수 있는 것을 일으켰습니다. 후작님이 바뀌셨다고요? 왜 아니겠습니까. 제가 그 점을 한탄한다는 사실을 잊지 마십시오. 고통을 느끼지 않으려면 사랑을 해서는 안 됩니다. 하지만 후작님이 바뀌셨으니 그 변화를 온전히 책임지십시오. 남작부인에게 사랑을 고백할 필요는 없습니다. 적절한 순간이 오기 전까지는 우정과 배려로 그녀를 감싸십시오. 상처를 받은 존재는 비극적인 상황에서 친구를 필요로 하는 법입니다. 그러니 그런 친구가 되십시오.”

“어쩌면 자네가 옳을 거야. 하지만 나를 조용히 내버려두게. 더구나 루이 드 베르뉴 씨가 나를 보러 올 거야.”

집사는 몹시 실망한 채 물러났다.

아메데는 서성거렸다. 그는 루이데지레의 말에 동의했지만 그래도 고심하지 않을 수 없었다. 그는 자신이 나약해졌음을 깨달았다. 그리고 자신의 나약함에 화가 났다. 더 이상 자신을 신뢰할 수 없었다. 모든 힘이 그에게서 빠져나간 것 같았다. 예전에 그토록 능란했던 화술은 그토록 으스대며 걸었던 강 대로(오늘날의 이탈리아 대로—옮긴이)의 인도만큼이나 밋밋해지고 말았다. 그는 더 이상 으스대지 않고 조심스럽게 걸었다. 그의 탐욕스러운 야망은 이제 한낱 추억에 지나지 않았다. 왜 그는 마리우스가 죽도록 내버려두었을까?

아메데는 담배에 불을 붙이고 럼주 한 잔을 따랐다. 그리고 앉으면서 중얼거렸다. '나는 마리우스를 형제처럼 사랑했는데 그 사실을 몰랐어.' 그는 다시 일어났다. 저항할 수 없는 매력과 활기를 지녔지만 너무 빨리 지나가버린 그 시절이 떠올랐다. 그는 여자 따위는 생각하지도 않았다. 중요한 것은 오직 마리우스뿐이었다. 그는 마리우스의 미소와 순진함을 회상했다.

아메데는 두 번째 잔을 비웠다. 조금 있으면 루이 드 베르뉴가 찾아올 것이다. 요즘 그는 루이에게 짜증이 났다. 루이는 너무 다정하고 친절해 보였다. 로베르 당드루아지는? 이 건방진 녀석은 마리우스를 화나게 했고 그에게도 성가시게 굴었다. 클레망스는? 그녀는 푸아투에 은신하고 있었다. 게다가 그녀로부터 얻어낼 것도 없었다. 그녀는 휴식을 원했다. 그는 단숨에 술잔을 비우면서 중얼거렸다. '그녀가 쉬고 있든 악마에게 잡혀가든 무슨 상관이람.' 다른 친구들은? 유령이나 마찬가지였다. 이용해먹고 잽싸게 사라지는 하찮은 술친구들. 샤를 드 라 바튀는? 사라지고 없었다. 외젠 쉬는? 그는 베르사유에서 바다에 관한 연구에 몰두하고 있었다. 그의 여자 친구들은? 올랭프 펠리시에는 로시니와 함께 볼로냐로 떠났고, 마리 다구 백작부인은 리스트와 완전한 사랑을 나누며 살고 있었다. 이제 그에게는 영악한 아가씨들과 방탕한 여자들만 남아 있었다.

아메데는 자신이 어떻게 될 것인지 생각해보았다. 그만이 장래를 걱정한 것은 아니었다. 1834년 여름에 사람들은 많은 것을 생각했다. 라마르틴은 국민의회의 의원이 됨으로써 정치에 입문했고, 라파예트는 죽었으며, 브로글리 공작은 외무장관에서 물러났다. 파리는 예전만큼 즐거운 곳이 아니었다. 6월 21일 총선에서 공화당은 참패했다. 문학 분야에서는 뒤마, 발자크, 뮈세에 대해 얘기했다. 언제나 똑같은 얘기.

초인종이 울렸다. 아메데가 문을 열어주러 나갔다. 루이 드 베르뉴가 들어와 실크해트를 벗었다.

아메데가 제안했다.

"한잔하겠소?"

"자네, 이미 많이 마신 것 같네."

아메데는 세 번째 잔을 비우면서 반박했다.

"내 걱정은 말고 자네 건강에나 신경 쓰게."

루이 드 베르뉴는 뒤마에 대한 얘기를 꺼냈다. 뒤마는 모리스 알루아라는 신문기자에게 결투를 신청했고, 그 기회에 빅토르 위고와 화해했다. 위고는 배우 쥘리에트 드루에와 아름다운 열정을 불태우며 살고 있었다. 아메데는 하늘을 바라보았다. 그는 세상 소식에 흥미가 없었다. 그리고 조만간에 압생트와 아편을 하기로 다짐했다. '모든 것이 허락되어 있으니 모두 시도해봐야지.'

루이가 말을 이었다.

"뚱뚱한 발자크는 빚에 시달리고 있대. 그는 『고리오 영감』이라는 책을 집필하는 데 전념하겠다고 떠들고 다니고 있지. 이 소설은 연말이 되기 전에 「르뷔 드 파리」에 연재될 것 같아. 커피에 중독된 이 자유기고가는 정말이지 끈기가 대단해."

"내가 그런 것에 관심을 가질 거라고 생각하나?"

루이는 짓눌린 표정으로 아메데를 주시했다. 그는 일주일에 적어도 두 번 아메데의 집에 와서 요즘 떠도는 소문을 들려주었다. 남 말 하기를 좋아하는 사람들에게는 재미있는 화젯거리였다. 하지만 아메데는 그런 루이가 성가실 뿐이었다.

루이는 조금 전 루이데지레처럼 아메데를 면박했다.

"자네는 이제 외출도 하지 않고 실의에 빠졌구려. 친구들까지 쫓아내다니. 대체 우리가 뭘 잘못했기에 이런 푸대접을 받아야 하지?"

"아무것도. 자네들은 쓸모없는 친구들이야. 우리 모두가 쓸모없는 존재지."

"자네는 아직도 마리우스를 생각하나?"

"마리우스가 보고 싶네."

"그 불쌍한 친구가 아직도 우리와 함께 있다면 그는 자네 행동을 비난할 거야."

"그런 식으로 말하지 말게."

루이는 목소리를 높여 말했다.

"아니, 나는 해야겠네! 자네는 그의 아내에 대해 침묵으로 일관하고 있어. 그녀를 위로하러 가지 않고 뭘 기다리고 있지?"

아메데는 인상을 찌푸리고 대답했다.

"해빙."

루이가 말을 이었다.

"우스꽝스럽군. 아메데, 자네에게 실망했네. 우리가 쓸모없다고? 자네야말로 아무짝에도 쓸모없네. 초연함은 그런 대로 의미가 있지만 무기력은 다른 거야."

루이는 모자를 집고 문을 쾅 닫으며 나가버렸다.

아메데는 웃음을 터뜨리고 출입문을 향해 술잔을 던졌다. 그리고 안락의자에 털썩 주저앉아 두 손으로 머리를 감쌌다. 그는 럼주를 끊을까도 생각했다. 하지만 고개를 저었다. 왜 그에게 코제트를 만나러 가라고 재

촉하는 걸까? 물론 그는 갈 것이다. 마지막으로 한 번 더. 그저 마리우스
에 대해 얘기하기 위해.

＊　＊　＊

코제트는 더 이상 외출하지 않았다. 베르자 씨와 리에 신부를 만나는
일도 아주 드물었다. 두 사람 중 한 명이 플뤼메가에 오면—코제트는 생
쉴피스 성당에 가지 않았다—그녀는 신속하게 손님을 맞이했다. 아르망
카렐과 앙리 드 라 로슈드라공이 오면 마들렌이 그들을 맞이하고 이야기
를 나누었다. 마들렌이 여주인 노릇을 했다. 코제트가 아직도 자선사업
에 신경을 쓰는 것은 아버지를 기념하기 위해서였다. 그녀는 어떤 일에도
관심이 없었고 관여하지도 않았다. 마리우스의 죽음은 곧 그녀의 죽음이
었다. 그녀는 방에 틀어박히고 말을 걸어도 대답하지 않았다. 그녀는 까
탈스러운 사람이 되었다.

마들렌은 코제트의 칩거를 걱정했다. 이 충직한 하녀는 어떻게 해야 여
주인의 마음을 바꿀 수 있을지 몰랐다. 때때로 그녀는 여주인의 예측할
수 없는 반응에 당황했다. 코제트는 서랍을 정리하고 철사로 결혼식 꽃다
발과 새틴 리본을 묶으면서 대부분의 시간을 보냈다. 그녀는 몽롱한 상태
에서 온실 둘레에 서 있는 나무들의 잎사귀를 흔드는 바람 소리를 듣곤
했다. 그녀는 끊임없이 수정을 찾았다. 수정을 잃었다가 되찾곤 했다. 어
떤 날에는 열에 들떠 수다를 떨었고, 느닷없이 흥분했다가도 무기력한 상
태에 빠져 말도 하지 않고 움직이지도 않았다. 그녀는 마리우스의 방과
자신의 침실을 자주 오갔다. 또 아무 이유 없이 여기저기로 달리기도 했
다. 그럴 때마다 마들렌은 시름에 잠겼다. 코제트는 마리우스의 방으로

돌아가서 라벤더 향수를 손목에 뿌렸다.

코제트가 즐거운 듯 외쳤다.

"마리우스의 향기야!"

마들렌은 여주인이 집을 저주하는 소리를 듣기도 했다. 코제트는 경련을 일으키며 외쳤다.

"나는 이 집을 증오해! 증오한다고!"

마들렌은 최선을 다해 코제트를 보살폈다. 하지만 불행의 여신이 여러분의 집을 선택하고 대향연을 벌인다면 어떻게 맞설 수 있겠는가?

코제트는 하느님의 부당함을 증오한다고 큰 소리로 외쳤다. 벽에 기대어 울었고 뱃속의 아이를 저주했다. 아버지가 물려준 은촛대를 바라보는 일이 유일하게 그녀의 마음을 가라앉히는 것 같았다. 하지만 그것도 잠깐 동안의 헛된 기대였다. 베르자에게 사정을 털어놓았던 마들렌에 따르면 코제트는 다른 사람이 된 것처럼 말을 바꾸었다. 그녀는 이전에 인정했던 것을 나무랐고 거꾸로 비난했던 것을 인정했다.

"베르자 씨, 코제트는 정원을 관리하지도 않아요. 그 대신 떠들썩한 생활, 색다른 밤, 온갖 광란을 부러워하고 있어요."

베르자가 말했다.

"좀 기다려요. 슬픔을 진정시키게 내버려둬요. 그것은 내면의 싸움과 외적인 무력감의 결과예요. 사람들은 절망에 빠지면 타락한 것을 추구하는 경향이 있어요. 무슨 말인지 알겠어요?"

그래서 모두 참고 기다렸다.

무더운 여름이 다시 찾아왔다. 코제트는 창문에 달라붙어 지냈다. 그녀는 돌 벤치와 두 조각상을 보고는 마리우스가 좋아했던 파란 프록코트, 노란 장갑, 풍뎅이 무늬 조끼를 입고 보초처럼 망을 보고 있다고 생각했다. 그녀는 긴 한숨을 내쉬었다. 그리고 「라트리뷘」에서 발행한 낡은 신문지를 가지고 부채질을 했다. 가슴이 두근거렸기 때문이다. 안색이 창백했다. 머리카락은 윤기를 잃었다. 그녀는 눈물을 글썽이며 부엌에 내려가 생우유와 여러 잔의 블랙커피를 마셨다.

어느 날 저녁 코제트는 정원의 벤치를 바라보다가 파괴적인 광기에 사로잡혔다. 그녀는 온실로 가더니 곡괭이를 들었다.

마들렌이 물었다.

"마님, 어디 가세요?"

"네가 알 바 아니야!"

코제트는 미친 듯이 곡괭이를 내리쳐 두 조각상을 망가뜨렸다.

그러고는 마들렌을 향해 울부짖었다. 머리카락은 흐트러졌고 입가에는 거품을 물고 있었다.

"파편은 땅바닥에 그대로 내버려둬!"

마들렌은 이 지시를 어기지 않도록 조심했다. 그녀는 이제 여주인이 두려웠다.

코제트의 일과는 날마다 비슷비슷했다. 아침에는 침대에서 시간을 보냈다. 저녁에는 침대에 눕지 않았다. 불면증이 슬픔을 감시하면서 슬픔이 시드는 것을 막았다. 그녀는 마들렌에게 음식을 사오라고 시켜놓고 막상 가져다주면 거의 손대지 않았다. 그녀는 곧 싫증을 내고 역겨워했다. 그녀의 마음속에서부터 구역질이 분출하고 있었다. 삶 자체가 그녀를 황폐화시키고 있었다.

낮에는 이런저런 추억을 되씹다가 끈질기게 자문했다.

'이제 나는 어떻게 하지?'

이 말에는 염세주의, 저주, 반항이 뒤섞여 있었다. 사방팔방으로 뛰쳐

나가는 충동적 행동도 계속되었다. 한번은 온실의 꽃들을 모조리 잘라버렸다. 그리고 여세를 몰아 돌을 던져 유리를 깼다. 그녀의 웃음소리가 온 집 안에 울려 퍼졌다.

그토록 깔끔하고 섬세했던 코제트는 낡은 검정 원피스에 조끼만 두른 괴상한 모습으로 온종일 지냈다. 그리고 정원용 긴 양말과 투박한 신발만을 신었다. 어느 날 아침 그녀는 마리우스의 바지와 프록코트를 입어 마들렌을 소스라치게 놀라게 했다.

"마들렌, 왜 그래? 무슨 일이야? 조르주 상드도 남자처럼 바지를 입고 옷을 입는다는 걸 알잖아? 그녀는 담배도 피우지."

코제트는 담배를 피우고 몇 시간 동안 기침을 해댔다.

또 끔찍한 일을 저질렀다. 마들렌이 바느질하고 있는 동안 코제트는 벌거벗은 채 장화를 신고 지팡이를 들고 부엌에 나타나 목이 길고 손잡이가 달린 물병 하나와 설탕 그릇을 깨뜨렸다.

코제트는 눈물을 쏟기 전에 이렇게 소리쳤다.

"더 이상 이 집을 봐줄 수 없어!"

그것은 날마다 되풀이되는 푸념이었다. 하지만 이런 푸념을 반복하면 할수록 그녀는 더욱더 집에 틀어박혔다. 그녀는 의자에 앉아서 결혼기념일에 마리우스가 선물한 반지를 몇 시간이고 바라보았다. 금과 산호의 뼈대에 끼워진 다이아몬드는 아름다운 빛을 반사했다. 하지만 진짜 빛은 어디에 있단 말인가?

* * *

그날 아메데는 퐁메르시 남작부인에게 문전박대를 당하지 않았다. 그는 환대를 받고 놀랐다. 코제트의 태도에서는 어떤 자만심도 찾아볼 수 없었다. 날씨가 온화했기 때문에 코제트는 현관 앞 낮은 층계 앞에서 차를 마시자고 제안했다. 지난밤에 그녀는 마리우스의 반지를 정원에 던져버렸다. 그녀는 신경을 써서 옷을 입었다. 케이프가 팔 위에서 날개처럼 펼쳐진 장밋빛 애프터눈드레스를 입었다. 그녀는 후작을 보고 이렇게 생각했다. '당신은 저질렀던 짓을 백배로 갚아야 할 거야.' 후작 옆에 앉은 그녀는 이를 악물고 노려보았다.

"당신이 준 장미꽃은 아름다워요."

코제트와는 반대로 아메데는 예전과는 달리 옷차림에 신경 쓰지 않았다. 검은 양복에 어울리는 조끼를 입고 두 번 목을 두른 보르도 넥타이를 맨 그는 양갓집 젊은이처럼 보였다. 그는 도착하기 전에 장미 스무 송이를 코제트에게 보냈다.

코제트는 마들렌에게 지시했다.

"장미꽃을 가져다 탁자 위에 놓아요."

마들렌이 지시대로 하자 코제트는 미소를 지으면서 전지가위를 흔들었다. 그녀는 열 송이를 잘라 정원에 던졌다.

'나는 이제 절반에 불과하기 때문에 장미를 절반만 잘랐어요."

후작은 감정을 드러내지 않았다. 조금 전 현관 앞 낮은 층계에서 코제트를 보았을 때 그는 두 팔을 벌리고 이렇게 속으로 말했다. '당신은 받침판 위의 마돈나처럼 내 가슴속에 있소.' 하지만 아무 말도 하지 않았고 몹시 굳어 있었다. 그는 머뭇거리며 말했다.

"당신 정원은 정말로 관리가 잘되어 있습니다."

"그렇게 보여요? 당신은 아무것도 보지 못했군요. 그럼 벤치 옆의 조각과 온실을 보세요. 그래도 아니라고 한다면 그건 아무것도 보지 못하는 당신의 특성 때문이죠!"

그러고는 빈정대는 억지웃음을 터뜨렸다.

아메데는 더 이상 코제트의 빈정거림을 듣지 않기 위해 무슨 짓이든 할 각오가 되어 있었다.

"아름답고 맑은 것은 언젠가는……."

갑자기 아메데는 말을 중단했다. 코제트가 그를 거만하게 바라보고 있었기 때문이다. 그래서 그는 잔기침을 하고 당당하게 대처하기로 결심했다.

"들어보세요, 코제트. 당신을 이해합니다. 당신이 나를 싫어하는 것은 당연해요. 나는 그저 당신에게 내가 마리우스와 맺은 영원한 우정을 입증하고 싶을 뿐입니다. 그뿐이에요."

아메데가 일어나려 했다.

코제트는 손을 내밀며 말했다.

"가만히 계세요."

아메데의 마지막 말에 그녀는 깜짝 놀랐다. 그가 마리우스의 이름이 아니라 자신의 이름을 부를 거라고 예상했기 때문이다.

코제트는 조금 누그러진 투로 말했다.

"가만히 계세요. 적어도 차는 마셔야죠."

코제트는 피로해 보였다. 마들렌은 멀리 가지 말라는 지시를 받고 정원에서 분주히 일하고 있었다. 담뱃가루처럼 붉은 흙이 관목을 에워싸고 있었다. 잎은 움직이지 않았다. 뒤얽힌 나무와 나무 사이에 붓꽃이 심어져 있었다. 한 아름의 꽃무가 낡은 벽 쪽에 펼쳐져 있었고, 금어초가 돌 사이에서 고개를 내밀고 있었다. 키가 큰 풀밭에는 데이지와 미나리아재비가 있었다. 하얀 나비들이 나무 사이에서 파닥파닥 날고 있었다.

아메데는 순식간에 정원을 둘러보았다. 이 정원의 영혼과 조화를 깨뜨렸다는 사실에 마음이 쓰라렸다. 그가 작은 벤치를 주시하자 코제트는 그곳이 자신과 마리우스가 좋아했던 자리라고 털어놓았다. 그녀는 목멘 소리로 덧붙였다.

"사물이라고 해서 언제나 충실한 것은 아니에요. 어떤 사람의 추억이 어린 장소를 사랑할 경우 그 사람이 더 이상 그곳에 없으면 그 장소가 변하고 쓸쓸한 곳이 될 거라고 예상할 수 있어요. 하지만 틀렸어요. 장소나 물건은 모든 것을 비웃어요. 이들에게는 어떤 생명도 없어요. 이들은 후작님을 약간 닮았죠. 이들은 견딜 수 없을 만큼 가볍거든요."

아메데는 코제트를 바라보았다. 그는 찻잔을 들고 조금 마셨다. 수없이 반복되는 모욕에 대응하지 않을 것이다.

"나는 바뀌었습니다. 내가 당신에게 폐를 끼치거나 당신을 감동시키려 한다고 생각하세요? 그렇다면 틀렸습니다. 당신이 믿든 말든 나는 변했습니다."

"후작님, 사람은 쉽게 변하지 않아요. 당신이 슬픔에 대해 얘기할 수 있나요? 당신은 이 단어의 의미조차 몰라요. 나는 더 이상 아무 의미도 없는 이 삶을 끝내고자 하는 나를 무엇이 만류하는지 모르겠어요."

"코제트, 그런 말을 해서는 안 됩니다. 더 이상 살지 않다니요? 왜 인생을 조롱하는 즐거움을 포기합니까?"

"당신은 변하지 않았어요! 당신은 아직도 조소에 대해 얘기하고 있어요. 당신은 절망이라는 걸 몰라요."

"아니, 나도 알아요. 마리우스를 잃은 후 나는 모든 것에 흥미를 잃었어요. 나는 이제 자신을 보호하기 위한 가면조차 갖고 있지 않아요."

"그것은 당신이 냉정하기 때문이죠. 당신은 예전에도 그런 사람이었어요.”

“성격은 사적인 문제라고 생각해요.”

코제트는 아메데를 노려보았다. 그녀는 여전히 그를 싫어했지만 그는 진지해 보였다. 그녀는 차를 마시고 온실을 바라보았다. 관목 옆에서 살며시 날개를 퍼덕이는 소리와 깍깍대는 까치의 불쾌한 울음소리가 들렸다. 까치가 날아올랐다.

코제트는 까치가 날아서 커다란 떡갈나무에 내려앉는 모습을 지켜보면서 말했다.

“인생은 도둑이에요. 저 새처럼. 지금 나는 아무 의욕이 없어요. 내 삶은 파국을 맞이한 거나 다름없어요.”

아메데는 일어나 시선을 내리깔고 머리를 흔들었다.

“내가 뼈저리게 후회하고 있다는 사실을 믿어주세요. 자신의 천성에 어긋나는 목적을 추구하는 사람은 결국 파국에 이르게 마련입니다.”

“당신도 그런 말을 할 줄 아나요?”

코제트는 긴장이 풀린 것처럼 보였다. 자기 자신, 자신의 매력, 자신의 기상천외한 말, 자신의 재치에 대해 확고했던 이 오만한 도락가가 어떻게 된 노릇일까?

코제트는 자신도 모르게 물었다.

“후작님, 떠나시게요?”

아메데는 모자와 채찍을 들었다.

“코제트, 우정은 너무 과하지 않아야 합니다. 내가 당신 시간을 남용할 수는 없지요. 나의 이기주의, 무례, 냉담 탓에 당신의 친구인 프레데릭 리볼리에를 결투로 죽였고, 비록 추호도 바라지 않았지만 본의 아니게 마리우스의 죽음을 초래했어요. 이 말을 당신에게 꼭 하고 싶었어요.”

코제트는 어떤 말도 하지 않았다. 그녀는 아메데를 정문까지 배웅해주었다. 아메데가 물러가기 직전에 그녀는 그의 팔을 붙잡고 말했다.

"조금 전에 무례하게 굴었던 것을 사과드려요. 너무 절망한 나머지 분별을 잃었어요."

아메데는 코제트에게 작별 인사를 하고 목멘 소리로 대답했다.

"분별 없이 굴었던 사람은 접니다, 남작부인."

아메데는 모자를 쓰고 말에 올라탔다. 그가 떠나려는 순간 코제트가 다시 덧붙였다.

"당신은 결국에는 이곳에서 환영받을 거예요."

* * *

코제트와 아메데는 매주 만났다. 아메데는 여전히 코제트를 사랑했지만 속내를 드러내지 않았다. 그는 코제트를 즐겁게 해주기 위해 파리 사교계의 몇몇 일화를 들려주면서 흐뭇한 기분을 과시했다. 때로는 오만한 사교계를 몹시 싫어하는 코제트의 기분을 상하게 할 정도로. 하지만 그녀는 예전에 무례하다고 생각했던 것을 이제는 쉽사리 용서해주었다.

코제트는 덧붙였다.

"예전에는 그들을 지성이 부족한 사람들이라고 생각했어요."

아메데는 그 점을 인정했다. 그는 자신이 파렴치한 사람이라고 느낄 정도로 무례하게 군 적도 있었다. 코제트는 그를 함부로 대했다. 그녀는 다소 지나치게 친구처럼 처신하려고 애쓰는 이 '수탉'을 경계했다. 그는 즉시 굽실거렸다. 그녀는 그를 놀림감으로 여겼다.

두 사람은 티볼리 정원, 토르토니 테라스, 카페 드 파리의 살롱에서 만났다. 코제트는 다시 웃는 법을 배웠고 아메데는 거드름 피우지 않는 법을 배웠다. 그녀는 상냥하고 세심하며 다정한 태도를 보였고, 그는 겸손하고 신중하며 관대한 사람이 되었다. 물론 고통은 여전히 그들 가슴속에 남아 있었다. 하지만 그들은 영혼을 파괴하는 그 고통을 들먹이지 않았다. 그들은 자신들보다 더 행복하다는 이유로 다른 사람들을 괴롭히지 않았다. 코제트는 아메데가 극단적인 생각을 자제하고 자신의 결점에 휩쓸리지 않도록 노력한다는 것을 깨달았다. 아메데는 코제트가 빈정거림을 피하고 절망과 탄식으로부터 벗어나려고 애쓴다는 것을 알아챘다.

어느 날 저녁, 아메데는 코제트의 배가 점점 불러오고 있음을 알아챘다. 그는 아무 말도 하지 않았지만 가슴이 답답했다.

두 사람은 강 대로, 팔레루아얄 극장, 샹젤리제 대로에서 산책했다. 아메데는 유행에 대해 우아하게 농담했다. 그는 매력적인 사람이 될 수도 있었다. 특히 그가 자기 자신을 비하할 때, 자신의 허영심을 자제하려고 애쓸 때 코제트는 그의 노력을 칭찬해줄 만하다고 느꼈다. 그녀는 그가 결국에는 진실한 감정을 통해 성숙했다고 생각했다. 그녀는 그를 예전보다 덜 미워했다. 아메데 또한 속죄하고 구원받을 권리가 있지 않을까?

어느 날 아메데는 플뤼메가의 현관에서 코제트와 얘기를 나누고 있던 훤칠한 사내와 마주쳤다. 어두운 시선, 불만에 찬 입술, 희끄무레한 수염. 그는 갈색 프록코트를 입었고 가장자리가 접힌 모자를 쓰고 있었다. 아메데는 마리우스의 장례식에서 이 사내를 본 적이 있었다. 사내에게서 오렌지와 낡은 미사경본의 냄새가 풍겼다.

코제트는 아메데에게 베르자를 소개했다. 아메데는 머리가 희끗희끗하고 날카로운 시선을 가진 이 남자에게 강한 인상을 받았다.

베르자는 이야기를 나누는 동안 줄곧 서 있었다. 그는 자신의 시선이 아메데를 불쾌하게 한다는 사실을 느꼈다. 그는 그 점을 이용했다.

코제트는 잠시 두 남자를 두고 자리를 비웠다.

베르자는 흔히 질문의 재료가 되는 사소한 의심을 가지고 물었다.

"바로 당신이 디그랑드(d'Igrande)인가요?"

아메데는 어색한 미소를 지으며 정정했다.

"디그랑드 후작입니다."

"이그랑드(Igrande)는 부르고뉴 지방에 있는 한 마을의 이름입니다, 후작님."

"몰랐습니다."

"저런, 저런."

"왜 '저런, 저런'이라고 하시죠?"

"그냥요. 당신은 퐁메르시 남작과 가까운 사이였습니까?"

"형제나 마찬가지였죠."

"저런, 저런."

아메데는 침울해졌다.

"당신은 왜 또 '저런, 저런'이라고 하시죠?"

"내가 또 '저런, 저런'이라고 말했다고요? 정말 죄송합니다, 후작님. 나는 제대로 이해할 수 없을 때 '저런, 저런'이라고 말합니다. 하지만 말씀해주세요. 당신은 남작과 어느 카페에 자주 가셨습니까?"

아메데는 깜짝 놀랐다.

"우리는 여러 카페를 이용했습니다. 그게 무슨 상관이라도 있습니까?"

"아무것도 아닙니다."

"내가 말씀드릴 수 있는 것은 가엾은 마리우스를 죽인 사람이 어느 날 저녁 우리가 자주 들락거리는 카페에 있었다는 사실입니다. 정확히 말하면 싸구려 술집이죠. 불량한 사람들과 어울리기 위해 가는 저속한 카페 말입니다. 나는 몹시 후회하고 있습니다. 그 술집 이름은 클랑 데스탱이고 오브리르부셰가에 있습니다. 당신에게 숨길 것은 조금도 없습니다. 나는 다시는 그곳에 가지 않을 겁니다.”

“그 사람을 기억할 수 있습니까?”

“희미하게. 그는 마리우스와 똑같은 말투를 썼습니다. 그는 클랑 데스탱의 단골일 겁니다.”

코제트가 다시 나타났다. 마리우스를 살해한 범인과 클랑 데스탱 술집에 대해서 이야기를 나눌 상황이 아니었다. 결국 베르자는 코제트와 아메데에게 작별 인사를 했다.

베르자가 아메데에게 말했다.

“이만 가보겠습니다, 후작님. 하지만 다시 만나게 될 겁니다. 이유를 아시겠지요? (그는 다소 묘한 웃음을 지으며 덧붙였다.) 우리를 괴롭히고 있는 문제를 해결해야 할 테니까요!”

기분이 좋지 않은 아메데는 베르자가 웃을 때 코 주위에 불도그의 콧방울처럼 납작한 주름이 생긴다는 사실을 알았다. 이 남자는 물어뜯을 준비가 되어 있는 듯한 인상을 주었다. 아메데는 미소를 지으려 애썼다.

베르자가 사라지자 아메데는 코제트에게 물었다.

“저 사람, 이상하지 않아요?”

“뭐가요?”

“그는 형사처럼 내게 질문을 했어요.”

“베르자 씨가 형사라도 된단 말인가요? 농담하지 마세요!”

*　*　*

파리의 공기는 보리수 향기를 내뿜고 있었다. 이제는 누구도 소동을 피우려 하지 않았다. 아메데와 코제트는 오후에 만나곤 했다. 어느 날 아메데는 코제트에게 저녁식사를 함께하자고 제안했다. 그는 거절당할까 봐 걱정했다.

"베푸르에서 저녁식사를 합시다."

코제트는 거절하지 않았다.

두 사람은 팔레루아얄 극장의 주랑에서 발자크, 티에르, 뮈세와 마주쳤다. 아메데는 그들에게 정중하게 인사했다. 코제트는 잠시 마리우스와 함께 있다는 느낌이 들었다. 그녀는 즉각 후회하고 우수에 젖었다. 결코 끝나지 않을 후회…….

예전에 조제프 보나파르트(나폴레옹 1세의 형, 나폴리 왕, 스페인 왕-옮긴이)와 뮈라(프랑스의 군인, 원수, 1808년 나폴리 왕-옮긴이)가 자주 찾았던, 빨간 벨벳 의자가 있는 이 레스토랑에서 코제트와 아메데는 생트뵈브(프랑스 문학사가, 비평가-옮긴이)와 라마르틴의 식탁에서 멀지 않은 곳에 자리를 잡았다. 그들처럼 비와 맑은 날씨에 대해 가벼운 얘기를 나누고 새끼오리 테린과 마렝고 닭고기로 저녁식사를 했다. 갈비는 맛있었고 대화는 재치가 넘쳤다.

아메데는 비꼬는 말투로 지적했다.

"파리는 악화되고 있는데 레스토랑은 손님들로 미어터지는군요. 코제트, 우리 주위에 있는 사람들을 봐요. 도미에 씨는 이곳에서 멋진 영감을 얻을 수 있을 겁니다. 번지르르한 피부에 찌푸린 얼굴을 보면 이 사람들이 어떤 꼴로 죽을지 알 수 있을 것 같아요."

"아메데, 그런 소리 하지 말아요. 이것이 바로 당신이 추구했던 사람들의 모습이 아닌가요?"

기름기가 흐르고 포동포동하게 살찐 여인들은 이마에 붙이고 목덜미에서 틀어 올린 다음 재스민과 수레국화로 왕관이나 나뭇가지 모양으로 꾸민 머리를 보란 듯이 과시하고 있었다. 여인들마다 블라우스와 가슴에서 반짝거리는 진주목걸이와 다이아몬드와 함께 강렬한 색깔의 옷차림을 자랑하고 있었다. 남자들은 자신도 이해하지 못하는 어려운 단어들을 남발하면서 자만심을 충족시키고 있었다. 그들은 접힌 깃까지 내려오는 긴 구레나룻을 멋스럽게 쓰다듬으면서 황금 글자를 수놓은 손수건으로 입가를 닦았다. 노인들은 젊게 보이려 했고 젊은이들은 이미 늙어 보였다. 오만한 시선 속에서는 충족된 허영심에서 비롯된 평온, 순종하는 여자들에 대한 손쉬운 지배욕을 읽을 수 있었다. 둥그스름한 팔꿈치, 닭 똥 구멍처럼 생긴 입. 그들은 모두 권력과 잔인성을 내포하는 파렴치의 색깔인 부의 안색을 지녔다. 이 사람들은 시대를 닮았다. 아메데는 난처했다.

코제트는 아메데에게 비웃는 어조로 말했다.

"나는 결코 이 무리에 속하지 않아요. 하지만 당신은 이 무리의 지도자이자 호기심 많은 금수였다고 생각하는데……."

후작이 중얼거렸다.

"후회하고 있어요."

아메데는 팔짱을 끼고 코제트를 관찰했다. 젊은 여인의 두 눈에서 사프란색의 광선이 동공 주위에서 발산되고 있었다. 그는 코제트의 금발을 향기롭게 하고 윤기 나게 하는 레몬과 녹차의 향기를 맡았다. 그는 생각했다. '어떤 면에서 나는 이 여인 때문에 영벌을 받았어. 나는 친구들을 배신하고 동료들을 버렸어. 이제 내게 무엇이 남았지? 그녀가 애정을 줄 리는 만무하지. 단지 약간의 아량과 많은 경멸을 기대할 뿐이지.'

예전에 아주 포동포동했으나 하얀 피부 아래서 요동치는 피 탓에 이제는 초췌해진 얼굴에서, 광대뼈 위의 째진 눈에서 불안의 기색이 역력했다. 수많은 상류층 여인들을 농락했던 이 호색한은 작은 금발 여인의 포로가 된 것이다. 하지만 자존심은 그에게 아무것도 시도하지 말라고 명령하고 있었다. 극히 적은 호의를 애걸하느니 차라리 극심한 고통을 겪으라는 명령. 그는 조용히 그녀를 경탄하라는 판결을 받았다. 그리고 슬그머니 사라지라는 명령을 받았다.

레스토랑에서 나가려고 아메데가 자리에서 일어났을 때 코제트는 즉각 일어나지 않았다. 그녀는 난처한 표정으로 머리를 갸우뚱하고 있었다. 아메데는 그녀의 입술 사이에서 진줏빛을 발하는 하얀 치아 끝을 보았다.

코제트가 말했다.

"잠시 기다려요."

아메데는 생각을 바꾸고 모자를 벗어 탁자 위에 놓았다.

"후작님, 고백할 게 하나 있어요. 하지만 먼저 확인할 게 있어요. 당신은 분명 내 친구인가요?"

감격하고 동시에 당황한 아메데가 대답했다.

"만일 그렇지 않다면 내 심장이 즉각 멈출 겁니다."

가장 고상한 영감과 가장 순수한 호감에 적대적인 사교계의 푸닥거리에 분개한 아메데는 코제트가 이렇게 말할 거라고 잠시 생각했다. '마리우스와 나는 그저 운명이 요구하는 대로 만나고 사랑했던 불쌍한 영혼이었어요.'

코제트가 꺼낸 얘기는 그가 기대했던 것과 완전히 일치하지는 않았지만 비슷했다. 그녀는 떨리는 목소리로 말했다.

'나는 플뤼메가의 집에서 살 수 없어요. 이 집은 마리우스를 너무 많이

떠올리게 해요. 내가 지금까지는 인정하지 않았지만 결국은 나를 이기고
마는 무엇인가와 날마다 부딪치기 때문이에요. 그리고 이 무엇인가는 산
자에 대한 죽은 자의 복수겠죠. 나는 다시는 마리우스를 보지 못할 거예
요. 그뿐이에요. 그건 나쁜 꿈이 아니라 사실일 뿐이에요. 나는 아버지의
힘을 약간 물려받았기 때문에 내가 어디까지 망가질 것인지 상상하고 싶
지 않아요."

아메데가 걱정스레 물었다.

"어떻게 할 생각이에요?"

"빨리 이사하고 싶어요. 이제는 내 절망을 간직하는 게 문제가 아니에
요. 플뤼메가의 집에 대한 추억과 그 집이 불러일으키는 기다림과 희망이
이제는 내 머릿속에서 마치 돌풍을 맞이한 모래알처럼 소용돌이치고 있
어요. 숨이 막혀요. 이 모래알들은 내 추억이죠. 내 결심은 돌이킬 수 없
어요."

아메데는 마리우스의 유언장을 생각하면서 말했다.

"무슨 뜻인지 알겠습니다. 내가 모든 일을 맡겠습니다. 특별히 원하는
곳이 있나요?"

"당신을 믿어요. 최근 몇 주 동안 당신은 소중한 친구의 모습을 보여주
었어요."

코제트는 그를 물끄러미 바라보았다. 아메데에게 복수하겠다는 생각
이 떠난 적이 없었다. 그녀는 아메데가 마리우스를 농락했던 것처럼 그를
농락할 것이다.

후작의 표정이 환해졌다. 그는 정의 자체를 믿지 않았다. 하지만 돌이
킬 수 없는 실수에 대한 강박관념은 조금 누그러졌다.

레스토랑에서 나온 코제트는 살짝 빈정대는 미소를 지으며 덧붙였다.

"아메데, 나중에 다른 비밀을 털어놓겠어요."

"나도 말할 게 있어요."

아메데는 자신의 마차까지 코제트를 데려갔다.

* * *

자베르는 자살에 실패한 후 완전히 변했다. 하지만 경찰의 근성은 버릴 수 없었다. 그는 아무도 관심을 갖지 않는 사건에 대해 동정을 살피고 꼬치꼬치 캐묻고 샅샅이 뒤졌다. 그는 언제나 끈질기고 집요했다. 그의 신념은 광신에서 비롯되었다. 그것은 그의 자산이었다. 아니, 그의 본질이나 다름없었다.

베르자는 걱정했다. 이 젊은 여인이 디그랑드 후작의 손아귀에 떨어지고 있는 것은 아닐까? 그는 이 무례한 자에게서 많은 매력과 유머를 발견했다. 그는 이렇게 생각했다. '나는 매력이나 유머와는 담을 쌓고 살았어. 나는 언제나 세상의 혼란에 맞서 싸웠지. 지금은 이 격동의 세상이 나를 비틀거리게 하고 있어. 그런데 어떻게 매력과 유머를 가질 수 있겠는가?'

베르자는 비틀거리지 않기 위해 클랑 데스탱 술집과 이 저속한 후작의 태생에 대해 조사하기로 결심했다. 치밀하게. 베르자는 합리적인 사람이었다. 책을 정리하고 익숙한 물건의 먼지를 털며 속옷을 개고 구두에 왁스를 칠하며 모자에 솔질을 하고 수프를 먹으며 오렌지 껍질을 벗기는 그를 보면 알 수 있었다. 이 성실한 사람에게는 세심함의 광기가 있었다.

어느 날 저녁 베르자는 서민처럼 옷을 차려입고 오브리르부셰가에 갔다. 그는 거리의 입구에 도착하자 호주머니에서 검은 띠를 꺼냈다. 그는 챙 달린 모자를 벗고 이마를 띠로 묶었다. 도적처럼 보였다. 그리고 다시 모자를 쓰고 두리번거리며 클랑 데스탱의 간판을 찾았다. 하지만 보이지 않았다. 생마르탱가와 오브리르부셰가가 만나는 네거리에 멋진 마차들이 있었다. 1두 이륜마차 한 대, 2인승 이륜마차 두 대, 검은 바퀴 달린 4인승 무개마차 한 대. 조금 멀리 생드니가 쪽에서 우아한 몇 쌍이 가로등의 희미한 불빛 아래서 한가로이 거닐고 있었다. 여름의 무더운 날씨는 산책하기에 안성마춤이었다. 골목길은 신뢰감을 주었다. 사람들은 안전하다고 느꼈다.

베르자는 몽상가처럼 보였다. 그는 2년 전의 이 거리를 떠올렸다.

생탕투안 구역의 폭도들……. 샹브르리가의 바리케이드……. 사형 선고를 받은 앙졸라, 간첩으로 간주된 형사……. 장 발장의 개입……. 권총을 든 장 발장은 자신이 직접 자베르를 처형할 수 있게 해달라고 요구했다. 그는 작은 호주머니에서 칼을 꺼냈다…….

자베르가 소리쳤다.

"단검! 당신이 옳아. 당신에겐 그게 더 좋은 방법이지……."

하지만 장 발장은 자베르의 목을 묶었던 끈, 손목의 끈, 발목의 가는 끈을 잘랐었다…….

"자베르, 당신은 자유야."

장 발장은 허공에 대고 권총을 쏘았다.

베르자는 깊게 숨을 들이마셨다. 이 모든 일이 여기에서 일어났었다. 자신에게 복수할 수도 있었던 장 발장은 그를 도망치게 내버려두었다. 그리고 폭도들과 공화주의자들에게는 자베르를 처형했다고 말했다. 왜? 베르자는 그 이유를 몰랐다. 하지만 그의 마음속에 의심이 싹트기 시작했다. 그는 더 이상 확신을 가질 수 없었다. 그때부터 그에게는 감명과 감사하는 마음밖에 없었다.

베르자는 오브리르부셰가를 누비고 다녔다. 클랑 데스탱 술집은 흔적도 없었다. 그는 왔던 길을 돌아갔다. 그리고 T자형 강철지주에서 나부끼는 '샤말랭'이라는 화려한 플래카드에 주목했다. 그건 레스토랑 겸 여관이었다. 엄선된 손님만 받는 레스토랑.

베르자는 창가에 다가가서 슬쩍 들여다보았다. 내부는 유약을 바른 육각형 타일로 꾸민 소박한 레스토랑이었다. 목재 카운터, 약병이 놓여 있는 소박한 식기장 하나, 불을 피운 적이 없는 벽난로 양쪽에 놓인 두 개의 작은 장롱. 손님들은 촛불이 켜진 농가용 식탁에서 저녁식사를 하고 있었다. 석회가 비치는 벽은 농기구로 뒤덮여 있었다. 여종업원들은 매력적이었다. 베르자는 깜짝 놀랐다. 이곳은 디그랑드 후작이 묘사한 누추한 술집이 아니었다. 그는 진상을 파악하고 싶었다.

베르자는 문을 열고 레스토랑 안으로 들어갔다. 적포도주와 염교로 졸인 소스 냄새가 코를 찔렀다. 홀은 만원이었다. 살인청부업자나 행색이 수상한 사람은 없었다. 모든 게 깨끗하고 새로운 냄새가 났다.

"선생님, 무엇을 원하십니까?"

베르자는 한 사내가 자신에게 다가오는 것을 보지 못했다. 훤칠하고 빼빼 마른 사내는 맵시 있게 재단한 검은 양복을 입고 있었다. 그의 행동거지로 보아 지배인 같았다. 어쩌면 주인?

"자리가 있나요?"

사내는 베르자의 눈가리개와 작업복을 보고는 비꼬는 듯 낄낄거리며 웃었다.

“만원이야.”

베르자는 그의 말투에 기분이 상했다. 게다가 초췌한 얼굴에 뾰족한 턱을 가진 이 사내가 멸시하는 눈빛으로 빤히 쳐다보는 게 아닌가. 창백한 얼굴은 뻔뻔해 보였다. 날카롭고 동시에 버릇없는 눈동자에는 사악한 빛이 깃들어 있었다.

뱀의 얼굴을 가진 이 사내는 긴 회색 머리를 뒤로 모아서 리본으로 묶었다. 그것은 이미 철 지난 유행이었다.

베르자가 물었다.

“주인이 바뀌었습니까?”

사내는 차가운 어조로 대답했다.

“그렇소. 유감이지만 우리는 당신과 같은 서민들은 받지 않아.”

“그러니까 이 식당이 이제는 클랑 데스탱이 아니란 말인가요?”

상대는 거만하게 대꾸했다.

“당신은 밖에 있는 플래카드를 보지 못했소? 외눈박이라서 잘 보지 못하는 모양이네. 이 레스토랑의 이름은 샤말랭이야.”

“누가 주인입니까?”

사내는 입을 비죽이면서 대답했다.

“당신은 호기심이 많구먼. 자, 당신이 왔던 곳으로 돌아가게. 그렇지 않으면 아랫사람들을 부르겠소.”

그러고는 문을 잡는 시늉을 했다.

베르자는 부엌 앞에서 금빛 조끼를 입은 뚱뚱한 적갈색 머리의 사내와 몽둥이를 들고 있는 요리사 조수를 보았다. 그는 고집을 피우지 않았다. 사내는 이런 장소에 맞는 예의와 신중함을 가지고 그를 문까지 배웅했다. 그리고 문을 열면서 말했다.

"이곳은 품격 있는 손님들을 위한 레스토랑이야. 애꾸눈이는 다른 곳에 가서 식사하게."

베르자가 중얼거렸다.

"죄송합니다. 내가 잘못 찾아왔군요. 다시는 오지 않을 겁니다."

일단 밖으로 나온 베르자는 가능하면 빨리 샤말랭에 다시 오겠다고 결심했다.

이틀 후 베르자는 파티에 초대받은 사람처럼 푸른 하늘색 넥타이에 검은 프록코트를 입고 샤말랭 레스토랑에 갔다. 최고의 환대를 받았다. 그는 식탁에 앉아 속을 채운 버섯요리, 라팽 샤쇠르(버섯과 백포도주를 이용한 토끼 고기―옮긴이), 부르고뉴 포도주를 주문했다. 주인은 더할 나위 없이 상냥하게 굴었다. 그는 이 새로운 손님과 대화를 시도할 정도로 기분을 맞춰주지는 않았지만 그래도 능숙하게 특선요리를 열거했다.

"우리는 과학적인 요리를 합니다. 저 자신이 한때 과학자였고 요리는 화학의 덕을 많이 보고 있습니다. 저는 그저 후각이 좋을 뿐입니다."

식사가 끝나자 베르자는 음식에 만족하고 이틀 전에 자신을 쫓아냈던 사내에게 자신을 알아보게 할 요량이었다.

"과학자 양반, 또 오겠습니다. 당신 요리는 일품입니다. 당신 요리를 친구들에게 추천해도 될까요?"

사내는 베르자에게 가까이 다가오자마자 그의 냄새에 놀란 듯했다. 오렌지 냄새와 미사경본의 곰팡내가 이틀 전의 애꾸눈이를 떠올리게 했던 것이다. 그는 속으로 말했다. '우연의 일치일 거야.' 그는 머리를 숙이고 부드러운 시선으로 말했다.

"제 이름은 제라르입니다. 뮈라 원수를 그렸던 화가의 이름과 같습니다."

베르자는 계산을 한 다음 일어났다.

"그럼 제라르 씨, 샤말랭에서 다시 볼 수 있을 겁니다."

제라르는 만족스러운 표정을 지었다. 그의 입술이 살짝 오른쪽으로 휘었다. 그것은 그의 악덕과 거짓말을 나타낸 것이다. 그는 불안한 빛이 깃든 시선으로 자랑했다.

"우리 손님들은 모두 단골이 됩니다."

제라르는 사람들과 사물에 대한 자신의 편견이 드러나지 않았을까 걱정되어 쩔쩔매는 모습이었다.

제라르는 베르자를 문까지 배웅하면서 물었다.

"선생님의 존함을 물어봐도 될까요?"

베르자는 거짓말했다.

"모로입니다."

"그럼 모로 선생님, 또 뵙겠습니다."

베르자는 고개를 끄덕이면서 나왔다. 그는 예전에 장 발장이 몽트뢰이쉬르메르에서 마들렌이라는 이름을 차용했던 것처럼 이 이름을 사용한 것에 만족했다. 그는 장 발장을 흉내 내고 있지 않은가?

* * *

베르자는 거의 매일 저녁 샤말랭에서 저녁식사를 했다. 그는 항상 똑같은 것을 먹었고 다른 요리를 시도할 필요성을 느끼지 못했다. 제라르는 머리카락이 희끗희끗한 베르자에게 정중하게 대했다. 베르자의 가르마를 보면 웃음이 나왔다. 가짜 모로는 단골이 되었다. 모로는 언제나 같은 시각에 왔다가 떠났기 때문에 첫날 저녁에 보았던 금빛 조끼를 입은 적갈색 머리의 사내는 그에게 인사를 하기 시작했다. 어서 오십시오. 안녕히 가십시오. 그뿐이었다. 베르자는 그의 역할이 뭔지 궁금했다.

제라르가 설명했다.

"서비스와 안전 담당입니다. 모로 씨, 이 지역은 그만큼 평판이 나쁩니다. 이 건물은 위치 상으로 괴상하고 특이합니다. 하지만 제 손님들의 품위를 보셨을 겁니다. 저는 손님들에게 최소한의 안전을 보장해야 합니다. 어떤 일이 터질지 모르니까요. 며칠 전 이 거리에 우글거리는 무뢰한 중의 한 놈이 우리 레스토랑에 왔다가 쫓겨났습니다. 애꾸눈이였죠. 오렌지 냄새가 났어요. 그러고 보니 당신을 조금 닮았군요. 재미있지 않습니까?"

베르자는 당황하지 않고 대답했다.

"아, 그렇습니까? 제라르 씨, 당신은 정말로 후각이 뛰어나군요. 향수 사업을 했더라면 큰돈을 벌었을 겁니다."

"저도 그렇게 생각합니다, 모로 씨."

제라르는 안심했고, 베르자가 예상한 일이었다.

적갈색 머리의 사내는 트리코였다. 그는 점점 더 베르자에게 관심을 나타냈다. 두 사람 사이에 일종의 우정이 생겼다. 인사치레와 서비스에 한정되었던 대화는 갈수록 내용이 풍부해졌다. 그들은 부자들과 돈에 대해서 자주 농담했다. 그 주제는 트리코를 열광시켰다. 베르자는 트리코가 얼마나 판단력이 떨어지고 머리가 나쁜지 간파했다. 하지만 트리코는 수다쟁이였다. 베르자는 클랑 데스탱이 감쪽같이 샤말렝으로 바뀌게 된 사연을 자세히 알고 싶었기 때문에 트리코의 비위를 맞춰주었다. 한편으로는 서비스에 대해 칭찬해주었고, 다른 한편으로는 손님들의 품위에 대해 경탄해주었다.

414

트리코가 의기양양하게 대답했다.

"제가 직접 여종업원들을 고릅니다. 그리고 손님들이 저를 선택했습니다. 저는 부자들에게 돈을 토해내게 하지요."

트리코의 말에 따르면 그는 모든 일을 주도했다. 제라르가 이 은밀한 우정을 곱지 않은 시선으로 지켜보고 있었다는 것은 말할 것도 없었다. 하지만 어쩌겠는가?

한 달 후 베르자는 고정 좌석, 개인 사물함과 수건을 갖게 되었다. 그는 말린 꽃과 밀 이삭이 뒤섞인 건초 다발을 예술적으로 배치한 좁고 가파른 계단 아래에 자리를 잡았다. 이 계단은 지금은 폐쇄되었지만 예전에는 클랑 데스탱의 공동 침실로 가는 통로였다. 그곳은 외부 사람들의 눈에 띄지 않는 홀 구석에 있었다.

트리코는 매일 저녁 베르자의 식탁에 와서 식후에 마시는 술을 마셨다. 그는 이유는 설명할 수 없지만 아무튼 자신과는 완전히 다른 근엄한 이 남자에게 매료되었다. 그는 이 남자와 수다를 떨며 혼치 않은 휴식을 즐겼다. 베르자는 보란 듯이 매력 작전을 이어갔다. 그는 트리코가 훌륭한 주인 노릇을 할 것이고 제라르가 따라올 수 없는 여러 가지 자질을 지녔다고 추어올렸다.

"정말로 그렇게 생각하세요?"

"그렇게 생각하지 않았다면 말을 꺼내지도 않았을 것이네."

트리코는 비록 상대의 현재와 과거에 대해 조금도 알지 못했지만 자신이 직접 서빙을 할 정도로 베르자에게 열중했다. 실제로 그들은 서로에 대해 전혀 몰랐다. 유일하게 다른 점은 베르자가 트리코에게 깊은 인상을 주었다는 점이다.

어느 날 저녁 식당이 만원이었을 때 트리코는 평소보다 일찍 베르자의 식탁으로 갔다. 큰 촛대에 꽂힌 양초들이 요리의 은빛 덮개 위에서 불꽃을 길게 늘어놓고 있었다. 장밋빛 수증기로 덮여 있는 다면체 수정은 여린 빛을 반사하고 있었다. 속내 이야기를 하기에 적당한 분위기였다. 베르자는 때가 왔다고 느꼈다. 그는 트리코에게 몇 가지 물어볼 것이다.

트리코가 라팽 샤쇠르를 가져오자 베르자가 농담을 던졌다.

"자네는 매력적인 프로제르핀의 일거리를 훔쳤네."

프로제르핀은 여종업원 가운데 한 명이었다. 빨간 드레스를 입고 부인용 머릿수건처럼 묶은 하얀 스카프를 쓴 여종업원은 세 명이었다. 맥베스의 세 마녀들처럼. 유능하고 부지런하지만 약간 얼빠진 그녀들은 프로제르핀을 제외하면 별로 수다스럽지 않다는 특징이 있었다. 길고 뾰족한 코에 적갈색 머리를 가진 프로제르핀의 푸른 눈과 아찔한 목선은 샤말랭을 찾는 멋진 손님들의 마음을 설레게 했다.

트리코는 일부러 눈살을 찌푸리며 대답했다.

"저는 아무것도 훔치지 않습니다. 이 부류의 아가씨들은 월급 말고도 용돈을 벌 줄 압니다."

베르자는 트리코에게 앉으라고 권하면서 물었다.

"저 매력적인 아가씨는 방탕한 여자인가?"

"맞아요! 진짜 시골 아가씨죠! 제라르가 골랐어요. 만일 제 소관이라면 내부를 다시 꾸밀 텐데."

베르자는 상대를 살피면서 말했다.

"이건 이전 술집을 약간 바꾼 것에 지나지 않지."

"클랑 데스탱 술집을 알아요?"

베르자는 거짓말했다.

"조금."

트리코는 주먹으로 식탁을 쳤다. 그리고 좌우를 살펴본 후 나지막하게 말했다.

"어쩐지 당신 얼굴이 낯설지 않다고 생각했어요. 그러니까 당신은 격동기를 경험했단 말인가요?"

"다소 암울한 시대였지."

트리코는 식탁 위에 팔꿈치를 괴고 얼굴을 베르자에게 내민 채 말했다.

"좋습니다. 그럼 우리 서로 말을 놓읍시다. 모로, 찬성합니까?"

"좋소."

트리코는 음모자의 표정을 짓고 말을 이었다.

"당신은 그렇고 그런 사람이었어요?"

"그래, 하지만 떠들어대서는 안 돼. 지금 나는 신세가 좋아 보이잖아. 사람들은 내가 법 없이도 살 사람이라고 생각할 거야."

"그럼 대체 무슨 일을 하고 있죠?"

"딱딱한 것."

"다이아몬드? 우와! 그럼 아직도 사업을 하고 있어요?"

"가끔. 그것보다는 이것 좀 봐."

베르자는 주머니에서 안대를 꺼내 민첩한 손놀림으로 눈을 가렸다.

"예전에 왔던 애꾸눈이가 당신이었단 말이에요?"

베르자는 트리코가 갑자기 자신을 신뢰한다는 것을 느끼면서 대답했다.

"맞아. 하지만 나는 이제 가끔씩만 일하지. 나이를 먹었잖아."

트리코가 말했다.

"나는 거리에서 훔친 적이 없어요. 도둑질이나 살인처럼 극단적인 방법을 사용하는 것은 어림도 없죠."

트리코처럼 멍청한 사람은 거짓말도 제대로 할 줄 모르기 때문에 베르자는 그가 하지 않았다고 주장하는 모든 것, 즉 도둑질과 살인을 했다고 추론했다. 그의 반감은 더욱 커졌다.

"속옷은 잘 빨았어?"

트리코는 갑자기 웃음을 터뜨리면서 대답했다.

"빨래가 지긋지긋하다면? 내 얼굴은 당신처럼 반반하고, 나는 다른 사람들에게 일을 시키고 있어요."

"그럼 자네가 매춘부의 기둥서방이란 말이야?"

"그건 당신 말이죠. 당신은 정말 고약한 사람이에요. 나를 감옥에 처넣을 첫 번째 짭새는 아직 태어나지 않았어요. 나, 능력 있어요. 나를 믿어도 돼요. 다이아몬드 말이 나왔으니 하는 말인데요, 한 가지 좋은 정보를 알려드리죠. 지독한 구두쇠이자 늙은 사기꾼인 내 동료는 보석을 안전하게 관리하는 기막힌 방법을 찾아냈어요. 내가 부리고 있는 아이에게 들었죠."

"아이들에게 일을 시킨다고?"

트리코가 눈살을 찌푸렸다.

"마음에 안 들어요?"

베르자는 입술을 깨물었다.

"물론 아니야! 내가 어떻게 생각하는지 자네도 알잖아……. 모든 것을 나한테 털어놓을 필요는 없어. 하지만 알아둬. 나는 자네를 친구로 생각해."

트리코는 의기양양해했다.

"나도 그래요."

트리코는 긴장을 풀었다. 그는 일단 친구가 생기면 자랑스러워했다.

그러자 베르자가 물었다.

"자네 이야기를 좀 해봐. 자네 이야기는 틀림없이 아주 재미있을 거야."

트리코는 베르자를 호의적으로 바라보았다. 이 부류의 바보들에게는 지나치게 논쟁에 휘말리지 않고 신뢰를 보여주기만 하면 된다. 그들은 한없이 털어놓을 것이다. 이 망나니는 공모자를 물색하고 있었다. 트리코는 자랑을 하고 싶었다.

"그 늙은이는 엽총에 보석을 장전시킨 다음 고미 다락방의 벽에 대고 쏘았어요. 그리고 석회를 한 층 발랐어요. 감쪽같은 수법이죠!"

베르자는 시큰둥한 표정으로 말했다.

"기이한 취향이군. 하지만 기이한 취향을 가졌다는 것은 때때로 그 사람이 아주 평범하다는 것을 보여주는 증거지."

트리코는 식탁에서 팔꿈치를 끌어당기면서 물었다.

"왜 그런 식으로 말하죠?"

"그건 내가 아니라 디드로가 한 말이야."

"디드로가 누군데요?"

"그 말을 한 사람이지. 디드로는 우리에게 그 보석을 손에 넣는 방법을 찾아줄 수도 있을 거야."

"너무 믿지 말아요."

"정말이야. 자네의 협력자는 그다지 영리하지 않아. 증거가 뭐냐고? 자네가 보석을 숨긴 곳을 알고 있잖아."

"듣고 보니 그러네요. 그 문제를 연구해야겠어요."

갑자기 베르자의 시선이 카운터 방향에서 멈췄다. 가죽 모자에 짧은 외투를 걸친 남자가 제라르와 대화를 나누고 있었다. 베르자는 한 번 본 얼굴은 결코 잊지 않았다. 그가 방금 본 얼굴, 즉 울퉁불퉁하고 깊게 주름진 이마, 부리처럼 뾰족한 코, 탐색하는 듯하고 반짝반짝 빛나는 눈, 무기력과 엉큼함으로 가득한 얼굴. 분명 테나르디에였다. 베르자는 예전에 이 노인을 체포한 적이 있지 않은가. 테나르디에가 오피탈 대로에 있는 고르보 누옥에서 여섯 명의 공범들과 함께 있는 모습이 아직도 눈에 선했다. 영감을 체포하는 순간 다른 녀석이 반항했다. 놈은 권총을 꺼내 그에게 쏘기까지 했다. 하지만 빗나갔다. 곤봉으로 무장한 경찰들이 놈을 단단히 포박하고 감옥에 가두었다. 물론 테나르디에도 체포했다. 당시에 종드레트라는 별명을 사용했던 테나르디에는 장 발장을 협박하고 있었다. 장 발장은 천창을 통해 도망쳤다. 자베르가 도착했을 때 줄사다리가 여전히 흔들리고 있었다. 그때 자베르는 이렇게 내뱉었다.

"제기랄! 그자가 거물일 텐데!"

자베르는 이 일당을 경찰서로 끌고 갔다. 당시에 라포르스 감옥은 퀼튀르생트카트린가(오늘날의 세비녜가)에 있었다. 테나르디에는 틀림없이 아들 가브로슈와 짜고 도망쳤을 것이다.

베르자는 오랫동안 테나르디에의 얼굴을 뜯어보았다. 그는 추호의 동요도 없이 생각했다. '이렇게 다시 만나다니.' 제라르가 자신을 가리키자 베르자는 고개를 숙였다. 테나르디에는 틀림없이 그를 보았을 것이다. 베르자는 곰곰이 생각했다. 마리우스와 코제트, 그리고 클랑 데스탱 술집에서 벌어졌던 모든 일을 생각했다. 테나르디에는 분명 이 사건에 연루되어 있을 것이다. 그가 실마리를 쥐고 있는 것은 확실했다. 베르자는 트리코의 이야기를 듣는 둥 마는 둥 했다. 그가 눈을 들었을 때 테나르디에는 사라지고 없었다.

베르자가 트리코에게 물었다.

“뭐라고 했지?”

“당신과 나는 멋진 팀을 이룰 거예요. 이제 당신은 나를 루제라고 불러도 돼요.”

“좋아, 루제. 그렇게 하자. 우리의 협력을 위해 건배하자고.”

두 사람이 잔을 들고 비웠다. 루제가 나지막하게 말했다.

“만약 실패한다면?”

“루제, 때로는 승리를 실패로 위장하는 것도 멋진 일이야.”

“과연 당신은 나보다 한 수 위군요! 나는 이만 가볼게요. 카운터에서 손님이 기다리고 있어요. 게다가 제라르가 짜증내고 있어요. 며칠 전 저녁 그는 내가 당신한테 너무 붙어 있다고 잔소리를 하더라고요. 그가 알아채면 큰일이죠! 언제 다시 볼까요?”

베르자는 한껏 신비감을 조성하면서 대답했다.

“어쩌면 내일.”

“아무튼 당신은 내가 어디 있는지 알잖아요.”

베르자가 중얼거렸다.

“그럼 알고말고.”

해골 같은 그의 얼굴에 동의와 만족이 드러났다.

* * *

아메데가 퐁메르시 남작부인이 자신에게 플뤼메가의 집을 팔고 다른 집을 찾는 일을 맡겼다고 하자 집사는 흡족한 미소를 지었다. 집사는 아메데가 마침내 유언장의 내용을 집행하기로 결심했다고 생각했다.

“남작부인이 결단을 내렸다니 축하드립니다. 후작님께서 허락하신다면 제가 기꺼이 나서서 남작부인의 맘에 들 만한 집을 찾아보겠습니다.”

아메테가 덧붙였다.

“나한테 적절한 집도 찾아보게.”

집사의 표정이 굳어졌다.

“후작님, 뭐라고 하셨지요?”

“나는 플뤼메가의 집은 물론이고 스리제가의 초라한 집도 팔 생각이
야.”

“후작님께서는 남작부인과 정식으로 결혼하실 겁니까?”

“진정해! 코제트에게 그런 계약을 제안한다는 건 당치도 않아. 설령 내
가 청혼한다 해도 그녀는 받아들이지 않을 거야. 그녀는 멋진 친구가 되
었어. 마리우스가 겨우 몇 달 전에 죽었고 내가 신중한 태도를 보여야 한
다는 사실을 잊었어?”

집사는 즉각 유언장을 생각했다. 이 바보 같은 후작은 그 유언장을 사
용하지 않았던 것이다. 그는 틀림없이 신사처럼 굴었을 것이다.

집사는 몸을 비비꼬면서 대답했다.

“저는 의심치 않습니다. 하지만 대체 뭐가 문제입니까?”

“마리우스가 내게 편지를 맡겼다는 말을 코제트에게 아직 하지 않았
어. 솔직히 그건 마음이 내키지 않아. 그 편지를 없앨까도 생각했어.”

루이데지레의 콧구멍이 커졌다. 아메테는 방금 그에게 치명적인 화살
을 쏜 것이나 마찬가지였다. 격분한 루이데지레는 즉각 절박하게 말했다.

“그런 생각은 아예 하지 마십시오. 그 편지를 없애는 것은 남작부인을
파괴하는 것이나 같습니다. 그녀가 시드는 꼴을 보고 싶습니까? 또 그녀
가 감당할 수도 없는 일을 떠맡길 생각입니까? 돈 문제는 젊은 여인에게
는 치명적입니다. 여자는 돈을 쓰기 위해 만들어진 존재이지 관리하기 위

한 존재가 아닙니다. 남편의 죽음으로 고통스러워하는 여인에게 이 과중한 임무를 덧붙인다는 것은 죄가 될 겁니다."

아메데는 집사의 충고에 약간 짜증을 내며 시인했다.

"자네 말이 옳을 거야."

후작은 몹시 상심한 척하면서 집사의 곱사등을 가볍게 만지고 중얼거렸다.

"코제트가 내게 행운을 가져다주었으면 좋겠어."

집사가 맞장구쳤다.

"저도 그렇게 되기를 바랍니다."

아메데는 새틴과 레이스가 예전처럼 반짝이지 않는 1층에서 몇 걸음 떼었다가 돌아서서 두 손을 쳐들었다. 루이데지레가 어떤 일을 꾸미고 있는지 모르는 아메데는 집사가 단지 이 집과 과거에 집착한다고 믿고서 이렇게 외쳤다.

"나는 이곳을 추호도 그리워하지 않을 거야!"

아메데는 이 저택을 떠나기로 한 결정을 후회하지 않을 것이다. 사실 이름만 저택이지 초라하기 그지없었다. 흡연실로 연결된 작은 서재도, 사용하지도 않았고 리스트가 도도한 손으로 쓰다듬어주지도 않았던 에라르 피아노가 당당히 자리 잡은 연주실도 그리워하지 않을 것이다. 또한 거울과 도금된 장식품이 있는 낡아빠진 침실도, 클레망스를 제외하고 방탕한 여인들만을 끌어들였던 먼지투성이의 침대도 그리워하지 않을 것이다.

아메데는 코제트가 낡은 시대의 대명사인 이 밀폐된 장소를 싫어할 거라고 생각하면서 외쳤다.

"그래, 추호도 후회하지 않을 거야! 루이데지레, 습관과 관례에 집착하는 태도는 버리게!"

아메데는 클레망스를 다시 생각했다. 그는 클레망스 역시 그리워하지 않을 것이다. 하지만 이 집과 작별함으로써 그녀와 자신을 연결하고 있는 끈을 영원히 끊는다는 느낌이 들었다. 가엾은 클레망스. 명성도 재산도 없는 그녀. 그는 그녀를 만족시켜준 적이 없었다. 그녀를 마리우스의 품에 안기게까지 했다. 그래도 클레망스는 아메데가 정말로 사랑했던 유일한 여자였다. 그런데 그녀에게 무슨 짓을 했는가? 그녀를 버리지 않았는가. 그리고 아이는? 그는 이 문제에 대해 신경 쓴 적이 없었다. 루이데지레가 하는 대로 내버려두었을 뿐이다. 언제나 루이데지레에게.

아메데는 생각했다. '곰곰이 생각해보면 클레망스는 매력이 있었어. 피할 수 없는 삶의 환멸감이 일으킨 그 가벼운 우수도 다정한 인생의 일부분이었을 뿐이야. 만일 그 아이가 있었다면 우리는 이 지경에 이르지 않았을 텐데.'

아메데는 집사의 차가운 얼굴을 보고서 분노를 느꼈다. 그는 이렇게 회상했다. '집사는 마치 내 아버지라도 되는 것처럼 굴었어. 그는 내 실패의 장본인이야. 그는 언제나 자신이 바라는 대로 내가 따라와 주기를 바랐어. 나는 그를 혐오해.'

아메데는 우선은 루이데지레의 빈틈없는 충고에 만족했다. 하지만 클레망스의 사산아, 클랑 데스탱 술집에서 있었던 수차례의 파티, 이 집에서 일어났던 일 그리고 그 밖의 수많은 일들을 누가 맡았던가? 루이데지레가 이 모든 비극의 주동자가 아니었던가?

아메데는 집사에게 끔찍한 저주가 담긴 손가락질을 하며 퍼부었다.

"자네가 내 사적인 일에 더 이상 관여하지 않았으면 해. 내 말 알겠어? 나는 어린애가 아니란 말이야. 만일 아버지가 살아 계셨다면 아버지도 자네에게 똑같은 말을 했을 거야! 나는 아버지가 에슬링 전투에서 전사했던 그날이 저주스러워!"

루이데지레는 공손하게 머리를 숙였다. 하지만 이 모욕은 그의 자존심에 깊은 상처를 주었다. 이것은 코제트 때문이었다. 그는 화가 치밀었다. 조만간에 그 어리석은 여인을 혼내줄 것이다. 그녀 역시 곧 사라지고 말 것이다. 그녀의 건방진 남편처럼. 그는 두 걸음 물러나서 이상한 눈초리로 주인을 노려보았다. 아메데는 언제나 거만했고 끊임없는 흥분과 빈정대는 버릇을 억제하지 못했다. 하지만 이 포식자는 희생자가 되었다. 강자는 약자가 되었다. 주인의 변신이 루이데지레를 분노하게 했다. 코제트는 그 대가를 톡톡히 치러야 할 것이다. 빠른 시일 내에.

* * *

모든 일이 신속하게 진행되었다. 플뤼메가의 집은 쇼세당탱가의 한 은행가에게 팔렸다. 그는 그곳에서 두 달 살다가 세를 놓았다. 스리제가의 저택은 되포르트가의 부유한 상인의 손에 넘어갔다.

때는 정치적 격동기였다. 2천 명의 공화주의자들이 체포되었고, 4천 명의 시민들이 법정에 출두해서 진술을 해야 했으며, 경찰은 1만 7천 점의 물증을 정리해서 실패로 끝난 4월 폭동에 관한 서류를 작성해야 했다. 복간된 「라트리뷘」은 어느 때보다 강력하게 정부를 비판하면서 억류된 사람들의 사면을 요구했고, 제3의 당(좌파와 우파를 아우르는 정치 집단. 중심인물은 앙드레 뒤팽-옮긴이)은 「르콩스티튀시오넬」, 「르탕」, 「랭파르시알」, 「르쿠리에 프랑세」처럼 색깔이 불분명한 신문들을 통해 모습을 드러냈다. 무기력과 불확실의 시대. 일부 사람들이 약한 체제, 가장 한심한 미봉

책 탓으로 돌리는 이 지루한 시절을 일시적으로 모면하기 위해 부자들은 집을 샀다. 그저 집을 사는 기쁨을 위해. 그들은 투기하고 되팔았다. 이런 혼란으로 피해를 입는 것은 가난한 사람들이었다. 이유는 간단했다. 무능과 선견지명의 부재가 지배하고 있었던 것이다. 사기꾼들과 고리대금업자들은 왕정복고 시절(1815~1830)보다 백배 더 많았다.

국민과 격리된 부르주아의 왕, 재계 가문─슈나이더 가문, 방델 가문, 페리에 가문, 로스차일드 가문─의 왕 루이 필리프는 공화주의의 이상을 꾸짖었다.

쌍두마차 티에르와 기조의 보좌를 받고 있는 이 군주는 상당히 호감 가는 인물이었다. 하지만 촛불 끄는 도구 모양의 면 헝겊 모자를 쓰고 다니고 엉뚱하게 대규모 계획을 내놓는 것을 보면 영락없는 부르주아였다. 모두 이구동성으로 그렇게 말했다. 그는 구귀족을 대체한 대부르주아가 아니라 소부르주아였다. 상인들과 자유직의 소부르주아. 화를 잘 내는 소부르주아. 피선거권자가 될 수 없음은 물론이고 유권자가 될 수 없을 만큼 세금을 충분히 내지 않는 소부르주아. 어떤 역할을 갈망하면서 정치 세력을 이루고 있는 소부르주아. 공화주의자들의 결사체. 기조의 아버지를 단두대에서 처형했던 사람들의 후손들.

더구나 「라트리뷴」은 이렇게 기록하지 않았는가. "이 불길한 신교도는 무질서의 공포에 사로잡혀 있다. 루이 필리프와 기조는 권태의 표본이다."

정치적 불안에도 불구하고 경제는 되살아났다. 정부를 지지하는 320명의 여당 의원들, 100명 미만의 야당의원. 1834년 가을은 낙엽, 내각의 불안정 그리고 자본주의 사회의 승리를 동시에 느낄 수 있었다. 제1제정시대(1804~1815)와는 정반대되는 상황. 보통 사람들의 승리.

꿍꿍이속이 많은 집사와는 달리 아메데 디그랑드는 초연한 태도를 견지한 덕분에 주위의 무기력한 분위기에 조금도 영향을 받지 않았다. 이 절대 자유주의자는 우파는 물론이고 좌파도 싫어했다. 그는 귀족층에 실망했고, 부르주아에 혐오감을 느꼈으며, 서민 따위에는 관심이 없었다. 그는 이치에 맞지 않는 소리를 지껄여대는 머리에 기름을 바른 늙은 바보 술트, 브로글리산의 한낱 칼집에 지나지 않았던 원수의 검, 사람들을 단두대로 보내는 것만을 생각하는 푸키에탱빌, 또 그들과 전혀 다를 바 없는 카베냐크를 싫어했다. 그는 그들에 대해 이야기하는 것 자체를 싫어했다. 그는 모든 것을 싫어했다.

아메데는 생피아크르가에서 4층짜리 낡은 저택을 발견했다. 난간이 있었고 창문에는 창살대가 있었다. 너무 화려하지도 너무 예쁘지도 않은 이 저택은 별로 비싸지 않았고 오페라 극장과 생드니 구역에서 멀지 않았다. 아메데가 이 소식을 전하자 코제트는 처음에는 무관심을 나타내다가 곧 거부 반응을 나타냈다. 그것은 아주 당연했다. 후작은 곧장 한 지붕 아래 살자고 제안했다. 2층부터 4층까지 커다란 돌계단으로 연결되어 있긴 해도 각각 독립적인 구조였다.

아메데가 자세히 설명했다.

"각자 자기 집이 있는 셈입니다. 당신은 3층에, 나는 2층에 삽니다. 원한다면 반대로 해도 됩니다. 그리고 꼭대기 층은 내 집사와 당신 하녀에게 줍시다."

코제트는 며칠간 망설이다가 그 결정을 받아들였다. 새 집을 계약하고 등기까지 마쳤지만 아무에게도 알리지 않았다. 동시에 그녀는 마리우스가 사들인 가구들을 처분해달라고 아메데에게 부탁했다. 자단 서랍장 하나, 루이 18세풍 의자들, 트리트랙 놀이판, 루이 15세풍 괘종시계. 그녀는 아버지가 물려준 옻칠을 한 코로망델산 서랍장, 오뷔송산 양탄자, 닫집 침대만을 간직했다. 물론 두 개의 촛대도 남겨놓았다. 아메데는 집사에게 처분을 일임했다. 집사는 생탕투안 구역의 몇몇 상인들에게 팔아넘겨 이익을 챙겼다. 플뤼메가의 집, 정확히 말해서 정원에 있는 작은 벤치는 제자리에 그대로 두었고 두 조각상의 잔해는 치우지 않았다. 이사하던 날 코제트는 그곳에 눈길조차 주지 않았다. 그녀는 거울에 비친 반들반들한 자신의 얼굴을 보고 깜짝 놀랐다. 화가 난 그녀는 거울을 빼서 바닥에 던져버렸다. 그녀는 이처럼 크고 파랗고 깊은 눈을 가진 적이 없었다. 마들렌은 그 점을 지적하고 아메데의 영향 탓으로 돌렸다.

코제트는 그녀에게 위협적으로 말했다.

"다시는 그렇게 말하지 마!"

사람들은 뭔가 미묘한 일이 그녀를 변화시켰다고 생각했을 것이다. 하지만 전혀 그렇지 않았다. 그녀의 얼굴은 찢어진 상처가 주는 고통과 모순되었다. 그래서 격분하여 거울을 깨뜨렸던 것이다.

플뤼메가의 집을 버림으로써 한 가지 사실을 평온하게 받아들일 수 있었다. 아이를 낳는다는 희망. 마리우스의 죽음이 태아의 잘못이기라도 한 것처럼 처음에는 아이를 싫어했지만 이제는 아이를 무척 원했다. 만일 딸이라면 팡틴으로, 아들이라면 장으로 이름을 지을 것이다.

＊ ＊ ＊

생피아크르가의 집에서 코제트는 아버지의 촛대를 검은색 대리석 벽난로 위에 놓았다. 벽난로는 음울하면서도 장엄한 쇠시리로 꾸민 거실의 주요한 요소였다. 그녀는 침실에 앉아 마리우스를 생각했다. 그리고 뒤박가에 있는 애덕 수녀회에 보낸 그의 옷도 생각했다. 최고 입찰자에게 팔린 그의 물건들도. 이런 게 죽음이었다. 모든 것의 소멸. 그녀는 수정만을 간직했다. 그녀에게는 기념품을 간직하는 취향이 없었다.

처음 며칠 동안 아메데는 신중하게 처신했다. 그는 결코 3층에 가지 않았다. 그는 코제트의 질책, 우울증, 원망을 두려워했다. 이사는 서둘러 진행되었다. 어느 날 단단히 마음을 먹은 그는 마리우스의 편지를 갖고 퐁메르시 남작부인에게 갔다. 그는 전전긍긍했다. 마침내 코제트에게 편지를 내밀면서 망설이는 어조로 말했다.

"바로 이게 당신에게 알리고 싶은 비밀입니다."

코제트는 작은 침실용 쿠션을 바느질하고 있었다. 아메데는 상아처럼 하얗고 반들반들하며 아몬드처럼 가늘고 길게 자른 그녀의 손톱을 바라보았다. 그는 길고 창백한 손으로 온순한 여공처럼 일하는 그녀를 보고 놀랐다. '이 젊은 여인은 모든 게 완벽해.' 이 손, 레몬과 녹차 향이 나고 가느다란 뼈를 가진 이 아름다운 손에 그는 결코 키스 하지 못할 것이다.

아메데는 대담하게 편지를 읽어가는 코제트의 시선을 보면서 떨었다. 이윽고 그녀는 망연자실한 표정이 되었다. 그녀의 얼굴이 일그러졌다. 그녀는 아메데에게 편지를 돌려주었다. 그리고 아무 일도 아니라는 듯 다시 바느질을 하다가 손가락을 찔렀는지 비명을 지르고 손가락을 입에 대고 빨았다. 아메데는 그 모습에 어찌나 당황했는지 두 다리가 후들거렸다. 그는 편지를 손에 쥔 채 한마디도 내뱉을 수 없었다.

코제트는 후작을 보지 않고 물었다.

"그러니까 당신이 나를 마음대로 할 수 있단 말인가요?"

아메데는 딸꾹질을 하며 소리쳤다.

"말도 안 됩니다! 원한다면 이 편지를 드리겠습니다. 당신 집의 매도에 관련된 공중인의 모든 서류가 내게 있습니다. 그 서류 역시 당신 겁니다. 당신은 그 집을 팔아달라고 내게 요청하지 않았나요? 나는 그 일을 맡았는데 당신은 이 편지의 존재를 모른 척하는군요."

코제트는 용감하게 얼굴을 들고 시인했다.

"맞아요. 하지만 당신의 비밀은 그다지 듣기 좋지 않네요. (그녀는 아메데가 여전히 들고 있는 편지를 쏘아보면서 말을 정정했다.) 아니 읽기가 거북하군요."

"아무튼 보시다시피 이 편지는 2년 후에 무효가 됩니다. 나는 마리우스에게 편지 하단에 이 항목을 추가하라고 고집을 부렸어요."

"마리우스가 그토록 절망적이었나요?"

"코제트, 당신을 너무 사랑했던 거지요."

"당신 말을 못 믿겠어요."

아메데는 편지를 접어 봉투 속에 넣으면서 거짓말했다.

"하지만 사실입니다. 사람들은 흔히 완전한 사랑에 도달하지 못할까 봐 두려워합니다. 사람들은 운명을 더욱 달게 받아들이기 위해 운명을 탓합니다. 코제트, 그는 당신을 미치도록 사랑했어요."

코제트는 후작의 당혹스러운 모습을 즐기면서 말했다.

"당신은 참으로 진지하군요. (그녀는 감언이설로 덧붙였다.) 당신의 얘기가 아니라고 장담할 수 있나요?"

"물론입니다. 마리우스는 당신이 프레데릭 리볼리에에게 몸을 맡겼다고 생각했어요."

코제트는 아메데를 무섭게 쏘아보면서 말했다.

"당신이 꼭 알고 싶다면 말씀드리죠. 프레데릭은 내 애인이 아니었어요. 그는 친구였을 뿐이에요!"

아메데는 살짝 얼굴을 붉혔다. 그 문제가 언제나 그를 괴롭혔다. 그는 결투로 프레데릭을 죽였지만 안정을 찾을 수 없었다. 그는 회한에 시달렸다. 그의 질투는 어리석었다. 그는 마리우스에게 그리고 코제트에게 상처를 주었던 일을 후회했다. 오늘 그는 코제트에 대한 마리우스의 사랑을 공언함으로써 자신의 잘못을 자책했다.

코제트는 심술궂은 여자처럼 비웃으며 비단으로 만든 바늘꽂이에 바늘을 꽂았다. 아메데에 대한 호감에도 불구하고 코제트는 그가 다른 사람들을 난폭하게 대했던 것처럼 그를 거칠게 대했다. 그녀는 자신에게 코미디언 같은 기질이 있다고 생각하기조차 했다. 그녀는 체념한 듯 말을 이었다.

"그 편지를 간직하세요. 당신이 나보다 더 잘 활용할 거예요. 아메데, 당신은 내 신뢰를 얻었어요."

후작은 가볍게 머리를 숙였다.

"영광입니다, 코제트. 하지만 당신 운명이 내 손에 달려 있다는 말은 하지 마세요. 악마와 똑같은 과거를 지닌 희생자는 사사건건 반대하는 까다로운 존재입니다. 희생자가 되지 맙시다. 우리는 둘 다 삶의 기쁨을 맛보았습니다. 마리우스의 죽음 때문에 삶의 기쁨을 죽음의 기쁨으로 바꾸지 맙시다. 코제트, 우리는 적이 아닙니다. 아무튼 내가 보기에 우리는 적이 아닙니다."

코제트는 일어나 약간 어두운 안뜰이 내려다보이는 창가로 갔다. 1층에 있는 마구간은 소박한 우물 하나와 느릅나무 한 그루가 있고 제라늄이 둘러싼 포석 안뜰과 연결되어 있었다.

코제트는 유리창을 닦으면서 말했다.

"이곳은 조금 쓸쓸해 보여요."

코제트는 옆으로 서 있었는데 배가 더욱 불러 보였다.

아메데가 중얼거렸다.

"외로운 사람들에겐 모든 장소가 쓸쓸해 보이는 법이죠. 우리는 생각을 바꿔야 합니다. 오늘 저녁식사에 당신을 초대하고 싶습니다."

코제트는 그를 살짝 스치면서 제자리로 돌아왔다. 그녀는 짓눌린 표정으로 단호하게 말했다.

"어쩌면 당신이 옳아요. 생각을 바꿔야 해요."

4

장 퐁메르시의 출생

다브 데 그레프는 일주일에 두 번 샤말랭 레스토랑에 들렀다. 그는 결코 오래 머무르지 않았다. 장부를 확인한 다음 제라르와 이야기를 나누고 루제에게 지시했다.

어느 날 저녁 한 사내가 다브 데 그레프에게 다가왔다. 포마드를 바른 곱슬머리, 날씬한 몸매, 여자 허리, 웃옷 안쪽의 장식 단추 구멍에 꽂은 꽃 한 송이. 사내의 호주머니에서 곤봉이 삐져나와 있었다. 다브 데 그레프는 카운터에 기대고 서 있었다. 사내가 노인에게 큰 소리로 불렀다. 노인은 사내를 몰라보는 척했다. 사내는 그의 멱살을 잡고 귀에 대고 속삭였다.

"자네가 이 라스네르를 몰라본다고? 내게 장난을 치면 자네 내장을 꺼내버릴 테야. 나는 감옥에서 나왔고 시간이 많지 않아. 예수는 어디에 있지?"

다브 데 그레프는 깜짝 놀란 표정으로 반문했다.

"뭐라고? 정말 모르는 거야? 그는 20년형을 선고받고 지금 툴롱에 있어."

라스네르는 침울해졌다. 그는 최근에 봉상스 카페 주인인 비구루와, 『베르트랑과 라통』의 작가인 오귀스탱 외젠 스크리브를 협박해서 돈을 뜯어내려 했으나 실패한 후 의기소침해 있었다.

"난처하군. 나는 손실을 만회해야 해."

다브 데 그레프는 체념적인 손짓을 하며 대답했다.

"나도 빚을 졌어. 하지만 좋은 계획이 있어. 이쪽으로 오게."

제라르가 의심스러운 눈초리로 바라보는 가운데 다브 데 그레프는 라스네르를 부엌 입구로 데려갔다. 그는 레모네이드를 주문하고 제안했다.

"완전히 돈벌이감이야. 대상은 수금원들이야. 자네는 방을 세놓는 가공 인물이 되는 거야. 수금원이 오면 때려죽이고 돈을 갈취하는 거야. 체포될 위험도 없어. 피예월과 루주몽 드 로방베르 회사에 현금이 많다는 소문을 들었어. 자네에게는 식은 죽 먹기야."

라스네르는 쏩쓸한 맛을 음미하듯 조용히 고개를 끄덕이더니 손수건을 꺼냈다. 그는 잔을 비우고 바닥에 던졌다. 여종업원이 깨진 조각을 줍기 위해 달려왔다. 그는 여자를 쳐다보지도 않았다.

"좋아. 그 일을 하기로 하지. 자네에게 두 달의 여유를 주겠네. 페르가에 있는 오그르 드 바르바리(잔인한 식인귀) 술집에서 보자고. 정확히 5시에. 이곳으로 자네를 찾으러 오게 하지 말게. 조만간에 다른 것을 제안해야 할 거야. 확실한 것으로."

다브 데 그레프는 문까지 배웅하면서 징징거렸다.

"나를 믿으라고."

다브 데 그레프는 시간을 벌었다. 하지만 두 달 후에 이 방해꾼을 제거해야 할 것이다. 영원히.

* * *

　저녁 7시, 카페 드 파리에서 월계수와 바닐라 향수를 뿌린 사람들이 식상한 대화를 하며 서서히 지쳐가고 있었다. 화제는 경마 기수들, 적갈색 비단 솜외투, 바그람 공의 행렬, 샹드마르스 공원의 집회, 자키클럽, 시모어 경의 의상, 티볼리 정원에서의 축제―베리 경은 이 축제 동안에 비둘기 사격 대회에서 2만 프랑을 벌었다―, 샹티이 경기장에 나타난 세 명의 젊은 왕자, 로스차일드 경이 라피트가에 건설한 르네상스 양식의 대저택이었다.

　코제트와 아메데는 홀의 중앙에 자리를 잡았다. 그들은 모든 것을 보고 들을 수 있었다. 몇몇 고상한 척하는 여인들은 무늬를 넣어 짠 스카프, 작은 꽃무늬를 넣은 비단, 종처럼 살랑거리는 하얀 모슬린 치마, 알맞게 주름이 잡힌 블라우스를 과시하고 있었다. 또 몇몇 여인들은 키와 목을 돋보이게 하는, 레이스 달린 검은 비단으로 만든 짧은 케이프로 어깨를 덮고 있었다. 다소 젊은 여인들은 리본, 긴 깃털, 밀 이삭을 꽂은 모자로 얼굴을 가리고 있었다. 남자들은 한창 유행하는 금단추가 달린 프랑스식 차림, 즉 허리에서 둥글게 자른 검은 연미복, 푸른 녹차색 프록코트를 입고 있었다. 보잘것없는 야회복.

　한 식탁에 외젠 쉬와 발자크, 다른 식탁에 알렉상드르 뒤마와 빅토르 위고가 앉아 있었다. 아메데는 펀치를 연거푸 마시고 있던 외젠 쉬에게 인사를 건넸고, 뒤마가 자신의 빚, 정부들, 새로운 작품에 대해 얘기하는 것을 듣고 있던 『에르나니』의 작가 빅토르 위고를 가리켰다. 조금 떨어진 곳에는 오페라 극장에서 최근 공연된 작품에 대해 설명하는 베롱과 로미외가 있었다.

아메데가 말했다.

"이 모든 게 정말 가소로워요."

아메데는 예전에 좋아하던 지역에 다시 발을 들여놓으면서 나쁜 말버릇을 되찾았다.

코제트가 빈정대며 물었다.

"정말로 그렇게 생각하세요?"

아메데는 아가씨처럼 변덕을 부리면서 소리쳤다.

"나는 구제 불능인가 봐요."

그리고 곧장 말을 이었다.

"마리우스와 나는 이곳에 자주 왔어요. 바로 위층에 있는 검술 도장에서 연습을 한 후 오렌지 음료나 차를 마시곤 했어요. 카페 드 파리에 출입할 수 있는 것이 파리 토박이라는 증명이 된다는 것 아세요?"

"아니, 몰랐어요. 당신은 정말 나를 깜짝 놀라게 하는군요."

"코제트, 날 놀리는 거예요?"

"그렇게 생각하세요?"

아메데는 미소를 지었다. 그는 코제트에게 괴롭힘을 당하는 것을 좋아했다. 하지만 코제트는 그다지 개의치 않았다. 그녀는 단지 마리우스가 휩쓸고 다닌 장소를 보고 싶었고 명량한 모습으로 아메데를 매혹시키고 싶었을 뿐이다. 아메데는 자신이 경멸했던 지복과 충만한 영혼에 대해 은밀히 빈정대는 투로 말했다.

아메데는 쥐랑송산 포도주와 송로를 넣은 푸아그라를 주문했다. 붉은 자고새도 주문했다. 그는 시라노 드 베르주락(에드몽 로스탕의 『시라노 드 베르주락』의 주인공–옮긴이), 세자르 노스트라다무스(유명한 의사, 약제사, 예언가 노스트라다무스의 아들–옮긴이)가 칭송했고 그리모 드 라 레이니에르(변호사-옮긴이)가 반드시 무릎을 꿇고 맛을 봐야 한다고 평가한 이 붉은 자고새가 이처럼 위신을 잃을 거라고는 누구도 생각하지 못했을 거라고 농담했다.

코제트가 놀려댔다.

"당신은 요리사가 되었어야 했어요."

아메데는 코와 눈썹을 치켜세우고 우월감과 허영심이 섞인 태도로 자고새를 요리하는 법을 설명했다. 그는 시모어 경의 어머니이자 이 카페의 주인인 하트퍼드 후작부인의 요리법을 알고 있었다. 인색하고 성마른 할망구는 매일 저녁 10시에 카페 드 파리를 닫았다.

푸아그라, 송로, 코냑으로 속을 채우고 두 숟가락 분량의 생크림과 마디라산 포도주 반 잔을 적신 다음 버터를 발라 굽는 이 자고새 요리법이 코제트는 마음에 들지 않았다. 그녀는 예의 바른 사람답게 아메데의 이야기를 들었다. 하지만 이에도 한계가 있었기에 듣는 둥 마는 둥 했다.

식사 후 아메데는 규칙적으로 흐르는 물줄기처럼 지루한 목소리로 속삭였다. 그는 코제트와 함께 있으면 어떻게 처신해야 좋을지 몰랐다. 이 젊은 여인의 얼굴에는 호전적인 모습이 역력했다. 코제트는 이런 호사가 역겨웠다. 그녀는 사람들의 과장된 언어며 연극적인 태도에 짜증나 있었다.

코제트는 아메데의 따귀를 때리고 싶었고, 비참하게 살아가는 서민에게 무관심한 이 잘난 체하는 인간들의 얼굴에 침을 뱉고 싶었다. 그러니까 마리우스는 무의미한 것들로 가득한 이곳에서 시간을 허비했던 것이다!

코제트는 일어나 가버릴 뻔했다. 하지만 아메데의 애원하는 듯한 표정을 보고 단념했다. 불쌍한 아메데. 그녀는 이처럼 자신에 대한 존경과 아메테와 그의 부류에 대한 경멸을 느낀 적이 없었다. 그리고 이 작은 사회를 보고 비탄에 잠겼다.

갑자기 코제트가 아메데의 말을 끊었다.

"오늘 오후 당신은 비밀을 털어놓았어요. 이제 내 비밀을 털어놓을 차례군요."

코제트는 모호한 미소를 지었다. 불길한 예감이 든 아메데는 의자에 달라붙은 듯 가만히 있었다. 그는 선수를 치기 위해 그녀에게 더 이상 말을 하지 말라는 손짓을 하고는 호주머니에서 커다란 봉투를 꺼냈다.

"당신은 나를 뻔뻔한 사람이라고 생각할 거예요. 하지만 나는 일을 잘 해결하려고 노력했어요. 천 프랑짜리 지폐들뿐이에요. 이건 플뤼메가의 집과 가구를 처분한 돈이에요."

"때를 잘못 선택했군요."

"알아요. 하지만 당신이 나를 전적으로 신뢰하지 않는다고 느껴요."

코제트는 봉투를 낚아채면서 대답했다.

"당신이 틀렸어요. 나는 당신을 무척 신뢰하기에 내가 임신했다는 사실을 꼭 알려드리고 싶었어요. 아이의 아빠는 마리우스예요."

아메데의 얼굴이 창백해지고 입술이 떨렸다. 그는 마치 텅 비어 있는 듯이 보이는 지평선을 멍하니 바라보았다. 분명히 그는 코제트의 부른 배를 보았었다. 하지만 진실을 받아들이고 싶지 않았다.

마침내 아메데가 입을 열었다.

"임신을 하셨다니 저 역시 기쁩니다. 출산 예정일이 언제죠?"

"9월 말쯤."

"모든 일이 최상의 조건에서 이루어지도록 노력합시다. 괜찮다면 마리우스 아이의 대부가 되고 싶습니다."

코제트는 후작의 당혹스러워하는 모습을 즐기면서 말했다.

"좋아요."

아메데는 감정을 숨겼다. 그는 코제트의 신뢰를 얻는 데 실패해서 낙담했다. 설상가상으로 임신 소식은 모욕당한 그의 자존심을 더욱 격앙시켰다. 그는 일어나 계산한 다음 코제트를 데려가기 위해 돌아왔다. 그리고 누구에게도 인사하지 않고 재빨리 출구 쪽으로 나갔다. 얼굴이 창백해진 그는 손을 떨면서 모자를 쓰더니 코제트에게 터키 카페에 가자고 제안했다.

"터키 카페는 탕플 대로에 있어요. 내 마차를 타면 빨리 갈 수 있어요."

코제트는 고개를 갸우뚱하면서 대답했다.

"알고 있어요. 마리우스와 함께 간 적이 있어요."

두 사람은 터키 카페에 도착하자 정자 옆에 자리를 잡았다. 이 카페는 아메데가 즐겨 찾는 곳이었다. 코제트는 벽에 걸려 있는 동양식 장식, 터키 모자, 수연통(水煙筒), 긴 담뱃대를 신기한 듯 바라보았다. 아메데는 푸른 잎으로 뒤덮인 정자와 소사나무 가로수 사이에서 자기 집처럼 느꼈다는 들라크루아를 비웃었다. 관현악단이 카드릴을 연주하고 있었다. 아메데는 끊임없이 죄를 뉘우치는 터키인들, 금욕과 타협만을 강조하는 그들의 사상, 목소리를 낮추고 필요한 말만 하라고 가르치는 그들을 비난했다. 그는 벌써 럼주를 세 잔이나 마셨다.

아메데가 자책하듯 말했다.

"나는 추악한 사람이 되어 고독을 달랠 거예요."

코제트가 놀려댔다.

"이미 이루어졌어요."

아메데가 코제트의 손을 잡으려 했다.

코제트가 격렬하게 피하면서 외쳤다.

"안 돼요!"

아메데는 자존심이 상했다. 그는 단지 코제트의 손에 키스를 하고 오늘 함께 저녁 식사를 해줘서 고맙다고 말하고 싶었을 뿐이다. 그는 요령 있게 둘러대지 못하고 애매한 말로 사과했다.

"고독이 나의 형리가 되었어요, 코제트……."

그럼 코제트의 고독은?

아메데는 눈길을 돌리고 다시 럼주를 주문했다. 두 남자가 아메데 앞에서 멈추더니 다정하게 축하의 말을 해주었다. 루이 드 베르뉴와 로베르 당드루아지였다. 두 명의 천박한 아가씨들이 짧은 케이프를 어깨에 두르고 애교와 아양을 떨며 함께 있었다.

두 친구 중 한 명이 아메데가 화내지 않도록 반갑게 외쳤다.

"아메데가 다시 돌아왔네!"

다른 사내는 아메데가 의혹을 품을 정도로 노골적으로 덧붙였다.

"이 친구는 허비한 시간을 만회한 것 같구먼!"

그러고는 코제트에게 눈짓을 보냈다. 그녀는 아메데를 변호하기 위해 도전적으로 그를 노려보았다. 마리우스를 타락시킨 자들에게 불화의 씨를 뿌리는 것은 그녀로서는 즐거운 일이었다.

아메데가 되물었다.

"뭐라고?"

아메데는 마리우스가 로베르 당드루아지에게 반감을 가졌던 것을 잊지 않았다. 이 악독한 인간은 참을 수 없는 상스러움을 드러냈다. 아메데는 코제트 앞에서 자신이 마리우스가 된 듯한 느낌이 들었다. 그는 옛 술친구를 한참 동안 노려보면서 반복했다.

"뭐라고?"

루이가 두 사람을 진정시키기 위해 끼어들었다.

"로베르가 농담한 거야."

하지만 아메데는 루이의 말을 듣지 않았다.

"로베르는 농담하지 않아. 그는 농담을 모르거든."

아메데는 벌떡 일어나더니 로베르 당드루아지의 따귀를 힘껏 갈겼다.

"내일 아침 6시 불로뉴 숲에서 보자고. 무기는 자네가 선택해."

혼비백산한 로베르는 뺨을 잡고 있었다. 그는 비겁하기로 유명했지만 많은 증인들 앞에서 꽁무니를 뺄 수는 없는 노릇이었다. 코제트가 말렸지만 아메데는 단호한 손짓으로 그녀를 제지했다.

"이 사람이 당신 명예를 조롱했어요. 따라서 나는 명예를 위해 싸우겠어요."

코제트는 자신이 지나쳤다고 느꼈다. 게다가 결투의 불행한 결말을 너무도 잘 알고 있었다. 그녀는 아메데에게 이 미친 짓을 그만두라고 간청했다.

"안 돼요."

로베르 당드루아지는 자신의 잘못을 인정하기는커녕 빈정거렸다. 사실 그는 누구도 모욕할 생각이 없었다. 단지 장난을 치고 싶었던 것이다. 하지만 자신에게 해가 되는 장난도 있는 법이다.

로베르는 단어 하나하나에 힘주어 말했다.

"자네는 명예를 위해 싸운다고 말하지만 사실은 가장 아쉬운 것을 위해서일 테지!"

아메데는 출구를 향해 삿대질을 했다. 그리고 극도로 흥분한 채 외쳤다.

"내 눈 앞에서 썩 꺼져버려, 이 돼지야! 네놈의 못된 점을 열거하려면 열 손가락으로도 모자라지! 아무튼 내가 네놈을 날려버릴 곳에 가면 너는 더 이상 아무것도 필요 없을 거야!"

털썩 주저앉은 아메데는 다시는 옛 친구들에게 눈길을 주지 않았다. 그들은 당황했고 더 이상 아양을 떨지 않는 두 아가씨들과 함께 잽싸게 사라졌다.

아메데가 다시 두 잔의 럼주를 마시는 동안 침묵이 흘렀다. 낙담한 코제트가 마침내 말을 꺼냈다.

"아메데, 당신은 무엇을 입증하려는 거죠? 내가 친구 한 명을 또 잃어야겠어요?"

"나는 당신 친구가 아니에요. 당신은 나를 경멸하잖아요. 당신은 그 사실을 다시 한 번 입증했어요. 아무튼 내게 무슨 일이 일어나더라도 당신에게는 위로가 되는 아이가 있잖아요. 나는 당신에게 아무것도 아니에요."

두 사람은 생피아크르가에 도착하자 의례적인 인사만 나눈 후 각자의 방으로 들어갔다.

＊　＊　＊

다음 날 두 진영은 지정된 시각에 불로뉴 결투장에 도착했다. 루이가 다시 중재를 시도했지만 실패로 끝났다. 아메데의 증인은 집사와 외젠 쉬였다. 외젠은 필요한 경우 외과의사로서 실력을 발휘하기 위해 왔다. 로베르 당드루아지의 증인은 루이 드 베르뉴와 「라코티디엔」의 직원이었다. 모두 잘 아는 사이였다. 이 무료한 사람들은 전쟁터에서 적을 죽이는 일을 경험해본 적이 없기 때문에 영웅주의를 충족시켜줄 다른 방식을 찾아낸 것이다.

서로 30보씩 떨어진 곳에 선 두 사람은 루이 드 베르뉴의 손수건이 땅에 닿는 순간 총을 쏘아야 했다. 루이가 긴장된 손으로 손수건을 들고 있었다. 로베르와 아메데는 서로 총을 겨냥했다. 그리고 안전장치를 풀었다.

로베르 당드루아지가 두 다리를 떨면서 소리쳤다.

"어이, 친구여!"

아메데가 반박했다.

"너는 더 이상 친구가 아니야!"

바로 그때 로베르는 신호가 떨어지지도 않았는데 총을 쐈다.

그의 총알은 아메데의 왼쪽 어깨에 박혔다. 아메데가 옆으로 쓰러졌다. 루이데지레가 노파처럼 한탄하면서 주인에게 달려갔다.

"후작님이 다치셨어요. 다치셨어요……."

아메데는 다소 거칠게 집사를 밀어냈다. 상처를 살펴보고 있던 외젠 쉬에게도 똑같이 대했다. 그는 다시 일어나면서 항의했다.

"결투는 끝나지 않았어. 게다가 당드루아지는 신호 전에 쐈어. 나는 그가 비겁하다는 걸 잘 알고 있지."

루이 드 베르뉴는 낙심한 목소리로 결투를 계속하라고 지시했다. 로베르 당드루아지는 땀을 뻘뻘 흘리고 두 다리를 떨면서 간신히 서 있었다. 그는 아메데에게 더듬거리며 말했다.

"자네는 마리우스와 똑같아. 자네는 미쳤어……."

아메데는 다친 어깨, 창백한 얼굴, 비틀거리는 다리에도 불구하고 상대를 조준하고 방아쇠를 당겼다. 그의 총알은 로베르의 이마 한복판을 맞혔다. 로베르는 뒤로 벌렁 넘어지면서 즉사했다.

아메데가 중얼거렸다.

"마리우스의 복수야."

그러고는 외젠의 품에 쓰러졌다.

루이데지레가 중얼거렸다.

"휴, 천만다행이군."

집사의 얼굴은 납빛처럼 창백했다. 그는 후작이 죽는 줄 알고 자신도 이젠 끝장이라고 여겼던 것이다. 루이 드 베르뉴는 어떻게 해야 좋을지 몰랐다. 그는 두 친구를 잃은 느낌이 들었다.

외젠은 아메데를 생피아크르가로 데려가서 어깨에 박힌 총알을 빼내고 붕대로 감았다.

후작이 눈을 떴을 때 코제트가 그를 굽어보고 있었다.

"이제 만족하세요? 당신을 보살피게 해줘요."

갑자기 아메데는 행복의 절정에 있다고 느꼈다. 동시에 코제트의 돌변을 두려워했다. 그녀가 이처럼 친절하게 대해준 적은 없었기 때문이다.

아메데가 중얼거렸다.

"목이 말라요."

외젠이 제안했다.

"물?"

"아니, 오렌지를 주게."

코제트는 마들렌에게 오렌지를 구해오라고 지시했다. 문득 오렌지 이야기에 베르자가 생각났다. 그녀는 그에게 아무 소식도 전하지 못했다. 그녀는 동맥이 뛰는 것만 느낀 채 잠시 멍하니 서 있었다. 나는 얼마나 배은망덕한가. 비록 나에게서 마리우스를 빼앗아간 아메데와 그의 친구들에게 복수를 하고 있긴 하지만 이런 방식으로는 진정한 해결책을 찾을

수 없을 거야. 베르자 씨는 나의 무심함을 어떻게 생각할까?'

＊　＊　＊

베르자는 루제와 긴밀한 우정을 맺는 데 정신을 파느라 코제트를 생각할 여유가 없었다. 아무튼 기대 이상의 성과가 있었다. 루제가 그를 작업장으로 초대했던 것이다.

"자, 봐요. 내가 주인이에요."

베르자는 푸앵퇴르, 푸이예 아줌마, 게일, 라파엘 그리고 다른 아이들을 알게 되었다. 그는 병약하고 야윈 사람들을 보고 격분했다. 하지만 아무 말도 하지 않았다. 그는 회의주의에 빠져 사회에 대한 온갖 실망과 반감에 무심해졌지만 그럼에도 불구하고 루제의 허영심과 오만함은 견딜 수 없었다. 베르자는 이런 부류의 사람들을 추격하고 벌을 주었었다. 도덕도 법도 무시하는 학살자들, 강간범들, 살인자들. 그는 이런 사람들을 경멸했고 어떤 죄인들은 살아 있을 자격조차 없다고 생각했다. 이제 그는 누구도 평가하지 않았다. 그의 직감은 이성으로 대체되었다. 그는 그 무엇에도 놀라지 않았다.

루제가 장담했다.

"모로, 언젠가는 이 모든 것이 정말로 내 차지가 될 거예요. 나는 당신을 믿어요. 성공하면 공평하게 몫을 나누자고요."

두 사람은 소모공장에서 나왔다. 루제는 다브 데 그레프의 은신처와 연결된 계단을 가리켰다.

베르자는 모르는 척하면서 물었다.

"지난번 내가 샤말랭 레스토랑에서 보았던 노인이 다브 데 그레프야?

그 노인이 네 협력자야?"

"그 노인네를 봤어요?"

"바람처럼 왔다 갔잖아."

"그 노인네는 언제나 바람처럼 왔다 가죠. 나는 다브 데 그레프를 증오해요. 그의 이름은 타르디에예요."

베르자는 미소를 억눌렀다. 테나르디에는 수시로 이름을 바꾸며 살았다.

"저기 꼭대기 층이에요."

베르자는 계단을 기어오르기 시작했다. 루제는 투덜거리면서 뒤따랐다. 문 앞에 도착하자 베르자는 몸을 숙여 자물쇠를 살폈다. 그는 자물쇠 구멍에 철사를 밀어넣고 만족스러운 표정으로 머리를 들고 속삭였다.

"됐어."

베르자는 눈썹을 치켜세우고 아랫입술을 앞으로 내밀어 섬뜩한 모습으로 루제를 바라보았다. 그는 유령을 닮았다. 루제는 영주 앞의 농노처럼 시선을 내리고 더듬더듬 말했다.

"아주 잘…… 됐어요…….'

두 사람은 계단을 내려왔다. 거리에 도착하자 루제가 다이아몬드 이야기를 꺼냈다.

"다브 데 그레프는 틀림없이 엄청난 금액에 해당하는 다이아몬드를 가졌을 거예요. 게일한테 들었어요."

"주걱턱을 가진 소년 말이야?"

"맞아요. 다브 데 그레프가 그 녀석을 신뢰한 것은 잘못이죠. 그는 나와 매우 친해요. 우리 사이에는 사소한 비밀이 무척 많아요."

"아, 그래?"

446

"지금 노인네는 사소한 걱정거리가 많아요. 그것은 내가 말해준 사소한 비밀과 관련이 있죠. 그에게는 예수라는 별명을 가진 부관 역할을 하는 녀석이 있었어요. 그런데 예수는 함정에 빠져 죽었어요. 사고가 아니었어요. 정말이에요. 두 달 전 예수의 친구가 노인네에게 계산을 요구했어요. 그 친구 이름이 라스네르예요. 전갈처럼 음흉한 사람이죠."

"저런, 저런."

"당신은 왜 '저런, 저런'이라고 말하죠?"

"그냥……. 늑대들이 서로 잡아먹을 때를 이용해야 해."

루제는 환하게 미소를 지으며 말했다.

"내 생각도 같아요."

두 사람은 생마르탱 모퉁이에서 헤어졌다. 그들은 그날 저녁에 샤말랭 레스토랑에서 다시 만날 것이다.

* * *

오후가 끝날 무렵 베르자는 생쉴피스 성당의 제의실에서 리에 신부와 대화를 나누다가 코제트를 발견했다. 그녀는 제단 뒤에 있었다. 그는 신부를 내버려두고 그녀에게 다가갔다. 그리고 일부러 화가 난 어조로 말했다.

"코제트, 대체 어디에 있었어요?"

코제트는 잘못을 저지른 표정을 짓고 대답했다.

"베르자 씨, 저는 배은망덕한 사람이에요. 저는 플뤼메가의 집을 버리고 생피아크르가로 이사했어요. 당신에게 알리지도 않고 말이에요."

"아, 당신을 비난하는 게 아니에요. 저 역시 해결해야 할 일이 많았어요."

두 사람은 성당 밖으로 나와 광장에서 몇 걸음 걸었다. 길 건너편에서 작업복 차림의 사내가 두 사람을 지켜보고 있었다. 베르자는 즉각 눈치챘다. 그는 코제트를 우물가로 데려가서 돌 위에 앉으라고 부탁했다. 그녀는 의아해하면서도 말없이 따랐다. 두 사람이 우물 뒤로 사라지자 사내가 발걸음을 재촉하면서 우물 쪽으로 오다가 베르자와 맞닥뜨렸다.

베르자가 위협적인 모습으로 물었다.

"뭘 찾소?"

베르자는 사내의 팔을 붙잡고 조금 멀리 끌고 갔다. 코제트는 우물가에 앉아 있었다.

"내가 잘못 본 것 같습니다……."

베르자는 그를 놓아주면서 위협했다.

"꺼져버려. 그리고 다시는 나타나지 마."

사내는 베르자의 험상궂은 표정에 두려움을 느꼈다. 그는 어깨를 움츠리고 두 손을 호주머니에 넣고 물러갔다.

베르자가 코제트에게 돌아오자 그녀가 물었다.

"누구예요?"

"사람을 착각했나봐요."

틀림없이 루제나 제라르가 보낸 사람이었다. 상황이 복잡해지고 있었다. 베르자는 코제트의 손을 잡고 세르방도니가까지 걸었다. 그녀가 새로운 거처에 대해 이야기하자 그는 건성으로 들었다. 그의 정신은 딴 데가 있었다.

코제트는 아메데와 같은 집으로 이사했다는 것을 이야기하지 않았고 후작의 결투와 부상에 대해서도 언급하지 않았다. 베르자는 마리우스가 자주 출입했던 지역을 조사하고 있다는 사실을 언급하지 않는 게 좋겠다고 생각했다. 처음으로 두 사람은 서로 뭔가를 숨기고 있었다.

두 사람은 가랑시에르가의 입구에서 오렌지를 먹고 조만간 다시 만나기로 약속한 다음 성당 앞뜰에서 헤어졌다. 베르자는 자신의 저녁식사를 준비해야 했고 코제트는 아메데의 머리맡으로 돌아가야 했다.

"베르자 씨, 당신은 저에게 아무것도 숨기지 않나요?"

"그럼요, 코제트. 당신은요?"

"아무것도요, 베르자 씨."

* * *

다브 데 그레프는 생드니가의 작은 카페에 앉아서 레모네이드를 마시고 있었다. 사업을 위해 쉴 새 없이 돌아다니는 이 노인은 루제 때문에 고민하고 있었다. 그는 어리석은 짓을 많이 하는 이 집사가 자신을 배신하고 재산을 가로챌 기회를 노리고 있다고 생각했다. 루제는 너무 많은 것을 알고 있었다. 그는 예수를 죽였고 그의 반지를 빼앗았다. 특히 얼마 전부터 그는 주인인 타르디에에게 클랑 데스탱 술집을 샤말랭 레스토랑으로 개조한 것과 그르네타가의 건물을 판 것에 대해 조심성 없이 질문을 해댔다. 그는 이 두 건에 지나치게 관심을 기울이는 것 같았다. 타르디에는 여기서 생긴 이익을 샤르동이라는 장물아비를 통해 즉각 다이아몬드로 바꿨다.

다브 데 그레프는 레모네이드를 비우자 돈을 지불하고 밖으로 나왔다. 그는 소모공장에서 계산이 엉터리로 되고 있음을 알고 있었다. 이렇게 조심성 없이 굴다니! 범인은 루제였다. 녀석은 점점 더 돈을 밝혔다. 다브 데 그레프는 이 훼방꾼을 제거할 계획을 구상하기 시작했다.

다브 데 그레프는 걸으면서 게일을 생각했다. 다이아몬드를 벽 속에 숨기기 위해 그에게 도움을 요청한 것은 좋은 생각이 아니었다. 물론 게일의 충성심을 시험할 수 있는 일이었다. 만일 이 바보가 이미 루제에게 발설했다면? 만일 둘이 공모해서 달려든다면?

다브 데 그레프는 어둡고 좁은 골목길에서 지팡이를 휘두르고 혼자 중얼거리면서 한참 동안 걸었다. 갑자기 싸우는 소리가 들렸다. 세 사람이었다. 두 명은 땅딸막했고 한 명은 키가 컸다. 후자는 수달 모피 모자에 회색 옷을 입었는데 꼭 거미처럼 보였다. 매부리코에 꽃양배추 모양의 귀, 흐릿한 눈동자. 이마 주위에 긴 상처가 있었다. 다브 데 그레프는 위험인물이라고 판단했다. 그는 덧창 뒤에 숨어 싸움을 지켜보았다.

수달 모피 모자를 쓴 사내는 두 사람에게 공격하라고 부추겼다. 두 사람은 칼을 들고 있었다.

싸움은 순식간에 끝났다. 두 번의 휘파람 소리, 신음소리, 이어 나가떨어지는 소리. 수달 모피 사내는 혼자 서 있었다. 작은 낫이 그의 손에서 번쩍거렸다. 한 명은 이미 죽었고, 나머지 한 명은 그의 발치에 무릎을 꿇은 채 목에서 피를 흘리고 있었다. 수달 모피 사내는 빈정거리는 미소를 짓고 상대를 바라보았다. 고통스러워하는 모습이 수달 모피 사내를 더욱 자극하는 것 같았다. 그는 낫을 입술에 대더니 음탕한 동작으로 핥았다. 그리고 불쌍한 사내의 두개골을 낫으로 힘껏 내리쳤다. 사내는 벌떡 솟구치더니 옆으로 고꾸라졌고 더 이상 움직이지 않았다. 수달 모피 사내는 낫을 뺐다. 두개골에서 검은 피가 거품을 일으키며 솟구쳤다.

다브 데 그레프는 침을 삼켰다. '바로 저런 놈이 필요하단 말이지.' 그는 숨어 있던 곳에서 나왔다.

"어이, 친구."

수달 모피 사내는 노인을 주시했다. 그는 두 다리를 떡 벌리고 낫을 한 손에서 다른 손으로 옮기면서 도전적인 자세를 취했다. 그리고 쉰 목소리로 물었다.

“나를 불렀소?”

“진정하게, 친구. 자네가 마음에 드는군. 어때, 돈 좀 벌고 싶지 않나? 금액이 커.”

“들어보고 결정하지.”

“나를 보호하는 거야.”

다브 데 그레프가 금화 두 닢을 꺼내자 사내는 순식간에 낚아챘다.

사내는 낫을 웃옷 속에 넣으면서 말했다.

“구미가 당기는데.”

사내의 목소리는 암흑에서 빠져나오는 것 같았다. 다브 데 그레프가 경탄의 시선으로 바라보자 사내는 덧붙였다.

“사람들이 나를 루푀르(‘공포의 늑대’라는 뜻-옮긴이)라고 부르지. 나는 늑대 같은 사람이야. 떠돌고 어슬렁거리지. 하지만 나는 결코 실패하지 않아. 특히 표적이 사람인 경우에는.”

“좋아, 루푀르. 내 이름은 타르디에, 혹은 다브 데 그레프야. 처치해야 할 녀석이 두세 명 있어.”

* * *

다브 데 그레프는 루푀르를 소모공장으로 데려왔다. 그리고 그에게 어둡고 지저분한 작은 방을 마련해주었다. 루푀르는 아무 말도 하지 않았다. 그는 방의 상태에는 관심이 없었다. 다브 데 그레프가 그를 소개하자 소모공장에 무서운 효과가 일어났다. 특히 루제에게. 다브 데 그레프는 변화가 일어날 거라고 느꼈다. 그는 서두 따위 생략하고 공표했다.

"루푀르는 작업을 통제하고 너희들을 감시하라고 데려왔어. 요즘 들어 너희들이 게으름을 피우고 있다는 것을 알고 있다. 루푀르는 태만을 좋아하지 않아. 그렇지 않아?"

루푀르는 무덤 저편에서 나오는 듯한 목소리로 맞장구쳤다.

"맞습니다."

루푀르는 루제를 바라보았다. 매부리코, 흉터, 뼈가 앙상하게 두드러진 큼직한 손, 검은 옷, 온몸에서 풍기는 음산함을 더욱 부각시키는 흐릿한 눈. 루제는 등골이 서늘해지는 것을 느꼈다. 이 '불행의 새'는 유령 혹은 귀신을 떠올렸다.

다브 데 그레프는 루제의 어깨를 톡톡 쳤다. 그는 루제에게 루푀르는 만능인이고 일급 살인청부업자를 만들기 위해 아이들을 훈련시키고 있다고 설명했다.

"할 말 있어?"

루제는 더듬거렸다.

"전혀……. 좋은 생각입니다……."

소모공장 안이 일순 조용해졌다. 아이들은 감히 루푀르를 쳐다보지 못했다. 그들은 루제를 그리워하기 시작했다.

* * *

양 진영의 음모가 취소되었다. 각자는 상대가 어떻게 하는지 지켜보고 있었다. 루제는 다브 데 그레프에게 불평을 드러내지 않도록 조심했다.

루푀르에게도. 그는 굴욕감을 느꼈다.

지금 다브 데 그레프를 불안하게 하는 것은 라스네르와의 약속이었다. 두 달이 흘렀다. 그는 체념하지 않을 수 없었다.

다브 데 그레프는 오그르 드 바르바리 술집에 도착해서 구석진 자리에 앉았다. 그곳은 거지들과 살인자들로 가득했다. 옆에서 두 술꾼이 이가 빠진 노파와 싸우고 있었다. 하수구에서는 상한 음식과 술 냄새가 뒤섞여 악취를 풍겼다. 악취는 층마다 대변기가 설치된 밀집된 주택가를 떠올리게 했다. 진창.

라스네르는 챙이 넓은 모자에 밤색 웃옷을 걸쳤고 납작한 코에 작달막한 사내를 데리고 정확히 5시에 들어왔다. 사내의 이름은 아브릴(4월)이었다. 호리호리한 몸매, 깔끔하게 면도한 귀족적인 자태, 정성스레 다듬은 곱슬머리, 검은 비단 넥타이와 장식 소맷부리 등 공들여 차려입은 라스네르는 다브 데 그레프 앞에 앉았다. 아브릴은 그 옆에 앉았다. 라스네르는 모자를 벗어 무릎 위에 놓고 단호하게 말했다.

"나는 방금 아브릴에게 거짓말은 강자의 무기라고 말했지. 다브 데 그레프, 어떻게 생각하나?"

다브 데 그레프는 라스네르의 넓적다리에 손을 올려놓은 아브릴을 힐끗 쳐다보면서 대답했다.

"할 말 없네."

"놀라운 일이 아니지. 나는 자네가 예수에게 어떤 짓을 했는지 궁금해. 자네에게 나쁜 소식을 듣지 않았으면 하네. 그렇지 않으면……"

라스네르는 프록코트의 늘어진 자락을 벌리고 허리띠에서 번쩍거리는 단검 손잡이를 보여주었다.

라스네르가 말을 이었다.

"수금원 얘기 말이야. 우리는 자네에게 기대하지 않았지. 아무튼 놈들이 교활하게 굴더라고. 우리는 배신을 당했어. 적어도 자네는 밀고하지 않았겠지?"

아브릴이 파리 변두리 말투로 말했다.

"아니, 그럴 수도 있어요. 비열한 밀고자가 있었잖아요."

아브릴은 히죽히죽 웃으면서 다브 데 그레프의 코를 잡고는 오른쪽에서 왼쪽으로 천천히 비틀었다. 그러다가 갑자기 코를 놓고 말을 이었다.

"다브 데 그레프, 우리는 뱃가죽이 등에 달라붙었어."

라스네르가 노인에게 손수건을 건네면서 설명했다.

"그러니까 우리는 빈털터리가 되었다는 말이야. 물론 자네도 이해했을 거야."

다브 데 그레프는 손수건을 거절하면서 투덜거렸다.

"괜찮네. 라스네르, 자네는 나를 서운하게 하는군. 나는 자네를 생각했는데……. 이번에는 자네가 상상하는 수법이 아니네. 자네가 충분히 할 수 있는 일이지. 사기꾼에다 돈이 많은 장물아비인데 아주 고약한 놈이네. 샤르동이라는 이름을 가진 울보지. 그자를 아는가?"

라스네르가 소리쳤다.

"그걸 말이라고! 샤르동을 모르는 사람이 어디 있어! 나는 1830년에 비세트르 감옥에서 그를 만났어! 그는 동성애자야."

다브 데 그레프는 후회하는 표정으로 콧날을 문지르면서 말했다.

"잘됐네. 샤르동은 남자 양로원을 설립하기 위해 왕비의 지원금을 기다리고 있네. 적어도 1만 프랑은 될 거야. 그것 말고도 그의 공장에는 은제품, 값비싼 그림, 보석들이 넘쳐흘러."

"샤르동은 아직도 노모와 함께 살지?"

"항상. 슈발루주 골목에서."

"이 일은 12월 중순에 해야 할 거야. 어떻게 생각해, 아브릴?"

아브릴은 다브 데 그레프의 턱을 간질이면서 말했다.

"늙은이들은 날씨가 추우면 추울수록 더욱 약해지는 법이죠."

다브 데 그레프는 비굴하게 승낙했다. 그리고 그 일에 관여하지 않을 작정으로 세 번째 공모자를 추천했다. 물론 그는 루제를 생각하고 있었다.

아브릴이 불손하게 말했다.

"영감, 친절한 제안이야. 하지만 우리끼리만 일할 거야."

다브 데 그레프는 실망하는 빛이 역력했다. 결국 이들에게서는 아무 이익도 끌어낼 수 없었다. 그는 밝은 목소리로 물었다.

"자네들이 성공했는지 어떻게 알 수 있지?"

라스네르가 일어나자 아브릴도 일어났다. 라스네르는 다브 데 그레프에게 머리를 숙이더니 손수건으로 얼굴을 때렸다.

"비굴한 영감탱이, 자네는 몰라도 돼. 필요하면 우리가 연락하지. 내가 보기에 자네는 살 자격도 없고 생각할 가치도 없어. 내가 바라는 것은 정상의 도취감, 명성이야. 알겠어, 이 한심한 인간아? 자네가 옷을 입고 술을 마시고 이야기하는 방식이 내 눈엔 이상해 보이는 것처럼 자네 계산법 또한 독특하군. 다브 데 그레프, 자네는 돼지야. 우리는 돼지의 멱을 따지."

* * *

코제트가 곧 아이를 낳을 거라는 사실을 알게 된 루이데지레 뷔르댕은 자신의 멋진 꿈이 허무하게 사라지고 있다고 생각했다. 그는 이 소식을 마들렌의 입으로 직접 들었다. 그는 노발대발했다. 특히 상처를 회복하자마자 자신의 불운을 불쌍히 여기는 주인에게 격분했다. 예전에 그처럼 거만하고 파렴치했던 카사노바는 대체 어디로 갔단 말인가?

아메데는 코제트가 분명히 임신했고 조만간에 출산할 거라고 확신한 때부터 집에 틀어박혔다. 그는 루이데지레의 충고를 듣지 않았고 루이 드 베르뉴를 냉대했다. 이윽고 그는 다시 외출하기 시작했다. 그는 탕플 대로의 수상쩍은 카바레, 창녀촌, 저속한 카페에 출입했다. 그는 예전으로 돌아갔다. 거만한 태도는 줄었지만 회한은 늘었다.

코제트는 그 소식을 들었다. 하지만 그녀는 아메데의 타락에 조금도 동요하지 않았다. 때때로 그의 불행을 즐겼다. 아메데의 머리맡에 있었을 때 부상당해 쇠약해지고 저항할 수 없는 그를 보고 은밀히 기쁨을 느끼기조차 했다. 그의 고통은 그녀의 고통을 덜어주었다. 그리고 점차적으로 사물, 사람, 풍미, 미래, 그리고 자신에 대해서 어떤 꾸밈이나 부자연스러운 면이 전혀 없고 초연함이 찾아왔다. 그리고 그녀가 추구하던 이기주의, 악몽, 부조리는 더 이상 의미가 없었다. 사실 그녀는 오직 한 가지, 아이만을 생각했다.

아메데는 코제트의 마음을 깨달았다. 그녀의 쌀쌀맞은 태도에 그는 절망했다. 그는 충실한, 어쩌면 너무도 충실한 친구인 루이 드 베르뉴와 함께 마음을 달랬다. 루이는 끝없이 그를 위해주고 같이 외출하자고 권유했다. 그들은 다시 함께 외출하고 실컷 술을 마셨다. 루이는 로베르 당드루아지의 이름을 입에 올리지 않았다. 아메데는 난폭한 군인처럼 고함치고 가장 못생긴 아가씨를 골랐으며 넝마주이처럼 싸웠다.

어느 날 저녁 아메데는 루이 드 베르뉴에게 자신이 일삼았던 거짓말이 인간의 결함들 가운데 몇 가지를 부각시키는 허망한 것이라고 고백했다.

"코제트는 결코 내 사람이 되지 않을 거야. 이제 내게는 진실밖에 없네."

루이 드 베르뉴는 친구를 시련으로부터 벗어나게 해주려 했다. 아메데에게 매료된 그는 영혼에서 일어나는 일은 때때로 거짓말이 진실보다 더 잘 설명해준다고 대답했다.

그러자 아메데가 소리쳤다.

"그럼 거짓말을 계속해야겠군! 자신의 생각을 솔직하게 밝히는 게 가장 멋진 방법이 아닐까?"

* * *

코제트는 3킬로그램의 멋진 사내아이를 낳고 장이라는 이름을 지어주었다. 아이가 태어나자마자 죽기를 바랐던 아메데는 방에 틀어박혔다. 그는 의사와 산파를 부르고 코제트의 방을 꽃으로 가득 채웠다. 그는 방탕한 생활을 멈추었다. 하지만 슬픔은 사라지지 않았다. 그는 눈물을 참을 수 없었다. 모든 사람들이 그에게 맞서기 위해 결속한 것처럼 보였다.

본의 아니게 주인의 고뇌를 지켜보게 된 루이데지레는 극도로 불안해했다. 집사는 주인의 고뇌가 그의 몰락으로 이어질까봐 걱정했다. 그는 낙심할 뻔했다. 냉정하고 계산적인 사람, 신체적 기형으로 인해 더욱 두드러지는 그의 간악함, 어떤 양심의 가책에도 괴로움을 느끼지 않는 사람, 정직과 정의가 성공에 방해가 된다고 생각하는 사람. 그는 대응하기로 결심했다. 최대한 빠른 시일 내에.

장 퐁메르시가 태어난 다음 날 루이데지레는 다브 데 그레프에게 갔다. 노인이 분통을 터뜨렸다.

"자네, 미쳤어? 이곳에 절대로 오지 말라고 했잖소!"

다브 데 그레프는 황급히 계단 곬으로 들어가서 누가 보지 않는지, 루이데지레가 따라오지 않는지 확인했다. 그는 아래로 내려가면서 절대로 들통 나서는 안 된다고 투덜거리면서 주위를 두리번거렸다. 그는 깊숙이 감추는 것만이 최선이라고 생각했다. 깊숙이 감춘 곳에서는 비열한 감정의 힘이 나왔다. 그는 거리의 군중 속에서 익명의 존재로 있을 때만 안전하다고 느꼈다. 신분이나 사회적 지위를 비롯해서 모든 것은 쇠약해지고 품위를 잃게 마련이 아닌가. 그는 군중이야말로 그의 본모습을 감춰줄 제복이라고 생각했다.

그곳에 그의 다이아몬드가 있었다.

다브 데 그레프가 다시 거칠게 말했다.

"제기랄, 제기랄!"

루이데지레는 방에 하나밖에 없는 탁자에 앉아 다브 데 그레프를 기다렸다. 그는 방을 둘러보고는 아연실색했다. 그곳은 지붕 밑의 지저분한 다락방이었다. 온갖 종류의 잡동사니가 층층이 쌓여 있었다. 가구는 낡고 다리가 부서졌다. 기름때가 묻은 색깔 없는 방수포가 씌워져 있는 탁자는 망가진 의자 세 개와 자질구레한 에스파르트 밀짚 제품으로 둘러싸여 있었다. 탁자 위에 쌓인 먼지는 낡은 아르강 램프의 기름과 뒤범벅이 되었고, 굳어진 음식 찌꺼기는 식욕이 싹 달아나게 했다. 벽에는 아무것도 없었다. 그림도 판화도 없었다. 벽은 나머지 부분과 뚜렷이 구분되는 하얀 도료가 칠해져 있었을 뿐이었다.

루이데지레는 당황했다. 바닥에는 비틀린 타일과 목탄이 기이하게 뒤섞여 있었다. 그는 조그마한 원탁 위에서 여러 개의 서랍이 달린 비밀 상자를 발견했다. 그리고 박제된 고양이 한 마리. 그는 얼굴을 찡그렸다. 구석에 있는 썩고 파손된 마분지 상자, 나무 상자, 보따리마다 썩고 부서진 쓰레기로 가득했다. 그는 코를 움켜쥐었다. 이 다락방은 양로원처럼 악취를 풍겼다.

다브 데 그레프가 돌아와 문을 닫자 루이데지레가 사과했다.

"미안하네."

"자네가 그럴 수 있어? 이건 우리가 합의했던 것과 다르잖아."

"미안하네. 급한 문제가 생겼어. 코제트 퐁메르시 때문에 골치가 아프다네."

다브 데 그레프는 상대방의 얼굴을 살피더니 주먹으로 탁자를 내리치면서 말했다.

"이보게, 뷔르댕! 사람들을 죄다 사라지게 할 수는 없는 법이야. 좀 진정하게! 절제하게! 포기하라고! 포기는 무한한 힘을 주지."

"테나르디에, 자네는 나를 속이려고 하지? 포기하라고? 그럼 자네의 소모공장, 샤말랭 레스토랑, 사업 확장 계획, 그리고 집에 감춰놓은 돈은 뭐지?"

다브 데 그레프의 얼굴이 험악해졌다. 안쪽으로 휘어진 입술은 그의 속임수가 장애물을 만났다는 것을 말해주었다.

다브 데 그레프는 마음이 진정되자 용건을 물었다.

"제안하고 싶은 게 뭔가? 남작부인을 죽이는 것?"

자신이 생각하고 있는 나쁜 짓을 상대가 대신 말하게 하는 것은 언제나 좋은 작전이다.

루이데지레는 격분한 척하면서 대답했다.

"그 정도는 아니네. 하지만 내 주인은 우리가 몹시 힘들게 번 얼마 안 되는 돈을 날려버렸어. 코제트가 주인에게 몸을 허락하지 않았을 뿐만 아니라 사내아이를 낳았거든."

"그 도형수의 아들?"

"맞아. 만일 자네가 해결책을 찾으면 나는 제라르에게 샤말랭 레스토랑을 떠나라고 요구하겠네. 자네 혼자 주인이 되는 거지. 내 몫은 자네에게 주겠네. 또 자네가 다른 카바레를 사들일 때 추가로 지원하겠네."

다브 데 그레프의 입꼬리에 침이 맺혔다.

"구미가 당기는 제안이군. 아이는 문제가 아니야. 센 강에 빠뜨리면 누구도 알 수 없을 거야. 그런데 '종달새(코제트)'는 다소 복잡해."

루이데지레는 인상을 찌푸리고 반문했다.

"왜 복잡하다는 거지?"

"나는 라스네르에게 달려들었어. 내게 예수를 떠맡겼던 작자야. 나는 라스네르를 제거해야 해. 자네가 그놈을 처치해줄 거라고는 생각하지 않아."

짜증난 루이데지레는 벌떡 일어나 서성거렸다. 그리고 이렇게 중얼거렸다.

"코제트는 다른 사람들을 만나고 있어. 제라르가 말하는데 그녀는 생쉴피스 성당에서 이상한 녀석을 만났다는 거야. 그의 이름은 모로야."

루이데지레는 비밀 상자 옆에서 걸음을 멈추고 그것을 만지작거렸다. 서랍 하나가 열렸다. 에메랄드빛 눈을 가진 뱀이 새겨진 금반지가 보였다. 그는 비난하듯 반지를 가리키면서 물었다.

"예수의 반지?"

다브 데 그레프가 인정했다.

"어쩌겠어. 나는 보물을 좋아하거든. 이 반지는 값이 꽤 나갈 거야. 나는 장물아비와 흥정할 거야."

루이데지레는 턱을 떨면서 문까지 걸어갔다. 이 천박한 테나르디에는 탐욕 때문에 가장 초보적인 예방조차 할 수 없는 사람이었다.

"좋아, 올해가 가기 전에?"

다브 데 그레프는 일어나 비굴할 정도로 공손하게 루이데지레에게 모자를 주면서 정정했다.

"오히려 내년 초가 낫지."

루이데지레는 모자를 받고 문을 열면서 냉랭한 어조로 말했다.

"이제 자네가 실행에 옮길 일만 남았어."

그리고 계단 곬을 슬쩍 본 다음 까치발로 살금살금 내려갔다.

다브 데 그레프는 중얼거렸다.

"그래, 실행에 옮길 사람은 나지."

그리고 비밀 상자를 닫았다.

* * *

12월 초, 다브 데 그레프는 카리뇰 헌병 반장에게 생마르탱 시문 쪽에서 대단한 일이 일어날 거라고 알렸다.

"더 정확히 말하자면 슈발루주의 막다른 골목에서. 내 공장에서는 모르는 게 없다네. 13일 저녁에 올 준비를 하게."

하지만 헌병 반장은 먼저 공장으로 가야 한다고 오해했다.

다브 데 그레프는 샤르동 집에 가서 13일 무렵을 조심하라는 충고를 했다. 장물아비는 이미 음모를 감지하고 있었다. 그는 다브 데 그레프에게 고마움을 표하고 자신은 누구도 두려워하지 않는다고 장담했다.

"우리 집에는 훔쳐갈 게 하나도 없네. 나 말고는! 자네는 내게 빚이 있다는 사실을 잊지 말게."

다브 데 그레프는 연약하고 뚱뚱한 장물아비를 째려보고는 중얼거렸
다.

'일이 이루어진 거나 마찬가지야, 이 뚱보 미꾸라지야.'

다브 데 그레프는 경쾌한 마음으로 떠났다. 그는 라스네르와 샤르동 그
리고 특히 그 재수 없게 생긴 아브릴이 끝장나기를 바라면서 생각했다.

'13이라는 숫자는 내게 행운을 가져다줄 거야.'

몇 주가 흘렀다. 다브 데 그레프는 더 이상 가만히 있지 않았다. 조금만
멀어도 공장과 루제의 음모를 감시하는 루피에르를 데리고 다녔다. 그날 다
브 데 그레프는 사업 영역을 확장하는 데 필요한 새로운 가게를 찾기 위
해 시테 섬에 갔다. 그는 벽이 낡은 어느 1층 앞에 멈추었다. 그곳은 위르
생가였다.

노인이 루피에르에게 말했다.

"자네는 클랑 데스탱 술집을 모를 거야. 나는 그 술집이 몹시 그립다
네. 그곳에서는 적어도 생기, 활기가 있었고, 굵직한 거래가 오갔지. 지금
은 모두 윤기가 흐르고 예의가 바르지. 이런 상류층은 지루해. 그래서 나
는 다른 걸 계획하고 있어."

"싸구려 식당을 매입하시게요?"

"어떻게 알았지? 하지만 난 돈이 없어. 돈을 가져보기는커녕 빚을 졌
어. 빚을 갚지 않는 사람은 결국 부자가 되지."

두 사람은 벽이 낡은 집으로 들어갔다.

한편 루제는 샤말랭 레스토랑 앞에서 베르자를 만났다. 그는 공장의 감
독을 게일과 푸앵퇴르에게 맡겼다. 음산한 날씨였다.

베르자는 작업복을 입고 안대를 차고 있었다. 두 사람은 마치 모르는
사이처럼 베르리가를 향해 각자 걸어갔다. 그들은 생마르탱가에서 나란

히 걸었다.

루제가 나지막하게 말했다.

"정보를 입수했어요. 다브 데 그레프는 시테 섬에 갔어요. 마음 놓고 움직일 수 있어요. 문을 따고 들어갑시다."

베르자는 모자와 프록코트가 들어 있는 가방을 어깨에 멨다. 유비무환. 그는 한 가지 조건을 제시했다.

"미리 경고하는데, 만일 사고가 생기면 나는 단도를 사용하지 않을 거야. 나의 유일한 무기는 나이팅게일 소리를 내는 거야."

"알았어요. 나는 벽을 긁을 주머니칼을 가져왔어요. 한 시간이면 끝낼 수 있어요. 그런 다음 줄행랑치면 되죠."

"만일 다브 데 그레프가 자네에게 어디에 있었냐고 묻는다면?"

"예상보다 일찍 샤말랭 레스토랑에 갔다고 말하죠. 아무튼 나는 게일에게 7시에 나를 찾으러 레스토랑으로 오라고 부탁했어요. 나머지는 제라르와 함께 해결할게요."

베르자는 뒷짐을 지고 걸으면서 제라르가 의심하고 있다고 알렸다. 그들은 소모공장이 보이는 곳에 도착했다. 루제는 작은 정문 옆에서 멈추고 길 양쪽을 날카로운 시선으로 살폈다. 그리고 나지막하게 말했다.

"당신은 눈치가 빠르군요. 제라르는 갈보집을 운영하고 있어요. 거기서 마법 의식을 거행하는 것 같아요."

"마법 의식?"

"프로제르핀이 그 이야기를 해줬어요. 당신에게 추파를 던지는 적갈색 머리의 예쁜 종업원 말이에요. 어느 날 저녁, 그녀는 붕대로 내 눈을 가리고 그들의 추잡한 놀이를 보여주려 했어요. 나는 거절했죠. 그것은 부자들과 함께 벌이는 통음난무였어요. 예전에 제라르는 잠시 의사 노릇을 했어요. 그래서 그에게는 나쁜 습관이 남아 있어요. 그는 사랑의 묘약과 악마의 향유를 만들고 있어요.”

루제는 문을 밀고 입술에 손을 갖다댔다.

“지금부터는 실수해서는 안 돼요. 램프는 가지고 있겠죠?”

“그래.”

“그럼 가요.”

다브 데 그레프의 집 2층에 도착했을 때 루제는 아래층에서 나는 발소리를 들었다. 그는 아래층의 동정을 살피면서 칼을 꺼냈다. 이각모를 발견하는 순간 피가 얼어붙는 듯했다. 카리뇰 헌병 반장이었다.

루제는 칼을 단단히 쥐고 속삭였다.

“저 썩어빠진 반장이 대체 저기서 뭘하는 걸까?”

헌병 반장은 두 부하를 밖에 세워두었다. 루제의 우려와는 달리 반장은 계단을 올라오지 않고 공장으로 갔다. 이번에도 다브 데 그레프에게 당한 걸까?

루제는 베르자에게 고개를 돌렸다. 베르자의 침착한 표정에 그는 깊은 인상을 받았다.

“당신은 떨리지 않아요?”

“내가 왜 떨어야 하지?”

베르자는 만능열쇠를 꺼내 일을 하기 시작했다. 순식간에 문이 열렸다. 그는 기름 램프에 불을 붙였다. 두 사람은 다브 데 그레프의 방에 들어섰다.

루제가 중얼거렸다.

“내가 상상했던 것보다 훨씬 더 불결하군.”

루제는 게일이 말한 벽으로 달려가 주머니칼로 열심히 파기 시작했다.

베르자는 현장을 면밀히 조사했다. 그는 물건마다 뒤집어본 후 바로 제자리에 돌려놓았다. 모든 게 뒤죽박죽이었다. 건초 더미 속에서 바늘을 찾는 꼴이었다. 그는 램프를 들고 수색하다가 비밀 상자를 넘어뜨렸다. 타르디에가 위치를 바꿔놓았던 것이다. 비밀 상자는 작은 원탁 위가 아니라 종이상자 더미 밑에 있었다. 베르자는 비밀 상자 위를 만지작거렸다. 서랍이 열리면서 반지가 나타났다. 그는 상자를 꺼내 루제에게 보여주었다. 하얀 반지의 뼈대에 끼워진 에메랄드는 유리 눈을 닮았다. 루제는 열심히 칼질을 한 덕분에 방금 돌덩이를 무너뜨렸다.

루제는 칼끝으로 다이아몬드를 꺼내 엄지와 검지로 쥐고 램프 불빛에 비추었다.

"봐요. 우리는 한몫 잡은 거예요."

베르자가 차가운 어조로 말했다.

"자네가 갖게. 그런데 이건 뭐지?"

루제는 반지를 검사하면서 눈살을 찌푸렸다.

"아무것도 아니에요. 이건 죽은 예수의 반지예요. 우리는 그를 지옥으로 보내버렸죠."

탐욕스러운 루제는 더 이상 조심하지 않았다.

베르자는 초연한 척하면서 말했다.

"그래도 에메랄드야."

"마음에 들면 당신이 가져요."

루제는 시계를 보았다.

"서둘러야 해요. 이제 30분밖에 남지 않았어요. 좀 더 뒤져봐요. 이 늙은 악당은 분명히 반지나 동전을 감춰두었을 거예요. 그는 은행을 믿지 않거든요."

루제는 땀을 뻘뻘 흘리고 있었다. 어둠 속에서 램프 불빛에 비친 새빨개진 기이한 얼굴, 휘둥그레진 눈 탓에 그는 마치 대장장이처럼 보였다. 그는 히스테리 환자처럼 한 발로 껑충껑충 뛰어다녔다. 베르자는 고개를 끄덕이고 반지를 호주머니 속에 넣었다. 이 반지는 그의 수사에 큰 도움이 될 것이다.

* * *

아이들은 푸앵퇴르의 사나운 감시 속에서 작업하고 있었다. 공장에서 말을 하는 사람은 아무도 없었다. 루제도 루푀르도 없었다. 늙은 불구가 들어올린 손가락은 웃음거리밖에 되지 않았다. 푸앵퇴르의 감시에 익숙해진 아이들에게 그의 손짓은 우스꽝스러운 버릇일 뿐이었다. 반응은 즉각적이었다. 그는 자신의 역할에서 일말의 즐거움도 느끼지 못하는 듯했다. 그는 남아 있는 모든 능력을 원한을 위해 사용하는 것 같았다. 원한은 기억력과 이성의 감퇴를 이겨내고 살아남았다. 그는 과거의 자신을 원망하고 있었다.

다브 데 그레프는 곡예단의 동물에게 먹이를 주듯 푸앵퇴르에게 급여 대신 닭고기 수프나 달걀의 노른자위 혹은 커다란 빵 덩어리를 주었다. 이 식물인간은 귀찮은 존재에 지나지 않았다. 주름투성이의 얼굴, 물렁물렁하고 얼룩덜룩한 피부, 편편한 두개골. 그는 말을 하지도 눈을 깜박거리지도 몸을 움직이지도 않았다. 그가 무엇을 생각하는지 의아할 정도였다. 루제가 지명한 아이들이 일주일에 두 번 그의 몸을 씻어주었다. 의자 밑에 고정된 요강이 있었지만 그것은 언제나 고역이었다. 딱지, 욕창, 농포로 가득한 늙은이의 배설물을 치워야 했다. 아이들이 지나가다가 꼬집기라도 하면 노인은 혐오스러운 소리를 내며 소스라치게 놀랐다. 하지만 아이들은 그를 두려워했다. 악어처럼, 늪에 사는 동물처럼 언제나 움직이지 않는 것이 무서운 법이다.

루제와 루푀르가 없었기 때문에 아이들은 열심히 일하지 않았다. 라파엘은 일감을 쥔 채 졸고 있었고, 게일은 끝이 뾰족한 커다란 얼레빗을 만지작거리면서 휘파람을 불고 있었다. 다른 아이들은 푸앵퇴르를 보지 않고 일하고 있었다. 루제는 램프들을 적절히 배치하지 않았다. 그래서 모두 희미한 불빛 속에 잠겨 있었다. 푸이예 아줌마는 형편없는 식사 자리를 뒷정리하고 냄비를 문질러 닦았다. 가끔 집게손가락을 내밀고 두 다리를 움직이면서 의자를 삐걱거리게 하는 푸앵퇴르는 옷 보따리처럼 웅크리고 있어 잘 보이지 않았다. 그림자밖에 볼 수 없었다. 그의 그림자는 더욱 흉측해 보였다.

게일이 라파엘에게 물었다.

"야, 너 자니?"

묵묵부답. 이 금발 소년은 어떻게 처신해야 하는지 잘 알고 있었다. 그는 잠시 수면을 취하면서 일하는 척하는 것에 익숙해져 있었다. 다른 아이들은 이런 흉내를 낼 수 없었다. 공장은 그런 대로 돌아가고 있었다. 밤이 되면 아이들이 꾀를 피우지 않는지 더욱 가까이에서 살펴봐야 했다. 교대하는 팀, 즉 고양이를 사냥하러 나가는 팀과 공장에 머무르는 팀이 있기 때문에 몇 명이 망을 보았다. 그들은 서로 잔기침이나 마른기침을 통해 경고를 해주곤 했다. 채찍질을 피하기 위해서 그런 식으로 서로를 도왔다.

게일이 옆을 슬쩍 바라보았다. 라파엘이 자고 있었다. 그는 라파엘을 깨우려 하지 않았다. 몇 분 전 카리뇰이 지나갔다. 그는 몽유병자처럼 공장에서 서성댔다. 그러다가 별안간 자신의 이마를 톡 쳤다.

"제기랄, 슈발루주의 막다른 골목에 가야 했는데!"

헌병 반장은 즉각 떠났다. 게일은 헌병 반장이 왜 그러는지 이해할 수 없었다. 하지만 지금이야말로 행동에 옮길 때였다. 더구나 푸이예 아줌마가 냄비를 갖고 자리를 뜨지 않았는가.

어둠에 익숙한 게일은 공장을 둘러보았다. 그 시각에는 언제나 잠시 부산했다. 다브 데 그레프는 아이들이 의욕적으로 일을 할 수 있도록 수프를 먹인 후 빵 부스러기와 함께 증류주가 섞인 포도주를 마시게 했다. 그 결과 아이들은 졸기 일쑤였다. 몇몇 아이들은 완전히 곯아떨어졌다. 게일은 그 점을 노렸다. 그는 몸을 숙이고 방적기를 해체할 때 사용하는 작은 망치를 주웠다. 그는 빗을 입에 물고 오리걸음으로 푸앵퇴르가 앉아 있던 의자까지 갔다. 한 줄기의 희끄무레한 빛이 푸앵퇴르의 실내화를 비추고 있었다. 그는 잠시 멈추었다. 일을 저지르기에 좋은 상황이었다.

게일은 푸앵퇴르 뒤로 가서 푸앵퇴르의 머리 위에 빗을 갖다댔다. 그리고 혐오스러운 눈초리로 두개골을 응시하면서 천천히 일어났다. 두개골은 물방울 모양의 반점과 주름이 많은 얼룩덜룩한 잿빛이었다. 푸앵퇴르는 자기 주위에 누군가가 있다는 사실을 느낀 듯 집게손가락을 두 번 들어올렸다. 그는 박자를 맞추는 듯했다.

게일은 망치를 들어올리면서 속삭였다.

"내가 다른 음악을 연주하게 해주지. 당신이 우리에게 치르게 한 모든 피와 돈을 위해 당신 머리를 부서버릴 테야. 약속한 것은 이행할 의무가 있지."

게일은 망치를 힘껏 내리쳤다. 빗은 상한 케이크 같은 두개골에 박혔다. 뭔가가 점착성의 약한 소리를 내면서 분출했다. 게일은 다시 망치를 내리쳤다. 이번에는 빗살이 완전히 박혀 보이지 않았다. 노인은 공포에 질려 사시나무처럼 떨었다.

게일은 안락의자 뒤에서 무릎을 꿇고 낡은 걸레로 얼굴을 닦았다. 피가 여기저기에 튀어 있었다. 그리고 기다렸다. 이 심술궂은 늙은이는 결국 죽지 않겠는가? 하지만 아직은 아니었다. 노인의 집게손가락이 더욱 격렬하게 움직이면서 무언가를 가리켰고 허공을 움켜잡으면서 긁어댔다. 다행히 노인은 소리를 지를 수도 일어날 수도 없었다. 그래도 노인은 날카로운 신음소리를 냈다. 덫에 걸린 쥐처럼.

게일은 옆으로 몸을 기울이고 출구를 살폈다. 그리고 공장을 둘러보았다. 아무것도, 아무도 없었다. 이제 마무리를 지어야 했다. 노인은 죽어가고 있었다.

게일은 다시 일어나 푸앵퇴르의 귀에 대고 말했다.

"당신은 쥐며느리처럼 죽을 거야. 내가 멋진 가르마를 만들어주지……."

게일은 노인의 두개골에 박힌 빗을 단번에 뽑았다. 노인이 소스라쳤다. 끔찍한 요동. 의자 다리가 치솟았다가 요란한 소리와 함께 떨어졌다. 다행히 아이들을 깨울 정도는 아니었다. 게일은 한눈으로 푸이예 아줌마가 돌아오지 않았다는 사실을 확인했다. 그는 손을 뻗어 고양이 머리로 가득한 부대 하나를 잡았다. 부대 속에 영감의 머리를 넣고 끈으로 목 주위를 묶었다. 그리고 힘껏 목을 졸랐다. 다시 망치로 세 번 내리쳤다. 우지끈 하는 소리가 크게 들렸다. 푸앵퇴르의 머리? 아니면 고양이의 머리?

어느 쪽이든 개의치 않았다. 게일은 숨을 가다듬었다. 그는 걸레로 빗과 망치를 닦았다. 그리고 제자리로 돌아왔다. 푸이예 아줌마가 부지깽이로 불을 쏘시고 있었다. '잘됐군!' 그리고 라파엘에게 말했다.

"야, 너 자니?"

아이는 새끼 고양이처럼 몸을 흔들며 대답했다.

"아니, 게일. 일하잖아."

"좋아. 계속하렴."

* * *

같은 시각, 라스네르와 아브릴은 날이 네 개 달린 단검으로 샤르동을 공격하고 있었다. 그것은 끔찍한 학살이었다. 아브릴이 도끼로 장물아비의 목숨을 끝내는 동안 라스네르는 옆방으로 갔다. 샤르동 할멈이 침대에서 졸고 있었다. 완전히 귀가 먹은 그녀는 아무것도 듣지 못했다. 라스네르는 그녀의 머리채를 낚아채고 얼굴을 여러 차례 갈겼다. 그리고 매트리스로 눌러 질식시켰다. 어떤 소리도 새어나오지 않았다. 그녀는 쉽게 죽었다. 무엇을 위해 이 짓을 할까? 500프랑, 은그릇, 장미색 조끼 하나. 초라한 전리품.

아브릴은 자루를 어깨에 메고 말했다.

"떠납시다."

두 사람은 슈발루주 골목을 떠나 생탕투안가에서 잠시 이야기를 나눴다. 날이 어두웠다. 누르스름한 빛. 아브릴은 샤말랭에 가서 다브 데 그레프에게 앙갚음을 하고 싶었다.

"그 영감탱이가 분명 장물아비에게 알렸어요. 당신도 확실히 봤잖아요. 거의 아무것도 없었어요. 만약 영감탱이가 우리를 경찰에 고발했다면?"

라스네르는 숙고했다. 복수의 생각이 머릿속에서 맴돌았다. 독사 같은 그 늙은이를 믿지 말았어야 했는데.

470

"자네 말이 옳아. 영감탱이를 죽여버리자. 주소는 모르지만 샤말랭의 지배인을 칼로 위협하면 알아낼 수 있을 거야. 도끼는 가지고 왔지?"

"아니요. 하지만 단도는 있어요."

그들은 절반쯤 갔을 때 한 무리의 헌병들과 마주쳤다. 배가 불룩 나온 카리놀이 견장을 과시하며 선두에서 걷고 있었다. 이 바보는 승리감에 도취되어 얼굴에 희색이 넘쳐흘렀다. 마렝고 전투에서 란 장군이 그랬던 것처럼.

아브릴이 갑자기 멈추면서 외쳤다.

"내가 뭐라고 했어요! 저 '포승줄 장사꾼들'은 뭐죠? 골치 아픈 상황이에요."

두 사람은 가던 길을 돌아왔다. 그리고 골목길로 들어선 다음 생마르탱 시문 쪽으로 도망쳤다. 그리고 그곳에서 멈췄다.

아브릴이 헐떡거리면서 물었다.

"좋은 생각이 있어요?"

"우리 꼴을 보면 터키 목욕탕을 갈 거라고 생각할 거야. 이것 좀 봐. 피투성이야. 우선 옷을 빨아야겠어. 나중에 외투 속에 은그릇을 감추고 팔러 가게. 그리고 우리가 자주 가는 에페시에 카페에서 자네를 기다리겠네."

"다브 데 그레프는 어떻게 하죠?"

"귀신은 그런 놈도 안 잡아가고 무엇 하나 몰라. 결국에는 헌병들이 그 영감탱이를 체포할 거야."

* * *

다브 데 그레프는 오브리르부세가로 돌아오자 루푀르를 공장으로 보내고 자신의 방으로 올라갔다.

방문 앞에 이르자 다브 데 그레프는 열쇠를 자물쇠에 넣고 돌렸다. 불법 침입의 흔적은 없었다. 베르자가 완벽하게 문을 닫았던 것이다. 하지만 불을 켜자 영감은 속이 뒤집혔다. 벽에 칼자국이 나 있었다.

다브 데 그레프는 즉각 루제와 게일을 의심했다. 틀림없이 루제가 발설했을 것이다. 그는 램프로 벽을 비추고 떨리는 손으로 울퉁불퉁한 부분을 더듬었다. 그는 이 벽 속에 재산을 감춰두었다. 여섯 개의 작은 다이아몬드. 깔때기처럼 움푹 파인 구멍이 세 개인 것을 보니 세 개의 다이아몬드만 훔친 것 같았다. 세 개만 해도 엄청난 것이었다. 그는 끔찍한 허탈감에 사로잡혔고 모든 게 무너지는 불길한 느낌이 들었다. 마치 누군가가 그의 심장을 도려낸 듯했다. 그는 털썩 주저앉았다. 죽은 생선 같은 얼굴은 이제 소리 없는 광기가 섞인 비열한 탐욕만을 나타내고 있었다. 그는 복수를 되새겼다. 이윽고 그는 모자를 벗었다가 다시 쓰고 지팡이를 잡은 다음 램프를 들어 벽을 바라보았다. 기가 막힐 일이었다. 두 눈에서 눈물이 방울졌다.

허탈에 빠진 다브 데 그레프는 한숨을 내쉬었다.

"아, 내 다이아몬드!"

별안간 다브 데 그레프는 믿을 수 없는 힘으로 벌떡 일어나 문으로 돌진했다. 그는 문을 쾅 닫고 계단을 급히 내려가 공장으로 갔다. 그곳에서 어떤 일이 그를 기다리고 있는지 조금도 상상하지 못했다.

다브 데 그레프는 루제와 게일을 생각하면서 중얼거렸다.

"두 놈은 이제 죽었어."

* * *

루제와 베르자는 일을 끝내고 샤말랭 레스토랑으로 갔다. 보따리를 어깨에 멘 베르자는 모자를 쓰고 프록코트를 입었다. 감쪽같이 모로 씨의 모습으로 돌아갔다. 레스토랑 앞에서 루제는 예수를 죽이는 일을 도와주었던 흰둥이 뱅트되와 마주치고는 깜짝 놀랐다.

뱅트되는 루제와 함께 온 부르주아를 노려보면서 물었다.

"잘 지내?"

"응."

그리고 헤어졌다.

베르자가 물었다.

"누구야?"

루제가 대답했다.

"예수를 살해한 사람이죠. 그리고 당신은 예수의 반지를 가졌고요."

"저런, 저런."

루제는 우월감을 갖고 베르자를 바라보았다. 그는 세 개의 다이아몬드를 손에 넣었을 뿐만 아니라 뱅트되를 단독 살인범으로 몰아세웠다. 그리고 자신의 계획이 완벽하다고 믿었다. 그는 게일에게 7시에 샤말랭으로 자신을 찾으러 오라고 부탁하지 않았는가.

루제가 베르자에게 장담했다.

"알리바이는 완벽해요. 의심을 사지 않도록 오늘 저녁 여기서 식사를 하세요. 그리고 내일 평소처럼 만나요."

루제는 부르고뉴산 포도주 한 잔을 마시고 제라르와 몇 마디를 나누었다. 제라르는 이상한 눈초리로 베르자를 쳐다보았다. 루제는 모로 씨가 부르주아치고는 일 솜씨가 상당히 민첩하다고 생각했다. 마치 밀정 같이.

게일은 어김없이 시간을 지켰다. 그는 식당에 도착하자마자 곧장 베르자와 루제가 있는 탁자로 돌진했다. 그리고 그답지 않게 겸손하게 모자를 벗더니 괴로워하는 표정으로 머리를 숙였다.

루제가 허풍쟁이의 어조로 말했다.

"어이, 게일, 몰라보겠어! 무슨 일이야?"

게일 역시 나름대로 궁리했다. 루제는 분명 이 사건을 조사할 것이다.

게일이 더듬더듬 말했다.

"푸앵퇴르가…… 어찌 된 영문인지 모르겠어…… 날이 어두웠어……. 푸이예 아줌마는 냄비를 닦고 있었고……. 그리고 카리뇰 반장이 들렀어……. 그때 나는 좀 졸았어……. 아무튼 다시 일을 시작했을 때 의자에서 푸앵퇴르를 보았어……. 그런데 죽어 있었어."

"죽었다고?"

루제는 우선 욕설을 꾹 참았다. 그는 게일의 멱살을 잡고 주먹으로 위협했다.

"네놈 아니야?"

베르자는 루제의 손을 붙잡고 살짝 비틀었다. 루제는 게일을 놔주었다. 그는 베르자를 쏘아보았다. 저 아래 카운터에서 제라르가 이 장면을 하나도 놓치지 않고 보고 있었다.

격분한 루제가 쏘아붙였다.

"나더러 어쩌란 말이오? 내가 초상화라도 되는 줄 아시오?"

루제는 의자를 넘어뜨리면서 일어났다. 손님들의 시선이 그에게 쏠렸다.

루제가 중얼거렸다.

"나, 가요."

루제는 베르자에게 인사를 하는 둥 마는 둥 하고 급하게 물러갔다. 베

르자는 저녁식사 시간을 단축했다. 제라르에게 무슨 일이 있느냐고 묻자
그는 불행한 일이 일어났다고 대답했다. 더 이상 알 수 없었다. 어쩌면 도
둑질을 덮을 수 있는 호재일 수도 있었다. 베르자는 보따리를 들고 게일
과 함께 나왔다.

게일이 도전적인 표정으로 물었다.

"당신은 루제의 친굽니까?"

"그냥 아는 사람이야. 그를 도와주고 있다고나 할까?"

베르자는 주머니에서 예수의 반지를 꺼냈다.

"자, 이 반지를 좀 보게. 루제는 가장 높은 값을 부르는 사람에게 이 반
지를 팔라고 나한테 부탁했어."

게일은 깜짝 놀라며 커다란 턱을 내밀었다. 그는 가로등의 희미한 불빛
아래로 베르자를 끌고 가더니 다시 한 번 반지를 보여달라고 부탁했다.

"이건 예수의 반지예요!"

"예수가 누구지?"

"루제로부터 우리를 보호해주었던 사람이에요. 그는 20년간 '풀을 베
러 간 것' 같아요."

"그러니까 도형장으로 갔단 말이야?"

"네, 확실해요."

"그럼 누가 이 반지를 훔쳤을까?"

"모르겠어요. 하지만 믿을 수가 없어요."

"믿을 수가 없다니?"

"예수는 진짜 사내다운 사내였어요. 루제가 우리에게 싸움을 걸 때 루
제를 혼내줄 사람은 예수밖에 없었어요. 누구도 감히 예수의 반지를 훔칠
생각은 하지 못했을 거예요. 누군가가 그를 때려눕혔다는 생각이 들어

요. 악마의 짓이 아니라면……."

베르자는 한 손으로는 보따리를 들고 겨드랑이에 지팡이를 끼고 다른 손으로는 뒷짐을 진 채 다시 걷기 시작했다.

"얘야, 악마는 존재하지 않아. 하느님이 존재한다고 믿게 하기 위해 사람들이 지어낸 말이야. 임시변통으로 말이야."

게일은 낮은 목소리에 근엄해 보이는 이 사람을 이상하다는 듯 바라보았다. 왠지 신뢰감이 갔다.

게일이 열렬히 반박했다.

"그럼 다브 데 그레프와 꼽추도 악마라고 할 수 있겠네요?"

베르자가 놀라 물었다.

"꼽추라니?"

루제도 꼽추에 대해 말한 적이 있었다.

게일이 말을 이었다.

"트랑스농냉가의 대학살 사건이 일어난 날 아침, 저는 두 사람이 함께 있는 걸 보았어요. 그들은 라파엘에게 외투를 주었던 어떤 신사의 시신과 예수의 몸에 관심을 보였어요."

"외투?"

게일은 이마를 찌푸리면서 말했다.

"말씀드린 대로예요. 루제가 그 외투를 가로챘어요."

"그 신사의 이름이 뭐지?"

"마리우스. 그는 예수와 아주 닮았어요. 언젠가 두 사람은 싸울 뻔했어요. 루제와 저는 뭔가를 회수하기 위해 시체 공시소에 가기도 했어요."

"그게 뭔데?"

"루제는 말하지 않았어요."

베르자는 반지를 보여주면서 물었다.

"이게 아니었을까?"

게일이 반박했다.

"하지만 시체 공시소에서 보았던 것은 예수의 시신이 아니라 마리우스의 시신이었어요!"

"만일 루제가 네게 거짓말했다면?"

게일은 걸음을 멈추고 강렬한 시선으로 베르자를 노려보았다. 이 사람은 그에게 불안의 씨를 뿌리고 있었다. 베르자는 말없이 고개를 끄덕였다.

"내가 너라면 나는 루제를 믿지 않을 거야."

게일이 대꾸했다.

"저는 루제를 신뢰하지 않아요! 저는 당신이 누군지 몰라요! 왜 이런 질문을 하는 거죠?"

베르자는 손짓으로 게일을 진정시켰다. 시체 공시소의 방문, 마리우스의 시신이 발견되었고 예수로 추정되는 사람이 혼수상태에 빠져 있었던 트랑스농냉가에 나타난 타르디에와 꼽추……. 모든 게 의심쩍었다.

베르자가 예수에게 말했다.

"안심해. 나는 너의 적이 아니야. 그럼 우리 서로 정보를 교환하는 게 어때?"

베르자는 보따리를 내려놓고 지팡이의 둥그스름한 끝으로 뺨을 긁었다. 그리고 말을 이었다.

"네 이야기는 분명 흥미 있어. 하지만 네가 주장한 것에는 어떤 증거도 없어."

게일은 옷자락을 걷어 올리면서 말했다.

"저는 거짓말하지 않아요! 비극이 일어났던 현장에 기자 한 명이 있었어요. 정확히 말하면 소묘화가예요. 그는 수첩에 그 장면을 그렸어요. 그의 이름은 도미에라고 해요. 저는 그를 알아요. 그가 이름을 알려주었거든요."

베르자는 다시 보따리를 집고 지팡이로 다정하게 게일을 살짝 치며 작별 인사를 나누었다.

5월 어느 날 베르자는「석판화 월례회」의 특별호 대형 도판집을 발견하고 깜짝 놀랐다. 어떤 그림에「트랑스농냉가」라는 제목이 붙어 있었다. 도미에가 서명한 이 그림은 커다란 반향을 일으켰다. 필리퐁이라는 사람이 이 도판집을 간행하고 있었다.「라카리카튀르」의 발행인은 생트펠라지 감옥에서 몇 달을 보낸 적이 있었다. 베르자는 너무나 사실적인 그림을 보고 깊은 인상을 받았다. 한 남자가 침대에 누워 있었다. 긴 잠옷은 상체만 겨우 가리고 있었다. 건장한 평민의 짤막한 다리도 총검으로부터는 목숨을 구하지 못했다. 살해된 남자의 뚱뚱한 배의 무게에 짓눌린 아이는 머리에서 피를 흘린 채 죽었다. 잠옷 차림으로 죽은 외설스러운 비극은 몇 년 전 들라크루아의 그림인「민중을 이끄는 자유의 여신」과 같은 이유로 좌파든 우파든 모든 사람들에게 강한 충격을 주었다.

베르자는 게일에게 한 푼을 주면서 말했다.

"고맙구나. 조심해서 빨리 공장으로 돌아가렴."

* * *

게일이 공장으로 들어가자 다브 데 그레프는 섬뜩한 눈빛으로 그를 노려보았다. 노인은 게일을 따로 데리고 가서 그들의 비밀을 조금이라도 누

478

설하지 않았는지 물었다. 게일은 무슨 비밀을 말하느냐고 반문했다. 노인의 얼굴이 교활하고 날카로워졌다.

"내가 무슨 얘기를 하는지 잘 알잖아?"

"벽 말인가요? 다브 데 그레프, 아무것도 몰라요. 맹세해요. 카리뇰 헌병 반장이 우리 공장에 들른 것은 알고 있어요. 그가 한참 동안 빈둥빈둥 돌아다니기에 저는 신경도 쓰지 않았어요."

다브 데 그레프는 머리를 돌리고 코를 풀었다. 그리고 암시로 가득한 어조로 말했다.

"그럼 루제를 찾아봐. 그는 아버지를 보면서 고양이 머리통 옆에서 토했지. 고양이 머리도 못 봤어?"

"우리는 모두 조금 잤어요."

"게일, 이 모든 게 참으로 이상하군. 헌병이 이곳에 왔고, 푸앵퇴르는 차갑게 식었고, 모두 낮잠을 잤다고. 나더러 그 말을 곧이 믿으라고?"

게일은 당당한 태도로 말했다.

"만일 제가 나쁜 짓을 했다면 저는 오늘 저녁에 돌아오지 않았을 거예요."

노인이 조용히 머리를 끄덕였다.

"일리 있는 말이다. 하지만 조심해. 만일 네가 그의 아버지를 죽였다는 사실을 알게 되면 루제는 가만히 있지 않을 거야. 나는 너를 위해 아무것도 해줄 수 없어."

게일은 고개를 들고 뻔뻔스럽게 다브 데 그레프를 쳐다보았다.

"루제는 샤말랭 레스토랑에 간다면서 잠시 자리를 비웠어요."

영감의 눈이 반짝거렸다.

"그게 언제야?"

“평소보다 조금 일찍 나갔어요.”

“좋아, 게일. 네 말을 믿으마.”

다브 데 그레프는 자신의 집에서 일어난 사건을 누구에게도 얘기하지 않았다. 하지만 그는 게일이 거짓말했다고 확신했다.

게일은 망설이는 어조로 덧붙였다.

“제가 샤말랭 레스토랑에 갔을 때 루제는 나이가 상당히 많고 수상쩍은 사람과 이야기하고 있었어요.”

다브 데 그레프는 심술궂은 미소를 지었다. 게일이 당황하는 것을 보니 그는 자기 목숨을 구하기 위해 누구라도 고발할 준비가 되어 있다고 생각했다. 다브 데 그레프는 루뢰르를 불렀다.

“이 구역에서 무슨 일이 일어나고 있는지 가서 알아보게. 나는 우리의 친구인 헌병 반장의 소식을 듣고 싶어.”

한 시간 후 루제가 격분의 눈초리로 게일을 주시하는 동안 루뢰르가 소식을 가지고 돌아왔다.

다브 데 그레프가 지시했다.

“루제, 푸앵퇴르를 처리해. (그리고 빈정대는 미소를 짓고 덧붙였다.) 게일의 도움을 받아서 해. 센 강에 던져버려. 물고기 밥이 될 거야.”

게일과 루제가 떠나자 다브 데 그레프는 샤말랭 레스토랑에 다녀온 루뢰르의 이야기를 들었다. 제라르는 루제가 오후 늦게 왔다고 말했으나 정확한 시각은 말해주지 않았다. 그는 또 생마르탱가의 관리인으로부터 정보를 입수했다. 샤르동과 그의 어머니가 정체를 알 수 없는 강도들에게 살해되었다고 했다.

다브 데 그레프는 안도의 한숨을 내쉬었다. 희소식이 나쁜 소식을 지워주었다. 그는 한동안 라스네르와 아브릴로부터 벗어날 수 있을 것이다. 루제와 게일의 문제는 기다린다고 손해 볼 것은 없었다. 그들의 운명은 연초에 결판날 것이다. 시테 섬에 새로운 가게 구입, 루이데지레의 후원, 루푀르의 신속한 일처리와 더불어 그는 주변을 정리할 것이다. 철저하게.

* * *

베르자는 조금도 습관을 바꾸지 않았다. 그는 마치 아무 일도 없었다는 듯 샤말랭 레스토랑에서 계속 저녁식사를 했다. 의심을 사는 일은 피해야 하고 무모한 모험도 피해야 했다. 그래서 출입 횟수를 줄였다. 루제는 쌀쌀맞고 신경질적이며 불안한 모습을 드러냈기에 더욱 조심했다. 뭔가가 있었다. 타르디에는 루푀르에게 베르자를 감시하라고 지시했다. 베르자는 그 사실을 눈치 챘다. 어느 날 생쉴피스 성당까지 그를 미행하는 그림자가 있었다. 그때부터 그는 일주일에 한 번만 레스토랑에 갔다.

어느 날 아침 베르자는 필리퐁이 사장으로 있는 오베르 석판화 출판사를 찾아갔다. 출판사는 베로도다 샛길에 있었다. 그가 출판사 문을 열었을 때 배가 불룩 나오고 동그란 안경을 쓴 대머리 사내와 마주쳤다. 사내는 공중인을 닮았다.

"필리퐁 씨?"

"아닙니다. 직원입니다. 그런데 누구시죠?"

사내는 거북의 머리를 갖고 있었다. 베르자는 도미에를 만나고 싶다고 대답했다. 그때 빨간 넥타이에 저고리를 벗었고 독일 용병의 헝겊 모자를 썼으며 손에 잉크를 묻힌 잠수인형 같은 사람이 나타났다.

베르자가 말했다.

“도미에 씨를 찾아왔습니다.”

“내 이름은 필리퐁입니다! 말썽꾼을 찾는다고요? 염소수염이 난 떠돌이 화가 말이요?”

베르자는 고개를 들고 하늘을 봤다. 그는 변덕스럽고 수다스러우며 동문서답하는 그런 경솔한 사람들을 질색했다.

필리퐁이 말을 이었다.

“당신은 내게서 그를 훔쳐가려는 겁니까? 공화국에서는 서로 훔치지 않습니다, 선생!”

필리퐁은 두루마리를 풀어 편집용 책상 위에 펼쳤다. 그리고 손가락으로 종이를 평평하게 눌렀다. 그는 무척 기쁜 어조로 물었다.

“선생, 이게 뭔지 압니까?”

“배(梨)?”

“네, 배입니다. 늘어진 볼, 좁은 이마, 곱슬머리를 지닌 왕의 얼굴은 배의 윤곽을 갖고 있지요. 당신은 우리 국왕과 우둔함의 상징인 배와의 유사성에서 어떤 풍자적인 부분이 엿보입니까?”

“고소당할 위험이 있어 보이는군요.”

필리퐁은 두 팔을 벌리면서 말했다.

“과일을 그렸다고 예술가를 고소한다고요? 그건 재판관들을 웃음거리로 만들 겁니다, 선생.”

베르자가 초조하게 물었다.

“도미에 씨는 어디에 있습니까?”

“왜 도미에 씨를 찾는 거죠?”

“그의 작품을 좋아합니다. 그를 만나고 싶습니다.”

“나한테서 그를 훔쳐가려고요?”

482

"당치 않은 말씀입니다. 다시 말씀드리지만 나는 그저 경의를 표하기 위해 도미에 씨를 만나보고 싶을 따름입니다. 이젠 됐습니까?"

필리퐁은 직원에게 눈짓으로 물었다. 방문객의 태도가 무척 진지해 보였기 때문이다.

필리퐁은 종이를 말면서 솔직하게 말했다.

"당신이 경찰인 줄 알았습니다."

베르자가 냉소를 지었다. 그러자 불도그 같은 얼굴이 더욱 두드러졌다. 필리퐁이 주소를 알려주었다.

"도미에 씨는 오텔드빌 강변도로 12번지에 살고 있어요. 내가 자리를 뜨지 않고 배를 기다리고 있다고 전해주세요."

한 시간 뒤 베르자는 도미에 씨 집에 도착했다. 이 젊은 화가는 부모와 함께 살고 있었다. 빈정대는 입술과 뾰족한 코를 가진 그는 쌀쌀맞게 베르자를 맞이했다.

"보통 저는 집에서는 손님을 맞지 않습니다."

"필리퐁 씨가 저를 보냈습니다. 사장님은 당신을 위한 멋진 계획을 갖고 있습니다."

베르자는 모로라는 이름으로 자신을 소개했다. 그리고 재능 있는 화가에게 적합한 조심성과 열의를 가지고 비위를 맞춰주었다. 세대가 다른 이 예찬자에게 설득된 도미에는 자신의 화실을 보여주기로 했다. 그는 수다스러운 사람이 되기조차 했다. 모든 것이 그를 열광시키고 분개시켰다. 그는 그림 몇 점을 꺼내 농담을 하고 테라코타로 만든 작은 상들을 보여주었다. 전부 작은 몸통에 커다란 머리를 가진 조상(彫像)들이었다. 자부심이 강한 도미에는 빈정대며 설명했다.

"보세요. 이건 기조와 바이요(증권 중개인, 귀족원 의원—옮긴이)예요. 성가신 사람과 잘난 체하는 사람이죠. 저는 페토 왕(앙리 3세)을 소재로 한 석판화를 만들었다는 이유로 6개월 동안 감옥 생활을 한 이후에도 여전히 국왕(루이 필리프)을 공격하고 있어요! '영광의 3일'의 영광! 저는 7월 혁명을 소재로 45개의 작은 조각상을 만들었어요. 필리퐁은 틀림없이 이것들을 전시할 거예요!"

아무것도 이해하지 못한 베르자는 화가가 데생 수첩을 보여주기만을 기다렸다.

"아, 그러세요. 대단히 훌륭합니다. 하지만 저는 데생을 보고 싶어요. 당신은 데생 분야에 탁월하다고 생각해요. 그런데 필리퐁 씨는 당신에게 배를 기다리고 있다고 전해달라고 했습니다."

"배?"

도미에는 웃음을 터뜨렸다. 회색 작업복에 장밋빛 물방울무늬 넥타이를 맨 그는 어릿광대의 모습이었다. 그는 넓은 진열대에서 뭔가를 뒤적거리며 찾더니 마분지 상자를 가지고 돌아왔다. 그는 태연자약하게 외쳤다.

"자, 마음껏 보세요!"

도미에는 두 개의 사각대가 떠받치고 있는 판자 위에 마분지 상자를 놓더니 끈을 풀고 활짝 열었다. 베르자가 다가갔다. 그는 탐욕스러운 눈길로 시험 인쇄한 판화들과 스케치를 훑어보았다. 데생과 수채화는 루이 필리프, 헌병, 성직자, 권력, 공권력, 도덕을 풍자하는 내용이었다. 과거에 베르자가 옹호했던 것들이었다. 베르자는 마침내 관심 있는 그림을 발견했다.

"주목할 만한 작품입니다."

이것은 베르자가 상대방을 상당한 인물로 추어올릴 때 사용하는 표현이었다.

도미에는 의기양양해했다. 베르자는 더욱 면밀히 자료를 살폈다. 밑그림, 초상화, 소란, 군인들, 군중, 희생자들이 있었다. 고양이 가죽 모자를 쓴 다브 데 그레프도 있었다. 그 옆에는 검은 옷을 입은 사내가 있었다. 두 사람 다 얼굴을 찌푸리고 있었다. 그들은 몸을 웅크리고 있었지만 얼굴에는 은밀한 기쁨의 빛이 드러났다. '검은 옷을 입은 사내는 루제와 게일이 말했던 그 꼽추일 거야.' 그런데 왜 이 두 악당은 비극의 현장에 있었을까?

베르자는 관심을 끄는 부분을 가리키면서 말했다.

"바로 이겁니다."

얼굴이 훼손되고 손을 늘어뜨린 사내가 손수레에 비스듬히 누워 있었다. 베르자는 손을 가리키며 도미에에게 물었다.

"당신은 분명 반지를 그렸나요?"

도미에가 인정했다.

"맞습니다. 그때 저 남자가 끼고 있던 반지를 보고 깜짝 놀랐죠. 반지가 화려해서 눈에 띄었어요!"

베르자가 맞장구쳤다.

"맞습니다. 정말로 눈에 잘 띄는군요. 지나칠 정도로."

얼굴이 으깨진 사내는 분명 예수였다. 누군가가 그를 마리우스로 보이게 하려 했다. 하지만 살인자들은 예수의 손에서 반지 빼는 일을 깜박 잊었다. 테나르디에는 반지를 회수하기 위해 루제와 게일을 시체 공시소에 보냈다.

베르자는 환대에 감사를 표하고 조만간에 작품을 감상하기 위해 다른 숭배자들과 함께 다시 오겠다고 약속했다.

도미에는 예술가답게 멋을 부려 농담했다.

“선생님, 이곳은 박물관이 아닙니다.”

베르자가 인정했다.

“물론 아니죠. 박물관과는 달리 이곳은 생기가 넘칠 뿐만 아니라 진실을 밝혀주고 있어요!”

그토록 근엄한 얼굴에 희색이 만면할 정도로 베르자는 무척 만족한 채 물러났다.

5
도형장 탈출

9월부터 자콥 부제독을 위해 함께 일하게 된 파르페타무르 덕분에 마리우스는 선 긋기, 선영(線影) 넣기, 연귀 자르기, 대패질, 줄질, 구멍 뚫기, 홈 내기, 장붓구멍 파기, 연마하기, 못질, 부착, 나사로 조이기, 조립 따위를 배웠다. 이제 그는 목수 일이라면 모르는 게 없었다. 톱질을 할 줄 알고 이음매와 목재 중앙에 삼각형 홈을 팔 줄 알았다. 반항적인 그는 온순해졌다. 그래서 도형장 당국은 쇠사슬을 풀어주고 온순한 죄수들의 감옥에 배치했다. 해상 도형장 1호에 비하면 천국이나 다름없었다. 죄수들은 보통 상당한 시일이 지난 후에야 온순한 죄수들의 감옥에 들어갈 수 있었다. 모든 것은 도형수들의 품행과 복종에 달려 있었다.

파르페타무르가 마리우스에게 말했다.

"부제독이 자네를 위해 힘을 썼어. 나는 부제독에게 자네가 내 작업에 꼭 필요한 사람이라고 주장했지. 부제독은 어떤 일이라도 할 각오가 되어 있을 정도로 계단에 집착하고 있거든."

마리우스는 삼 부스러기로 만든 작은 매트리스와 이불을 갖게 되었다. '짝짓기'에서 해방된 그는 이제 다리의 고리에 매단 쇠사슬 하나만을 지넀다. 밤에는 모든 쇠사슬을 모아서 야전용 침대의 널빤지에 일정한 간격으로 박아놓은 배목에 단단히 고정시킨 긴 쇠막대에 묶었다. 그는 불평하지 않았다. 사프리스티 상사와 주정뱅이 간수들의 손아귀에서 벗어났을 뿐만 아니라 파르페타무르와 함께 있지 않은가.

파르페타무르가 농담했다.

"이렇게 하면 나는 자네를 잘 감시할 수 있지. 이곳이 좋지 않아?"

일요일마다 잠두와 강낭콩 수프 대신에 쇠고기와 푸른 야채를 먹었다. 호사였다. 게다가 주위 사람들도 이전과 같은 부류가 아니었다. 죄수들 가운데 상당수는 장인(匠人)이었다. 요리사, 열쇠업자, 목수, 가발 제조업자, 작가. 도형장은 교수형에 처해 마땅한 사람들을 변화시키는 곳이었다. 하지만 반대편도 있었다. 일부 감옥은 구제 불능인 도형수 전용이었다. 또 타고난 기형 때문에 일을 할 수 없는 부류도 있었다. 난쟁이, 손이 없는 사람, 맹인, 꼽추, 앉은뱅이…… 마리우스도 왼발을 절뚝거렸다.

트리플파트(세 개의 다리)라는 별명을 가진 세트 출신이 있었다. 이 60대 노인은 마르세유에서 자물쇠업자였다. 단지 문을 따기 위해 담을 넘는 습관이 악습이 되어버렸다. 그는 그 일로 15년형을 선고받았다. 재범을 저질러 다시 5년을 선고받았고, 또다시 탈옥 시도로 3년이 추가되었다. 그는 시장에서 일하고 있었다. 수익이 짭짤한 가게에서.

파르페타무르가 충고했다.

"저 약삭빠른 늙은이를 조심해. 다브 데 그레프 같은 인간이야. 항상 속임수를 궁리하고 있지. 중요한 것은 우리의 안전이야. 자네가 탈옥하는 바람에 3년이 추가됐다는 사실을 잊지 마."

"잊지 않을게요."

두 사람은 작업장에서 일할 때마다 많은 얘기를 나누었다. 파르페타무르는 마리우스의 착한 결심을 반겼다. 적어도 그는 마리우스를 믿었다. 하지만 마리우스는 탈옥 계획을 포기하지 않았다. 트리플파트와 함께. 그는 호기를 노리며 필요한 정보를 메모했다. 며칠 전 포성이 울렸다. 죄수 한 명이 도주한 것이다. 그는 아침에 도망쳤다가 다음 날 붙잡혔다. 마리우스는 범해서는 안 될 실수를 기억해두었다. 탈옥을 시도했던 피키뇨는 성직자로 변장하는 것이 가장 좋은 방법이라고 결론 내렸다. 그리 나쁘지 않은 착상이었다. 피키뇨는 정부의 남편을 망치로 죽이고 20년형을 선고받았다. 게다가 그의 어깨에는 달군 쇠로 표시한 불명예스러운 두 글자가 있었다. 이 치욕의 표시는 1832년에 폐지되었는데 그가 선고받은 해는 1830년이었다. 아무튼 그는 붙잡히지 않고 모든 문을 통과하는 데 성공했다. 보초들은 전혀 눈치 채지 못했다. 그는 도형장의 부속 사제 노릇을 했다. 간수조차 그를 체포하지 않았다. 하지만 위험은 감옥에 있지 않았다. 마리우스는 그 점을 잘 알고 있었다.

위험은 밖에 있었다. 마리우스는 어부와 그의 얼간이 아들을 잊지 않았다. 툴롱에서 경고용 포성이 들리면 죄수를 추격하고 있다는 신호다. 그러면 농부들은 누추한 집에서 나오거나 일을 멈추고 몽둥이와 소총으로 무장한다. 탈옥한 도형수를 잡은 사람에게는 포상금이 주어지기 때문에 그들은 도망자를 끈질기게 추적한다.

트리플파트가 말했다.

"포상금은 시내에서 잡으면 50프랑, 시 밖에서 잡으면 100프랑이지."

요컨대 농부들의 열광은 포성과 더불어 시작된다. 포성을 듣고 걷는다는 것은 중요한 의미를 띤다. 선량한 농부는 몰이를 준비하는 야수로 돌변한다. 인간사냥이 시작되는 것이다. 휴식도 끝도 없는 사냥. 이 사냥은 미국에서 도망치는 노예를 사냥하는 것과 흡사하다.

그런데 탈옥한 도형수는 어떤 희망을 갖고 있을까? 그는 궁지에 몰린 두 살배기 수사슴, 백정에게 넘겨주게 될 도살용 말, 제대 위에 놓이게 될 제물이 아닌가? 희망은 전혀 없다. 어떤 연민도 동정도 없다. 수염을 완전히 깎은 얼굴, 스포츠형 머리, 거무죽죽한 안색은 농부들의 예리한 눈썰미를 속일 수 없었다. 탈옥하자마자 잡히기 십상이었다.

피키뇨도 그들의 사냥감이 되었다. 그는 신뢰감을 주는 얼굴과 웃는 눈빛을 가진 어느 농부를 신뢰했다. 그는 농부에게 은신처를 알려주었다. 하지만 혹독한 대가를 치러야 했다. 그는 쇠스랑과 몽둥이로 무장한 여섯 명의 농부들에게 포위당했다. 신뢰했던 농부는 동료들보다 훨씬 더 독살스럽고 난폭하게 굴었다. 피키뇨는 실컷 두들겨 맞았다. 하사 한 명과 경비원 한 명이 그를 도형장으로 끌고 왔을 때 사람들은 그가 죽었다고 믿었다. 그는 지하 독방에 감금되었다. 다음 날 그는 해군법정에 출두했다. 어떤 동정도 없었다. 쇠사슬 동료와 짝짓기, 3년 추가, 태형 50대. 태형은 전날 맞은 상처가 낫도록 며칠 연기되었다. 일종의 특혜.

마리우스는 이 실패한 탈옥을 곱씹었다. 몇 달 전 그는 똑같은 실패를 겪었다. 다음번에는 기필코 성공할 것이다.

트리플파트가 경고했다.

"자네가 밖에 나가면 헌병들, 군인들, 농부들이 있지. 또한 두 명의 에르즈베 형제가 있어."

"에르즈베 형제가 누군데요?"

"헝가리 출신의 보헤미안이야. 탁월한 사냥꾼들이지."

마리우스는 초연하게 고개를 끄덕거렸다. 지금은 3월, 그는 4월에 탈옥할 예정이었다. 이번에는 절대 실패해서는 안 되었다. 에르즈베 형제가 있든 없든.

* * *

마리우스와 파르페타무르는 특별 규정의 혜택을 받고 있었다. 천문학에 빠진 상냥하고 몽상적인 노인인 자콥 부제독은 집무실 꼭대기에서 별을 관찰하기 위해 계단의 완공을 초조하게 기다리고 있었다. 부제독의 지시를 받는 두 사람은 옷가지를 놓을 수 있는 벽장을 사용하고 있었다. 그들은 그곳에 나사송곳, 줄, 망치, 나무망치, 드릴, 접착제, 못, 나사, 드라이버, 평행자, 가위, 송곳, 접자, 직각자, 접(摺)자, 컴퍼스, 속돌, 대패, 개탕대패, 톱, 홈이나 바닥을 곱게 미는 대패, 큰 대패를 정리해놓았다.

마리우스는 파르페타무르에게 알리지 않고 '비밀 상자'를 만들었다. 그것은 탈옥한 후 필요한 모든 것이 들어 있는 상아와 금속으로 만든 작은 원통형 상자였다. 상자의 길이는 15~20센티미터였다. 죄수들은 가장 은밀한 부위에 상자를 숨겼다. 때때로 간수들은 도형수의 몸을 수색했다. 그들은 도형수를 독방에 격리한 후 두 손을 뒤로 묶고 때리고 모욕을 주었다. 마리우스는 누군가가 빵 속에 넣어 전달한 시계 용수철을 가지고 쇠사슬을 잘랐다는 도형수를 떠올렸다. 그에게도 비밀 상자가 있었다. 그는 도망쳤다가 이틀 후에 붙잡히고 말았다.

파르페타무르가 말했다.

"전부 쓸데없는 짓이야. 그들은 모두 붙잡혔어. 자네가 원하는 게 그거야?"

마리우스는 만일 이실직고하면 파르페타무르가 자신과 함께 일하지 않을 거라고 믿고 거짓으로 대답했다.

"당신 말이 옳아요."

파르페타무르는 나름대로 이유를 제시했다.

"이곳 생활이 멋지지 않아? 검은 악마가 우리를 괴롭히지 않잖아?"

검은 악마는 레이노 경찰서장이었다. 모든 서장—도형장의 경찰서장이든 일반 경찰서의 서장이든—은 구식의 검은 옷을 괴상하게 입었기 때문에 그런 별명을 얻었다.

마리우스가 인정했다.

"그야 물론이죠. 당신은 내 친구이고 우리는 불평할 게 없어요. 하지만 코제트를 생각하면 머리가 어지러워요. 병이 날 지경이에요. 당신은 미욜뢰즈를 조금도 생각하지 않아요?"

마리우스가 미욜뢰즈를 언급할 때마다 파르페타무르는 입을 다물었다. 그는 일손을 멈추고 짤막하게 대답했다. 그리고 바닥에 앉아 이마를 만졌다. 두 다리는 너무 약해서 쓰러질 것만 같았고 머리는 너무 무거워서 처질 것만 같았다. 현기증이 났던 것이다. 두 사람의 감시를 맡은 간수가 작업장에서 떨어져 있었기 때문에 파르페타무르는 잠깐씩 휴식을 취할 수 있었다. 어느 날 그는 마침내 마리우스에게 대답했다.

"나는 다시는 미욜뢰즈를 보지 않을 거야. 자네가 이 도형장의 문을 나서는 순간 우리 우정은 끝날 거야."

마리우스가 분개했다.

"당신이 틀렸어요. 당신은 강건하지만 판단력이 부족해요!"

두 사람은 서로 언성을 높였고 치고받을 뻔했다. 그들은 상대의 멱살을 붙잡을 태세였으나 이윽고 머리를 흔들고 팔을 내려놓았다.

마리우스가 말했다.

"우리는 같은 손의 두 손가락과 같아요."

마리우스는 파르페타무르의 손을 잡았다. 악수는 한참 동안 계속되었다. 우정의 승리였다. 파르페타무르가 손을 놓고 말했다.

"마리우스, 자네는 부자야. 항상 그럴 거야. 나는 비참하게 살았어……. 나는 도형장에 있든 자유의 몸이 되든 바뀔 게 하나도 없어. 나는 가난한 죄수로 남겠어. 각자 자기 자리가 있는 법이야. 자네가 친구들과 함께 처음으로 클랑 데스탱에 왔던 날을 기억해? 그때 모든 게 요약되어 있었지. 우리가 당신들 부르주아에게서 일어나는 일을 볼 때는 한 가지 바람밖에 없어. 그건 우리가 당신들의 자리를 차지하는 거지. 당신들이 우리 서민들에게서 일어나는 일을 볼 때는 한 가지 바람밖에 없어. 우리의 자리를 차지하려는 척하는 거. 당신들은 사람들의 이목을 끌려고 하지. 당신들은 천한 사람들과 어울리면서도 자신들의 안락과 하인 그리고 아름다운 집을 되찾을 줄 알지. 부자들은 가난한 사람들과 아무 관계도 없어. 그들은 우리를 희생시켜 인생을 즐길 뿐이야. 비참한 생활은 구경거리가 아니야. 그것은 고통이야. 악은 도처에서 우리를 붙잡아 죄인으로 만들어. 이제 우리에게는 겸손밖에 남지 않았어. 무슨 뜻인지 알겠어? 겸손은 신분이 낮은 사람들의 자랑이야. 따라서 가난뱅이는 가난뱅이끼리 살아야 해. 만일 당신네들이 남의 관심을 끌기 위해 그리고 더럽히기 위해 겸손을 가로챈다면 겸손은 당신들에게 해를 끼칠 거야. 그럼 혁명이 일어나겠지. 혁명은 당신네들에게는 재앙이야. 1789년 대혁명보다 더욱 심각한 재앙. 당신들이 원하는 게 바로 이건가? 우리는 당신들을 증오하지. 당신들은 우리를 경멸하고. 마리우스, 증오는 경멸보다 더 강력한 거야. 더 고귀하고."

마리우스는 대답하지 않았다. 그는 파르페타무르의 어깨를 만지기만 했다. 파르페타무르가 바닥에 앉아서 두 손으로 머리를 감싸고 있는 동안 마리우스는 다시 작업을 시작했다. 그는 톱질을 하고 대패질을 하면서 밀로드 아르수유의 말을 떠올렸다. "당신은 저들과 같은 부류가 아니오."

마리우스의 시선이 어두워졌다. 만일 그가 부자의 무리에도 파르페타무르처럼 빈자의 무리에도 속하지 않는다면 대체 어떤 부류에 속하는 걸까? 파르페타무르가 말한 증오를 그는 사무치게 느끼지 않았는가. 물론 그는 결국에는 증오를 누그러뜨리고 순화시켰다. 하지만 증오는 야수 같은 것을 품고 있었다. 비록 장 발장의 기억이 아낌없이 선을 베풀고 쓸데없는 분노에 붙들리지 말라고 지시하고 있긴 했지만 그는 복수와 대재앙을 열망했다. 끔찍한 음모의 장난감이 되어버린 그는 오직 이 도형장에서 도망쳐 복수하는 것만을 갈망했다. 따라서 그는 파르페타무르가 말한 것에 개의치 않았다. 둘 다 같은 도형장에서 고생하고 있는데 가시 돋친 말로 화를 내는 것은 부질없는 짓이 아닌가.

마리우스는 파르페타무르를 바라본 다음 디딤판을 다듬는 데 몰두했다. 올해 그는 많은 것을 배웠다. 그는 체력이 강해졌음을 느꼈고 정신력은 더욱 그랬다. 지금은 위험 없는 인생보다 더 슬픈 것은 없다고 말할 수 있다. '자아 탐욕'보다 더 심각한 결함은 없다. 우유부단한 마리우스는 더 이상 존재하지 않았다. 그는 가장 혹독한 피로를 극복했고, 기력과 의지는 부족한 체력을 보완해주었으며, 창백한 안색은 활기 넘치게 바뀌었다. 새로운 마리우스가 태어난 것이다. 몇몇 사람들이 큰 희생을 치르며 그를 가르칠 것이다.

마리우스는 파르페타무르에게 손을 내밀고 일으켜 세웠다. 그는 친구의 밝은 표정을 보면서 말했다.

"당신 말이 옳아요. 하지만 나는 당신처럼 경멸할 줄 몰라요."

"나를 원망하지 않아?"

"왜 내가 당신을 원망해요? 당신은 내 친구이고 영원히 그럴 거예요."

두 사람은 다시 악수를 나누었다.

* * *

마리우스의 탈출 도구는 아주 간단한 것이었다. 그는 6개월 전에 음모(陰毛)를 밀었다. 그리고 음모를 검은 삼 부스러기에 붙여서 수염과 구레나룻을 만들었다. 작업장에서 거울 한 조각, 각줄 하나, 하얀 실에 묶여 있던 1프랑짜리 동전 4개를 훔치는 데 성공했다. 탈옥하면 평범한 외관, 약간의 돈, 옷이 꼭 필요했다.

마리우스는 레스트라드 상사의 세일러복과 사복을 훔쳤다. 마리우스는 이 상사의 목숨을 구해준 적이 있었다. 많은 물건이 필요한 것은 아니었다. 카를린의 실패를 보고 그는 치명적인 것으로 드러난 장비 하나를 포기했다. 카를린은 비밀 상자를 가장 은밀한 부위에 숨겼다. 상자가 상당히 컸기 때문에 걷는 게 힘들었다. 상자에는 여과기 외피, 단철로 만든 작은 상자, 철관, 강철 나사, 암나사, 나사를 풀 수 있는 열쇠, 나사송곳 손잡이, 각기둥 모양의 줄, 유지 한 덩어리, 강철 톱이 있었다. 그런데 어느 날 카를린은 기절해버렸다. 내장에 구멍이 난 것이다. 그는 끔찍한 고통에 시달리다가 죽었다. 샤두토 의사는 카를린의 배를 가르고는 벌린 입을 다물 수가 없었다. 다른 도형수들도 마찬가지로 공포에 질렸다.

트리플파트가 마리우스에게 털어놓았다.

"항문에 내장을 뚫고 들어갈 만한 것이 박혀 있었지. 나는 다른 방법이 있어. 훨씬 더 철저한 방식이지."

"그게 뭔데요?"

노인은 신비스러운 모습으로 대답했다.

"자네도 언젠가는 알게 될 거야."

사람들은 트리플파트가 대단한 부자라고 했다. 그는 시장에서 방문객들을 상대로 장사를 하고 있었다. 그는 조각된 코코넛 파이프, 짚으로 만든 상자, 알로에 잎으로 만든 바구니를 헐값으로 인수했다.

파르페타무르가 말했다.

"그 노인네는 원숭이처럼 영악해. 그는 한 달에 적어도 20프랑을 벌 거야. 그 많은 돈을 어디에 숨겼을까?"

트리플파트 자신만이 알고 있었다.

어느 날 저녁 마리우스는 트리플파트가 침대에서 몸을 비비꼬는 것을 보았다. 고통 탓에 눈동자는 석고 가루를 바른 것처럼 희게 변했다. 그는 이를 악물고 있었다.

"간수를 불러줄까요?"

트리플파트가 속삭였다.

"절대 안 돼. 만일 나를 병원에 데려간다면 샤두토 의사가 나를 진찰할 테고 그러면 나는 절대 탈옥할 수 없어. 자네는 경찰 끄나풀이 아니겠지?"

"농담하지 마세요."

"나는 자네를 믿어. 그러니 내 말을 잘 들어. 만일 사람들이 나에게 달려들고 무슨 일이 일어난다면 한 가지 약속을 해주었으면 해."

"뭔데요?"

"내가 숨겨둔 돈을 되찾는 것."

"어떻게요?"

"때가 되면 말해줄게."

마리우스가 지적했다.

"제가 언제 함께 탈옥하자고 했나요?"

"우리는 서로 필요해. 나에게는 툴롱 지도와 해도가 있어. 그리고 나는 배를 조종할 줄 알아. 잊었어?”

“아니요.”

“그럼 내가 방금 부탁한 것을 잊지 마. 자네가 나를 보호해주리라고 믿어. 자네는 여전히 레스트라드와 함께 검도와 군도를 연습하지?”

“네, 항상.”

*　*　*

트리플파트는 마리우스가 레스트라드에게 검술을 배우는 것을 염두에 두고 그런 말을 했다. 이 상사는 자신의 목숨을 구해준 마리우스에게 각별한 애정을 느꼈다. 마리우스가 1823년 트로카데로 함락 때 죽은 아들을 떠올리게 했던 것이다.

두 사람의 검이 교차될 때마다 레스트라드는 마리우스에게 지칠 줄 모르고 반복해서 지시했다.

“방어 자세를 풀어!”

검술 연습은 목공소 뒤에 있는 밧줄 창고에서 실시되었다. 그러는 동안 파르페타무르는 망을 보면서 일했다.

마리우스는 방어 자세를 풀고 한 다리를 앞으로 내밀어 공격할 때마다 거의 성공했다. 그는 여섯 달 동안 다닌 시모어 경의 검술 도장에서보다 석 달 동안 프랑스 제국의 부사관 출신인 레스트라드 상사에게서 더 많은 것을 배웠다.

“내가 자네에게 알려주는 것은 전투 검술이야. 싸울 때는 예의를 따지지 않는 법이야. 죽이기 위해 싸우니까.”

레스트라드는 수업 전에 항상 주의를 주었다.

"너무 시끄럽게 하지 마. 다른 사람한테 들켰다간 레이노가 나를 쫓아
낼 거야. 자네도 채찍을 맞고 해상 도형장 1호로 쫓겨날 테고."

레스트라드는 희끗희끗한 머리에 헌병 모자 모양의 콧수염을 기른 중
키의 사내였다. 비록 트라팔가르 해전에서 부상을 당해 다리를 절뚝거리
긴 했지만 종반부 원정에 참가했다. 워털루 전투는 그의 자랑거리였다.
하지만 어떤 특혜도 받지 못했다. 오히려 정반대였다. 그가 그토록 사랑
했던 해병대에서 쫓겨났던 것이다. 그 후 8년 동안 외아들이 군인의 길을
걷도록 헌신했다. 아들은 1822년 쥐라 경기병(輕騎兵) 연대의 중위가 되었
다. 아들은 하얀 모자 표장을 자랑했다. 아들이 얼마나 멋지고 당당했는
지! 사랑하는 아들은 아버지에게 행복과 경탄을 선사했다. 하지만 행복은
그들을 위한 게 아니었다. 당굴렘 공이 이끄는 스페인 원정(이 원정 덕분에
페르디난드 7세는 왕권을 되찾았다)이 끝난 직후 레스트라드 중위는 카디스에
서 살해되고 말았다. 레스트라드 영감은 망연자실했다. 어느 날 그는 니
콜라 샤를 우디노 원수에게 면담을 요청했다. 원수는 그를 맞이했다. 워
털루 전투의 옛 중사는 상사로 승진해서 다시 군복무를 하고 싶었던 것이
다. 군대는 그의 유일한 가족이었다. 또한 유일한 구원이었다.

원수가 대답했다.

"나는 자네에게 브레스트나 툴롱 이외는 아무것도 제안할 수 없네. 자
네의 몸이 불편하기 때문에 그리스나 마다가스카르로 보낼 수 없다는 점
을 잘 알 것이네."

"원수 각하, 저는 도형장 경비원이 아닙니다."

"그 직책이라도 받아들이든지 아니면 포기하게."

레스트라드는 어쩔 수 없이 그 제안을 받아들였다. 그는 감옥지기의 일
에 혐오감을 느꼈다. 하지만 그것은 중요한 문제가 아니었다. 그는 툴롱

에 도착해서 청색과 적색의 제복을 입은 아들의 늠름한 모습을 회상했다. 그리고 난바다와 가마우지를 동경하며 해병대를 생각했다. 그는 결코 자신의 불운을 가엾게 여기지 않았다.

검술 수업 초기에 마리우스는 자신의 아버지도 워털루 전투에 참가했다고 말했다.

"아버지는 흉갑기병연대의 장교였어요. 대령이자 프랑스 제국의 남작이었죠."

레스트라드는 생각에 잠긴 듯한 모습으로 무성한 콧수염을 가다듬으면서 말했다.

"틱시에라는 이름을 가진 대령은 들어본 적이 없는데……."

마리우스는 미소를 지으며 반박했다.

"30만 명의 이름을 다 알 수는 없는 노릇이지요. 게다가 제 이름은 틱시에가 아닙니다. 진짜 이름은 퐁메르시입니다. 9430번은 알렉상드르 틱시에가 아니라 마리우스 퐁메르시입니다."

레스트라드는 귀를 후볐다. 퐁메르시…… 퐁메르시……. 이 이름은 뭔가를 떠올리게 했다. 영국의 근위기병에게 부상을 당한 그는 몸을 움직일 수 없었다. 들것을 운반하는 병사들은 그가 죽었다고 생각했다.

"자네에게 옛날 이야기를 하려니 벌써 20년이나 지나서……."

그는 기억이 가물가물했다. 전쟁터를 배회하다가 한 대령의 목숨을 구했다고 자랑하던 부사관이 떠올랐다.

"테나르디에?"

레스트라드는 깜짝 놀라며 소리쳤다.

"그래, 테나르디에야! 어떻게 자네가 그 이름을 알지?"

"제 아버지의 목숨을 구해준 사람이에요."

레스트라드는 침울해졌다.

"자네는 실망할지 모르겠지만, 만일 자네가 정말로 퐁메르시라면 테나르디에는 부친의 목숨을 구하지 않았네. 나는 나중에 부상병들과 함께 본국으로 송환되었을 때 그 사실을 알았네. 테나르디에는 시체 강도였지. 그가 부친의 호주머니를 털려 했을 때 부친이 의식을 되찾았던 거야. 그 모리배는 그렇게 해서 영웅이 되었어."

마리우스는 파리의 집에 찾아와서 장 발장을 고발하고 돈을 요구한 테나르디에의 비굴한 얼굴을 떠올리면서 말했다.

"그게 사실이라 해도 별로 놀라지 않습니다. 제가 그 비열한 사람에 대해 품고 있던 생각과 일치하거든요. 그것은 오히려 희소식입니다."

"왜지? 자네는 그 사람 때문에 도형장에 끌려온 게 아닌가?"

"전혀 그렇지 않아요. 저는 오심의 희생자였어요. 상사님은 비웃겠지요. 죄수들은 모두 그렇게 주장하니까요. 하지만 안타깝게도 사실입니다. 우리가 방금 얘기했고 불운하게도 제가 가까이 지냈던 테나르디에는 미국 어딘가에서 노예 상인이나 해적 혹은 밀수입자 노릇을 할 겁니다. 해적이나 밀수입자 노릇을 하는 데도 용기가 필요할 텐데 그자는 겁쟁이였어요. 상사님의 얘기를 들으니 더욱 확신이 들어요."

우선 두 사람은 방어 자세를 취했다. 검술 수업은 때때로 인생 수업으로 바뀌었다. 두 사람은 칼을 맞대고 공격하고 발을 굴렀다. 날이 부딪치는 소리는 강렬하고 경쾌했다. 두 사람은 무용수처럼 물러서고 뒤로 돌았다. 찌르기는 격렬하게 실시되었다. 마리우스는 한차례의 공격과 후퇴 후 마침내 레스트라드의 어깨를 찌르는 데 성공했다. 또 옆구리 공격을 시도하고 몸을 뒤로 빼서 상대의 공격을 살짝 피한 다음 다시 머리를 찔렀다. 그는 레스트라드에게 머리를 숙여 인사했다. 그다음에는 군도로 싸우는 법을 배웠다. 레스트라드는 그에게 비장의 공격법도 가르쳐주었다.

그는 숨을 고르면서 설명했다.

"자네는 강해. 하지만 이 찌르기는 극한 상황에서만 사용해야 해."

마리우스는 약간 눈살을 찡그렸다. 날이 허공에서 휙휙 소리를 내면서 상대의 검을 방어했다. 그는 감히 노병에게 반박할 수는 없었지만 마음속 으로는 이렇게 생각했다. 이게 무슨 소용이 있을까? 타협을 중요시하는 시대에 군도를 다룰 수 있는 사람이 정말로 필요할까? 루이 필리프, 권력 자들, 돈의 프랑스에서 명예와 충성은 어떤 자리를 차지할 수 있을까?

마리우스는 너무 늦게 태어난 자신을 원망했다. 파리에서 루이 드 베르 뉴가 나폴레옹 황제군의 근위병 장교였던 마리 앙리 베일에 대해 이야기 했을 때 마리우스는 꿈에 부풀었다. 그는 스탕달이라는 필명으로 『적과 흑』이라는 작품을 쓴 이 작가를 만나고 싶었다. 하지만 시기가 적절하지 않았다. 스탕달은 뮈세, 조르주 상드와 함께 이미 이탈리아로 여행을 떠 났다. 기회를 놓친 것이다.

마리우스는 많은 젊은이들이 자신처럼 생각할 거라고 믿었다. 세상의 군주들에 의해 강요된 휴식을 취해야 하고 온갖 현학자들, 권태, 무기력 에 빠진 젊은이들은 방종이나 말만 그럴싸한 체제 순응주의 중에서 하나 를 선택할 수밖에 없었다. 아메데와 로베르 당드루아지처럼. 마리우스는 이 두 사람에 대한 평가를 보류했다. 나중에 공정하게 평가할 것이다.

레스트라드가 충고했다.

"그런 생각은 염두에 두지 말게. 누구도 신의 정의에서 벗어날 수 없 어. 만일 우리보다 뛰어난 신이 존재하지 않는다면 모든 것은 부조리하고 부당할 거야. 나는 지금까지 경험한 모든 불행을 숙고한 끝에 선행을 하 기로 결심했지."

레스트라드는 군도를 들었다. 그리고 거짓 공격과 부딪치기를 한 후 뒤꿈치를 치면서 공격했다. 마리우스는 물러났다. 그는 공격을 피하고 방어 자세를 취했다. 레스트라드의 손이 더욱 무거웠다. 그의 공격으로 날이 부딪치면서 예리한 소리가 났다.

"상사님, 실패했습니다! 상사님이 신에 대해 얘기했기 때문에 말씀드리는 겁니다. 신은 이곳에 없고 이 때문에 신은 사랑의 표본보다는 무관심의 표본입니다. 신이 할 줄 아는 거라곤 징벌하는 것뿐입니다. 따라서 저의 신은 볼테르와 바뵈프의 신입니다! 친구들을 고래의 뱃속에 가두고 아버지에게 아들을 죽이라고 명령하며 십자가에 매달려 아양을 떨다가 죽었고 사흘 후에 부활하여 하늘나라에 올라간 신은 상사님이나 믿으세요! 왜 예전에 일어났던 기적들이 오늘날에는 이루어지지 않나요? 왜 상황에 따라 다른 판결을 내릴까요?"

레스트라드의 군도의 끝이 그의 귀에서 씩씩거렸다. 마리우스는 다시 물러나 부대 위로 올라갔다.

"상사님, 대단한 기력이세요! (그는 효과적으로 레스트라드를 물리치기 위해 백병전을 받아들이면서 덧붙였다.) 하지만 상사님은 제 이야기를 막지 못할 겁니다. 상황에 따라 다른 판결! 우리는 까마득한 옛날부터 성직자들의 저속하고 음흉한 조종의 대상입니다. 악마들이 이 위선자들을 잡아가길! 상사님도 이 조종의 대상입니다. 칼리굴라와 십자가의 성 요한, 성 뱅상 드 폴과 아틸라, 질 드 레와 잔 다르크, 사르다나팔로스와 아리스토텔레스도 이 조종의 대상이 아니라고 확신할 수 있을까요? 아무튼 이들은—좋은 사람이든 나쁜 사람이든, 판사든, 죄인이든—보상의 희망도 없이 혹은 징벌의 두려움 없이 똑같이 사형을 당해 죽지 않았나요?"

"9430번, 내가 뭘 알겠어, 빌어먹을!"

마리우스도 화를 냈다.

"저를 9430번이라고 부르지 마세요! 알렉상드르 틱시에라고도 부르지 마세요! 제 이름은 마리우스입니다!"

이번에는 레스트라드가 이겼다. 그는 연달아 공격을 퍼붓고 찌르기를 시도했다. 그의 군도의 끝이 마리우스의 목에서 멈추었다.

레스트라드가 웃으면서 말했다.

"내가 이겼네, 마리우스."

마리우스는 원통해했다. 그는 레스트라드에게 군도를 돌려주고 서성거렸다.

상사는 칼집에 군도를 넣으면서 말했다.

"절대로 화를 내지 말 것. 최후의 심판 날이 오면 모든 게 해결될 거야."

마리우스는 어깨를 으쓱했다. 최후의 심판? 그는 지금 당장 최후의 심판을 원했다. 비통하게 헤어진 사람들을 다시 만날 수 있도록 대재앙이여, 세상의 종말이여, 어서 와다오! 그가 서투르게 사랑했던 아버지, 그가 거의 알지 못했던 어머니, 그토록 그리운 코제트를 포옹할 수 있도록 어서 와다오! 다만 그는 역사를 알고 있었다. 헤겔이나 푸리에를 연구할 필요도 없었다. 곰곰이 생각해보면 최후의 심판은 세상이 생길 때부터 우리의 소원을 들어주기 위해 지상에서 태어나고 죽는 일이 멈추기를 기다리고 있는 게 아닐까? 신부들이 약속한 것처럼 육신은 정말로 전혀 손상되지 않고 부활할까? 마리우스의 부모, 질노르망 외할아버지, 코제트의 양아버지 등 모두가 부활할까? 학대받은 사람들, 참수형을 당한 사람들, 능지처참을 당한 사람들, 화형당한 사람들, 몸이 끔찍하게 훼손된 사람들과 함께? 원래의 모습으로? 살해당한 아이들, 사산아들, 조산아들, 장애인들,

형리들, 희생자들과 함께? 아담과 이브, 선사시대 사람들, 그리스인들, 갈리아인들, 로마인들, 모든 제국과 모든 문명의 군대들과 함께? 수 세기 동안의 사람들과 함께? 모두 똑같은 조건에서? 수백억 명이? 공중에서? 하늘에서? 천국에서, 대체 어디에서?

1년 전부터 마리우스는 이런 질문들을 자신에게 묻고 또 물었다. 유일한 대답은 허무였다. 그는 사라진 사람들을 떠올리게 하는 장소조차 싫어하기에 이르렀다. 장 발장, 질노르망, 쿠르페락, 앙졸라, 가브로슈, 에포닌, 프레데릭 리볼리에……. 사람들은 언제나 그런 장소를 증오할 것이다. 그리고 특히 하느님을. 가장 좋은 것은 보지도 않고 기억하지도 않는 것이다. 돌이나 바위처럼 되는 것. 태곳적부터 바다의 공격을 받고도, 온갖 바람에 노출되어도 말없이 머무르는 돌.

레스트라드가 말했다.

"자네가 틀린 것은 바로 그 점이야."

마리우스는 어두운 시선으로 상사를 주시하며 물었다.

"당신은 죽은 사람들을 다시 만날 수 있다고 믿나요? 산산조각이 난 전우들과 트로카데로에서 죽은 아들을 만날 수 있을까요?"

레스트라드는 무릎을 구부리고 군도를 큰 가방 속에 숨겼다. 그리고 제자리에서 뛰면서 상상의 춤의 리듬에 맞춰 두 팔을 흔들었다.

"나는 봤어! 망자들은 모두 내 마음속에 있어. 마리우스, 자네가 옳아. 하지만 나는 아직도 두려워할 줄 알지."

* * *

그 후 석 달 동안 마리우스와 레스트라드가 나눈 대화는 그다지 치열하지 않았다. 두 사람은 먼저 검술 연습을 했다. 상사는 군도를 정리한 다음 파이프에 불을 붙이고 밧줄 더미 위에 앉았다. 그는 옆에 마리우스를 앉히고는 짙은 눈썹 너머에서 번득이는 눈빛으로 바라보았다. 마리우스는 기다렸다. 레스트라드가 이야기를 꺼냈다.

주제는 주로 해군, 정의, 일상생활이었다. 두 사람은 그렇게 30분 남짓 이야기를 나누곤 했다. 4시에 건빵을 배급했다. 그런 다음 마리우스는 계단 공사를 끝내기 위해 파르페타무르에게 돌아갔다.

마리우스는 때때로 레스트라드를 비난했다.

"당신은 너무 수동적입니다."

"자네는 너무 혈기 왕성해."

그럼에도 불구하고 두 사람은 한 가지 점에서 의견의 일치를 보았다. 즉 증오는 막다른 골목이고, 증오에 필요한 정력 낭비는 쓸데없는 짓이다.

마리우스는 대패나 장붓구멍을 파는 끌로 작업을 재개하면서 레스트라드와 나누었던 대화를 다시 생각하곤 했다. 그것은 일과가 되었다. 불행은 중요한 주제였다. 그는 이제 다른 눈으로 불행을 보았다. 이제는 레스트라드 덕분에 불행을 연구하고 분석할 수 있었다. 그는 불행과 한 몸이 되지 않았는가.

그는 이렇게 중얼거리곤 했다.

'툴롱은 내게 뭔가 도움이 될 거야.'

마리우스는 깊은 수렁에 빠진 동료들의 불행을 보면서 자신의 불행을 보았다. 동료들의 분노의 아우성을 들으면서 자신의 분노의 함성을 들었다. 동료들의 상처의 깊이를 살피면서 자신의 상처를 살폈다. 동료들의 쓰라린 고통과 절망을 이해하면서 자신의 고통을 이해했다. 그것은 몽상적 기질도 아니고 폐병에 걸린 삼류작가의 사소한 고통도 아닌, 몸소 느긴 체험이었다. 쇠사슬과 피로 체험한 것. 그는 마침내 자신을 아는 법을 배웠다.

레스트라드가 지적했다.

"참 이상해. 자네는 마치 옛날 일처럼 과거형으로 툴롱에 대해 이야기하는군."

"아, 그래요?"

어느 날 레스트라드는 검술 수업이 끝나자 마리우스를 노려보며 말했다.

"자네는 아직도 무슨 꿍꿍이가 있는 것 같아."

"아, 그래요?"

"그럼."

마리우스는 난처한 표정으로 물었다.

"그게 뭔데요?"

"탈옥하려는 생각이지."

"상사님, 제 마음을 잘못 읽었어요."

"내 눈을 똑바로 보고 다시 한 번 말해보게."

군도를 돌려줄 참이었던 마리우스는 무기를 쥔 채 꼼짝하지 않았다. 온몸의 긴장이 풀어졌다. 그는 방어 자세를 취하고 레스트라드를 노려보았다.

"상사님, 제 마음을 정확히 읽었군요!"

마리우스는 수없이 반복한 동작으로 군도를 휘두르고는 끝을 잡고 주인에게 돌려주었다.

레스트라드는 군도를 잡으면서 말했다.

"짐작하고 있었지. 내 옷 하나가 없어졌어. 자네가 훔쳤다는 걸 알아.

그 옷을 갖게. 나는 자네가 음모의 희생자였다고 주장한 사실을 잊지 않았네. 또 자네가 복수하겠다고 맹세한 것도 잊지 않았지. 마리우스, 내가 자네를 이해하고 좋아한다는 사실을 잊지 말게. 하지만 병사들이 자네를 향해 총을 쏘더라도 나는 아무것도 할 수 없네.”

마리우스는 한 걸음 다가갔다.

“상사님, 저도 당신을 좋아합니다. 하지만 만일 상사님이 저처럼 오심의 희생자였다면 어떻게 하시겠어요?”

“나도 틀림없이 자네처럼 할 거야. 만일 성공한다면 자네가 겪었던 일에 대해 보상을 받게 될 거야. 진심으로 그렇게 되기를 바라네. 나는 오심의 희생자는 아니었지. 하지만 인생의 실수의 희생자야.”

노병은 마리우스에게 다가와 포옹해주었다.

“마리우스, 자네를 보면 내 아들이 떠오른다네.”

그의 뺨에 눈물이 흘렀다.

“언제 탈옥할 셈인가?”

노병은 신경질적으로 머리를 흔들면서 즉각 정정했다.

“아냐, 아무 말도 하지 마……. 만일 자네가 붙잡힌다면 나는 아무것도 모르는 거야. 어떤 면에서는 그렇게 되기를 바란다네. 그럼 이 정도로 해 두자고.”

마리우스는 고집을 피우지 않았다. 그는 작업장으로 가는 문을 열면서 물었다.

“내일 같은 시간에요?”

노병은 약간 씁쓰름하게 대답했다.

“물론이지.”

노병은 구겨진 제복을 입고 축 처진 어깨로 다리를 약간 절면서 창고를 떠났다. 마리우스는 처음으로 상사에게서 노인의 모습을 보았다.

* * *

자콥 부제독의 계단은 예상보다 조금 일찍 완성되었다. 성 필립보 축일인 5월 3일에 탈출할 생각이었던 마리우스로서는 계획에 어긋나는 일이었다. 그는 트리플파트에게 이 사실을 알렸다.

"나는 더 이상 작업장에서 일할 수 없게 되었어요. 어떻게 해야 할지 모르겠어요."

트리플파트가 반박했다.

"날짜는 신경쓰지 마. 다른 날을 찾아보자고. 요령껏 하면 돼."

마리우스는 한탄했다. 죄수의 탈옥을 알리는 포성이 울린다 해도 성 필립보 축일에는 누구도 관심을 갖지 않을 거라고 생각했다. 그날 루이 필리프 왕에게 경의를 표하기 위해 스물한 발의 예포를 쏘지 않는가.

마리우스가 제안했다.

"시장에서 탈옥하면 어떨까요?"

"너무 위험해. 이빨까지 무장한 경비대가 항상 있어."

파르페타무르는 침대에서 아무것도 듣지 못한 척했다. 그는 깜짝 놀란 모습이었다. 그는 대화의 일부만을 들었을 뿐이다. 하지만 탈옥이라는 단어가 그의 귀에서 맴돌았다. 그 단어만으로 충분했다. 7시 반에서 소등 신호가 울리는 8시까지 생프랑수아 홀은 선술집 같았다. 사람들은 먹고 마셨다. 이 시각에 경비원들은 기둥과 기둥 사이를 돌아다녔다.

별안간 호루라기 소리가 울리자 일순 홀은 정적에 휩싸였다. 검은 정장 속에 목이 파묻힌 레이노 경찰서장이 홀의 중앙 통로에 나타났던 것이다.

그는 뒷짐을 진 채 짧은 연설을 했다. 당국은 생망드리에 작업장에서 2주 간 일할 스무 명의 기술자가 필요했다고 했다.

마리우스와 파르페타무르는 자동적으로 지명되었다. 트리플파트는 열쇠 전문가라는 이유로 뽑혔고 모든 면에서 추천할 만하고 꼼꼼한 열일곱 명의 노동자들이 합류했다. 검증된 죄수들은 믿을 만한 도형수가 아닌가.

하지만 아무나 믿어서는 절대로 안 된다. 특히 도형수는. 다음 날부터 마리우스는 장시간의 노동과 나머지 시간을 함께하게 될 이 무리를 세심하게 관찰했다. 그들은 은밀히 냉소를 지었다. 그들의 창백한 얼굴은 언제나 비죽거리는 입 때문에 실룩거렸다. 특히 얼굴이 험상궂은 두 사람은 경비원들과 상사들에게 인사조차 하지 않았다.

첫 번째 사내의 이름은 사르티에였다. 발음이 불명확했고 대머리는 반들반들했다. 속눈썹이 들러붙은 작은 눈에서 강렬한 금속성 광채가 빛났다. 피부는 녹색에 가까웠고 납작코는 도마뱀의 코를 닮았다. 중혼죄와 문서 위조죄로 20년형을 선고받은 이 전직 징세관은 품행이 좋아 온순한 죄수들의 감옥에 배치되었다. 그는 툴롱에 온 지 벌써 10년이 넘었다. 그는 트리플파트가 시장에서 일하면서 돈을 많이 번다는 이유로 그를 싫어했다. 전직 공무원으로서 자부심이 강한 그는 계산 업무에 배치되었지만 한 푼도 만져보지 못했는데 자신과 비슷한 조건에 있는 사람이 보수가 좋은 일자리에 배치되었다는 사실을 견디지 못했다.

사르티에가 성격이나 체격과 상관없이 거만한 사람처럼 굴었던 것은 그가 유충처럼 하얗고 곰처럼 덩치가 크며 루제처럼 입이 비뚤어진 침대 이웃과 친하게 지냈기 때문이다. 사르티에는 이 침대 이웃에게 박식하고 좋은 동료 노릇을 했다. 그는 부드러운 말로 이 이웃에게 징세관 시절의 이야기를 들려주고 자신의 수프와 포도주를 약간 나눠주곤 했다. 또한 이 전직 공무원을 극찬하는, '플뢰드당(Pleut-Dedans[플뢰드당]은 pleuvoir dans le nez[코 속에 비가 내리다]의 축약형으로 '들창코'를 뜻한다–옮긴이)'이라는 별명을 지닌 르무안에게는 두말할 것도 없었다.

르무안은 콧날 탓에 마음에 들지 않는 이 별명을 갖게 되었다. 황소의 콧구멍에 비교될 만큼 위로 뚫린 커다란 두 콧구멍. 회색 눈은 잔인성으로 이글거렸고, 커다랗고 납작한 머리는 딱 벌어진 어깨 사이에 박혀 있는 듯이 보였다. 그는 키가 162센티미터를 넘지 않았지만, 활 모양으로 휜 튼튼한 두 다리는 긴 근육질 팔과 함께 범상치 않은 체력을 나타냈다. 목수였던 플뢰드당은 두 손으로 어머니의 머리를 박살낸 죗값으로 15년 형을 선고받았다. 그는 이명으로 고생하던 어머니의 머리를 마사지해주었다고 설명하면서 무죄를 주장했다. 그가 참수형을 모면한 것은 변호사가 상소해서 이겼기 때문이다. 그는 변호사에게 감사해야 마땅했지만 아무에게도 고맙다고 하지 않았다.

요컨대 마리우스는 이 두 약삭빠른 인간을 경계했다. 도형장에서 1년을 보낸 그는 이들이 숨겨진 악덕과 몰상식한 공모의 그물망 속에 살면서 예측할 수 없고 잔인한 사람, 비열하고 앙심을 품은 사람으로 드러날 수 있다는 사실을 깨달았다. 그는 또 레스트라드의 충고에도 불구하고 관용이 때때로 복수보다 더 나쁜 결과를 낳는다는 사실을 모르지 않았다.

* * *

생망드리에 반도에서의 노동은 그다지 힘겹지 않았다. 해군 행정부서의 창고를 수리하기만 하면 되었다. 사블레트라는 이름이 붙은 좁은 연결로를 통해 육지에 붙은 이 작은 반도에 접근하기 위해서는 두 척의 소형 보트를 타고 라세인쉬르메르에서 조금 떨어진 브레가이용 요새 앞을 지나야 했다. 생망드리에는 산과 숲이 많았다. 이 작은 반도는 둘레가 약 16킬로미터에 지나지 않았다.

첫 주는 무사히 지나갔다. 4월 말, 북풍은 상쾌하고 향기로웠다. 저녁에 도형수들이 반도를 떠날 때면 북풍은 함수초를 향기롭게 했다. 정박지마다 옅은 자줏빛 속에 잠겨 있었다. 곧 황혼의 붉은 노을이 그 풍경 위에 드리워졌다. 마리우스는 동료들과 경비원들 틈에서 꼼짝하지 않은 채 멀리 작은 골짜기에서 마지막으로 남은 빛을 탐색하고 있었다. 그는 육안으로 확인할 수는 없지만 골짜기 가장자리에서 금송이 물결치고 있을 거라고 상상했다. 아주 멋진 고장이었다. 하지만 그는 다른 상황에서 이 풍경을 음미하고 싶었다.

후추와 라벤더 향기가 나는 봄날, 새들의 급선회로 망가진 엉겅퀴와 수레국화가 가득한 언덕이 보였다. 때로는 푸르스름하고 때로는 청록색을 띤 바다는 언덕과 숨바꼭질을 하고 있었다. 언덕 뒤에 회양목으로 뒤덮인 보랏빛 산이 보였다.

트리플파트가 마리우스에게 말했다.

"저곳에 가보았으면 좋겠어. 나는 벌써부터 추수의 향기와 혼합된 나뭇잎의 감미로운 향기를 느껴. 아, 자유여!"

트리플파트에게 마리우스는 여전히 알렉상드르 틱시에 혹은 9430번이었다. 마리우스는 그에게 진짜 신분을 밝히지 않았다. 파르페타무르와 레스트라드만이 그의 신분을 알고 있었다.

4월 27일 저녁, 파르페타무르는 다시 마리우스와 트리플파트의 대화를 엿들었다. 체격이 건장하고 몸과 마음이 편안했던 그는 이제 불안감 탓에 평소의 유쾌하고 다정한 모습을 잃었다. 그는 마리우스에게 일언반구도 하지 않았다. 하지만 다음 날 아침 그는 한 상사의 허락을 받고 목공소에 들렀다. 마리우스는 왜 그가 목공소에 갔는지 의아스러웠다.

생망드리에에서는 모든 일이 순조롭게 진행되었다. 도형수들은 이중 문을 고정시키고 자물쇠의 판과 빗장 그리고 몇몇 들보를 교체했다. 누구나 할 수 있는 작업이었다. 노력하지 않는 사르티에와 플뢰드당조차 할 수 있는 손쉬운 일이었다.

오전이 끝날 무렵 알자스 노동자들이 도형수들과 합류했다. 작업 감독과 사프리스티 상사가 그들을 안내했다.

마리우스가 중얼거렸다.

"저자는 여기서 뭐하는 거지?"

사르티에가 대답했다.

"규율을 담당하고 있지."

점심시간에 경비원들은 햇살을 받으며 낮잠을 즐겼다. 보트를 감시하는 사람은 없었다. 탈출 예정일은 내일이었다.

엊저녁 파르페타무르는 마리우스와 트리플파트의 대화를 엿들었다. 트리플파트는 항해술에 일가견이 있다고 주장했다. 세트 출신인 그는 바람과 조수를 잘 알고 있었다.

"4월 29일, 미스트랄이 잘 불기만을 기도해."

마리우스가 대답했다.

"당신만 믿어요."

* * *

신들이 두 사람의 소원을 들어주었다. 4월 29일, 강풍이 북서쪽에서 바다 쪽으로 불었다. 마리우스는 생망드리에 작업장으로 떠날 때 작업복 속에 레스트라드의 웃옷을 숨겼다. 그는 중노동을 하는 죄수들보다 감시를 덜 받았기 때문에 비밀 상자를 가장 은밀한 부위에 숨길 필요는 없었다. 그는 비밀 상자를 넓적다리에 끈으로 묶었다. 트리플파트는 다리 속에 감추었다.

생망드리에 해변에 도착하자마자 죄수들은 작업을 시작했다. 마리우스와 파르페타무르는 함께 일했다. 그들은 창고에 문을 달아야 했다.

마리우스가 물었다.

"빵 좀 주실래요?"

파르페타무르는 미소를 지으면서 대답했다.

"자네가 얌전하게 굴면 주지."

마리우스는 곧 헤어지게 될 이 친구를 물끄러미 바라보았다. 그는 그에게 연민을 느꼈고 양심의 가책 때문에 감히 그의 이름을 부를 수 없었다. 또 죄의식을 느꼈다. 파르페타무르는 자신에게 목공 일을 가르쳐줌으로써 궁지에서 벗어나게 해주지 않았는가. 그가 레이노 경찰서장과 자콥 부제독에게 부탁하지 않았더라면 마리우스는 지하 독방이나 흉악범 죄수들의 감옥에서 썩고 있을 터였다. 파르페타무르는 단지 현실과 마주치지 않기 위해, 과거의 불행을 단절하기 위해 탈출에 대한 얘기를 듣고 싶지 않았다. 도형장은 그에게 충분히 사회적인 보장을 해주었다. 도형장 측은 그에게 일을 맡겼고, 그는 그 일에 만족했다. 어떤 죄수들은 이런 식이었다. 그는 미욜뢰즈, 루제, 테나르디에에게 속았지만 복수를 꿈꾸지 않았다. 쉽게 성내는 그는 원한을 몰랐다. 그는 더 이상 인생에서 아무것도 기대하지 않았고 모두가 체념이라고 부르는 조용한 생활을 원했다.

마리우스는 파르페타무르를 잘 알고 있었다. 그는 파르페타무르의 마음을 끌려고 애쓰지 않았다.

파르페타무르는 마리우스가 이야기를 꺼내기도 전에 면박을 주곤 했다.

"탈옥 시도는 실패할 수밖에 없어."

마리우스는 도형장에서 우정을 맺은 두 친구, 파르페타무르와 레스트라드를 두고 떠나는 것이 슬펐다. 그는 이렇게 생각했다. '진정한 우정은 가장 유명하거나 사람들이 가장 많이 찾는 곳이 아니라 비참한 환경과 역경 속에서 이루어지는 거야.' 그는 이제 그렇게 맺은 우정의 관계를 끊어야만 했다. 순박한 사람들의 갈등.

정오 무렵, 휴식 시간이 되었다. 창고 작업은 끝났다. 작업 감독은 도형수들, 알자스 노동자들, 사프리스티를 치하했다. 모두 자기 몫의 빵을 먹고 포도주를 마셨다. 파르페타무르만 빼고는. 그는 마리우스 곁에서 몽상에 잠긴 얼굴로 바다를 바라보고 있었다.

마리우스가 물었다.

"왜 안 먹어요?"

"지금은 먹고 싶지 않아."

지금부터 30분 동안 경비원들이 낮잠을 자면 마리우스는 사프리스티에게 인사하지 않고 살그머니 작업장을 벗어나 두 보트 가운데 하나에 구멍을 낸 다음 다른 한 척을 훔칠 작정이었다. 보트 한 척은 모든 선구(船具)가 갖춰져 있었다. 돛을 올리고 바람을 이용하기만 하면 되었다. 마리우스와 트리플파트는 가능한 모든 것을 예상해두었다.

작업이 재개되자 열 명의 도형수, 세 명의 경비원, 모든 알자스 출신 노동자들 그리고 작업 감독은 창고 안에 있었다. 사프리스티 상사는 보트 옆에서 졸고 있었고, 한 경비원은 해변에 드러누운 채 코를 골고 있었다. 창고 밖에 있는 사람은 트리플파트, 파르페타무르, 마리우스를 포함해서 열 명쯤 되었다. 물론 플뢰드당과 사르티에도 있었다. 도형장 당국으로 부터 인정받고 존중받고 있던 사르티에가 창고 문을 닫고는 부정확한 발음으로 말했다.

"문이 잘 작동하는지 한번 봅시다."

사르티에가 이중문을 잠그고 다시 열지 않았을 정도로 자물쇠는 작동이 잘되었다. 그는 즉각 다른 아홉 명의 도형수들에게 말했다.

"육지를 선택할 사람은 사블레트 쪽으로, 바다를 선택할 사람은 나를 따라오게."

세 명의 도형수는 옷과 식량도 없이 숲과 산이 있는 방향으로 돌진했다. 선구자들이 죄다 실패했던 탈옥에 성공할 것이라는 막연한 확신을 갖고서. 도형수에게 자유의 몸이 된다는 생각은 결국에는 실패로 끝나는 도취에 지나지 않았다. 탈출은 혼란스럽고 경솔하며 본능적이었다. 일단 달리고 보는 것이다.

사르티에는 도망자들을 지켜보면서 말했다.

"내 눈에는 훤히 보여. 저놈들은 당장 오늘 저녁에 붙잡힐 거야."

그의 예상은 틀리지 않았다. 그날 저녁 세 명의 도형수는 해병과 농부로 구성된 몰이꾼들에게 붙잡혔다. 이 불운한 도형수들은 덤불숲의 마른 가지 더미 속에 숨어 있었다. 그들은 총검으로 무장한 군인들이 자신들이 지나간 나무의 줄기와 가시덤불을 그토록 촘촘히 수색할 거라고는 생각하지 못했다. 저녁 6시 무렵, 첫 번째 비명이 들렸고, 이어서 두 번째, 세 번째 비명이 들렸다. 불운한 도형수들은 이중으로 불운했다. 이들은 형기가 얼마 남지 않았는데 탈출 시도로 태형과 3년형이 추가되었다.

사르티에의 무리는 어떻게 되었을까? 작업 감독과 경비원들이 닫힌 문을 두드리기 시작하자 사르티에는 여섯 명의 도형수들에게 자신을 따라오라는 손짓을 했다. 도형수들이 두 척의 보트 근처에 도착했을 때 사프리스티 상사는 앉아서 파이프를 든 채 바다를 바라보고 있었다. 그의 부하는 여전히 잠자고 있었다.

"플뢰드당, 자네 차례야."

플뢰드당은 경비원에게 달려들더니 순식간에 목을 비틀어버렸다.

파르페타무르는 빵을 놓고 두 손을 높이 들고는 반발했다.

"아, 안 돼! 그러지 마! 단두대에서 처형될 거야!"

사르티에는 그를 째려보면서 반박했다.

"입 다물어! 총을 갖고 있는 놈을 때려눕히는 건 당연하지!"

"플뢰드당은 때려눕힌 게 아니라 죽였어!"

"입 다물어!"

사르티에는 경비원의 총을 집어 사프리스티에게 겨누었다. 갑자기 정신이 번쩍 든 사프리스티는 휘청거리면서 일어났다. 그리고 잠시 후 사태를 파악했다.

사프리스티는 손으로 방어 자세를 취하면서 더듬거렸다.

"안 돼……. 안 돼……."

사르티에는 거총하면서 말했다.

"바로 그거야. 자네 무기를 내 친구에게 주고 소리 지를 생각은 하지 마."

상사는 어찌나 취했던지 군도를 꺼내기가 어려웠다. 그는 비틀거리다가 털썩 주저앉았다. 플뢰드당이 웃음을 터뜨리면서 군도를 빼앗았다.

플뢰드당은 상사의 코를 틀어쥐면서 외쳤다.

“이 비열한 인간은 포기했구먼!”

그는 사프리스티의 팔을 비튼 다음 군도를 그의 목에 갖다댔다.

그때 트리플파트가 두 손을 든 채 황급히 달려오면서 외쳤다.

“안 돼!”

플뢰드당은 군도를 내밀기만 했는데 트리플파트가 군도 위로 넘어지면서 찔려버렸다.

사르티에는 불안감을 감추지 못하고 말했다.

“분명 경고했잖아.”

그때 마리우스와 파르페타무르가 플뢰드당을 향해 돌진했다. 그들은 군도를 빼앗아 땅에 꽂았다. 플뢰드당은 배를 깔고 엎어져 있었다. 파르페타무르는 무릎으로 그의 등을 누르더니 턱 밑으로 손을 넣어 머리를 잡고는 반쯤 돌려버렸다. 목이 부러진 플뢰드당은 모래에 코를 박고 쓰러졌다.

파르페타무르가 사프리스티 상사에게 물었다.

“당신은 증인이 되어줄 수 있지? 보다시피 우리가 당신 목숨을 구해줬잖아…….”

사프리스티가 우물우물 말했다.

“맞아……. 해군 당국은 자네들의 행동을 참작할 거야, 9430번과 9431번…….”

공포에 사로잡힌 사르티에는 무기도 없고 외톨이임을 느끼고 거칠게 내뱉었다.

“전혀 그렇지 않아! 물러서!”

파르페타무르는 그 순간을 이용해 경비원의 상의를 벗겨서 허리에 묶었다. 군도를 들고 있던 마리우스는 트리플파트를 굽어보고 붕대로 상처를 감아주었다. 노인은 낮은 신음소리를 냈다. 그는 심장 위쪽에 찔렸다.

마리우스가 속삭였다.

"우리가 당신을 이곳에서 빼내줄 거예요. 피는 많이 흘렸지만 상처는 깊지 않아요."

마리우스는 증오의 눈초리로 사르티에를 노려보았다. 이 바보 탓에 참극이 일어났던 것이다. 단두대에서 생을 마칠 수도 있다는 생각에 그는 비틀거렸다. 이제 다시는 코제트와 플뢰메가의 집을 볼 수 없을 것이다. 당국은 보네처럼 단두대의 칼로 그의 목을 자르고 피를 비울 것이다.

"너는 우리를 죽이고 싶겠지?"

사르티에는 교묘하게 질문을 피했다. 그는 총 끝으로 보트 두 척 중 하나를 가리키며 말했다.

"자네와 자네 친구들, 저 보트에 올라타고 내 눈에서 사라지시오!"

갑자기 사르티에는 개머리판으로 사프리스티 상사의 관자놀이를 후려쳤다. 상사는 비명을 지르지도 못하고 털썩 옆으로 고꾸라졌다.

마리우스와 파르페타무르는 트리플파트를 사르티에가 가리킨 보트까지 끌고 갔다. 그들은 말없이 보트에 기어올랐다. 파르페타무르는 지나가는 길에 빵과 경비원의 원통형 군모를 집었다. 마리우스는 트리플파트를 보트 앞쪽에 눕히고 노를 잡았다. 그는 노인에게 눈짓을 보냈다. 보트가 양호하다는 신호였다. 중앙 돛이 둥글게 말린 채 노받이 밑에 있었다.

마리우스가 외쳤다.

"힘껏 노를 젓자고!"

보트는 순식간에 해변에서 멀어졌다.

사르티에가 소리쳤다.

"지옥 여행 잘하시오!"

518

그리고 다른 두 명의 도형수를 두 번째 보트에 밀어넣고 말했다.

"저건 미끼야. 간수들과 해군들이 저놈들에게 파리 떼처럼 달려들 거야. 떠나게 내버려둬. 해안을 따라 시시에 곶까지 가다가 조금만 더 가면 배를 댈 수 있을 거야."

먼 바다로 나오자 파르페타무르는 노 젓는 일을 멈췄다. 우현 멀리에서 군함 한 척이 보였다. 그는 경비원에게 훔친 제복을 마리우스에게 내밀었다.

"빨리 이 옷을 입어."

마리우스는 제복을 입고 원통형 군모를 썼다. 트리플파트는 무릎을 꿇고 돛대의 의장품을 꺼냈다.

트리플파트가 속삭였다.

"적어도 팔이 네 개야. 돛을 올리게, 친구들."

마리우스와 파르페타무르는 그의 지시에 따랐다. 돛이 즉시 부풀었고, 트리플파트는 점점 다가오는 군함을 노려보면서 키를 잡았다. 파르페타무르는 자신의 빵을 집었다.

마리우스가 물었다.

"지금 빵을 먹을 때라고 생각해요?"

파르페타무르가 빈정댔다.

"각자의 식욕에 따라 다르겠지."

파르페타무르는 버터를 바를 것처럼 빵을 길게 쪼개고 열어젖혔다. 그는 환히 웃으면서 빵 속에서 자콥 부제독에게서 훔친 망원경, 작은 헝겊 모자, 세일러복을 꺼냈다. 그는 자기 웃옷을 벗어 바다에 던졌다.

마리우스가 비난의 어조로 외쳤다.

"아니, 당신도 도망칠 계획이었군요!"

파르페타무르는 옷을 입으면서 내뱉었다.

"어리석은 말은 하지 말고 어서 깃을 매고 해군처럼 보이도록 하게. 갑판에 나와 있는 저 사람들이 분명 우리를 곁눈질로 쳐다볼 거야."

마리우스는 망원경을 가로채면서 대답했다.

"저 사람들뿐만이 아닐 거예요."

마리우스는 먼저 군함을 본 다음 뒤쪽 생망드리에 반도를 바라보았다. 사르티에의 보트가 초라한 쪽배처럼 보였다. 파도는 거칠게 일었고 바람은 점점 더 거세졌으며 하늘은 어두웠다.

키를 잡은 채 고통으로 몸을 뒤틀고 있던 트리플파트가 기뻐서 어쩔 줄 모르는 표정으로 말했다.

"만사가 잘됐어. 만일 이 속도로 계속 갈 수 있다면 곧 포르크롤 섬에 도착할 거야. 그곳에서 육지로 돌아가는 문제를 생각해야 할 거야. 나는 마르세유에 있었을 때 그곳에서 낚시를 한 적이 있지……. 르라방두까지 갔었어……. 카발레르 근처에 상륙할 수 있다면 더없이 좋을 텐데……. 그다음에는 모르 산에서 자취를 감추자고. 그럼 끝나는 거야……. 마리우스, 내게 지도가 있다는 사실을 잊지 마……."

노인의 말이 점점 더 자주 끊겼다. 유령 같은 얼굴은 물보라 속에서 찡그리고 있었다.

"트리플파트, 괜찮아요?"

"잘돼야 할 텐데……."

마리우스와 파르페타무르는 침울한 시선을 교환했다.

파르페타무르가 말했다.

"당신들이 탈옥을 계획하고 있다는 사실을 알았지. 내가 몰랐을 거라고 생각하나? 당신들이 속닥속닥하면서 공모자의 모습을 내비쳤는데 이

노련한 파르페타무르가 그것도 눈치 채지 못할 정도로 멍청한 사람이라고 생각하다니! 마리우스, 바로 이게 자네가 말했던 아름다운 우정인가?”

“하지만 나는 당신이 탈옥을…….”

마리우스는 말을 중단했다. 망원경에서 군함의 뒤 갑판에 서 있는 장교들을 보았던 것이다. 세 돛대 범선이 그들을 향해 파도를 가르며 달려오고 있었다. 그는 처음에는 꿈을 꾸고 있다고 생각했다. 부사관 한 명이 망원경으로 그를 관찰하고 있었다. 그런데 부사관은 다름 아닌 레스트라드가 아닌가! 그는 저 배를 타고 무엇을 하는 걸까?

마리우스는 망원경에서 눈을 떼지 않은 채 원통형 군모를 벗어 흔들었다. 이제는 용감한 검술 교관의 주름진 얼굴을 또렷이 볼 수 있었다. 레스트라드는 손을 흔들어주고 장교들에게 돌아섰다. 경보는 울리지 않았다. 그는 모자를 벗어 흔들었다. 마리우스에게 이런 메시지를 보내는 것 같았다.

‘아들아, 행운을 빈다.’

군함은 조금씩 항로를 바꾸더니 생망드리에 곶으로 향했다. 그러니까 사르티에의 보트 쪽으로.

마리우스는 망원경을 내리고 다시 군모를 썼다. 그 순간 균형을 잃은 그는 재빨리 돛을 붙잡았다. 세찬 돌풍. 그는 씁쓸하게 미소를 짓고 트리플파트의 눈과 마주쳤다.

트리플파트가 경고했다.

“돌풍을 만나게 될 거야.”

마리우스는 개의치 않았다. 그는 레스트라드의 미소를 생각했다. 상사가 방금 그의 목숨을 구해준 것이다. 군함은 떠났다. 항로는 자유로웠다. 얼마나 더 가야 할까?

* * *

비가 몰아치는 새벽, 마리우스 일행은 카발베르 근처에 도착했다. 그들이 바위로 둘러싸인 작은 만에 도착하는 순간 스물한 발의 포성이 울렸다. 마치 새로운 자유를 축하해주듯 멀리서 둔탁하게 들려오는 즐거운 포성.

파르페타무르가 마리우스에게 축하해주었다.

"자네는 마침내 성 필립보 축일을 즐길 수 있게 되었네."

트리플파트는 사력을 다해 보트를 조종했다. 그는 최악의 상태였다. 군도가 폐를 관통했는지 그는 피를 토했다. 마리우스와 파르페타무르는 그를 작은 숲으로 옮겼다. 그런 다음 발길을 돌려 키 높이까지 물속으로 들어갔다. 군도와 소지품을 챙긴 그들은 선체에 구멍을 내고 돛을 활짝 펴서 바다로 밀었다. 바람이 그치지 않았기에 보트는 신속하게 멀어져갔다. 그들은 잠시 보트를 바라보다가 트리플파트에게 돌아갔다. 파르페타무르가 그를 어깨에 둘러메고 모르 산으로 향했다.

마리우스는 트리플파트가 가져온 참모본부의 지도를 보면서 말했다.

"교대로 해요."

그들은 인가가 있는 곳은 무조건 피했다. 파르페타무르가 가져온 빵은 이미 오래전에 바닥이 났고, 뱃속에서는 빵을 달라고 아우성이었다. 정오 무렵, 그들은 멈추었다. 기이한 정적. 그들은 떡갈나무와 작은 소나무 숲을 통과했다. 비가 내려 쉽게 나아갈 수 없었다. 번들거리는 자갈은 미끄러웠고 나무는 미동도 하지 않았다. 새가 없어서 더욱 불안했다. 그들은 꾸불꾸불한 개울가에서 멈췄다. 주위에는 자갈과 커다란 풀이 많았다.

마리우스가 트리플파트에게 말했다.

“견뎌야 해요.”

노인은 이미 많은 피를 흘렸고, 생명의 기운이 조금씩 그의 몸에서 빠져나가고 있었다. 그는 간신히 숲 위쪽의 하얀 언덕을 구분할 수 있었다.

낮이 저물 무렵 비가 멈췄다. 태양이 수줍은 듯 살며시 나타났다. 갑자기 파르페타무르가 좁은 오솔길 꼭대기에서 재채기를 했다. 그는 트리플파트를 업고 있었다. 그의 세찬 재채기에 노인의 몸이 흔들렸다. 상처가 다시 벌어졌고 끔찍했다. 파르페타무르는 노인을 땅에 눕혔다. 노인이 비명을 질러댔기 때문이다. 마리우스와 파르페타무르는 그의 심장이 고동치는 소리를 듣고 있을 수밖에 없었다.

파르페타무르가 말했다.

“이 상처만으로 이처럼 고통스러워하다니, 이해할 수 없어.”

마리우스가 물었다.

“그럼 무엇 때문이죠?”

트리플파트는 땅바닥을 뒹굴면서 풀줄기를 뽑았다. 코르크떡갈나무의 줄기에 머리를 박기도 했다. 그리고 마치 땅속으로 들어가고 싶다는 듯 두 발로 오솔길을 파고 뒤적였다. 노인의 몸을 돌려세운 마리우스는 배가 피로 얼룩진 것을 보고 소스라치게 놀랐다. 더욱 끔찍한 것은 그의 비명이었다. 마리우스는 인간의 목구멍과 가슴에서 그처럼 날카롭고 쉰 소리가 나올 거라고는 상상하지 못했다. 트리플파트는 딸꾹질하더니 숨가빠하며 피를 토했다. 그는 손톱으로 웃옷을 찢고는 덥석 마리우스의 손을 잡았다. 그러고는 힘겹게 속삭였다.

“너무 많이 집어삼켰어……. 내 지팡이 속에 있는 비밀 상자를 잊지 마……. 집시들을 조심해……. 그들이 곧 자네들을 감시할 거야……. 도형장에서 이야기하는 걸 들었어……. 헝가리 출신의 에르즈베 형제는 도망친 도형수를 체포하는 데 전문가들이야……. 잔인하고 피에 굶주린 놈들이지…….”

다시 한숨, 헐떡거리는 소리, 절망적인 외침이 시작되었다. 트리플파트의 눈 둘레에는 이미 커다란 검은 무리가 져 있었다. 그는 더 이상 아무것도 보지 못했다. 파르페타무르는 땀으로 흠뻑 젖은 그의 얼굴을 닦았다.

트리플파트가 헛소리와 이상한 말을 했다.

“끝났어. 나는 더 이상 곁쇠질로 문을 열 수 없을 거야…….”

갑자기 그는 마리우스의 팔뚝을 움켜쥐었다. 그는 마리우스의 귀에 대고 뭔가를 말하고 싶어했다. 그의 이야기를 듣고 화들짝 놀란 마리우스는 뒤로 물러났다.

마리우스가 중얼거렸다.

“하지만…… 하지만 그건 잔인한 짓이에요. 나는 절대로 할 수 없어요…….”

트리플파트는 마지막 힘을 다해 마리우스의 손을 비틀면서 외쳤다.

“맹세해!”

“알았어요. 맹세할게요…….”

트리플파트는 엄청난 피를 토한 후 숨을 거두었다.

파르페타무르가 물었다.

“뭐라고 한 거야?”

“끔찍한 짓이에요.”

“도대체 뭔데?”

마리우스는 그의 귀에 대고 속삭였다.

파르페타무르는 얼굴이 창백해지면서 말했다.

“자네는 맹세한 거야?”

"실수를 했어요."

마리우스는 트리플파트의 비밀 상자 속에서 날을 발견했다. 그는 자신이 해야만 하는 행동에 대해 곰곰이 생각했다. 극렬한 혐오감을 느꼈다. 하지만 맹세하지 않았는가. 그는 트리플파트의 두 발을 잡고 편도나무 옆으로 끌고 갔다. 먼저 그의 옷을 벗겼다. 뼈를 발라낸 닭 같은 몸뚱이 앞에서 마리우스는 쓰라린 고통을 느꼈다. 시신은 보기 흉했다. 무척 평범한 시신. 시신은 시신일 뿐이었다. 그는 떨면서 날을 잡았다. 그리고 두 눈을 감고 트리플파트의 배꼽에 날을 갖다대고 있는 힘껏 찔렀다. 살이 찢어지면서 물렁물렁한 소리가 들렸다. 그는 구토증을 느꼈다. 그의 입에서 담즙이 나왔다. 하지만 맹세하지 않았는가. 그는 흉골까지 날을 잡아당긴 다음 배를 열어젖혔다.

파르페타무르는 그 광경을 보지 않으려 했다. 그는 멀찌감치 떨어져서 하늘을 응시했다. 반짝이는 새틴 색깔의 황혼. 그는 예전의 조용한 생활을 그리워했다. 트리플파트가 얘기한 집시들이 이미 자신들을 추적하고 있지 않을까? 그는 절망의 몸짓을 억눌렀다. 왜 이 보트에 탔을까? 도형장의 목공소에서 갓 대패질한 야생벚나무의 향기를 맡으며 목재를 반들반들하게 다듬고 열장장부촉을 쓰다듬는 게 더 행복하지 않을까? 하지만 그는 더 이상 목공소를 생각하지 않기로 했다. 후회해봤자 소용없는 일이다. 그는 햇살에 반짝이는 떡갈나무 숲에 매료되었다. 이처럼 찬란한 광경을 본 적이 없었다.

파르페타무르가 돌아서자 마리우스가 앞에 있었다. 마리우스의 얼굴은 시체처럼 창백했다. 두 손에서 팔꿈치까지 피로 낭자했다. 그는 나무에 기대고 토하기 시작했다. 그는 동료의 살을 째고 내장을 꺼낸 다음 두 손으로 아직도 뜨겁고 김이 나는 내장을 뒤졌다. 그리고 붉게 녹슨 50수와 금화 열 개를 찾았다. 트리플파트는 내장 속에 이 동전들을 넣고 어떻게 이처럼 오랫동안 견뎌낼 수 있었을까?

파르페타무르는 마리우스의 어깨에 손을 얹고 말했다.

"바로 그것 때문에 그는 더 견딜 수 없었던 거야. 그는 우리에게 끔찍한 선물을 했어. 그리고 자네는 약속을 충실히 이행한 거고."

마리우스는 소매 안쪽으로 입을 닦으면서 물었다.

"그의 영혼은 어떻게 되었을까요?"

"벌써 하늘나라에 갔지."

"하늘나라를 믿어요?"

"모든 사람들처럼."

두 사람은 엉겅퀴 군락지 바로 밑에 동료를 묻었다. 그리고 점토질의 무른 땅에 십자가 대신 그의 지팡이를 꽂았다.

두 사람은 맑고 차가운 물이 솟는 샘에서 갈증을 해소하고 야생 물냉이를 따고 나서 콜로브리에르 마을 쪽으로 걷기 시작했다. 날이 어두워질 무렵 그들은 한숨을 돌리고 몸을 말릴 수 있는 작은 동굴을 발견했다. 그들은 가지고 있는 도구들을 점검했다. 트리플파트의 지팡이 속에 있던 비밀 상자에는 불을 피우고 도형수복을 태울 수 있는 라이터 하나, 삼 부스러기, 작은 알코올 병이 있었다. 그들은 경비원의 제복과 멜빵으로 간단한 신발을 만들었다. 큼직한 구리 단추가 장식된 레스트라드의 벨벳 제복을 입은 마리우스는 다리에 묶어놓았던 비밀 상자를 떼어내고 셔츠 하나, 거울 조각 하나, 가짜 수염, 가발, 구레나룻, 1프랑짜리 동전 4개, 각줄을 꺼냈다. 이곳에서 밤을 지내야 했다. 그들은 움푹 파인 돌에 잠두콩을 으깨고 물을 부었다. 그리고 물냉이를 섞고 불을 피워 데웠다. 그것은 수프라기보다는 따뜻한 탕약이었다. 또 파슬리 뿌리를 먹었다. 이윽고 각줄

526

로 쇠사슬을 끊었다. 1년 전부터 붙어 있던 치욕의 쇠사슬.

* * *

하얀 새벽. 이윽고 반짝이는 햇살로 풍경을 애무하는 자줏빛 태양. 새들은 해안 절벽의 틈에서 노래하고 있었다. 마리우스는 동굴 입구에 웃옷을 벗고 서서 반쯤 눈을 감은 채 깊은 숨을 내쉬며 시원한 바람을 들이마셨다. 그는 바람의 애무를 잘 느낄 수 있도록 두 팔을 벌리고 손가락을 움직였다. 재생의 희망이 그를 흥분시켰다. 그는 오랫동안 쇠사슬을 찼던 장딴지의 상흔을 만져보았다. 그리고 입은 크게 벌리고 머리는 똑바로 세우고 눈동자를 고정시킨 채 가만히 있었다. 이윽고 태양이 그의 관심을 끌었다. 낮게 뜬 태양은 마치 나무 꼭대기를 만지고 있는 것처럼 보였다. 이윽고 태양은 가위로 자른 듯한 소나무 꼭대기를 삼켰다.

파르페타무르는 피로한 얼굴로 나타났다. 그는 느긋하게 기지개를 켜면서 말했다.

"내가 다른 사람처럼 느껴져."

마리우스와 그는 이제 머리 모양이 달라졌다. 삼 부스러기는 놀라운 효과를 발휘했다. 머리카락과 수염을 붙일 접착제가 있었다. 파르페타무르가 덧붙였다.

"자네가 이 거울 조각을 가져온 건 아주 잘한 일이야. 정말 훌륭해."

그리고 웃음을 터뜨리고는 덧붙였다.

"내 목공 수업이 마침내 열매를 맺기 시작했군!"

마리우스는 고개를 끄덕이면서 웃었다. 지금 그에게는 구레나룻, 콧수염, 머리털이 있었다. 그 역시 자신이 다른 사람처럼 느껴졌다. 간밤에 그는 잠을 이루지 못했다. 악몽에 시달렸던 것이다. 파리로 돌아갔지만 코제트가 그를 몰라보고 경찰에 고발해서 다시 도형장으로 끌려가는 꿈이었다.

마리우스는 하품을 참으며 단호한 어조로 말했다.

"다음 마을에서는 지나치지 않을 겁니다. 우리는 생필품이 필요해요. 이런 차림새와 트리플파트의 돈이면 원하는 것을 살 수 있을 겁니다."

마리우스는 파르페타무르에게 아침식사로 과즙이 많은 열매와 민들레 뿌리를 권했다. 몸집이 거대한 파르페타무르는 얼굴을 찌푸리고 바닥에 침을 뱉었다.

"나는 몽둥이처럼 튼튼한 이를 갖고 있어! 나는 도형장으로 돌아가고 싶지 않아!"

마리우스는 놀라 물었다.

"도형장으로 돌아가고 싶지 않다고요? 나는 당신이 그곳에 머물고 싶을 거라고 생각했는데……. 안심하세요. 나 역시 그곳으로 돌아가고 싶지 않아요. 다만 우리는 먹을거리를 찾아야 해요. 이제부터 엄청 걸어야 하거든요."

두 사람은 다시 길을 떠났다.

* * *

물은 부족하지 않았다. 날씨가 더웠기 때문에 물을 자주 찾았다. 게다가 밤나무로 뒤덮인 작은 산들을 기어오르고 뿌연 먼지를 일으키면서 잿빛 협곡을 내려가야 했다. 또 생석회 암벽이 있는 구불구불한 작은 골짜기를 넘어야 하고 하얗게 달구어진 경사지를 내려가야 하며 시원하게 그늘진 작은 언덕을 기어오르고 뜨거운 입김을 내뿜는 올리브 밭과 라벤더 밭의 가장자리를 지나가야 했다.

오후가 끝날 무렵 두 사람은 작은 연못가에서 멈췄다.

마리우스가 말했다.

"지도가 정확하다면 우리는 베스 마을에서 10여 킬로미터밖에 떨어져 있지 않아요."

파르페타무르가 투덜거렸다.

"해안을 따라 걸었으면 좋았을 텐데. 배고파 죽겠어."

"잡히고 싶어요? 그건 아니죠. 나도 배고파요."

마리우스가 그 말을 내뱉은 순간 햇살 아래 늘어져 있는 커다란 새끼줄 같은 것을 발견했다. 반짝이는 비늘로 덮인 새끼줄…….

"저것 좀 봐요."

"뭘?"

"뱀."

"어쩔 셈이야?"

마리우스는 까치발로 다가가면서 군도를 꺼냈다. 근처에 이르자 조심스럽게 칼등으로 뱀을 내리쳤다. 하지만 너무 신중한 나머지 실패하고 말았다. 놀란 뱀은 돌 아래로 슬그머니 들어가려 했다. 하지만 마리우스는 손을 집어넣어 뱀 꼬리를 붙잡았다. 그런 다음 나무가 있는 곳까지 달리면서 소리쳤다.

"앗, 차가워!"

마리우스는 뱀을 돌리다가 나무줄기에 부딪쳐 머리를 박살냈다.

어리둥절한 파르페타무르는 가만히 지켜보았다. 뱀이 견딜 수 없는 혐오감을 불러일으켰다.

마리우스가 뱀을 어깨에 걸치고 다가오자 파르페타무르가 물었다.

"어떻게 하려는 거야?"

"껍질을 벗겨 먹어야죠."

파르페타무르는 삼 부스러기 가발을 떨어뜨리면서 말했다.

"마리우스, 뱀은 악마야! 그건 기어가는 동물이라고!"

"1832년, 내가 바리케이드 위에 있었을 때 뱀을 잡아먹었다는 쥐라 출신의 젊은이를 만났어요. 그 젊은이 말로는 독 없는 뱀은 뱀장어 같은 맛이래요."

두 시간 후 어둠이 내렸다. 벌판에서 너울거리는 희미한 불빛이 보였다. 두 사람은 하룻밤을 지낼 잠자리를 발견했다. 한쪽 벽면이 땅속에 박혀 있는 반쯤 무너진 오두막. 그들이 다가가자 까마귀 떼가 오두막에서 빠져나와 요란하게 날개를 치며 그들을 에워쌌다. 문을 열고 들어갔다. 순간 송아지만 한 개가 달려드는 바람에 벌러덩 나자빠질 뻔했다. 개는 돌아서서 으르렁거렸다.

파르페타무르는 이 동물이 탐내는 것이 무엇인지 눈치 챘다. 하얀 치즈처럼 짓눌린 암양의 시체. 마리우스는 군도를 꺼냈다.

파르페타무르가 말렸다.

"안 돼."

마리우스는 썩은 고기를 발로 차서 개에게 던져주었다. 오두막에 갇혀 있던 개는 이 고기를 놓고 까마귀들과 다투었던 모양이다. 개는 낑낑거리면서 꼬리를 흔들었다. 그리고 썩은 고기를 덥석 물고 밖으로 나갔다.

마리우스가 농담했다.

"길 잃은 양 한 마리."

"마리우스, 종교를 비웃지 마. 모든 사람을 위해, 그리고 동물들을 위해

하느님이 계신 거야."

마리우스는 어깨를 으쓱했다. 그는 몇 개의 돌을 주워 둥글게 놓고는 푸른 나뭇가지로 석쇠를 만들어 불을 피웠다. 그리고 군도로 뱀의 목을 째고 마치 가자미 다루듯 껍질을 벗겼다. 그리고 토막으로 잘라 꼬치구이를 만들었다. 그는 파르페타무르에게 백리향과 로즈마리를 뜯어오라고 부탁했다. 그는 자신의 능숙한 솜씨에 스스로 감탄했다. 파리에 있을 때 그는 대니얼 디포(「로빈슨 크루소」를 저술한 영국의 소설가-옮긴이)와 제임스 페니모어 쿠퍼(「개척자」, 「모히칸 족의 최후」, 「사슴 사냥꾼」 등을 저술한 미국의 소설가-옮긴이)의 작품을 읽었다. 만일 자신이 모히칸족의 피가 섞인 로빈슨으로 밝혀진다면? 그는 그런 생각을 하며 미소를 지었다. 하지만 몹시 배가 고팠다.

하얗고 심줄이 많은 뱀의 살은 맛이 없었다. 하지만 고기 굽는 냄새는 자석처럼 파르페타무르를 끌어당겼다. 더구나 트리플파트의 증류주까지 뿌리지 않았는가.

파르페타무르가 인정했다.

"껍질을 제거하고 토막을 냈고 백리향과 로즈마리로 양념을 하고 술로 그슬렸으니 그런 대로 먹을 만하군."

마리우스는 문 앞에서 꼬리를 내리고 혀를 내민 개를 보면서 말했다.

"우리에게 새로운 친구가 생겼어요."

그는 꼬치구이를 끊어서 몇 조각을 개에게 던져주었다.

두 사람은 교감의 시선을 교환했다. 다음 날은 다른 날이리라.

* * *

마리우스와 파르페타무르는 오전이 끝날 무렵 베스 마을 어귀에 도착했다. 개는 줄곧 그들을 따라다녔다. 두 사람은 시선을 주고받았다. 그리고 환한 미소를 지었다. 그들은 문명을 되찾은 것이었다. 그리고 어쩌면 지루함도.

두 사람이 빵집에서 빵을, 식료품점에서 소금과 말린 비곗덩어리를, 마구가게에서 호리병박 몇 개와 혁대 두 개를 샀다. 사람들은 그들을 조금도 이상하게 보지 않았다. 누구도 성가시게 굴지 않았고 어디에서 왔냐고 묻지도 않았다. 주민들은 목동들, 산악 지방의 떠돌이들, 새소리를 흉내 내고 수상쩍은 거래를 하는 거친 사람들에게 익숙해져 있었다.

정오 무렵, 두 사람은 자신들의 행동거지가 사람들의 의심을 살까 봐 다시 출발했다. 도형수의 발걸음은 흔히 신분을 드러냈다. 족쇄가 채워진 듯 다소 무겁고 뻣뻣한 발걸음. 마을 어귀에서 그들은 지평선 끝에서 구름이 뭉게뭉게 일고 있는 것을 보았다. 이제 그들은 낮이 이토록 덥고 밤이 이토록 차갑다는 사실을 알게 되었다. 개양귀비처럼 빨갛게 타오른 커다란 구름이 그들 위에서 머무르고 있었다.

파르페타무르가 중얼거렸다.

"불길한 징조야."

마리우스가 화를 냈다.

"뭐라고요? 우리에겐 식량, 무기 그리고 개도 있어요. 더 이상 뭘 원하죠?"

파르페타무르가 고집을 꺾지 않았다.

"이 도로에 있으면 안 될 거야."

그것은 도로라기보다는 가장자리에 실편백이 심어진 흙길이었다. 마리우스도 고집을 피웠다. 그는 두려워할 게 하나도 없다고 주장했다. 잠시 후 두 사람은 브리뇰 방향에서 두 명의 기병과 마주쳤다. 한 사람은 키가 크고 말랐고, 다른 사람은 키가 작고 포동포동했다. 돈키호테와 산초 판사처럼 보였다. 게다가 암노새 한 마리가 그들을 따르고 있지 않은가. 파르페타무르는 머리를 들지 않고 지나갔다. 살인청부업자의 세계에서는 얼굴을 빤히 쳐다보지 않는다. 표정이 불안할 경우는 말할 것도 없다. 마리우스는 날카로운 시선으로 그들을 바라보지 않을 수 없었다. 그는 두 기병의 눈에서 뭔가를 읽고 불편함을 느꼈다. 이유는 알 수 없었다.

몇 분 뒤 마리우스와 파르페타무르는 돌아섰다. 두 기병은 온데간데없이 사라졌다. 두 사람은 발걸음을 재촉했다. 그들은 작은 마을과 큰 마을을 지나갔다. 때때로 햇살이 너무 눈부시게 빛났다. 그들은 각자 빵 반쪽과 비계 네 조각을 먹었다. 그들 앞에 언덕이 피라미드처럼 우뚝 솟아 있었다. 들판은 까마득히 펼쳐져 있었다.

그들은 물을 마실 때조차 멈추지 않았다. 새로 구입한 호리병박의 물에서 가죽 냄새가 났다.

파르페타무르는 졸졸 따라다니는 개를 쓰다듬으면서 말했다.

"식초를 타야 했어."

마리우스가 동문서답했다.

"이 속도를 유지해야 해요."

"어떤 속도?"

"하루 32에서 40킬로미터."

"불가능해. 나는 러시아에서 후퇴하는 군인이 아니야."

마리우스는 하늘을 바라보았다. 오늘 아침 트리플파트가 준 지도를 폈을 때 우연히 집게손가락으로 짚은 곳은 방투 산이었다. 파리에 가기 전 적어도 두 달은 숨어 지내야 했다. 먼저 사람다운 꼴을 되찾고 그다음에 계획을 구상하기 위해서. 마리우스는 최대한 빨리 방투 산에 도착해야겠다고 생각했다.

파르페타무르가 물었다.

"어디로 가는 거야?"

"북쪽으로요."

"그건 막연해. 나는 지쳤어. 왜 좀 더 쉬지 않지? 하긴 자네는 젊으니까 당연해. 도형장은 자네를 더욱 강하고 더욱 원기왕성하고 더욱 참을성 있게 만들었지. 나는 늙었어. 나를 이렇게 다루는 것은 잘못이야."

마리우스는 멈추지 않았다. 그의 어조는 단호했다.

"실수는 당신이 했어요. 실수의 속성은 자신을 진실로 여기는 것이죠. 당신은 예전에 내가 처신했던 것처럼 하고 있어요. 일보 전진, 일보 후퇴. 당신이 이번에 마을에 들르면 안 된다고 주장하면 다음번에는 마을마다 들러서 머물다 가자고 우길 거예요. 파르페타무르, 당신은 모순 덩어리에요. 우리는 도망친 죄수예요. 만일 잡히면 3년이 추가될 거예요. 그리고 특별 감시 대상이 되겠죠. 지하 독방, 이중 족쇄, 흉악범 죄수들의 감옥. 그리고 무엇보다도 레이노가 기뻐 날뛰겠죠. 당신이 원하는 게 바로 이거에요?"

파르페타무르는 더 이상 투덜대지 않았다. 마리우스는 말을 너무 잘했다.

두 사람은 작은 숲의 완만한 비탈에 이르렀다. 파르페타무르의 두 발에서 피가 났기 때문에 쉬지 않을 수 없었다.

마리우스는 어쩔 수 없이 상황을 받아들였다.

"좋아요. 이곳에서 야영합시다. 하지만 여기에는 마땅한 자리가 없으니 저 나무 뒤쪽에 있는 빈터로 옮겨요."

파르페타무르는 이끼 더미 위에 털썩 주저앉아 소리쳤다.

"이것 좀 봐. 다른 신발이 필요해!"

"나무 뒤에서 불을 피워요. 나는 주위를 살펴볼게요."

개가 꼬리를 치면서 마리우스를 따라갔다. 파르페타무르는 모조 가죽 신을 벗고는 안도의 한숨을 내쉬고 아픈 발을 마사지했다.

마리우스는 두 시간 남짓 자리를 비웠다. 이 도시 남자는 숲의 남자임을 숨길 수 없었다. 질노르망 외할아버지와 함께 시골에 자주 갔었기 때문일까? 아무튼 그는 재주를 발휘했다. 나뭇가지에서 새집을 발견하고 열두 개의 알을 회수했다. 조금 더 멀리 떨어진 시냇물에서 호리병박에 생수를 담는 순간 서른 마리의 가재가 보였다. 어치 한 마리의 시체를 게걸스럽게 먹고 있던 빨간색의 통통한 다리들. 그는 손가락으로 유인해서 스무 마리가량 잡았다. 그는 흐뭇한 표정으로 흥얼거렸다. '새알, 비계, 가재를 가지고 호식하게 생겼네.' 그는 왔던 길을 돌아가기 시작했다.

마리우스는 연녹색 가시와 거무스름한 나뭇가지가 비죽비죽 돋아난 푸른 초목 밑을 지나가면서 코제트와 함께 아르디 레스토랑에서 저녁식사를 하고 뱅튀르크에서 파티를 했던 일을 떠올렸다. 그녀는 어떻게 되었을까? 그녀는 위선적인 친구 아메데와 자주 어울릴까? 그 친구에게 몸을 허락했을까? 그리고 루이데지레는 파르페타무르가 주장한 것처럼 정말로 루제와 다브 데 그레프와 긴밀한 관계를 맺고 있었을까?

마리우스는 자주 이렇게 생각했다.

'파리에 가면 모든 일이 해결될 것이다. 장 발장과는 달리 결코 고결한 모습은 보여주지 않을 테야. 그는 빵 하나를 훔쳤지. 나는 빵 한 조각 훔치지 않았는데 놈들은 내 인생을 훔치려 했어. 게다가 여러 명이 이 음모에 가담했어.'

일단 정당한 보상을 받으면 코제트를 미국으로 데려갈 것이다. 어린 라파엘도 함께. 그리고 본인이 원한다면 파르페타무르도. 그가 여러 가지 계획을 구상하면서 이런저런 생각을 하고 있을 때 말 울음소리가 들리는 것 같았다. 그리고 낯선 언어로 욕하는 소리도. 그는 동작을 멈췄다. 개가 으르렁거렸다.

마리우스는 개를 어루만지면서 속삭였다.

"쉿!"

숲의 빈터는 아주 가까웠다. 마리우스는 지면과 마른풀에 바싹 몸을 붙이고 포복하기 시작했다. 불빛 한 점이 보였다. 파르페타무르가 피운 불이었다.

마리우스는 빈터의 경계선에 이르자 피가 얼어붙는 것 같았다. 낮에 길에서 마주쳤던 두 기병이 그곳에 있지 않은가. 두 필의 말과 한 필의 암노새는 조금 떨어진 곳에서 풀을 뜯고 있었다. 꺼져가는 불빛에도 불구하고 그들의 얼굴을 또렷이 구분할 수 있었다. 그들은 그다지 젊지 않았다. 마흔 살과 마흔다섯 살. 검은 머리가 어깨까지 내려오는 커다란 사내의 얼굴에 마마자국이 있었다. 그의 행동은 느리지만 정확했다. 그는 숯불에 군도를 시뻘겋게 달구었다. 마리우스는 파르페타무르를 원망했다. 그가 나무 뒤에서 불을 피우기만 했어도!

파르페타무르는 두 손이 앞으로 묶인 채 나무에 기대고 앉아 있었다. 하얀 점액이 그의 코에서 흘러나왔다. 혀가 늘어져 있었고 얼굴이 푸르스름했다. 얼굴빛이 몹시 붉고 돼지처럼 통통한 두 번째 기병이 가는 막대로 파르페타무르의 얼굴을 때리고 있었다. 그것도 일정한 간격으로.

"네 공범이 어디에 있는지 몰라? 말하고 싶지 않겠지?"

그러고는 키 큰 사내에게 말했다.

"라스즐로, 이 도형수는 수다쟁이가 아니야. 그런데 이자는 에르즈베 형제를 모르나 봐. 하지만 우리는 입을 열게 만드는 방법을 알고 있지."

파르페타무르는 그들을 바라보지 않았다. 마리우스는 그들이 괴상망측하게 옷을 입었다는 사실에 주목했다. 가죽 상의, 석류나무 각반, 가죽 멜빵과 털모자. 혁대에는 군도와 단검 그리고 권총이 주렁주렁 달려 있었다. 그러니까 이들이 바로 트리플파트가 얘기했던 에르즈베 형제란 말인가. 헝가리 출신의 보헤미안?

커다란 사내가 주위를 둘러보며 말했다.

"블라드, 네가 옳다고 생각해. 이 친구에게 이야기 하나 들려주자고. 듣고 나면 수다쟁이가 될 거야!"

그러고는 뜨겁게 달궈진 군도를 휘두르면서 잔혹한 웃음을 터뜨렸다. 그는 허리를 흔들면서 몇 걸음 나아가더니 암노새를 가리켰다. 그리고 농락하는 어조로 부드럽게 말했다.

"이 동물은 늙어빠진 노새야. 따라서 나는 이놈을 죽일 거야. 그리고 배를 가르고 내장을 끄집어낼 거야. 그다음에 네놈의 옷을 벗기고 뜨겁고 고약한 냄새가 나는 저 뱃속에 네놈을 처넣을 거야. 그리고 노새의 내장을 다시 쑤셔 넣고 봉합할 거야."

땅딸막한 블라드가 정정했다.

"아냐. 프랑스어로 '꿰맬 거야'라고 말하는 거야."

라스즐로가 음산한 미소를 짓고 말했다.

"블라드, 나는 프랑스어를 싫어해. 프랑스 놈들도 좋아하지 않아. 우리는 워털루에서 블뤼허(프로이센의 육군 원수-옮긴이)와 함께 프랑스군을 작살냈지."

그러고는 다시 파르페타무르에게 말했다.

"못난 프랑스 놈, 네 머리통이 어디에 놓이게 될지 알겠어? 노새의 항문이야! 똥구멍 속에! 그리고 너는 아주 천천히 숨이 막혀 죽을 거야!"

그는 파르페타무르에게 달려들어 형제에게 그의 두 팔을 수평으로 잡고 있으라고 부탁했다. 그리고 등을 돌리고 군도를 휘두르면서 말을 이었다.

"너는 왼손잡이야, 오른손잡이야?"

파르페타무르는 중얼거렸다.

"오른손잡이……."

"그럼 왼손이 필요 없겠군!"

라스즐로는 파르페타무르의 왼손을 잘랐다. 파르페타무르는 믿을 수 없다는 듯한 표정으로 피가 철철 나는 자신의 팔을 한참 동안 바라보았다.

블라드는 파르페타무르의 잘린 팔을 숯불 속에 던졌다. 탁탁 타는 음산한 소리와 돼지 타는 냄새가 났다. 파르페타무르의 가슴에서 솟구치는 비명은 숲 속의 모든 동물을 달아나게 했다. 개를 빼놓고. 마리우스의 저지에도 불구하고 개는 으르렁거리며 땅딸보 블라드에게 달려들었다.

개의 공격이 어찌나 신속하고 갑작스러웠던지 땅딸보는 단총을 집을 시간이 없었다. 개의 송곳니가 그의 엉덩이에 박혔다. 마리우스는 개를 따라서 숨은 곳을 박차고 나가 악마처럼 울부짖으면서 라스즐로에게 돌진했다.

마리우스는 라스즐로 주위를 맴돌면서 퍼부었다.

"네놈이 워털루에 있었다고? 그렇다면 신의 가호를 빌고 그곳으로 꺼져버려!"

군도는 플뢰레와 전혀 관계가 없다. 군도는 전사의 자질을 요한다. 찌르고 자르고 찢는다. 이 무기는 깡충깡충 뛰는 짓을 경멸한다. 군도는 고결한 무기다. 레스트라드 상사 덕분에 마리우스는 이 고결함에 도달했다. 그는 즉각 상대에게 자신이 아마추어가 아니라는 것을 보여주었다.

라스즐로도 그 사실을 깨달았다. 그는 제3자세에서도 공격을 제대로 피하지 못했다. 마리우스의 공격은 무겁고 정확했다. 헝가리인은 물러났다. 놈은 물러나면서 눈길로 자신의 말을 찾았다.

갑자기 날카로운 비명이 들렸다. 땅딸보 블라드가 개의 목을 찔렀던 것이다. 하지만 파르페타무르가 땅딸보에게 달려들어 칼로 찔렀다.

그 모습을 본 마리우스는 더욱 용기를 얻었다. 그는 라스즐로의 오른팔을 공격했다. 놈은 무기를 놓고 무릎을 꿇었다.

마리우스는 군도로 목을 겨누고 말했다.

"방금 나를 놀렸지? 강을 아직 건너지 못한 자는 물에 빠진 사람을 비웃어서는 안 되는 법이야. 네놈은 죽게 될 거야."

라스즐로는 무릎을 꿇고 어깨에서 거의 떨어져 덜렁덜렁하는 팔을 붙잡고 있었다. 기고만장했던 오만함이 그의 눈동자에서 사라졌다. 그는 입술을 바들바들 떨었고 콧구멍을 벌름거렸다.

마리우스가 말을 이었다.

"못된 프랑스 놈이라고 했나? 그럼 너는 못된 헝가리 놈이야. 우리 아버지가 워털루에서 전사한 것을 알아? 네놈이 우리 아버지를 쓰러뜨렸나?"

공포에 질린 헝가리인은 고개를 저었다. 마리우스는 이놈이 미쳤다고 생각했다. 그러는 동안 파르페타무르는 붕대로 쓰기 위해 죽은 땅딸보의 셔츠를 자르고 있었다. 그는 상처를 붕대로 싸매고 개를 껴안았다. 그리고 오열을 터뜨리며 중얼거렸다.

"놈들이 우리 개를 죽였어……"

마리우스가 라스즐로에게 말했다.

"네놈은 내 친구에게 멋진 얘기를 들려주었지? 네놈 때문에 내 친구는 왼손을 잃었어. 너 같은 놈들은 없어져야 해. 나는 오심으로 도형장에 끌려왔을 뿐이야. 나는 깊은 구렁에 빠졌었지. 예전에 나는 이런 짓은 결코 하지 않았어. 아무튼 나는 그리스도께서 곧 이 땅에 다시 오실 거라고 믿어. 알겠어?"

라스즐로가 우물우물 말했다.

"목숨만 살려준다면 당신을 위해 변호해주겠어요……."

마리우스는 기뻐서 어쩔 줄 모르겠다는 표정을 짓고 말했다.

"나를 변호해주겠다고? 2년 전부터 사람들은 나를 위해 변호해주었지. 그 결과가 뭔지 알아? 나는 남의 재산을 탐낸 적이 없어. 하지만 네놈은 그렇지 않지. 또 일반적으로 사람들은 그렇지 않아. 나는 야수가 되었어. 사람은 말을 할 줄 아는 순간부터 거짓말을 배우지. 네놈은 거짓말을 하고 있어!"

라스즐로는 애원하며 말했다.

"아닙니다."

곰보 얼굴을 가진 라스즐로의 표정이 일그러졌다. 공포에 사로잡힌 그는 마리우스를 밀치고 무기를 빼앗으려 했다. 하지만 마리우스는 발로 그를 걷어차고 손목을 베어버렸다. 그는 제자리에서 깡충깡충 뛰면서 악을 올렸다.

"네놈은 그리스 영웅처럼 죽게 될 거야! 예전에 나는 그리스 비극을 무척 좋아하는 사람들을 만난 적이 있지. 네 꼴은 그 배역에 딱 어울려!"

그러고는 노새가 있는 곳까지 달려갔다.

파르페타무르가 울부짖었다.

"안 돼! 그만해!"

하지만 마리우스는 듣지 않았다. 시모어 경의 검술 도장에 자주 드나들었던 그 젊은 신사는 이미 죽었다. 마리우스는 노새 밑으로 들어가 군도로 배를 깊숙이 찔렀다. 가엾은 짐승은 앞발을 들고 뒷발질을 하더니 결국은 고꾸라지고 말았다. 악마적인 눈빛이 마리우스의 얼굴을 변화시켰다. 그는 아직도 숨이 붙어 있는 노새의 배를 갈랐다. 발끝에서 머리까지 피로 붉게 물든 그는 라스즐로에게 다가오더니 머리채를 잡고 노새가 있는 곳으로 끌고 갔다.

파르페타무르가 다시 외쳤다.

"그러지 마!"

마리우스가 부르짖었다.

"어떤 증인도 없어!"

마리우스는 라스즐로를 노새 속에 밀어넣고 얼굴을 항문에 쑤셔넣었다. 그는 구역질 나는 악취에도 불구하고 가는 가죽끈을 집어 노새의 배를 꿰맸다. 헝가리인은 미친 듯이 발버둥을 쳤다. 마리우스는 그의 배, 머리, 상처 부분을 발로 찼다. 그는 미친 사람 같았다. 갑자기 총성 한 발이 울렸다. 파르페타무르가 권총으로 라스즐로의 머리를 쏘았던 것이다. 그러자 마리우스는 얼굴을 땅에 처박고 오열이 뒤섞인 저주와 함께 소리쳤다.

"주님, 어찌하여 저를 버리셨나이까?"

6

명탐정 베르자

그날 아침, 다브 데 그레프는 루푀르와 함께 생드니가를 거슬러 올라가고 있었다. 그는 방금 라스네르가 디종, 본, 제네바 그리고 리옹으로 도망쳤다가 체포되었다는 소식을 들었다. 라스네르는 리옹에서 사기 거래를 하기 위해 자콥 레비라는 이름을 사용했다.

루푀르가 장담했다.

"살인청부업계에서는 모두가 서로 아는 사이입니다. 우리는 험담을 하고 일거리를 주고 고발을 하죠! 편지라고요? 쓸데없는 일입니다. 불량배들에게 편지 따위는 필요 없죠!"

"저런! 무슨 말인지 알겠네! 범행에서 명예는 무의미한 말이지. 아무튼 잘된 일이야! 그 교활한 녀석은 어디에 갇혀 있지?"

"디종 감옥에 있어요."

루푀르의 정보원에 따르면 라스네르는 시를 지으며 시간을 보냈다. 그는 파리로 이감되기만을 기다리고 있었다.

루푀르는 호주머니에서 종이 한 장을 꺼내면서 말했다.

"들어보세요. 제목은 「도둑」 또는 「청원」입니다."

루퍼르는 쉰 목소리로 읊기 시작했다.

전하, 제발 제 말을 들어보십시오.
소인은 방금 갤리선에서 나왔습니다…….
소인은 도둑이고 전하께서는 왕이옵니다.
우리, 좋은 형제처럼 서로 대합시다.
선행을 하는 사람들은 소인에게 혐오감을 일으킵니다.
소인은 냉혹하고 비열합니다.
소인은 동정심도 명예심도 없습니다.
그러하오니 소인을 순경으로 써주십시오!

이 도둑이 순경, 경찰청장, 장관에 이어 마침내 왕의 자리를 열망한다는 네 번째 시절(詩節)을 들은 다브 데 그레프는 어깨를 으쓱했다. 예전에, 특히 몽페르메유에서 '세르장 드 워털루(워털루의 하사)'라는 여관을 운영하고 있었을 때 자신에게 문학적 소양이 있다고 자부하고 볼테르와 성 아우구스티누스를 자주 인용했던 그는 시가 형편없다고 판단했다.

루퍼르의 보고는 계속되었다. 라스네르는 절도와 사기죄로 고소당했다. 하지만 법정에 출두한 라스네르는 절도와 사기 혐의에서 벗어나기 위해 다른 범죄를 저질렀다고 주장했다. 아연실색한 판사는 이 용의자를 예심으로 돌려보냈다.

"다브 데 그레프, 당신은 뭔가를 알고 있죠? 라스네르는 이렇게 자백했어요. '샤르동가(家)의 이중범죄는 제 소행입니다.'"

다브 데 그레프는 환한 표정을 짓고 말했다.

"나는 라스네르의 일이 잘 돌아가지 않는다는 것은 잘 알고 있었어. 입을 함부로 놀리다간 참수형을 당할 거야. 단두대에서 자살을 꿈꾸는 사람들이야!"

그리고 루푀르에게 지시했다.

"좋아, 자네는 공장에 있게. 나는 시테 섬의 마르무제로 가겠네."

* * *

다브 데 그레프—이제부터는 그의 진짜 이름인 테나르디에를 사용하겠다—는 연초에 카바레를 열기 위해 시테 섬에서 집 한 채를 구입했다. 그것은 노트르담 대성당 바로 옆의 마르무제가와 인접한 위르생가에 있었다. 테나르디에는 십자가 아래서 차마 고백할 수 없는 일이 벌어지고 있는 이 유흥가가 무척 맘에 들었다. 신의 보호를 받는 곳처럼 보였기 때문이다. 그는 지붕까지 누런빛이 비치는 복잡하고 어두운 이 골목길을 좋아했다. 이 거리는 나병환자 수용소와 닮았다. 포주들과 건달들은 오래전에 이곳에 '사령부'를 설치하였고, 애처로운 노랫가락이 골목길과 방긋이 열린 문틈에서 새어나왔다. 샤말랭 레스토랑의 분위기는 마음에 들지 않았다. 그는 클랑 데스탱 시절이 그리웠다. 그는 지저분하고 저속한 곳에서 편안함을 느꼈다. 중상모략과 음모로 빚어진 그의 정신은 과시와 호사에 만족할 수 없었다. 그는 지나치게 소비에 몰두하는 사람들을 견디지 못했다. 인색한 그는 다른 것에 관심이 있었다. 어떤 낭비이든 역겨워했다. 그는 어떤 일이든 대처할 수 있었다.

부유함? 그것은 불가사의한 것이다. 이상? 쓸데없는 거지. 향락? 외설적인 단어가 아닌가. 연민? 얼마나 끔찍한 단어인가. 영광? 연기와 같은 것이다. 의심? 부정보다 더 나쁜 것이지. 그에게는 오직 음모만이 매력적인 단어였다. 음모는 그가 경멸하는 모든 가치를 물리쳤다. 그래서 이 개같은 인간은 자신이 토한 것으로 돌아가곤 했다. 잔인하고 위선적이며 탐욕스럽고 음흉한 그는, 몸이 뒤틀리고 마르며 쇠약해지고 고통으로 신음하는 하층민들을 존중했다. 그는 지독한 고통과 빈곤, 반복되는 비통한 울부짖음을 소중히 여겼다. 가난한 사람들의 빵, 수프 혹은 누더기를 훔치는 것은 그에게는 강렬한 암시적 의미를 지녔다.

다브 데 그레프는 어린아이 같은 모습으로 다음 문장을 즐겨 반복했다.

"가난한 사람들은 내가 그들에게 할 수도 있었지만 하지 않았던 모든 악행에 대해서 나를 위해 동상을 세워줘야 할 거야."

하지만 가난한 사람들은 그를 몰랐다. 이 보잘것없는 인간은 그야말로 보잘것없었기 때문이다. 통속화의 영웅들과는 반대로 그는 부자들을 살찌우기 위해 가난한 사람들의 재산을 강탈하는 자였다. 인간의 고귀한 행위인 희생은 그에게는 생소한 개념이었다. 고독과 인색은 그의 인생을 이끄는 쌍두마차였다. 그는 모든 것—섹스까지도—을 머릿속에 가지고 있었다. 사탄조차 그의 친구가 될 수 없었을 것이다. 그는 본능적으로 나누는 것을 혐오했다. 상대가 초자연적인 존재일지라도. 하지만 나누지 않는 사람을 진정한 사람이라고 할 수 있을까?

테나르디에는 그런 질문은 생각조차 하지 않았다. 다이아몬드를 도둑맞고 당황한 그는 남아 있는 다이아몬드를 빼서 안전한 곳에 숨겼다. 그는 모두를 의심했다. 특히 게일과 루제를. 카리뇰 반장조차. 만일 그에게 신중한 이중인격이 없었더라면 그는 아르파공(몰리에르의 희곡 『구두쇠』의 주인공. 돈을 땅에 묻어두었는데 하인이 훔쳐갔다—옮긴이)처럼 비명을 지르며 사방천지로 달렸을 것이다.

하지만 불행을 고백하는 것은 결국 자신의 재산을 고백하는 꼴이 될 것이다. 타인의 눈에 구두쇠는 가난하게 보여야 한다. 구두쇠는 아무것도 소유하지 않는다. 구두쇠는 우선 스스로 피해자가 되긴 했지만 역시 타인들의 희생자다. 구두쇠의 결점은 스스로 고통을 초래하는 것이다. 구두쇠는 조그만 소비에도 떨면서 살아간다.

테나르디에는 불안에 떨었다. 그는 사방에서 모리배들과 사기꾼들을 보았다. 만일의 사태에 대비하여 페가스와 뱅트되, 그리고 예수를 살해할 때 루제를 도왔던 두 깡패를 곁에 두었다. 테나르디에는 루제와 그의 공모자들을 이간질하기 위해, 돈의 유출을 막기 위해 두 살인청부업자를 새로운 선술집의 지배인으로 승진시켰다.

"되마르무제 선술집에서는 자네들이 주인이야. 하지만 조심해! 노트르담 대성당이 자네들을 감시하고 있어. 지옥에서 천국까지는 한 걸음밖에 되지 않아. 나한테 중요한 것은 이윤이고 자네들에게는 그럴듯한 명함이 필요하지 않겠어? 요리는 적당히 알아서 하게."

테나르디에는 새로 사들인 시테 섬의 선술집 앞에서 뷔르댕과 만나기로 했다. 지난번에 만났을 때 꼽추는 궁지에 몰려 있는 것 같았다. 생피아크르가에서 일어났던 일이 그의 마음을 뒤집어놓았다. 다브 데 그레프는 그 사실을 눈치 챘다. 공모자의 비탄도 그의 마음을 흔들지 못했다. 오히려 정반대였다. 그는 뷔르댕이 도움을 요청하기만을 기다리고 있었다. 그래야 주도권을 되찾을 수 있을 것이다. 그는 보이지 않는 영향력으로 모든 것을 주도하고 싶었다. 그래야 시치미를 뗄 수 있지 않겠는가. 은밀한 기쁨을 위해.

새벽에 테나르디에는 잠깐 뷔르댕을 만났다. 평소에 집사는 마치 자신의 위신을 과시하려는 듯 조금씩 늦게 도착했다. 그런데 오늘 아침에는 일찍 나왔다.

546

테나르디에는 샤누아네스가의 모퉁이에서 움직이지 않았다. 그는 이 순간을 음미했다. 이 즐거움을 연장하기 위해 지팡이에 기댄 채 휘파람으로 노래를 불렀다. 노동자들은 떠도는 유령처럼 골목길을 배회하고 있었다. 그들은 벽난로의 장작 받침대에 조각된 기괴한 형상을 닮았다. 얼굴이 창백하고 야윈 노동자들은 겨우 발을 뗄 힘만 남아 있었다. 그들의 체념은 죽음과 흡사했다. 테나르디에는 마음속으로 그들에게 고성소(죽어서 영혼이 천국이나 지옥 또는 연옥 그 어디에도 가지 못한 사람들이 머무르는 장소-옮긴이)에나 가버리라고 욕설을 퍼부었다. 그가 신경질적으로 웃자 머리부터 발끝까지 몸이 떨렸다. 그는 한 걸음 떼었다. 그리고 모습을 드러내고 '친애하는' 뷔르댕을 소리쳐 불렀다.

"벌써 왔소?"

테나르디에는 지팡이 끝으로 새로운 선술집을 가리켰다.

꼽추는 침울한 표정으로 말했다.

"자네 사업에는 관심 없네. 자네가 약속한 대로……."

테나르디에는 뜻밖에도 환한 미소를 짓고 그의 말을 끊었다.

"자네는 코제트와 어린애에 대해 이야기하고 싶은가?"

"맞네."

"그건 마술 지팡이처럼 뚝딱 해결할 수 있는 일이 아니네. 그 대가로 무엇을 주겠소?"

뷔르댕은 그를 노려보면서 대답했다.

"샤말랭 레스토랑을 완전히 넘겨주겠네."

"뷔르댕, 그것으로는 부족하지. 마리우스의 재산은 어떻소? 이번 일은 부인과 어린아이를 없애는 것이네. 아이들은 오히려 자네가 전문이지. 여자는 내가 처리할 수 있소. 하지만 죽일 수는 없소."

"누가 그 여자를 죽이라고 했소?"

테나르디에는 잔기침을 연달아 해댔다. 거기에는 목소리를 가다듬기 위한 마른기침과 냉소가 섞여 있었다.

"뷔르댕, 나는 자네를 알지. 나는 더러운 일을 하고 자네는 좋은 일만 하지. 자네는 손을 더럽히려 하지 않지. 자네를 이해하네. 코제트가 그토록 골칫거리라면 왜 자네는 혼자 그녀를 처리하지 않지? 숨겨둔 돈이 있기 때문인가?"

두 사람은 서로 바라보지 않고 노트르담 대성당 쪽으로 걸었다. 루이데지레는 공모자가 지나치게 몸을 숙이고 가래를 뱉는 것을 보고 혐오감을 느꼈지만 입술을 삐쭉 내밀지 않도록 조심했다. 그는 이 혐오스러운 노인을 저주했다. 노인은 마치 방금 성대한 주연에 참가해서 배불리 먹은 듯이 언제나 입꼬리에는 음식물 찌꺼기가 달라붙어 있었고, 입에서는 거품이 섞인 침을 튀겼다. 아무튼 그는 이 노인네를 질색했다. 혐오스러운 사람이 다른 혐오스러운 사람에게 느끼는 이 혐오감은 상당히 기이했다.

테나르디에는 음식을 많이 먹지도 않았고 술은 입에 대지도 않았다. 그에게서 나쁜 생활습관과 병은 조금도 찾아볼 수 없었다. 이 얀센파 교도는 그저 혐오스러울 뿐이었다. 루이데지레는 생말로에서 이 노인에게 손을 내밀었던 일을 후회했다. 진창 속에 빠져 죽게 내버려두었어야 했는데. 이 노인은 너무 귀찮게 굴고 너무 욕심이 많았다.

루이데지레는 거만하게 굴기는커녕 그의 요구를 받아들였다.

"테나르디에, 자네 말이 옳아. 뭔가가 자네에게 주어질 거야. 뭔가 단단한 것. 할 수 없지 않은가. 지금 우리는 둘 다 안절부절못하고 있어."

"어떻게 처리해야 하지?"

"자네가 판단해. 7월까지는 일을 끝내게."

"아이는?"

"내가 맡지. 이유는 모르겠지만 자네의 새 건물에서 코제트를 처리하는 게 좋겠어."

테나르디에는 대성당 앞에 모인 사람들을 의심의 눈초리로 바라보면서 대답했다.

"그것도 좋은 생각이야. 마침 식모를 찾고 있네."

테나르디에는 하늘을 올려다보았다. 강한 새벽바람은 구름의 운행을 재촉했다. 구름은 극장의 커튼처럼 태양을 가렸다. 어두워진 노트르담 대성당은 시테 섬과 생루이 섬 쪽으로 펼쳐져 있는 지붕의 물결 위에서 더욱 장엄하게 보였다. 때때로 태양은 붉은 기와, 금빛 기와, 몇 개의 초록빛 기와, 그리고 로마 양식과 게르만 양식의 궁륭형 기와, 물결 모양의 둥근 기와, 평평한 사각형 기와를 뜨겁게 달구고 있었다.

두 사람은 어깨를 움츠리고 대성당 광장 앞을 지나갔다. 최초의 계획을 바꿀 정도로 유연한 루이데지레는 공모자의 자존심을 상하게 하고 싶은 유혹에 저항하지 않았다.

"사람들은 이 가옥들의 기와와 같네. 반듯한 사람도 있고 안쪽으로 휜 사람도 있지."

테나르디에는 선량한 모습으로 고개를 끄덕였다.

"하지만 반듯한 사람도 휠 수 있고 구부러진 사람도 다시 반듯해질 수 있지."

테나르디에는 집사의 굽은 등을 생각하면서 비웃었다. 그리고 눈살을 찌푸리고 말을 이었다.

"그런데 자네는 어디서 반듯한 사람들을 보았지? 나와 마찬가지로 자네에겐 야망이 있지. 자네의 야망은 엄청나고 내 것은 합리적이지. 우리의 유일한 공통점은 이것뿐이야. 다만 야망이 우리의 피를 끓게 하면 할 수록 그것은 비밀로 남아 있어야 하네."

꼽추의 어두운 얼굴이 빈정대는 모습으로 바뀌었다.

"야망이 우리의 유일한 공통점이라고? 테나르디에, 그걸 말이라고 하는가? 그래서 우리는 인연을 맺었고 우리의 손에 피를 묻힌 거야."

루이데지레는 팔을 펴고 손바닥을 보여주었다. 상대는 소스라치게 놀라며 멈췄다.

"뷔르댕, 그렇게 소리치지 말게. 이 구역에선 모든 벽에 귀가 달려 있네."

그러자 루이데지레가 명령조로 말했다.

"언제 할 건가?"

테나르디에는 어떤 면에서 자신이 마음대로 부렸던 사람이 강압적인 말투를 사용하자 화가 났다.

테나르디에는 짧게 대답했다.

"나는 일을 서두르고 싶지 않네. (그리고 익살스럽게 말을 이었다.) 자네가 그렇게 초조해하니까 괜히 불안해지는군. 우리 집이 털렸네."

"도둑맞았다고?"

"말한 대로네. 예수의 반지가 사라졌어. 루제가 이 범죄와 무관하지 않은 것 같아."

뷔르댕은 '범죄'라는 단어를 듣고 웃음이 나올 뻔했다.

"그럼 놈을 제거해야지. 자네가 원한다면 제라르에게 부탁할 수 있어. 그는 분명 비소를 갖고 있을 거야."

테나르디에는 얼굴을 찌푸렸다. 그는 자신의 사업에서 제라르를 배제하고 싶었다. 그는 직원일 뿐이었다.

"지금은 아니야. 나는 아직 루제가 필요하네. 나를 난처하게 하는 것은 그의 공모자네. 눈 위까지 모자를 눌러쓴 체구가 큰 사내 말이네. 밀정이나 경찰일 수도 있네."

루이데지레는 시계를 보면서 말했다.

"내게 무슨 말을 하는 건가? 자네는 루제를 똑똑한 녀석으로 과대평가하는 것 같군. 루제는 밀고자나 경찰의 공모자가 되기에는 너무 어리석어."

테나르디에가 고집을 피웠다.

"아무튼 나는 경고했네. 만일 자네가 그 사내를 보게 되면 엄중히 감시하게. 나는 도형장에 끌려가고 싶지 않네."

"테나르디에, 그건 자네 일이야. 한 달 후에 보세."

테나르디에는 짐짓 심각한 표정으로 연신 굽실거리면서 대답했다.

"그래, 한 달 후에 보세."

루이데지레가 마차에 오르자 테나르디에는 발길을 돌려 케이크와 토끼 파테 냄새가 나는 선술집 옆을 지나갔다. 그는 코를 막았다. 위르생가에 많은 사람들이 모여 있었다. 두 사내가 흥분해서 울부짖는 여자들에게 둘러싸인 채 싸우고 있었다. 여자들은 서로 죽이라고 외치면서 응원하고 있었다.

얼룩덜룩한 세모꼴 숄을 걸친 뚱뚱한 문지기 여인이 외쳤다.

"작살내버려!"

새까만 머리카락이 햇살에 반짝이는 더 젊은 여인이 즉각 대꾸했다.

"목을 부러뜨려!"

구경꾼들이 두 싸움꾼을 둥글게 에워쌌다. 그들은 내기를 시작했다. 이 역겨운 군중 속에서 요란한 소리가 새어나왔다. 때로는 야유나 환호성이 커졌고, 때로는 심술궂은 여인의 목소리와 갈색 머리의 젊은 여인의 목소리가 들릴 만큼 가라앉았다. 테나르디에는 다가갔다. 살짝 열린 창문을 통해 횟대에 묶여 있는 앵무새 한 마리와 커다란 빵 한 덩어리를 놓고 서로 발길질하며 다투고 있는 두 아이가 보였다. 그는 중얼거렸다.

"저런, 얼마나 좋은 분위기인가. 정말 사람답게 사는 곳이야."

그리고 심술궂은 여인과 갈색 머리의 젊은 여인을 바라본 그는 처음에는 소스라치게 놀랐다가 이윽고 냉소했다. 저 불결한 두 여자는 베키유와 미욜뢰즈를 떠올렸다. 한 여자는 죽었고 다른 여자는 사람 노릇을 할 수 없게 되었다. 그는 터져나오는 웃음을 참지 못했다. 곧 코제트의 차례가 올 것이다.

테나르디에는 중얼거렸다.

"귀여운 코제트, 이 착한 테나르디에 아저씨가 너를 위해 아주 멋진 미래를 준비할 거야. 네가 여덟 살 때 몽페르메유에서 했던 것처럼 말이야. 이 종달새야, 네게 춤을 추게 해주지. 워털루의 하사는 약속을 잘 지킬 거야. 근위대는 결코 죽지 않고 항상 돌아오지!"

테나르디에는 바닥에서 구르고 있는 두 아이를 바라본 다음 생드니 구역을 향해 걷기 시작했다. 삯마차가 너무 비쌌기 때문이다.

* * *

베르자는 팔짱을 낀 코제트 앞에 앉아 있었다. 그는 조금 전 도착하자마자 장의 요람을 굽어보았다. 푸른 비단 리본이 달린 버들가지 요람은 안뜰이 내려다보이는 창가에 놓여 있었다. 베르자는 테나르디에—일명 종드레트—가 고르보 누옥에서 음모를 꾸미던 시절 자신이 두 자루의 권총을 주었던 젊은이를 떠올리면서 중얼거렸다.

"아버지를 빼닮았군."

베르자는 처음으로 코제트의 새로운 집에 갔던 것이다. 코제트가 생쉴피스 성당과 뤽상부르 정원에 오지 않았기 때문에 그가 찾아왔다. 이곳은 다소 쓸쓸하게 느껴졌다. 코제트도 쓸쓸해 보였다. 그는 대맥당이 가득 담긴 바구니 속에 오렌지를 담아왔다. 코제트는 감사의 표시로 그의 두 볼에 뽀뽀를 해주었다.

"베르자 씨, 그냥 오셔도 되는데. 무척 보고 싶었어요."

"나도 그래요, 코제트."

베르자는 코제트에게 요즘 자신이 하고 다니는 일에 대해 조금도 털어놓지 않았다. 그는 예전에 사람들이 인정해주었던 적극성을 갖고 아주 천천히 수사를 진행했다. 자살에 실패한 그는 자신이 완전히 개종했다고 평가했다. 동시에 슬픈 퇴직자가 되었다는 쓸쓸한 생각이 들었다. 그는 실수를 만회할 기회, 혹은 빚을 갚을 기회를 얻게 해준 자의적인 퇴직을 매우 중시했다. 과거의 실책 속에서 현실적인 미덕을 찾아낸 것이다. 그는 퐁메르시 사건의 진상을 낱낱이 밝혀낼 것이다. 자베르의 명예를 걸고.

"디그랑드 씨는 잘 있나요?"

코제트는 쓸쓸하게 고개를 저었다.

"이제는 그 사람을 만날 수 없어요. 그는 예전 활동을 재개했다고 들었어요."

"그래요?"

코제트는 때때로 베르자의 딱딱한 질문 방식에 당황했다. 그는 복종시키는 데 익숙한 남자의 무뚝뚝하고 차가운 말투를 갖고 있었다.

코제트는 아메데의 타락이 가져다주는 쓸쓸한 기쁨을 숨기지 못하고 대답했다.

"아메데는 술을 많이 마셔요. 그는 불행한 사람 같아요."

"아메데가 당신을 사랑하기 때문이에요."

코제트는 격렬하게 반발했다.

"저는 그가 요구하는 것을 들어줄 수 없어요. 그는 감히 제 앞에서 자신의 뜻을 표현하지 못했어요. 그는 소중한 친구임이 밝혀졌어요. 베르자씨, 저는 결코 잊지 않았어요. 마리우스의 죽음에 그도 일부 책임이 있다는 사실을. 가끔 추락하는 그를 보면 이상한 만족감을 느껴요. 한번은 계단에서 마주쳤는데 그는 아주 매력적인 태도를 보였어요. 그는 겉치레 없이 섬세하게 장과 저의 건강에 신경을 썼어요. 그리고 헤어질 때 그는 이렇게 중얼거렸어요. '항복의 황홀함보다 더 가치 있는 것은 없어.'"

베르자는 호의적으로 코제트를 바라보았다. 그는 상냥하고 부드러운 태도로 익살스럽게 대답했다.

"그건 수많은 병사들의 고백이에요."

"아메데는 실제로 알제리에서 군복무를 했어요."

"믿을 수가 없어요. 그의 혼란을 동정하지 마세요."

베르자는 팔짱을 풀고 암시가 담긴 무거운 표정으로 집게손가락을 흔들었다. 잠시 후 그는 이렇게 덧붙였다.

"나는 디그랑드 씨의 감정의 진정성을 의심하지 않아요. 하지만 그는 자신의 일시적 기분을 만족시키지 못한 변덕쟁이지요. 그뿐이에요. 그의 실추를 보고 착잡한 감정을 느끼는 것은 당연해요. 코제트, 당신은 스스로를 보호해야 해요. 내가 무슨 말을 하는지 알겠죠?"

코제트는 다정하게 미소를 지었다. 같은 말을 자주 반복하는 베르자의 언어 습관이 그녀를 즐겁게 했다.

베르자가 말을 이었다.

"나는 당신에게 행복을 가져다줄 수는 없지만 위로는 해드릴 수 있어요. 아메데를 그냥 왕래하는 친구로 받아줄 수 있겠어요?"

"베르자 씨, 설령 제가 숨길지라도, 제 아들 덕분에 끊임없이 행복할지라도 저는 불행한 여자예요. 모든 수단을 동원해서라도 이 부당함을 복수하고 싶어요. 하지만 다른 사람들을 고통스럽게 한다고 해서 과연 저의 고통이 줄어들까요?"

베르자가 눈을 동그랗게 뜨고 물었다.

"후작을 말하는 건가요?"

"네, 후작과 다른 몇몇 사람들."

"만일 디그랑드 씨가 고결한 사람이라면 모두─경박하고 타락한 사람일지라도─가 생존의 대가를 치러야 한다는 것쯤은 이해할 거예요. 그는 당신 곁에 있는 한 당신의 고통에 익숙해지지 않을 수 없을 거예요. 하지만 무기력이 지나치면 증오심을 품을 수 있어요. 그는 아직 젊잖아요."

"그의 마음은 이미 늙었어요."

베르자는 하늘을 바라보고 외쳤다.

"각자 자기 짐이 있는 법이죠! 나는 내 짐이 있고 당신은 당신 짐이 있어요. 모두가 마찬가지예요. 디그랑드 씨는 겸손을 몰라요. 그가 무기력하고 기진맥진한 상태에 빠졌을 때 타격을 가할 수밖에 없어요. 디그랑드 씨처럼 정력적인 사내는 결코 겸손해질 수 없어요. 그는 싸우면서 강해질 거예요. 역경은 행운으로 바뀌게 되어 있어요. 코제트, 바로 당신이 완벽한 귀감이에요. 당신은 미래를 다시 멋지게 만들 거예요."

코제트는 무기력하게 머리를 흔들었다.

"베르자 씨, 당신은 저를 너무 신뢰해요."

"당신에게는 선례가 있으니까요."

"무슨 말씀이세요?"

"당신 아버지."

"불행히도 아버지는 돌아가셨어요. 언젠가 실의에 빠졌을 때 아버지를 생각했더니 기분이 나아졌어요. 아버지가 살아 계신다면 예순여덟 살이 에요."

"자베르는 쉰여섯 살이고요."

코제트가 소스라치게 놀라며 물었다.

"자베르? 당신은 왜 그 이름을 언급하시죠?"

베르자는 생각을 바꿔 대답했다.

"당신 아버지의 친구예요. 그는 나와 동갑이고요."

"하지만 왜 당신은 제가 아버지를 떠올릴 때마다 당신을 아버지와 비교하시죠?"

"이미 말했잖아요. 나는 그분을 잘 안다고."

코제트는 선생님처럼 집게손가락을 흔들면서 짓궂은 미소를 지었다.

"당신 설명은 충분하지 않아요."

베르자가 잘라 말했다.

"언젠가는 알게 될 거예요. 디그랑드 씨에 관해서 한 가지만 약속해줘요. 당신이 자신의 선량함과 동정의 희생자가 되지 않겠다고."

"약속할게요, 베르자 씨. 하지만 저에 대해 너무 걱정하지 마세요. 당신은 저를 잘 몰라요. 저는 자신을 지킬 줄 알아요."

베르자는 안도의 표정을 짓고 두 다리를 꼬았다. 그는 자신의 큼직한 두 손을 주시하다가 회색 난자놀이를 쓰다듬었다. 그는 안심이 되었지만, 아메데 디그랑드는 여느 남자들과 다를 바 없었다. 실패로 예민해질 경우, 그리고 치욕을 당할 경우 그는 돌발적으로 광기에 휩쓸려 코제트에게 해로운 짓을 할 수 있었다. 베르자는 그녀가 이런 위험을 무릅쓰는 것을 원치 않았다. 페르라셰즈 공동묘지에 묻힌 사람이 마리우스가 아니라고 확신했기에 더욱 그랬다. 하지만 그는 코제트에게 근거 없이 기쁜 소식을 전하고 싶지는 않았다. 그는 다시 한 번 부수적으로 물었다.

"마리우스 남작은 평소에 보석을 지니고 다녔나요?"

코제트의 눈이 휘둥그레졌다. 그녀는 내부와 주위에서 많은 것이 무너진 이후로 멋을 부리는 것이나 하찮은 것에 대한 취미를 잊고 지냈다. 그녀는 엄지손가락으로 결혼반지를 만지작거렸다. 베르자의 질문이 다소 생뚱맞게 느껴졌기 때문에 그녀는 귀에 거슬리는 어조로 대답했다.

"제가 알기로는 아니에요."

베르자는 즉각 다리를 풀고 일어났다.

"나를 원망하지 마세요."

베르자는 두 손을 부채처럼 내밀고 코제트에게 기다리라는 신호를 했다. 그리고 프록코트의 호주머니에 천천히 손을 집어넣었다. 그는 코제트를 주시하더니 갑자기 에메랄드빛 눈이 있는 뱀이 새겨진 금반지를 꺼냈다.

"이 반지를 보고 생각나는 게 없나요?"

코제트는 머리를 치켜들면서 대답했다.

"전혀요."

코제트는 이 반지가 마리우스가 자주 찾는 여자의 것이라고 생각했던 모양이다. 특히 어느 날 저녁 터키 카페에서 만났던 무례하고 도발적인 갈색 머리 여자. 베르자는 자신과 아무 관계도 없는 사건을 해결하려 했지만 오히려 그녀의 슬픔을 가중시키기만 했다.

"당신은 왜 이처럼 잔인하죠? 저는 아메데를 믿기 시작했는데 당신은
마치 형사처럼 처신하시는군요."

"아메데가 그렇게 말했나요?"

베르자는 낡아빠진 검은 넥타이 속에 목을 움츠리고 천천히 돌았다. 그
리고 반지를 넣은 후 두 팔을 벌리고 코제트에게 다가갔다. 그리고 자신
도 모르게 이렇게 말했다.

"무엇을 상상하는 거예요?"

코제트는 일어나 눈물을 멈추고 보호자의 품에 안겼다. 불행과 악몽이
일으키는 불면증과 밤마다 세 번씩 깨는 장 탓에 얼굴이 창백하고 눈이
빨갛게 충혈된 그녀는 이성을 잃은 모습으로 외쳤다.

"더 이상 아무것도 믿을 수 없을 때 어떻게 살 수 있죠?"

지난날에 베르자는 수많은 사람들을 고통에 빠뜨렸다. 그는 성취감으
로 범인들을 바라보았었다. 그런데 이제는 아무것도 없지 않은가.

베르자는 레몬과 녹차 향을 감미롭게 맡으면서 코제트의 귀에 대고 속
삭였다.

"살아야 해요."

베르자는 잠시 코제트를 포옹했다. 그리고 그녀에게 상처를 준 것에 부
끄러움을 느끼며 말했다.

"코제트, 나를 믿으세요."

"그렇다 해도 마리우스는 돌아올 수 없어요."

베르자는 평온하게 대답했다.

"알아요. (그는 지팡이와 모자를 집으면서 덧붙였다.) 필요한 게 없나요?"

"마들렌과 루이데지레가 잘 도와주고 있어요."

"루이데지레?"

“디그랑드 씨의 집사 말이에요.”

“잘됐어요, 코제트. 신뢰할 만한 사람들이 당신을 돕고 있어 한시름 놓았어요. 나는 한동안 이곳에 없을 거예요.”

코제트는 요람까지 걸어가 둥그스름한 버들가지를 만지작거렸다. 그리고 알아들을 수 없을 만큼 빨리 말했다.

“아, 그렇군요. 당신은 저를 고통스럽게 하는 것으로 만족하지 못하고 저를 버리시겠다고요.”

“늦어도 두 달 후면 돌아올 거예요.” .

지금은 3월. 베르자는 5월 말에 돌아올 수 있게 되기를 바랐다. 하지만 다른 정보를 입수할 경우 그의 부재는 더욱 길어질 것이다.

코제트는 문까지 베르자를 배웅했다. 그녀는 머리를 옆으로 숙이고 손을 내밀었다.

“잘 다녀오세요.”

“잘 있어요, 코제트.”

베르자는 계단에서 온통 검은 옷을 입은 사내와 마주쳤다. 곱사등은 검은 옷차림 덕분에 그다지 드러나지 않았지만 그래도 베르자의 시선에서 벗어날 수 없었다. 루이데지레는 테나르디에가 말해주었고 루제와 알고 지내는 모로라는 이름을 가진 위험한 인물을 알아보았다. 두 사람은 정중하게 인사를 나누었다. 우연이 언제나 좋은 일만 하는 건 아니다.

* * *

어느 날 저녁 아메데와 루이는 뱅튀르크 레스토랑에서 럼주와 압생트를 마신 후 적갈색 머리의 여인과 대화를 나누고 있었다. 그녀는 천박한 가면을 쓰고 젖꼭지가 드러나는 옷을 입었다. 그녀는 박장대소하며 걸핏하면 루시퍼에 대한 찬양을 늘어놓았다. 새벽 1시 무렵, 그녀는 특별한 곳에 가자고 두 남자에게 제안했다. 두 사람은 받아들였다. 그들은 술에 취해 비틀거리며 삯마차에 올라탔다. 적갈색 머리의 여인은 놀이를 위해 두 눈을 가리겠다고 했다.

적갈색 머리의 여인은 프로제르핀이었다. 그녀는 두 남자를 콜베르 가에 있는 '디아블블랑(하얀 악마)'이라는 간판이 붙은 유곽으로 데려갔다. 그곳은 상류층 손님들이 자주 가는 매음굴이었다. 바로 옆에 느베르 저택이 있었다. 랑베르 후작부인은 안테레즈 드 쿠르셀이라는 이름으로 느베르 저택에서 1710년부터 1733년까지 문학 살롱을 운영했다.

프로제르핀은 루이와 아메데에게 사향과 정액 냄새가 떠다니는, 연기로 가득한 커다란 홀을 가로지르게 했다. 손님들은 샴페인을 마시거나 여송연을 피우면서 담소를 나누고 있었다. 프로제르핀은 두 남자를 어느 계단으로 안내했다. 그들은 조심스럽게 계단을 내려갔다. 그녀는 눈가리개를 풀어주고 기괴한 가면을 두르게 했다. 두 사람은 엽기적인 장식을 보고 미소를 지었다.

두 사람은 검붉은 색조를 띠는 지하실로 들어갔다. 가면을 쓴 50여 명의 남녀가 여기저기에 서 있었다. 벽에 달린 촛불이 홀을 비추고 있었다. 반장화에 짧은 미니스커트를 입은 네 명의 아가씨들이 양초에 불을 붙이고 있었다. 소파, 자줏빛 쿠션, 진홍색 양탄자가 있었다. 지하실 중앙에 구리 좌대가 커다란 유리구들을 받치고 있었다. 코린트식 두 기둥 사이에 한 아가씨가 제단 위에 누워 있었다. 실오라기 하나 걸치지 않은 나체였다. 그녀 뒤에서 빨간 십자가가 새겨진 검은 옷을 입은 사람이 검은 뿔이 달린 선홍색과 금갈색 가면을 쓴 채 머리를 숙이고 갈색 술잔을 흔들고 있었다. 그것은 악마의 의식이었다.

루이는 떠나려 했지만 아메데가 남아 있으라고 설득했다. 대사제가 주문을 외었다. 여자는 최면 상태에 빠져 있었다. 길쭉한 불길이 기둥과 휘장 위에서 떨고 있었다.

대사제의 마지막 말에 손님들은 손짓과 불평을 해댔다. 손님들의 난잡한 몸짓이 소용돌이치고 있었다.

아메데와 루이는 프로제르핀의 안내를 받아 자리에 앉았다. 아메데는 럼주 세 잔을 비웠다. 프로제르핀은 그에게 술을 더 마시라고 부추겼다.

잠시 후 한 쌍이 그들 옆에 자리를 잡았다. 고혹적인 자태의 애꾸눈 아가씨와 숯처럼 까만 남자였다. 여자의 이름은 니나였고 남자는 주세페였다.

아칸더스 잎을 머리에 쓴 프로제르핀이 뚜쟁이 역할을 했다. 그들은 큰소리로 몰상식한 얘기를 하면서 질리도록 술을 마셨다.

난잡한 광경에 기겁한 루이가 일어나더니 아메데에게 따라오라고 했다. 아메데는 거절했다.

주세페가 끼어들었다.

"당신은 우리와 함께 즐기고 싶지 않소?"

그의 눈빛은 이글이글 타올랐고 몸에는 털이 많았으며 목소리는 맑았다.

주세페는 애꾸눈 아가씨의 무릎을 치면서 외쳤다.

"주세페 피에스키에게는 아무것도 거부하지 않는 법입니다!"

루이는 물러서면서 아메데에게 중얼거렸다.

"당신은 코제트를 어떻게 할 참인가?"

아메데는 일어나면서 거칠게 내뱉었다.

"입 다물어!"

그리고 집게손가락으로 친구를 가리키면서 외쳤다.

"꺼져버려!"

루이는 머리를 끄덕였다. 그는 지하실 구석으로 가면서 제단을 노려보았다. 대사제가 이 장면을 보았다. 그는 가면을 벗었다. 리본으로 묶인 잿빛 머리카락, 날카롭고 동시에 경쾌한 눈동자가 보였다. 옛 클랑 데스탱의 지배인이었던 제라르가 아닌가.

제라르는 다시 가면을 쓰고 자신을 도와주는 두 흑인에게 지시했다.

두 흑인이 루이를 붙잡았다. 소름 끼치는 두 흑인은 어린 염소처럼 깡충깡충 뛰면서 루이의 주위를 돌았다. 루이는 어쩔 줄 몰랐다. 여자들이 그에게 침과 외설적인 말을 내뱉었다. 흑인들은 그의 눈을 가렸다. 그리고 팽이처럼 그를 돌렸다. 아메데와 주세페는 목청껏 웃어댔다. 마지막으로 그들은 루이를 계단으로 끌고 가서 밖으로 던져버렸다.

누군가가 그에게 외쳤다.

"이곳에서 본 것에 대해 입도 뻥끗하지 마. 그렇지 않으면 너는 죽은 목숨이야!"

거리로 나오자 루이는 다시 와서 복수하겠다고 다짐했다. 그는 아메데를 생각했다. 자신의 결함을 깨닫고 두려움과 권태를 혼동하기 시작한 이 친구는 과연 어떤 구렁텅이 속으로 돌진하고 있을까?

* * *

1834년 4월부터 폭도들에 대한 재판이 시작될 참이었다. 당시에 내각 책임자는 브로글리 공이었다. 야당은 귀족원을 무력화하기 위해 온갖 수

562

단을 동원했다. 그래도 귀족원은 이 거대한 소송의 훈령을 성공적으로 수행했다. 국민들은 불안해했고, 신문은 우려를 숨기지 않았다. 피고인 중에는 카베냐크, 라스파유, 르드뤼롤랭, 오귀스트 콩트, 아르망 카렐, 아르망 바르베스, 오귀스트 블랑키와 가까이 지낸 사람들이 많았다.

요컨대 정부는 공화당을 재판하고 있는 셈이었다.

모두 바르베스와 블랑키에 대해서 얘기했다. 베르자는 그들을 좋게 평가하지 않는 리예 신부를 통해 소식을 들었다.

"베르자 씨, 그들은 모든 것을 분배하고자 합니다. 교회의 재산까지! 이건 말도 안 되는 얘기 아닌가요?"

"그렇습니다, 신부님."

"예의상 하는 말은 아니겠죠?"

"제가 왜 그러겠습니까?"

"당신이 때때로 다소 진보주의적인 성향이 있다는 것을 알기 때문입니다. 당신 제자들이 내게 그렇게 알려주었어요. 그런데 나는 부자들을 죽이는 것이 분배하는 것이라고 생각하지 않습니다."

"누가 신부님께 반대했나요?"

"베르자 씨, 바로 당신입니다!"

"저는 그저 빈곤을 없앰으로써 강자가 부당하게 약자를 착취하는 행위를 끝내야 한다고 주장했을 뿐입니다. 이게 그리스도교적인 감정이 아닌가요?"

"물론 그렇습니다. 나는 누군가의 향락이나 궁핍을 지지한 적이 없습니다. 그래도 어느 정도는 존중해야 하지 않을까요? 당신은 설마 바르베스와 블랑키의 자코뱅파에게 호감을 품고 있는 건 아니겠지요?"

베르자가 대답했다.

"소유권을 폐지하는 게 아니라 민주화하는 모든 세력에 대해 호감을 갖고, 투기꾼, 당파주의자, 티에르 씨와 브로글리 씨, 그리고 경쟁심을 무시하고 무조건 분배를 권장하는 사람들에게 반감을 갖고 있습니다. 숨기지 않겠습니다. 저는 어쩌면 이상에 지나지 않겠지만 공평한 분배를 지향합니다. 어린이들을 위한 무상 및 의무교육, 수공업이 활발한 프랑스와 단절되지 않는 지성의 프랑스, 구시대의 잔재와 혁명적 이상을 조화시키려고 애쓰는 정치를 열망합니다. 저는 예전에 반감을 불러일으켰던 것에 호감을 갖고 있습니다. 신부님, 모든 시민이 소유권을 획득할 가능성이 있다면 그게 이상적인 세상이 아닐까요?"

베르자는 마치 외국어로 표현하는 이방인이 단어에 하나하나 신경 쓰듯 세심한 배려를 가지고 이 마지막 문장을 강조했다. 리예 신부의 얼굴이 환하게 빛났다.

리예 신부는 미소를 짓고 베르자의 등을 다정하게 치면서 말했다.

"그러니까 당신은 무정부주의자가 아니라는 말이죠?"

신부는 그를 사제관 밖으로 데려갔다. 그리고 성당까지 함께 걸으면서 말을 이었다.

"당신은 자유로운 소유권 취득에 대한 내 의견을 듣고 싶나요? 티에르 씨가 장밋빛 약속과 표현의 자유로 대중을 놀라게 한 것은 분명합니다. 그런데 지금 그는 자가당착, 권력욕, 탄압 명령, 약속 불이행으로 대중을 아연실색케 하고 있어요. 군주제는 타성에 빠졌고, 기조와 브로글리의 후원을 받은 재력가들과 주식 투기업자들은 아무 제재도 받지 않고 자본을 강탈하고 있어요. 나는 빈곤에 반대하고 만인의 행복에 찬성해요. 우리의 주님이신 예수님이 부자였고 소유주였나요?"

베르자는 미소를 지었다. 그리고 발걸음을 멈추고 두 손을 들어올렸다.

"신부님, 예수님은 역시 예수님이었어요!"

두 사람은 이제 생쉴피스 성당의 내진(內陣)에 있었다. 무릎을 꿇은 몇몇 신자들은 본의 아니게 대화를 엿들었다. 몇몇은 몹시 놀란 듯이 보였다. 베르자가 코제트 앞에서 쫓아냈던 사내가 벌떡 일어나더니 냉소를 지었다. 그는 성호를 긋고 머리를 저었다. 그는 이렇게 생각하는 것 같았다. '지나치게 신앙심이 깊은 저 남자를 조금도 두려워할 것 없어.'

사내의 이름은 그랑데였다. 예전에 주물 제조업자, 경찰의 끄나풀, 소매치기였던 그는 지금은 제라르와 루이데지레를 위해 염탐하고 있었다. 그는 두 사람으로부터 모로 씨를 관찰하라는 요청을 받았다. 또 모로 씨의 생활권을 감시하라는 부탁을 받았다. 솔직히 그는 모로 씨에게서 흠잡을 만한 것을 조금도 찾아볼 수 없었다. 제라르는 그런 보고를 받았을 것이다. 편협한 신앙심을 가졌고 같은 말을 지겹게 되풀이하는 노인네를 두려워할 필요가 있을까?

그랑데가 성당을 떠나자 리예 신부가 말을 이었다.

"나는 당신이 사회주의자라고 불리는 사람들의 혁명사상에 물들어 있는 줄 알았어요. 당신 제자들이 정확히 봤어요."

베르자의 얼굴이 환해졌다.

"제 제자들이라고요? 그들은 제가 누구인지, 제가 어떤 생각을 가지고 있는지 모릅니다. 그럼 신부님은요? 왜 아무 말도 하지 않습니까?"

그리고 즉각 침울해지면서 말을 이었다.

"신부님, 말씀드릴 게 있어요. 잠시 이곳을 떠나야 합니다. 그래서 강의를 맡을 수 없습니다. 신부님께는 숨기지 않겠어요. 퐁메르시 남작부인은 저의 도움이 필요합니다. 그리고 돌아오면 신부님의 도움이 필요할 겁니다."

"당신은 나를 믿어도 됩니다. 적어도 혁명에 관련된 일은 아니겠지요?"

베르자는 입을 삐죽 내밀면서 대답했다.

"어쩌면 더 나쁠 수도 있어요."

* * *

베르자는 치밀한 사람이었다. 그는 반지를 갖고 있었다. 이 반지의 주인을 확인하고 싶었다. 범인들이 누군가를 죽이고 그를 마리우스로 둔갑시키려 했을 것이다.

어느 날 저녁 베르자는 오랜만에 샤말랭 레스토랑에 갔다. 제라르는 의심과 동시에 비웃는 눈초리로 그를 바라보았다. 생쉴피스 성당까지 그를 염탐했던 정보원에 따르면 모로는 편협한 신앙심을 가진 평범하고 온순한 부르주아에 지나지 않았다.

"모로 씨, 앉으세요! 하얀 소스를 바른 페드논('신부의 방귀'를 뜻하는, 튀김 과자의 일종-옮긴이), 후식으로는 커피슈크림('커피숍에 있는 수녀들'이라는 뜻-옮긴이)이 어떻습니까?"

그리고 무례하게 낄낄댔다. 베르자는 고개를 끄덕이고 앉아서 그를 무시하기로 했다.

루제는 아주 쌀쌀맞게 대했다. 그는 두려워했다. 모로를 보면 자신도 모르게 공포에 사로잡히고 불안에 빠졌으며 동시에 건방지고 허세를 부리게 되었다. 루제는 제라르의 허락을 받고 잠시 베르자의 식탁에 앉았다. 두 사람은 부르고뉴산 포도주를 한 잔씩 마시고 날씨에 대해 얘기했다.

갑자기 베르자가 물었다.

"그 유명한 예수에 대해 한마디 해줄 수 있어?"

적갈색 머리는 소스라치게 놀란 나머지 모로의 식탁을 떠나 도망칠 뻔했다. 마침내 그는 불안한 목소리로 대답했다.

"예수는 예전에 우리와 함께 일했어요. 그는 살인죄로 20년형을 선고받았어요……. 그런데 왜 묻죠?"

루제는 모로 씨가 예수의 반지를 가지고 있고 회수하기에는 너무 늦었다는 사실을 깨닫고 두려움을 느꼈다. '그렇다면…… 아니야, 모로는 위험한 인물이야. 부르주아의 옷차림과 해골 같은 머리를 보면 그는 틀림없이 연줄이 도처에 있을 거야.' 그래서 그는 소리를 높여 되물었다.

"모로, 왜요?"

"루제, 진정해. 난처한 일을 겪지 않기 위해 묻는 거야. 많은 사람들이 우리 주위를 맴돌고 있어. 우리가 다브 데 그레프의 방을 뒤진 사실을 영감이 알면 안 돼. 어떻게 생각해?"

베르자는 목소리를 높였다.

갑자기 루제는 시선을 좌우로 돌리더니 손가락을 입술에 대고 속삭였다.

"쉿! 모로, 목소리를 낮춰요……. 다브 데 그레프가 연루된 수상쩍은 사건이 한둘이 아니에요……. 이곳도 마찬가지죠. 당신이 클랑 데스탱의 간판을 알고 있다고 했죠? 이곳에서도 살인 사건이 있었어요……."

"살인?"

"못생긴 여자가 죽었어요……. 그녀의 이름은 베키유예요……. 광기에 사로잡힌 채 그녀의 목을 졸라 죽인 남편은 20년형을 선고받았어요……. 모두 미욜뢰즈라는 정부 때문에 일어난 사건이었어요. 그녀는 살페트리에르 병원에 있는 것 같아요……."

“미욜뢰즈? 저런, 저런.”

“당신은 왜 ‘저런, 저런’이라고 말하죠?”

“그냥. 본명은?”

점점 더 짜증나고 당황한 루제는 미욜뢰즈의 본명을 털어놓았다.

“클로틸드 르프티……..”

베르자는 루제가 반지의 주인을 죽였다는 것을 절대 고백하지 않을 거라고 생각하고 레스토랑을 떠날 채비를 했다. 루제는 겨우 마음을 놓으며 모로가 다시는 이곳에 발을 들여놓지 않기를 빌었다.

베르자는 벌떡 일어나 두 손으로 탁자를 짚고는 비웃는 표정으로 갑자기 물었다.

“다이아몬드는?”

“내 몸에서 떠난 적이 없어요. 항상 내 호주머니 속에 있어요……..”

“루제, 그건 신중한 행동이 아냐. 그러다 성가신 일이 생길 거야. 내일 볼까?”

“원한다면……..”

베르자가 떠나자 루제는 곧장 제라르에게 가서 모로 씨를 더 이상 믿지 못하겠다고 말했다. 모로를 좀 더 알게 된 루제는 그가 경찰에게 매수되었을 거라고 의심했다.

“끄나풀, 형사……..”

제라르는 앙상한 손으로 루제의 뒷머리 리본을 만지면서 물었다.

“정말 그렇게 생각해? 나는 모로가 네 친구라고 생각했는데?”

“모로가 공장 주위를 맴도는 것을 봤어요……. 그는 나를 찾아와서 다브 데 그레프에 대해 이상한 질문을 했어요. 나는 그를 믿었는데……. 그는 호기심이 너무 많아요.”

"내 정보원에 따르면 모로는 강의를 하고 미사에 참석하는 평범한 시민에 지나지 않아."

"믿지 마세요!"

루제는 사시나무처럼 떨었다. 그는 말을 더듬고 얼굴이 창백해지고 당황했다. 제라르는 잊지 않고 지적했다.

"모로는 내일 올 거야?"

"그렇게 말하긴 했어요……."

베르자는 다음 날 다시 왔다. 하지만 샤말랭 레스토랑의 문턱을 넘지 않았다. 검은색의 기다란 턱수염, 위쪽이 퍼진 구식 모자로 알아볼 수 없게 변장한 그는 레스토랑의 벽에 얼굴을 바싹 붙였다. 그는 제라르와 루제, 그리고 온통 회색 옷을 입고 음산함을 풍기는 루푀르를 알아보고는 살며시 미소를 지었다. 그는 틀리지 않았다. 루제는 불량한 놈이었다. 그는 다시는 이 레스토랑에 오지 않겠다고 다짐하면서 떠났다. 하지만 곧 루제는 자신의 손가락을 물어뜯을 것이다.

* * *

베르자가 오피탈 대로에 있는 살페트리에르 정신병원의 입구에 도착했을 때 날씨는 눈부시게 맑았다. 옛날 경찰 새내기 시절, 그는 미친 여자들을 수용한 이 병원에 온 적이 있었다. 사람들은 차마 입에 담기 어려운 일들을 얘기해주었다. 통제할 수 없는 미친 여자들은 쇠사슬에 묶여 있었다. 쥐가 들끓고 물이 철벅거리고 악취가 풍기는 지하 감금실. 여자들은 벽에 고정된 고리에 몸이 묶인 채 짐승처럼 오물 속에서 살았다. 병원 측은 쇠창살을 통해 음식과 짚을 넣어주었고, 창살 안으로 쇠스랑을 집어넣어 오물을 치웠다. 대부분 가난에 찌든 이 불행한 여자들은 다음과 같이 분류되었다. 정신병자, 지체부자유자, 몸이 성한 여자, 늙은 여자, 젊은 여자. 오늘날에도 이 분류는 남아 있지만 지하 감금실은 없어졌다. 건축가 비엘 드 생모르가 사각형 안뜰 주위에 네 개의 건물을 세운 후 그나마 시설이 개선되었다. 안뜰은 몇 그루의 아름다운 칠엽수로 그늘졌고 가운데 우물이 하나 있었다. 수용 인원은 4천 명에 이르렀다.

두 수녀가 진료실에 데려온 환자가 외쳤다.

"나는 차라리 도형장에 가고 싶어! 감금실은 너무 싫어!"

베르자는 동의의 뜻으로 머리를 끄덕였다. 이 여자의 말이 온전히 틀린 것은 아니었다. 죄수에게 감옥보다는 차라리 도형장이 나았다. 도형장이 있는 브레스트, 툴롱, 로슈포르에서는 최소한 숨이라도 마음껏 쉴 수 있었다. 감옥에서는 천천히 질식되어 죽어갔다.

베르자는 한 수녀와 관리인에게 건방진 말투로 부탁했다.

"클로틸드 르프티 양을 만나볼 수 있을까요?"

베르자는 강한 인상을 주었다. 하지만 그는 형사나 서장의 옷차림이 아니었다. 수녀는 그에게 누구냐고 묻지 않았고 클로틸드 르프티를 찾는 이유도 묻지 않았다. 수녀는 즉시 젊은 여인이 누워 있는 작은 방으로 그를 안내했다.

마침내 수녀가 문 앞에서 물었다.

"당신은 경찰인가요?"

베르자는 거짓말했다.

"네, 맞습니다. 그렇게 보이지 않습니까?"

"아마 당신 눈빛 때문일 겁니다."

"수녀님, 사람은 바뀔 수 있습니다. 하지만 눈빛은 아니죠."

수녀는 미안하다는 듯 살짝 손짓을 한 후 덧붙였다.

"너무 거칠게 다루지 마세요. 르프티 양은 엄청난 충격을 겪었어요. 그녀는 말을 많이 하지 않아요. 그녀의 얼굴을 보면 이해하실 거예요."

르프티는 등을 돌린 채 침대에 앉아 있었다. 창살 사이로 한 줄기 희미한 빛이 스며들었다. 홀에서 신음소리가 들렸다. 클로틸드 르프티는 오렌지와 낡은 미사경본의 냄새를 맡고는 낯선 사람의 존재를 느꼈다. 그녀는 머리를 약간 오른쪽으로 돌렸다. 옆모습은 매끈매끈하고 비단처럼 고왔으며 아름다웠다. 머리털은 빨간 리본으로 묶여 있었다. 어깨에 숄을 걸쳤고 회색 면 잠옷을 입고 있었다.

예전에 미욜뢰즈라고 불렸던 여인이 말했다.

"더 가까이 오지 마세요."

"나는 움직이지 않습니다."

"무엇을 원하세요?"

미욜뢰즈의 어조는 차분했고 낙심이 묻어 있었다. 그녀의 오른손에는 묵주가 있었다. 그리고 머리맡에는 성유물함이 있었다.

베르자가 대답했다.

"당신과 얘기를 나누고 보여줄 물건이 있어요."

베르자는 여인이 볼 수 있도록 예수의 반지를 내밀었다. 그녀는 머리를 움직이지 않고 곁눈으로 반지를 바라보았다.

미욜뢰즈가 물었다.

"그래서요?"

"이 반지가 누구 것인지 알고 싶습니다."

"내 인생을 망가뜨린 깡패들 중 한 사람 거예요. 그의 이름은 예수예요. 어느 날 저녁 그는 나를 유혹하려 했어요. 그가 지금도 그럴 거라고 생각하세요?"

미욜뢰즈가 머리를 완전히 돌렸다. 베르자는 그녀의 얼굴을 보고 공포로 얼어붙었다. 그는 경찰의 임무를 수행하면서 온갖 부류의 얼굴, 온갖 색깔의 얼굴, 온갖 공포의 얼굴을 보았지만 이처럼 끔찍한 얼굴은 본 적이 없었다. 클로틸드 르프티의 얼굴 반쪽은 생기를 잃은 살이 움푹 파이거나 불룩 나오거나 부어오르면서 아물어 분화구처럼 보였다. 심하게 상처가 나서 궤양에 걸렸던 부분은 진물이 배어나오는 우툴두툴한 피부에 지나지 않았다. 눈, 광대뼈, 눈썹만이 추억을 되살릴 수 있었다. 윗입술의 일부가 황산에 녹아내려 이 세 개가 드러났다. 언청이처럼 보였다. 코의 일부도 녹아서 콧방울은 기포 구멍이 많은 마멀레이드의 표면을 닮았다.

베르자는 충격을 받았다. 그는 반지를 호주머니에 넣으면서 중얼거렸다.

"반드시 정의의 심판을 받을 거야."

"당신은 정의를 믿으세요? 누가 제 얼굴을 돌려줄 수 있죠? 당신이? 다브 데 그레프가? 다른 누군가가?"

"다브 데 그레프를 비난하셨어요?"

젊은 여인은 얼굴을 돌렸다. 그녀는 뻣뻣하고 서투른 동작으로 탁자에서 작은 단지를 집더니 얼굴에 피부 박리를 예방하는 노란 지방 크림을 발랐다. 그리고 얼굴 반쪽에 멸균 가제를 놓은 다음 베르자에게 대답했다.

"다브 데 그레프에게는 죽음도 너무 부드러운 형벌이에요. 제가 클랑데스탱의 바닥에 반쯤 정신을 잃고 쓰러져 있을 때 그가 하는 말을 들었어요. 그는 먼저 베키유에게, 이어서 파르페타무르에게 말했어요. 그때 나는 그 노인네가 모든 짓을 꾸몄다는 사실을 깨달았어요. 파르페타무르

572

는 도형장에 있나요?”

“그렇습니다.”

“역시 그렇군요. 다브 데 그레프가 클랑 데스탱의 새 주인이 되었겠죠?”

“맞습니다.”

미욜뢰즈는 쓸쓸한 미소를 지었다.

“아무튼 그의 이름은 어디에도 나타나지 않아요. 그는 교활한 사기꾼이에요.”

그리고 무기력한 손짓으로 말을 이었다.

“이제 저와 상관없는 일이에요. 제 마음은 다른 곳에 있어요. 그뿐이에요.”

베르자는 묵주에 입을 맞추는 이 여인을 잠시 바라보았다. 예전에 오만으로 가득했던 영혼은 이제 그리스도교적인 겸손함 속에서 쉬고 있었다. 베르자는 떠나기 전에 단호하게 말했다.

“언젠가는 당신의 증언이 필요할 겁니다. 무고한 사람을 도형장에 보냈어요. 그의 이름은 마리우스 퐁메르시입니다.”

미욜뢰즈가 물었다.

“저에게 달콤한 말을 속삭이려 했던 그 젊은 남작 말인가요? 네, 그를 기억하고 있어요……. 다브 데 그레프는 그를 등쳐먹으려 했어요. 그가 처음으로 클랑 데스탱에 왔던 날 저녁 남작은 저 때문에 파르페타무르와 싸웠어요. 지금은 아주 오래된 일처럼 느껴지는군요.”

베르자가 단호하게 말했다.

“당신을 이 궁지에서 벗어나게 해주겠습니다.”

미욜뢰즈는 손을 내젓다가 힘없이 내려놓았다.

"동정이나 연민 때문인가요? 바뀌는 것은 하나도 없을 거예요. 어쨌든 고마워요."

* * *

베르자는 꼼꼼하게 수사를 진행했다. 그는 예전에 명백한 유죄의 증거도 없이 많은 사람들을 투옥시켰다. 그래서 이제는 직감이 들더라도 반드시 두 눈으로 확인하고 싶었다. 게일, 루제, 미욜뢰즈의 증언만으로는 충분하지 않았다. 그래서 리예 신부에게 퐁메르시 남작의 시신을 발굴할 수 있게 해달라고 요청했다.

신부가 반대했다.

"하지만 무슨 구실로요?"

"그 시신의 주인은 퐁메르시 남작이 아닙니다."

"확실한가요?"

"거의."

"거의라는 말은 마음에 들지 않아요."

베르자는 거듭 요청했다.

"베르자 씨, 당신은 정말이지 해괴한 일을 시키는군요."

"신부님, 이 일은 조금도 해괴하지 않습니다. 만일 매장된 시신이 퐁메르시 남작이 아니라면 지금 20년형을 선고받고 복역 중인 사람이 바로 퐁메르시 남작이라는 것을 의미합니다."

베르자는 리예 신부에게 상황을 요약해서 설명했다. 반지의 출처에 대한 증인들의 설명, 그의 이상한 여행, 반지를 입수하게 된 경위……

"좋아요, 그럼 한번 해봅시다. 나는 우리 지역의 경찰서장을 알아요. 그는 경찰청장의 친구이지요. 그는 틀림없이 발굴 허가증을 내줄 겁니다. 코제트는 어떻게 하지요?"

"코제트한테는 한마디도 하지 마십시오. 놀라운 소식은 미루어두고 싶어요. 만일 시신이 마리우스가 맞으면 무척 실망할 겁니다. 치명적인 실수가 될 수 있습니다. 따라서 우리는 비공식적으로 일을 진행해야 합니다. 이 일이 끝나면 저는 툴롱으로 갈 겁니다."

"남작부인의 허락이 없으면 발굴 허가를 얻지 못할 겁니다."

"불가피하다는 것을 역설하십시오. 그 어느 것도 정의의 추구를 방해해서는 안 됩니다."

"당신은 정의감이 넘치는군요."

"신부님, 저는 법에 대해 조금 압니다."

"당신은 경찰이 되었어야 했는데."

* * *

일주일 후 발굴 허가서가 리에 신부의 책상에 도착했다. 발굴 작업은 다음 날 실시되었다. 신중한 베르자는 코제트가 이 일에 동의한다는 가짜 서류를 갖춰두었다. 하지만 그럴 필요까지는 없었다. 신부가 만반의 준비를 했다. 경찰청장과의 친분이 크게 작용했다.

경찰 간부 한 명과 법의학자 한 명이 시체를 검사했다. 냄새가 지독했다.

신부는 손수건으로 코를 막으면서 법의학자에게 말했다.

"장갑을 벗기세요."

시체에는 분명 손가락 하나가 없었다. 왼쪽 약손가락이.

법의학자가 말했다.

"이 손가락은 칼로 잘린 것 같습니다."

신부는 베르자를 쳐다보았다. 그들은 의미심장한 시선을 교환했다.

법의학자가 물었다.

"이게 다입니까?"

신부가 대답했다.

"네, 끝났습니다."

베르자는 만족했다. 모든 일이 척척 들어맞았다. 테나르디에와 꼽추가 범죄 현장에 있었다는 점, 게일과 도미에의 증언, 범죄 흔적을 지우기 위해 회수한 반지, 루제가 예수에 대해 말하면서 불안해했던 사실.

리예 신부는 생쉴피스 성당에 돌아오자마자 베르자에게 물었다.

"만족하세요?"

"물론입니다, 신부님. 하지만 아직 한 가지 의문이 남아 있습니다."

"그게 뭔가요?"

"디그랑드 후작과 관련이 있습니다. 만일 후작이 이 음모의 장본인이라면—저는 한때 그렇게 믿었습니다—그는 남작의 재산을 가로챘을 겁니다. 더구나 그는 마리우스가 서명한 유언장을 갖고 있습니다. 그런데 그는 아직 그 유언장대로 재산을 처분하지 않았습니다. 아니, 반대였습니다. 그는 가족처럼 코제트를 보살폈습니다. 참으로 아리송한 일입니다."

"잘린 손가락은 충분한 증거가 아닌가요?"

"제 눈에는 그렇습니다. 하지만 법의 시각으로 보면 그렇지 않습니다. 잘린 손가락과 반지에 관한 해괴한 이야기는 아무것도 입증할 수 없어요. 고등법원의 검사장이나 다른 검찰들은 증거로 받아들이지 않을 겁니다. 그래서 저는 파레르모니알을 거쳐 툴롱에 갈 겁니다."

“파레르모니알?”

“파레르모니알에서 몇 킬로미터 떨어진 곳에 이그랑드라는 마을이 있습니다. 제가 알기로는 중세부터 디그랑드 후작은 없습니다. 그 정도는 쉽게 알 수 있습니다. 신부님 덕분에 제가 오랫동안 그곳에 살았잖습니까?”

베르자는 잠시 쉬었다가 말을 이었다.

“신부님, 또 한 가지 말씀드릴 게 있어요. 툴롱에 가면 리예라는 이름으로 도형장 경찰서장에게 저를 소개할 겁니다. 괜찮겠습니까?”

“당신은 비독(프랑스의 명탐정－옮긴이)보다 더 지독하군요. 1832년 6월 7일 제가 센 강에서 목숨을 구했던 사람은 누구죠?”

“접니다, 신부님.”

“그럼 나는 누구죠?”

“신부님은 그것도 모르세요?”

리예 신부는 살짝 얼굴을 붉혔다. 베르자는 신부의 손을 잡고 알쏭달쏭한 어조로 말했다.

“제가 신부님 대신에 대답할게요. 신부님의 세심한 치료 덕분에 지옥의 천사가 하늘의 천사로 바뀐 겁니다.”

* * *

르브리오네는 부르고뉴 지방의 손에루아르 도(道)의 남쪽에 있는 한 지역으로, 그리스도교 신자들이 묵상을 하러 오는 곳이다.

이탈리아와 근동의 영향으로 부유했던 클뤼니로부터 유익한 혜택을 받았고 루아르 강의 수상 교통과 연결된 르브리오네는 기둥머리와 합각에 성경의 인물이 조각되어 있는 20여 개의 성당을 자랑한다. 베르자는 이 지역을 구석구석 알고 있었다. 그는 이그랑드에서 생쥘리앵드종지와 스뮈르앙브리오네—클뤼니에서 가장 위대한 신부 중의 한 명인 위그 드 스뮈르가 태어난 곳—를 걸쳐 앙지르뒥까지 모든 마을을 방문하고 경탄했었다. 그는 사람들이 추구하지만 발견하기 힘든 숭고한 신앙을 찾으면서 묵상했다. 이곳 성당들은 그의 성격을 변화시키는 데 많은 영향을 주었다. 그는 하느님은 만날 수 없었지만 회의, 겸손, 연민을 배웠다.

리에 신부가 수단, 모자, 소매 없는 외투를 빌려주면서 말했다.

"이 정도면 변장하는 데 문제없을 겁니다. 내게 우디노 원수가 직접 쓴 추천장이 있어요. 원수 각하는 알제리에서 지휘권을 다시 찾기 전에 이 편지를 보내주셨어요. 이 추천장만 있으면 도형장을 출입하는 데 문제없을 겁니다. 물론 내 신분으로 말입니다. 그럼, 잘 다녀오세요!"

파레르모니알의 많은 주민들이 베르자를 알고 있었다. 베르자는 오텔디외에서 살았었다. 그는 1647년에 파레 근교에서 태어나 그리스도를 위해 목숨을 바친 성녀 마르그리트마리 알라코크의 생애에 대해 명상하면서 맑은 시간을 보냈다. 그리고 비지타시옹(성모방문회) 수녀회의 총장인 앙젤리크 수녀와 많은 대화를 나누었다. 또 리에 신부가 추천했던, 파레르모니알의 '작은 집 예수회'의 총장인 이폴리트 신부와 오랫동안 대화를 나누었다. 그는 낮은 길에서 성큼성큼 걷다가 갑자기 멈추고 측량기사나 화가처럼 풍경을 응시하곤 했다. 플랑드르 지방과 토스카나를 몰랐던 그는 이 풍경을 플랑드르의 원초주의 화가들과 토스카나파의 그림과 비교했다. 그는 작은 골짜기, 작은 숲, 울타리가 쳐진 오솔길을 좋아했다. 그곳에서 보졸레 지역의 산들과 마시프상트랄의 산줄기를 볼 수 있었다. 그는 나무 그늘 아래 세워진 섬세한 석조 건축에 매료되었다. 그리고 르브리오네 지역에서 인생의 예술을 발견했다. 영성을 지향하는 손길. 겸손의 빛.

베르자는 리예 신부에게 장난치기 위해 이렇게 고백했다.

"자칫하면 하느님이 우리 각자 안에 계신다고 믿을 뻔했어요."

리예 신부는 하늘을 바라보았다. 피보호자의 스스럼없는 유머는 더 이상 그의 마음을 흔들지 못했다.

요컨대 몽소레투알에서 바렌라르콩스까지, 페르레시레포르주에서 마르시니까지 섬세하게 다듬은 성당 지붕의 합각, 경쾌한 아라베스크 양식의 상인방, 부서진 반원 천장은 아무리 보아도 질리지 않았다. 베르자는 나뭇잎 커튼 사이와 가시덤불 산을 돌아다니면서 여태껏 몰랐던 행복을 주웠다. 그리고 밭 가장자리나 마을 벤치에 앉아서 되찾은 평온을 만끽했다. 그렇게 돌아다니다가 이그랑드 마을을 발견했던 것이다.

이그랑드 면장인 코른루 씨를 알게 된 것은 이폴리트 신부 덕분이었다. 그들은 처음에 파레르모니알의 부르뱅스 강가에 클뤼니 성당을 모델로 세운 대성당 근처에서 만났다. 베르자는 어렵지 않게 면장에게 방문 목적을 털어놓았다. 면장은 다음 날 호적을 열람할 수 있도록 해주었다.

"제가 알기로는 디그랑드 후작이란 이름은 존재한 적이 없습니다."

베르자는 포기할 뻔했다. 이그랑드라는 이름을 가진 마을이 프랑스에 여럿 있을 것이다. 파리로 돌아가서 토지대장과에 문의해야만 할 것이다. 하지만 코른루 씨의 제안이 어찌나 진지했는지 거절할 수 없었다. 그는 자신에게 물었다. 무엇을 찾기 위해?

베르자는 사흘 동안 찾아보았다. 그는 호적원부를 면밀히 조사하고 호적등본을 조사하고 여기저기서 이름을 찾아보았다. 헛수고였다.

사흘째 코른루 씨가 성과가 있었느냐고 물었다.

“면장님, 하나도 찾지 못했습니다.”

“적어도 이름은 알고 있겠죠?”

“아메데입니다.”

“언제쯤 태어났습니까?”

베르자는 마리우스를 생각했다. 그는 1809, 1810년쯤이라고 대답했다. 하지만 그해에 태어난 이름은 하나도 없었다.

베르자가 지적했다.

“이 호적원부에 뷔르댕이라는 이름이 많군요.”

코른루 씨가 대답했다.

“손에루아르 도에는 흔한 성입니다.”

뷔르댕이라는 성의 끝없는 목록을 훑어보던 중 어떤 이름 하나가 베르자의 눈에 띄었다.

“루이데지레. 분명히 맞지요?”

면장이 확인해주었다. 하지만 그는 1778년에 태어난 루이데지레에 대한 이야기를 들은 적이 없었다.

“설령 그가 아직 살아 있더라도 이그랑드에 나타난 적은 없어요. 하지만 나폴레옹의 전투에서 죽었을 수도 있어요.”

베르자는 얼굴이 창백해지면서 대답했다.

“어쩌면.”

베르자는 코제트가 언급했던 그 이름을 잊지 않았다. 우연의 일치일까? 이그랑드라는 성과 루이데지레라는 이름. 한순간 베르자는 파리로 돌아갈까 생각했다. 코제트가 위험하다는 생각이 들었기 때문이다. 하지만 그는 이성적으로 생각했다. 어떤 위험 말인가? 마들렌과 루이데지레가 그녀를 잘 보살피고 있지 않은가.

베르자는 계획을 바꾸지 않았다. 열흘 전부터 그는 르브리오네 지역에 있었다. 내일 툴롱으로 떠날 것이다. 그는 출발 전날에 코른루 면장과 이폴리트 신부를 저녁식사에 초대했다. 얼굴이 붉고 뇌졸중을 앓고 있는 면장은 대식가였다. 그는 특히 달팽이 요리, 포도주와 후추를 넣은 소스에 익힌 가재, 르샤롤레산의 쇠고기를 좋아했다. 베르자가 여행을 할 거라고 하자 면장은 리옹과 툴롱을 오가는 합승마차가 있다고 알려주었다.

"만일 바쁘다면 우편마차를 이용하세요. 리옹에서 툴롱까지는 360킬로미터인데, 합승마차를 이용하면 60시간이 걸리지만 우편마차를 타면 32시간이면 충분할 겁니다."

플로팅아일랜드를 먹은 후 베르자는 면장에게 도움과 소중한 정보에 대해 감사를 표했다. 그리고 이폴리트 신부를 다정하게 바라보며 덧붙였다.

"한 가지 더 부탁해도 될까요?"

"물론입니다."

"툴롱에서 돌아오는 길에 다시 찾아뵙겠습니다. 그동안 루이데지레 뷔르댕에 대해서 알아봐줄 수 있겠습니까?"

"장담은 못하지만 노력해보겠습니다. 그 사람을 알고 있는 노인들이 있는지 어찌 알겠어요?"

* * *

사흘 후 베르자는 리옹에 도착했다. 그는 오전 9시에 툴롱으로 출발했다. 낮에는 날씨가 쾌청했다. 마차의 움직임은 그에게 색다른 즐거움을 주었다. 하지만 저녁이 되자 상황이 달라졌다.

우편마차에서 밤을 보내는 것은 쉬운 일이 아니었다. 베르자는 혹독하게 경험했다. 재잘거리면서 상대방을 쳐다보는 사람, 먹어야 할 때는 먹지 않고 먹지 말아야 할 때 먹는 사람이 있었다. 제대로 잠을 잘 수가 없었다. 어머니 품에서 한 아기가 밤새도록 울었다. 게다가 말의 방울 소리, 비틀거리며 달리는 마차의 흔들리는 초롱, 울퉁불퉁한 도로……. 더구나 마차는 앞뒤 좌우로 몹시 흔들렸다. 마차가 아니라 소용돌이 속에 있는 듯했다. 네 바퀴 달린 토네이도. 흔들림은 차축의 높이에서 더욱 커진다. 조약돌은 바위가 되고 머리는 모루가 된다. 사람들은 빈번히 서로 머리를 부딪친다. 요컨대 불카누스 신이 있는 무시무시한 대장간. 분노의 소용돌이.

베르자는 거의 잠을 자지 못했다. 잠을 자긴 하지만 진짜 자는 게 아니고 동시에 공상과 현실 속에 있었다. 꿈에 코제트, 아메데 디그랑드 그리고 코제트의 집 계단에서 마주쳤던 남자가 나타났다. 뜨겁고 이상한 열의 재발. 열병을 앓는 밤처럼.

베르자는 녹초가 된 채 저녁을 맞이했다. 머리는 방울 소리로 가득 찼고, 몸은 저절로 흔들리는 것 같았다. 바닷바람이 원기를 되찾아주었다. 도형장에 가기에는 너무 늦었기 때문에 하룻밤을 지낼 여관을 찾았다. 생트마리마죄르 성당에서 멀지 않은 곳에서 시에주 여관이 보였다. 간판이 암시하는 것처럼 이 여관의 안내판에 젊은 보나파르트가 1793년 영국군을 쳐부수고 쫓아냈다는 영웅담이 기록되어 있었다.

메뉴는 지중해식이었다. 대식가가 아닌 베르자는 부지그산 굴 열두 개, 익히지 않은 토마토와 양파 한 접시로 배를 채웠다. 그는 담배 한 개비를 피우고 포도주 한 잔을 마셨다. 시라 포도주가 머리를 핑 돌게 했다. 그는 손등으로 식탁보를 닦고 보리수꽃 탕약을 주문했다. 그리고 밤색 프록코트를 졸라매고 자러 갔다. 엷은 보라색 눈동자를 지닌 여관 주인은 무궁무진한 화제를 가진 수다쟁이였다. 그는 깜짝 놀란 눈으로 이 근엄한 손님이 경찰인지 성직자인지 자문했다. 베르자는 상냥한 모습은 아니었다. 사람들은 그의 눈썹 밑의 눈을 볼 수 없었고 모자 밑의 이마를 볼 수 없었으며 넥타이에 가린 턱을 볼 수 없었다. 무언가를 붙잡기 위해 만들어진 듯 못이 박인 큼직한 손만을 볼 수 있었다.

여관 주인은 다음 날 궁금증을 해소할 수 있었다. 미리 식비를 계산하고 리예라는 이름으로 다음 날 저녁을 위해 방을 예약한 베르자가 이른 아침에 깔끔하게 면도를 했을 뿐 아니라 수단을 걸치고 작은 신부 모자를 쓰고 나타났다. 두 손으로 잡은 미사경본, 팔뚝 부분에 붉은 심장에서 피가 흐르는 그림이 새겨진 녹색 천으로 만든 어깨에 걸치는 옷, 소매 없는 검은색의 낙낙한 망토. 베르자가 여관 주인에게 머리를 숙이자 주인도 답례를 했다.

"신부님, 잘 주무셨습니까?"

베르자는 여관 주인을 주시하면서 차가운 어조로 대답했다.

"천사처럼."

여관 주인이 살짝 잔기침을 했다. 베르자는 우유 한 잔과 브리오슈 빵을 삼켰다. 의자에 앉지도 않았다. 그는 심문하는 듯한 시선으로 물었다.

"도형장으로 가는 가장 좋은 길을 알려주시겠소?"

순종의 표시로 어깨를 움츠린 여관 주인은 깊은 인상을 주는 이 성직자에게 친절하게 지름길을 알려주었다.

"고맙습니다. 저린 다리를 푸는 데 아침 산책만큼 좋은 건 없지요."

베르자는 다시 한 번 여관 주인을 훑어본 다음 지팡이를 들고 떠났다.

리예 신부의 신분증과 우디노 원수의 추천장을 지닌 베르자는 도형장의 첫 경비초소에 다가갔다. 연락병이 자콥 부제독의 집무실까지 안내했다. 그는 해군 조선소 안을 걸으면서 항구와 창고 근처에서 작업하는 도형수들의 붉은 옷을 보고 몸서리쳤다. 쇠사슬 소리는 더욱 끔찍하게 들렸다. 1803년 그는 툴롱에서 경비원으로 근무했다. 그때 처음으로 장 발장을 보았다. 가지치기 일꾼인 그는 빵 하나를 훔쳤다는 이유로 5년형을 선고받은 힘이 센 사람이었다. 그는 증오와 원한을 품고 여러 차례 탈옥을 시도하다가 결국 도형장에서 19년을 보내야만 했다.

베르자는 고개를 끄덕이면서 중얼거렸다.

"증오는 사람을 악착스레 살아남게 하지. 하지만 나는 너무 오래 살았어."

모든 게 다소 혼란스러웠다. 툴롱에서 보냈던 유년 시절, 도형수였던 아버지, 비참하게 살았던 어머니……. 그는 가난을 증오했다. 그가 그토록 가난과 가난한 사람에게 몰인정했던 것도 따지고 보면 바로 이런 혼란스러운 마음 때문일 것이다. 제일 먼저 그는 코제트의 어머니인 팡틴에게 몰인정하게 대했다. 그리고 장 발장에게도. 그는 중얼거렸다. '나는 살 자격이 없었어.'

베르자는 천천히 걸으면서 다시 머리를 저었다. 그는 한 도형수와 부딪치자 사과했다. 장 발장의 수인 번호 24601번이 생각났다. 그가 장 발장을 체포했을 때 장 발장은 몽트뢰이쉬르메르에서 마들렌이라는 이름으로 시장 노릇을 하고 있었다. 이 옛 도형수는 무기형을 선고받고 다시 도형장에 끌려갔다. 베르자는 눈을 감았다. 때는 1823년 7월이었다. 장 발장의 수인 번호는 9430번이었다. 장 발장은 툴롱에 오래 머무르지 않았다. 넉 달 후, 그는 해군 조선소 근처에 정박한 군함 오리옹호에 근무하던 한 선원의 목숨을 구하고 탈옥의 기회로 삼았다. 사람들은 그가 익사했다고 여겼다. 베르자는 정확히 기억했다. 그는 자신의 진짜 이름인 자베르의 이름으로 1824년 초에 다시 툴롱에 왔다. 그는 이 실종 사건에 대해 좀 더 자세히 알고 싶었다.

"신부님, 부제독님은 부재중이십니다."

연락병의 보고에 베르자는 몽상에서 깨어났다. 연락병은 뒤꿈치를 차고 고개를 저었다. 자콥 부제독은 없었다. 어쩌면 더 잘된 일이었다. 파르페타무르와 마리우스의 작업에 만족했던 부제독은 그들의 탈옥 소식을 듣고 목소리를 높여 비난했다. 그에게 마리우스의 이야기를 꺼내는 것은 시의적절하지 않았다.

중위 한 명이 베르자를 해군 참모장에게 데려갔다. 참모장은 신부에게 방문 목적도 묻지 않았다. 우디노 원수의 이름으로 충분했던 것이다.

"레지오 공은 위대한 분입니다! 그분을 아신단 말입니까?"

"영광스럽게도 그렇습니다."

"참으로 부럽습니다!"

원칙을 엄격하게 준수하는 이 열정적인 군인은 베르자에게 도형장을 순회할 수 있는 허가증을 발부해주었다. 그리고 묵직한 목소리로 말했다.

"이곳에 있는 데르프리엘 병사와 타로 중위가 모실 겁니다. 추가 정보가 필요하면 레이노 경찰서장에게 문의하십시오."

병사들은 베르자를 레이노 경찰서장의 사무실로 데려갔다.

책상 너머에 앉은 경찰서장은 쌀쌀맞게 신부를 맞이했다. 그는 신부에게 맞은편 의자에 앉으라고 권했다.

"신부님, 방문 목적을 물어봐도 될까요? 도형수들의 영적 생활에 관한 연구인가요? 미사는 일주일에 한 차례 의무 사항이고, 제 말썽꾸러기들은 취침 전에 기도합니다."

베르자는 천천히 두 손을 비비면서 말했다.

"당신은 질문과 대답을 다 하시는군요. 그 문제로 온 게 아닙니다. 더욱 가슴 아픈 사건입니다. 무고한 사람이 이곳에 있습니다."

경찰서장은 비웃는 듯한 미소를 지었다. 그의 뒤쪽에는 갖가지 물건들이 어지럽게 놓여 있는 마호가니 책장이 있었다. 베르자의 시선은 육분의, 도형수 쇠사슬, 해군 군도, 루이 15세식 권총 두 자루, 해군 역사서, 권양기 매듭, 그리고 번호 및 인식표가 달린 두 개의 헝겊 모자에서 머뭇거렸다.

레이노 경찰서장이 거만한 어조로 장담했다.

"신부님, 저는 오심은 믿지 않습니다. 이곳에는 무고한 사람은 없고 오직 죄수들만 있습니다. 공무원은 틀릴 수 없고 그래서도 안 됩니다. 재판관은 결코 실수하지 않습니다."

경찰서장이 그처럼 단호하게 말하는 동안 신부는 9430번이 새겨진 헝겊 모자를 주시했다. 베르자는 얼굴이 창백해졌다. 왜 경찰서장이 장 발장의 수인 번호를 간직하고 있는 걸까?

경찰서장이 천천히 돌아섰다. 그는 뒷짐을 지고 배를 내밀었다. 그리고 신부의 관심을 끄는 것이 무엇인지 물었다.

"신부님, 저 헝겊 모자를 보고 계십니까? 그것은 전리품이 아닙니다. 제 치욕을 잊지 않기 위해 저곳에 두었습니다. 제가 이곳에 온 지 벌써 10년이나 되었지만 탈옥이 성공한 것은 두 번밖에 없습니다. 저 헝겊 모자가 그 증거입니다."

베르자는 재빨리 계산했다. 그렇다면 저 모자는 장 발장의 것이 틀림없었다.

신부는 호주머니에서 종이를 꺼내 보면서 말을 이었다.

"저는 알렉상드르 틱시에라는 사람에 대해 알아보고 싶어 왔습니다."

경찰서장이 소스라치게 놀랐다.

베르자가 물었다.

"왜 그렇게 놀라십니까?"

"계속하십시오, 신부님."

"여러 가지 이유로 알렉상드르 틱시에의 이름으로 구형받은 사람이 알렉상드르 틱시에가 아니라……."

경찰서장이 신부의 말을 끊었다.

"마리우스 퐁메르시."

베르자가 중얼거렸다.

"어떻게 그걸 아시죠?"

"사실 틱시에는 자신의 무죄를 주장하고 자기가 도형수 명부에도 없는 마리우스 퐁메르시라고 끊임없이 주장했습니다. 그래서 저는 조사를 했습니다. 그런데 퐁메르시 남작은 이미 죽어 매장되었습니다. 신부님, 9430번은 악질 중의 악질입니다. 그가 툴롱에 처음 왔을 때는 왼쪽 눈 아래 모반이 있었는데 얼마 후 사라졌습니다."

베르자는 다시 침울해졌다. 경찰서장은 분명 9430번이라고 말하지 않았는가. 그의 시선이 다시 헝겊 모자에 머물렀다.

"그러니까……."

"무죄를 주장하는 그 사람이 탈옥했느냐고요? 맞습니다, 신부님. 성 필립보 축일이었습니다. 바로 한 달 전입니다. 그런데 탈옥한 무고자는 더 이상 무고하지 않습니다. 더구나 사망자가 있습니다.”

베르자의 얼굴이 일그러졌다.

“사망자라니요?”

“신부님, 병사 한 명이 사망했고 상사 한 명이 폭행을 당했습니다. 물론 그 상사는 틱시에와 그의 공모자의 결백을 밝히려 했어요. 하지만 저는 믿지 않습니다. 탈옥자는 처음에 다섯 명이었습니다. 그중 세 명은 붙잡 혔습니다. 그들은 즉각 처형되었죠. 저는 주저하지 않았습니다.”

“살인자는 누군가요?”

“상사에 따르면 사르티에라는 도형수입니다. 하지만 그건 별로 중요하 지 않습니다. 당신이 무고하다고 주장하는 자는 수배 중입니다. 우리는 반드시 그를 붙잡을 겁니다. 저는 일단 사냥을 시작하면 결코 놓치지 않 습니다. 또 알고 싶은 게 있습니까?”

“아닙니다, 서장님. 당신 말이 옳습니다.”

베르자는 레이노 경찰서장의 확고한 태도를 보고 포기했다. 이 남자는 예전의 그를 떠올렸다. 영혼 없는 포식자.

신부의 마지막 언급에 만족한 레이노는 성직자에게 상냥하고 관대한 태도를 보였다. 그는 신부에게 도형장 방문을 제안했다.

“신부님께서는 우리가 얼마나 죄수들에게 선처를 베풀고 있는지 직접 보시게 될 겁니다. 툴롱 형무소가 죄수들을 잘 보살피고 있다고 파리의 시민들과 내각에 보고하실 수 있을 겁니다.”

레이노는 다리를 저는 상사를 불러들였다. 그리고 입을 삐쭉거리면서 미소를 짓고 베르자에게 산책을 잘 하라고 말했다.

“레지오 공을 아신다니까 드리는 말씀인데, 신부님께서 보신 것을 잘 말씀해주십시오. 신부님, 툴롱은 지옥이 아닙니다!”

그러고는 냉소적인 웃음을 터뜨렸다.

낙심한 베르자는 해군 조선소와 도형장의 다른 작업장을 방문하기 위해 상사와 함께 사무실을 나왔다. 흉악범 죄수들의 감옥에서 나올 때 부사관이 자신을 소개했다.

"레스트라드 상사입니다. 잘 모시겠습니다, 신부님."

* * *

다음 날 베르자는 리옹을 향해 출발했다. 레스트라드 덕분에 그는 알렉상드르 틱시에가 마리우스 퐁메르시라는 확신을 더욱 굳혔다. 선량한 레스트라드는 경찰서장의 말과는 달리 간수의 사망은 마리우스와 아무 관계도 없다고 알려주었다.

"저는 그 사건을 알고 있습니다. 저는 사르티에와 그의 공범들을 쫓는 군함에 타고 있었습니다. 사르티에는 자신의 목숨을 구하기 위해 마리우스에게 죄를 뒤집어씌웠습니다. 하지만 그의 친구들은 플뢰드당과 사르티에가 살인자라고 털어놓았습니다. 덕분에 그들은 형을 단축받았습니다."

베르자가 상사에게 물었다.

"당신이 그를 마리우스라고 부른 것은 그가 당신에게 진실을 털어놓았기 때문인가요?"

"신부님, 마리우스가 제 목숨을 구해주었습니다. 우리는 친구가 되었지요. 저는 그에게 검술을 가르쳐주었습니다. 사실 저는 그를 아들처럼 생각했지요. 신부님께서 이곳까지 오신 것을 보니 마리우스에 대한 제 감정이 더욱 확고해졌어요."

"그럼 당신은 그의 탈출을 도와주었나요?"

"저는 마리우스가 정직한 파르페타무르와 함께 보트 위에 있는 것을 보고는 잠시 망설였어요. 그뿐이에요. 폭풍이 몰아치던 날이었어요. 우리는 망원경으로 서로를 알아봤지요. 마리우스가 저에게 의미심장한 신호를 보냈어요. 저는 장교에게 부사관이 탄 해군 보트라고 보고했고 마리우스는 먼 바다로 나아갈 수 있었어요. 그 후 어떤 소식도 들려오지 않았어요. 그러니까 저는 그의 탈옥을 도운 게 아니라 그냥 도망치게 내버려두었을 뿐이죠."

"하느님께서는 당신의 조치에 대해 만족스러워 하실 겁니다."

베르자가 도형장을 떠날 때 레스트라드는 머리부터 발끝까지 신부를 자세히 관찰했다. 그리고 예전에도 신부였냐고 물었다.

"왜 그런 질문을 하시죠?"

"제가 스페인 전쟁이 끝날 무렵 툴롱에서 근무했을 때 한 도형수의 행방을 찾기 위해 툴롱에 온 형사를 보았던 일이 기억납니다. 그 도형수는 목숨을 걸고 한 선원의 목숨을 구해주었죠. 그 도형수의 이름은 생각나지 않습니다. 하지만 형사의 이름은 잊지 않았습니다. 이름이 자베르였어요. 그는 모든 경비원들을 신문했었죠. 저까지. 그의 날카로운 시선, 단추 달린 깃, 큼직한 지팡이가 생각납니다. 저는 그처럼 차갑고 치밀한 사람을 만난 적이 없어요. 어쩌면 레이노 경찰서장을 빼놓고는요. 신부님, 미리 사죄드립니다. 당신의 걸음걸이와 미소를 보니 자베르 형사가 떠올랐어요."

베르자는 이미 경비 초소를 지났다. 그는 레스트라드에게 돌아서서 고백하는 투로 대답했다.

"누구나 속죄를 할 권리가 있지요."

그리고 체념한 표정으로 지팡이를 흔들며 말했다.

"가장 혼란스러운 것은 1823년에 도망친 죄수의 수인 번호가 마리우스 퐁메르시의 것과 같다는 점입니다!"

"아니……."

"안녕히 계십시오, 레스트라드 상사."

* * *

잃어버린 시간. 베르자는 파레르모니알에 도착하면서 그렇게 생각했다. 그는 계속되는 여행으로 녹초가 되었다. 일주일간 손에루아르 소재지에 머무르기로 결심했다. 먼저 이틀 예정으로 로안에 간 코른루 씨를 기다리기 위해, 그리고 다음 행보를 숙고하기 위해. 일단 파리에 도착하면 먼저 코제트에게 조심하라고 당부할 것이다. 그리고 리에 신부의 도움을 받아 마리우스를 변호할 것이다. 그는 새로운 자료를 확보하지 않았는가. 하지만 결정적인 증거는 아니었다. 단지 단서에 지나지 않았다. 그는 형사 출신이었기에 이 분야에 대해서는 훤히 알고 있었다. 반지, 모반 그리고 몇 명의 증언만으로는 판결을 번복할 수 없을 것이다. 가장 필요한 것은 마리우스 본인이 출두하는 것이었다. 그가 자수해야만 했다. 이 젊은이는 파리로 오고 있을 것이다. 베르자는 그를 만나기만 하면 설득할 수 있다고 자부했다. 그렇게 된다면 루제와 테나르디에를 소환하는 일만 남은 셈이다. 그는 위험을 무릅쓰고 최대한 빨리 루제를 만나 그의 입을 열게 해야겠다고 생각했다.

우선 베르자는 쉬었다. 그리고 마리우스를 생각했다. 도형수들과 탈옥자들의 심리를 잘 아는 그는 마리우스와 파르페타무르가 한동안 숨어 있다가 다시 나타날 거라고 예상했다. 적어도 두 달은 기다려야 할 것이다. 사람다운 모습을 되찾아야 하지 않겠는가. 따라서 베르자에게는 시간이 있었다. 그는 그렇게 확신하고 평온을 되찾았다.

어느 날 저녁 베르자는 코른루를 다시 만났다. 코른루는 좋은 소식을 가지고 돌아왔다. 그의 얼굴은 햇빛처럼 환하게 빛났다.

"루이데지레 뷔르댕을 잘 아는 사람을 찾아냈어요. 보병 출신이랍니다. 그는 마르시니에 살고 있어요."

"언제 그를 만나볼 수 있을까요?"

"당신 좋을 대로요. 원한다면 내일이라도 당장."

베르자는 약속시간을 엄수했다. 플레 방향으로 루아르 강가에 있는 마르시니 어귀에서 만나기로 했다. 빵을 굽는 화덕이 하나 있는 작은 집이었다. 치아가 하나뿐이고 헝겊 모자를 쓴 부인이 베르자와 코른루 씨를 맞이했다. 독주 한 잔을 마셔야 했다.

"프로이센 사람들은 이것도 마시지 못할 거예요."

방금 얘기한 남자는 그을음과 소시지 냄새가 나는 어두운 방에서 흔들의자에 앉아 있었다. 담요로 다리를 덮고 있었다. 그의 이름은 제르맹 라구트였다. 잿빛 콧수염, 붉은 코, 크림 빛깔의 눈, 파란 군모, 가죽조끼에 꽂힌 레지옹도뇌르 훈장, 입에 문 파이프.

제르맹 라구트는 파이프를 휘두르며 강조했다.

"바그람 전투에서 최전선 제3연대 보병 하사였어요."

라구트가 속했던 모랑 장군의 사단은 전투의 승패를 결정지었던 노이지델 탑과 고원을 점령했다. 1809년의 일이었다. 제르맹의 나폴레옹에 관한 영웅적 무훈은 오스트리아에서 끝났다. 황제 친위대 소속 기병연대의 도메닐 연대장처럼 그는 다리에 포탄을 맞았다. 결국 다리를 잘라내야만 했다.

"나는 도나우 강에 있는 로바우 섬에 파견되었어요. 바그람 전투 전에 그곳에는 에슬링 전투의 부상자들로 가득했지요. 마세나가 지휘하고 있었어요. 훤한 거리, 공장이 즐비한 운하의 가장자리, 카지노, 카바레, 창녀들, 헝가리산 밀가루로 빵을 굽는 화덕, 섬 가운데에 몰아넣은 수천 마리의 황소들이 있는 군사산업 도시였지요. 우리는 그곳에서 잘 먹었어요! 수백 명의 부상병들과 함께 있었어요. 임시 숙영지에서 급히 수술한 부상병들이었어요. 의사가 뼈 한 조각과 인대만이 간신히 붙어 있는 다리를 절단했지요. 바로 그곳에서 루이데지레 뷔르댕을 알게 되었어요!"

베르자가 물었다.

"뷔르댕은 거기서 무엇을 했지요?"

"그는 제라르라는 외과의사 팀에 소속된 간호사였어요. 그 의사의 성은 잊어버렸어요. 어떤 장군의 성과 같았는데. 죄송합니다. 지금은 원수가 되었을 겁니다! 뷔르댕의 성도 잊었어요. 생각해보세요! 뷔르댕과 라구트는 이처럼 외진 벽촌의 성이잖아요!"

갑자기 베르자의 이마에서 식은땀이 흘렀다. 제라르는 클랑 데스탱 술집을 개조한 샤말랭 레스토랑을 운영하는 냉혹한 인간이 아닌가!

베르자가 변한 목소리로 물었다.

"그럼 어떻게 뷔르댕을 알게 되었나요?"

"야전병원에서 알았지요. 뷔르댕은 중상자들을 맡고 있었어요. 그는 제라르 의사와 함께 부상자들을 수술했죠. 위독한 환자들은 이상하게도 그들의 손에만 들어가면 오래 살지 못했어요! 아, 정말 불쌍했어요! 중상자들은 그곳에서 생을 마감해야 했지요. 나는 두 사람이 중상자들의 물건을 훔쳤다고 확신했어요. 수사를 개시했지만 증거를 찾지 못했지요. 그

돌팔이 의사들은 재산을 모았을 거예요. 그들에게 좋은 기회였어요. 인간의 탈을 쓴 그들은 티롤 출신의 애국자들에게, 오스트리아 부상병들에게, 온갖 불구자와 얼굴이 흉하게 변형된 사람들에게 쇠고기를 요구했어요. 그들은 바바리아 여자들을 데리고 순회 유곽을 조직하기도 했어요. 뷔르댕은 언제나 야하게 화장한 금발 여인과 함께 있었어요. 천박한 여자였어요! 그녀는 야영지에서 모든 포병들과 성관계를 맺었어요! 그리고 뷔르댕은 돈을 받았고요. 그는 오래전에 그녀를 임신시켰어요. 그 후 나는 제라르와 뷔르댕을 보지 못했어요."

"그럼 두 사람이 어떻게 되었는지 모르겠군요?"

"모릅니다. 나는 본국으로 송환되었으니까요. 나중에 바그람 전투와 몇 차례의 소규모 교전 후 역시 다리가 잘린, 마뉠라즈 장군 휘하의 한 경기병의 말로는 그 외과의사와 뷔르댕은 전쟁터에서 빈둥빈둥 돌아다녔다고 했어요. 그들이 전사자들과 부상자들의 주머니를 강탈했다고 들었어요. 바그람 전투에서 최소한 5만 명이 전사했거나 부상당했지요. 시계, 반지, 동전, 값비싼 물건이 많았을 거예요. 전리품이라고 생각하세요? 약탈자들과 모리배들은 총살당했어요. 하지만 두 사람은 의무병과에 속했지요. 그 덕분에 그 지저분한 인간들은 안전했던 거지요."

베르자가 물었다.

"여자는 어떻게 되었나요?"

"어떤 여자 말인가요?"

베르자가 짜증을 냈다.

"바바리아 여자 말입니다!"

"그 여자는 죽었다고 들었습니다. 하지만 금발 여인은 뷔르댕과 함께 오스트리아에 머물렀을 겁니다. 그들은 집도 있고 돈도 아주 많을 겁니다. 직접 알아보세요."

베르자는 약간 불안한 표정으로 코른루를 바라보았다.

"면장님, 감사합니다. 선량한 노병의 정보는 저에게 아주 소중합니다."

그리고 제르맹 라구트 하사와 작별을 하는 순간 베르자는 그에게 고개를 숙이고 물었다.

"뷔르댕에게 특별한 점이 없었나요?"

"무슨 말씀이세요?"

"이를테면 키가 작았나요, 컸나요? 아니면 뚱뚱했나요, 말랐나요?"

"나는 뷔르댕을 자주 보지 못했어요. 그는 자신을 숨기는 성격이었어요. 게다가 언제나 두건 달린 긴 외투를 걸쳤어요. 아무튼 창녀들은 뷔르댕의 패거리를 좋아했어요. 여자들은 제라르와 뷔르댕과 함께 해괴한 파티를 벌이곤 했어요! 그러면 뷔르댕은 귀찮은 일만 잔뜩 맡게 되었다고 투덜거렸답니다. 그리고 의무실에서 사람들이 뭐라고 했는지 아세요?"

라구트 영감은 괴상한 표정을 취했다. 그는 두 손을 들어 등 뒤에서 공처럼 만들었다.

"뷔르댕이 혹을 감추고 있었다는 거예요! 이상하지 않나요?"

베르자는 이를 갈고 중얼거렸다.

"사실이군……."

* * *

파리에 돌아온 베르자는 신속하게 일을 처리했다. 그는 샤말랭 레스토랑에 갔다. 아니 그 주위에. 루제가 평소처럼 나타나자 베르자는 그에게 달려들었다. 루제는 뒤로 물러나면서 몸을 바들바들 떨었다.

"당신이 어떻게 여기에……."

베르자는 루제가 욕심이 많지만 별로 영악하지 못하다는 것을 잘 알기에 달콤한 약속으로 유혹하려 했다. 루제에게 달콤한 약속이란 돈이었다.

"상당한 노다지야."

"다이아몬드를 돈으로 바꾸자고요?"

"그래. 나중에 다시 얘기하자고."

베르자는 사라졌다.

물론 베르자는 위험을 감수하면서까지 레스토랑의 문을 넘지는 않을 것이다. 사실 제라르를 꼭 만날 필요는 없었다. 머리를 길게 늘어뜨린 제라르의 악행에 관한 라구트 하사와 루제의 폭로는 일치했다. 하지만 나중에 해결할 문제였다.

찢어진 프록코트, 비뚜름하게 쓴 모자, 안대 등 살인청부업자로 야릇하게 변장한 베르자는 가로등 옆에 매복했다. 늦은 밤 그는 샤말랭 레스토랑에서 루제가 나오는 것을 보고 그를 덥석 붙잡았다.

루제는 믿을 수 없다는 표정으로 중얼거렸다.

"당신, 아직도 여기에?"

베르자는 이 촌스러운 녀석이 이미 제라르에게 고자질한 사실을 알아챘다. 따라서 모두 잃느냐 따느냐의 승부를 걸어야 했다. 그는 루제의 팔을 비틀며 협박했다.

"나는 누가 꼽추인지 알아. 돌아서지 마. 그의 이름은 뷔르댕이고 아메데 디그랑드의 집사지. 다브 데 그레프와 뷔르댕은 자네가 집사를 모른다고 생각하고 그 비열한 사건의 책임을 자네에게 뒤집어씌우기로 작정했던 거야. 그들을 쓰러뜨리고 싶으면 내 편이 되겠다고 약속해."

루제가 다시 중얼거렸다.

"뭐라고요? 나는 아무 일도 안 했는데."

"다이아몬드는 아직 갖고 있겠지?"

"내 호주머니에 있어요."

"그건 위험해. 다브 데 그레프가 알게 되면……."

"뭐라고요?"

"루제, 자네는 성가신 증인이야. 뷔르댕과 다브 데 그레프는 욕심이 많아. 그들은 도형장에 보낸 사람의 재산을 손아귀에 넣은 이상 자네를 제거하려 할 거야. 하지만 자네가 나에게 협력한다면 자네는 궁지에서 빠져나올 수 있을 거야. 물론 자네 재산도 지키고."

"어떻게 해야 하죠?"

"디그랑드 후작을 만나서 자네가 알고 있는 것을 이야기하면 돼."

루제는 얼떨떨한 모습으로 걸으면서 폭력을 쓸지 말지 망설였다. 사실 그는 두려웠다. 그래서 모로의 제안을 수용하고 말았다.

베르자가 루제에게 말했다.

"일주일 후에 만나세. 몽마르트르가 위제 호텔 근처에서."

"알았어요."

베르자는 오른쪽 길로 접어들더니 곧 어둠 속으로 사라졌다. 루제는 제자리에서 주위를 둘러보았다. 베르자는 조금 더 멀리 가다가 멈추고 루제를 지켜보았다. 루제는 다시 샤말랭 레스토랑으로 갔다. 베르자는 거리를 두고 루제를 미행했다. 그는 루제가 제라르에게 의미심장한 손짓과 함께 얘기하는 모습을 보았다. 그리고 다시 떠났다.

* * *

베르자는 사제관에서 신문을 읽고 있었다. 공화주의자들에 대한 재판이 절정에 달해 있었고, 화가 그로가 센 강에서 자살했다. 이 자살 사건은 형사 출신인 베르자의 마음을 뒤흔들어놓았다. 사람들은 화가가 자살한 이유를 알고 있었다. 그는 인상을 찌푸리면서 말했다.

'적어도 그는 성공했어.'

"무얼 그렇게 중얼거리세요?"

베르자는 눈을 들어 잠시 리예 신부를 바라보았다. 그는 조사 결과를 신부에게 알려주었다. 하지만 일부분만 알려주었다. 그는 언제나 빠져나갈 구멍을 마련해두었다.

신부가 말했다.

"일주일 전에 한 헌병 반장이 찾아왔어요. 당신에 대해 물었어요. 그는 당신이 가랑시에르가에 살고 있다는 걸 알고 있어요. 다행히 그는 당신의 진짜 이름은 몰라요. 그는 모로 씨에 대해 얘기했어요. 대체 당신은 어떤 곤경에 처해 있나요?"

베르자는 입술을 깨물었다. 그는 루제가 말했던 매수된 헌병 반장을 떠올렸다. 걱정할 일은 아니었다. 형사 출신인 베르자를 미행하다니. 헌병 반장이 누굴까? 테나르디에의 하수인일까? 생쉴피스 성당의 우물 옆에서 코제트와 함께 있었을 때 쫓아냈던 그 사내일까? 그는 몹시 화가 났다. '나도 이젠 늙었어.' 동시에 그의 생각은 더욱 확고해졌다. 그는 틀리지 않았다. 신속하게 처리해야 했다. 코제트는 정말로 위험에 처해 있었다.

베르자는 망설였다. 그는 코제트에게 마리우스가 아직 살아 있다는 사실을 알리기 위해 생피아크르가로 갈까 생각했다. 하지만 미행을 당하고 있었기 때문에 조심했다. 그는 가랑시에르가를 떠나기로 결심했다. 당장 그날 오후에 이사했다. 그리고 자신을 알아보지 못하게 신부로 변장했

다. 이어서 리예 신부에게 숙식 제공을 요청했다. 신부는 그를 사제관에
입주시킬 수 없어서 제의실 근처의 비밀 방에 머물도록 했다. 그곳은 도
르래를 작동시켜 벽장 내부를 통해 출입할 수 있었다.

"대혁명 때부터 있었던 은신처예요. 제 전임자들 가운데 한 분은 이곳
덕분에 단두대를 면했지요."

밤이 되자 베르자는 신부에게 한 바퀴 돌아보겠다고 알렸다.

"또 변장을 하고요?"

"맞습니다, 신부님."

"제발 조심하세요. 페르라셰즈 공동묘지에서 시신을 발굴한 후부터 저
는 최악의 상황을 두려워하고 있어요. 당신은 나를 믿어도 됩니다. 내가
해야 할 일이 있다면 해야겠지요. 진실은 언젠가는 밝혀지게 마련이죠.
필요하다면 지스케 경찰청장에게 호소하겠어요."

"신부님, 지금은 아무 일도 하지 마세요. 오늘 저녁에 더 알아볼 게 있
어요."

베르자는 옳은 일을 하고 있다고 확신했다. 그는 일주일 후 루제를 만
나기로 했다. 하지만 그는 선수를 칠 것이다. 오늘 밤에 당장 아메데와 코
제트 집에 갈 것이다. 일석이조. 그러면 이 악몽은 끝날 것이다.

* * *

테나르디에 역시 쉬지 않고 부지런히 움직였다. 루제의 고자질 덕분에
그는 제라르의 부하에게 베르자를 미행하라고 시켰다. 항상 그랑데가 이
일을 맡았다. 그는 카리뇰 반장에게 미행 결과를 보고했다. 헌병 반장은
베르자가 가랑시에르가에 들어갔다가 성당으로 가는 것을 보았다.

헌병 반장이 테나르디에에게 알렸다.

"모로는 정직한 부르주아 같아요. 유일한 문제는 그의 이름이 우편함에 없다는 것이죠."

테나르디에가 비웃었다.

"다소 수다스러운 정직한 부르주아지. 그는 우리를 협박할 것이네."

테나르디에는 루제가 거짓 정보를 흘린 것은 아닌지 의심했다. 그는 제라르와 상의했다. 제라르는 그에게 루제의 약속을 확인시켜주었다.

"루제가 직접 알려주었어요. 만일 루제가 우리를 배신한다면 그런 식으로 처신하지 않을 거예요. 약속은 일주일 후로 예정되어 있어요."

테나르디에가 말했다.

"우리도 약속 장소에 가자고. 정보를 줘서 고맙네. 그래도 뷔르댕을 만나야겠네."

테나르디에와 뷔르댕은 여느 때처럼 주르가의 세탁소에서 만났다.

집사가 물었다.

"그래서?"

"확신하건대 루제와 모로가 우리 일에 끼어들었네. (그는 다이아몬드를 생각하면서 덧붙였다.) 다소 주제넘게. 이번에 놈을 없애버리자고. 방해되는 증인은 단숨에 전부 없애야 해. 루제가 게일을 없애면 루푀르가 루제와 모로를 없앨 것이네. 그뿐만이 아니네."

테나르디에는 뷔르댕에게 공격할 때라고 설명했다. 제라르가 묘약을 만들 수 있기 때문에 그것을 사용할 때가 되었다고 판단한 것이다.

"코제트와 그의 자식에 대해 얘기하고 싶네."

"함께?"

"아니네. 둘을 떼어놓자고. 뱅트되와 페가스는 잠자는 숲 속의 미녀를 찾게 되어 좋아할 것이네."

뷔르댕이 낄낄거렸다.

"아이는 내가 맡겠네. 나는 사생아를 위한 좋은 시설을 알고 있네. 누가 코제트를 맡지?"

"루퓌르가 안성맞춤인 것 같네."

"언제 할 건데?"

테나르디에는 씁쓸한 미소를 지었다. 모로가 루제를 통해 예수와 퐁메르시 남작에 대해 모든 것을 알아냈다는 소식을 접했기 때문에 그는 위험을 감수하고 싶지 않았다.

"모로는 모든 것을 후작에게 말하겠다고 협박했네."

"모든 것이라니?"

"우리와 관련된 모든 것. 내 생각에 모로는 우리에게 돈을 우려내고 싶은 것 같네. 그러니 내일 없애버리자고. 자네는 후작과 하녀로부터 코제트를 떼어놓게. 그리고 우리 친구들이 행동에 옮길 수 있게 대문을 열어놓게. 한 시간 후, 그러니까 9시 무렵에 루퓌르가 아이를 찾으러 갈 것이네."

테나르디에가 말한 날짜는 정확히 베르자가 코제트를 방문하기 위해 선택한 날이었다.

* * *

베르자는 신부복을 입었고 지팡이도 챙겼다. 어찌 될지 누가 알겠는가. 또 자신을 알아볼 수 없도록 검은 모자와 긴 외투를 입었다.

9시 무렵, 베르자는 생피아크르가를 걷고 있었다. 마차 한 대가 죄뇌르가의 모퉁이에서 멈췄다. 소나기가 내렸기 때문에 포석은 여전히 미끄러 웠다. 무겁고 짙은 안개가 주위의 집들을 감싸고 있어서 마치 런던에 있 는 느낌이 들었다. 몽마르트르가의 굴뚝에서 빠져나오는 희끄무레하고 두꺼운 몇 가닥의 연기는 선풍의 공격으로 순식간에 흩어졌다.

베르자는 경계의 눈빛으로 마차를 주시했다. 그는 벽에 몸을 바싹 붙이 고 코제트가 사는 건물 앞까지 다가갔다. 그리고 소리를 내지 않고 문을 밀었다. 날은 어두웠고 습했다. 갑자기 울음소리가 들리는 것 같았다. 그 는 즉각 멈췄다. 울음소리가 다가오는 것 같았다. 그는 천천히 대문까지 물러나 항아리에 심어진 작은 나무 뒤에 몸을 숨겼다. 그때 모자를 쓴 사 내가 두 팔에 아이를 안고 지나가는 것을 보았다. 소름 끼치는 얼굴이었 다. 커다란 매부리코 때문에 더욱 괴기스럽게 보이는 얼굴.

사내가 대문을 잡아당기는 순간 베르자는 지팡이를 쥐고 뛰어오를 준 비를 했다. 하지만 고개를 저었다. 아기가 다칠 위험이 있었다. 아기는 다 름 아닌 코제트의 아기였다.

사내가 대문을 넘자 베르자는 지팡이 끝으로 문이 닫히지 않도록 했다. 그는 지팡이를 그 상태로 두고 황급히 코제트가 사는 2층으로 달려갔다. 음모의 현장을 목격한 늙은 베르자는 20대의 다리를 되찾은 듯했다. 문 은 닫혀 있지 않았다. 베르자는 들어갔다. 텅 비어 있었다. 코제트도 마들 렌도 없었다. 숨이 가쁘고 몹시 당황한 채로 다시 잽싸게 내려왔다. 그는 정문을 열고 지팡이를 회수했다. 지금 가장 절박한 것은 그 사내를 추적 하는 일이었다. 필요한 경우 놈을 제압해야 한다.

일단 밖으로 나온 베르자는 마차가 움직이는 것을 보았다. 그는 달려갔 다. 마부가 채찍을 휘두르는 순간 그는 뒤쪽 흙받이에 올라타는 데 성공 했다.

마차는 한없이 이동했다. 당시에 샤틀레 구역은 잡다한 이름을 가진 골목길, 막다른 골목길, 아주 비좁은 골목길이 복잡하게 뒤얽혀 있었다. 마차는 덜컹거리고 오른쪽으로 흔들리면서 왼쪽으로 비스듬히 돌아갔다. 뒤쪽 상자를 부여잡고 웅크린 베르자는 모베즈파롤가와 비에유랑테른가를 알아보았다. 그리고 퐁뇌프 다리. 센 강의 좌안. 베르자는 손을 놓을 뻔했다. 특히 마차가 거대한 시소처럼 울퉁불퉁한 도로와 당나귀 등 위에서 요동칠 때. 하지만 그는 잘 견뎌냈다. 또 한참이 흘렀다.

마침내 마차가 멈췄다. 베르자는 마차에서 뛰어내려 땅바닥에서 몸을 굴렸다. 그는 곧장 일어나 나무 뒤에 숨은 채 마차를 감시했다. 남자는 아이를 안고 내렸다. 마차는 회전해서 반대편 길에서 멈추었다.

베르자의 등줄기에서 식은 땀이 흘렀다. 그는 파리 시내를 호주머니처럼 속속들이 알고 있었다. 이곳은 앙페르가였다. 이곳에 '회전식 기아(棄兒) 접수구'가 있었다. 고아원 벽에 설치된 접수구는 아이를 태우고 회전시키는 일종의 목재 장롱이었다. 가난한 사람들이 어쩔 수 없이 이곳에 자식을 버렸다. 이탈리아에서 시작된 이 기발한 시스템은 나폴레옹의 포고령으로 프랑스에서 일반화되었다. 이 기구는 유아를 버리는 비밀을 보장하여 유아 살해의 위험을 줄였다. 대신 아이의 호적은 완전히 사라졌다. 실제로 부모를 되찾는 일은 불가능했기 때문이다.

베르자는 끼어들기로 결심했다. 아이를 접수구에 놓고 돌리면 이미 늦을 것이다. 고아원 안쪽에서 누군가가 아이를 회수하면 상황 종료다. 종을 쳐서 실수를 알린다고 해도 엄청난 행정적 번거로움을 각오해야 한다.

베르자는 까치발로 사내의 뒤를 바싹 따라붙었다. 사내는 접수구 앞에 멈추고 장롱을 열어 포대기에 싸인 아이를 놓았다. 그리고 접수구를 돌리기 직전 뒤를 바라보았다. 그는 두 걸음 뒤에 있는 신부를 보자 구토증을 느꼈다.

사내는 흔들리는 목소리로 말했다.

"신부님, 이 시각에 외출하시다니 신중하지 못하십니다."

그리고 작은 낫의 손잡이를 잡았다.

축축하고 희끄무레한 어둠 속이라 사물을 구별하기가 쉽지 않았다.

베르자가 속삭였다.

"당신을 두렵게 하고 싶지 않소. 다만 당신 친구 루제가 남의 다이아몬드를 가지고 있다는 사실을 알려주고 싶을 따름이오."

루푀르는 상황을 파악하느라 잠시 주저했다. 베르자는 이 틈을 놓치지 않고 잽싸게 공격했다. 그는 지팡이로 루푀르의 손목을 내리쳤다. 그리고 번개처럼 빠른 동작으로 턱을 후려쳤다. 루푀르는 신음소리도 내지 못하고 고꾸라졌다. 베르자는 발끝으로 상대의 웃옷을 젖히고 끝이 구부러진 번득이는 낫을 보았다. 기이하게 생긴 흉기.

바로 그때 누군가가 부르는 소리가 들렸다.

"어이, 루푀르, 괜찮소?"

베르자는 마부를 보았다. 그는 아이를 외투 속에 감싼 다음 마차의 반대 방향으로 달렸다.

베르자가 도망치는 순간 고아원의 문이 열렸다. 수녀 한 명이 나타났다. 그녀는 땅에 쓰러진 루푀르를 보고 두 손을 모으며 외쳤다.

"저런!"

루푀르는 턱을 만지작거렸다. 그리고 비틀거리면서 일어났다. 그는 멀리 도망치는 실루엣을 가리키면서 말했다.

"수녀님, 저 사람이 아이를 훔쳐갔어요. 저 사람이 아이를 빼앗으려 해서 저는 저항했어요. 그러자 이렇게 나를 때려눕혔어요. 나중에 수녀님의 증언이 필요할 거예요."

"알았어요. 숨 좀 돌리고 가지 않겠어요?"

"아니에요, 마차가 기다리고 있어요. 그럼 또 봬요, 수녀님."

루푀르는 성큼성큼 마차로 향했다. 그는 아이를 빼앗겨서 격분했고 다브 데 그레프에게 이 나쁜 소식을 전해야 한다는 생각에 난감했다.

『마리우스』에서 계속

입문적 시련과 변모

이원복(원광대학교 유럽문화학부 겸임교수)

19세기 프랑스 대문호 빅토르 위고의 대표작 『레미제라블』(1862)은 페르라셰즈 공동묘지에 있는 장 발장의 무덤 묘사로 끝난다. 그로부터 약 150년 후 이 작품의 전설적인 주인공들이 프랑수아 세레자의 손을 통해 『코제트』와 『마리우스』에서 생생하게 되살아난다. 세레자는 사회의 불평등과 불공정을 타파하고 빈곤과 범죄를 추방하며 무지한 민중을 계몽하기 위해 펜을 들었던 위고의 위대한 정신을 고스란히 계승하면서 인간의 탐욕과 잔인성, 위대한 인생의 조건, 용서와 관용, 진정한 기쁨과 행복이 무엇인지 숙고하게 해주는 또 하나의 명작을 탄생시킨다.

이 작품은 19세기 중반 프랑스 혁명기의 사회, 특히 상류층의 방탕한 사교계, 투기와 권모술수가 난무하는 비열한 정계, 민중의 비참한 삶, 잔인무도한 범죄 세계, 도형장의 참혹한 생활 등을 생생하게 재현하고 고발한 사회소설이며, 형사 출신인 베르자의 탁월한 범죄 추적을 비롯하여 음모, 배신, 반전, 불안, 긴장, 전율, 공포, 의문, 살인 등이 꼬리에 꼬리를 물고 일어나는 전형적인 추리소설이다.

세상에는 지역마다 다양한 형태의 성년식이 있다. 성년식은 천진했던 아동기에서 벗어나 당당한 성인으로서 사회에 첫발을 내딛기 위한 통과 의례 가운데 하나다. 오늘날 성년식은 대부분 결혼식에 흡수·통합되었 지만 아프리카의 일부 원시부족들은 아직도 혹독한 의식과 시험을 통해 성인 여부를 결정한다. 소년들은 가족이나 부족을 떠나 한동안 외딴 곳에 서 지내거나 갇혀 지내야 한다. 얼굴이나 몸에 상처를 내어 특별한 표식 을 하고 몸에 숯불로 흉터를 만들기도 한다. 때로는 목숨을 걸고 여러 난 관을 극복해야 한다. 시험을 통과한 소년은 새로운 이름을 받고 어른으로 인정받게 되지만 통과하지 못하면 평생 웃음거리가 된다.

마리우스와 코제트는 결혼했기 때문에 어른이기는 하지만 정신적으로 는 연약하고 우유부단한 '미성년'이다. 작가는 두 주인공을 진정한 어른, 즉 장 발장처럼 위대하고 숭고한 사람으로 만들기 위해 혹독한 성년식을 치르게 한다. 무른 땅은 비를 맞아야 더 단단해지고, 무딘 쇠는 갈고 벼려 야 더 날카로워지며, 들꽃은 비바람을 맞아야 더욱 그윽한 향기를 발산한 다. 고난과 역경은 우리의 영혼을 더욱 강하게 만들고 성숙시킨다. 그래 서 다혈질이고 우유부단하며 무기력한 마리우스는 입문 의식의 원리에 따라 아내와 사회와의 단절, 투옥, 쇠사슬과 채찍, 하수도 통과, 바닷물과 피의 세례, 수차례 반복된 의식 상실, 상징적인 죽음을 통해 단련되고 정 화되어 성숙한 사람으로 다시 태어난다.

주인공들의 혹독한 역경, 뜨거운 사랑과 비통한 슬픔, 작가가 도처에 깔아놓은 암시와 복선을 곱씹으면서 주인공들의 미래를 상상하고 추리 하는 재미도 상당히 쏠쏠할 것이다.

1832년 6월 5~6일 공화주의자들과 노동자들이 루이 필리프의 전제정치에 맞서 일으킨 파리폭동이 실패로 끝나고 파리는 평온을 되찾는다. 코제트와 마리우스는 1833년 2월 16일에 결혼하고 같은 해 7월에 장 발장을 잃었다. 이 소설은 1833년 9월부터 시작된다. 아름답고 청순한 열여덟 살의 코제트는 온실 속의 화초처럼 자란 탓에 인생이 뭔지 잘 모른다. 스물세 살의 남편 마리우스 남작은 정열적인 공호주의자였지만 6월 파리폭동이 실패하자 정계와 사회에 환멸을 느낀 후 삶의 의미까지 잃고 무기력증에 빠진다.

마리우스는 아내 코제트를 위해 피유뒤칼베르가(街)를 떠나기로 결심한다. 이사는 부부에게 새로운 인생이 전개될 것을 암시한다. 마리우스는 코제트를 위해 예전에 아내가 장 발장과 함께 살았고 자신이 아내에게 사랑을 고백했던 플뤼메가(街)의 이층집을 구입하고 새롭게 단장한다. 하지만 그는 여전히 부부의 권태, 정치와 사회에 대한 환멸, 무기력에서 벗어나지 못하고 방황한다. 그는 '자신이 누구이며 어디로 가야 할지' 모른다. 자아정체성, 인생의 길, 존재의 의미를 깨닫고 새로운 인간으로 재탄생하기 위해서는 철저한 방황과 전락 그리고 사회에 입문하기 위한 시련이 필요하다.

마리우스는 일단 무기력에서 벗어나기 위해 「르나시오날」지에 연극비평을 기고하고 재계와 문단에 출입하기 시작하지만 동시에 점점 더 아내로부터 멀어진다. 코제트는 어찌해야 좋을지 모른 채 정원을 가꾸고 양서를 읽고 매일 성당에 가서 미사를 드리며 마음을 달랜다.

마리우스의 인생길에는 정의롭고 관대한 장 발장, 방탕한 사교계에 빠지게 하는 아메데 디그랑드 후작, 우정과 정의의 화신 프레데릭 리볼리에, 도형장에서 목공기술을 가르쳐준 파르페타무르, 아버지처럼 따뜻하게 검술을 가르쳐주고 도형장 탈출을 도와준 레스트라드 상사, 그리고 『마리우스』에서 프레몽 선장, 장 라피트, 제임스 보위 등 여러 명의 조력가들이 차례대로 나타난다.

마리우스의 본격적인 전락(轉落)은 경박한 아메데 디그랑드 후작과 함께 천박한 사교계에 입성하면서부터 시작된다. 엽색가 아메데는 청순하고 아름다운 코제트에게 한눈에 매혹되고 그녀를 손아귀에 넣는 동시에 마리우스를 등쳐먹기로 작정한다. 아메데는 이 목적을 달성하기 위해 자신의 정부였던 클레망스에게 마리우스를 유혹하게 하고 또 마리우스를 검술 도장에 출입하게 한다. 마리우스의 전락은 타락을 상징하는 지하 술집인 이달리 카바레와 클랑 데스탱에 출입하는 것으로 구체화된다.

공화주의자이자 의대생인 프레데릭 리볼리에는 마리우스의 타락을 걱정하고 아내에게 신경을 쓰라고 충고한다. 어느 날 마리우스는 프레데릭과 코제트가 함께 마차를 타고 있는 모습을 보고 두 사람이 바람을 피운다고 오해한다. 하지만 실은 코제트가 임신을 해서 병원에 데려간 것이다. 결국 프레데릭은 마리우스를 타락의 길로 이끄는 아메데를 모욕함으로써 결투를 신청하지만 결국 사망하고 만다. 마리우스는 친구의 진심을 깨닫고 후회한다. 또 자신의 온갖 실수가 프레데릭의 죽음을 초래했다는 사실을 깨닫고 자책한다. 프레데릭은 마리우스와 코제트를 다시 결합시키기 위해 자신을 희생한 것이다.

마리우스를 중심으로 하는 욕망과 탐욕의 구조는 복잡하다. 아메데는 코제트를 유혹하기 위해 자신의 정부인 클레망스를 동원한다. 경박하고 요염한 클레망스는 한몫 뜯어내기 위해 적극적으로 마리우스를 유혹한다. 아내와 소원한 마리우스는 클레망스에게서 욕망의 배출구를 발견한다. 사육제 날 마리우스는 불행을 예감한 듯 자신의 재산과 코제트에 대한 권리를 위임하는 편지를 작성해 아메데에게 맡긴다.

아메데의 집사 루이데지레는 마리우스의 재산을 탈취하기 위해 클레망스에게 강력한 마취제를 준다. 그는 주인을 부자로 만들 수 있고 자신도 부유해질 수 있는 절호의 기회라고 판단한 것이다. 한편 소모공장을 차려 아동들의 노동력을 착취하고 고양이를 잡아 가죽과 고기를 파는 교활한 다브 데 그레프가 이 엄청난 음모에 가담한다.

아내에 대한 미안한 마음이 드는데다 영혼 없는 정부에게 실망을 느낀 마리우스는 절교를 선언하기 위해 클레망스의 집에 간다. 그날이 바로 1834년 4월 13일 파리 폭동 때 트랑스농넹가(街)에 사는 12번지의 모든 주민이 학살당한 날이다. 마리우스는 클레망스가 준 마취제를 탄 포도주를 마시고 정신을 잃는다.

한편 다브 데 그레프의 지시를 받은 루제와 세 명의 살인청부업자들은 예수를 트랑스농넹가로 유인해 얼굴을 알아볼 수 없을 만큼 망가뜨리고 죽인다. 루제는 기절한 마리우스의 입에 마취제를 쏟아 넣고 마리우스의 옷을 예수에게, 예수의 옷을 마리우스에게 입힌다. 또 마리우스의 눈 밑에 잉크로 모반을 새겨 넣고 목탄으로 얼굴을 지저분하게 만들어 예수로 변장시킨다. 사법당국이 공화주의자들의 재판에 신경 쓰고 있는 동안 마리우스의 사건은 졸속으로 신속히 처리된다. 마취제 때문에 사흘 동안 의식불명 상태에서 즉결심판을 받은 마리우스는 예수로 오인되어 마리우스 퐁메르시 남작을 죽였다는 죄목으로 20년형을 선고 받고 비세트르 감옥에 갇힌다.

한편 코제트는 생쉴피스 성당에서 베르자를 만난다. 1832년 콜레라가 발생했을 때 자살하려던 불행한 사람들을 도와주기 위해 손수레를 끌고 센 강의 제방을 누비던 리예 신부는 6월 7일 다리 밑에서 한 익사자를 발견하고 목숨을 구해주었는데 이 베르자는 20년 동안 코제트의 양아버지를 괴롭힌 바로 파리 공안국의 자베르 경감이다. 철자의 순서를 바꿔 새로 만든 그의 이름(Javert→Verjat)은 그의 완전한 변신을 암시한다. 자베르는 센 강에서 익사 세례를 통해 상징적으로 죽고 다시 태어난 것이다. 그는 20년 동안 악마처럼 집요하게 장 발장을 추적하면서 그의 인생을 망가뜨리고 명성을 더럽히며 궁지에 몰아넣었던 꼼꼼한 경찰이었다. 그는 법과 정의의 화신이었다. 그는 절대 권력을 가진 준엄하고 집요한 악마, 권력기관의 충직한 하수인에서 회개와 묵상을 통해 선한 사람으로 개종한다.

베르자는 장 발장에 대한 빚, 코제트에 대한 빚을 갚기 위해 코제트의 방패막이가 되기로 결심한다. 그는 다른 사람들의 시선과 저속함으로부터 그녀를 보호하라는 중대한 사명을 부여받았다고 느낀 것이다. 범인들을 추적하고 법과 국가, 정의와 임무를 위해 모든 것을 희생하며 인생의 대부분을 보냈던 그는 이제 동정과 자비를 보여줄 준비가 되어 있고 또한 선입견 없이 영혼의 중요한 일부분을 철저하고 체계적으로 분석할 준비가 되어 있다. 자베르는 자살에 실패한 후 완전히 변했지만 형사의 근성은 버리지 못한다. 그는 마리우스의 사망사건을 면밀하고 끈질기게 파헤치기 시작한다. 먼저 루제를 사귀어 다브 데 그레프의 소모공장을 염탐하고 예수의 반지를 회수하며, 트랑스농냉가 학살사건을 그린 도미에 화가의 집을 방문하여 한 그림에서 죽은 예수의 손에 반지가 끼여 있는 것을 확인한다. 또 정신병원에 찾아가 미욜뢰즈로부터 몇 가지 정보를 입수하고 마리우스의 무덤을 발굴하여 매장된 사람이 예수임을 확인한다. 그는 또 파레르모니알에 가서 아메데 후작과 루이데지레에 대한 정보를 입수하고 신부복을 빌려 툴롱 도형장에 가서 마리우스를 만나려 했으나 그는 이미 탈출한 후였다.

루이데지레와 테나르디에는 마침내 코제트와 그녀의 아들 장의 문제를 처리하기로 결심한다. 마침 베르자가 코제트의 집을 방문하던 날, 코제트는 이미 납치되어 집에 없었고 그는 한 사내가 아기를 안고 도망치는 것을 목격한다. 사내가 앙페르 가에 있는 가난한 사람들이 부득이한 경우 자식을 버리는 '회전식 기아(棄兒) 접수구'에 놓으려는 순간 베르자는 사내를 쓰러뜨리고 코제트의 아들을 구해낸다.

마리우스에게 본격적인 시련의 장은 사회와 아내로부터 단절시키는 감옥부터 시작된다. 그는 감옥에 투옥된 다음 날 비로소 의식을 되찾는다. 그는 고약한 냄새를 풍기는 회색 죄수복을 보고 소스라치게 놀라 감옥 당국에 항의하지만 무시당한다. 옥졸들은 발목에 족쇄를 채우고 목에 형틀을 씌운다. 다음 날 마리우스는 다른 스물다섯 명의 죄수들과 함께 30일 동안 여행을 시작한다. '한없이 긴 골고다의 언덕길' 같은 치욕과 고통의 여행. 죄수들은 샬롱, 리옹, 타라스콩, 카스티뇨 마을을 걸쳐 툴롱 도형장에 도착한다. 마리우스는 장 발장의 수인번호와 같은 '9430'을 받는다. 그리고 툴롱 도형장에서도 가장 흉악한 죄수들을 모아놓은 해상도형장 1호에 배치된다. 낡은 폐선, 악취, 습기, 때. 짧게 깎은 머리, 빨간색 웃옷, 빨간색 헝겊모자, 노란색 바지. 그는 더 이상 정상적인 사회인이 아니다. 이제 알렉상드르 틱시에도, 마리우스 퐁메르시도 아닌 오직 9430번일 뿐이다. 마리우스는 클랑 데스탱 술집 주인이었던 파르페타무르를 만난다. 그도 테나르디에와 루이데지레의 흉계에 넘어가 아내 베키유를 죽이고 20년형을 선고받은 것이다. 아무 잘못도 저지르지 않은 마리우스는 도착한 순간부터 탈옥을 꿈꾼다. 그는 파르페타무르와 함께 원목을 세로로 켜 목재로 만드는 목공으로 일한다.

어느 날 마리우스는 어린 쥘리앵을 괴롭히는 보네를 구타한다. 그는 채찍 40대를 맞아 심한 상처를 입고 의식을 잃고 입원하게 된다. 또 어느 일요일 아침 미사에 참석한 후 돌아오는 길에 레스트라드 상사를 공격하려던 보네를 쓰러뜨린다. 이 사건 이후 레스트라드 상사는 마리우스를 친아들처럼 생각하고 검술을 가르쳐준다.

마침내 어느 날 마리우스는 채광환기창을 뚫고 쇠사슬을 끊고 탈옥을 시도한다. 조그만 판자를 이용해서 헤엄을 쳐서 툴롱 항구에 도착한 후 산으로 피신하지만 어부의 집에서 다시 체포되어 3년형이 추가되고 채찍 50대를 맞게 된다. 마리우스는 9월부터 파르페타무르의 추천으로 자콥 부제독을 위해 일하게 된다. 부제독은 집무실 꼭대기에서 별을 관찰하기 위해 계단을 만들라고 지시한 것이다. 그는 소목에 관한 모든 일을 열심히 배운다.

마리우스는 혹독한 도형장 생활을 통해 변모한다. 우유부단하고 충동적이며 오만하였던 그는 단호하고 인내심이 강하며 겸손한 사람이 된다. 또한 그의 체력과 정신력이 강해지게 된다. 그는 또한 자신을 아는 법을 배운다. 동료들의 불행을 보면서 자신의 불행을 보고, 동료들의 분노의 아우성을 들으면서 자신의 분노의 함성을 듣고 동료들의 상처의 깊이를 살피면서 자신의 상처를 살피며 동료들의 쓰라린 고통과 절망을 이해하면서 자신의 고통을 이해하기에 이른 것이다. 쇠사슬과 피땀으로 체험한 인생 공부.

마리우스는 생망드리에 반도에서 작업할 때 트리플파트와 파르페타무르와 함께 보트를 타고 레스트라드 상사의 묵인 하에 탈출을 시도한다. 부상당한 트리플파트는 죽으면서 마리우스에게 자신의 배를 갈라 금화를 찾으라고 부탁한 후 죽는다. 며칠 후 파르페타무르는 도형수 사냥꾼인 에르즈베 형제에게 왼손이 잘린다. 그는 그 중 한 명을 단도로 찔러죽이고, 마리우스는 다른 한 명을 노새의 뱃속에 넣고 꿰매어버린다.

　마리우스와 닮았고 마리우스와 한바탕 몸싸움을 벌였으며 마리우스로 간주되어 묘지에 묻힌 예수는 마리우스와 어떤 관계일까? 마리우스가 외투를 벗어주었던 어린 라파엘은 과연 누구의 아들일까? 납치당한 코제트는 어떻게 되었을까? 코제트는 아메데를 받아들일까? 마리우스는 아내를 되찾을 수 있을까? 그리고 그를 파멸로 이끈 아메데, 테나르디에, 루이데지레에게 복수할까? 아메데 디그랑드는 정말 후작일까? 후속작 『마리우스』가 기다려진다.